Die Rebellen

Jimmy Carter

DIE REBELLEN

Roman

Aus dem Amerikanischen von
Heide Horn,
Thomas Merk,
Gerlinde Schermer-Rauwolf und
Sonja Schuhmacher

Scherz

Die Originalausgabe erschien 2003
unter dem Titel «The Hornet's Nest»
im Verlag Simon & Schuster, New York

www.fischerverlage.de

Erschienen bei Scherz, ein Verlag
der S. Fischer Verlag GmbH, Frankfurt am Main

Satz: MedienTeam Berger, Ellwangen
Druck und Bindung: GGP Media, Pössneck
Printed in Germany

ISBN 3-502-10103-5

Im Gedenken
an meine Eltern Earl und Lilian,
meinen Bruder Billy
und meine Schwestern Gloria und Ruth

Danksagung

Ich habe mit der Arbeit an diesem Buch vor mehr als sieben Jahren begonnen und kam, während ich drei andere Bücher schrieb, immer wieder mit neuen Ideen und Informationen über meine eigenen Vorfahren und über andere, die eine wichtige Rolle beim Erlangen der Unabhängigkeit unserer Nation gespielt haben, darauf zurück. Die meisten Amerikaner wissen nur sehr wenig über die Ereignisse des Revolutionskrieges in Florida, Georgia sowie in North und South Carolina, und ich wollte meinen Lesern einen möglichst genauen Einblick in die komplexen und wichtigen Beziehungen zwischen Kolonisten, britischen Beamten und den Indianerstämmen in den zwei Jahrzehnten vor dem Friedensschluss 1783 vermitteln.

Herzlichen Dank an die Bibliothekare der Emory University und andere in Georgia und North Carolina dafür, dass sie mir Landkarten und über ein Dutzend historische Texte und Biografien aus der Feder englischer und amerikanischer Autoren zur Verfügung gestellt haben. Daraus habe ich erfahren, wie man im 18. Jahrhundert reiste, kämpfte, Ackerbau betrieb und Schuhe herstellte und welche Wörter damals verwendet wurden.

Meine Frau Rosalynn war meine erste Lektorin, und ihre Fragen zu den wechselseitigen Beziehungen der historischen und erfundenen Personen des Romans waren ebenso scharfsinnig wie hilfreich.

Die Ratschläge von Michael Korda und Alice Mayhew aus dem Lektorat von Simon & Schuster waren für mich der Anreiz, den Text in eine logischere Abfolge zu bringen und ihn – wenn auch ungern und blutenden Herzens – auf seine jetzige Länge zu kürzen.

Wie auch bei meinen anderen Büchern hat Faye Perdue auf ihre angenehme Art für die Verbindung zu Verlag und Bibliotheken gesorgt und sich um die unzähligen Details gekümmert, die bei der Geburt eines Buches bedacht werden müssen.

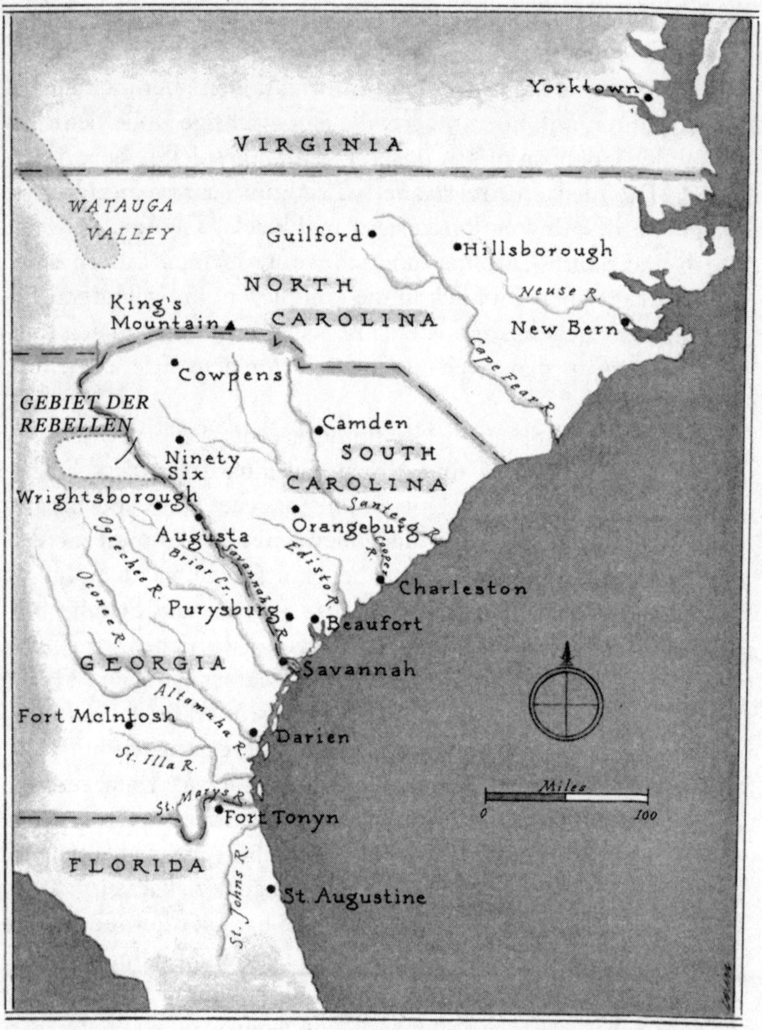
Yorktown
VIRGINIA
WATAUGA VALLEY
Guilford
Hillsborough
NORTH CAROLINA
Neuse R.
King's Mountain
New Bern
Cape Fear R.
Cowpens
GEBIET DER REBELLEN
Camden
SOUTH CAROLINA
Ninety Six
Wrightsborough
Santee R.
Orangeburg
Augusta
Ogeechee R.
Briar Cr.
Savannah R.
Edisto R.
Cooper R.
Oconee R.
Charleston
Purysburg
Beaufort
GEORGIA
Savannah
Altamaha R.
Fort McIntosh
Darien
St. Illa R.
Miles
0
100
St. Marys R.
Fort Tonyn
FLORIDA
St. Johns R.
St. Augustine

Inhalt

Erstes Buch *1763–1774*

Zweites Buch *1774–1777*

Drittes Buch *1778–1785*

Hauptpersonen

Ethan Pratt (und seine Frau Epsey): Siedler im Grenzgebiet, später Milizangehöriger in Georgia

Henry Pratt (und seine Frau Sophronia): Ethans Bruder, Mitglied der Regulatoren in North Carolina

Joseph Maddock: Quäkerführer

Kindred Morris (und seine Frau Mavis): Naturforscher, Nachbar von Ethan Pratt

Newota: junger Indianer, Nachbar der Familien Pratt und Morris

Elijah Clarke (und seine Frau Hannah): Gründer und Anführer der Miliz von Georgia

Aaron Hart: Händler, dann Adjutant von Elijah Clarke

Lachlan McIntosh: Befehlshaber der Rebellen in Georgia

Button Gwinnett: politischer Führer in Georgia

Thomas Brown: Gründer und Anführer der Florida-Ranger

Quash Dolly: Sklavin

Weitere Personen

Führer der Miliz von Georgia: James Jackson, John Dooly, William Few

Führer der Miliz von South Carolina: Andrew Pickens, Francis Marion, Francis Sumter

Befehlshaber der Kontinentaltruppen: George Washington, Charles Lee, Benjamin Lincoln, Robert Howe, John Ashe, Horatio Gates, Nathanael Greene, Daniel Morgan, «Light-horse Harry» Lee, «Mad Anthony» Wayne

Befehlshaber der britischen Streitkräfte: Thomas Gage, William Howe, Henry Clinton, Charles Cornwallis, Augustine Prevost, Alured Clarke, Banastre Tarleton, Patrick Ferguson

Gouverneure von Königs Gnaden: William Tryon, North Carolina; James Wright, Georgia; William Campbell, South Carolina; Earl Dunmore, Virginia

gewählte Führer Georgias: Präsident des Sicherheitsrates Archibald Bulloch, die Gouverneure John Adam Treutlen und John Houstoun

Helfer von Thomas Brown: Alonzo Baker, Häuptling Sunoma, Daniel McGirth, James Grierson

Chesley Bostick: Browns Peiniger, gehört zu den «Söhnen der Freiheit»

Emistisiguo: angesehener Indianerhäuptling

Herman Husband: Anführer der Regulatoren in North Carolina

John Stuart: Königlicher Beauftragter für Indianerfragen

William Bartram: Naturforscher
William Henry Drayton: Aufwiegler und Patriot in South Carolina

Count d'Estaing: Befehlshaber der französischen Marine

Erstes Buch

1763–1774

Kapitel 1

Die Schuhmacher von Philadelphia

1763

Hinter einem gewaltigen Walnussbaum, dessen Blätter und Äste auf einer Seite erst kürzlich ein Brand angesengt hatte, stand mucksmäuschenstill ein junges Mädchen. Ihre Haltung und ihre Kleidung verrieten einem aufmerksamen Beobachter, dass sie ein verhältnismäßig behütetes Leben in einer nicht sehr begüterten Familie führte. Obwohl sie sich hinter dem Stamm versteckte, wirkte sie keineswegs ängstlich und schien sich recht wohl in ihrer Haut zu fühlen. Ihre einfachen, auf lange Haltbarkeit hin gearbeiteten Stiefel glänzten wie neu, ihr schwarzes Kleid war von guter, aber schlichter Qualität. Eine Haube verdeckte nur teilweise das kräftige, widerspenstige Haar, das bis auf ein paar Strähnen zu einem festen Knoten am Hinterkopf geschlungen war. Sie war gekleidet wie ein typisches Mädchen aus einer Quäkerfamilie in Philadelphia.

Von dort, wo sie stand – am Rande einer von bescheidenen Häusern und Läden gesäumten Seitenstraße –, konnte das Mädchen ein nahezu leeres Grundstück beobachten. Man sah die Überreste eines niedergebrannten Hauses, dessen Grundriss an versengtem Gestrüpp und Gras zu erkennen war. Nur ein paar Grundpfeiler und der einsame Kamin ragten noch aus dem Boden – flache Steine, die von geschwärztem Mörtel nur noch stellenweise zusammengehalten wurden. Als das unbewohnte Haus vor einem Monat gebrannt hatte, hatten die Nachbarn das Feuer auf dieses eine Gebäude eingrenzen können, denn zum Glück war das nächste Haus sechs Meter davon entfernt.

Ein Junge arbeitete genau hinter der Stelle, an der das Haus gestanden hatte. Sie wusste, dass er Ethan hieß und dass sein Vater, Samuel Pratt, der Schuster der Siedlung war. Erst neulich hatte sie sich erboten, die Schuhe ihres Vaters zur Reparatur zu bringen, und war ganz enttäuscht gewesen, Mr. Pratt allein in der Werkstatt anzutreffen. Jetzt, als sie schon zum dritten Mal hierher gekommen war, um Ethan heimlich zu beobachten, beschlichen sie leise Gewissensbisse. Hätten ihre Eltern mitbekommen, wie verstohlen sie das tat, wären sie bestimmt überrascht gewesen. Sie war weder ängstlich noch schüchtern, sie scheute lediglich den Umgang mit Jungen ihres Alters – und den mit diesem Jungen, den sie gerade beobachtete, ganz besonders.

An anderen Tagen hatte sie ihm zugesehen, wie er mit einem Klaueneisen alte Eisennägel aus den verkohlten Brettern gezogen, mit einem Hammer sorgfältig gerade geklopft und in einen Eimer geworfen hatte. Dann hatte er das nicht verbrannte Holz aufgelesen und mühevoll zu exakt parallel ausgerichteten Haufen aufgeschichtet. Er hatte eine Lederschürze getragen, die ihm von der Brust bis zu den Schenkeln reichte. Erst nachdem er den Boden vom Schutt befreit und sauber gefegt hatte, war der Junge darangegangen, dort, wo früher der Hinterhof des Hauses gewesen war, einen Gemüsegarten anzulegen. Mit einer Sense hatte er zunächst das Unkraut geschnitten, den Boden mit Spitz- und Breithacke aufgelockert, ihn glatt gerecht und schließlich mit einer Hacke Reihen gezogen. Damit diese auch wirklich kerzengerade wurden, hatte er sich eine Schnur zwischen zwei Stöcke gespannt. In diese Furchen steckte er jetzt in exakt gleichen Abständen von dreißig Zentimetern in kleine Stücke geschnittene Kartoffelknollen, über die er kleine Erdhügel häufte. Das Mädchen war fasziniert, wie sorgfältig, beharrlich und korrekt er arbeitete; der Junge schien vollständig in sein Tun versunken, und ihr fiel auf, dass seine flinken Hände nicht eine einzige überflüssige Bewegung machten.

Sie beschloss, sich ein paar Zentimeter hinter ihrem Baum hervorzuwagen. Der Junge blickte auf und sah sie, wie sie annahm, zum ersten Mal. Ein paar Sekunden lang wirkten beide verlegen und wussten nicht, was sie sagen sollten. Schließlich sagte sie einen Satz, den sie sorgsam einstudiert hatte: «Ist es nicht interessant, dass Kartoffeln mit Tomaten verwandt sind?»

«Unsinn. Kartoffeln wachsen unter der Erde, Tomaten an einem Strauch», antwortete Ethan, der sich offenbar ein wenig darüber ärgerte, dass das Mädchen ihn unbemerkt beobachtet hatte.

Das Mädchen dachte eine Weile nach. «Dann steht in dem Buch von meinem Vater vielleicht etwas Falsches.»

«In was für einem Buch?»

«Es beschreibt die verschiedenen Nutzpflanzen Europas.»

Obwohl Ethan das Thema brennend interessierte, war ihm nicht wohl dabei, länger mit einer Fremden zu sprechen. Und so sagte er nur mit angedeutetem Lächeln: «Vielleicht schaust du lieber noch mal nach.»

Dann machte er sich wieder an seine Arbeit, und als er das nächste Mal aufschaute, war das Mädchen verschwunden. Außer mit seinen beiden Schwestern hatte er in seinem Leben nur selten mit Mädchen gesprochen. Sie war größer als seine Schwestern und offenbar in seinem Alter. Darüber hinaus war sie recht anziehend, auch wenn die dunklen Augenbrauen ihrem Gesicht einen nachdenklichen Zug verliehen. Obwohl er sich freute, dass er ihren Fehler korrigiert hatte, hoffte er, damit nicht ihre Gefühle verletzt zu haben. Schon kurze Zeit später vergaß er sie. Wie hätte er auch ahnen können, dass sie einen Großteil ihres Lebens miteinander verbringen würden?

Als Ethan am nächsten Nachmittag ein paar frisch eingesetzte Zwiebeln wässerte, sah er, wie das Mädchen mit einem Buch in der Hand die nahe Straße überquerte. Sie kam schnurstracks auf ihn zu, doch an der Grenze des Grundstücks blieb sie stehen und wartete, bis Ethan sie ansprach.

«Und, was hast du über das Gemüse herausgefunden?»

Sie bemühte sich, nicht herablassend zu klingen, als sie das Buch aufschlug und vorlas: «‹Tomaten und Kartoffeln gehören zur Familie der Nachtschattengewächse, lateinisch *s-o-l-a-n-a-c-e-a-e*. Sie stammen aus Südamerika.› Mein Vater interessiert sich nämlich sehr für die Namen und die Herkunft von Pflanzen.» Sie hielt ein paar Sekunden inne, ehe sie hinzufügte: «Und ich auch.»

Dann drehte sie das Buch um und hielt es Ethan hin, der näher getreten war und nun, ohne die Seiten zu berühren, den Text las. Schließlich wischte er sich die Hände an den Hosenbeinen ab, nahm das Buch und blätterte darin herum. Immer wieder hielt er inne, um ein paar Sätze über Mais, Erbsen, Okra, Karotten, Süßkartoffeln und andere Nutzpflanzen zu lesen, die ihm geläufig waren.

«Ich habe meinem Vater von deinem Garten erzählt, und er sagt, dass du dir das Buch gerne ausleihen darfst.»

Als Ethan nickte und das Buch zuklappte, drehte sich das Mädchen um und ging fort. «Danke», rief er ihr hinterher. «Wie heißt du eigentlich?»

«Epsey Nischman.» Sie zögerte ein bisschen, dann setzte sie hinzu: «Mein Vater ist einer von den Herrnhuter Brüdern, er unterrichtet an der Schule unserer Kirche. Wir wohnen nur zweihundert Meter von hier, und da habe ich gesehen, wie du in deinem Garten gearbeitet hast. Meine Großeltern haben in Georgia gewohnt, in Savannah, aber jetzt ist meine Großmutter zu uns gezogen.»

Sie erzählten einander noch ein wenig mehr über sich: Epsey lebte in einem «Haus voller Bücher», und ihre Eltern bemühten sich, den Indianern zu helfen, indem sie ihnen etwas über Religion und auch über neue Anbaumethoden beibrachten. Und bald hatten Ethan und Epsey auch herausgefunden, dass er achtzehn Jahre alt war und sie zwei Jahre jünger.

«Ich habe schon seit ein paar Jahren einen kleinen Garten direkt hinter unserem Haus, aber der liegt größtenteils im Schatten», erzählte Ethan. «Als Mr. Parvey meinem Vater letztes Wochenende ein Paar Schuhe zur Reparatur brachte, hat er mich dort arbeiten sehen und gesagt, dass ich mir hier auf diesem Grundstück einen Garten anlegen darf. Dafür muss ich nur den Schutt wegräumen, die Nägel aus den Brettern ziehen und das brauchbare Holz für ihn aufheben. Und ich soll ihm ein Drittel von dem Gemüse geben, das ich hier ernte.»

«Warum hast du denn deinen Garten nicht dort angelegt, wo das Haus gestanden hat?»

«Mein Vater hat mir erklärt, dass Feuer den Boden für ein oder zwei Jahre abtötet, sodass nichts mehr darauf wächst.»

Epsey bot ihm ihre Hilfe bei der Gartenarbeit an, aber Ethan lehnte höflich ab. Bevor sie ging, erklärte sie ihm genau, wo sie wohnte, und er versprach, das Buch am nächsten Samstagvormittag zurückzubringen.

Als es Abend wurde, ging Ethan auf dem schmalen Weg hinter den Läden und den kleinen Häusern zur Hintertür seines Elternhauses. Als er die Küche betrat, saßen dort bereits sein Vater und seine Schwestern am Tisch, und seine Mutter war gerade dabei, das Abendessen aufzutragen.

«Du kommst ja schon wieder zu spät», rügte sie ihn. «Wir wollten gerade ohne dich anfangen.»

«Ich war in meinem neuen Garten. Nach der Arbeit in der Werkstatt bleiben mir ja nur ein paar Stunden dafür.»

«Du bist ganz anders als Henry», sagte sein Vater. «Der kann gar nicht lange genug in der Werkstatt bleiben.»

Ethan beschloss, lieber nichts zu erwidern.

Die Schuhmacherwerkstatt war kein unangenehmer Ort. Vier Werkbänke waren um eine Lichtquelle gruppiert, die das durch Fenster und Türen einfallende Tageslicht verstärkte. Sie bestand aus einer einzelnen hochwertigen Kerze, die zwischen vier wassergefüllten, gut faustgroßen Kugeln brannte. Diese Kugeln, etwas größer als eine Männerfaust, bündelten das Licht der Kerze zu einem hellen Punkt, in dem die Schuhmacher ihre Arbeit verrichteten. Sie zogen das weiche Oberleder in die passende Form, stachen mit einer Ahle Löcher hinein und nähten es mit Fäden aus festem Leinen oder Flachs zusammen. Obwohl Stahlnadeln vorhanden waren, benutzen die Schuhmacher dazu lieber dicke Schweineborsten, die sie an das Ende des Fadens spleißten. Die dicken Sohlen wurden oft mit kleinen Nägeln aus Ahornholz angenagelt. Da die Schuhe vorne gerade waren, konnten sie sowohl rechts als auch links getragen werden.

Samuel Pratt entstammte einer schottisch-irischen Presbyterianer-Familie und war als junger Mann aus Ulster nach Philadelphia gekommen. Die meisten seiner Freunde waren ins westliche Pennsylvania weitergezogen, er aber war in der Stadt geblieben und Mitglied der *Guild of Cordwainers* geworden, wie die Schuhmachergilde früher hieß. Oft strich Mr. Pratt, der mit Leib und Seele Schuhmacher war, den hohen Nutzen seines Gewerbes für die Allgemeinheit heraus und betonte, dass er Umgang selbst mit den herausragendsten Mitgliedern der feinen Gesellschaft von Philadelphia pflege. Häufig erinnerte er auch an die Tatsache, dass die hochwohllöbliche Schuhmachergilde bereits 1607 – und damit lange vor dem Aufbruch der Pilgerväter nach Massachusetts – Captain John Smith' erste Expedition nach Amerika mitfinanziert habe.

Pratt lebte mit seiner Familie im Herzen Philadelphias, wo er genug verdiente, um seine Frau und vier Kinder durchzubringen, auch wenn sie etwas beengt in zwei Zimmern über dem Laden wohnen mussten. Das größere der beiden Zimmer hatten sie durch zwei an einem Seil hängende Wolldecken geteilt und in jede Hälfte ein Bett gestellt: eines für die Jungs und eines für die Mädchen. Die Jungen schliefen an der Tür, während die Mädchen vom Fenster hinab auf die Straße blicken konnten. Hinter der Werkstatt im Erdgeschoss gab es einen schmalen Raum, der sich über die ganze Länge des Hauses erstreckte und in den gerade mal ein langer Tisch, zwei Bänke und zwei Stühle passten. Der Kamin an der Stirnseite diente als Kochstelle und Heizung, und in den Regalen an den Wänden wurden zum Verkauf bestimmte Lederwaren aufbewahrt. Obwohl sich Mr. Pratt manchmal Sorgen um die Zukunft machte, war es für seine Familie ganz selbstverständlich, dass es ihnen nie an etwas Lebensnotwendigem fehlen würde.

Von den Kindern schien sich Henry am meisten für das Handwerk seines Vaters zu interessieren. Er hielt sich gerne in der Werkstatt auf, aber was ihn viel mehr noch als die Herstellung und Reparatur von Schuhen und anderen Lederwaren faszinierte, waren die kumpelhaften Gespräche und politischen Diskussionen zwischen den Schuhmachern und ihren Kunden sowie interessierten Müßiggängern, die auf ein Schwätzchen in den Laden gekommen waren. Der für sein Alter ziemlich kleine Henry war gern mit anderen Menschen zusammen und hatte seit seiner Kindheit immer viele Freunde gehabt. Schon in jungen Jahren hatte der kleine Henry sich lebhaft an allen Debatten über das politische Leben in Philadelphia und über die kulturellen und wirtschaftlichen Angelegenheiten der Stadt beteiligt. Henry arbeitete schnell und mit großem Geschick, hasste es aber, Anweisungen befolgen zu müssen oder die Bücher zu führen. Da die Schuhmacher in der Stadt untereinander in einem harten Wettbewerb standen und sein Vater keinerlei Neigung zeigte, sich zurückzuziehen und einem seiner Söhne das Geschäft zu übergeben, hatte sich Henry schon sehr früh entschlossen, eines Tages von zu Hause fortzuziehen, um woanders seine eigene Werkstatt zu eröffnen. Sein Plan war, zuerst nach Norfolk in Virginia zu gehen und sich später im westlichen North Carolina niederzulassen. In Flugschriften der Schuhmachergilde hatte er gelesen, dass sich dort viele Quäker niedergelassen hatten. Weil er seinen Eltern gegenüber nie ungehorsam war und ihnen auch keinen Kummer bereiten wollte, hatte er aber bisher nur Ethan in seine Pläne eingeweiht.

Ethan war zwei Jahre jünger als Henry und als letztes der Geschwister 1745 zur Welt gekommen. In der Schusterwerkstatt reizten ihn die Werkzeuge mehr als die eigentliche Arbeit oder die Gespräche mit den Kunden. Am allermeisten aber interessierten ihn

Pflanzen und wie man sie anbaute und aufzog. Schon als kleines Kind hatte sich Ethan von anderen rasch eingeengt gefühlt und war am liebsten für sich allein geblieben. Seine älteren Schwestern hatte er immer wieder enttäuscht, indem er ihre Versuche, ihn zu herzen und zu umsorgen, ein ums andere Mal zurückgewiesen hatte. Jetzt, im Alter von 18 Jahren, war der schlanke, hoch aufgeschossene Ethan mit seinen blonden Haaren auf eine herbe Weise anziehend. Auch wenn Henry als Älterer früher das Sagen gehabt hatte, war Ethan bereits als Halbwüchsiger größer gewesen als er, und nach ihrer ersten ernsthaften Rauferei hatten beide gelernt, den anderen als gleich stark zu respektieren. Und sobald Ethan seiner Mutter die Erlaubnis dazu abringen konnte, hatte er sein Bettzeug nach unten in eine Ecke der Werkstatt geschafft, damit er dort nachts allein sein konnte – auch wenn er den Platz tagsüber lieber mied.

Während der Arbeitsstunden beobachtete Ethan aufmerksam und manchmal auch peinlich berührt, wie Henry bei den oft lebhaften Diskussionen in der Werkstatt laut und herausfordernd Stellung zu politischen Fragen bezog und sich dabei manchmal auch sehr kritisch über namhafte Bewohner der Stadt ausließ, wobei er selbst Benjamin Franklin und andere einflussreiche Quäker nicht schonte. Nicht einmal wenn ältere Menschen oder bedeutende Persönlichkeiten im Laden waren, hielt er sich mit seinen provokanten Äußerungen zurück. Schon bald hatte Ethan herausgefunden, dass sein Bruder oft nur deshalb einen gegensätzlichen Standpunkt vertrat, weil er eine Diskussion richtig anfachen wollte. Ihr Vater mischte sich dabei nur ein, wenn es um berufliche Fragen ging, wohl wissend, dass er Henrys Diskussionsfreudigkeit einen Teil seines Umsatzes verdankte.

Ethan war klar, dass er, wenn sein Bruder einmal das Elternhaus verließ, bei seinem Vater würde in die Lehre gehen müssen – eine Verpflichtung, die für gewöhnlich sechs oder sieben Jahre dauerte. Dabei war ihm stets unwohl in der Gesellschaft anderer Menschen, und er nutzte Henrys Anwesenheit in der Werkstatt oft dazu aus, hinüber zum Schmied oder zum Schreiner zu laufen, ihnen zur Hand zu gehen und ihnen stundenlang bei ihrer Arbeit zuzusehen. Ohne ihm einen näheren Grund dafür zu nennen, hatte er Henry eines Tages gebeten, ihm eigene Werkzeuge zur Holzbearbeitung zu besorgen, auch wenn ihm nicht klar gewesen war, wo er diese überhaupt würde benutzen können. Und tatsächlich hatte Henry bei einem alten Freund ihres Vaters einen kleinen Satz Werkzeuge ausfindig gemacht, der zu einem niedrigen Preis zum Verkauf stand. Auch bestellte Ethan schon seit Jahren den winzigen Garten hinter dem Laden, der nur doppelt so groß wie ihr Küchentisch war. Er hatte dort mit verschiedenen Sämereien und Anbaumethoden experimentiert und war stolz darauf, dass er mit seinem Gemüse den Speiseplan der Familie bereichern konnte. Im Frühjahr und Sommer hatte er sich stets um den Garten gekümmert, wenn die Werkstatt geschlossen war oder keine Kunden kamen; dass die anderen Kinder ihn «den Bauern» nannten, machte ihn stolz.

Bis zum Samstagvormittag hatte er seinen neuen, großen Garten fertig bepflanzt und ging zum Haus der Nischmans, um das geliehene Buch zurückzugeben. Er war merkwürdig aufgeregt, weil er, wie er glaubte, die große Büchersammlung zu Gesicht bekommen würde. Schüchtern klopfte er an die Tür, die sofort von Epsey aufgerissen wurde. Sie stellte ihn ihren Eltern und ihrer Großmutter vor, und ihr Vater Georg erkundigte sich, ob denn Ethan das Buch gefallen habe.

«Oh, sehr», erwiderte der Junge. «Es stehen Sachen darin, nach denen ich immer gesucht habe, ohne auch nur zu ahnen, dass sie irgendwo aufgeschrieben sind.»

Sie gingen in die Bibliothek, ein kleines Zimmer voller hoher Regale, in denen neben Stapeln von Zeitschriften und alten Zeitungen viele Reihen sorgsam geordneter Bücher standen.

«Viele davon habe ich von meinem Vater geerbt, mit anderen hat mich die Kirche ausgestattet, und ein paar habe ich auch selbst gekauft. Die meisten handeln von Religion und anderen praktischen Alltagsfragen», erklärte Mr. Nischman. Er warf Ethan einen Blick zu und war erfreut, dass der Junge zwar nichts erwiderte, aber seinen kleinen Scherz mit einem Lächeln quittierte.

«Du kannst jederzeit herkommen und lesen. Einige von den Büchern darfst du dir auch nach Hause ausleihen.»

Von da an war Ethan ein häufiger Gast bei den Nischmans. Zusammen mit Epsey erkundete er die Bibliothek und stellte bald fest, dass sich Epsey bei der Arbeit ihres Vaters ausgezeichnet auskannte und auch ganz weltliche Fragen nach religiösen Kriterien bewertete. Ganz offenbar war Gott nicht nur für die Samen und die aus ihnen sprießenden Pflanzen verantwortlich, er hatte auch bei ihrem Wachstum und ihrer Nutzung die Hand im Spiel. Epsey wiederum merkte bald, dass sich ihr neuer Freund nur für einige wenige Dinge interessierte, nämlich Ackerbau und Viehzucht, das Handwerk und das Leben in anderen Teilen der Neuen Welt. Trotz ihrer unterschiedlichen Beweggründe überschnitten sich ihre Interessengebiete jedoch beim Ackerbau, denn die Herrnhuter Brüdergemeine hatte sich zum Ziel gesetzt, ihre landwirtschaftlichen Kenntnisse mit den Eingeborenen in der Karibik und im Westen der Kolonien zu teilen.

Und so arbeitete Epsey schon bald mit Ethan zusammen in seinem Garten, während Mr. Nischman den jungen Menschen dabei half, verschiedene Samen und Setzlinge aufzuspüren, von denen Ethan bis dahin noch nie gehört hatte. Anders als Ethans Eltern waren Mr. und Mrs. Nischman bemüht, die Wünsche ihrer manchmal zwar ernsten, aber nicht unglücklichen Tochter zu erfüllen. Epsey war ziemlich schweigsam, was Ethan gut gefiel, nur über die Belange des Gemüsegartens konnten sich die beiden ohne Hemmungen miteinander austauschen.

Bislang hatten weder Ethan noch Epsey viele Freunde gehabt, und offensichtlich hatten ihre Familien gegen ihre Freundschaft nichts einzuwenden. Und die beiden kamen sich allmählich näher. Es war einfach eine Reihe kleiner, gemeinsamer Erfahrungen, die sie miteinander teilten und immer mehr vertieften und hauptsächlich mit dem Studium der Botanik und der Geographie sowie der Bepflanzung und Pflege des Gartens zu tun hatten. Als sie sich entschlossen zu heiraten, schien das für niemanden eine Überraschung zu sein. Viel später, als ihre Beziehung längst offiziell geworden war, konnte Ethan sich nicht einmal mehr daran erinnern, wann er zum ersten Mal Epseys Hand gehalten oder Epsey pflichtschuldig den ersten Kuss gegeben hatte.

Im selben Sommer verkündete Henry, dass er an Weihnachten sein Elternhaus verlassen werde. Ethan und Epsey heirateten, zwei Wochen nachdem er fort war, und zogen bei den Nischmans ein. Allerdings arbeitete Ethan weiterhin bei seinem Vater in der Schusterwerkstatt und erhielt dafür ein kleines Gehalt, mit dem er sich und seine Frau ernähren konnte.

Als Mr. Pratt seinen Sohn eines Tages damit überraschte, dass er ihm einen größeren Anteil am Gewinn anbot, weil er ja eines Tages das Geschäft erben würde, eröffnete Ethan seinem Vater, dass er und Epsey ebenfalls nach North Carolina übersiedeln wollten, sobald Henry dort Fuß gefasst haben würde. Während die Pratts auf diese Entscheidung enttäuscht und verärgert reagierten, war Epseys Vater hocherfreut. Denn die Nischmans hatten sich ganz der Idee verschrieben, die Indianer zu missionieren, und waren daher glücklich, dass ihre Tochter und ihr Schwiegersohn im Indianerland leben und dort vielleicht auch missionarisch tätig sein würden.

Kapitel 2

Die «Söhne der Freiheit» in Norfolk

1765

Als Henry Pratt Philadelphia verließ, nahm er nur mit, was er in seinem Bündel tragen konnte: Kleidung, sein Schusterwerkzeug und ein bisschen Proviant und dreiundvierzig Silberpesos, die er sich in den letzten fünf Jahren zusammengespart hatte. Auch wenn es sein Ziel war, sich in North Carolina niederzulassen, hatte er es nicht sonderlich eilig damit. Und so reiste er gemächlich durch Delaware und Maryland, verbrachte zwei Tage in Annapolis und setzte dann an der Chesapeake Bay auf einer Ketsch, die als Fähre diente, nach Virginia über. Nachdem er sich in Norfolk, einer Hochburg des Lederhandwerks, ein wenig umgesehen hatte, beschloss Henry, erst einmal ein paar Monate in dieser Stadt zu verbringen.

An einem Montagmorgen führte ihn sein erster Gang in die größte und offensichtlich erfolgreichste Schuhmacherwerkstatt der Stadt, wo er darauf bestand, mit dem Besitzer selbst zu sprechen.

Als Mr. Carlyle kurz vor Mittag eintraf, erkannte Henry in ihm einen soliden Geschäftsmann, und er erklärte ihm, dass er in Philadelphia als Schuster gearbeitet habe und diesem Handwerk auch in Norfolk nachgehen wolle. Um keinerlei Missverständnisse aufkommen zu lassen, fügte er noch hinzu, dass er kein Lehrling mehr sei, sondern bereits über jahrelange Berufserfahrung verfügte.

Da Mr. Carlyle gerade eine freie Stelle zu vergeben hatte, erklärte er sich bereit, Henry nach einer Prüfung einzustellen. Nach längerer Diskussion einigten sie sich darauf, dass Henry zur Probe je ein Paar Männer- und Frauenschuhe anfertigen sollte, danach würden sie sich über alles Weitere verständigen. Henry war mit den Schuhen, die er nach der neuesten Mode in Philadelphia entworfen hatte, rasch fertig. Als er sie lächelnd Mr. Carlyle präsentierte, lobte dieser sein Geschick und bot ihm eine feste Anstellung an, bei der Henry wie die anderen Angestellten auch wöchentlich seinen Lohn erhalten würde. Der junge Mann lehnte das Angebot höflich ab und sagte, er würde lieber für jedes Paar Schuhe, das er anfertigte, eine feste Summe bekommen. Nachdem sich Mr. Carlyle sorgfältig ausgerechnet hatte, wie viel er seinen Schuhmachern in etwa für ein Paar Schuhe zahlte, ging er auf Henrys Vorschlag ein. Allerdings machte er zur Bedingung, dass er die von Henry gearbeiteten Schuhe erst nach einer genauen Qualitätsprüfung bezahlen würde und dass Henry die Abmachung vertraulich behandeln müsse.

Froh über diese Übereinkunft schlug Henry ein, denn damit bewahrte er sich seine Unabhängigkeit und unterlag nicht der strengen Kontrolle seines Arbeitgebers. Wenn er fleißig war, konnte er viel verdienen und war trotzdem nicht an feste Arbeitszeiten gebunden. Das wiederum gab ihm die Möglichkeit, auch tagsüber in der Stadt umherzustreifen.

Um die Kosten für seinen Lebensunterhalt möglichst gering zu halten, einigte sich Henry mit einer Familie in der Nähe darauf, dass sie ihn täglich mit zwei einfachen, aber nahrhaften Mahlzeiten verköstigte, und mit seinem Arbeitgeber, dass er nachts ein Faltbett im Lager der Werkstatt aufschlagen durfte, wodurch er gleichzeitig als eine Art Nachtwächter fungierte. Hier konnte er auch bei Kerzenlicht weiterarbeiten, um eine angemessene Menge an Schuhen herzustellen. Zur Freude seines Arbeitgebers fertigte Henry überraschend viele Schuhe in hervorragender Qualität an, manchmal sogar mehr als zwei Paar pro Tag.

Daneben arbeitete er gelegentlich in einer großen Gerberei, wo er lernte, wie die Häute von Rindern, ungeborenen Kälbern, Rotwild, Pferden sowie von Schafen und Ziegen zugerichtet, gebeizt und gefärbt wurden. Mit großer Sorgfalt erstellte er eine Liste der Materialien und Werkzeuge, die man benötigte, wenn man unterschiedliche Leder herstellen wollte – entweder kräftiges Leder für stabile Treibriemen, Sättel, Pferdegeschirr und Arbeitsschuhe oder feineres Leder für Jacken, Hüte, Sonntagsschuhe und andere eher leichte Kleidungsstücke.

Wenn Henry nachts auf seinem Feldbett lag und ihn der beruhigende Geruch von gebeiztem Leder umgab – manchmal hing auch noch der Gestank der Gerberei in seinen Kleidern –, plante er seine Zukunft in North Carolina, und tagsüber in der Werkstatt sammelte er so viele Informationen wie nur möglich von Kunden, die mit den sozialen und politischen Verhältnissen im Westen der Südkolonien vertraut waren.

Henry besuchte auch eine nahe gelegene Schneiderei, die sich auf die Herstellung edler Taschen, Jacken und Handschuhe spezialisiert hatte. Nachdem er dort ein Paar ziemlich teurer Lederhandschuhe erstanden hatte, erlaubte ihm der Besitzer, sich in seiner Werkstatt umzusehen. Die Frauen, die dort weiches Leder zuschnitten und zusammennähten, senkten den Blick, als Henry den schmalen Mittelgang entlangschlenderte und hin und wieder stehen blieb, um ihre Arbeit genauer zu begutachten. Die hinterste, noch ziemlich junge Schneiderin allerdings hob, nachdem ihr Henry eine Weile zugesehen hatte, den Kopf und sah ihm fest in die Augen. Dann lächelten sie sich an, und Henry wartete an diesem Nachmittag vor der Schneiderei, bis sie herauskam.

Sie hieß Sophronia Knox, wurde aber lieber Sophie genannt, und ihr Interesse, Henry besser kennen zu lernen, war unverkennbar. Zusammen spazierten sie zu einem nahen Park, wo sie sich auf eine Bank setzten und miteinander plauderten. Sophie erzählte, dass sie bei ihrem Onkel und ihrer Tante wohnte. Sie hatte nie die Schule besucht, konnte aber lesen, schreiben und rechnen und war schon mit zwölf Jahren bei dem Schneider in die Lehre gegangen, der ihr seit ihrem zweiten Jahr dort einen bescheidenen Stundenlohn zahlte. Dabei störte es sie nicht, dass ihr Lohn nicht an sie, sondern direkt an ihren Vormund ausgezahlt wurde. Ihr Onkel und ihre Tante hatten sie immer freundlich behandelt und ihr im letzten Jahr sogar vier Shilling Taschengeld pro Woche zur freien Verfügung gegeben. Inzwischen war sie siebzehn Jahre alt. An ihre Eltern, die bei einer Fieberepidemie gestorben waren, als Sophie noch klein gewesen war, konnte sie sich überhaupt nicht mehr erinnern.

Mit ihren funkelnden Augen, dem lockigen Haar, den weißen Zähnen und den vollen Lippen gefiel sie Henry sehr. Darüber hinaus hatte Sophie die offenbar unbewusste Angewohnheit, ihren Gesprächspartner immer mal wieder zu berühren. So fuhr sie Henry zum Beispiel häufig spielerisch mit einem Fingernagel über den Brustkorb oder den Bizeps. Ihre Offenheit beeindruckte Henry sehr, und geradezu überwältigt war er von der Fülle an Meinungen und Wissen über die unterschiedlichsten Dinge. Obwohl sie in ihrem Leben noch nicht viel gesehen hatte, schien sie eine genaue und wissbegierige Beobachterin zu sein und wusste unglaublich viel über ihren Arbeitgeber, ihre Kolleginnen, ihre Tante und ihren Onkel zu erzählen, aber auch über ihre Nachbarn oder Menschen, die sie in der Kirche kennen gelernt hatte. Selbst die schlichtesten und harmlosesten Gespräche oder Ereignisse waren in ihrem großen Schatz an Erinnerungen gespeichert, den sie gerne und bereitwillig vor anderen ausbreitete.

Auch an allem, was Henry zu erzählen hatte, war Sophie sichtlich interessiert, und da Plaudern und der Austausch von Informationen seit jeher ihrer beider liebster Zeitvertreib war, kamen sie vom ersten Treffen an blendend miteinander aus. Nie waren sie um Worte verlegen, und beide ließen keine Gelegenheit aus, dem anderen etwas zu erzählen. Sophies Familie stammte aus Schottland, und ihr Onkel arbeitete noch immer in derselben Firma, in der auch schon ihr Vater angestellt gewesen war. Dort kaufte man hauptsächlich Tabak auf, sortierte ihn nach den unterschiedlichen Qualitäten und verschiffte ihn, in große Fässer verpackt, nach Glasgow. Wie es schien, gab es zwischen den schottischen und den englischen Kaufleuten in Norfolk grundlegende Meinungsverschiedenheiten, und so bekam Henry von Sophie nur abfällige Bemerkungen über alles zu hören, was auch nur entfernt mit London zu tun hatte.

Henry wollte unbedingt Sophies Onkel kennen lernen, und schon bald lud ihn dieser zu sich ein. Henry mochte Mr. Knox auf Anhieb, und Mr. Knox, der sehr stolz auf seine Arbeit war, genoss es sichtlich, Henry vom Aufstieg seiner Firma vorzuschwärmen und ihm zu erzählen, wie sie der englischen Konkurrenz das lukrative Tabakgeschäft weggeschnappt hatten. Er selbst war vor allem für den Tauschhandel mit den Tabakbauern in Virginia zuständig, die in zunehmendem Maße davon abhängig geworden waren. Ohne die Güter, die ihnen Mr. Knox' Firma lieferte, konnten sie inzwischen weder eine gute Ernte einfahren noch den nächsten Winter überstehen. Mr. Knox schämte sich nicht im Geringsten dafür, dass seine Firma die Erzeuger von Tabak und Weizen beinahe unlösbar an sich kettete, indem sie diese mit einer großzügigen Kreditvergabe fast unausweichlich in hohe Schulden trieb, die nur selten mit dem Ertrag einer einzigen Ernte zu tilgen waren. So waren die Bauernfamilien jedes Jahr aufs Neue gezwungen, Ernte und Vieh gegen landwirtschaftliches Gerät, Güter des täglichen

Bedarfs, Haushaltswaren, Grundnahrungsmittel und eine bescheidene Summe Bargeld einzutauschen. Aus religiöser Überzeugung war Mr. Knox zwar ein Gegner der Sklaverei, doch aus geschäftlichen Erwägungen musste er bei diesem Thema Zurückhaltung üben. Auch wenn sich einige Familien weigerten, Sklaven zu kaufen, und das Land lieber eigenhändig bearbeiteten, kamen auf jeden Tabakfarmer in Virginia laut Mr. Knox im Schnitt zwanzig Sklaven.

Außerdem erklärte er Henry, dass unter den Kaufleuten in Norfolk zwar ansonsten erbitterte Konkurrenz herrschte, sie jedoch in der Regel nicht versuchten, einen Farmer abzuwerben, der bereits für eine andere Firma arbeitete. Da es für die Bauernfamilien meist keine anderen verlässlichen Kreditgeber außer den Handelsfirmen gab, konnten diese billig einkaufen und teuer verkaufen, was ihnen allen riesige Gewinne bescherte. Und weil hinter den Firmen Kommissionäre und Banken in Glasgow und London standen, war es ihnen möglich, den Bauern in den Kolonien Kredite für jeweils ein Jahr zu gewähren, wenn auch zu hohen Zinsen und bei einem geringen Risiko. Schließlich standen den Schulden, die die Bauern bei den Firmen machten, weitaus größere Sicherheiten in Form von Land, Sklaven und anderem Hab und Gut gegenüber. Wenn ein Schuldner seinen Verpflichtungen nicht mehr nachkommen konnte, ging sein Besitz im Rahmen einer Zwangsversteigerung häufig an die Händler und Kommissionäre über. Nicht selten verließen die dadurch mittellos gewordenen Familien dann einfach ihre Farm und zogen, ohne zu murren ins noch unbesiedelte Grenzgebiet, um dort von Neuem anzufangen.

Mr. und Mrs. Knox waren fromme Presbyterianer, und Henry begleitete sie häufig in ihre Kirche, wo bei den Gottesdiensten nicht der Ritus, sondern die Morgenpredigt im Mittelpunkt stand. Der Geistliche hielt mit seinen Ansichten zu den derzeitigen Zuständen nicht hinterm Berg und hatte praktisch für jede politische und soziale Frage ein passendes Bibelzitat parat. So waren diese Zusammenkünfte von der Kritik an der herrschenden anglikanischen Kirche und deren Nähe zu den politischen Führern ebenso geprägt wie von Forderungen nach der Unabhängigkeit aller Gläubigen. Manche Mitglieder der Gemeinde schienen ganz und gar in dieser Thematik gefangen zu sein, die auch bei Mr. Knox und Henry für lange Sonntagnachmittagsgespräche sorgte und hin und wieder sogar zu einem kleinen Streit führte. Obwohl Henry bereits so manche in der Kirche gemachte politische Aussage für erstaunlich und bisweilen sogar für bestürzend hielt, fand Mr. Knox zu Hause noch deutlichere Worte.

«Ich war immer ein ergebener Untertan der Krone, aber König George III. ist derart unfähig und beschränkt, dass er mein Vertrauen in die Monarchie an sich erschüttert hat.»

In seinem Familienkreis hatte Henry nie dergleichen gehört, dort wäre eine abfällige Bemerkung über die königliche Familie ebenso undenkbar gewesen wie die Kritik an Jesus Christus persönlich. Um sich von Mr. Knox' Meinung abzusetzen und gleichzeitig das Gespräch nicht zum Erliegen zu bringen, erwiderte er: «Aber hatten wir im Lauf der Geschichte nicht schon oft Monarchen, denen es an Einsicht mangelte? Einige von ihnen waren zudem als große Sünder oder gar als geistig umnachtet bekannt.»

«Aber dieser König hat ein ehernes Gesetz gebrochen, das immerhin seit mehr als hundert Jahren gültig war. Seit Charles I. mit seinem Versuch gescheitert ist, in Schottland den englischen Gottesdienst einzuführen, galt der Grundsatz, dass der König dem Parlament die Regierungsgewalt überträgt. Bereits 1215 wurde den Bürgern mit der Magna Charta zugesichert, dass sie keine Steuern zahlen müssen, wenn sie nicht entsprechend vertreten werden. Andernfalls hätten wir Schotten uns vor sechzig Jahren nie und nimmer mit dem englischen Königreich vereinigt.»

Henry erkannte, dass er bei dieser Diskussion klar im Nachteil war. Mr. Knox kannte sich nun mal weit besser in Geschichte aus, vor allem was sein eigenes Volk betraf.

«Und ich dachte immer, das Stempelsteuergesetz in diesem Jahr wäre vom Parlament beschlossen worden und nicht vom König.»

«Das Problem ist doch, dass sich der König nicht mehr länger aus der Verwaltung der Kolonien heraushält. Im Gegenteil, er mischt sich auf despotische und beleidigende Art und Weise in unsere Angelegenheiten ein. Anstatt wie ein ruhender Pol im Hintergrund Stabilität und Vertrauen zu schaffen und die Beratung neuer Gesetze den Abgeordneten zu überlassen, steht er an vorderster Front, wenn hanebüchene und unüberlegte Entscheidungen getroffen werden. Seine Stimme und sein Einfluss heizen die öffentliche Meinung so sehr an, dass das Parlament gezwungen ist, sich gegen uns Kolonisten zu stellen.»

«Aber letztlich entscheidet doch das Volk, indem es Einfluss auf seine von ihm gewählten Abgeordneten ausübt», entgegnete Henry.

«Aber dabei vergessen Sie, Henry, dass wir in jeder Kolonie – vielleicht mit Ausnahme von Georgia – politische Systeme entwickelt haben, die demokratischer sind als alles, was Großbritannien je gekannt hat. Auch wenn die Krone die Gouverneure und ihre Räte ernennt, gibt es in allen Kolonien Parlamente oder Versammlungen, die ihre internen Angelegenheiten regeln. Von den Stadtversammlungen in Massachusetts bis hin zu den gesetzgebenden Körperschaften in North und South Carolina hat sich das Volk hier in Amerika das Recht erkämpft, Entscheidungen über sein Leben selbst zu treffen. Und das schließt die Besteuerung mit ein. Bis jetzt wurden diese Rechte nicht angetastet, aber seit George 1760 den Thron bestiegen hat, ermutigt er seinen Premierminister Grenville ständig, den Kolonien Daumenschrauben anzulegen. Denken Sie doch nur daran, wie jegliche Schifffahrt unterbunden wurde, die nicht dem Handel mit England dient. Das werden wir Schotten ihm nie verzeihen. Und wie um das Ganze auf die Spitze zu treiben, drückt London uns auch noch dieses Stempelsteuergesetz aufs Auge, das einen ungeheuerlichen Eingriff in unsere Freiheit und eine Abkehr von dem uralten Prinzip darstellt, dass es ohne politische Mitsprache auch keine Besteuerung gibt.»

«Mr. Knox, ich verstehe Ihren Standpunkt. Aber warum ist denn ausgerechnet das Stempelsteuergesetz so ein großes Problem?»

«Von der Frage, ob es rechtens ist, einmal ganz abgesehen, mein Sohn, ist es eine unerträgliche Belastung für mein Geschäft und das eines jeden, der mit Verträgen, Urkunden, Überschreibungen, Testamenten oder irgendwelchen anderen offiziellen Dokumenten zu tun hat. Diese Steuer wird ja sogar auf Spielkarten, Heiratsurkunden, Zeitungen und Flugschriften erhoben. Das können wir nicht hinnehmen!»

«Ich verstehe gar nicht, wie es so weit kommen konnte. War denn London nicht zufrieden mit dem Stand der Dinge?»

Mr. Knox zögerte einen Moment. «Die Antwort darauf ist nicht ganz einfach. Im Siebenjährigen Krieg hat England alle seine europäischen Feinde besiegt und wurde mit dem Frieden von Paris 1763 zur unumschränkten Herrscherin über Nordamerika und die

Weltmeere. Gleichzeitig drücken England aber immense Schulden, denn der Krieg hat Unsummen verschlungen. Dabei waren unsere Kolonien eher eine finanzielle Belastung, denn es wurden hier nur geringe oder auch gar keine Steuern eingenommen und nach England geschickt.»

«Aber warum verlangt London jetzt einseitige Opfer von den Kolonien? Haben wir denn nicht alles Erdenkliche getan, um England beim Krieg gegen Frankreich zu helfen?»

«Ehrlich gesagt: Nein. Die meisten Kolonialregierungen haben zwar die Bitten Londons um finanzielle Unterstützung nominell erfüllt, aber in Wahrheit deckten die gezahlten Summen gerade mal die in den Kolonien angefallenen Ausgaben. In Wirklichkeit haben eine Menge Kaufleute, darunter auch meine Firma, selbst während der Kampfhandlungen munter Handel mit den Franzosen getrieben, was übrigens ein sehr einträgliches Geschäft war. Jetzt, wo der Krieg vorbei ist, nehmen uns die Briten das sogar noch mehr übel als damals, und es ist auch ein Hauptargument des Königs gegen uns. Ein paar Hitzköpfe im Parlament verlangen sogar, dass wir mit unseren Steuern für die Kosten der hier stationierten 10.000 britischen Soldaten aufkommen sollen, die im Krieg gegen die Franzosen und Indianer gekämpft haben.»

«Mr. Knox, Sie haben vorhin gesagt, dass wir die Stempelsteuer keinesfalls hinnehmen können. Nehmen wir mal an, Sie würden sich weigern, sie zu bezahlen, was könnte Ihnen schon groß passieren? Ein Gericht, in dem Ihre Nachbarn als Geschworene sitzen, würde Sie ja wohl kaum dafür bestrafen.»

«Damit bringen Sie ein weiteres, mindestens ebenso ernstes Problem zur Sprache. Das Parlament hat nämlich zwingend vorgeschrieben, dass Verstöße gegen das Stempelsteuergesetz nicht etwa vor einem hiesigen Geschworenengericht verhandelt werden, sondern vor britischen Marinegerichten, die von London ernannt werden und London Rechenschaft schulden. Viele unserer herausragendsten Politiker wie Patrick Henry und George Washington haben sich öffentlich gegen diese Bedrohung der kolonialen Freiheiten ausgesprochen.»

«Angesichts der vielen britischen Soldaten hier kann man wohl nichts dagegen machen, oder?»

«Oh, es wurde schon einiges dagegen unternommen, davon haben Sie doch sicher gehört. In manchen Hafenstädten vor allem im

Norden Neuenglands gab es Unruhen, und viele Händler entlang der Küste versuchen, keine britischen Waren mehr zu kaufen. Ich weiß aus sicherer Quelle, dass dies selbst für meine Firma in Schottland bereits ein ernstes Problem geworden ist. Die führenden Finanziers und Kaufleute in London leiden natürlich noch weit mehr darunter und verlangen bereits die Rücknahme des Stempelsteuergesetzes.»

Auch wenn Henry darauf nichts mehr erwiderte, hatte das Gespräch einen großen Eindruck auf ihn gemacht, und er wiederholte sowohl in der Schusterwerkstatt als auch in der Gerberei Mr. Knox' Argumente, wobei er manche sogar noch ein wenig ausschmückte. Doch die Handwerker dort kümmerte die neue Steuer nur wenig, denn keiner von ihnen hatte seit Inkrafttreten des Gesetzes irgendwelche offiziellen Dokumente gebraucht. Als Henry seine Kritik nicht auf das Parlament und den Premierminister beschränkte, sondern auch den König selbst ins Visier nahm, wurde den meisten unbehaglich zumute, und er erwarb sich den Ruf eines Aufrührers gegen die englische Regierung.

Als Henry eines Nachmittags aus der Gerberei kam, erwarteten ihn vor dem Tor zwei junge Männer.

«Sie sind Henry Pratt?», fragte der Ältere der beiden.

«Ja, warum fragen Sie?»

«Wir haben gehört, dass Sie sich gegen das Stempelsteuergesetz aussprechen. Stimmt das?»

«Ich finde, das geht Sie überhaupt nichts an. Bevor ich Ihnen darauf antworte, müssen Sie mir schon sagen, warum Sie mit mir reden wollen.»

«Wir gehören zu einer kleinen Gruppe, die sich dem Kampf gegen dieses ungerechte, schikanöse Gesetz verschrieben hat, und suchen Gleichgesinnte. Hätten Sie vielleicht Lust, mit uns ein Glas Ale zu trinken?»

«Durstig genug wäre ich ja, es war ein harter Arbeitstag. Ja, es wäre mir eine Freude, mit Ihnen zusammen irgendwo einzukehren.»

Nachdem sie in einer nahen Schenke Platz gefunden hatten, stellten sich die beiden Männer vor. Sie hießen Shelby Somers und Daryl Gethers und behaupteten, aus Familien mit großem Landbesitz zu stammen. Henry wurde rasch klar, dass seine neuen Bekannten gebildete und kenntnisreiche Leute waren. Sie wollten, dass er einer Gruppe beitrat, die sich «Söhne der Freiheit» nannte.

«Wir sind keine große Organisation», erklärten sie, «aber wir verfolgen zwei grundlegende Ziele. Zum einen wollen wir alle Händler veranlassen, dass sie Waren aus England weder kaufen noch benutzen. Des Weiteren wollen wir die britischen Beamten dazu bringen, nicht mehr die offiziellen Papiere mit den teuren Stempeln zu verwenden.»

Henry schwieg eine Weile und trank einen großen Schluck Ale, ehe er fragte: «Und wie wollen Sie das bewerkstelligen?»

«Zunächst einmal haben wir die Unterstützung der begüterten Familien», antwortete Somers, «die praktisch alle politischen Führer und Kaufleute Virginias stellen. Unsere Väter sind bekannte und einflussreiche Männer. Zudem lautet unsere erste Prämisse, dass wir loyale Untertanen sind und lediglich dieselben Rechte fordern, die den Bürgern Großbritanniens seit Generationen garantiert werden und somit auch in den britischen Kolonien gelten müssen. Wir klagen den König nicht an und sind der Überzeugung, dass er jetzt – nachdem Premierminister Grenville, der all diese Probleme geschaffen hat, seines Amtes enthoben wurde – die Auseinandersetzung mit den Kolonien beenden will. Allerdings wollen wir jedem in England vor Augen führen, was für einen gewaltigen Fehler das Parlament gemacht hat.»

«Aber wenn sich die ganze Aristokratie in der Ablehnung des Stempelsteuergesetzes einig ist, wozu brauchen Sie da mich?»

«Wir haben von Ihrer entschiedenen Haltung in dieser Frage gehört. Jemand, der mit den einfachen braven Leuten wie den Schuhmachern, den Gerbern und anderen Handwerkern verkehrt, könnte unserer Sache sehr nützen. Und um ehrlich zu sein, wir wissen auch von Ihrer engen Beziehung zu Mr. Knox. Er ist ein geachteter Mann und hat als schottischer Presbyterianer großen Einfluss auf all die Händler, die nicht direkt an London gebunden sind. Seine Firma könnte von dem Handelsembargo gegen England betroffen sein. Dabei wäre es ungemein hilfreich, wenn sie sich ebenfalls beteiligen würde, und vielleicht schaffen wir es mit Ihrer Hilfe ja sogar, die Händler aus Glasgow zu verschonen und uns auf die Londoner Kaufleute zu konzentrieren. Denn vor allem dort ist Druck vonnöten.»

«Ich würde Ihnen gerne helfen, aber ich möchte zuerst mit Mr. Knox darüber sprechen. Er kann der Stempelsteuer ebenso wenig abgewinnen wie ich und wird mir nicht vorschreiben, was ich tun soll. Aber er kann mir vielleicht einen guten Rat geben.»

Die jungen Männer zeigten sich sogleich einverstanden, und kurz darauf gingen sie auseinander.

Henry freute sich auf sein nächstes Sonntagnachmittagsgespräch mit Mr. Knox, der es von Herzen genoss, einen so eifrigen Zuhörer zu haben. Diesmal aber ergriff zuerst Henry das Wort und schilderte seine Unterhaltung mit Somers und Gethers, allerdings ohne ihre Namen zu nennen. Mr. Knox' Antwort kam prompt und war eindeutig.

«Ich weiß seit etlichen Monaten von den Söhnen der Freiheit und stimme mit ihren Zielen überein. Alle maßgeblichen Männer in unserer Firma, auch die in Schottland, sind strikt gegen die Erhebung der Stempelsteuer in den Kolonien, sie halten sie für einen Affront und für kontraproduktiv obendrein. Viele von uns glauben, dass England damit nicht nur den Staatshaushalt sanieren will und ein Handelsmonopol anstrebt, die Kolonien sollen darüber hinaus auch finanziell schwach bleiben. Genau aus diesem Grund haben manche Londoner Kommissionäre die Landbesitzer in Amerika bewusst dazu ermuntert, so hohe Schulen anzuhäufen, dass sie diese nie werden tilgen können.

Gleichzeitig bereitet uns das Embargo ziemliches Kopfzerbrechen. Wir fürchten, dass unsere Kaufleute in Glasgow darunter ebenso leiden könnten wie die in London. Zurzeit werden mehrere unserer Schiffe in North und South Carolina sowie in Georgia mit Reis beladen, der demnächst nach Europa gehen soll. Ein Embargo würde uns also eine Menge Geld kosten. Auch wenn wir prinzipiell bereit sind, manche der Folgen mitzutragen, wäre es uns natürlich am liebsten, wenn der größte Druck dort ausgeübt wird, wo man London am ehesten zu einer Änderung seiner Politik bewegen könnte.»

Ohne es direkt auszusprechen, ließ Mr. Knox keinen Zweifel daran, dass er Henrys Beitritt zu den Söhnen der Freiheit befürwortete, und er erklärte ihm, wie man die Handelsbeschränkungen auf die englischen Kaufleute, Fabrikanten und Reeder eingrenzen könnte. Henry hörte aufmerksam zu und gab seine Ratschläge schon bald an die «Söhne der Freiheit» weiter.

Seitdem fertigte Henry zwar weiterhin eine beachtliche Anzahl an Schuhen, arbeitete aber nur noch selten in der Gerberei. Die dadurch gewonnenen Stunden verbrachte er mit der Gruppe, die Somers anführte. Dessen Vater, ein Großgrundbesitzer aus der Nähe von Norfolk, war auch Abgeordneter im Parlament von Virginia, das sich House of Burgesses nannte. Wie die beiden jungen Männer Henry schon am ersten Tag ihrer Bekanntschaft erklärt hatten, teilten sich die «Söhne der Freiheit» in zwei Untergruppen auf. Die eine, in der Henry vorwiegend tätig war, sammelte Informationen über den Handel in der Hafenstadt und erstellte eine Liste aller importierten Güter, die sie nach ihrer nationalen Herkunft ordnete. Manche, zum Beispiel Rum, kamen aus der Karibik. Andere – wie Farbe, Glas und Feuerwaffen – wurden hauptsächlich aus England eingeführt. Bei diesen Waren erkundeten die «Söhne der Freiheit», in welchen anderen Ländern sie sonst noch erhältlich waren. Kam nur England als Lieferant in Frage, versuchten sie, die Einwohner von Virginia davon zu überzeugen, dass sie auf den Kauf dieser Waren verzichten sollten – ein Bestreben, das auch George Washington, ein bekannter Abgeordneter im House of Burgesses, unterstützte. Obwohl sich die Virginia Gazette, die einzige Zeitung der Kolonie, weigerte, auch nur die leiseste Kritik an der Regierung des Mutterlandes zu veröffentlichen, fand die Liste der nicht zu kaufenden Waren in Form von Flugblättern und Plakaten weite Verbreitung. Und schon bald zeigte sie erste Wirkung.

Die zweite Gruppe, der sich Henry nur gelegentlich anschloss, organisierte Demonstrationen gegen die Beamten, denen die Ausgabe der gestempelten Papiere oblag. Damit wollten sie die Beamten dazu bringen, diese Dokumente nicht mehr zur Steuererhebung heranzuziehen. Auch wenn es anderswo in den Kolonien angeblich schon Aufruhr und Gewalttaten gegen halsstarrige britische Beamte gegeben hatte, versprachen die Staatsdiener in Norfolk den Demonstranten ziemlich rasch, auf die steuerpflichtigen Stempel zu verzichten, wenn diese dafür ihre Versammlungen vor ihren Wohnhäusern und Dienstgebäuden umgehend auflösten. Auch Sophie wollte unbedingt an diesen Demonstrationen teilnehmen, aber sowohl Henry als auch Mr. Knox waren der Meinung, dass sich dies für eine Frau nicht geziemte.

Obwohl die «Söhne der Freiheit» aus ihren Aktivitäten ganz und gar kein Geheimnis machten, weihte Henry Mr. Knox zu dessen großer Freude meist schon im Voraus in ihre Pläne ein. Dafür unterstützte ihn Mr. Knox hin und wieder mit etwas Geld, das Henry mit den Söhnen der Freiheit teilte, damit Plakate und Flugblätter gedruckt werden konnten.

Die Sonntagnachmittagsgespräche bei Mr. Knox fanden weiterhin regelmäßig statt und deckten ein immer breiteres Themenspektrum ab. Da Henry sich inzwischen brennend für politische Fragen interessierte, freute er sich stets auf die Gespräche mit dem älteren Mann, der darin geübt war, seine oftmals ziemlich rigiden Ansichten zu erläutern. Obwohl auch Henry normalerweise mit seiner Meinung nicht hinterm Berg hielt, erkannte er in diesen Gesprächen ziemlich oft, dass er über ein bestimmtes Thema so gut wie nichts wusste, und so stellten er und Sophie Mr. Knox ungeniert Fragen über Fragen. Eines Nachmittags entschloss sich Henry, ein grundsätzliches Problem anzusprechen, mit dem sich seiner Meinung nach jeder halbwegs gebildete Mensch befassen musste.

«Worin besteht eigentlich der Unterschied zwischen den Menschen, die in England leben, und den Bewohnern der Kolonien, Mr. Knox? Wir sprechen dieselbe Sprache, haben die gleiche Geschichte und sind Untertanen desselben Königs. Wie kommt es da, dass wir so unterschiedlicher Meinung sind?»

«Der Unterschied besteht ganz einfach darin, dass die einen zu Hause in England, Irland, Schottland und Wales geblieben und die anderen nach Amerika gegangen sind. Jede dieser beiden Gruppen glaubt, sie sei der anderen überlegen. Die Kolonisten finden, dass es den in Europa Gebliebenen an Tatkraft mangelt, dass sie nicht die Weitsicht haben, um neue Möglichkeiten zu erkennen, und dass sie zu feige sind, sich auf ein unwägbares Abenteuer einzulassen. Außerdem wirft man ihnen vor, dass sie schicksalsergeben jeden Eingriff in ihre politischen oder religiösen Freiheiten hinnehmen und ohne zu murren die oftmals willkürliche Politik ihrer Regierungen ertragen. Wir hingegen sind hierher gekommen, um in Freiheit – auch Religionsfreiheit – zu leben und einen in weiten Teilen noch unbekannten Kontinent zu besiedeln. Um diese Ziele zu erreichen, sind wir gewillt, notfalls auch harte Zeiten zu ertragen. Trifft das nicht auf die meisten Menschen zu, die du kennst?»

Anstatt Henry antwortete Sophie: «Genauso ist es, finde ich. Wie können die Menschen in England nur anderer Meinung sein?»

«Es finden sich auf beiden Seiten unterschiedliche Ansichten. So stimmen manche Leute in der alten Heimat mit uns überein, während viele Landadlige vor allem in Virginia noch immer glauben, alles, was aus London kommt, sei besser als sein hiesiges Pendant – bis hin zu den Menschen. Dabei sind viele von ihnen das, was man Ausgestoßene ihrer eigenen Klasse nennen könnte, hauptsächlich zweite und dritte Söhne ohne Erbteil. Hier in Norfolk versuchen sie auf jede nur erdenkliche Weise, den Lebensstil ihrer englischen Verwandten zu imitieren, und fühlen sich dabei unsereinem haushoch überlegen. Ihrer Meinung nach waren die Menschen, die in die neue Welt ausgewandert sind, zum größten Teil Verbrecher, Querulanten und Fanatiker wie die Pilgerväter, die Quäker, die Baptisten, die Mennoniten und sogar die Presbyterianer – in den Augen des Allmächtigen allesamt minderwertige Kreaturen. Natürlich stimmt es, dass nicht wenige Siedler tatsächlich völlig mittellos hierher gekommen sind, weil sie zu Hause kein Auskommen finden konnten, viele mussten ihre Schiffspassage noch jahrelang bei einem Grundherrn abarbeiten. Und vielleicht gibt es bei uns ja wirklich einen Bodensatz von Kriminellen, die nur aus der Haft entlassen wurden, weil sie sich als Arbeitskräfte in den Kolonien verpflichtet haben – allerdings bestand ihr Verbrechen wohl meistens darin, dass sie ihre Schulden nicht zurückzahlen konnten.

Ob freiwillig oder nicht, wenn jemand sein Heimatland verlässt, ist damit fast immer eine Trennung oder sogar eine Zurückweisung verbunden. So etwas treibt oft einen Keil zwischen die Menschen.»

Henry dachte eine Zeit lang nach. «Aber sind denn die Kolonien für England nicht sehr wertvoll?», fragte er dann. «Einerseits liefern sie doch Dinge wie Baumwolle, Holz, Reis, Indigo und Tabak, andererseits sind sie ein guter Absatzmarkt für die Fabriken des Mutterlandes.»

«Genau das denke ich auch, aber viele prominente Engländer vertreten eine andere Meinung. Da ihrer Auffassung nach nur eine begrenzte Menge Reichtum in der Welt vorhanden ist, soll eben so viel wie möglich davon nach England geschleust werden. Verglichen mit der Karibik, Indien und Afrika haben sich die amerikanischen Kolonien bisher noch nicht als besonders lohnende Handelspartner erwiesen. Im Gegenteil, sie verschlingen viel Geld im

Unterhalt. Erst kürzlich haben ein paar führende Parlamentsabgeordnete es bedauert, dass England im Pariser Frieden Kanada zugesprochen bekam, was für sie nichts anderes ist als Tausende Hektar Ödland. Selbst eine kleine Karibikinsel wäre ihrer Meinung nach sehr viel wertvoller. Ein zweites Problem ist, dass unsere Bevölkerungszahl hier beständig in die Höhe schießt, sie hat sich in diesem Jahrhundert schon verzehnfacht, sodass hier inzwischen etwa ein Drittel so viele Menschen leben wie in der alten Heimat. Und da wir weit weg sind, kann man uns nur schwer kontrollieren.»

«Ich sehe ja, was für Vorzüge Indien und die Karibik haben», warf Sophie ein. «Aber was ist so interessant an Afrika?»

Mr. Knox antwortete erst nach kurzem Zögern. «Es wird zwar nicht viel darüber gesprochen, aber der Sklavenhandel, der hauptsächlich über Liverpool abgewickelt wird, bringt England viel Geld ein. Die in den Tropen gelegenen Kolonien sind auf Arbeiter angewiesen, die an ein heißes Klima gewöhnt sind, und so haben sich die Sklavenmärkte an der westafrikanischen Küste für die Engländer als eine wahre Goldgrube erwiesen. Auch wenn sich die britische Elite noch so sehr von den Sklavenhändlern distanziert, sie profitiert bereitwillig davon.»

Damit war Mr. Knox bei einem Thema angelangt, das er normalerweise vermied. Bis auf diese eine Ausnahme standen für ihn alle seine politischen Ansichten im Einklang mit seiner Interpretation der Bibel, und dass seine Firma mit dem Sklavenhandel zu tun hatte, widerstrebte dem ehrlichen und frommen Mann zutiefst. So sah er sich gezwungen, sein Handeln zu rechtfertigen.

«Unsere Firma kauft keine Sklaven», erklärte er, «aber manchmal gehen welche in ihr Eigentum über, zum Beispiel, wenn wir bei einem Farmer, zu dessen Besitz auch Neger gehören, zwangsvollstrecken müssen. Wir verkaufen diese Sklaven dann weiter, aber nur über verantwortungsbewusste Händler.»

«Aber du leihst Farmern doch auch Geld, damit sie sich Sklaven kaufen können?», hakte Sophie nach.

Es war offensichtlich, dass Mr. Knox nicht ganz wohl bei seiner Verteidigungsrede war. Dennoch glaubte er, dass er, verglichen mit anderen Händlern, noch relativ gut abschnitt, auch wenn er seine Handlungsweise nicht immer mit den Grundsätzen seiner Religion vereinbaren konnte.

«Wenn Neger notwendig für das Betreiben einer Plantage sind, ist das leider unvermeidlich. Ab einer bestimmten Größe kann ein Landbesitzer nur dann Reis oder Tabak anbauen, wenn er neben seiner Familie noch eine Menge anderer Arbeitskräfte beschäftigt. Wenn wir uns als einzige Firma weigern würden, Kredite für den Kauf von Sklaven zu gewähren, müssten wir uns bald aus dem Geschäft zurückziehen. Im Gegensatz zu den meisten unserer Konkurrenten machen wir aber immerhin unseren Einfluss geltend und ermahnen grausame und gierige Sklavenhalter zur Zurückhaltung. Darum ergeht es den Sklaven wahrscheinlich besser, wenn sie von unserem Geld gekauft werden. Manche englische Handelsfirmen andererseits beteiligen sich sogar aktiv am Sklavenhandel. Sie bringen Schwarze aus Afrika hierher und vertuschen das, indem sie die Sklavenschiffe unter fremdem Namen fahren lassen.»

Mr. Knox erklärte weiter, dass wohlhabende Engländer in der Kolonialregierung in Williamsburg den Ton angaben und dort Gesetze verabschiedeten, die fast ausnahmslos ihren Interessen dienten und den unteren Klassen in Virginia ebenso zum Nachteil gereichten wie den Schotten und anderen lästigen Konkurrenten im Handel zwischen dem Mutterland und den Kolonien. Und dass die reichen Familien ihr gesellschaftliches Leben nach dem Vorbild der englischen Aristokratie gestalteten – wobei sie die Leute «in der alten Heimat» an Ausschweifungen, Frivolität und Standesdünkel noch bei weitem übertrafen –, verübelte ihnen Mr. Knox, der selbst ein genügsamer Mann war, besonders. Es überraschte Henry, wie tief sein älterer Freund den Landadel verabscheute, immerhin gehörten einige dieser Familien zu seinen besten Kunden.

Als Henry sich später mit Sophie unterhielt, war sie ebenso wie er der Meinung, dass manche Ausführungen ihres Onkels nicht ganz schlüssig waren. Einerseits schienen seine Sympathien den Pächtern und den Kleinbauern zu gehören, andererseits aber musste er einräumen, dass ihm als Kaufmann oft nichts anderes übrig blieb, als sich zum Wohl seiner Firma auf die Seite der herrschenden Elite zu schlagen.

Am nächsten Sonntag stellte Henry etwas zögernd eine Frage, die seine Unkenntnis hinsichtlich der Politik und Geschichte seines Heimatlandes verriet.

«Mr. Knox, was ist der Unterschied zwischen den Whigs und den Torys?»

Leise lachend erwiderte Mr. Knox: «Zunächst einmal nichts, denn beide Namen wurden vor etwa hundert Jahren von jeweils der anderen Seite als Schimpfwort verwendet. ‹Whig› ist eine alte Bezeichnung für einen Pferdedieb und wurde später für Leute wie mich gebraucht – schottische Presbyterianer, die dazu neigten, die Politik des Königshauses in Frage zu stellen. Und der Begriff ‹Tory› stand zunächst für Gesetzlose, die in erster Linie dem Papst die Treue hielten. Als dann die Whigs ihr Heil eher im Handel suchten, kamen die Torys in der anglikanischen Kirche zu Amt und Würden, was allerdings stets vom Wohlwollen der Krone abhing. Heutzutage würde ich behaupten, dass Torys in etwa dasselbe wie Loyalisten sind, Whigs hingegen finden sich nicht von vornherein mit jeder Entscheidung von George III. ab. Wie Sie sich gut vorstellen können, gibt es auf beiden Seiten radikale Parteigänger, die ihre eigenen Überzeugungen in den Himmel loben und die der anderen Seite aufs Gröbste verunglimpfen.»

Sophie und Henry sagten wie aus einem Mund: «Dann bin ich wohl ein Whig.»

«Und ich bin vielleicht auch einer», meinte Mr. Knox.

Sophie kannte Mr. Knox' vorgefasste Meinungen und mochte es nicht, wenn er sie in großer Runde erörterte, allein mit Henry aber ließ sie ihre Gespräche mit großem Vergnügen, Humor und viel Objektivität Revue passieren. Obwohl sie in der Regel mit ihrem Onkel übereinstimmte, konnte sie ebenso die Standpunkte anderer nachvollziehen, selbst wenn diese hochnäsige Aristokraten, Sklavenhalter, englische Kaufleute oder die trödelnden Arbeiterinnen in der Schneiderei waren. Henry wiederum hatte zu beinahe jedem Thema unweigerlich eine klare und scharf umrissene Meinung. Für ihn gab es nur Schwarz oder Weiß. Und so waren er und Sophie häufig unterschiedlicher Ansicht, nur bei einer Sache waren sie sich ganz und gar einig: Wenn Henry eines Tages in den Westen North Carolinas aufbrach, würde Sophie an seiner Seite sein.

Als er das nächste Mal an seine Familie in Philadelphia schrieb, half Sophie ihm dabei, denn der ungewöhnlich lange und freundliche Brief sollte den bestmöglichen Eindruck machen. Henry schilderte, was er über den Lederhandel gelernt hatte, und dankte seinem Vater für die gute Ausbildung als Schuhmacher. An Ethan schrieb Henry, dass er in der ersten Oktoberwoche nach North Carolina aufbrechen werde, und er erkundigte sich, ob sein Bruder ihm noch immer ins Grenzland folgen wollte. Schließlich gab Henry seiner Hoffnung Ausdruck, dass seine beiden Schwestern inzwischen Verehrer hatten und bald eigene Familien gründen würden, um dann elegant zu der überraschenden Neuigkeit überzuleiten, dass er und Sophronia Knox in Kürze heiraten würden. Er schloss damit, dass er und seine Frau ihren beiden Familien erst wieder schreiben würden, wenn sie in ihrer neuen Heimat angekommen seien.

Sowohl Henry als auch Sophie waren darauf erpicht, so bald wie möglich zu heiraten und aufzubrechen, und Henry entschied, dass sie sich im Gerichtsgebäude vom örtlichen Richter trauen lassen würden. Ein bisschen wehmütig dachte Sophie an ihre Hochzeitstruhe mit dem Brautkleid und anderem Zubehör, das sie und die Knox-Familie seit ihrer Kindheit Stück für Stück zurückgelegt hatten, aber sie behielt ihre Einwände für sich. Als sie und Henry am nächsten Sonntag im Haus von Mr. Knox zu Mittag aßen, informierten sie ihren Onkel etwas zögerlich von ihren Plänen. Dann begannen Sophie und Mr. Knox miteinander zu tuscheln, und Henry bemerkte erfreut, dass beide dabei lächelten. Offenbar war Mr. Knox mit dem Plan einer zügigen Hochzeit sehr einverstanden.

Am Nachmittag setzten sich die beiden Männer dann wie gewohnt auf die Veranda, um dort die jüngsten politischen Entwicklungen zu erörtern. Doch Mr. Knox sprach zuerst etwas anderes an: «Wie Sie vielleicht wissen, Henry, hat Sophie mir schon seit dem ersten Tag ihrer Anstellung einen Teil ihres Lohns überantwortet. Inzwischen ist da ein hübsches Sümmchen zusammengekommen, das euch bei der Gründung eines Hausstandes in North Carolina bestimmt recht nützlich sein wird.»

Henry war überrascht: «Aber Sophie hat mir erzählt, dass dies ihr Beitrag für die Kosten war, die sie hier im Haushalt verursacht hat.»

«Unsinn! Ihr werdet unvorhergesehene Ausgaben haben, und Mrs. Knox und ich sind in der glücklichen Lage, euch zu unterstützen. Wir betrachten Sophie als unsere Tochter und werden zu ihrer Mitgift noch zusätzlich etwas beisteuern. Außerdem werden wir die erforderlichen Stempel für eure Heiratsurkunde bezahlen.»

«O nein, Sir!», rief Henry wutentbrannt, «verdammt will ich

sein, ehe sich ein britischer Stempel auf irgendeinem meiner Papiere befindet!»

Das war der erste Kraftausdruck, den Mr. Knox, der sich selbst stets einer sehr gemäßigten Sprache befleißigte, aus Henrys Mund vernahm. Henry wurde vor Scham ganz rot im Gesicht und entschuldigte sich auf der Stelle für seine Unbeherrschtheit. Eine Weile sagte keiner von ihnen ein Wort, bis Henry schließlich einlenkte: «Ich weiß, dass wir ohne Stempel nicht zum Richter gehen können, und selbst bei einer kirchlichen Trauung könnte es Schwierigkeiten geben.»

«Vielleicht erklärt sich Sophie ja auch mit einer netten, unauffälligen Feier bei uns zu Hause einverstanden», meinte Mr. Knox. «Unser Pastor besteht bestimmt auf keiner gestempelten Urkunde.»

Hinter dem Vorhang verborgen stand Sophie am Fenster und lächelte in sich hinein, dann ging sie in ihr Zimmer, wo sie Haube, Schleier und Spitzenkleid zurechtlegte – all die Sachen, die sie bei der Hochzeitsfeier im Salon tragen würde, so wie sie es bereits seit jenem Tag plante, an dem sie Henry Pratt zum ersten Mal gesehen hatte.

Kapitel 3

Eine korrupte Kolonialregierung

Im Spätwinter des Jahres 1765 zogen Mr. und Mrs. Henry Pratt in das Orange County von North Carolina, wo sie in der jungen Siedlung Childsburg, etwa auf halber Strecke zwischen den Flüssen Neuse und Haw, einen Hausstand gründeten. Im Jahr darauf wurde der Ort, ein Handelsumschlagplatz für die Menschen im hügeligen Westen der Kolonie, in Hillsborough umbenannt. Viele Farmer hier im Hinterland waren aus Pennsylvania gekommen, weil sie den Einschränkungen durch die dort herrschenden Quäker entgehen wollten. Andere kamen, um sich ganz einfach neues Land urbar zu machen. Einige hatten Arbeit oder Besitz verloren, andere waren unzufrieden mit ihrem in der Küstenregion vergleichsweise geringen wirtschaftlichen und sozialen Rang. Es handelte sich um eine bunt gemischte Bevölkerung mit Vorfahren aus England, Schottland, Irland, Deutschland und der Schweiz, einige wenige stammten auch aus Skandinavien. Mit Ausnahme der Bewohner einer nahen Quäkersiedlung schenkten sie religiösen Institutionen nur wenig Aufmerksamkeit, aber alle Neuankömmlinge betrachteten sich als Pioniere, die auf dem Glauben an Freiheit und Individualität eine neue Gesellschaft gründen wollten. Aus freier Entscheidung, aber auch der Not gehorchend waren sie hauptsächlich Selbstversorger und importierten nur wenige Waren wie Eisen, Rum, Schießpulver und Salz im Tausch gegen Tierfelle und Vieh. Sobald eine Bauernfamilie genug Getreide und Gemüse für ihren eigenen Bedarf angebaut hatte, rodete sie weitere Flächen, um dort Tabak anzubauen, aber auch Indigo und Flachs, den man gut verkaufen konnte.

Als Henry den Gemeindevorstehern sagte, dass er ein erfahrener Schuhmacher sei, hießen sie ihn freudig willkommen und boten ihm gleich mehrere leere Grundstücke im Ortszentrum zur Auswahl an. Aber Henry, der genau wusste, was er für eine Gerberei brauchte, erbat sich stattdessen ein Stück Land am östlichen

Ortsrand. Hier gab es einen kleinen Fluss, in dem er die Tierhäute auswaschen konnte, und der vorherrschende Westwind hielt den Gestank der trocknenden Häute von den Einwohnern des Ortes fern. Dort also bauten Henry und Sophie ein Haus mit einem kleinen Laden im Erdgeschoss und Wohnräumen darüber, das seinem Vaterhaus in Philadelphia nicht unähnlich war.

Sobald sie mit dem Hausbau fertig waren, beschaffte sich Sophie ein breites, glatt gehobeltes Brett und pinselte «Sandy Creek Lederwaren» darauf, mit einem «Inhaber Henry Pratt» als Unterzeile, und ließ es Henry über die Eingangstür nageln. Auf dem hinteren Teil des Grundstücks errichtete Henry einen großen, offenen Schuppen, in dem er die Tierhäute gerben wollte. Bis auf einen Quäker-Schuhmacher, der mehrere Meilen weit entfernt lebte und hauptsächlich für die anderen Quäker arbeitete, hatten die Pratts weit und breit keine Konkurrenz. Und so kam es, dass Henry schon bald vollauf mit der Herstellung und Reparatur von Schuhen, Sätteln, Pferdegeschirren und Satteltaschen beschäftigt war. Sogar mit Pech ausgekleidete lederne Feuereimer verkaufte er. Sophie war ein bisschen enttäuscht, weil die meisten Hausfrauen ihre Näharbeiten selbst erledigten, doch es gab genug unverheiratete Männer als Abnehmer für die von ihr gefertigten Handschuhe, Westen und Kittel. Ein langes, locker geschnittenes Hemd, das «Wamus», war besonders beliebt, außerdem nähte sie auf Bestellung auch ein paar lederne Kappen und Hüte.

Es interessierte sie natürlich sehr, was die Menschen hier an der Grenze zur Wildnis trugen. Sämtliche Kleidungsstücke waren handgenäht und bestanden entweder aus dickem Leder oder schwerem, grob gewebtem Stoff, den man, nachdem man die Nähte aufgetrennt hatte, für andere Kleidung wieder verwenden konnte. Manche Bauern und Waldarbeiter trugen normale Lederschuhe, aber häufiger sah man indianische Mokassins, die sich durch Ausstopfen mit Moos oder Büffelhaar wärmer und bequemer machen ließen. Als Kopfbedeckung dienten Schlapphüte aus Filz und im Winter Kappen aus Waschbär-, Bären-, Fuchs- oder Eichhörnchenfell.

Die Frauen der Siedler trugen Kleider aus grobem Leinen oder Leinenwollgewebe, die man «Mother Hubbards» nannte. Diese hingen meist gerade herunter, manchmal banden sich die Frauen aber auch einen Stoffgürtel um die Taille, um etwas adretter auszusehen. Unter dem Kleid trugen sie Unterröcke aus demselben Material, darüber meist eine Schürze, um das Kleid bei der Arbeit zu schonen. Wenn es kalt wurde, wickelten sie sich in einen Woll- oder Steppumhang, und die meisten setzten dazu noch eine Leinenhaube auf oder legten sich einen Schal um. Ihre Fußbekleidung unterschied sich kaum von der ihrer Männer, mit der einen Ausnahme, dass Frauen häufiger Holzschuhe trugen.

Eigentlich stellten Henry und Sophie erst in Hillsborough fest, wie sehr sie einander liebten. So genossen sie ihre sonntäglichen Ausflüge in die Umgebung, sagten einander vorbehaltlos, was sie dachten, und hatten, wenn sie getrennt waren, große Sehnsucht nacheinander. Gelegentlich packte Henry sogar die Inspiration und er verfasste ein Gedicht, in dem er seine Gefühle für Sophie mit Worten zu Papier brachte, die er sich ihr sonst nicht zu sagen traute.

Wie schon sein Vater sorgte auch Henry dafür, dass die Schuhmacherwerkstatt ein Ort war, wo Kunden und Müßiggänger gern ein Stündchen verweilten und auf den beiden langen Holzbänken die Ereignisse des Tages besprachen, während er daneben seiner Arbeit nachging. Um die Männer nicht bei ihren Debatten zu stören, erledigte Sophie ihre Arbeit oben in den Wohnräumen, wo sie unbemerkt den Streitgesprächen und derben Späßen lauschen konnte.

In den ersten Monaten kümmerten sich Henry und Sophie vor allem um den Aufbau ihres Geschäfts, sodass die Gespräche im Laden anfangs vorsichtig und zurückhaltend geführt wurden. Eigentlich hatte Henry vorgehabt, erst einmal nur zuzuhören, bis er seine Kunden und die anderen regelmäßigen Besucher besser kannte, aber da er schon immer zur Redseligkeit geneigt hatte, hielt er das nur wenige Tage durch. Sein erster Eindruck war, dass sich das Leben hier in der Grenzregion stark von dem in Philadelphia und Norfolk unterschied. Obwohl es auch im Orange County eine klare Trennung zwischen Arm und Reich gab, schienen beide Gruppen zu der Zeit, als die Pratts in Hillsborough ankamen, mit diesem Umstand relativ zufrieden zu sein. Die sozialen und politischen Unterschiede traten gegenüber den gemeinsamen Anstrengungen, sich ein neues Leben in fremder Umgebung aufzubauen, in den Hintergrund.

Henrys Eindruck änderte sich erst, als eine kleine Gruppe von

Stammkunden begann, nach Ladenschluss noch ein Stündchen in der Werkstatt zu bleiben und sich bei ein paar Humpen Ale offener und unverblümter zu äußern. Auf diese Weise gewann Henry Einblick in bestimmte Machenschaften und Auseinandersetzungen vor Ort, und schon bald stellte er sich auf die Seite der Kleinbauern, der Tagelöhner, der Bauernfamilien und der Händler, die frei über ihr Leben entscheiden wollten. Keiner von ihnen konnte es an gesellschaftlichem Rang oder politischem Einfluss mit den reichen Kaufleuten, den Großgrundbesitzern oder den Lokalpolitikern aufnehmen, deren Macht zum großen Teil auf ihren Verbindungen zu ähnlichen Kreisen an der Küste beruhte.

Bei Henrys neuen Freunden paarte sich rhetorisches Geschick mit einem wahren Feuereifer; so viel wie nur möglich wollten sie über die politische Situation in der Umgebung erfahren und lauschten Henrys Schilderungen seiner Unternehmungen mit den Söhnen der Freiheit in Norfolk ebenso gebannt wie den politischen Ansichten, die er von Mr. Knox übernommen hatte. Einer der Leute, ein Mann namens Richard Pyle, arbeitete im Bezirksgericht als Schreiber. Er bot Henry und den anderen selbst auf die Gefahr seiner Entlassung hin an, ihnen Informationen über Testamente, Steuerfestsetzungen und Eigentumsübertragungen zu beschaffen. Schließlich war allen klar, dass den mächtigen Familien hier wie anderswo jedes Mittel recht war, um ihren Reichtum und ihren Einfluss zu vergrößern. Und auch im Orange County gingen sie dabei nicht immer legal und sauber vor.

Eigentlich hatte Ethan seinem Bruder nach North Carolina folgen wollen, sobald dieser dort Fuß gefasst hatte, aber als sich Henry in Hillsborough niederließ, wurde ihr Vater gerade krank, und Ethan musste sich um die Werkstatt kümmern. Bald hatte Mr. Pratt sich zwar so weit erholt, dass er in die Stadt gehen und Freunde besuchen konnte, aber er schien keine Lust zu haben, wieder seinen Pflichten als Schuhmachermeister nachzugehen. Es dauerte nicht lange, bis Ethan und Epsey darin den listigen Versuch erkannten, sie zu Hause zu halten. Deshalb bestand Ethan darauf, dass Samuel Pratt sich einen Lehrjungen nahm, der sich denn auch bald als ehrgeizig und anstellig erwies. Solange dieser noch in der Ausbildung war, schob das junge Paar seine Abreise auf und begnügte sich damit, die immer beredteren und vor lebendigen Beschreibungen nur so strotzenden Briefe aus der Feder von Henrys junger Gattin zu lesen, in denen sie ihnen alles über das Leben an der Grenze erzählte.

Gelegentlich schrieb Epsey Sophie zurück, wobei sie allerdings nur wenig über ihr fades Leben in Philadelphia mitteilte. Stattdessen stellte sie Fragen zu ihrer zukünftigen Heimat, die ja eine sich rapide wandelnde Gemeinde zu sein schien. Sie und Ethan erfuhren, dass die Bevölkerungszahl immens angestiegen war, seit sich die ersten Händler und Kaufleute vor nur sieben Jahren dort niedergelassen und ihre Geschäfte eröffnet hatten. Bauern, die in entlegeneren Gebieten wohnten, wohin auch Ethan ziehen wollte, mussten aber nicht unbedingt in die Stadt. Sie fanden in der Nähe ihrer Höfe abgeschiedene, meist von Großgrundbesitzern betriebene Gemischtwarenläden, in denen sie ihre Erzeugnisse gegen Dinge des täglichen Bedarfs eintauschen konnten.

Trotzdem war Hillsborough der Dreh- und Angelpunkt des Handels und Wandels in der Region und außerdem Sitz der Bezirksregierung des Orange County, wo alle juristischen Angelegenheiten abgewickelt werden mussten.

Länger anhaltende Beziehungen zwischen den Familien im Grenzgebiet und denen, die schon seit über einem Jahrhundert in der Küstenregion zu Hause waren, gab es nur selten. Das Hinterland war gebirgig und die Oberläufe der schnell fließenden Flüsse wegen zahlloser Stromschnellen und Wasserfälle nicht schiffbar. Lediglich Baumstämme konnten hinabgeflößt werden, und manchmal trugen diese auch kleine Ladungen, die an gefährlichen Stellen über Land getragen werden mussten. Erst weiter unten an den Flüssen gab es Lastkähne, zu denen die Farmer ihre Waren auf dem Rücken von Pferden oder Maultieren transportieren mussten. Mit dem Straßenbau ging es nur langsam voran. Kein Wunder, dass die flache Küstenregion andere Interessen verfolgte und sehr viel vermögender als das Bergland war.

Erleichtert las Epsey, dass es im Orange County nur wenige Sklaven gab. So besaß im Jahre 1763 lediglich jede zehnte Familie dort überhaupt Sklaven, und auch diese hatten zumeist nur zwei oder drei, die in den Wäldern und auf den Feldern Seite an Seite mit ihren Besitzern arbeiteten. Von Mr. Knox wusste Sophie, dass in den älteren Siedlungen an der Küste gut die Hälfte aller Haushalte Sklaven besaß, und zwar durchschnittlich zwanzig Stück. Auch Geld und Besitz waren im Hinterland knapper. So hatte Henry über Richard Pyle erfahren, dass die im Bezirksgericht von Hillsborough eröffneten Testamente durchschnittlich weniger als 200 Pfund Familienvermögen aufwiesen – Landbesitz, Werkzeug, Vieh, Getreidevorräte und persönliche Besitztümer bereits inbegriffen. Diese Information machte Ethan Mut, und er überschlug, wie viel Geld er brauchen würde, wenn er Philadelphia verließ.

Der Wandel der Region rings um Hillsborough war nicht aufzuhalten. Weil das Land hier im Westen sehr fruchtbar war, blieb es bei den steigenden Tabakpreisen nicht aus, dass das wenige noch verfügbare freie Land zu immer höheren Preisen gehandelt wurde. Rasch stellten viele der ersten Siedler von Hillsborough fest, dass ihr Land – besonders wenn es sich in einem Umkreis von zehn Meilen rings um das Gerichtsgebäude befand – über alle Erwartungen im Wert gestiegen war. Wann immer ein Kleinbauer in finanzielle Bedrängnis geriet oder bereit war, noch weiter in den Westen zu ziehen, gab es wohlhabende Nachbarn mit ehrgeizigen Plänen, die ihm sein Land gerne abkauften. Wegen dieser Flut von Transaktionen hatten die Gerichtsbeamten alle Hände voll zu tun, um Landtitel und Verkaufsdokumente auszustellen, um Ernteverpfändungen, Sicherheiten und Pfandrechte zu beglaubigen und Steuern festzusetzen.

Weil all diese juristischen Angelegenheiten geregelt und die Vielzahl an Gesetzen und Verordnungen des königlichen Gouverneurs und seines Rates interpretiert werden mussten, vermehrte sich die Zahl der Rechtsanwälte sprunghaft. Zudem wurden neue Vereinbarungen zwischen den nun einflussreicher gewordenen Kolonien North und South Carolina rechtskräftig, außerdem mussten die Strafgesetze angewendet werden, und zwar gegen wirkliche Kriminelle ebenso wie gegen jene, die aus Unkenntnis oder Absicht gegen die umfangreichen Vorschriften und Verordnungen verstießen.

Mit der Zeit wusste Henry Pratt, der mit seinen Freunden ständig diskutierte und Informationen austauschte, immer besser über die politische Lage in North Carolina Bescheid. Gouverneur William Tryon war ein treuer Untertan des Königs und setzte bis auf die Anwendung von Gewalt jedes Mittel ein, um den Protest gegen das britische Stempelsteuergesetz zu unterdrücken, auch wenn ihm dabei nicht viel Erfolg beschieden war. Tryon war ein geschickter politischer Taktierer, der seinen Einfluss auf die Kolonialregierung beständig vergrößerte und dafür sorgte, dass der Rat der Kolonie ihm hörig war. Nach und nach hatte er sich ein Netz aus in der Kolonie verstreuten Königstreuen aufgebaut, die einander durch gegenseitige Protektion verpflichtet waren. Die entlegeneren Gebiete der Kolonie kontrollierte Tryon, indem er sämtliche Sheriffs, Richter, Steuerschätzer und Schreiber persönlich ernannte und sie sich durch Bestechung oder Einschüchterung willfährig machte. Manchmal sicherte er sich ihre Ergebenheit auch dadurch, dass er ihre Bereicherung auf Kosten der Allgemeinheit stillschweigend billigte.

Tryons Praktiken wurden zwar auch von den Untertanen an der Küste kritisiert, doch am lautesten empörten sich die Siedler in der Umgebung von Hillsborough, in den Countys Orange und Alamance. Da Tryon dies wusste, sorgte er mit einem Trick dafür, dass trotz der rapide wachsenden Bevölkerungszahl im Westen der Osten über die Geschicke der Kolonie bestimmte. Indem er ihm ergebene Countys an der Küste in kleinere Wahlkreise aufteilte, stellte er sicher, dass die Ostküste mehr Abgeordnete in den Rat schickte, als ihr aufgrund ihrer Bevölkerung zugestanden hätten. Es gab praktisch keine Möglichkeit, dieses Vorgehen anzufechten, denn erstens waren die zuständigen britischen Gerichte Tausende von Meilen entfernt, und zweitens schien Tryon zu den von London besonders bevorzugten Gouverneuren zu gehören. Diese Ungerechtigkeit erregte bei Henry Pratt und seinen Freunden großen Unmut, dem sie bei ihren Treffen lautstark Luft machten.

Zu Henrys besten Kunden gehörten die Bauern, die sich bei ihrem monatlichen Einkauf in der Stadt bei ihm neue Schuhe anfertigen ließen, Pferdegeschirr und Lederkleidung erstanden oder ein paar gegerbte Häute mitnahmen, aus denen sie selbst etwas anfertigen wollten. Etwas häufiger schauten die Bewohner der Stadt bei ihm herein, die allerdings nicht immer etwas kauften, sondern seine Werkstatt hauptsächlich als angenehmes Plätzchen für ihre Gespräche schätzten. Scherzhaft nannten sie sich inzwischen die «Sandy Creek Association», ihre Besuche in der Werkstatt waren «Vereinszusammenkünfte».

In dieser Gruppe gehörte Henry zu den Kämpferischsten. «Zurückhaltung können wir uns nicht leisten», drängte er die anderen. «Schließlich setzt sich niemand sonst für uns ein. Wenn wir auf uns aufmerksam machen wollen, müssen wir kühn und entschlossen vorgehen.»

«Ihr wisst ja, dass ich im Gericht arbeite», entgegnete Richard Pyle, «und da bekomme ich mit, wie dort mit Beschwerden verfahren wird. Die meisten Leute wissen nicht, was vor sich geht und wie sie sich mit den Behörden stellen sollen. Einfach mit unserer Kritik an die Öffentlichkeit zu gehen halte ich daher nicht für hilfreich. Es würde unsere Position nicht stärken.»

Henry gefiel es ganz und gar nicht, in seinem eigenen Haus so deutliche Widerworte zu hören. «Es ist doch wohl nicht unsere Aufgabe, die Obrigkeit vor Kritik in Schutz zu nehmen», erwiderte er. «Jeder weiß, was sich in der Regierung abspielt, warum also sollten wir damit hinterm Berg halten?»

Andere unterstützen ihn, wenn auch ein wenig zögerlich. «Wir müssen es eben so einfach wie möglich formulieren.»

«Oder besser belehrend?»

«Sollen wir unsere Namen unter die Petition setzen?»

«Lasst uns auch ein paar Ratschläge geben und nicht nur Kritik üben.»

Nach langer Debatte ergab sich für Henry die Gelegenheit, einen Rückzieher zu machen, ohne das Gesicht zu verlieren.

«Ich könnte etwas aufsetzen, was auf meinen Erfahrungen in Norfolk beruht», bot er an. «Immerhin weiß ich, was dort gut geklappt hat, und ich werde versuchen, alles zu berücksichtigen, was hier gesagt wurde. Natürlich muss es einfach und klar geschrieben sein, aber zugleich unsere Entschlossenheit zeigen. Wenn ich den Entwurf in ein oder zwei Tagen fertig habe, können wir ihn gemeinsam überarbeiten und ihn so lange ändern, bis jeder einverstanden ist.»

Fleißig arbeitete Henry an seiner Petition, wobei ihm Sophie mit guten Ratschlägen half.

Nachdem sie ziemlich lange hin und her überlegt hatten, meinte

Henry schließlich: «Warum verlangen wir nicht einfach eine öffentliche Versammlung, auf der die Menschen ihre Beschwerden vorbringen können, und fordern außerdem das Recht, dass die Bürger den Beamten Anweisungen geben dürfen?»

«Das ist es!», rief Sophie begeistert. «Eine einfache, klare Forderung nach unseren Grundrechten, die durchaus erfüllbar ist.»

Stolz präsentierte Henry am nächsten Tag das Ergebnis ihrer Arbeit und freute sich, dass alle mit den Forderungen einverstanden waren. Nachdem sie sich darauf geeinigt hatten, die Petition mit «Die Mitglieder der Sandy Creek Association» zu unterzeichnen, wurde sie mit wenigen kleinen Änderungen gedruckt.

Bald jedoch mussten sie feststellen, dass ihre bewundernswert idealistische Entschließung politisch naiv gewesen war. Ihr Appell richtete sich nämlich fast ausschließlich an die lokalen Autoritäten. Wenn sie aber ihre Forderung durchsetzen wollten, dass Bürger auf regelmäßig einzuberufenden öffentlichen Versammlungen ihre Ansichten kundtun und sogar Weisungen erteilen konnten, hätte dazu das gesamte politische System des Countys und schließlich der ganzen Kolonie umgekrempelt werden müssen. Und so stieß ihre Petition zwar auf einiges Interesse, wurde aber von den einflussreichen Bürgern fast einhellig lächerlich gemacht und von den Regierungsbeamten ignoriert. Nach ein paar Tagen kamen Henry und die anderen zu der Einschätzung, dass eine Versammlung erst dann sinnvoll war, wenn die Allgemeinheit mehr Interesse an ihren Forderungen zeigte. Immerhin aber hatten sie einige Dinge artikuliert, die ihnen unter den Nägeln brannten.

Als einziger Lederwarenhändler in der Stadt konnte Henry über Auftragsmangel nicht klagen, und auch Sophie wurde mit Bestellungen überhäuft. Deshalb fragte Henry unter seinen Kunden herum, ob sie vielleicht jemanden wüssten, der seine Frau bei ihrer Arbeit unterstützen könnte. Zum Erstaunen der Pratts war es dann ausgerechnet Josephine, die Frau des Apothekers, die sich schließlich anbot, einige Ledernäharbeiten zu übernehmen. Sie könne allerdings nur vier Stunden am Tag arbeiten, sagte sie, doch sie wollte auch nur ein geringes Entgelt dafür – weit weniger, als Sophie in Norfolk verdient hatte. Sie sei auf das Geld nicht angewiesen, erklärte sie, sie sei es nur leid, alleine zu Hause herumzusitzen – ohne Kinder und mit einem Mann, der sehr gut ohne ihre Hilfe auskomme, wenn er aus seinem kleinen Vorrat eine Arznei heraussuchte oder seinen kranken Kunden Ratschläge gab.

Der Arzt und Apotheker Dr. Railston teilte sich die medizinische Versorgung mit Miss Norma Hume, einer erfahrenen Hebamme, die mehr von Allgemeinmedizin verstand als irgendjemand sonst im County. Eigentlich durfte jeder irgendwelche Arzneien zusammenbrauen und Kranke behandeln, denn dazu war keine besondere Zulassung erforderlich, aber Dr. Railston und Miss Hume hatten sich im Lauf der Zeit einen hervorragenden Ruf in der Gegend von Hillsborough erworben. Mehrere Stunden in der Woche beschäftigten sie sich mit dem Sammeln und Verarbeiten einheimischer Wurzeln und Kräuter wie Sassafraswurzel, Maiapfel, Blutwurz und Ulme. Des Geschmacks und der besseren Wirkung wegen reicherten sie diese mit Honig, Süßholz, Kampfer, Salpeter, Kalomel sowie Alkohol oder Opium oder auch einer Tinktur aus beidem an, wobei sie stets berücksichtigten, dass eine Medizin bei den Leuten als umso wirksamer galt, je schlechter sie schmeckte. Die beiden arbeiteten Hand in Hand, behandelten sowohl weibliche als auch männliche Patienten und verdienten gutes Geld damit. Gemeinsam stellten sie Diagnosen, ließen die Leidenden zur Ader, verordneten an Arzneien, was gerade verfügbar war, halfen Babys auf die Welt, öffneten Furunkel und vereiterte Wunden, schienten Knochenbrüche und zogen manchmal auch Zähne.

Wenn Miss Norma gerade nichts zu tun hatte, setzte sie sich zu Sophie und der Apothekersfrau und nahm an deren «Näh- und Plauderstündchen» teil. Sie kamen gut miteinander aus und stellten fest, dass die Arbeit richtiggehend Spaß machte, wenn man sich dabei unterhielt. Zwar hatte Norma beim Umgang mit Leder und Nadel zwei linke Hände, wusste dafür aber alles, was in der Stadt und draußen auf dem Land vor sich ging. Auch in Norfolk, denn dort hatte sie einen Vetter, den sie zweimal im Jahr besuchte. Als sie das nächste Mal zu ihm fuhr, hatte sie eine Einkaufsliste für Materialien in der Tasche, die in Hillsborough nicht aufzutreiben waren, und außerdem einen Brief von Sophie an die Familie Knox. Nachdem Norma abgereist war, fühlte sich Sophie dann zum ersten Mal in ihrem Leben müde und matt. Außerdem nahm sie zu und reagierte plötzlich ungehalten auf Kleinigkeiten an ihrem Arbeitsplatz. Und sie schimpfte mit Josephine über Nichtigkeiten, nur um sich kurz darauf wieder zu entschuldigen. Im Stillen ärgerte es sie, dass sie nicht nur die vielen Bestellungen von Kunden erledigen, sondern auch noch kochen und Haus und Werkstatt sauber halten musste.

Als Miss Norma von ihrem Besuch an der Küste zurückkam, erzählte sie, dass Mr. und Mrs. Knox wohlauf seien, wohingegen sie einige ihrer Verwandten wegen Unpässlichkeit habe behandeln müssen. Allerdings hätten die Knox' darum gebeten, Henry mitzuteilen, dass es inzwischen unstrittige Beweise dafür gebe, wie die britische Regierung langsam, aber sicher die Rechte der Kolonisten beschneide.

«Damit habe ich schon seit langem gerechnet», nickte Henry. «Eigentlich dachte ich ja, dass uns das hier draußen in den Bergen nicht berühren würde, aber vielleicht sind wir hier sogar noch schlechter dran als die Menschen in Massachusetts und Virginia.»

Mit ihrem medizinisch geschulten Auge erkannte Norma rasch den Grund für Sophies andauerndes Unwohlsein und ihre Erschöpfungszustände. Sie war schwanger. Nachdem noch eine weitere Monatsblutung ausgeblieben war, setzte Sophie auch Henry in Kenntnis, der hellauf begeistert war und vorschlug, zum Wohl des Babys bis zur Geburt nicht mehr miteinander zu schlafen. Aber Sophie lachte nur und sagte, dass dies im Gegenteil die richtige Zeit sei, auch im Bett ausgiebig zu feiern. Und so probierten sie noch in derselben Nacht einiges aus, was sie bisher noch nie getan hatten.

Etwa eine Woche später erklomm der Doktor die Außentreppe und klopfte an die Tür des oberen Stockwerks, wo die beiden Frauen vor ihrer Arbeit saßen. «Ich war gerade bei Miss Norma, um sie mit dem Einspänner abzuholen», sagte er zu «Mrs. Railston», wie er seine Frau stets nannte. «Aber Norma liegt im Bett und ist zu krank, um aufzustehen. Es muss sie wirklich schwer erwischt haben, denn so etwas sieht ihr gar nicht ähnlich. Trotzdem hat sie mich nicht einlassen wollen, um nach ihr zu sehen. Zuerst müsse ihr eine Frau beim Ankleiden helfen und ihr Bett sauber machen.»

Sophie erbot sich, den Doktor und Mrs. Railston zu begleiten, und kurz darauf standen sie vor Normas kleinem Häuschen am Ortsrand. Nachdem sie sich zu erkennen gegeben hatten, erlaubte eine schwache Stimme den beiden Frauen einzutreten. Die Hebamme hatte Erbrochenes auf dem Nachthemd und deutete an, dass sie sich auch «hinten beschmutzt» habe. Während die beiden Frauen das Bett säuberten, hörten sie, wie Miss Norma schwer atmete. Ihr Rachen war stark gerötet, und sie hatte hohes Fieber.

«Ich weiß gar nicht, was mir fehlt, vermutlich ist es nur eine Kolik. Aber hören wir mal, was Dr. Railston dazu sagt», meinte sie, als die Frauen hinausgingen und den Arzt ins Zimmer schickten. Als er wieder herauskam, war er sichtlich beunruhigt.

«Ich habe schon auf den ersten Blick gesehen, dass Miss Norma vermutlich die Pocken hat», sagte er mit ernstem Gesicht. «Ich hatte schon selbst mit ein paar Fällen zu tun und habe zu Hause eine Abhandlung, in der alle Symptome aufgeführt sind. Darin steht auch, was man bei der Behandlung zu beachten hat. Ich bin zu Tode erschrocken, als ich ihren Ausschlag gesehen habe, und habe versucht, mich so gut es ging vor Ansteckung zu schützen. Aber ihr beide seid ihr ja sehr nahe gekommen, und ich hoffe, dass ihr euch nicht angesteckt habt. Wir müssen jetzt alles dafür tun, dass sich niemand in der Gemeinde ansteckt. Norma hat gesagt, dass ihr beide sie und das schmutzige Bettzeug angefasst habt. Deshalb müsst ihr euch sofort gründlich Hände und Arme waschen und die Kleider, die ihr tragt, verbrennen.»

Er hielt kurz inne, dann wandte er sich an Sophie. «Vielleicht erlaubt Ihnen Ihr Mann, dass Sie für ein paar Tage zu uns ziehen, bis wir wissen, wie sich die Krankheit bei Miss Norma entwickelt?»

Dieser Vorschlag behagte Sophie ganz und gar nicht. «Darüber möchte ich zuerst selbst mit ihm reden.» Doch Dr. Railston erwiderte: «Das wäre nicht gut, denn Ihr Ehemann soll nicht auch noch mit den Pocken in Berührung kommen. Lassen Sie lieber mich in die Werkstatt gehen und ihm die Situation schildern.»

Nach längerem Hin und Her erklärte sich Henry schließlich mit Dr. Railstons Plan einverstanden und ging nach oben, um ein paar Sachen für Sophie zusammenzupacken. Sie richtete sich im Haus der Railstons ein und befolgte zusammen mit Mrs. Railston alle Anweisungen des Doktors, der die Abhandlung über die Pocken noch einmal genauestens studiert hatte. Darin wurde beschrieben, welche Behandlungsmethoden sich als wirksam erwiesen hatten und wie man Menschen in einem infizierten Haus oder Schiff am besten in Quarantäne nahm, damit sie nicht mit Gesunden in Berührung kamen. Interessant war, dass Menschen, die einmal die Pocken überlebt hatten, offenbar nie wieder daran erkrankten.

Die Nachricht vom Ausbruch der Krankheit verbreitete sich wie ein Lauffeuer in Hillsborough. Und die Gemeinde beschloss, Dr. Railston in seinem Bestreben zu unterstützen, Miss Norma und alle Personen, mit denen sie in den ersten drei Tagen nach ihrer Rückkehr aus Norfolk Kontakt gehabt hatte, unter Quarantäne zu stellen. Das galt auch für Sophie, die bis auf weiteres bei den Railstons wohnte. Bei seiner Lektüre war dem Arzt klar geworden, dass sie und seine Frau einem außerordentlich hohen Ansteckungsrisiko ausgesetzt gewesen waren. Am nächsten Morgen ging es Miss Norma sehr viel schlechter, und Dr. Railston grübelte darüber nach, was er für Sophie und seine Frau tun könnte. Nachdem er sich gewaschen und die Kleider gewechselt hatte, ging er zu Henry in den Laden.

«Seit meinem Studium sind mir immer wieder Pockenfälle untergekommen, und in den letzten Jahren haben wir einige neue Erkenntnisse über die Krankheit gewonnen. Zuallererst möchte ich Ihnen sagen, Henry, dass die Pocken nicht immer tödlich verlaufen müssen. Viele Leute werden danach wieder ganz gesund. Allerdings stimmt auch, dass ganze Indianerstämme durch die Pocken ausgelöscht wurden und dass ihnen in Island und Grönland mehr als ein Drittel der Bevölkerung zum Opfer gefallen ist. In England und dem übrigen Europa aber überleben acht von zehn Menschen die Krankheit, wahrscheinlich weil sie irgendwann in ihrem Leben einen leichten Fall davon überstanden haben. Ich für meinen Teil bin möglicherweise schon als kleiner Junge mit den Pocken in Berührung gekommen.

Inzwischen ist mir klar, dass sich Miss Norma ganz offensichtlich während ihres Besuchs an der Küste angesteckt hat. Normalerweise dauert es ein paar Wochen, bis sich die ersten Anzeichen der Krankheit zeigen. Das beginnt mit Kopfschmerzen, hohem Fieber und Übelkeit, wovon sich die Patienten aber scheinbar erholen. Doch dann folgt ein Ausschlag auf Gesicht, Handflächen und Fußsohlen, der aussieht wie Flohbisse, und schließlich zeigen sich überall am Körper Eiterbläschen, die rasch immer größer werden. Überlebt der Patient die Krankheit, bildet sich einfach eine Kruste darüber, und sie heilen ab – daher stammen die Pockennarben, die wir auf so vielen Gesichtern sehen. Erst wenn die Bläschen sich vergrößern und ineinander übergehen oder die Infektion die inneren Organe wie Herz, Lunge oder Gehirn befällt, gibt es keine Hoffnung mehr.»

«Wie erkrankt man an den Pocken?»

«Das weiß ich nicht genau, aber vermutlich kann ein Mensch die Pocken nur kurze Zeit, nachdem er sich angesteckt hat, auf andere übertragen. Bis dahin haben sich die meisten Anzeichen der Krankheit noch nicht deutlich gezeigt. Leider besteht kein Zweifel daran, dass unsere Frauen sehr eng mit Miss Norma in Berührung gekommen sind. Ob es uns gefällt oder nicht, im Moment könnten sie andere anstecken.»

«Können Sie denn gar nichts für Sophie und Ihre Frau tun?»

«In den letzten Jahren hat man versucht, den Pustelinhalt leicht erkrankter Menschen auf andere zu übertragen in der Hoffnung, damit einen schweren Krankheitsausbruch zu verhindern. Man nennt diese Methode eine Impfung oder auch Variolation – nach ‹Variola›, dem lateinischen Namen für die Pocken. Ihr Erfolg ist allerdings bisher noch nicht bewiesen, und manche der Behandelten bekamen die Pocken und starben. Unter Ärzten und noch mehr in der Öffentlichkeit gibt es deshalb hitzige Debatten über dieses Thema, und in den meisten Küstenstädten ist dieses Verfahren sogar strafbar, außer in Philadelphia, wo letztes Jahr die Pocken ausbrachen und manche Leute bis zu drei Pfund für eine Pockenimpfung zahlten. Als 1760 South Carolina und Georgia von den Pocken heimgesucht wurden, bot ein Arzt in Savannah das Verfahren an, doch man warf ihm vor, auf diese Weise die Menschen überhaupt erst mit den Pocken anzustecken. Vor Empörung brannte man sein Haus und seine Apotheke nieder und verbannte ihn aus der Kolonie. Zu Hause habe ich eine Abhandlung zu dem Thema, die ich gerade noch einmal gelesen habe. Angesichts des unmittelbaren Kontakts zu Miss Norma empfehle ich dringend eine Impfung der beiden Frauen, und auch ich werde mich einer unterziehen.»

Als Henry Einwände erhob, erinnerte ihn Dr. Railston daran, dass sie alle wahrscheinlich längst angesteckt waren und die Impfung daher nichts verschlimmern, möglicherweise aber einen schweren Krankheitsverlauf verhindern würde.

«Wie wird es gemacht?», erkundigte sich Henry.

«Manche Ärzte saugen mit einem Faden etwas von der Eiterflüssigkeit auf, lassen ihn trocknen und verabreichen davon ein Stück der Person, die sie schützen wollen. Auf diese Weise soll die Krankheit leichter und jedenfalls nicht tödlich verlaufen, und danach wird man nie wieder von den Pocken befallen.»

«Wie genau verabreicht man das?»

«Das habe ich nachgelesen. Man macht einen kleinen Schnitt in den Oberarm und legt das Fädchen so hinein, dass es nicht herausrutschen kann, das ist alles. Der Schnitt ist nicht tiefer als beim Aderlass und sollte nicht allzu weh tun.»

Nach längerem Nachdenken gab Henry schließlich seine Einwilligung, und Dr. Railston sammelte ein bisschen Eiterflüssigkeit bei Miss Norma, mit der er dann die Prozedur an sich und den beiden Frauen vollzog. Nach ein paar Tagen zeigte sich zuerst bei Sophie und dann bei Mrs. Railston eine leichte Infektion, während er an sich selbst keinerlei Reaktion beobachten konnte. Aber an dem Tag, an dem dann Miss Norma starb, musste der Doktor Henry mitteilen, dass Sophie hohes Fieber hatte und ihr Gesicht und ihr Hals von einem tiefroten Ausschlag überzogen waren.

«Was heißt das?» fragte Henry angstvoll.

«Ich fürchte, dass sie an der schlimmsten Form der Pocken erkrankt ist. Meine Frau spricht offenbar auf die Variolation an, und ich selbst kann die Krankheit wohl nicht mehr bekommen. Für Sophie können wir jetzt nichts weiter tun als beten und es ihr möglichst bequem machen. Nachdem das Ganze bei ihr schon so weit fortgeschritten ist, steht aber fest, dass sie sich bei Miss Norma und nicht über die Impfung angesteckt hat.»

Henry wollte sofort an Sophies Seite eilen, aber der Doktor gestattete ihm nur, durchs Fenster mit ihr zu sprechen. Im Bett liegend bemühte sie sich zu plaudern und ihn aufzumuntern, aber ihr Hals war wie zugeschnürt, und was sie sagte, kam Henry ziemlich verworren vor. Er trug einen Stuhl zum Haus des Doktors und setzte sich auf die Veranda. Da er sich weigerte, zum Essen nach Hause zu gehen, brachte ihm der Doktor ein paar Kekse, geräucherten Speck und Milch heraus. In regelmäßigen Abständen informierte er ihn über Sophies Zustand, der sich zusehends verschlimmerte.

Als sie schließlich gestorben und rasch beerdigt worden war, schloss Henry den Laden und verließ drei Tage lang nicht das Haus, außer für Sophies bescheidene Totenfeier, an der außer ihm nur seine treuesten Kunden teilnahmen. Mit Dr. Railston, der seinen Kummer teilte, wechselte er eine Weile kein Wort und verzieh ihm erst nach längerer Zeit. Als die drei Tage vorbei waren, stürzte sich Henry kopfüber in seine Arbeit, doch mit den unbeschwerten Diskussionen in der Werkstatt war es vorbei. Seine Worte klangen zunehmend bitterer, und er schoss sich immer mehr darauf ein, dass die Regierung ihn zumindest eines Teils seiner Freiheiten beraubte. Eines Tages schrieb er seiner Familie in Philadelphia etwas verworren über Sophies Tod, aber es kümmerte ihn nicht weiter, ob dieser Brief überhaupt jemals ankam.

Kapitel 4
Die Regulatoren

Herbst 1766

Längere Zeit waren keine Briefe von Henry gekommen, obwohl Ethan mehrmals an seinen Bruder geschrieben und nachgefragt hatte, wann er mit Epsey nachkommen könne. Als dann die Nachricht von Sophronias Tod eintraf, beschloss Ethan, Philadelphia unverzüglich zu verlassen. Ohne auf die Bedenken seines Vaters zu hören, brachen er und Epsey in aller Eile nach North Carolina auf.

Bei ihrer Ankunft in Hillsborough bot Henry ihnen an, bei ihm in der Werkstatt zu wohnen. Henry, der Ethan seit seiner Heirat mit Sophie noch glücklicher und lebenslustiger erschienen war als früher, kam seinem Bruder jetzt verzweifelt und verbittert vor. Obwohl Ethan am liebsten so schnell wie möglich eigenes Land erworben hätte, beschloss er, vorerst ein halbes Jahr bei Henry zu bleiben, weil er erkannt hatte, dass sein Bruder ihn und Epsey brauchte. Erst im Frühjahr 1767 wollte er sich dann ein Farmgrundstück suchen. Mrs. Railston, die immer noch in der Werkstatt arbeitete, unterwies Epsey in den Näharbeiten, sodass der Schuhmacherladen bald wieder genauso funktionierte wie zuvor.

Jedes Mal, wenn Ethan sich nach den Lebensbedingungen der immer zahlreicher werdenden Siedler im Grenzgebiet erkundigte, gab sich Henry eher wortkarg, selbst dann, wenn das Gespräch unter vier Augen stattfand. Ganz offensichtlich wollte er nicht über das reden, was ihm und Sophie seit ihrer Ankunft vor mehr als einem Jahr widerfahren war. Auch über die alten Zeiten in Philadelphia und das Verhältnis zu den anderen Familienmitgliedern sprachen die Brüder nur wenig. Ethan wollte wissen, was ihn und Epsey auf einer Farm an der Grenze erwartete, und bombardierte Henry mit Fragen über das Zusammenleben der Menschen im Grenzgebiet oder den Aufbau der Kolonialverwaltung. Er wollte wissen, wie wohl die hiesigen Beamten seinen Antrag auf ein eigenes Stück Land behandeln würden und was für Leute er auf den Farmen im Westen antreffen würde. Auf die meisten Fragen wusste Henry eine Antwort und konnte Ethan auch sonst manchen nützlichen Rat geben. Doch wenn das Gespräch auf betrügerische Machenschaften der Behörden und die Korruption bei Gericht kam, geriet er jedes Mal in Rage.

«Die Geschicke der Menschen hier im Orange County liegen in den Händen von zwei Verbrechern, Gouverneur Tryon und Edmund Fanning. Dieser verdammte Fanning ist eigentlich nur der für Beurkundungen zuständige Beamte, aber er hat bei allen gerichtlichen Entscheidungen das letzte Wort und bestimmt auch noch, wer für eine offizielle Stellung vorgeschlagen wird. Ohne Fannings Zustimmung kann hier nicht einmal ein Rechtsanwalt eine Kanzlei eröffnen.»

«Aber werden die Mitglieder der gesetzgebenden Versammlung denn nicht vom Volk gewählt?», unterbrach ihn Ethan.

Henry antwortete mit bitterem Lachen: «Die Abgeordneten des Oberhauses werden von den Ratsmitgliedern ernannt, die wiederum vom Gouverneur ausgewählt wurden. Das Unterhaus wird zwar von uns Grundbesitzern gewählt, aber Fanning und die anderen hohen Tiere im County stellen die Kandidaten auf – natürlich mit Zustimmung des Gouverneurs. Und der Sheriff ist für die Durchführung der Wahl verantwortlich. Selbst wenn es einmal Gegenkandidaten gibt, erfährt niemand, wie viele Stimmen für welchen Kandidaten abgegeben wurden oder ob die Auszählung überhaupt korrekt war.»

Ethan überlegte eine Weile und erwiderte dann: «Aber wenn der Gouverneur wirklich so schlimm wäre, wie du sagst, Henry, dann hätten der König und das Parlament ihn doch längst abgesetzt.»

«Tryon ist ein ganz gerissener Mann, der nur zwei Dinge im Sinn hat: sich und seinen Leuten die Taschen zu füllen und gleichzeitig Unruhen in der Kolonie zu vermeiden. An der Küste gibt es eine Menge wohlhabender und einflussreicher Leute, die enge Beziehungen mit London unterhalten. Dort geht es den Leuten im Allgemeinen besser, und Tryon hält sich außerdem ziemlich zurück. Die Mehrheit der Bevölkerung sitzt aber hier im Hinterland. Sie fordert mehr Einfluss auf die Belange der Kolonie und bedroht damit Tryons Machtstellung, der unsere Region völlig unter seine Kontrolle bringen will, damit er das Land hier zu Geld machen kann. Eigentlich ist in der Verfassung genau festgelegt, wie die

Landvergabe erfolgen soll, und wenn ein neuer Siedler wie du hierher kommt, läuft auch meistens alles korrekt ab. Problematisch wird es erst hinterher!»

Henry, der davon überzeugt war, dass Ethan seine Warnung als berechtigt ansehen würde, wenn er erst einmal um die Zuteilung von Land gebeten hatte, beschwor ihn, sich schon vor der offiziellen Antragstellung mit dem gesamten Ablauf des Verfahrens vertraut zu machen. Nach und nach versorgte er Ethan mit allen wichtigen Informationen über die lokalen Politiker und erläuterte ihm seine Bedenken gegenüber der Regierung. Außerdem ließ er ein paar zurückhaltende Bemerkungen über die Sandy Creek Association fallen. Nachdem er sich über ein paar Wochen hinweg viel mit Ethan unterhalten hatte, wurde Henry wieder lebhafter und war nicht mehr ganz so zynisch wie am Anfang. Mitunter lachte er sogar. Mit der Zeit fanden sich auch wieder seine alten Kunden in der Werkstatt ein, um aktuelle Themen zu diskutieren und den neuesten Klatsch auszutauschen.

Ethan trug zwar selten etwas zu diesen Gesprächen bei, aber er hörte Henry aufmerksam zu. Auf dessen Anraten besuchte er zusammen mit Epsey im näheren Umkreis einige Farmerfamilien, um sich bei ihnen zu erkundigen, welche Art von Landwirtschaft sie betrieben. Außerdem erfuhr er viel über die Landzuteilung oder die besten Einkaufsmöglichkeiten für Gerätschaften und anderes Material. Auch das Wissen um die Entbehrungen des Lebens an der Grenze zur Wildnis konnte Ethan und Epsey nicht von ihrem Entschluss abbringen, so bald wie möglich auf eigenem Land mit der Arbeit zu beginnen.

Sonntags blieb Epsey meist in der Werkstatt, während Henry und Ethan für gewöhnlich einen Ausritt in die Umgebung machten. Oft legten sie dabei mehr als ein Dutzend Meilen in Richtung Westen zurück, wo sie die entlegensten Orte des Countys besuchten. Hier, wo noch Land zu haben war, lernten sie einige von den Farmern kennen, die sich erst kürzlich niedergelassen hatten. So erfuhr Ethan, dass viele seiner zukünftigen Nachbarn Quäker aus Pennsylvania oder New Jersey waren. Sie waren erfahrene Farmer, die Ethan auf seine Fragen bereitwillig Auskunft gaben. Sie zeigten ihm sogar die wenigen noch freien Grundstücke, die per Gesetz den Neuansiedlern vorbehalten waren, und die Brüder nahmen jedes genau unter die Lupe.

Ethan war von den Aussichten auf ein eigenes Heim so begeistert, dass er Henrys Warnung, sich doch nicht in einer so entlegenen Gegend niederzulassen, in den Wind schlug. Er wählte sogar schon ein Grundstück aus, das er Epsey bei einem zweitägigen Erkundungsritt am nächsten Wochenende zeigte. Sie suchten sich den geeignetsten Platz für ein Wohnhaus und eine Scheune aus und überlegten, welche Waldstücke für die Haltung von Vieh in Frage kamen und welche sie roden wollten, um sie in Acker- oder Weideland umzuwandeln. Die ersten Siedler in der Gegend hatten das flachere und ertragreichere Land in Besitz genommen, wo sie auch eine Art Handelszentrum errichtet hatten. Jetzt waren nur noch Grundstücke in der nordwestlichen Ecke des Countys frei, wo ein Großteil des bestellbaren Landes hügelig und an zwei Seiten von Sümpfen umgeben war. Dafür gab es in der Nähe zumindest genügend Quellen und Bäche, um eine ganzjährige Versorgung mit sauberem Wasser zu gewährleisten.

Weil Henrys Misstrauen gegenüber den königlichen Beamten und ihrem Verfahren der Landzuteilung ihn ziemlich verunsichert hatte, begab sich Ethan mit gemischten Gefühlen zum Gerichtsgebäude. Dort jedoch schien man eifrig bemüht, ihm das gewählte Stück Land zuzuerkennen und die gesamte Prozedur so einfach wie möglich zu gestalten. Er benötigte nur eine formlose schriftliche Zustimmung des Bezirksvorstehers sowie eine Planskizze, auf der die Grenzen anhand von markanten Punkten wie großen Bäumen, Wasserläufen und Felsblöcken und einigen von ihm gesetzten Grenzpfosten markiert waren. Bedingung für die Grundvergabe war lediglich, dass ein Teil des Landes gerodet, ein Haus errichtet und Ackerbau betrieben wurde, also genau das, was Ethan und Epsey ohnehin vorhatten.

So bald wie möglich luden sie ihr Hab und Gut auf zwei Pferde und zwei Ochsen, die sie zuvor gekauft hatten, und brachten es zu ihrer Parzelle. Dort bauten sie zunächst unter einigen Kiefern eine provisorische Hütte und begannen dann mit der Rodung des Landes. Da es nahezu unmöglich war, die riesigen Bäume zu fällen, schnitt Ethan ihre Rinde im unteren Stammbereich ringförmig ein. Durch dieses Ringeln starben die Bäume ab und warfen als kahle Stämme keinen Schatten mehr auf die unter ihnen angebaute Ernte. Außerdem entzogen sie ihr weder Wasser noch Nährstoffe. Für die Wände der Blockhütte fällte Ethan Bäume mit besonders geraden Stämmen von etwa dreißig Zentimetern Durchmesser und zog sie mit Hilfe der Ochsen zum Bauplatz. Das Unterholz und die Äste der Bäume wurden zu großen Haufen aufgeschichtet und verbrannt. Ethan erkannte bald, dass er auf Jahre hinaus keinen Pflug würde einsetzen können; bis es so weit sein würde, mussten sie die Felder mit der Hacke bearbeiten. Epsey und er arbeiteten schwer und genossen die verhältnismäßig einsame Lage ihres neuen Heims. Ihre Nachbarn besuchten sie nur selten. Auch wenn sie in Hillsborough waren, hatten sie eigentlich nur mit den Händlern Kontakt, bei denen sie einkauften und die ihnen wiederum später ihre Farmerzeugnisse abkaufen sollten.

Ethan war nun einundzwanzig Jahre alt. Hoch gewachsen und eher schlaksig, machte er sich wenig aus seinem Äußeren. Das lange, blonde Haar trug er meist in einem Pferdeschwanz, den er im Nacken mit einem Lederriemen zusammenband. Anderen Menschen fielen vor allem seine kräftigen, aber ungewöhnlich langen und schmalen Finger auf, mit denen er im Gespräch seine Worte lebhaft untermalte. Er lächelte viel und war freundlich, brach aber nur selten in lautes Gelächter aus. Weil er groß und selbstsicher war, witterten manche Männer in ihm zunächst einen Rivalen, aber durch sein bescheidenes Auftreten und sein zurückhaltendes Wesen hatte Ethan stets auch die eifersüchtigsten Gemüter innerhalb weniger Minuten besänftigt. Er kümmerte sich am liebsten um seine eigenen Angelegenheiten, war gerne allein und steckte seine ganze Energie in den Aufbau der Farm. Ethan war mit sich selbst im Reinen, fühlte sich von anderen nicht bedroht und hegte ihnen gegenüber auch keine Neidgefühle.

Der Umgang mit Werkzeugen, Schusswaffen, Messern und Geräten aller Art fiel ihm leicht. Als geschickter Schuhmacher, Holzarbeiter und Schmied war er immer bereit, den Nachbarn, die fast alle Quäker waren, mit Rat und Tat zur Seite zu stehen. Wenn ihn die Mitglieder dieser auch «Gesellschaft der Freunde» genannten Gruppe aber zu ihren religiösen oder geselligen Zusammenkünften einluden, lehnte er höflich ab.

Epsey war größer als die meisten Frauen in der Gegend, anmutig und voller Tatkraft. Sie wirkte ernst und nachdenklich, doch war sie weder unglücklich, noch neigte sie zu Überheblichkeit gegenüber anderen. Obwohl sie sich eher langsam und bedächtig bewegte, war sie äußerst tüchtig und erledigte ihre Arbeiten mühelos und mit viel Geschick. Genau wie Ethan besaß sie ein gesundes Selbstvertrauen, das ihr half, die Herausforderungen des Lebens an der Grenze zu bewältigen.

In den ersten Monaten ihrer Ehe hatte Epsey Ethan aufmerksam beobachtet und hatte gelernt, ihn trotz einer anfänglichen Enttäuschung über einige seiner Charakterzüge zu verstehen und zu achten. Er war eigensinnig, ließ sie kaum an seinen Gedanken teilhaben und genoss ganz offensichtlich die Stunden, in denen er allein war. Auf der anderen Seite wog er bei allen Angelegenheiten das Für und Wider sorgfältig ab und traf erst dann eine Entscheidung, wenn er sie nach ihrer Meinung gefragt hatte. Epsey ihrerseits freute sich auf die Stunden, die sie allein mit der Arbeit in Haus und Garten zubrachte. Sie schätzte Ethans sanfte Art und seine Fähigkeit, mit nahezu jeder Aufgabe fertig zu werden, sich an die Gesetze zu halten und stets genau das zu tun, was in seinen Augen richtig und angemessen war. Genauer betrachtet waren sich die beiden Eheleute in vielerlei Hinsicht erstaunlich ähnlich.

Im Gegensatz zu Ethan jedoch war Epsey tief religiös und las täglich in der Bibel. Nie hatte sie mit Ethan über die missionarischen Ambitionen ihrer Eltern gesprochen, und als Ethan nach ihrer Hochzeit wenig Neigung zeigte, die Indianer zum Christentum zu bekehren, war sie zunächst enttäuscht, dann aber, wie sie sich selbst eingestehen musste, sogar ein bisschen erleichtert gewesen.

Als sie einmal einige Verse aus dem Hohelied Salomos und die Berichte über die verschiedenen biblischen Familien las, erinnerten sie sich an ein Problem, das ihr als jungverheiratete Ehefrau Sorgen bereitet hatte, sich dann aber löste, ohne dass ihre Beziehung Schaden nahm. Epsey, die wohl behütet in einer streng religiösen Familie aufgewachsen war, hatte große Hemmungen, mit ihrem Mann intim zu werden. Da sie nie gelernt hatte, Lust zu empfinden, betrachtete sie die körperliche Liebe als eine eher unangenehme Pflicht ihrem Ehemann gegenüber, die eine Frau am besten passiv über sich ergehen ließ. Zuerst fürchtete sie, Ethan mit ihrer Zurückhaltung zu kränken, aber es schien ihm überhaupt nichts auszumachen. Dass er sich ihr kaum sexuell näherte, fasste sie als Bestätigung ihrer Haltung auf.

Die Brüder Henry und Ethan kamen trotz ihrer unterschiedlichen Interessen hervorragend miteinander aus und wurden gute

Freunde, die einander bei allen wichtigen Entscheidungen ins Vertrauen zogen und den Rat des anderen suchten. Jedes Mal, wenn Ethan und Epsey in die Stadt kamen, besuchten sie Henry in seiner Werkstatt und übernachteten auch dort. War Ethan jedoch allein unterwegs, kehrte er stets nach Hause zurück, auch wenn es spät in der Nacht war. Ein- oder zweimal im Monat, üblicherweise am späten Sonntagnachmittag, ritt Henry hinaus zur Farm, um den beiden bei der Arbeit zu helfen und mit Ethan seine politischen Ansichten zu erörtern. Ethan machte seinem Bruder deutlich, dass er nicht sonderlich an Politik interessiert sei, solange sie keine direkten Auswirkungen auf seine Familie oder die Farm hatte. Er konnte nicht verstehen, warum Henry sich über Dinge aufregte, die sich in London, New Bern – dem Sitz des Gouverneurs – oder in Hillsborough zugetragen hatten. Obwohl er und Epsey nach wie vor höflich zuhörten, wenn Henry seine Meinung äußerte, beunruhigte ihn Henrys ständig wachsender Zorn in zunehmendem Maße.

Eines Nachmittags, als die Brüder auf der Veranda von Ethans Blockhütte saßen und diskutierten, ereiferte sich Henry besonders heftig über sein Lieblingsthema.

«Das britische Stempelsteuergesetz war ja schon schlimm genug, und als es letztes Jahr widerrufen wurde, haben wir gedacht, das Parlament hätte seine Lektion gelernt. Im Grunde hat das Gesetz kleine Farmer, Handwerker und Kaufleute wie uns ja kaum betroffen, weil wir praktisch nie gestempelte Dokumente benötigen. Die Reichen aber mussten bluten, was mir eigentlich nie besonders Leid tat. Trotzdem war ich richtig stolz darauf, dass die «Söhne der Freiheit» und viele andere Kolonisten öffentlich ihre Stimme gegen das Gesetz erhoben haben. Bestimmt hat das Handelsembargo, das wir gegen England organisiert haben, König Georg und Premierminister Grenville zum Einlenken bewegt.»

«Ich bin auch froh, dass sie ihre Lektion gelernt haben. In Zukunft werden sie uns wohl nicht mehr gängeln», pflichtete Ethan höflich bei.

«Da wäre ich mir nicht so sicher. Mr. Knox hat mir aus Norfolk geschrieben, dass Townshend, der neue Premierminister, eine Steuer auf wichtige Waren wie Glas, Tee, Farbe und Papier plant. Möglicherweise hat das Parlament in London das Gesetz inzwischen schon verabschiedet. Wenn das stimmt, dann haben wir dieselben Probleme am Hals wie damals mit der Stempelsteuer.»

«Mir ist das egal. Sollen sich doch die Leute in Boston und Philadelphia den Kopf darüber zerbrechen. Schließlich können wir unser Glas und Papier ja immer noch von den Franzosen kaufen.»

«Das sagt sich so leicht, aber die Briten kontrollieren die Meere und haben bereits Handelsbeschränkungen erlassen, die es nur ihren eigenen Schiffen erlauben, solche Güter zu transportieren.»

Ethan überlegte eine Weile und fragte dann: «Henry, was schreibt denn Mr. Knox über das Recht Englands, eigene Produkte zu besteuern? War das nicht schon immer so?»

Wieder einmal überraschte es Henry, wie viel sein Bruder wusste, obwohl er ständig vorgab, sich nicht für Politik zu interessieren. Er ging nur kurz auf die Frage ein, um dann das Gespräch geschickt auf ein Thema zu lenken, mit dem er sich besser auskannte.

«Natürlich hat das Parlament das Recht, den Handel im Inland und mit allen Kolonien zu regeln, aber Townshend scheint sich für die amerikanischen Kolonien ganz spezielle Steuern auszudenken. Und wer treibt diese Steuern ein? Britische Offiziere, die man einzig und allein zu dem Zweck hierher geschickt hat, uns zu schikanieren!»

Ethan, der an Henrys Ausbrüche inzwischen gewöhnt war, erwiderte ruhig: «Die Tories haben schon immer versucht, sich auf Kosten der Armen zu bereichern. Das haben wir ja schon in Philadelphia gesehen.»

«Hier geht es jetzt aber nicht um Whigs und Tories, sondern darum, wer im Handel und in der Politik das Sagen hat. Und gerade die Whigs, die ständig lautstark an der Regierung herumkritisieren, sind die Ersten, die ihr Geld und ihre Macht spielen lassen, um uns die Taschen zu leeren.»

«Reg dich doch nicht so auf, Henry. Dagegen kann man eben nichts tun.»

«Ich rege mich auf, wann es mir passt, und ich bin sehr wohl der Meinung, dass man etwas tun kann! Einige Mitglieder unserer kleinen Sandy Creek Association haben sich mit anderen Männern aus Orange und anderen westlichen Countys zusammengeschlossen. Wir nennen uns ‹Regulatoren› und haben uns schon einige Male getroffen. Wenn wir es richtig anpacken, verändern wir das politische System.»

Nach kurzem Schweigen sagte Ethan: «Das höre ich aber gar nicht gern. Du verdienst doch gut mit deiner Schuhmacherwerkstatt, und niemand macht dir das Leben schwer. Die meisten Leute hier wollen einfach nur ihre Ruhe.»

Henry schätzte es gar nicht, wenn man ihm einen Rat gab, der seinen eigenen Auffassungen völlig zuwiderlief, und so brach er hastig auf. Während er sich aufs Pferd schwang, entgegnete er ziemlich schroff: «Du lässt dich viel zu sehr von den Frömmlern in deiner Nachbarschaft beeinflussen. Solange es euch selbst gut geht, kümmert ihr euch einen Dreck um die anderen in der Kolonie. Ich bin froh, dass wenigstens ein paar von uns den Mumm haben, ihre Stimme zu erheben und Verbesserungen zu fordern. Schließlich geht es um unser Recht und um unsere Freiheit!»

Er wendete sein Pferd und galoppierte davon. Seit sie erwachsen waren, hatten sich die Brüder nicht mehr ernsthaft gestritten, und Ethan bedauerte, dass sich ihre Positionen so unversöhnlich gegenüberstanden. Er grübelte über Henrys Worte nach. Nahm sein Bruder sich die Probleme zu sehr zu Herzen? Oder waren er selbst und die anderen Siedler zu egoistisch oder zu ängstlich?

Epsey kam aus dem Haus. «Was ist denn mit Henry los?», fragte sie. «Warum ist er so laut geworden?»

«Das Übliche, er regt sich über den Gouverneur und die Bande im Magistrat auf. Henry meint, wir Farmer würden ihn bei seiner politischen Arbeit zu wenig unterstützen.»

Die Pratt-Farm entwickelte sich gut, alles wuchs und gedieh prächtig. Wenn Epsey mit der Hausarbeit fertig war, packte sie in Scheune, Stall und Garten mit an, wo es immer genug zu tun gab. Sie half Ethan auch bei Aussaat und Ernte, und er bestellte die Felder, erledigte alle Zimmermanns- und Schmiedearbeiten und kümmerte sich um die Reparaturen an Haus und Gerätschaften. Besonderen Spaß machte es ihm, die Schweine und Kühe zu versorgen, die meistens frei im Wald umherstreifen durften. Er sah zu, wie sie sich allmählich an Gräsern, Blättern und Eicheln mästeten, und brachte ihnen, wenn nötig, zusätzliches Futter. Wenn er sie rief, kamen sie zu ihm auf die Lichtung getrottet.

Die meisten von Ethans Nachbarn gehörten zu den Quäkern, die sich selbst «Gesellschaft der Freunde» nannten. Vor mehr als zehn Jahren waren die ersten Mitglieder dieser Religionsgemeinschaft aus Pennsylvania und Delaware übergesiedelt und hatten sich im nördlichen Teil des Staates an den Flüssen Eno und Haw niedergelassen. Obwohl die Mitglieder der kleinen Gruppe allesamt unabhängige Geister waren, hielten sie fest zusammen und unterstützten sich gegenseitig. Auch Leute, die ihre Bräuche befremdlich fanden, bewunderten ihre Einstellungen. Die Quäker verabscheuten jede Art von Gewalt, kleideten sich schlicht und hatten eine einfache Sprache, eine Mischung aus Deutsch und altmodischem Englisch. Mindestens einmal im Monat versammelten sie sich zu einem Gottesdienst. In Philadelphia, wo auch die Pratts herstammten, kannte man die Geschichte der Quäker gut. Sie glaubten, dass in jedem Menschen ein göttlicher Funken wohnte und dass man daher zur Erkenntnis der göttlichen Wahrheit und zur Definition gerechten Handelns weder staatliche Beamte noch Priester brauchte. Die Quäker weigerten sich, den Zehnten zu bezahlen, einen Treueeid zu leisten oder vor irgendwem den Hut zu ziehen, und sei es vor dem König selbst. Aus diesen und anderen Gründen wurde die «Gesellschaft der Freunde» unbarmherzig verfolgt – in England von der Regierung und der anglikanischen Staatskirche, in Amerika von den Puritanern und den Mitgliedern anderer Glaubensgemeinschaften. Manche Quäker hatten Zuflucht in Rhode Island gefunden, wo Roger Williams eine Kolonie gegründet hatte, die auf dem Prinzip der absoluten Religionsfreiheit basierte, aber ihre größte Chance hatten sie in Pennsylvania erhalten, wo ihnen die von William Penn durchgesetzte Verfassung uneingeschränkten Schutz und Gleichbehandlung vor dem Gesetz garantierte.

Kurz nach ihrer Übersiedelung hatte Ethan, der selbst keine tiefen religiösen Überzeugungen hegte, Epsey widerwillig zu einem Gottesdienst der Quäker begleitet. Einigermaßen verblüfft musste er feststellen, dass alle steif und stumm in einem der Farmhäuser zusammensaßen und offensichtlich darauf warteten, dass eine Art «inneres Licht» einen Gläubigen erzittern ließ und ihn vielleicht sogar zum Reden brachte. Oft verharrten alle den gesamten Gottesdienst über in meditativer Stille, manchmal aber lösten die Äußerungen eines Gläubigen eine allgemeine Diskussion aus, in der es um die Anwendung der Lehren Christi auf das Leben in der Gemeinschaft ebenso gehen konnte wie um das Verbrechen der Sklaverei, die Frage der richtigen Kindererziehung, den Genuss von

Alkohol oder das schmähliche Vorgehen der Regierung. Da diese Versammlungen jedem offen standen, waren sich die Sprecher der Gemeinde darüber im Klaren, dass ihre Kritik an den königlichen Beamten diesen jederzeit zugetragen werden konnte.

Der allseits geachtete Führer der «Gesellschaft der Freunde» war ein Mann namens Joseph Maddock, der ungefähr fünf Meilen von Ethans Haus entfernt an einem Bach eine Kornmühle betrieb. Weil Maddock im Gegensatz zu den meisten anderen Müllern ehrlich war, ließen alle Familien in dieser Gegend ihr Getreide bei ihm mahlen. Wie andere Quäker auch hängte er die Preise für seine verschiedenen Dienstleistungen öffentlich aus und betrachtete jeden Versuch zu feilschen oder sich Sondertarife zu verschaffen als eine Verhöhnung der Wahrheit. Wenn ein Farmer zu beschäftigt war, um selbst zur Mühle zu kommen, konnte er bedenkenlos einen Burschen oder einen Sklaven schicken und sich sicher sein, dass er trotzdem die richtige Menge Mehl oder Schrot zurückbekommen würde – und zwar so gemahlen, wie er es in Auftrag gegeben hatte. Auch wenn Maddock bei den regelmäßig stattfindenden religiösen Zusammenkünften meistens schwieg, war er ansonsten ausgesprochen mitteilsam, weshalb die meisten Farmer ihr Getreide am liebsten selbst zur Mühle brachten, wo sie auch gleich die letzten Neuigkeiten aus der Gemeinde erfuhren.

Die Mühle mit ihren vielen Kornschächten, Flaschenzügen und den großen, von ledernen Transmissionsriemen angetriebenen Mühlsteinen hatte Ethan von Anfang an fasziniert. Hier konnte man sich eine kleine Pause gönnen und hatte dennoch nicht das Gefühl, untätig herumzusitzen. Die schwerste Arbeit an diesem stets produktiv wirkenden Ort leisteten nicht Menschen oder Tiere, sondern die Natur selbst in Form der Wasserkraft des Baches, der unter der Mühle dahinrauschte. Wenn Maddock das Mahlgut sorgfältig wog und entweder das Getreide oder das fertig gemahlene Mehl zwischen Farmer und Müller aufteilte, konnte jeder dabei zusehen. Alles in allem war ein Besuch in der Mühle nicht nur eine angenehme Unterbrechung der eintönigen Farmarbeit, sondern auch eine der wenigen Gelegenheiten, unter Leute zu kommen. Auf dem Nachhauseweg träumte man dann von all den Köstlichkeiten, in die sich das frisch gemahlene Getreide verwandeln würde: Kekse, Maisbrot und Hafergrütze, die direkt aus dem noch warmen Schrot zubereitet wurde.

KAPITEL 5

Der Aufstand der Regulatoren

Immer wieder war in den nächsten Monaten von den Regulatoren die Rede, und meist waren es Quäker, die Ethan gegenüber die Befürchtung äußerten, die Hitzköpfe könnten möglicherweise gewalttätig werden. So spürte selbst er auf seiner abgelegenen Farm, wie sich die Gemeinschaft der Siedler immer mehr in zwei Lager teilte: in das der großen Farmer, der Kaufleute, Anwälte und Regierungsbeamten und eine von diesen aufs schärfste verurteilte, aber ständig wachsende Gruppe ärmerer, zunehmend verzweifelter Menschen, von der sich viele bereits den Regulatoren angeschlossen hatten.

Ethan selbst hielt sich aus allem heraus. Nach seiner Auseinandersetzung mit Henry besuchte sein Bruder ihn viel seltener, und wenn er einmal kam, vermied er es, politische Themen anzuschneiden.

Eines Tages tauchten auf Ethans Farm zwei Reiter auf, die offenbar zu viel getrunken und sich auf dem Heimweg verirrt hatten. Sie erzählten Ethan, sie seien auf einer Versammlung der Regulatoren in der Nähe von Hillsborough gewesen, und als sie seinen Nachnamen hörten, fragten sie ihn, ob er mit Henry verwandt sei.

«Ja, er ist mein Bruder», antwortete Ethan.

«Ein guter Mann, einer unserer führenden Köpfe und allseits geachtet. Er weiß wie kein Zweiter, was für krumme Dinge im Magistrat von Orange County vor sich gehen, und scheut sich nicht, seine Meinung darüber offen kundzutun. Henry drängt uns zu handeln und nicht bloß Treffen zu veranstalten.»

Als die Männer wieder fort waren, machte sich Ethan große Sorgen um seinen Bruder. Er beschloss, der Sache auf den Grund zu gehen, und bei Henrys nächstem Besuch erzählte Ethan ihm von der Begegnung und schilderte in groben Zügen, was die beiden Männer gesagt hatten.

«Ja, ich kenne die beiden, Ethan», erwiderte Henry. «Sie stammen aus einer Siedlung oben am Haw River und schlagen hin und wieder ein bisschen über die Stränge. Im Grunde haben sie das Herz auf dem rechten Fleck und denken meistens genauso wie ich. Ich will sie jetzt nicht in Schutz nehmen, aber du sollst wissen, dass es in unserer Gruppe auch kluge und verantwortungsbewusste Männer gibt, die das Gesetz achten und keinesfalls unüberlegt handeln würden. Unser Anführer Herman Husband ist ein gebildeter und wohlhabender Farmer und als Quäker auch ein Mann des Friedens. Überhaupt haben wir alle friedliche Absichten. Wir haben eine Petition verfasst und in den drei Countys Orange, Anson und Rowan Unterschriften dafür gesammelt. Allein im Orange County haben mehr als 200 Männer sie unterzeichnet! Dann haben wir Kopien davon nach New Bern und nach London geschickt, um auf die hier herrschenden Missstände hinzuweisen.»

«Es sieht so aus, als ob ihr den richtigen Weg eingeschlagen hättet, aber es würde mich wundern, wenn tatsächlich etwas dabei herauskäme. Falls nicht, was habt ihr dann vor?»

«Es kann gar nicht schief gehen! Schließlich haben wir das Recht auf unserer Seite und können mit einer breiten Unterstützung rechnen. Wie du weißt, ist die Bevölkerung hier in den westlichen Countys so stark gewachsen, dass man sie nicht länger ignorieren kann, und es gibt auch einige rechtschaffene Abgeordnete, die unser Vorgehen befürworten. Wenn sich in New Bern nichts tut, müssen wir uns eben direkt an die königlichen Beamten wenden, die von London herübergeschickt werden.»

«Nun, es kann doch wohl niemand etwas dagegen haben, wenn wir einfachen Leute eine Petition verfassen. Und ich bin froh, dass die Regulatoren keinen Aufruhr anzetteln wollen. Wie viele, meinst du, haben sich euch inzwischen angeschlossen?»

«Du wirst es nicht glauben! Zu unseren Treffen kommen zwar immer höchstens zwanzig Mann, aber mehr als die Hälfte meiner Bekannten in Hillsborough ist auf unserer Seite, und dazu etliche Farmer. Am ersten Samstag des nächsten Monats findet übrigens nachmittags eine Versammlung in Joseph Maddocks Mühle statt. Ich hoffe, du kommst auch.»

«Das kann ich dir jetzt noch nicht versprechen. Allerdings kann ich mir kaum vorstellen, dass Maddock als der Sprecher der hiesigen Quäkerfamilien die Regulatoren öffentlich unterstützt.»

«Du hast Recht, Maddock ist keiner von uns, aber er stellt uns für die Versammlung sein Haus zur Verfügung. Wir haben sogar einen Abgesandten des Gouverneurs eingeladen, der sicherstellen soll, dass auch ja nichts Ungesetzliches geschieht. Ich habe ein Exemplar unserer Petition für dich dabei – du wirst darin nichts finden, was uns irgendwie in Schwierigkeiten bringen könnte.»

«Na gut, ich werde mir das Ganze durch den Kopf gehen lassen.»

Nachdem Henry sich verabschiedet hatte, las Ethan das Dokument sorgfältig durch und versuchte die Situation einzuschätzen. Er teilte Henrys Überzeugung, dass sämtliche Beamten vor Ort mit dem Gouverneur und seinem Rat unter einer Decke steckten, und auch er war der Meinung, dass sie gegenüber den Menschen im Orange County rechenschaftspflichtig sein sollten. Besonders wurmte ihn, dass seine Steuergelder dazu verwendet wurden, Sklavenbesitzer zu entschädigen, deren Sklaven für ein Verbrechen ins Gefängnis geworfen oder hingerichtet worden waren.

Allerdings kam das selten vor, denn Sklaven waren ein wertvolles Gut, und ihre Besitzer konnten meist ihren Einfluss geltend machen und einen verurteilten Sklaven wieder frei bekommen. Da aber ständig die Gefahr eines Sklavenaufstandes in der Luft lag, mussten zur Abschreckung Exempel statuiert werden. So war es bereits mehrmals vorgekommen, dass man den Kopf eines gehenkten Sklaven auf einen Pfahl gespießt und tagelang zur Schau gestellt hatte, und in North Carolina waren vier Sklaven wegen besonders scheußlicher Verbrechen sogar auf dem Scheiterhaufen verbrannt worden.

Auch Ethan spürte, dass der Druck auf die kleinen Leute immer mehr zunahm. Bis jetzt hatte er seine Steuern immer rechtzeitig entrichten können, aber kürzlich hatte ihm Maddock erzählt, dass Steuern in Zukunft mit barer Münze gezahlt werden müssten, was auf dem Land, wo als Zahlungsmittel hauptsächlich Zertifikate für Farmprodukte dienten und Bargeld nur selten benutzt wurde, kaum vorstellbar war.

Aufgrund dieser Überlegungen entschloss sich Ethan, an der Zusammenkunft in Maddocks Mühle teilzunehmen und sich selbst einen Eindruck davon zu verschaffen, was die Regulatoren taten. Er betrachtete diese Angelegenheit als reine Männersache und hielt es daher für unnötig, hierüber mit Epsey zu sprechen. Als der Samstag kam, sattelte er sein Pferd, teilte Epsey lediglich mit, dass er für ein paar Stunden fortreiten wolle, und brach zur Mühle auf.

Epsey stand in der Tür und sah ihrem Mann nach. Sie war verblüfft und auch ein wenig beunruhigt darüber, dass ihr Ehemann etwas tat, was so gar nicht seinem Wesen entsprach. Sie hatte einen Teil seiner Unterhaltung mit Henry mit angehört, hätte jedoch niemals erwartet, dass Ethan einer öffentlichen Versammlung beiwohnen würde, und schon gar nicht, wenn es dort möglicherweise zu gewalttätigen Ausschreitungen kommen könnte. Seit sie sich kannten, war er immer darauf bedacht gewesen, sich nur um seine eigenen Angelegenheiten zu kümmern und sich nicht in irgendwelche politischen Machenschaften verwickeln zu lassen, denen die meisten Männer so viel Bedeutung zumaßen. Selten sprach er mit ihr über seinen Bruder; er hatte nur einige Male den Wunsch geäußert, Henry möge sich doch einfach um seinen Schuhmacherladen kümmern und vielleicht auch eine neue Frau suchen, da Sophronia nun schon seit beinahe zwei Jahren tot war. Henrys Einfluss auf Ethan schien doch größer zu sein als sie gedacht hatte, und wie sie ihm so nachsah, überkam sie eine böse Vorahnung.

Unterdessen war Ethan an der Mühle angekommen und spazierte unschlüssig auf dem niedrigen Damm davor auf und ab. Schließlich stieg er zum stillstehenden Mühlrad hinunter, um es einmal aus der Nähe zu betrachten. Die Schleuse zum rasch dahinströmenden Bach war geschlossen, und das Mühlgerinne lag trocken. In den vielen Stunden, die er schon in der Mühle zugebracht hatte, hatte sich Ethan bis ins Kleinste mit den Transmissionsriemen, Kornschächten und Flaschenzügen im oberen Teil der Mühle vertraut gemacht. Unterhalb dieser Räume hatte er sich dagegen noch nie umgesehen. Hier sollte ein Gitterzaun mit einer verschlossenen Pforte verhindern, dass Wildschweine oder andere größere Tiere in den Bach fielen und sich im Mühlrad verkeilten. Bisher hatte Ethan Maddock nicht um Erlaubnis bitten wollen, diesen Teil der Mühle zu betreten, aber heute Nachmittag stand die Pforte offen, sodass er sich nur bücken musste, um eintreten zu können. Hier war er ganz für sich allein und fühlte sich bedeutend wohler als im Hof bei den vielen Menschen, die zur Versammlung angereist waren. Durch die Zwischenräume im Zaun sah er, dass einige Dutzend Pferde im Hof festgebunden waren und Männer in kleinen Gruppen beisammenstanden und sich leise unterhielten. Einige der Siedler wirkten ein wenig nervös, auch die üblichen derben Sprüche fehlten. Mit einem Mal überfiel ihn ein beklemmendes Gefühl von drohendem Unheil.

Als er zu ihnen ins Sonnenlicht hinaustrat, bemerkten ihn einige Männer, und diejenigen, die ihn kannten, staunten nicht schlecht. Manche von Henrys Freunden hatten sich in Ethans Gegenwart bisher eher unbehaglich gefühlt, weil er kaum etwas sagte und sich nie an Diskussionen beteiligte. Hier fiel er auf, da er die anderen um mindestens einen halben Kopf überragte und schon an seiner Kleidung – lederne Kniebundhosen, Mokassins und ein langes, handgewebtes Hemd – als Grenzfarmer erkennbar war. Die meisten Männer hatten ihn noch nie gesehen, aber schnell machte das Wort die Runde, dass er der jüngere Bruder von Henry Pratt, dem Schuhmacher aus Hillsborough, sei. Manche nickten ihm zur Begrüßung freundlich zu, als er sich einen Weg durch die Menge bahnte und auf seinen Bruder zuging, der sich angeregt mit vier anderen Männern unterhielt. Nach ihrer Kleidung zu urteilen handelte es sich um Leute aus der Stadt, darunter auch zwei von Henrys Kunden, die Ethan während seiner Zeit in dem Schuhmacherladen kennen gelernt hatte. Henry strahlte über das ganze Gesicht, als er Ethan erblickte.

«Ich habe zwar gehofft, dass du kommst, aber nicht so recht daran geglaubt, dass du deinen Bau mal verlässt. Wie geht´s Epsey?»

Ethan lächelte. «Es geht ihr gut, aber sie wird nicht gerade begeistert sein, wenn sie erfährt, wo ich gewesen bin. Guten Tag, Mr. Milton, Mr. Ramsey.»

Henry stellte die anderen beiden Männer vor. Wie Ethan erwartet hatte, gehörten auch sie zu den Handwerkern und kleinen Ladenbesitzern. Inzwischen hatten sich im Hof über hundert Männer versammelt. Obwohl der Müller selbst zu den Quäkern gehörte und mehr als die Hälfte der Familien auf den Farmen im Umkreis zu seinen Glaubensgenossen zählten, fehlten ihre unverkennbaren flachen schwarzen Hüte unter den Versammelten. Auch Gerichtsbeamte, Anwälte oder reiche Kaufleute waren offensichtlich nicht vertreten.

Henry erklärte Ethan, dass sie alle auf ihren Anführer Herman Husband warteten, der heute zu ihnen sprechen wollte. Der Quäker war einer der wenigen relativ wohlhabenden Männer, die sich der Bewegung der Regulatoren vorbehaltlos angeschlossen hatten.

Es war bekannt, dass seine Worte und Taten nicht immer mit den Prinzipien der «Gesellschaft der Freunde» in Einklang standen, außer vielleicht bei den monatlichen Gemeindeandachten; trotzdem war er ein strikter Gegner jeglicher Gewalt. Böse Stimmen behaupteten zwar, er wolle bei den Regulatoren nur Unterstützer für eine zukünftige politische Karriere gewinnen, doch da es keine Konkurrenten gab und er sich leidenschaftlich für notwendige Veränderungen in North Carolina einsetzte, wurde er allgemein als Anführer akzeptiert. Ethan war zwar bereit, sich anzuhören, was Husband zu sagen hatte, aber er wollte unter keinen Umständen den Eindruck erwecken, dass er auf seiner Seite stehe. Noch immer fragte er sich, ob es überhaupt klug gewesen war, zu der Versammlung zu kommen. Als es auf zwei Uhr zuging, schlug Henry vor, sich ins Innere der Mühle zu begeben, wo bereits drangvolle Enge herrschte. Direkt neben der Eingangstür lehnten sie sich gegen die Wand. Hier bemerkte Ethan auch Joseph Maddock.

Bald hörte Ethan von draußen aufgeregte Stimmen und sich nähernde Schritte. Anscheinend war Husband soeben eingetroffen. Ethan, der mühelos über die Köpfe der anderen hinweg blicken konnte, sah den Anführer der Regulatoren mit seinen Begleitern eintreten. Herman Husband war untersetzt und bestimmt nicht viel größer als einen Meter fünfzig, aber gut neunzig Kilo schwer. Er hatte eine rötliche Gesichtsfarbe und einen stechenden Blick. Direkt auf der Schwelle blieb er stehen, um seine Augen zunächst an das Zwielicht zu gewöhnen und nach bekannten Gesichtern Ausschau zu halten, wozu ganz offensichtlich auch das von Henry gehörte.

Während dieser halben Minute gab die Menge eine schmale Gasse frei, die zu der Plattform direkt unterhalb des großen Mühlsteins führte, auf der normalerweise das Mehl in Säcke abgefüllt wurde. Husband ging gemessenen Schrittes darauf zu und sagte dabei kein Wort, sondern nickte nur einigen Männern, die er kannte, zur Begrüßung kurz zu. Nachdem er mit seinen Begleitern die drei Stufen der Plattform hinaufgestiegen war, drehte er sich um und blickte nach unten auf die ihm zugewandten Gesichter. Bedächtig nahm er seinen Schlapphut aus Filz ab, unter dem eine helle Stirn und dichtes rotes Haar zum Vorschein kamen, wischte sich mit einem Tuch den Schweiß vom Gesicht und setzte den Hut wieder auf. Als er endlich zum Sprechen ansetzte, war seine Stimme so leise, dass das Publikum die Ohren spitzen und sich mucksmäuschenstill verhalten musste, um ihn zu verstehen. Er wirkte zögerlich und gehemmt, obwohl kein Zweifel daran bestand, dass er der Mittelpunkt der Versammlung war.

«Ich freue mich, so viele von euch hier zu sehen, und möchte zunächst Bruder Maddock danken, dass er uns seine Mühle als Versammlungsort zur Verfügung gestellt hat. Außerdem möchte ich euch Charles Robinson aus Anson County und Christopher Nation aus Rowan County vorstellen. Beide sind wohlhabende Farmer und ehrenwerte Männer, wie jeder, der sie kennt, bezeugen kann. Ebenso bedanke ich mich für das Kommen von Mr. Edmund Fanning, dem hiesigen Anwalt, der vielen von euch ein Begriff sein dürfte und der hier meines Wissens heute als Sekretär von Gouverneur Tryon anwesend ist.»

Alle blickten auf Mr. Fanning, einen reichen Mann, der ein großes Haus in Hillsborough sein Eigen nannte und im Magistrat erheblichen Einfluss hatte. Bisher hatte er unauffällig in einer Ecke des Raumes an einem Pfosten gelehnt und war Ethan und Henry nicht weiter aufgefallen. Jetzt nickte er kurz und öffnete demonstrativ ein Notizbuch, um jedem deutlich zu machen, dass er während der Zusammenkunft mitzuschreiben gedachte. Keiner der Anwesenden würde seiner Aufmerksamkeit entgehen.

Husband fuhr fort: «Zunächst einmal möchte ich klarstellen, dass wir absolut nichts zu verbergen haben. Wir glauben, dass es für den Gouverneur von Vorteil ist, unser Anliegen zu kennen. Außerdem ist fast alles, was wir heute diskutieren werden, schon einmal in einer Petition schriftlich niedergelegt worden, die mehrere hundert Bürger dieser Gegend – darunter viele von euch – und aus den benachbarten Countys unterzeichnet haben. Bisher haben wir auf unser Ersuchen noch keine Antwort erhalten, weder aus New Bern noch aus London, aber wir hoffen, dass uns unsere Volksvertreter helfen werden, unsere Botschaft zu übermitteln, und dass Mr. Fanning den Gouverneur noch einmal an unsere Forderungen erinnern wird.»

Husband drehte sich zu seinen Begleitern um und besprach sich einige Minuten lang flüsternd mit ihnen, bevor er sich wieder an seine Zuhörer wandte.

«Ich habe einige der Dinge aufgelistet, die uns wichtig sind, und ich werde sie hier noch einmal wiederholen, vor allem für jene von euch, die unsere Petition möglicherweise noch nicht kennen.»

Husband sprach immer noch leise, aber Ethan merkte, dass seine Stimme inzwischen an Intensität gewonnen hatte. Einige der Männer nickten oder scharrten zustimmend mit den Füßen, aber niemand sagte etwas.

Husband sah kurz auf einen Zettel in seiner Hand und fuhr fort: «Erstens wollen wir an der Regierung der Kolonie gemäß unseres Bevölkerungsanteils teilhaben. Zwar hat es in der gesetzgebenden Versammlung einige Verbesserungen gegeben, aber die meisten Entscheidungen, die uns betreffen, werden immer noch vom Rat des Gouverneurs gefällt, einem Gremium von Reichen und Mächtigen, die anscheinend mehr an den östlichen Countys interessiert sind als an uns hier draußen in der Region Piedmont. Man kümmert sich hauptsächlich um die großen Farmer an der Küste, die alle eine große Anzahl von Sklaven besitzen. Vielleicht habt ihr es schon gehört: Gerade wurde wieder ein neues Gesetz verabschiedet, nach dem ein reicher Farmer, dem ein Sklave gestorben ist, aus unseren Steuergeldern entschädigt wird. Und das gilt auch, wenn der Sklave eines natürlichen Todes gestorben ist, der Farmer muss nur erklären, dass der Tod vorzeitig eingetreten ist!»

Ethan hörte Henry fluchen, und ein Raunen ging durch die in der Mühle versammelte Menge. Bisher war die Entschädigung nur in den relativ seltenen Fällen gezahlt worden, in denen ein Sklave zu einer langen Gefängnisstrafe verurteilt oder für ein Kapitalverbrechen gehenkt worden war. Einige der Männer blickten zu Fanning hinüber, der ungerührt weiter in sein Notizbuch schrieb.

Nach einer kurzen Pause fügte Husband hinzu: «Zweitens möchte ich klarstellen, dass unser Hauptproblem nicht in New Bern liegt, sondern direkt hier, in der Verwaltung unserer drei Countys. Wir verlangen ein Mitspracherecht bei der Besetzung der örtlichen Beamtenposten und die Möglichkeit, diese Beamten bei der Ausübung ihrer Tätigkeit zu kontrollieren. Wir sind es leid, von Sheriffs, Friedensrichtern, Steuereintreibern, Notaren und Richtern betrogen oder ausgebeutet zu werden, die ihre Berufung vor allem darin sehen, sich an uns zu bereichern. Als Bürger dieses Landes bestehen wir darauf, durch öffentliche Zusammenkünfte in politische Entscheidungsprozesse, die uns betreffen, mit einbezogen zu werden.»

Henry flüsterte Ethan zu: «Das Gleiche haben wir schon damals als Sandy Creek Association gefordert.»

Husbands Stimme gewann an Sicherheit, je länger er sprach, und nun formte er wohl durchdachte Sätze, die mühelos zu verstehen waren. Die Menge verharrte in erwartungsvollem Schweigen, als er einen Schluck aus einer kleinen Flasche mit einer klaren Flüssigkeit nahm, die in seiner Gesäßtasche steckte.

«Noch schlimmer als die Beamten sind die betrügerischen Anwälte, ohne die wir keine Lizenzen, Landkonzessionen und Urkunden erhalten und ohne die wir nicht vor Gericht gehen und nicht einmal unsere Steuern zahlen können. Wenn sie nicht auf ehrliche Weise an Klienten kommen, strengen sie Prozesse gegen uns an, und alle im Gericht mästen sich an unseren Honoraren, Gebühren oder Bußgeldern wie die Schweine am Futtertrog!»

Während der letzten Worte, bei denen er zum ersten Mal die deutliche Sprache der Farmer gewählt hatte, brachen die versammelten Männer in laute Beifallsrufe aus. Auf einmal begannen sie, sich gegenseitig ihre Leidensgeschichten mit den Anwälten zu erzählen, die sich – häufig sogar mit durch Bestechung erkauften Lizenzen – am Sitz der Countyverwaltung tummelten. In der kleinen Stadt praktizierten inzwischen mehr als ein Dutzend Anwälte. Der Redner gab seinen Zuhörern Gelegenheit, sich auszutauschen, bevor er mit erhobener Hand um Ruhe bat. Nun, da die Anspannung spürbar nachgelassen hatte, wurde jede seiner Aussagen mit Zustimmung quittiert.

«Lasst mich jetzt ein paar Worte zum Thema Steuern sagen. Wir haben grundsätzlich nichts dagegen, unseren Teil dazu beizutragen, aber jedes Jahr werden die Steuergesetze aufs Neue verändert, und zwar immer zu Gunsten der herrschenden Eliten und auf Kosten der kleinen Farmer und Handwerker. Viele Abgaben wie die Kopfsteuer, die Gewerbesteuer und die Zölle auf die Dinge des täglichen Bedarfs müssen die Ärmsten in derselben Höhe entrichten wie die Reichen. Mir selbst könnte das recht sein, denn ich besitze, wie die meisten von euch wissen, eine recht stattliche Farm, die mir wahrscheinlich sehr viel mehr Geld einbringt als einem Großteil von euch. Aber ich möchte mich nicht auf Kosten meiner Nachbarn bereichern oder mich meinen Pflichten als Bürger entziehen. Diese Steuergesetze sind ein Verbrechen und sie beleidigen das Rechtsempfinden eines jeden ehrlichen Bürgers!»

Viele von Husbands Zuhörern verstanden nicht viel vom Steuersystem, das sie als etwas Unabänderliches akzeptierten, aber sie registrierten doch dankbar, dass ein Mann wie Husband eine derartige Ungerechtigkeit anprangerte.

«Ich weiß, dass nur wenige von uns größere Summen Bargeld besitzen», fuhr Husband fort, «weshalb es auch bisher unser Recht war, Steuern und Abgaben in Naturalien zu entrichten. Weil Regierungsbeamte und Geldwechsler den Geldwert immer zu unseren Ungunsten verändern, rechne ich damit, dass unsere Abgaben sich um zwanzig Prozent erhöhen werden, wenn wir unsere Erzeugnisse erst verkaufen müssen, um unsere Steuerschuld in Gold- oder Silbermünzen begleichen zu können. Je weiter wir von der Küste entfernt sind, desto teurer wird es für uns, Geld einzutauschen, um Steuern und Abgaben an die eigene Regierung zu zahlen. Und was passiert, wenn wir nur ein wenig mit der Rückzahlung unserer Schulden in Rückstand geraten? Dann nimmt man uns unsere Ernte, unser Vieh und schließlich unsere Farmen, und zwar ohne ordentliches Gerichtsverfahren. Die Farmen werden dann vom Sheriff verkauft, oft unter der Hand und weit unter dem tatsächlichen Marktwert. Und seltsamerweise landet beinahe unser gesamter Besitz immer wieder in den Händen genau jener Beamter, deren Aufgabe es eigentlich wäre, unsere Rechte zu schützen. In einigen Fällen wurde der Erlös aus dem Verkauf des konfiszierten Eigentums nicht einmal auf die Schulden angerechnet!»

Husband brachte vereinzeltes Beifallklatschen mit einer Handbewegung zum Verstummen.

«Wir müssen mit ansehen, wie Konzessionen zur Inbetriebnahme neuer Mühlen, Verträge zum Bau von Straßen und Brücken und Lizenzen zum Betrieb von Fähren ausgerechnet an die Meute gehen, die im Gerichtsgebäude das Sagen hat und die auch die Wahlergebnisse manipuliert. Dieselben Beamten überwachen die Nominierung der Kandidaten und den gesamten Wahlvorgang, diese Leute schrecken auch vor Bestechung und Einschüchterung nicht zurück, um selbst in die gesetzgebende Versammlung gewählt zu werden – oder Kirchenälteste in unseren Gemeinden zu werden!»

Ethan ertappte sich dabei, dass auch er auf einmal Husband den zustimmenden Applaus spendete, was Henry zu einem lächelnden

Seitenblick auf seinen Bruder veranlasste. Husband verschaffte sich noch einmal Gehör: «Ich komme nun zu meinem letzten und wichtigsten Punkt. Es geht um unseren eigenen Schutz, aber auch um diejenigen, die noch weiter im Westen entlang der Siedlungsgrenze leben. Wir verlangen, dass unsere Leute in der Miliz das Recht bekommen, ihre Offiziere selbst zu wählen, und wir fordern, dass sie ihre Kasernen im Osten verlassen und hier bei uns stationiert werden, wo sie hingehören, um uns vor den Banditen und den blutrünstigen Indianern zu beschützen.»

Seine letzte Bemerkung wurde mit donnerndem und anhaltendem Applaus bedacht, in den jeder Mann im Raum einstimmte – mit Ausnahme von Edmund Fanning.

Husband, der nun ganz in seinem Element war, wandte sich an den Sekretär des Gouverneurs und fragte: «Mr. Fanning, möchten Sie etwas dazu sagen?»

«Und ob! Ich kann Ihnen versichern, dass der Gouverneur einen umfassenden Bericht über diese Zusammenkunft erhalten wird.»

Husband blickte über die aufgeregte Menge hinweg und sagte mit Nachdruck: «Männer, wenn ihr mit dem einverstanden seid, was ich gesagt habe, dann hoffe ich, dass ihr und eure Nachbarn die Regulatoren nach Kräften unterstützt. Wir haben die Absicht, mit friedlichen Mitteln Veränderungen hier in North Carolina durchzusetzen.»

Er stieg von der Plattform herab und wurde sofort von einigen Männern umringt, die ihn mit Fragen bestürmten. Ethan und Henry jedoch schlenderten nach draußen und blieben bei Ethans Pferd stehen. Henry fragte: «Nun, was hältst du von Husbands Rede?»

«Ich teile in vielerlei Hinsicht seine Meinung und kann nur hoffen, dass Tryon und die Versammlung diese Probleme aus der Welt schaffen werden. Wie reagiert man denn in der Stadt auf seine Vorschläge?»

«Mit Ausnahme der Bande im Magistrat und der großen Kaufleute scheint beinahe jeder Bürger die Regulatoren zu unterstützen. Dies war die erste öffentliche Zusammenkunft, und wir wollten, dass sie auf dem Land stattfindet. Du hast ja selbst erlebt, wie die Leute Husbands Ideen aufgenommen haben.»

«Also, ich persönlich will mich eigentlich keiner Gruppe anschließen, Epsey und ich möchten einfach nur in Ruhe unserer Arbeit nachgehen. Aber ich hoffe, du kommst ab und zu raus zu uns und lässt uns wissen, was in Hillsborough und New Bern zur Lösung der Probleme getan wird.»

Einige Tage später, als Ethan gerade Feuerholz mit einer Bocksäge zerkleinerte, kam ein Quäker namens Thomas Whitsett zur Blockhütte der Pratts geritten. Sie begrüßten einander höflich, und dann fragte Whitsett: «Hast du schon von Bruder Joseph Maddock gehört?»

«Nein, nicht seit ich am Samstag in seiner Mühle war.»

«Ein Trupp Milizsoldaten ist gekommen und hat ihn festgenommen. Jetzt sitzt er im Gefängnis von Hillsborough und wartet auf seinen Prozess.»

«Wie lautet die Anklage?»

«Man wirft ihm wegen dieser Zusammenkunft der Regulatoren Anstiftung zum Hochverrat vor.»

«Das kann doch nicht sein! Ich war die ganze Zeit dabei und weiß, dass er dort kein einziges Wort gesagt hat, weder gegen die Krone noch gegen den Gouverneur!»

«Keiner von uns hat an dieser Zusammenkunft teilgenommen, daher können wir lediglich für seinen aufrechten Charakter bürgen. Es wäre nötig, dass du und einige andere uns als Zeugen zur Gerichtsverhandlung begleiten. Zwar bist du keiner von uns, aber wir schätzen dich als einen ehrlichen und friedliebenden Mann. Dein Wort hat Gewicht und würde Maddock sehr helfen.»

Ethan kannte die Quäker als rechtschaffene, hart arbeitende Leute, von denen etwa fünfzig Familien in der Nähe seiner Farm lebten und zusammen mehr als zehntausend Tagwerk Land besaßen. Ohne Zögern erklärte er sich bereit, für Maddock auszusagen, und Whitsett versprach, ihm rechtzeitig Bescheid zu geben, wenn der Prozess begann.

Als es so weit war, ritt Ethan zum Sitz der Bezirksregierung, wo sich mehr als hundert Mitglieder der «Gesellschaft der Freunde» versammelt hatten – Männer, Frauen und Heranwachsende, die alle ganz offensichtlich in großer Sorge um ihr Gemeindeoberhaupt waren. Auch Herman Husband und einige weitere Regulatoren waren anwesend. Ethan, der zu den wenigen Anwesenden gehörte, die nicht Quäker waren, musste als Zeuge im vorderen Teil des Gerichtssaals Platz nehmen. Von dort aus sah er, wie Maddock zur Anklagebank geführt wurde. Der Müller weigerte sich, den Eid zu leisten, sondern erklärte schlicht, dass er die Wahrheit sagen werde. Nach einer kurzen Rücksprache mit den Anwälten befahl der Richter, mit der Befragung zu beginnen. Nachdem Maddock seine Personalien angegeben und seine Aufgaben als Müller beschrieben hatte, antwortete er auf die Fragen des Anklägers so knapp wie möglich.

«Haben Sie am ersten Samstag dieses Monats eine politische Zusammenkunft in Ihrer Kornmühle organisiert?»

«Nein.»

«Fand diese Zusammenkunft statt?»

«Ja.»

«Warum fand sie in Ihrer Mühle statt?»

«Die Mühle ist ein allseits bekannter Ort, der bequem zu erreichen ist, deshalb wurde sie auch schon von anderen Gruppen als Versammlungsort genutzt.»

«Wer hat die Zusammenkunft einberufen?»

«Das weiß ich nicht, aber Mr. Husband und zwei andere Herren haben mich gefragt, ob sie die Mühle für eine Zusammenkunft nutzen könnten.»

«Wussten Sie, dass dies im Namen einer Gruppe geschah, die sich ‹Regulatoren› nennt?»

«Ja.»

«Wussten Sie, dass diese Gruppe zum Ziel hat, den ordnungsgemäßen Ablauf der Regierungsgeschäfte im County und im Staate zu stören?»

«Nein.»

«Haben Sie gehört, was auf der Zusammenkunft gesagt wurde?»

«Ja.»

«Haben Sie gehört, wie Mr. Husband und andere Anwesende Bemerkungen gemacht haben, die einem Hochverrat gleichkommen?»

«Nein. Soweit ich verstanden habe, entsprachen die Aussagen inhaltlich einer Petition, die im vergangenen Jahr an die Regierung unseres Staates und an das Parlament in London gerichtet wurde.»

«Gab es Aufrufe zu Gewalt oder ungesetzlichen Handlungen?»

«Nein.»

«Haben Sie oder jemand anders auf Ihrem Anwesen Branntwein oder andere alkoholische Getränke ausgeschenkt?»

«Nein.»

Der Richter rief den Staatsanwalt zu sich und beriet sich einige Minuten lang mit ihm. Als sich der Staatsanwalt wieder gesetzt hatte, verkündete der Richter: «Das Gericht hält den Angeklagten für nicht schuldig, andere Bürger zum Verrat oder zu ungesetzlichen Handlungen angestiftet zu haben. Er hat jedoch zugelassen, dass sein Anwesen Aufwieglern zur Verfügung stand. Mir liegt eine eidesstattliche Erklärung von Mr. Edmund Fanning vor, der ebenfalls hier vor Gericht anwesend ist. In dieser bezeugt er, dass aufrührerische Reden gehalten wurden und dass Mr. Maddock als Eigentümer des Versammlungsortes weder versucht hat, dieser Ungeheuerlichkeit Einhalt zu gebieten, noch die Leute zum Verlassen seines Anwesens aufgefordert hat. Deshalb spreche ich den Angeklagten wegen Beteiligung am Landfriedensbruch schuldig und verurteile ihn zu einer Geldstrafe in Höhe von fünfzig Pfund.» Mit einem energischen Schlag seines Hammers aufs Richterpult erklärte der Richter die Verhandlung für beendet.

Die Zuschauer waren entsetzt über die ungerechte und völlig überzogene Strafe. Fünfzig Pfund entsprachen in etwa dem Gesamtwert einer Quäkerfarm einschließlich ihrer kompletten Ausstattung. Nichtsdestotrotz hatten die anwesenden Freunde innerhalb einer Stunde so viel Geld gesammelt, dass sie die Strafe bezahlen konnten und Maddock vom Gerichtsdiener freigelassen wurde. Als er das Gebäude verließ und an Fanning und einigen anderen Beamten vorbeiging, rief dieser ihm hinterher: «Diese Geschichte wird noch ein Nachspiel haben, Maddock!»

In den darauf folgenden Monaten erfuhr Ethan von Quäkern, dass sie von Beauftragten des Gouverneurs und Beamten des Countys ständig schikaniert wurden. Fast alle Farmen in der Umgebung wurden wiederholt von den Männern des Sheriffs und von Steuereintreibern heimgesucht, die Vieh und Futtermittel in eine Bestandsliste eintrugen, den Wert von Grundbesitz und anderen Gütern schätzten und die sofortige Zahlung fälliger und angeblich geschuldeter Steuern forderten – natürlich in bar. Den Wert von Maddocks Mühle setzten die Steuerschätzer besonders hoch an.

Als Ethan wieder einmal Getreide zur Mühle hinüberbrachte, traf er den Müller beim Mahlen von Schrot, den er sorgfältig in Säcken zu je einem halben Scheffel abwog. Er begrüßte Ethan mit einem herzlichen Händedruck und sagte: «Ich möchte dir danken, dass du dich als Zeuge für mich zur Verfügung gestellt hast. Das war wahrhaftig ein brüderlicher Dienst, und ich hoffe, dass dir die Männer des Gouverneurs deshalb keine Schwierigkeiten machen.»

«Nein, man hat mich in Ruhe gelassen, aber wie ich höre, habt ihr offenbar Probleme mit den Steuerschätzern.»

«Ja, zwei Farmer hat man bereits gepfändet, und die Farmen sollen drei Wochen nach der amtlichen Bekanntmachung versteigert werden. Vielen anderen Farmern droht dasselbe Schicksal, und wenn ich nicht meine ganzen Getreidevorräte verkauft hätte, um meine Steuern zu zahlen, hätten sie mir die Mühle wahrscheinlich auch schon weggenommen.»

«Was kann man da tun?»

«Gouverneur Tryon hat klargestellt, dass er die «Gesellschaft der Freunde» verachtet und uns als eine Bedrohung der politischen Stabilität in North Carolina ansieht. Außerdem ist unsere ablehnende Haltung gegenüber der Sklaverei den reicheren Landbesitzern ein Dorn im Auge. Unsere Friedfertigkeit lässt uns schwach erscheinen, deshalb müssen wir zusammenhalten und uns gegenseitig unterstützen, damit wir nicht unter die Räder kommen. Ich bin davon überzeugt, dass der Gouverneur und seine Kumpane es auf unser Land abgesehen haben. Jetzt wittern sie die Gelegenheit, es sich unter den Nagel zu reißen.»

Ethan war erstaunt, dass Maddock in seiner Gegenwart so freimütig Kritik an den Beamten übte, empfand dieses Vertrauen jedoch als Kompliment.

Der Müller zögerte kurz, bevor er fortfuhr: «Wir Freunde sind an Missgunst und Schmähungen gewöhnt, und bis jetzt habe ich jeden dazu ermuntert, standhaft zu bleiben. Letzte Woche jedoch ist ein befreundeter Kaufmann zu mir gekommen und hat mich davor gewarnt, dass der Druck auf uns noch weiter zunehmen wird – legal wie illegal. Die geben keine Ruhe, bis wir unseren Besitz hier aufgegeben haben. Erzähle es bitte nicht weiter, aber ich werde in wenigen Tagen nach Georgia reisen und versuchen, dort neues Land zu erwerben. Wie ich gehört habe, soll der Gouverneur James Wright ein rechtschaffener Mann sein, der sich gerade darum bemüht, Siedler für den nördlichen Teil der Kolonie zu finden.»

«Ich habe den Aushang auch gelesen», antwortete Ethan. «Es sieht so aus, als handle es sich um ein sehr abgelegenes Gebiet, auf dem man den Angriffen der Indianer schutzlos ausgeliefert ist. Außerdem gibt es dort weder Straßen oder andere Verkehrswege noch Märkte oder Handelsniederlassungen. Da war ja North Carolina noch besser erschlossen, als wir hierher gezogen sind.»

«Mag sein, dass du Recht hast, aber ich für meinen Teil würde mir meine Meinung lieber selber bilden.»

Kapitel 6
Die Quäker ziehen nach Georgia

September 1767

Zu Ethans Erstaunen erschien einige Wochen später Joseph Maddock auf der Farm. Er hatte die Pratts bisher noch nie aufgesucht.

«Bist du denn schon in Georgia gewesen?», fragte Ethan.

«Jawohl, und ich habe mir vorläufig die Rechte auf zwölftausend Tagwerk westlich von Augusta und dem Savannah River gesichert. Gouverneur Wright unterhält gute Beziehungen zu den Creek- und Cherokee-Indianern, die das Land offiziell abgetreten haben. Sie haben den Vertrag '63 auf einer vom Gouverneur einberufenen Versammlung der politischen Führer aus North und South Carolina und Virginia unterzeichnet. Mehr als siebenhundert Menschen haben daran teilgenommen. Wir können also darauf vertrauen, dass es keine Gebietsstreitigkeiten geben wird. Was die Verkehrswege und Handelsposten angeht, hattest du allerdings Recht, aber wir sind willens, unseren Teil zu deren Aufbau beizutragen. Ursprünglich hatte ich gehofft, dass unsere Gemeinschaft geschlossen wegziehen würde, aber nur vierzig Familien konnten sich dazu entschließen. Die anderen werden vorerst hier bleiben oder wieder zurück in den Norden gehen. Ich bin gekommen, um dich zu fragen, ob du dich uns anschließen möchtest.»

Obwohl dieser Vorschlag Ethan sehr überraschte, musste er nicht lange überlegen: «Nein, Epsey und ich bleiben hier. Wir sind mit unserer Farm gerade aus dem Gröbsten raus, und die Beamten des Gouverneurs behelligen uns auch nicht mehr als jeden anderen in der Gegend. Außerdem hoffe ich, dass die Regierung auf die Petition der Regulatoren reagiert und die Dinge sich zum Besseren wenden.»

«Nun ja, in diesem Fall bleibt uns nur, dir alles Gute zu wünschen. Aber denk dran: Wenn sie erst einmal ein Auge auf deine Farm geworfen haben, ist ihnen jedes Mittel recht, um sie in die Hände zu bekommen. Das haben wir am eigenen Leibe erfahren. Bisher haben sie sich in dieser Gegend nur auf uns konzentriert, aber weil dein Land sich genau zwischen unserem befindet, könntest du leicht der Nächste sein.»

Der Druck auf die Quäker hielt unvermindert an, und bis zum Herbst 1767 hatten sich die meisten entschlossen, nach der Ernte fortzuziehen. Diejenigen, die noch Geld besaßen, beglichen ihre Rechnungen bei den Händlern der Stadt, sie verkauften ihre Häuser, ihr Land und andere Besitztümer zu Preisen, die weit unter dem üblichen Marktwert lagen. Ethan war bei der Zwangsversteigerung einer benachbarten Farm anwesend, entschied sich aber, nicht zu bieten. Das meiste Land gelangte sowieso auf geheimnisvolle Weise in die Hände der Beamten, Anwälte und Großgrundbesitzer, als wäre das Ganze ein abgekartetes Spiel.

Kurz nach der Versteigerung ritt Ethan an Maddocks Mühle vorbei. Der Müller hatte die Flaschenzüge, Riemen und Getrieberäder ausgebaut und eingepackt, die großen Mühlsteine jedoch zurückgelassen. Wenige Tage später luden die Quäker, die sich für die Übersiedelung nach Georgia entschieden hatten, ihre Habseligkeiten auf Packpferde und Transportschlitten und machten sich in einer langen Karawane entlang des Cape Fear River auf den Weg zur Küste. Drei Familien blieben in der Gegend um Hillsborough, die anderen kehrten in ihre früheren Wohnorte in Pennsylvania und New Jersey zurück.

Im darauf folgenden Jahr lag das ehemalige Quäkerland weitgehend brach. Bis auf ein paar von den neuen Besitzern angeheuerte Aufpasser, die in den Häusern wohnten und verhindern sollten, dass etwas gestohlen oder zerstört wurde, sah Ethan auf den früher so liebevoll gepflegten Anwesen keine Menschenseele. Den ganzen Sommer über gab es dann eine Reihe von Grundstücksspekulationen. Diese endeten oft damit, dass die meisten Farmen an reiche Plantagenbesitzer fielen, die allesamt über gute Beziehungen zum Gouverneur verfügten. Sie kauften neue Sklaven und stellten Aufseher ein, die sie auf ihren übers ganze Land verstreuten Besitzungen einsetzten.

Bald gehörten die Pratts zu den letzten Familien, die noch eine eigene kleine Farm besaßen und sämtliche Farmarbeiten ohne Wanderarbeiter oder Sklaven bewältigten. Alles gedieh prächtig, sie ernteten reichlich. Die Beamten, die zuvor alle Anstrengungen darauf konzentriert hatten, die Quäker aus dem Land zu vertreiben, schienen die Pratts vergessen zu haben. Henry kam regelmäßig zu Besuch und berichtete, dass die Regulatoren in der Piedmont-Gegend mehr Zulauf bekommen und an Einfluss gewonnen hätten. Er schätzte, dass von den achttausend auf der Steuerliste eingetragenen Farmerfamilien etwa sechstausend die Ziele der Regulatoren unterstützten. Herman Husband war in die gesetzgebende Versammlung gewählt worden und brachte hartnäckig jene Themen zur Sprache, um die es bereits bei der Zusammenkunft in Maddocks Mühle sowie in früheren Petitionen gegangen war. Henry und Ethan waren sich einig, dass die Aussichten auf Reformen in der Kolonie recht gut standen, und Ethan beschloss, mehr Äcker anzulegen, neue Kühe und Sauen zur Zucht zu kaufen und seine Weidegebiete zu vergrößern.

Als Ethan eines Tages im Spätherbst gerade Zäune flickte, überbrachte ihm einer der Gehilfen des Sheriffs eine offizielle Vorladung vor das Bezirksgericht. Zunächst wollte Ethan die Vorladung eigentlich ignorieren und einfach abwarten, was geschehen würde, aber da nach einem starken Regen seine Felder zu nass zum Pflügen waren, entschloss er sich, doch nach Hillsborough zu reiten. Um Epsey nicht zu beunruhigen, nannte er ihr nicht den wahren Grund für seinen Besuch in der Stadt, sondern erzählte ihr lediglich, dass er einen Teil seines Tabaks gegen Hufeisen, Vierkantnägel und Stabeisen für seine Schmiede eintauschen wolle. Als er in Hillsborough eintraf, ritt er geradewegs zu seinem Bruder, um ihm die Vorladung zu zeigen.

«Solche Schreiben haben mir auch schon andere Farmer gezeigt», meinte Henry. «Da es nur die Aufforderung enthält, sich bei der Steuerbehörde zu melden, kann man unmöglich wissen, was dahinter steckt. Manchmal wollen die Beamten nur eine Unklarheit in den Unterlagen beseitigen, es kann aber auch sein, dass sie herausfinden wollen, welchen Wert deine Farm hat.»

Mit einem Schmunzeln fügte er hinzu: «Nehmen wir einfach an, du hast zu viel Steuern gezahlt, und sie wollen dir etwas zurückerstatten! Wenn du das Geld hast, gibst du aber deinem armen Bruder etwas davon ab, bevor du wieder nach Hause reitest und alles Epsey überlässt.»

Ethan erledigte zunächst in aller Ruhe seine Geschäfte, bevor er zum Gericht ritt. Gelassen stieg er vom Pferd und betrat das Gebäude in der festen Überzeugung, dass es sich wohl um einen Irrtum handelte. Gleich hinter der Tür stand er zum ersten Mal in seinem Leben zwei bewaffneten Männern in Uniform gegenüber.

«Wer sind Sie?», fragte der eine.

«Ich bin Ethan Pratt. Man hat mich aufgefordert, hierher zu kommen.»

Der Soldat blickte auf einen Zettel, den er in der Hand hielt, und deutete auf die Tür der Steuerbehörde. «Da hinein!», sagte er barsch. «Ich habe meine Steuern gezahlt», sagte Ethan.

«Schnauze!», fuhr ihn der andere Soldat an. «Das können Sie alles Mr. Langhorn erzählen.»

Für einen Augenblick war Ethan sprachlos. «Den Teufel werd' ich tun», erwiderte er, drehte sich auf dem Absatz um und verließ das Gebäude. Kaum hatte er den Fuß in den Steigbügel gesetzt, hörte er Schritte hinter sich und den scharfen Befehl: «Halt, stehen bleiben!»

Er wandte sich um. Die Mündungen beider Gewehre zielten direkt auf seine Brust. Er musste den Fuß aus dem Steigbügel nehmen und die Hände hinter den Kopf legen.

Ethan spürte, wie Zorn in ihm hochstieg. Am liebsten hätte er sich auf die Soldaten gestürzt, die beide viel kleiner waren als er, da er aber keine Waffe trug, hätte er damit sein Leben aufs Spiel gesetzt. Also nickte er schicksalsergeben, band sein Pferd wieder fest und ging hoch erhobenen Hauptes zurück ins Gerichtsgebäude. Dort klopfte er an die Tür des Steuereintreibers und trat ein. Ein Mann, den Ethan noch nie zuvor gesehen hatte, saß an einem schmalen Schreibtisch und blickte bei seinem Eintreten auf. Dann ließ er Ethan eine geschlagene Minute warten, während der er in den Papieren blätterte, die vor ihm lagen.

«Sind Sie Ethan Pratt?»

Ethan nickte.

«Warum zahlen Sie Ihre Gebühren und Steuern nicht?»

«Ich habe immer pünktlich gezahlt.»

«Dann zeigen Sie mir die Quittung für die Stempel auf Ihrer Heiratsurkunde, eine Kopie der Besitzurkunde für Ihr Land, ein Verzeichnis Ihrer sämtlichen Gerätschaften, eine Aufstellung Ihrer landwirtschaftlichen Erträge vom Ende letzten Jahres und die Konzession für den Betrieb Ihrer Schmiede. Wir haben nämlich allen Grund zur Annahme, dass Sie der Regierung eine große Summe Geldes schulden.»

«Sie wissen genau, dass ich keine Stempel habe. Ich habe vor fast vier Jahren in Pennsylvania geheiratet, lange bevor das Stempelsteuergesetz verabschiedet und wieder zurückgenommen wurde. Den Wert meiner Gerätschaften und der Ernte habe ich wie alle anderen Farmer auch letzten Dezember geschätzt und die Liste von Ihren Beamten absegnen lassen. Und meine Schmiede ist nur für den eigenen Gebrauch bestimmt. Manchmal mache ich auch was für meine Nachbarn, aber für meine Hilfe berechne ich nichts. Ich habe keine Steuerschulden, und ich werde auf gar keinen Fall eine Konzession für eine Schmiede erwerben, die nur meinem eigenen Bedarf dient.»

Langhorn blätterte erneut in den Dokumenten auf dem Schreibtisch herum und sagte dann: «Mr. Pratt, da Sie ganz offensichtlich mit mindestens zehn Pfund im Rückstand sind und sich nun auch noch uneinsichtig zeigen, verhänge ich zusätzlich eine Strafe von zwei Pfund. Gehen Sie zwei Türen weiter nach rechts und zahlen Sie das Geld beim Bezirkskämmerer ein.»

«Nein, das tue ich nicht», entgegnete Ethan entschlossen und verließ den Raum. Draußen warteten bereits die beiden Rotröcke auf ihn, und Langhorn rief ihnen zu: «Verhaftet ihn!»

Den Rest des Tages und die ganze Nacht verbrachte Ethan im Gefängnis und grübelte darüber nach, was eigentlich geschehen war und was er nun tun sollte. Erst am nächsten Nachmittag öffnete sich die Zellentür. «Du kannst gehen», sagte der Gefängniswärter, «deine Steuern und die Strafe sind bezahlt.»

Als Ethan aus dem Gerichtsgebäude trat, standen dort eine ungewohnt betrübt wirkende Epsey und Henry, der Ethans Pferd am Zügel hielt. Ethan sah die beiden verwundert an, und schließlich sagte Epsey: «Henry wollte uns das Geld leihen, aber ich habe beschlossen, einige von unseren Kühen zu verkaufen, damit wir die Schulden bezahlen können.»

«Wir waren nichts schuldig. Du hättest ihnen das Geld nicht geben sollen.»

«Aber es war die einzige Möglichkeit, dich aus dem Gefängnis zu holen! Die Männer des Gouverneurs sind zur Farm gekommen und haben gesagt, dass du im Gefängnis bist und bald auf dem Marktplatz an den Pranger gestellt wirst. Und dann haben sie noch gesagt, du seist ein Unruhestifter und die Farm würde nicht mehr lange uns gehören. Ich bin gleich zu Henry und habe ihn gefragt, was ich tun soll.»

Ethan verlor kein weiteres Wort mehr über seine Verhaftung. Er sagte nur: «Henry, ich möchte mit dir reden, bevor wir nach Hause reiten.»

Obwohl Henry normalerweise zu dieser Stunde noch arbeitete, sperrte er nicht die Werkstatt auf, sondern führte die beiden über die Hintertreppe direkt hinauf in seine Wohnung. Während Epsey Teewasser aufsetzte, erzählte Ethan, dass man ihn im Gerichtsgebäude wie einen gemeinen Verbrecher behandelt habe. Henry hörte schweigend zu, und als Epsey den Tee eingegossen hatte, meinte er: «Ethan, wie du weißt, haben sich die Großgrundbesitzer das ganze ehemalige Quäkerland in deiner Nachbarschaft unter den Nagel gerissen, und jetzt fehlt ihnen nur noch deine Farm. Das, was du gerade erlebt hast, war nur eine Art Warnung. Von nun an werden sie immer weiter nach Mitteln und Wegen suchen, um dich von deinem Land zu vertreiben.»

«Aber so leicht werden sie mich nicht los! Ich vertraue immer noch darauf, dass mich die Regierung gerecht behandeln wird. Bald müssten wir ja erfahren, wie die gesetzgebende Versammlung auf die Petition der Regulatoren reagiert hat.»

Henry warf seinem Bruder einen Blick zu, der besagte, dass er Ethan für viel zu naiv und vertrauensselig hielt. Weil er ihn aber nicht noch mehr entmutigen wollte, beschloss er, von den wenigen Punkten zu sprechen, in denen er noch etwas Hoffnung sah.

«Da dieses Jahr mehrere neue Abgeordnete aus unserer Gegend in die Versammlung hineingewählt worden sind, haben wir tatsächlich eine Chance, etwas in New Bern zu bewegen. Immerhin wurden in der gesamten Kolonie beinahe die Hälfte der alten Amtsinhaber abgewählt, und von den acht Leuten, die in den Countys Orange, Rowan und Anson gewonnen haben, unterstützen fünf die Regulatoren. Nur zwei der alten Amtsinhaber wurden wiedergewählt. Aber das Beste ist, dass Edmund Fanning, Tryons wichtigster Mann hier draußen, haushoch gegen Herman Husband verloren hat. All das sollte den Leuten zu denken geben, die es auf dich abgesehen haben.»

Ethan war noch nie in einer so misslichen Lage gewesen, in der sein Schicksal nahezu gänzlich in den Händen von Menschen lag, die er kaum kannte.

Ein wenig resigniert sagte er: «Na ja, ich werde es schon irgendwie durchstehen.»

«Ethan, du selbst brauchst dich ja nicht daran zu beteiligen, aber die Regulatoren planen hier in der Nähe eine Aktion, mit der sie ihre Entrüstung über die aktuellen Ereignisse zeigen wollen. Ich schlage vor, ihr geht jetzt zurück auf eure Farm und kümmert euch eine Zeit lang nur um eure Angelegenheiten. Lass das nur alles unsere Sorge sein.»

«Henry, ich möchte nicht, dass du Schwierigkeiten bekommst.»

«Du brauchst dir um mich keine Sorgen zu machen. Unsere Bewegung ist stark, und wir können unter gar keinen Umständen hinnehmen, dass Tryon unsere Petition so hartnäckig ignoriert. Ein Jahr lang haben wir jetzt geduldig gewartet, und in New Bern haben die Regulatoren alle Möglichkeiten ausgeschöpft. Nein, die Lösung für unsere Probleme liegt hier, im Gerichtsgebäude von Hillsborough.»

Auf dem Heimweg wussten weder Ethan noch Epsey, was sie sagen sollten. Zum ersten Mal seit ihrer Hochzeit hatte sich Ethan, für den es bereits ein Zeichen von Schwäche war, wenn er eine wichtige Entscheidung mit seiner Frau besprach, eine Blöße gegeben. Es war ihm nach wie vor peinlich, dass man ihn ins Gefängnis geworfen hatte, aber sein anfänglicher Groll darüber, dass Epsey ihn freigekauft hatte, wich immer mehr der Erkenntnis, dass sie genau das Richtige getan hatte. Um ihre kluge Entscheidung zu würdigen und ihr auf eine etwas umständliche Weise dafür zu danken, beschloss er, ihr den Sachverhalt auseinander zu setzen.

«Epsey, ich kenne meine Pflichten als englischer Bürger, aber ich kenne auch meine Rechte. Wir alle wissen, dass Tryon ein Betrüger ist, der die Quäker hasst und sich ihr Land aneignen will.»

Nach einer Pause fügte er hinzu: «Es ist eine Tatsache, dass diejenigen von uns, die aus Pennsylvania in diese Gegend gekommen sind, nie ein Mitspracherecht in öffentlichen Belangen hatten. Ein Mann muss mindestens fünfhundert Tagwerk Land und zwanzig Sklaven besitzen, um in die gesetzgebende Versammlung gewählt werden zu können, und das trifft nur auf ganz wenige Leute hier zu. Herman Husband ist unter ihnen der Einzige, der so denkt wie wir. Die Richter und die anderen Beamten der Bezirksregierung in Hillsborough sind nur durch Bestechung an ihre Posten gekommen, jetzt machen sie mit dem Gouverneur gemeinsame Sache und bereichern sich auf unsere Kosten. Wahrscheinlich wissen König Georg und unsere Vertreter im englischen Parlament gar nicht, was hier in North Carolina vor sich geht! Ich war nun ein- oder zweimal bci einem Treffen der Regulatoren dabei und habe festgestellt, dass sie sich eine durchschaubare und gerechte Regierung wünschen und unsere Probleme friedlich lösen wollen. Bis London etwas unternimmt, sollten wir uns also einfach an das halten, was wir haben, und die Nase nicht in anderer Leute Angelegenheiten stecken.»

Das war die längste Rede, die Epsey je von Ethan gehört hatte, und sie stimmte ihm in allen Punkten zu, weil sie volles Vertrauen in sein Urteilsvermögen und seine Fähigkeiten hatte. Aber als sie ihm ins Gesicht schaute und sah, wie er die Stirn runzelte und die Lippen fest aufeinander presste, wusste sie, dass er sich in Wirklichkeit große Sorgen machte, die er vor ihr zu verbergen versuchte. Ethan konnte Maddocks Worte nicht vergessen: «Dein Land befindet sich mitten zwischen unserem, und du könntest leicht der Nächste sein.»

Am nächsten Sonntagvormittag kam Henry hinaus zur Farm und erzählte Ethan von den jüngsten Ereignissen, die sich in der Hauptstadt der Kolonie zugetragen hatten. Es klang sehr ermutigend.

«Husband und seine Gruppe leisten gute Arbeit in der Versammlung und bringen alle vertretbaren Anträge ein, die die Regulatoren in den letzten Jahren ausgearbeitet haben.»

«Weißt du, welche Gesetzesvorschläge das waren?», fragte Ethan.

«Natürlich», erwiderte Henry nicht ohne Stolz. «Schließlich haben wir Regulatoren sie gemeinsam formuliert, bevor Herman sie in New Bern vorgestellt hat. Mit jedem Vorschlag packen wir ein anderes heißes Eisen an. Einer sieht zum Beispiel vor, dass Richter und Justizangestellte ein festes Gehalt bekommen und die Gebühren und Geldstrafen nicht an sie, sondern an die Schatzkammer des Countys gezahlt werden. Ein anderer fordert, dass die Sheriffs nicht länger mit der Eintreibung der Steuern betraut werden. Außerdem verlangen wir, dass Anwaltsgebühren eine bestimmte Summe nicht überschreiten dürfen und dass auch weniger schwere Fälle von sechs Geschworenen entschieden werden, falls eine der Parteien es verlangt. Für euch Farmer ganz besonders wichtig ist eine Gesetzesvorlage, nach der eure Erzeugnisse zum gesetzlichen Zahlungsmittel für Gebühren und Steuern erklärt werden sollen. Außerdem wollen wir die Kopfsteuer durch Grundstückssteuern ersetzen, die auf dem tatsächlichen Wert des Landes beruhen. Unser populärster Vorschlag ist jedoch der, dass Anwälte nicht mehr in die Versammlung gewählt werden dürfen. Ihnen geht es dort nämlich nur darum, ihre Schäfchen ins Trockene zu bringen, und sie scheren sich einen Teufel um die Interessen der Bürger.»

«Und wie war bisher die Reaktion auf eure Vorschläge?»

«Es ist noch zu früh, um es mit Sicherheit zu sagen, aber unsere Leute glauben, dass wir eine Mehrheit dafür bekommen können. Möglicherweise stimmen sogar einige Abgeordnete dafür, die in der Vergangenheit mit Gouverneur Tryon paktiert haben, denn eigentlich müssten unsere Vorschläge jedem vernünftig denkenden Menschen einleuchten.»

Nachdem Henry gegangen war, berichtete Ethan Epsey von ihrem Gespräch, und die beiden waren so zuversichtlich wie seit dem Weggang der Quäker nicht mehr. Würde auch nur die Hälfte der Gesetzesvorschläge verabschiedet, so würde sich das Leben in der Kolonie für die kleinen Farmer und viele andere entscheidend zum Besseren wenden.

Am nächsten Wochenende blieb Henry aus, dafür aber kam er ganz gegen seine Gewohnheit am Mittwoch hinaus auf die Farm. Obwohl er ziemlich beunruhigt wirkte, witzelte Ethan zur Begrüßung: «Na, du machst wohl heute blau?»

Henry stieg vom Pferd. «Tja, vielleicht sollte ich meinen Laden gleich zusperren», sagte er ernst. «Hast du schon gehört, was in New Bern geschehen ist?»

«Nein, woher auch? Der Einzige, der uns hier mit Neuigkeiten versorgt, bist du.»

«Ich wünschte, ich hätte bessere Nachrichten. Unsere Gesetzesvorschläge haben zwar in der Versammlung gute Fortschritte gemacht, und viele Bürger in den Countys an der Küste haben sich für sie ausgesprochen. Aber als die Versammlung ernsthaft über unsere Klagen zu debattieren begann und klar wurde, dass wir auf eine breite Unterstützung bauen konnten, hat dieser Mistkerl von einem Gouverneur sie einfach aufgelöst und Neuwahlen ausgerufen. Bis sich eine neue Versammlung konstituiert hat, will er alle Regierungsentscheidungen allein mit seinen Ratgebern treffen.»

«Ich kann's nicht glauben! Wie konnte das geschehen?»

«Vielleicht sind wir ihm einfach zu stark geworden, nicht nur im Westen, sondern in der ganzen Kolonie. Wenn Tryon nicht mehr die Mehrheit der Bevölkerung auf seiner Seite hat, sind auch seiner Macht Grenzen gesetzt.»

Mehrere Monate lang kam das politische Leben in der Hauptstadt zum Erliegen, und die Regulatoren gewannen noch stärker an Einfluss. Gleichzeitig beschlossen Tryon und seine Unterstützer, dafür zu sorgen, dass 1770 eine ihnen genehmere Versammlung gewählt wurde. Dazu übernahmen sie einige der populäreren Vorschläge der Regulatoren, warben gezielt um die Stimmen der Farmer und schreckten dabei auch vor Bestechung nicht zurück. Die Regulatoren allerdings waren zu siegessicher. Sie spotteten über die neue Taktik ihrer Gegner und gründeten ihre Hoffnungen auf die Erfolge des vergangenen Jahres.

Als nach der Wahl die Stimmen ausgezählt wurden, verschob sich die politische Macht zugunsten des Gouverneurs. Sogar im Orange County waren zwei der vier neuen Abgeordneten, ein Kaufmann und ein Beamter, aus seinem Lager. Tryon verkündete, die neue Versammlung werde Reformen einleiten, aber die Regulatoren taten diese Aussage als den unehrlichen Versuch ab, ihrem Anliegen zu schaden.

Im Sommer des Jahres 1770 erhielt Henry einen der seltenen Briefe von Mr. Knox in Norfolk, und nachdem er mit seinen Freunden in Hillsborough darüber gesprochen hatte, brachte er ihn zu Ethan. Noch auf der Türschwelle machte er seinem Ärger Luft.

«Ethan, jetzt weiß ich endlich, warum unsere Petitionen in London nichts gefruchtet haben. Das Parlament ist genauso schlimm wie Tryons Rat. Wie du wahrscheinlich schon gehört hast, hat man die Generalversammlungen in New York und Massachusetts aufgelöst. Außerdem sollen wir alle für die hier stationierten britischen Truppen zahlen, und durch die Townshendgesetze werden beinahe alle aus England stammenden Waren mit hohen Steuern belegt.»

«Aber darüber haben wir doch schon einmal gesprochen, Henry. Die Steuer betrifft doch nur ein paar Dinge, auf die wir verzichten können.»

«Da sind die Leute in Massachusetts aber ganz anderer Meinung. Mr. Knox schreibt, dass die Anführer in Boston alle anderen Kolonien dazu aufgerufen haben, sich dieser Schikane zu widersetzen. Erst kürzlich haben Zollbeamte die Schaluppe eines gewissen John Hancock beschlagnahmt, und als die braven Bürger die Steuereintreiber aus der Kolonie gejagt haben, hat London viertausend Soldaten geschickt, um die Beamten bei ihrer Rückkehr zu schützen. Als die Bürger dagegen demonstrierten, haben die Rotröcke das Feuer eröffnet und fünf unschuldige Menschen getötet! In dem Brief steht, dass man in Norfolk jetzt keine britischen Produkte mehr kauft, und dabei machen sogar Leute mit, die bisher zu allem, was aus London kam, Ja und Amen gesagt haben.»

«Vielleicht macht ja das Parlament einen Rückzieher, wenn der Handel einbricht.»

Enttäuscht, aber nicht weiter überrascht von Ethans Gleichgültigkeit, fügte Henry hinzu: «Ich bin einzig und allein darum hierher geritten, um dich wissen zu lassen, dass wir auf keinerlei Unterstützung aus London hoffen können. Mit diesem Arschloch von einem Gouverneur werden wir nur fertig, wenn wir selbst etwas unternehmen.»

Ohne Ethans Antwort abzuwarten, stieg er aufs Pferd und ritt davon.

Die Sorgen, die man sich im Hinterland von North Carolina in Bezug auf Tryons Absichten machte, sollten sich schon bald als nur allzu berechtigt erweisen. Der Amtsmissbrauch in den Verwaltungen der Countys nahm zu, und im Orange County verkündete der Sheriff einen Beschluss, der besonders unangenehme Folgen haben sollte: Zukünftig werde er die Steuern nur noch an fünf Orten und zu genau festgelegten Terminen einsammeln, und zwar in bar. Das war vor allem für die Farmer problematisch, die ihre Steuern normalerweise an den Orten zahlten, an denen sie auch ihre Produkte verkaufen konnten.

Als die Regulatoren daraufhin einen Aufruf erließen, mit dem sie ihre Mitglieder und alle anderen dazu ermutigten, die gewohnte Zahlungsweise beizubehalten, befahl Richter Edmund Fanning dem Sheriff, das Pferd, den Sattel und das Zaumzeug eines Regulators zu beschlagnahmen, der am Sitz der Bezirksregierung wohnte und die Proklamation mit unterzeichnet hatte. Als das Pferd dann wegen angeblicher Steuerschulden seines Besitzers verkauft werden sollte, ritt ein Trupp bewaffneter Männer nach Hillsborough hinein, schnappte sich das Tier und feuerte ein paar Mal auf das Haus von Richter Fanning, der gerade zu Besuch in einem benachbarten County weilte. Nach seiner Rückkehr ordnete der Richter an, drei an der Aktion Beteiligte, die von Zeugen erkannt worden waren, unverzüglich zu verhaften. Doch der Einfluss der Regulatoren war inzwischen so gewachsen, dass er nicht genügend Männer für diese Unternehmung zusammenbekam.

Als Reaktion darauf erließen die Regierungsbeamten der Kolonie ein neues Gesetz zur Aufrechterhaltung der öffentlichen Sicherheit. In Zukunft würde jeder, der sich weigerte, einer gerichtlichen Vorladung nachzukommen, als Verräter gelten, dem der Tod durch den Strang drohte. Das Gesetz ermächtigte den Gouverneur außerdem dazu, zur Wahrung der Ordnung eine Miliz aufzustellen und zu bewaffnen und jedem Milizionär vierzig Shilling zu zahlen. In der ersten Maiwoche 1771 verkündete Tryon, dass er diese Truppen in Hillsborough konzentrieren werde, der Hochburg der ungesetzlichen Umtriebe.

Kapitel 7
Die Schlacht am Alamance Creek

Mai 1771

Da die Anführer der Regulatoren einige ihrer Vertrauensleute in Tryons Truppen eingeschleust hatten, waren sie umfassend über jeden seiner Schritte informiert. Die Frage, wie am besten auf die Aufstellung der Miliztruppen zu reagieren sei, führte zu heftigen Diskussionen. Die eher gemäßigte Fraktion um Husband empfahl, sich für eine Weile bedeckt zu halten. Dann wäre der Gouverneur gezwungen, die Milizen wieder nach Hause zu schicken, weil es nichts für sie zu tun gab. Henry und einige andere hingegen waren überzeugt, dass man jetzt dem Gouverneur vor Augen führen musste, auf welch überwältigende Unterstützung der Bevölkerung die Regulatoren bauen könnten. Nur so werde man die Kolonialregierung zwingen, auf die nun wahrlich gerechtfertigten Forderungen nach Reformen einzugehen.

Die Diskussion wurde hinfällig, als die Regulatoren erfuhren, dass Tryon sich bereits in Richtung Hillsborough in Marsch gesetzt hatte. Sie beschlossen, eine Massenkundgebung abzuhalten, um friedlich ihre politische und militärische Stärke zu demonstrieren. Die Versammlung wurde auf zwölf Uhr mittags am dritten Samstag im Mai festgesetzt und sollte am Ufer des Big Alamance Creek stattfinden, ungefähr fünfzehn Meilen westlich von Hillsborough. Gouverneur Tryon verurteilte dieses Vorhaben als einen Verstoß gegen das Gesetz zur Aufrechterhaltung der öffentlichen Sicherheit. Doch die Regulatoren ließen sich nicht beirren. Sie verteilten im gesamten Orange County Flugblätter und forderten alle Männer auf, an der Kundgebung teilzunehmen, um «die mittellosen und fleißigen Bauern, die rechtschaffenen und strebsamen Familien und alle benachteiligten Mitbürger mit friedlichen und legalen Mitteln in ihrem Kampf um die ihnen zustehenden Rechte zu unterstützen».

Frühmorgens am Tag der Kundgebung erschien Henry auf der Farm. Nach dem von Epsey zubereiteten Frühstück gingen die beiden Brüder nach draußen, und Ethan fasste sich ein Herz: «Henry, ich habe gehört, was ihr am Alamance Creek plant. Bitte sag mir, was genau du vorhast.»

«Da es auf beiden Seiten genügend Spione gibt, sind wir über jede Entscheidung Tryons auf dem Laufenden. Tryon bewegt sich mit einem Teil seiner Milizen auf den Alamance Creek zu, aber wir werden unsere Kundgebung auf jeden Fall abhalten und dafür sorgen, dass sie vollkommen friedlich abläuft. Wir erwarten mehr als zweitausend Teilnehmer! Im Grunde sollten wir ihm sogar dankbar sein, denn jetzt haben wir die Gelegenheit, ihm zu zeigen, wie viele Menschen mit unserer Sache sympathisieren.»

Ethan spürte, dass Henry von der Unbesiegbarkeit der Regulatoren völlig überzeugt war und ganz offensichtlich den Ernst der Lage unterschätzte.

Daher wandte er ein: «Öffentliche Demonstrationen sind eine Sache, aber eine militärische Auseinandersetzung eine ganz andere. Ich habe gehört, dass die Milizen gut ausgerüstet sind. Sie sollen sogar Kanonen haben und von erfahrenen britischen Offizieren befehligt werden. Wenn es tatsächlich zu einem Kampf kommen sollte, habt ihr keine Chance.»

Henry lächelte nachsichtig und erwiderte in vertraulichem Ton: «Anscheinend bist du nicht auf dem neuesten Stand. Tryon hat Kundschafter unter der Führung von Colonel John Ashe ausgesandt. Wir haben den Colonel zusammen mit einem Captain und einigen Milizionären gefangen genommen.»

«Was habt ihr mit ihnen vor?»

«Sobald Tryon sich wieder nach New Bern zurückzieht, werden wir sie freilassen. Unsere Männer haben sie sich ein wenig zur Brust genommen, damit sie uns nicht so schnell vergessen!»

«Henry, ich fürchte, diese Kundgebung am Alamance ist ein Fehler! Ihr überschätzt eure Stärke! Niemals bekommt ihr zweitausend Mann dazu, für irgendetwas zu demonstrieren, und schon gar nicht an einem so abgelegenen Ort. Es muss unter allen Umständen friedlich zugehen!»

«Genau deshalb versuche ich ja, Leute für uns zu gewinnen, die eine solche friedliche Lösung erreichen wollen. Du hast ja gesehen, wie wir die Versammlung in der Mühle gehandhabt haben, weil Männer wie du und Maddock dabei waren. Es würde mir viel bedeuten, wenn du mit mir zum Alamance kämst.»

«Du weißt, dass ich eigentlich hier draußen in Frieden leben will, aber wenn du mir garantieren kannst, dass die Versammlung friedlich abläuft, werde ich dich begleiten.»

Henry war sichtlich erfreut und versicherte seinem Bruder noch einmal, dass die Regulatoren eine militärische Auseinandersetzung vermeiden wollten.

Ethan verschwand kurz im Haus, um mit Epsey zu sprechen. Als er wieder auf die Veranda trat, sagte er: «Wenn wir mittags dort sein wollen, müssen wir jetzt los. Epsey wäre es zwar lieber, wenn ich hier bliebe, aber sie hat uns trotzdem etwas Proviant zusammengepackt: Süßkartoffeln, Kekse, Speck.»

Auf ihrem Weg zum Versammlungsort trafen Henry und Ethan auf erstaunlich viele Männer, die fast alle eine Muskete oder ein Gewehr bei sich hatten, was allerdings auf einem längeren Ritt nicht unüblich war. Schließlich hatten viele Farmer selbst bei der Feldarbeit immer ein Gewehr griffbereit, um sich gegen Banditen und Indianer zu verteidigen oder um für den Fall gerüstet zu sein, dass sich ihnen ein Wild- oder Truthahnbraten bot. Entgegen Henrys dringendem Rat hatte Ethan keine Waffe mitgenommen, um schon auf den ersten Blick deutlich zu machen, dass er Gewalt ablehnte.

Henry sagte: «Du siehst, es sind jetzt schon mehr Männer, als du gedacht hast. Wir haben übrigens zwei oder drei Redner, die vor allem die Situation in New Bern schildern und eine neue Petition herumreichen werden, die auch nach London gesandt werden soll. Im Kabinett von König George hat es einige größere Veränderungen gegeben. Lord North wurde inzwischen zum Premierminister ernannt, und er ist sehr besorgt über die aufgeladene Stimmung in den Kolonien. Tryon weiß das und will mit allen Mitteln verhindern, dass wir mit dem Parlament in Verbindung treten.»

Ethan blickte sich in der Menge um und sagte: «Hier wimmelt es ja von Waffen! Einige der Männer scheinen sich sogar in Gruppen organisiert zu haben. Suchen die etwa Streit?»

Henry lachte. «Nein, im Gegenteil, sie wollen jeden Streit vermeiden! Aber Tryon soll ruhig wissen, dass wir bereit sind, uns zu verteidigen. Auf diese Weise können wir etwaige Angriffspläne vielleicht schon im Keim ersticken. Wenn wir hier zweitausend Mann zusammenbekommen, womit ich rechne, sind wir doppelt so viele Männer wie die Truppen des Gouverneurs. Wir sind uns zwar einig, dass wir keinen Aufruhr anzetteln wollen, aber einschüchtern lassen wir uns auch nicht.»

Als sich die beiden Brüder unter die anderen Männer mischten, schnappte Ethan die eine oder andere angriffslustige Bemerkung auf und fragte sich, ob Henrys Optimismus in Bezug auf die friedlichen Absichten der Regulatoren und ihre zahlenmäßige Überlegenheit wirklich berechtigt war. Natürlich war auch er der Meinung, dass die gegenwärtige politische Situation zu wünschen übrig ließ, aber es schien ihm schier unmöglich, dass ein paar Tausend unzufriedene Farmer die bestehende Ordnung in der gesamten Kolonie, geschweige denn in London, umstürzen könnten.

Auf der großen Lichtung herrschte ein entspanntes Durcheinander. Die Männer erzählten sich Witze oder unterhielten sich über die Farmarbeit und über Pferde. Um zwei von ihnen, die ihre Hemden ausgezogen hatten und einen Ringkampf austrugen, hatte sich rasch ein Kreis von Zuschauern gebildet. Dann hieß es, die Versammlung solle beginnen, und die Menge drängte sich um eine Rednertribüne, die aus über zwei Bauernkarren gelegten Scheunentoren bestand. Der Abgeordnete Husband begrüßte die Leute.

«Diese große Zusammenkunft interessierter Bürger ist für jene von uns, die sich in New Bern ziemlich einsam gefühlt haben, ein geradezu erhebender Anblick.»

Die Zuhörer quittierten diese Äußerung gut gelaunt mit schallendem Gelächter.

«Ich habe erfahren, dass der Gouverneur mit einer Truppe von Milizionären auf dem Weg hierher ist und bereits Hillsborough passiert hat. Angeblich hat er vor, von hier aus weiter ins Rowan County zu ziehen, wo seine Milizen schon einmal einen kleinen Zusammenstoß mit unseren Regulatoren hatten und es gar nicht erwarten konnten, wieder nach Hause hinter ihre Pflüge zu kommen.»

Damit erntete er noch mehr Gelächter, aber nun wurde Husband ernst.

«Wir werden Veränderungen in diesem Staat bewirken, und zwar aus drei Gründen. Erstens kämpfen wir für eine gerechte Sache! Zweitens sind wir viele und halten unerschütterlich an unseren Entschlüssen fest! Und drittens haben der König und der Premierminister deutlich ihren Willen bekundet, dass es in den Kolonien fortan gerecht zugehen soll.

Tryon bezeichnet uns als Rebellen, die sich im Krieg mit der Regierung befinden, aber in Wahrheit sind wir friedliebende Bürger, die in Treue zu ihrem König stehen und nur eines verlangen: Gerechtigkeit!»

Ethan bemerkte anerkennend, dass sich Husband seit der Zusammenkunft in Maddocks Mühle zu einem gewandten Redner gemausert hatte. Auf jede von Maddocks Aussagen folgte lang anhaltender, von Jubelrufen durchsetzter Beifall, und er machte genau die richtigen Pausen, um seinen Worten die größtmögliche Wirkung zu verleihen. Jetzt aber wurde er unerwartet unterbrochen, weil ein Mann zur Tribüne geeilt war und ihm eine Nachricht heraufreichte.

Husband las das Blatt und bat mit einer Handbewegung um Ruhe. «Meine Herren, ich habe soeben erfahren, dass sich Gouverneur Tryon und seine Milizen uns vom Osten her nähern. Sie verlangen von uns, diese Kundgebung unverzüglich abzubrechen. Wollen wir das?»

Ein donnerndes «Nein!» erscholl aus Hunderten von Kehlen.

«Glaubt ihr, dass er zweitausend Mann auf einmal festnehmen kann?»

Die Antwort war ein wirres Durcheinander von Gelächter, höhnischem Gejohle und abfälligen Bemerkungen. Doch dann trat erwartungsvolles Schweigen ein.

Husband fuhr fort: «Es darf kein Blutvergießen geben, aber nun ist der Zeitpunkt gekommen, eine Übereinkunft mit dem Gouverneur zu erzielen. Reverend Caldwell hat sich bereit erklärt, ihm eine Botschaft von uns zu überbringen. Tryon soll wissen, dass wir uns in friedlicher Absicht versammelt haben, aber auch, dass wir fest entschlossen sind, unsere Rechte einzufordern.»

Nicht einmal eine halbe Stunde später kehrte Caldwell mit Tryons Antwort zurück. Dieser verweigerte jeglichen Kompromiss und erklärte, er werde Angelegenheiten von Belang erst besprechen, wenn das «Gesindel» nach Hause zurückgekehrt sei. Seine Truppen würden in einer Stunde vorrücken und jeden festnehmen, der sich dann noch auf dem Versammlungsplatz befände.

Tryons Botschaft spaltete die Männer in zwei Lager. Henry und ein Dutzend anderer umringten Husband, der von der Tribüne herabgestiegen war, und Ethan sah, dass sie eine hitzige Diskussion führten. Es war, als hielte die Menge den Atem an, und Ethan konnte hören, wie Husband nachdrücklich erklärte, dass er jede Gewaltanwendung ablehne. Henry und die meisten anderen plädierten im Vertrauen auf ihre Stärke dafür, nicht nachzugeben. Mit Bestürzung verfolgten die Zuschauer, wie Husband sich plötzlich aufs Pferd schwang und ohne ein weiteres Wort davongaloppierte. Ethan drängte sich nach vorne durch, um Henry zu sagen, dass er ebenfalls nicht bleiben würde.

Bevor er jedoch seinen Bruder erreicht hatte, vernahm er den Lärm heranrückender Truppen, und innerhalb weniger Minuten erkannten sie Gouverneur Tryon und mehrere britische Offiziere, gefolgt von einem großen Kontingent bewaffneter Milizionäre. Am Rand der Lichtung hielten sie ihre Pferde an, drehten sich im Sattel um und befahlen den Truppen, in einem Halbkreis um die versammelten Regulatoren Aufstellung zu nehmen.

«Schaut», rief Henry, «sie haben zwei Feldkanonen dabei, die genau auf uns zielen. Die sehen allerdings sehr klein aus, wahrscheinlich sind es nur Halbpfünder.»

Tryon wandte sich zur Rednertribüne und brüllte: «Hier spricht der Gouverneur. Eure Kundgebung verstößt gegen das Gesetz von North Carolina. Ich verlange, dass ihr die Versammlung sofort beendet und nach Hause zurückkehrt.»

William Butler, einer der Anführer der Regulatoren, entgegnete: «Gouverneur, wir sind gesetzestreue Bürger und haben uns hier friedlich versammelt. Wir wollen nichts weiter, als eine Petition verfassen, damit Sie, der Rat der Kolonie, der König und das Parlament wissen, was uns bewegt.»

«Ich bin nicht hier, um mit euch zu diskutieren! Ich fordere euch auf, diese ungesetzliche Versammlung sofort aufzulösen. Und ich warne euch, meine Geduld ist am Ende!»

Einer der Farmer am Rand der Menge rief: «Gouverneur, wir gehen nirgendwo hin. Wir bleiben hier!»

Plötzlich gellte ein Schuss, den ein halb hinter seinen Kameraden verborgener Milizkämpfer abgegeben hatte. Der Farmer stürzte mit einer Kugel im Oberschenkel zu Boden. In dem wilden Durcheinander, das folgte, konnten sich die meisten Regulatoren auf die andere Seite der Lichtung zurückziehen. Aus dem Schutz des Waldes wurde ein Gewehr abgefeuert, und ein Offizier griff sich an die Schulter und rutschte vom Pferd. Nun zogen sich der Gouverneur und die anderen Offiziere in den Wald auf ihrer Seite zurück, und die meisten Regulatoren nutzten die Gelegenheit, die Lichtung zu verlassen. Dann brüllte Tryon: «Feuer frei!»

Ethan und Henry hatten bereits den Waldrand erreicht und benötigten nur wenige Schritte, um sich zwischen den Bäumen in Sicherheit zu bringen. Als sie sich umdrehten, sahen sie, wie die beiden kleinen Kanonen aus einer Entfernung von höchstens fünfundvierzig Metern auf die ungefähr hundert noch auf der Lichtung verbliebenen Männer abgefeuert wurden. Unmittelbar darauf folgte das Knattern einer Musketensalve, und mehr als ein Dutzend Männer wälzten sich am Boden, während die anderen blitzartig auseinander stoben. Einige der Regulatoren, darunter auch Henry, gingen hinter den Bäumen in Stellung und erwiderten das Feuer, während Ethan sich mit den anderen unbewaffneten Versammlungsteilnehmern tiefer in den Wald hinein zurückzog. Über eine Stunde lang wurden auf beiden Seiten mehr als hundert Salven abgefeuert, wobei die Milizionäre in ihrer Schlachtreihe zunächst ein leichteres Ziel boten als die Regulatoren, die rasch im Unterholz verschwinden und hinter den Bäumen in Deckung gehen konnten. Als auch die Gegner diese Taktik übernahmen, ging so gut wie jeder Schuss ins Leere, und auf der Lichtung befanden sich nur noch die Toten und Verwundeten, darunter auch eine beträchtliche Anzahl von Milizangehörigen.

Als nur noch vereinzelte Schüsse zu hören waren, rief Tryon: «Feuer einstellen! Feuer einstellen!» Es dauerte ein paar Minuten, bis der Befehl befolgt wurde, dann begannen die Milizionäre vorsichtig auf die Lichtung vorzurücken. Bis auf einige hundert Regulatoren hatten die meisten Versammlungsteilnehmer ihre Pferde eingefangen und waren fortgeritten.

Ethan suchte Henry und schlug ihm vor, nach Hause zu reiten, aber sein Bruder sagte: «Ich muss bei den anderen Regulatoren bleiben. Nur so können wir unsere Interessen wahren und unsere Anführer unterstützen.»

Während Henry zusammen mit Husband und einer Gruppe Regulatoren dem vor Wut schäumenden Tryon und den Befehlshabern seiner Miliz entgegentrat, ging Ethan zusammen mit einigen anderen hinaus auf die Lichtung, um die Verwundeten zu versorgen. Neun der Männer, die dort auf dem Boden lagen, waren tot und mehr als zwanzig verwundet. Ethan hörte, wie einem Offizier gemeldet wurde, dass es auf Seiten der Miliz ebenfalls neun

Tote und mehr als fünfzig Verwundete gab. Der Gouverneur befahl den Milizkämpfern, niemandem das Verlassen der Lichtung zu gestatten, und wies zu Ethans Überraschung seine Ärzte an, sich um die verwundeten Regulatoren zu kümmern.

Erst jetzt bemerkte Ethan, dass auch Richter Edmund Fanning anwesend war. Er und der Gouverneur berieten sich eine Weile und warfen dabei immer wieder einen Blick auf die vor ihnen stehenden Regulatoren. Schließlich rief Tryon sechzehn Namen auf, darunter auch die von Henry Pratt, Herman Husband und Silas Wythe, den der erste Schuss des Gefechts am Oberschenkel verwundet hatte. Als der Gouverneur befahl, diese Männer gefangen zu nehmen, ging ein Raunen durch die Regulatoren, und sie rückten enger zusammen, um die Aufgerufenen zu schützen. Aber Husband verkündete: «Männer, wir haben nichts Ungesetzliches getan und daher auch nichts zu befürchten. Wir wollen nicht, dass noch mehr Blut vergossen wird, und gehen deshalb freiwillig.» Nachdem er den Gefangenen die Hände hinter dem Rücken hatte zusammenbinden lassen, schockierte der Gouverneur die Regulatoren mit der Ankündigung: «Silas Wythe hat sich des Hochverrats schuldig gemacht und war der Auslöser für diese tragische Militäraktion. Er wird hiermit zum Tod durch den Strang verurteilt.»

Während die Milizionäre die Regulatoren mit schussbereiten Gewehren in Schach hielten, wurde Wythe zu einem Baum am Rand der Lichtung geschleppt. Dort legten ihm zwei Soldaten eine Seilschlinge um den Hals, zogen sie fest und warfen das andere Ende des Seils über einen waagrechten Ast. Zwei weitere Soldaten zogen aus Leibeskräften daran, bis Wythes Füße einen halben Meter über dem Erdboden hingen. Voller Entsetzen musste Ethan den Todeskampf des grobschlächtigen Farmers mit ansehen. Es dauerte lange, bis das grässliche Zappeln aufhörte und der Körper nur noch wie ein Pendel hin- und herschwang.

Tryon brach das von Grauen erfüllte Schweigen. «Bringt die Gefangenen ins Gefängnis von Hillsborough! Und allen anderen Männern befehle ich, nach Hause zurückzukehren.»

Damit war die mächtige Bewegung der Regulatoren zerschlagen, doch mit ihrem Untergang zeichnete sich am Horizont bereits der Beginn eines neuen, eines größeren Krieges ab.

Kapitel 8
Prozess und Hinrichtung

Am Sonntag blieb Ethan zu Hause, doch am Montagmorgen ritt er bereits in aller Frühe nach Hillsborough um herauszufinden, ob er seinem Bruder irgendwie helfen konnte. In der Stadt war es merkwürdig still, nur wenige Menschen waren auf der Straße. Vor dem Gerichtsgebäude selbst sicherten zwar nur ein paar Milizsoldaten den Eingang, aber vor dem Gefängnis daneben hatte man eine stattliche Anzahl postiert. Als Ethan näher kam, sah er in dem offenen Hof zwischen den beiden Gebäuden mehrere Pranger und einen Doppelgalgen stehen, an dem zwei Delinquenten gleichzeitig aufgehängt werden konnten. Ethan hatte schon öfter Männer und Frauen wegen so geringer Vergehen wie «böswilliges Geschwätz» am Pranger stehen gesehen und wusste, dass die Todesstrafe nicht nur bei Mord, sondern auch bei Diebstahl oder Unzucht verhängt wurde. Als er vor dem Gefängnis sein Pferd zügelte, herrschte ein Sergeant ihn an: «Was wollen Sie hier?»

«Ich möchte meinen Bruder Henry Pratt besuchen, der am Samstag verhaftet wurde.»

«Ich habe Befehl, keine Besucher vorzulassen. Aber heute Nachmittag um drei Uhr gibt es im Gerichtssaal eine Anhörung. Pro Angeklagtem ist ein Familienmitglied im Saal zugelassen.»

«Dann werde ich kommen. Ich bin sein einziger Verwandter.»

Als Ethan an diesem Nachmittag in den Gerichtssaal kam, waren außer ihm noch etwa zwanzig Angehörige der Beschuldigten anwesend. Die übrigen Plätze vor dem abgetrennten Bereich, in dem die Verhandlung stattfinden sollte, nahmen bewaffnete Milizsoldaten ein. Das Verfahren entpuppte sich rasch als Farce, deren Ausgang einer der obersten Richter in New Bern offenbar schon im Voraus festgelegt hatte.

Nachdem man ihm die gefesselten Angeklagten in einer Reihe vorgeführt hatte, verkündete der Richter: «Für Ihr Verbrechen können Hunderte von Männern Zeugnis ablegen, darunter auch der Gouverneur und etliche Offiziere der Miliz. Mir liegt die eidliche Aussage von Gouverneur Tryon vor, der nach New Bern zurückkehren musste. Richter Fanning und die Offiziere, die hier im Gerichtssaal anwesend sind, haben seine Aussage beglaubigt. Damit gibt es eindeutige Beweise für die Schuld der Angeklagten – von denen sich einige ja schon letztes Jahr an der Störung des hiesigen Gerichts beteiligt haben. Viele Augenzeugen haben übereinstimmend zu Protokoll gegeben, dass der Abgeordnete Herman Husband sich mehrfach gegen Gewaltanwendung ausgesprochen und die Lichtung sogar verlassen hatte, bevor die ersten Schüsse fielen. Deshalb wurde er bereits auf freien Fuß gesetzt, allerdings mit der Auflage, sich künftig nicht mehr an Versammlungen zu beteiligen, die zu aufrührerischem Verhalten führen könnten. Die im Folgenden genannten Männer werden für schuldig befunden, gegen das im letzten Jahr verabschiedete Gesetz zur Aufrechterhaltung der öffentlichen Sicherheit verstoßen zu haben, und werden zu zwei Tagen Pranger bei Wasser, aber ohne Brot sowie zu vierzig Peitschenhieben verurteilt.»

Ethan war zuerst sehr erleichtert, dass Henrys Name nicht mit aufgerufen wurde, doch dann fiel ihm auf, dass auch die anderen führenden Köpfe der Regulatoren noch nicht verurteilt worden waren.

Während die acht Männer aus dem Gerichtssaal geführt wurden, tauschten die Brüder einen raschen Blick, bevor der Richter mit seinem Urteil fortfuhr: «Die übrigen sechs Männer spreche ich schuldig der Aufwiegelung und Anstiftung zur Gewalt, in deren Folge viele Tote zu beklagen sind. Deshalb ist es meine betrübliche Pflicht, über sie die schwerste Strafe zu verhängen, die unser Gesetz vorsieht: Ich setze hiermit fest, dass Sie, Henry Pratt …»

Die anderen Namen rauschten an Ethan vorbei, und er lauschte mit angehaltenem Atem den weiteren Worten des Richters: «… zurück an den Ort gebracht werden, von dem Sie gekommen sind, und von dort an die Hinrichtungsstätte, damit Sie gehenkt werden, jedoch nicht bis zum Eintritt des Todes. Noch lebend sollen Sie abgeschnitten und Ihre Innereien aus Ihnen herausgerissen und vor Ihren Augen verbrannt werden. Dann wird Ihnen der Kopf abgehackt und Ihr Körper gevierteilt. Dies alles soll geschehen im Namen Seiner Majestät, des Königs. Der Herr sei Eurer armen Seelen gnädig.»

Unter den Zuschauern kam es daraufhin zu tumultartigen Szenen, sodass die Miliz die Gewehre auf sie anlegte und Richter Fanning wie ein Wilder mit dem Hammer auf die Bank schlug. Als endlich wieder Ruhe im Saal herrschte, setzte der Richter hinzu: «Die Urteile werden morgen früh bei Sonnenaufgang vollstreckt.» Unter schwerer Bewachung wurden die Verurteilten zurück ins Gefängnis gebracht, wobei ein jeder von ihnen im Vorbeigehen einen bangen Blick auf den drohend in den Himmel ragenden Galgen warf.

Ethan wusste nicht, was er tun sollte. Und so blieb er zusammen mit den anderen Angehörigen in der Nähe des Gerichtsgebäudes. Am späten Nachmittag kam dann einer der Gerichtdiener zu ihm und übergab ihm einen Schlüssel. «Ihr Bruder hat mich gebeten, Ihnen das zu bringen.»

Weder die Schuhmacherwerkstatt noch Henrys Wohnräume waren von den Behörden durchsucht worden. Ethan fand etwas Maismehl und gepökeltes Schweinefleisch und kochte sich daraus sein erstes Essen an diesem Tag. Dann zog er die Schuhe aus und legte sich auf Henrys Feldbett. In der Nacht fand er nur wenig Schlaf, und lange vor Morgengrauen stand er auf, sattelte sein Pferd und ritt zur Ortsmitte, wo sich bereits etwa hundert Menschen versammelt hatten. Er band das Pferd an einen kleinen Baum am Rand des Platzes und näherte sich bis auf zehn Schritte dem Galgen. Vier riesige Fackeln steckten im Boden, in deren flackerndem Licht ein paar Arbeiter eine Veränderung an dem Gerüst vornahmen, damit drei Verurteilte gleichzeitig gehenkt werden konnten. Als eine halbe Stunde vor Sonnenaufgang der Morgen dämmerte, strömten auf einmal von überall her Menschen herbei. In der Menge erkannte Ethan viele der Regulatoren, die am Samstag bei der Versammlung am Alamance Creek mit dabei gewesen waren, aber es waren auch Hunderte ihm völlig unbekannte Menschen gekommen. Die meisten wirkten ratlos, wütend und verbittert und schienen wie er bestürzt darüber, dass es keine Möglichkeit gab, die Hinrichtung zu verhindern.

Dann hörte er den Klang einer Trommel und laut gebrüllte Befehle. Eine Kompanie Milizsoldaten marschierte zu dem Galgen, machte Halt und bildete, die Gesichter zur Menge gewandt, einen Halbkreis um das Gerüst. Alle waren mit Musketen bewaffnet, auf die einige das Bajonett gepflanzt hatten. Nun erklomm ein Hauptmann das Podest unter dem Galgen und brüllte: «Hier auf dem Platz sind keinerlei Waffen erlaubt. Wer ein Gewehr oder eine Pistole trägt, muss sie im Gerichtsgebäude zur Verwahrung abgeben.»

Aller Augen richteten sich auf die Männer, die ihre Waffen gut sichtbar trugen. Die meisten von ihnen machten sich sogleich auf den Weg zum Gericht, aber ein paar blieben trotzig stehen, bis sich kleine Abordnungen von Soldaten einen Weg durch die Zuschauer bahnten, sie einkreisten und abermals dazu aufforderten, entweder den Platz zu verlassen oder ihre Waffen abzugeben. Inzwischen war der Himmel im Osten schon ganz hell geworden, und die Menschen blickten in Richtung Gefängnis, wo der Sheriff, seine Stellvertreter und ein Zug Soldaten neben dem Tor standen. Dann wurden drei der Gefangenen mit gefesselten Füßen und auf dem Rücken zusammengebundenen Händen herausgeführt.

Einer von ihnen war Henry, der den Blick auf den Boden gerichtet hatte. Von den Wachen ringsherum abgeschottet schlurften die Männer langsam vorwärts. Ethan, der größer als die meisten anderen in der Menge war und genau zwischen Gefängnistor und Galgen stand, rief, als die Männer auf seiner Höhe waren, lauthals: «Henry!» Sein Bruder blieb kurz stehen, schaute zu ihm hinüber und lächelte, bis ihm einer der Milizsoldaten mit dem Gewehrkolben einen Stoß in die Rippen gab und «Beweg dich!» brummte. Das war genug, um den Zorn der Menge zu entfachen. Erst hob ein unzufriedenes Gemurmel an, dann rief ein Mann laut: «Freiheit!» Dieser Ruf wurde sofort von vielen anderen aufgenommen. «Frei-heit! Frei-heit! Frei-heit!», skandierten sie, und auch Ethan fiel, so laut er konnte, mit ein. Für ein paar kurze Augenblicke wich seine Niedergeschlagenheit der Hoffnung, vielleicht doch noch etwas erreichen zu können.

In Philadelphia hatte Ethan als Jugendlicher schon einmal einer Hinrichtung beigewohnt, die allerdings unter völlig anderen Vorzeichen stattgefunden hatte. Der Verurteilte war des Mordes überführt worden, und die Zuschauer wollten entweder sehen, dass der Gerechtigkeit Genüge getan wurde, oder sich an einem blutigen Spektakel erfreuen. Hier jedoch schien beinahe jeder Anwesende gegen die Ungerechtigkeit des Urteils protestieren zu wollen. Außer den Wachen und den Henkern sah Ethan nur wenige Menschen, die auf ihn wie Widersacher der Regulatoren-Bewegung wirkten. Diese Männer, unter ihnen auch ein paar bekannte Kaufleute und Großgrundbesitzer, waren meist besser gekleidet als die anderen und hatten sich, vermutlich zu ihrer eigenen Sicherheit, in einer Gruppe am Rand der Menge zusammengefunden.

Inzwischen hatten die Verurteilten und ihre Bewachung den Galgen erreicht. Die drei Männer mussten hintereinander die Stufen zu dem Gerüst hinaufsteigen und wurden nebeneinander auf die dort eingelassenen Falltüren gestellt. Es war offensichtlich, dass sie mit aller Kraft versuchten, gefasst zu wirken, was ihnen jedoch nicht ganz gelang. Während sie die Menge nach den Gesichtern von Freunden und Verwandten absuchten, war ihnen die Anspannung deutlich anzusehen. Dann traten drei Henker auf sie zu, zogen ihnen schwarze Hauben über die Köpfe und legten ihnen die Schlingen um den Hals. Die Zuschauer verstummten schlagartig und rückten unwillkürlich näher auf den Galgen zu. Einzelne verzagte «Nein»-Rufe erklangen, doch es wurde kein machtvoller Schrei daraus, und als die Falltüren nach unten klappten, trat erneut Totenstille ein. Die Männer baumelten am Galgen.

Ethan dachte an das grauenvolle Urteil und fragte sich kurz, ob die Verurteilten tatsächlich noch geköpft und gevierteilt würden, als aber niemand Anstalten machte, die Gehenkten vom Galgen abzunehmen, wurde ihm langsam klar, dass diese Worte eine uralte, hauptsächlich der Abschreckung dienende Verdammungsformel gewesen waren.

Auf einmal überfielen Ethan heftige Übelkeit und ein Gefühl ohnmächtigen Zorns. Sein einziger Bruder war tot, und er hatte nichts zu seiner Rettung getan. Er wartete, bis die meisten Zuschauer den Platz verlassen hatten, und ging dann zum Galgen. Als sich ihm ein Sergeant in den Weg stellte und ihn aufforderte zu gehen, sagte er nur: «Ich will meinen Bruder.» Seine Entschlossenheit war unverkennbar, und so lenkte der Sergeant ein. «In Ordnung», nickte er und gab den Henkern auf dem Podest ein Zeichen.

Ein Wagen stand bereit, um die Leichname fortzukarren, nachdem man sie abgeschnitten hatte, aber Ethan ließ keinen an Henry heran. Ohne große Mühe hob er den leichten Körper seines Bruders auf, trug ihn zu seinem Pferd und legte ihn behutsam quer über den Sattel. Viele boten ihm Hilfe an, doch er schüttelte stumm den Kopf, führte das Pferd langsam zur Schuhmacherwerkstatt, wo er noch Hacke und Schaufel holte, und ging dann weiter zum Friedhof. Neben dem Grab von Henrys Frau hob Ethan eine tiefe Grube aus und legte den Leichnam seines Bruders hinein. Vorhin hatte er das überwältigende Bedürfnis gehabt, mit dem Toten allein zu sein, aber jetzt, als er so gut es ging ein paar Verse aus dem dreiundzwanzigsten Psalm vor sich hin murmelte und das Vaterunser betete, wünschte er, Epsey wäre an seiner Seite. Er würde sie später mit hierher bringen, wenn er über den beiden Gräbern einen Grabstein aufstellte.

Als Ethan wieder zu Hause war und Epsey, die leise vor sich hin weinte, in abgehackten Sätzen erzählte, was geschehen war, konnte er seine Geschichte selbst kaum glauben. Um ihr seine Trauer, seine Wut und das Gefühl, versagt zu haben, nicht zeigen zu müssen, gab er vor, nach den Kühen und Schweinen sehen zu wollen, und verließ das Haus. Erst lange nach Sonnenuntergang kam er wieder zurück, nickte Epsey schweigend zu und setzte sich auf seine Pritsche. Wie er so mit dem Rücken an der groben Holzwand lehnte, war er nur noch ein Schatten seiner selbst. Alle Kraft und jegliches Selbstvertrauen schienen aus dem Mann gewichen, den Epsey nie anders als stark gekannt hatte und der ihr nun so schutzlos vorkam wie ein kleines Kind. Tränen liefen ihm über die Wangen, und Epsey ging zu ihm und streichelte ihm unsicher über den Kopf. Ethan wich nicht zurück, sondern hob die Hand und umklammerte damit ihre Finger. Und so setzte sie sich neben ihn und umarmte ihn, während er den Kopf an ihre Schulter legte. Von dem Wunsch getrieben, ihren Mann zu bemuttern, entblößte sie ihre Brüste und presste sein Gesicht dagegen. Ethan erwiderte diese bisher noch nie gekannte Geste der Zärtlichkeit mit einer Leidenschaft, die Epsey überraschte und gleichzeitig dankbar machte, weil sie auf diese Weise seine Qual ein wenig lindern konnte.

Nachdem Ethan eingeschlafen war, legte sich Epsey wieder in ihr eigenes Bett, wo sie sich den Rest der Nacht schlaflos hin und her wälzte. Nicht nur die Vergangenheit, auch die Zukunft bereitete ihr Sorgen.

Am nächsten Morgen war das Verhältnis der beiden zueinander

wieder ganz das alte, mit der einen Ausnahme, dass Ethan Epsey gegenüber nun vorbehaltlos seine Meinung kundtat.

«Fast alle Regulatoren sind brave Männer, und ihr Kampf für Freiheit und gegen Unterdrückung war gerecht. Doch es gab zu viele Anführer, darunter auch ein paar Hitzköpfe, die gegen das Gesetz verstoßen und sich an Gesundheit und Eigentum ihrer Mitmenschen vergangen haben. Ihre Worte und Taten wirkten wie ein Angriff auf die Krone. Das hat viele Leute gegen uns aufgebracht.»

Epsey fiel auf, dass er «uns» gesagt hatte. «Aber was kannst du jetzt tun?», fragte sie. «Was können wir tun?»

«Ich weiß es nicht. Niemand von uns hätte je gedacht, dass Tryon mit so großer Härte gegen die Regulatoren vorgehen würde, aber es liegt auf der Hand, dass sich unser Rückhalt auf ein paar wenige Countys im Westen beschränkt. In der übrigen Kolonie haben wir wohl weniger Unterstützung als gedacht. Nun, vielleicht unternehmen ja der König und das Parlament etwas gegen Tryons Untaten und eröffnen so den Bürgern neue Handlungsmöglichkeiten.»

Schon wenige Tage später sollte sich zeigen, wie unberechtigt diese Hoffnung gewesen war. Als Ethan und Epsey nach Hillsborough ritten, um die Schuhmacherwerkstatt aufzulösen und einen Steinmetz mit dem Anfertigen des Grabsteins zu beauftragen, sahen sie, wie sich mehrere Personen um das öffentliche Anschlagsbrett scharten. Dort hing eine von Gouverneur Tryon unterzeichnete amtliche Verlautbarung, nach der – gemäß einer Entscheidung des kolonialen Rates – jeder männliche Einwohner einen Treueeid auf die Kolonialregierung und die Krone ablegen müsse. Wer den Eid verweigere, müsse mit Arrest und einem Verfahren wegen Umstürzlerei rechnen. Regierungsbeamte würden in jedes Haus kommen, um sich dieses Gelöbnis schriftlich geben zu lassen.

Als sie wieder zu Hause waren, erkannte Ethan, dass er in einer Zwickmühle steckte. Obwohl Gouverneur Tryon seine Amtsgewalt missbrauchte und viele lokale Behörden nachweislich korrupt waren, hatte sich Ethan immer als guten, königstreuen britischen Untertan gesehen. Auch hatte er gehört, dass ein neuer Gouverneur nach North Carolina kommen sollte, der die gemäßigtere Politik des Premierministers Lord North vertrat. Auf der anderen

Seite wusste er, dass zumindest die radikaleren Regulatoren zu Hunderten das Orange County verließen, um nicht der Regierung die Treue schwören zu müssen. Sie zogen westwärts ins Watauga Valley, das so entlegen war, dass es sich jeglicher Kontrolle von Seiten der Regierung entzog. Ethan zögerte, sich ihnen anzuschließen, denn er wollte nicht nur dort bleiben, wo er war, er hatte sich zudem nie ganz wohl in der Gesellschaft dieser mitunter gewaltbereiten Leute gefühlt. Schließlich teilte er Epsey mit, dass er wie die meisten anderen Bürger auch den Treueeid ablegen werde, und dann wartete er darauf, dass die Beamten des Gouverneurs kamen, um ihm das Gelöbins abzunehmen.

Als diese fast zwei Monate später auf der Farm erschienen, war Ethan gerade beim Pflügen auf dem Feld. Überrascht sah er, dass auch ein Rechtsanwalt aus Hillsborough gekommen war. Dennoch schwante ihm nichts Böses, denn er glaubte nicht, dass sein Name auf der Liste der aktiven Regulatoren stand, auch wenn er sowohl in Maddocks Mühle als auch bei der Schlacht am Alamance Creek dabei gewesen war. Zu seiner Überraschung forderte ihn der Rechtsanwalt jedoch auf, ihm die Besitzurkunde für sein Land und seine sämtlichen Steuerquittungen vorzulegen.

Ethan spannte sein Pferd aus dem Pflug, stieg auf und ritt mit den Beamten zu seinem Häuschen. Wie bei vielen anderen Familien hier im Grenzgebiet war auch Ethans Landtitel im Gerichtsgebäude von Anwälten ausgestellt und von Beamten bezeugt und dokumentiert worden. Beiden Berufsgruppen konnte man – wie Ethan inzwischen erfahren musste – im Orange County nicht über den Weg trauen. Zwar hatte es immer geheißen, dass man zur verbindlichen Landnahme nur ein Haus bauen, Land urbar machen und sich seine Grenzen von den Nachbarn anerkennen lassen musste. Jetzt aber, da die meisten Quäker nach Georgia gezogen waren, gehörte das benachbarte Land dem Richter und einigen lokalen Beamten.

Der Rechtsanwalt warf einen Blick auf Ethans Papiere und sagte: «Das ist keine ordnungsgemäße Besitzurkunde, sondern nur ein Brief, der nicht einmal eine Stempelmarke hat. Ich habe im Gericht in den Unterlagen nachgesehen und danach ist es zweifelhaft, ob das Land, das Sie bestellen, Ihnen überhaupt gehört. Alle Eigner in Ihrer Nachbarschaft haben eindeutige Besitzurkunden. Ich würde Ihnen raten, diese Unklarheit rasch aus der Welt zu schaffen.»

Am nächsten Tag ritt Ethan zum Gerichtsgebäude und legte den von Edmund Fanning unterzeichneten Brief vor, dieser war damals der Amtsvorsteher gewesen. In dem Schreiben wurden Ethan Pratt im Jahre 1764 im Namen des Gouverneurs kostenlos achtzig Hektar Land übertragen. Als Ethan darum bat, die Unterlagen zu seiner Farm einsehen zu dürfen, ließ man ihn erst warten und sagte ihm dann, er solle am Spätnachmittag wiederkommen. Doch als er erneut vorsprach, teilte ihm der jetzige Amtsvorsteher mit, dass es keine rechtmäßige Landübertragung für seine Farm gebe. Es fänden sich lediglich Nachweise, dass er Grundsteuer gezahlt habe, und ein Vermerk, dass er es versäumt habe, für die offizielle Erlaubnis, eine Schmiede zu betreiben, die erforderlichen Stempel besorgt und bezahlt zu haben. Worauf sich Ethan, die Quäker und eine Reihe anderer Farmer beriefen, sei nach der jüngsten Auslegung durch die Regierung nur die behördliche Erlaubnis gewesen, das Land zu erkunden, erklärte der Vorsteher. Ein Besitzanspruch leite sich daraus nicht ab. Auch die beiden im Amtszimmer anwesenden Rechtsanwälte bestätigten, dass er juristisch gesehen Land urbar gemacht und bestellt habe, das ihm von Rechts wegen nicht gehörte. Eine Besitzübertragung für Land in dieser Gegend koste nach dem Beschluss des kolonialen Rats inzwischen 16 Pfund pro 100 Tagwerk, und tatsächlich habe ein Interessent aus Wilmington bereits einen Schuldschein über 120 Pfund hinterlegt, um Ethans Farm und das benachbarte Land der vier noch ansässigen Quäkerfamilien zu kaufen.

Wie benommen wankte Ethan aus dem Raum und beschloss, trotz der in ihm aufwallenden Wut nach Hause zu reiten. Da es nur ein kleiner Umweg war, besuchte er unterwegs einen der Quäker, einen Mann namens Jonathan Mabry. Als er ihm schilderte, was ihm widerfahren war, erwiderte Mabry nur: «Viele unserer Freunde haben vor etwa einem Monat dasselbe erlebt, aber wir ahnten nicht, dass außer uns noch andere betroffen sind.»

«Meine Farm liegt wahrscheinlich einfach am falschen Ort. Haben Sie schon entschieden, was Sie tun wollen?»

«Wir verlassen North Carolina. Gerade eben bin ich aus Georgia zurückgekehrt, wo ich Joseph Maddock aufgesucht habe. Unseren Leuten geht es dort nicht schlecht, und Bruder Maddock hat soeben gleich neben seiner ersten Siedlung neues Land zugewiesen bekommen. Meine Familie und zwei weitere wollen sich nächsten Monat dorthin aufmachen, die anderen Freunde gehen zurück nach Pennsylvania, wo sie Verwandte haben.»

An diesem Abend berieten Ethan und Epsey lange über ihre Zukunft. Noch immer trauerten sie um Henry, und Epsey musste Ethan in ihrer ruhigen Art mehrmals ins Gedächtnis rufen, dass er keine Schuld am Tod seines Bruders trug und nichts für ihn hätte tun können. Gemeinsam kamen sie zu der Einsicht, dass die politischen und finanziellen Entscheidungen im Orange County von Leuten getroffen wurden, die sie hier nicht mehr haben wollten, zumindest nicht auf dieser Farm.

«Die Schuhmacherwerkstatt gehört vermutlich uns», sagte Ethan, «und die Leute in Hillsborough könnten bestimmt einen guten Schuster gebrauchen.»

In einem sehr entschiedenen Ton, den er nicht von ihr kannte, erwiderte Epsey: «Ethan, du hast Philadelphia verlassen, weil du nicht den Rest deines Lebens in eine Schusterwerkstatt eingesperrt sein wolltest. Du bist nur glücklich, wenn du allein im Freien arbeiten und dein Land bestellen kannst.»

Darüber dachte Ethan eine Weile nach, dann erwiderte er ernst: «Wir haben nicht allzu viele Möglichkeiten. Am liebsten würde ich ja hier auf unserem Grund und Boden bleiben, aber inzwischen bin ich davon überzeugt, dass dies nicht möglich ist, selbst wenn ich nicht Henrys Bruder wäre. Unser Land liegt nun mal mitten in dem der Quäker, das sich mächtige Leute aneignen wollen. Wir könnten mit den Regulatoren westwärts ziehen, allerdings habe ich mich in der Gesellschaft der meisten, die schon fort sind, nie richtig wohl gefühlt.»

«Es gibt noch zwei weitere Möglichkeiten: Wir könnten nach Philadelphia zurückkehren oder mit Mabry und seinen Leuten nach Georgia ziehen. Ich persönlich bin für Georgia.»

Kapitel 9
Die Pratts ziehen nach Georgia

1771

Bereits im Morgengrauen schmiedeten sie Pläne, wie der Umzug am besten zu bewerkstelligen sei, und trafen erste Vorbereitungen. Ethan ritt in aller Frühe nach Hillsborough und packte Henrys Sachen, die sich noch zu Geld machen ließen, auf seine Pferde. Auf dem Heimweg ritt er wieder bei Mabry vorbei und teilte ihm mit, dass sie sich ihm anschließen wollten. Der Quäker war hoch erfreut und gab Ethan Ratschläge für den Treck zu Maddocks Siedlung. In vier Wochen sollte es losgehen, so hatten sie noch genug Zeit, hier das Wichtigste zu regeln. Und da der Sommer sich dem Ende zuneigte, konnten die Pratts auch noch ihr Getreide und Gemüse ernten. Ethan und Epsey entschieden, was mit der Ernte, dem Vieh und den Möbeln, die sie nicht mitnehmen konnten, passieren sollte, und machten sich Gedanken darüber, wie die Zugtiere am besten zu bepacken seien.

Es gelang Ethan problemlos, dem Händler, mit dem sie häufig Geschäfte abwickelten, auch Henrys Besitztum in Hillsborough zu verkaufen. Der vereinbarte Preis lag zwar nur bei der Hälfte des wahren Grundstückswertes mitsamt der Gebäude und der Möbel, aber beide Männer wussten, dass Ethan keine Wahl hatte. Auf dem Heimweg fühlte er sich dennoch überraschend erleichtert, und als er ins Haus kam und Epsey umarmte, spürte sie sofort, wie froh und glücklich ihr Mann wieder war. Und während ihre Abreise näher rückte, fühlten sie sich von Tag zu Tag hier weniger zu Hause.

Als Ethan dann eines Tages in seinem Schuppen eine gebrochene Speiche an dem zweirädrigen Karren richtete, schaute er überrascht auf, denn Epsey stand in der Tür und beobachtete ihn. Sie kam nur selten zu ihm, wenn er arbeitete, und so sah er sie erwartungsvoll an.

«Ethan, ich muss dir etwas sagen.»

Ein wenig ungeduldig erwiderte er: «Ja, was denn?»

«Ich glaube, ich bekomme ein Kind.»

Den ungläubigen Ausdruck auf dem Gesicht ihres Gatten deutete Epsey als Missbilligung, und sie machte unwillkürlich einen Schritt zurück und barg verlegen den Kopf in den Armen. Da ließ Ethan sein Ziehmesser fallen, lief zu ihr hin und drückte sie an sich.

«Ich bin ja so dankbar. Danke, danke», brachte er mühsam heraus. Und das genügte ihr.

Zusammen gingen sie ins Haus, und sie erzählte ihm, dass ihre Blutung nun schon zweimal ausgeblieben war. Auch sei ihr morgens übel und ihre Brüste seien sehr empfindlich. Die Aussicht auf ein Kind, hoffentlich einen Sohn, stimmte Ethan froh, aber er sorgte sich, dass die lange Reise nach Georgia zu beschwerlich für seine Frau werden könnte. Doch sie versicherte ihm, dass sie kerngesund sei und sie ihr neues Zuhause ja vor der Niederkunft längst erreicht haben würden.

Ethan traf sich mit den anderen Quäkern, um die beste Reiseroute nach Georgia zu besprechen. Mabry beschrieb, wie er zu Pferde den kürzesten Landweg genommen hatte, der in einiger Entfernung vom Meer parallel zur Küste verlief. Dabei hatte er die Flüsse Haw und Deep überquert, dann einen Umweg nach Westen gemacht und war schließlich gen Süden geritten, um bei Augusta über den Savannah River zu setzen. Maddocks Siedlung, die den Namen Wrightsborough erhalten hatte, lag noch weiter westlich. Er schätzte die Entfernung auf insgesamt knapp 350 Meilen, für den Hinweg hatte er zwölf Tage und zurück ohne Gepäck neun Tage gebraucht.

«Es ist ein unsicherer Weg, der oft durch Indianergebiet führt und die meiste Zeit nur für schnelle, bewegliche Reiter geeignet ist. Mit unseren Familien und unserem Vieh kommt er keinesfalls in Frage», sagte er.

Dann breitete er eine grob gezeichnete Karte auf dem Tisch aus. «Diesen Weg empfiehlt uns Maddock.»

Die Männer betrachteten die Karte und fuhren mit den Fingern den Weg nach, den sie nehmen sollten. Er verlief viel weiter südlich und an der Küste entlang.

Zwar stellte Ethan einige Fragen, übernahm aber ohne Einwände Mabrys wohl bedachte Vorschläge, was die Reiseroute betraf. Am Ende des ersten Tages würden sie das Ufer des Haw erreichen, den sie im Südwesten von Hillsborough durchqueren wollten. Dann führte sie ihr Weg parallel zu den Flussläufen von Haw und Cape Fear nach Wilmington, von wo aus sie die Küstenstraße nach Charles Town nehmen würden. Mit Ausnahme der Küstenstrecke würden sie auf schmalen, von Indianern angelegten Pfaden unterwegs sein. Zwar wussten sie aus Erfahrung, dass diese Wege nicht markiert und häufig nur breit genug für ein Pferd mit Reiter waren, aber zumindest führten sie auf kürzestem Weg zu den besten Furten. Sie würden ihre Besitztümer eben auf die Rücken ihrer Pferde und Ochsen binden müssen. Auf den breiteren, stärker genutzten Wegen konnten sie einen so genannten Travois benutzen, eine Schleiftrage aus zwei A-förmig zusammengebundenen Stangen mit einer Plane dazwischen, auf der die Last festgeschnürt und die von einem Pferd gezogen wurde.

Aufgrund der Erfahrungen der Quäker, die vor ihnen nach Georgia gezogen waren, schätzten sie, dass sie auf guten Wegen etwa fünfzehn bis zwanzig Meilen pro Tag vorankommen, aber etwa doppelt so lange brauchen würden, wenn sie häufig Bäche überqueren mussten, wenn das Vieh ausbrach oder Regen die Wege sumpfig machte. Sofern ihnen das Glück und das Wetter hold waren, hofften sie, die Reise in vier Wochen zu bewältigen, ansonsten würden sie mindestens eine Woche länger unterwegs sein.

«Ich habe soeben Nachricht von Maddock erhalten», sagte Mabry. «Er muss nach Charles Town, um dort die Verschiffung von Getreide nach den Bahamas zu überwachen und Vorräte einzukaufen. Er schlägt vor, uns in der Stadt zu treffen, dann kann er uns zu unserer Siedlung in Wrightsborough begleiten – entweder auf dem kürzesten Weg über Augusta oder hinunter nach Savannah und dann den Fluss entlang zurück. Das hängt davon ab, ob wir sämtliche Vereinbarungen über unseren künftigen Landbesitz mit den Kolonialbeamten in Augusta treffen können oder ob wir dazu nach Savannah müssen.»

«Wie weit ist es denn von Charles Town nach Augusta und wie weit über Savannah?», erkundigte sich Ethan.

«Laut Maddock dauert der Treck für uns zehn bis zwölf Tage auf dem direkten Weg und drei Tage länger, wenn wir die Küste entlangreisen.»

«Wie steht's mit den Indianern? Haben wir etwas zu befürchten, wenn wir südwärts reiten?»

«Solange wir uns auf viel benutzten Pfaden und in Küstennähe bewegen, wohl eher nicht. Erst wenn sich eine Gruppe gen Westen in unbesiedeltes Gebiet aufmacht, reagieren die Eingeborenen feindselig. Wenn wir dicht beisammenbleiben und unsere friedliche Absicht zeigen, dürften wir gut geschützt sein.» Und lächelnd fügte er hinzu: «Es schadet sicher auch nicht, wenn sie unsere Jagdgewehre sehen.»

Ende September formierten sich die vier Familien zu einem Treck. Die persönliche Habe, Möbel, Werkzeug, Proviant und Futtermais für die Pferde wurden auf den Tieren festgeschnallt oder baumelten von den Packsätteln der Pferde und Ochsen. Daneben waren Fässer verschiedener Größe an den Flanken der Tiere befestigt. Ein kräftiges Pferd konnte wie ein Ochse Lasten von mehr als zweihundert Pfund tragen, und das auf Wegen, die manchmal gerade einen halben Meter breit waren. Man spannte sie im Dutzend zusammen, indem man jedes Tier an den Packsattel des vorhergehenden band, das Leittier wurde dann von demjenigen geführt, der voranritt. Und nicht nur an der Spitze des Trecks ritt immer ein Mann, ein anderer bildete stets die Nachhut, um ein Auge auf eventuelle Nachzügler zu haben.

Widerstrebend hatten sich die Männer durchgerungen, ihre Schweine zu verkaufen, sie hofften, in Georgia neue Zuchtsäue erstehen zu können. Jetzt stellten sie eine kleine Herde aus ihren besten Schafen und Rindern zusammen. Nach einem langen Tag voller unerfreulicher Erfahrungen hatten sich die Leittiere herausgeschält, und die Männer banden ihnen Glocken um den Hals. Fußfesseln aus Hickorystöcken sorgten dafür, dass sie nachts beim Weiden nicht auf Nimmerwiedersehen verschwanden. Von ihren Hunden unterstützt, wechselten sich die Männer als Viehtreiber ab, jeder übernahm einen Tag lang die Aufgabe, die Herde beisammenzuhalten.

Obwohl Jonathan Mabry die Route mit Maddock durchgesprochen hatte, war er manchmal im Zweifel, welche Abzweigung sie nehmen mussten. Dann halfen ihm die anderen Quäker und Ethan bei der Entscheidung. Männer im Hinterland trugen meist einen kleinen Kompass bei sich, denn in der Wildnis konnte man sich auch unweit des eigenen Hauses verirren. So war es in den sumpfigen Niederungen zwischen den Flüssen bei bedecktem Himmel ohne die Hilfe der Gestirne und ohne Landmarken kaum möglich, die Himmelsrichtungen zu bestimmen.

Auf ihrer langen Reise kümmerten sich Ethan und Epsey um ihre Pferde und Ochsen und wechselten sich mit den anderen Familien bei der Beaufsichtigung der Schafe und Rinder ab, die am Ohr das Zeichen ihres jeweiligen Eigentümers trugen. Sie hatten zwei Hunde dabei, einen Bluetick, eine auf die Jagd nach Waschbären spezialisierte Rasse, und einen Mischling, der von einem Schäfer- und einem Jagdhund abstammte. Während der Bluetick normalerweise dicht beim Treck in Sichtweite blieb, war der Mischling Squire unternehmungslustiger. Und so brachte Ethan ihm bei, wie er ihm beim Hüten helfen konnte. Schon nach wenigen Tagen hatte sich Squire dieser Aufgabe angenommen und half jetzt auch den anderen Viehtreibern.

Ethan freute sich, damit noch etwas zur gemeinsamen Arbeit beizutragen und für eine sichere und geordnete Reise zu sorgen. Was allerdings auch nicht schwierig war, solange sie sich auf bekannten Pfaden bewegten. Wenn er nicht gerade als Viehtreiber oder zum Jagen eingeteilt war, ging Ethan zu Fuß, während Epsey auf ihrem einzigen Reitpferd saß und ihre Zugtiere anführte. Da diese gefügig waren und von Natur aus dazu neigten, dem Tier vor sich blindlings zu folgen, hatte Epsey nicht viel Mühe mit ihnen, es reichte, dass sie die trödelnden oder grasenden Tiere kurz am Strick zog. Leider war ihr oft übel, weshalb sie die Tiere eigentlich ganz gern zu Fuß mit einem kurzen Leitseil führte.

Nach zehn Tagen, an denen sie nur langsam vorangekommen waren, schlugen sie ihr Lager für zwei Nächte bei Wilmington auf, denn die Männer wollten in der Stadt einige Vorräte einkaufen und ein Packpferd ersetzen, das ihnen eines Nachts abhanden gekommen war. Die Küstenstraße erwies sich dann als weitaus bequemer, denn dort konnten Menschen und Pferde nebeneinander gehen, allerdings waren die häufig notwendigen Flussüberfahrten zeitaufwendig und kostspielig.

Ungeduldig, weil ihre Ankunft schon zwei Tage überfällig war, erwartete sie Joseph Maddock am verabredeten Treffpunkt in Charles Town. Er schilderte ihnen die weitere Reiseroute, und sie erfuhren, dass sie zwar die erforderlichen Schritte zur Landnahme in Augusta erledigen konnten, sich aber dennoch ein Umweg empfahl. Denn die kürzere Strecke bedeutete, dass sie noch mehr Fährgebühren würden zahlen müssen, was Maddock und die anderen Quäker ablehnten. Also wollten sie zuerst der Küste entlang nach Südwesten ziehen und sich dann, auf halbem Weg nach Savannah, gen Westen wenden, sodass sie den Savannah River an einer Furt namens Pallachucola überqueren konnten. Von dort aus ging es dann am Westufer entlang nach Augusta.

Doch kaum hatten sie Charles Town hinter sich gelassen, begann der Ärger. Alle wussten, dass Joseph Maddock der anerkannte Führer der Quäker war und er ihre Landnahme in Georgia vorbereitet hatte. Deshalb gab es keinerlei Einwände, als er auch ohne ausdrückliche Entscheidung der Siedler die Führung des Trecks übernahm. Ethan hatte Maddock als ehrlichen und arbeitsamen Müller kennen gelernt, der seine Kunden höflich behandelte. Jetzt allerdings schien er wie verwandelt, vor allem den Pratts gegenüber, die seine religiösen Überzeugungen nicht teilten; er gab sich herrisch und stolz, obgleich Ethan sich stets freundlich und zurückhaltend zeigte. Als Ethan eines Tages wieder einmal die Schafe und Rinder hütete und Epsey allein mit den Zugtieren war, ließ sie diese anhalten, weil sie sich am Wegrand übergeben musste. Dann ging sie zum Leitochsen zurück. Inzwischen war Maddock zu ihr zurückgeritten, baute sich vor Epsey auf und fuhr sie an: «Weißt du etwa nicht, wie man mit Ochsen umgeht? Also los jetzt, oder überlass deinem Mann die Führung!»

In einer Staubwolke ritt er davon. Epsey schoss die Röte ins Gesicht, sie war sprachlos vor Wut und Scham. Noch nie hatte jemand in einem solchen Ton mit ihr gesprochen. Als Ethan zurückkam, schritt er zuerst eine Weile schweigend neben ihr her. Ihm war nicht entgangen, dass etwas nicht stimmte.

«Fühlst du dich nicht wohl?», fragte er schließlich.

«Mir war schlecht, allerdings nicht mehr als sonst. Aber ich bin wütend auf Mr. Maddock.»

Und sie erzählte ihm, was vorgefallen war. Daraufhin reichte ihr Ethan die Peitsche und band sein Pferd los. Epsey bat ihn, den Vorfall zu vergessen, aber Ethan galoppierte nach vorne zu Maddock.

«Was fällt Ihnen ein, meine Frau zu beleidigen?»

«Das habe ich nicht getan. Ich habe sie nur aufgefordert, die Lücke zwischen euren Tieren und dem Verband davor zu schließen.»

«Es geht nicht darum, was Sie gesagt haben, sondern wie Sie es gesagt haben. Ich kann diesen Ton nicht dulden.»

«Sie können ihn nicht dulden?»

«Nein. Wagen Sie es nie wieder, so mit meiner Frau zu sprechen.»

«Mr. Pratt, Sie vergessen offenbar, dass Sie Gast in diesem Treck sind. Auch wenn durchaus willkommen, haben Sie sich doch an die Weisungen des Treckführers zu halten, und der bin ich und nicht Sie.»

Nur mühsam gelang es Ethan, sich zu beherrschen. Er wusste, dass die Familien Mitspracherecht hatten, aber ihm war klar, dass sich die Quäkerfamilien bei einer Auseinandersetzung auf die Seite ihres Anführers stellen würden. Auch wollte er nicht andere in diese Angelegenheit mit hineinziehen.

«Das stelle ich gar nicht in Frage, Mr. Maddock. Aber denken Sie an meine Worte. Wenn Sie meiner Familie etwas mitzuteilen haben, wenden Sie sich künftig an mich.»

Auch wenn sie dies einander nicht nachzutragen suchten, herrschte von dem Zeitpunkt an zumeist eisiges Schweigen zwischen den beiden Männern.

Kapitel 10

Das Leben an der Grenze

Mit Maddocks Hilfe füllten die vier Familien in Augusta sämtliche erforderlichen Anträge und Formulare aus und erhielten dafür eine Urkunde, die auf den ersten Blick wie ein Landtitel aussah. Allerdings wurde darin die genaue Lage ihrer jeweiligen Farm nicht näher beschrieben, denn es handelte sich um einen Teil jener zwölftausend Tagwerk, die der Quäkergemeinschaft insgesamt zur Verfügung gestellt worden waren. Und so oblag es Maddock, jeder Familie ihren Grund und Boden zuzuweisen, was er tun wollte, sobald die Neuankömmlinge am Ziel angelangt waren. Zunächst erledigten alle noch letzte Einkäufe und schlugen am Rand der kleinen Stadt ein letztes Mal ihr Lager auf. Am nächsten Tag würden sie endlich ihr neues Land zu sehen bekommen.

Nachdem sie etwa vierzig Meilen in nordwestlicher Richtung geritten waren, hieß Maddock sie anhalten und zeigte ihnen, was er als sein Land bezeichnete; inmitten des zugewiesenen Gebiets hatte er eine Mühle gebaut. Auf einer Karte an der Wand erläuterte er ihnen den Grenzverlauf des Quäkerlandes: Im Osten wurde es durch den Little River, im Südwesten durch den Briar Creek und im Westen durch den Ogeechee River begrenzt, im Norden lag das im Vertrag von 1763 festgelegte Indianerterritorium.

In der Siedlung fanden die Pratts die Quäker vor allem damit beschäftigt, die kleine Stadt Wrightsborough aufzubauen. Sie hatten sie nach dem Gouverneur James Wright benannt, der ihnen 1767 das Land überschrieben hatte. Die an die Versammlungshalle angrenzende Plantage gehörte dem Gouverneur.

Es war nun schon einige Monate her, dass die ersten vierzig Familien mit Maddock aus North Carolina hierher gezogen waren. Doch nicht allen Quäkern gefiel das Siedlerleben auf dem Land, das von Angst vor Übergriffen der benachbarten Creek-Indianer geprägt war. Und so hatten sich bereits einige auf den Weg zurück in die Nordkolonien gemacht, während etwa zehn andere Familien beschlossen hatten, Ackerbau und Viehzucht ganz aufzugeben und stattdessen in der Stadt Zuflucht zu suchen, wo ihre Sicherheit besser gewährleistet war, wo es einen festen Treffpunkt gab und man sich mit etwas Geschick als Händler durchbringen konnte. Daher war es für die vier neu angekommenen Familien auch nicht schwer, ihre Packpferde zu verkaufen, die sie ja ausschließlich für die Reise erstanden hatten. Ethan tauschte seine gegen ein paar Zuchtsäue ein und ergänzte sein Schmiede- und Schreinerwerkzeug um ein paar Teile.

«Georgias Landverteilungssystem erlaubt jedem Familienoberhaupt bis zu hundert Tagwerk Land und fünfzig für jedes weitere Mitglied seines Haushalts, egal ob Freier oder Sklave. Zusätzlich kann der Gouverneur einem fähigen Farmer für einen Shilling je zehn Tagwerk bis zu 1000 Tagwerk unbesiedeltes Land verkaufen.»

Lächelnd fuhr er fort: «Wie es ihm zusteht, hat Gouverneur Wright neben den 1000 Tagwerk, die ihm bei Savannah gehören, am Ortsrand von Wrightsborough knapp 3500 Tagwerk in Besitz genommen, die von mehr als fünfhundert Sklaven bewirtschaftet werden. Sein Besitz hier kann uns in der Zukunft noch von Nutzen sein.»

«Wie weit ist es bis Savannah?», erkundigte sich Mabry.

Maddock schien es zu genießen, Auskünfte geben zu können. «Über Land beträgt die Entfernung zur Hauptstadt 130 Meilen, aber der größte Teil der Reise findet zu Wasser statt, was die Strecke in etwa verdoppelt. Ein Boot oder Kahn braucht flussabwärts vier Tage, aber fünfzehn den Fluss wieder herauf. Mit einem Pferd kommen wir leicht in drei Tagen hin, mit Ochsen und einer Herde Vieh benötigen wir etwa acht Tage. Die ersten hundert Meilen hinter Savannah sind vor allem mit Föhren bestandenes sandiges Flachland, aber häufig müssen auch Sümpfe und Flüsse überquert werden. In Richtung Augusta, das habt ihr ja selbst gesehen, wird die Landschaft dann hügelig und der Boden fruchtbarer.»

Überrascht stellte Ethan fest, dass Maddock den drei Quäkerfamilien bereits vor ihrem Eintreffen Land zugeteilt hatte, das an bebauten Grund und Boden grenzte. Doch was er Epsey und ihm zugedacht hatte, lag laut Karte in dem ziemlich weitläufigen Gebiet an der Westgrenze des Territoriums von 1763. Und außerdem am

Oberlauf des Briar Creek, wo es vermutlich sumpfig war. Maddock schien Ethans Unzufriedenheit zu spüren und verkündete in apodiktischem Ton, dass er keinerlei Einwände zulassen werde. Nur wenn zwei Familien tauschen wollten, könnten sie das in gegenseitigem Einvernehmen tun. Ethan entschied sich, das Angebot ohne Widerworte zu akzeptieren. Zu dieser Zeit lebten siebenundfünfzig Familien auf dem Quäkerland. Ethans Farm umfasste 200 Tagwerk, hinzu kamen noch etwa vierzig Tagwerk direkt am Fluss als Kuhhürde. Als die Besitzurkunden ausgestellt wurden, zahlte Ethan die geringe Vermessungsgebühr und vergewisserte sich, dass der Landtitel eindeutig ihn als Eigentümer auswies. Sodann verpflichtete er sich, dort ein Haus zu bauen und Land zu roden.

Bis alle rechtlichen Schritte erledigt waren, vergingen ein paar Tage, in denen sich Epsey entschloss, wieder einmal das seit langem brachliegende Thema ihres religiösen Lebens anzusprechen. Seit ihrem Hochzeitstag hatte sie zwar täglich ihr Gelöbnis erfüllt und in der Heiligen Schrift gelesen, und Ethan hatte ihr auch zugehört, wenn sie laut vortrug, aber nie von sich aus die Bibel in die Hand genommen oder gebetet. Epsey entsann sich, dass sie einst gehofft hatte, im Grenzland die heidnischen Indianer zu missionieren, und fand den Zeitpunkt günstig, jetzt sozusagen das Lebenswerk ihres Vaters fortzusetzen. Nachdem sie sich sorgfältig ihre Argumente zurechtgelegt hatte, schlug sie Ethan vor, doch vielleicht an den wöchentlichen Treffen der Quäkerfamilien in Wrightsborough teilzunehmen, da dies nun einmal die hier verbreitete Religion war. Wenn sie damit gut zurechtkämen, könnten sie einen Übertritt erwägen.

Höflich hörte Ethan ihr zu, dachte eine Weile darüber nach und antwortete dann sehr entschieden: «Epsey, ich glaube an Gott, aber dass ich Quäker werde, ist völlig ausgeschlossen. Zwar bin ich wie sie gegen Gewalt und Sklaverei, und mir gefällt, dass sie die Regierung nicht in ihre privaten Angelegenheiten hineinreden lassen wollen. Aber ihre strengen Regeln finde ich unerträglich. Ich habe gesehen, wie sie Männer und Frauen dafür bestraft haben, dass sie tratschten, zu viele Schulden hatten oder zu rasch nach dem Tod ihres Ehepartners wieder heirateten. Damit will ich nichts zu tun haben.» Offensichtlich hatte Ethan bereits gründlich über dieses Thema nachgedacht. Epsey blickte ihren Mann lange an. «Ich dachte, es wäre vielleicht gut für uns, zu einer Gemeinschaft zu gehören», erwiderte sie. «Aber du hast Recht, also lass uns nicht mehr davon sprechen.»

Schon bald verließen Ethan und Epsey Wrightsborough und folgten den beschriebenen Wegen und Landmarken, sodass sie ihr Grundstück mühelos fanden. Noch am selben Nachmittag schlugen sie dort ein kleines Lager auf, den nächsten Tag verbrachten sie dann damit, die Eckpfosten und Grenzmarkierungen ihres Grundstücks auszumachen. Als sie feststellten, dass der Boden fruchtbar war und mehr als die Hälfte ihres Landes nur leicht hügelig und gut zu bebauen, dass es genug Wasser gab und – ein womöglich zweifelhafter Segen – keine Siedler direkt neben ihnen lebten, ging ihnen das Herz auf. Im Norden und im Westen lag Indianerland, im Süden begrenzte das breite Sumpfland des Briar Creek ihre Farm, und im Osten hatte bereits einmal eine Quäkerfamilie gelebt, die aber nach einiger Zeit wieder zurück nach Pennsylvania gezogen war.

Schon in Wrightsborough war Ethan aufgefallen, dass die Siedler hier viel mehr Angst vor Indianern hatten als in North Carolina, und bald stellte er fest, dass ihre Sorgen nicht unbegründet waren. Obwohl Georgias Westgrenze laut britischen Karten entlang des Mississippi verlief, kontrollierten Indianerstämme mit Ausnahme eines schmalen Streifens parallel zur Atlantikküste und längs des Savannah River rechtmäßig die ganze Kolonie. Zudem waren die Bedingungen des Vertrags von 1763 zwischen den Indianerhäuptlingen und Gouverneur Wright von manchen jungen Creek-Indianern nie anerkannt worden, und ein paar tapfere Krieger versuchten immer wieder, die Siedler in der Grenzregion einzuschüchtern. So ließen sie nachts dumpfe Trommeln ertönen, und gelegentlich stahlen sie sogar Vieh oder brannten Wirtschaftsgebäude nieder. Aber der königliche Beauftragte für Indianerfragen John Stuart war ein fähiger Mann und wurde von den Siedlern wie den Ureinwohnern gleichermaßen geschätzt. Er tat alles Erdenkliche, um Auseinandersetzungen zwischen den Weißen und den Indianern zu vermeiden, und die älteren Stammeshäuptlinge unterstützten seine friedensstiftenden Bemühungen.

Die wenigen britischen Soldaten, die unter Gouverneur Wright dienten, waren in der Gegend von Savannah stationiert und spielten beim Schutz der Siedler nur eine untergeordnete Rolle. Wobei die Creek- und die Cherokee-Indianer sich von militärischen Drohungen auch weniger beeindrucken ließen als von einem drohenden Handelsembargo. Denn sie waren geradezu versessen auf die Waren des weißen Mannes, ob Salz, Zucker, Rum, Decken oder auch wertlosen Tand. Messer mit Stahlklingen und Musketen waren besonders begehrt. Dafür tauschten sie gegerbte Häute und Felle von Rotwild, Bibern, Waschbären und Füchsen ein – aber wegen der überhöhten Preise und der Verschlagenheit der weißen Händler gerieten die Indianer in immer höhere Schulden. Tatsächlich waren ihre Verbindlichkeiten, aber auch ihr Interesse an der Weiterführung des Handels so groß, dass sie bereits Möglichkeiten ausloteten, den Weißen mehr Land zu übertragen und dadurch ihre Schulden zu tilgen.

Ethan fürchtete sich nicht vor den Indianern, wusste aber als verantwortungsbewusster Mann, dass er sich über sie kundig machen und sich ihnen als guter und wohlwollender Nachbar vorstellen sollte. Wie er auf Maddocks Karte gesehen hatte, lag das nächste Creek-Dorf nur fünf Meilen von der Stelle entfernt, wo er sein Haus bauen wollte. Seine Erfahrung sagte ihm, dass sein Geschick und sein Werkzeug – vor allem Esse und Amboss – auch für die Indianer von großem Nutzen sein konnten. Zudem verstand sich Epsey auf die Herstellung wichtiger Arzneien und hatte ja immer schon den Eingeborenen helfen wollen. Zwar wollte Ethan nichts weiter, als mit den Indianern eine gutnachbarschaftliche Beziehung pflegen, die auf gegenseitigem Vertrauen und Respekt gründete, doch schon dieses Vorhaben unterschied sich grundlegend von dem Verhalten der meisten anderen Siedler, die in den Indianern Untermenschen sahen, denen das Verbrechen nun einmal im Blut liegt. Auch waren die Pioniere beinahe einhellig der Meinung, dass die Indianer weiter in den Westen gedrängt werden sollten, fort von dem Land, das Gott ihrer Meinung nach ausschließlich den Kolonisten bestimmt hatte.

Wie schon vor ein paar Jahren in North Carolina fanden Ethan und Epsey mühelos die geeignete Stelle zum Hausbau. Und weil die Temperaturen für Oktober gemäßigt waren und sie sich noch keine Sorgen wegen der Kälte machen mussten, wollten sie zunächst ihren Proviant und ihre Haushaltswaren schützen. Deshalb errichteten sie auf einer Anhöhe inmitten eines Wäldchens aus riesigen Kastanien-, Eichen-, Kiefern- und Hickorybäumen einen Schuppen, indem sie Planen und Tierhäute so über Äste spannten, dass daraus ein Dach und drei Seitenwände entstanden. Nur wenige Schritte talwärts plätscherte eine Quelle. Auch ihr Wohnhaus wollten sie ganz in der Nähe bauen.

Dann legten sie Felder und Weiden an, vor allem an den Stellen, wo ein Sturm vor mehr als drei Jahrzehnten die uralten Bäume gefällt hatte und jüngere nachgewachsen waren. Dort rodeten sie nicht nur, sondern sammelten auch Bauholz. Trotz ihrer Schwangerschaft fühlte sich Epsey so stark wie ein Mann und wollte bei dieser Arbeit unbedingt ihren Teil beitragen, auch wenn Ethan sie warnte, vorsichtig zu sein. Ethan arbeitete von Tagesanbruch bis Sonnenuntergang, und das für gewöhnlich sieben Tage die Woche. Seine Frau allerdings betätigte sich sonntags weder auf dem Feld noch im Garten. Doch für Hausarbeit schienen ihre religiösen Vorschriften nicht zu gelten, ebenso wenig fürs Kardieren, Spinnen, Weben oder ähnliche Aufgaben, die gut auch noch einen Tag hätten warten können.

Sobald sie ein Dach auf den Rohbau gesetzt hatten, zogen sie aus dem Schuppen um. Dann füllten sie die Ritzen zwischen den Bohlen mit Lehm, hängten Tür und drei Fenster ein und bauten einen Kamin mit Abzug. Die Tür und die beiden Fenster links und rechts davon gingen nach Süden hinaus, das dritte Fenster lag der Tür gegenüber. Kamin und Abzug befanden sich an der Ostwand des Hauses. Schon bald machte sich Ethan daran, etwa zwanzig Meter vom Haupthaus entfernt einen Schuppen zu bauen, der an einer Seite offen blieb. Dort brachte er seine Schmiede unter, außerdem einen Schleifstein und seine Hobelbank, ein über zwei Wände laufendes Regal war für sein Werkzeug bestimmt. Besonders stolz war Ethan auf seine umfangreiche Sammlung von Werkzeugen zur Holzbearbeitung, denn manche Stücke hatte er selbst gefertigt. Ackergerät und Eisen bewahrte er ebenerdig auf, Saatgut und andere Vorräte, an denen sich vielleicht Nagetiere vergreifen könnten, hingen in Säcken oder Körben an Drahthaken von den Deckenbalken. Ein Zaun aus Rundhölzern mit einer Schwingtür, die sich nur in Richtung des Gebäudes öffnen ließ, umschloss einen kleinen Pferch, der sich über zwei Seiten des Schuppens erstreckte. Darin hatte Ethan in einer Ecke für die Tiere einen Unterstand aus Stangen und Geäst gebaut. Ein Holzvorrat, in dem sich immer auch einige kleinere Bäume und Stämme aus Hartholz fanden, lag nahe beim Haus, und wann immer Ethan Zeit dazu fand, hackte er handliches Feuerholz daraus, das er an einer Seite des Wohnhauses stapelte.

Das Wohnhaus selbst stand auf einer gerodeten quadratischen Fläche von ungefähr 25 Tagwerk, die von einem aufwendig gearbeiteten Geländer umgeben war. Von der Südostecke aus führte ein schmaler Pfad durch den Wald zur etwa sechs Meilen entfernten Quäkersiedlung Wrightsborough.

Epsey wurde durch ihre Schwangerschaft kaum bei ihren Arbeiten in und außer Haus beeinträchtigt, obwohl gelegentliche leichte Blutungen sie ein bisschen beunruhigten. Ethan bekam davon allerdings nichts mit, denn die Schwangerschaft kam nur ein einziges Mal zur Sprache, als sie ihn nämlich fragte, was ihm denn als Name für das Kind gefallen würde. «Wenn es ein Junge wird, könnten wir ihn vielleicht Henry nennen?», schlug er vor. Epsey war einverstanden und nannte Abigail als ihren Wunschnamen für ein Mädchen.

Als Epsey glaubte, dass es allmählich so weit war, schickte sie Ethan nach Wrightsborough, wo er eine kundige Hebamme ausfindig machte. Sie vereinbarten ein Salär, dann kam sie mit und half bei der Geburt. Ein kleiner gesunder Junge kam zur Welt und machte seinen ersten Schrei, Epsey allerdings hörte nicht auf zu bluten, obwohl die Hebamme ihre ganze Kunst aufbot. Blass und schwach blieb sie im Kindbett liegen. Aber als die Hebamme später sagte: «Ich glaube nicht, dass sie noch mal eins kriegt», reagierten weder Epsey noch Ethan besonders bestürzt.

Nach einer Woche bestand Epsey darauf, dass die Hebamme nach Wrightsborough zurückkehrte, und schließlich beugte sich Ethan ihrem Willen und kümmerte sich fortan selbst um sie und den kleinen Henry. Es machte Epsey schwer zu schaffen, dass sie sich nicht ihren Pflichten widmen konnte, aber wenigstens hatte sie mehr als genug Milch für das Baby und konnte bald auch aufrecht am Feuer sitzen, während sie das Baby stillte und ihren Mann in seine Aufgaben als Koch und Hausfrau einwies.

Mit zwei Ochsen und einem Zugpferd konnte man nur eine begrenzte Menge Land bestellen, deshalb war Ethan mit der Größe seiner Farm durchaus zufrieden. Die Rinder, Schafe und Schweine konnten frei herumlaufen und fanden genug Gras, Blätter, Eicheln, Kastanien und Walnüsse, allerdings musste Ethan dennoch auf seine Herde achten, musste sich um verletzte oder kranke Tiere kümmern und verhindern, dass sie sein Grundstück verließen. Also behielt er sie tagsüber so gut wie möglich im Auge, und am Spätnachmittag ging er dann zum Waldrand, wo er die Tiere mit schrillen Schreien zu sich rief und sie für ihr Kommen mit etwas Mais, Getreide oder Heu belohnte. Da ihr Bedarf an Weideflächen ständig wuchs und er immer Feuerholz brauchte, gürtelte und fällte er immer wieder Bäume. Dann zäunte er die Wiesen ein, auf denen er später Felder anlegen würde. Andere bewaldete Flecken brandrodete Ethan umsichtig, um den Boden von der dicken Schicht aus Kiefernnadeln und Laub zu befreien, sodass dort zumindest solches Gras wachsen konnte, das auch im Schatten gedieh. Seit jeher hatte Ethan die Waldarbeit besonders genossen, aber jetzt suchte er ständig einen Vorwand, um nach Hause zu gehen und den kleinen Henry wenigstens eine kurze Weile im Arm zu halten.

Als er eines Tages nach mehreren Stunden Arbeit zu einem späten Frühstück in der Küche erschien, sagte er: «Epsey, nachdem du jetzt wieder ohne Schmerzen laufen kannst, wäre es schön, wenn du und das Baby mich in den Wald begleiten würden. Die frische Luft würde uns doch allen gut tun. Ich möchte nämlich etwas Land roden und eine kleine Weide für die Milchkuh einzäunen. Da könntet ihr mich doch begleiten.»

Epsey war gleichermaßen überrascht und erfreut, und bald nutzten sie jede Gelegenheit, ihre Zeit zu dritt zu verbringen. Noch nie hatten sie eine so enge Vertrautheit erlebt. Beide waren völlig hingerissen von ihrem Kind, und Ethan stellte belustigt fest, dass er ein bisschen eifersüchtig wurde, als seine Frau wieder so weit zu Kräften gekommen war, dass sie den kleinen Henry allein versorgen konnte.

In der warmen Jahreszeit kannten sie allerdings kaum Mußestunden. Zwar verbrachte Epsey nun weniger Zeit in den Mais-, Weizen-, Flachs- und Tabakfeldern, dafür aber war der Gemüsegarten ihr ureigenster Bereich, den Ethan lediglich mit seinem Ochsengespann durchpflügen durfte, wenn das Gemüse geerntet und erneut die Zeit zum Säen gekommen war. Unter Epseys Aufsicht gediehen Kartoffeln, Süßkartoffeln, Bohnen und Erbsen, Okra, Zwiebeln, Zuckermais und Blattgemüse. Ihr Saatgut gewann sie selbst, die Süßkartoffeln setzte sie in Erdhügel, die mit Schichten aus trockenen Kiefernnadeln gut durchlüftet waren, und Kartoffeln und Zwiebeln lagerte sie in einem kühlen Dachspeicher über den Deckenbalken. Ihre Gemüsebeete waren bestens mit Tiermist und Humus gedüngt, Mulch erstickte das Unkraut, und Harken verschaffte dem Boden ausreichend Luft. Wenn Ethan von seinen Jagdausflügen Wildbret oder Truthahn nach Hause brachte, trocknete oder räucherte sie immer einen Teil davon, und sie half ihm auch beim Schlachten der Schweine und beim Schafescheren. Zusammen gerbten sie die Häute von Rotwild und Rindern, indem sie diese zuerst mit Salz und Limonensaft einrieben und den Prozess dann mit Gerbsäure zu Ende führten, die sie aus Eichen- und Schierlingstannenrinde sowie Kastanienholz gewannen. Erst die Gerbsäure verhinderte, dass das Leder weiter schrumpfte und verrottete.

Nachdem sämtliche Gebäude und Zäune errichtet waren, grub Ethan im Hof einen Brunnen, damit man sich den Weg zu der hundert Meter vom Haus entfernten Quelle sparen konnte. Das erleichterte Epsey vor allem die Bewässerung ihres Gartens in den heißen, trockenen Sommern, wenn sie regelmäßig jeder jungen Pflanze aus ihrem Holzeimer eine Schöpfkelle Wasser gab. Eigentlich hatte Epsey auch das Holzmachen als ihre Aufgabe angesehen, aber nach der Geburt bestand Ethan darauf, sich darum allein zu kümmern. Dafür half sie ihm bei den Tieren, die sich auf der eingezäunten Weide und im Pferch befanden, und molk die beiden Kühe, wenn sie gerade Milch gaben.

Epsey erledigte die Arbeiten außer Haus meist in den kühleren Stunden des Tages und widmete sich während der größten Hitze der Hausarbeit. Dabei trug sie oft den kleinen Henry in einem alten Schal auf dem Rücken. Aber Ethan baute auch ein kleines Kinderbett mit Himmel am Rand des Gartens auf, und zwar auf Stelzen, damit weder Schlangen noch Nagetiere dem Kleinen etwas antun konnten. Dort lag das Baby dann im Schatten, während Epsey werkelte.

Eine der zeitraubendsten Aufgaben war die Herstellung von Kleidung aus Rohbaumwolle, Wolle und Flachs. Doch Epsey schätzte diese Arbeit trotz ihrer Eintönigkeit, konnte sie sich dabei doch besonders gut ihrem Kind widmen. Auch forderte der immer gleiche Vorgang nur geringe Aufmerksamkeit, und sie konnte anderen Gedanken nachhängen, während sie sich von anstrengenderer körperlicher Arbeit erholte. Ethan und sie schoren ihre kleine Schafherde nur einmal im Jahr, auch wenn manche Quäker zweimal im Jahr Vliese schnitten. Dann wurde die Wolle, etwa zwei Pfund pro Tier, sorgfältig gewaschen, um das überschüssige Fett zu entfernen, und anschließend getrocknet. Der Flachs musste nach dem Raufen zuerst ein bisschen modern, bevor man die Stängel knickte und brach, damit sich die Fasern von den holzigen Anteilen trennen ließen. Am schwierigsten war die Gewinnung von Baumwolle, weshalb sie nur selten Verwendung fand, denn sie musste mühselig Bausch für Bausch gepflückt werden.

In den vielen Stunden, die er allein verbrachte, dachte Ethan oft an seinen Sohn, aber auch an seinen toten Bruder, den man um sein Land betrogen hatte. Diese Erniedrigung machte ihn heute fast noch wütender als damals, und er war fest entschlossen, es nie wieder so weit kommen zu lassen. Auch noch sein Sohn würde dieses Land hier bestellen dürfen, das schwor er sich. Wenn der kleine Henry etwas älter war, wollte er mit ihm zusammen die bebaute Fläche vergrößern und zusätzliches Land beantragen. Obwohl der Gouverneur James Wright und seine Regierungsangestellten offenkundig anständige Leute waren, traute Ethan keinen Beamten mehr und würde im Umgang mit ihnen immer vorsichtig bleiben. Aber er hatte auch gesehen, wie sich manche Regulatoren gegen das Gesetz gestellt hatten, sie hatten nicht nur gegen königliche Verordnungen verstoßen, sondern sich sogar am Besitz der Gerichtsdiener in Hillsborough vergriffen. Dies alles bestärkte ihn in seinem Entschluss, mit Epsey und dem kleinen Henry möglichst abgeschieden zu leben, und er gab sich damit zufrieden, seine Farm zu bewirtschaften, die Wildnis zu erkunden und auf die Jagd zu gehen.

Seit jeher war Ethans Leben von harter Arbeit geprägt gewesen, aber so wenig Muße er sich auch gönnte, zwei Dinge gab es, die er von Herzen genoss. Zum einen fertigte er gern Werkzeuge, Möbel und Gerät für den Haushalt an. Wenn er dann – vor allem an Regentagen oder wenn ihm die Feldarbeit Zeit dazu ließ – in seiner geliebten Werkstatt stand, hatte er oft die Kinderwiege neben sich. Ganz besonders gern arbeitete er an seiner Hobelbank, wo unter seinen Händen aus den Brettern einer frisch gefällten Eiche oder eines Walnussbaums Handrechen, Heugabeln, Holzeggen, Möbelstücke oder Küchengeräte entstanden. Auf seine kunstvoll gearbeiteten Stühle war er besonders stolz. Das Glatthobeln schön gemaserten Holzes, das Drechseln und Schnitzen von Pfosten und Sprossen mit Schnitzmesser und Schabhobeln, das sorgsame Biegen, Einpassen und Zusammenfügen der Einzelteile und das abschließende Weben der Sitzflächen bereitete ihm große Freude. Diese Arbeit war jedes Mal eine neue Herausforderung für ihn, aber auch von großem praktischen Nutzen, denn immer mal wieder schnallte er sechs Stühle auf einen Travois und brachte diese zum Händler, wo er sie gegen Vorräte oder Silberpesos eintauschte, die er und seine Frau für die Zukunft beiseite legten.

Seine andere Lieblingsbeschäftigung waren die Ausflüge in die Wildnis, wo er mit seinen beiden Hunden, dem Gewehr und Fallen auf die Jagd ging oder auch nur unter dem Vorwand, neue Jagdgründe oder Weideflächen zu suchen, lange Tagesausflüge unternahm. Es gab keine Jagdgesetze, aber die Siedler kannten die Gewohnheiten und Lebensgrundlagen der Wildtiere, schließlich hingen Einkommen und Ernährung ihrer Familien davon ab. Und so schoss Ethan niemals Truthennen, wenn diese brüteten oder die Küken sie noch brauchten, was zwischen Ende März und Ende Juli der Fall war. Da aber die Puter in dieser Zeit immer noch hinter den Hennen her waren, versteckte sich Ethan dann im Gebüsch und ahmte den Lockruf einer Henne nach, indem er an einem hohlen Flügelknochen saugte. Sobald sich der Puter zeigte, hatte Ethan genug köstliches Fleisch vor der Flinte, um seine Familie mehrere Tage damit durchzufüttern. Ethan fragte sich, wann ihn wohl sein Sohn auf diesen Ausflügen begleiten würde, und überlegte sich jetzt schon, wie er ihn am besten zum Waldläufer erzog.

Kapitel 11

Die Familien Pratt und Morris

Joseph Maddock schilderte die Lebensbedingungen im Quäkerland in den leuchtendsten Farben, und seine vielen Freunde im Nordosten verbreiteten die Kunde von dem Land in Georgia, das nur auf Siedler wartete. Und so zogen immer mehr Quäker in die Gegend um Wrightsborough, zwei Jahre nach Maddocks Ankunft lebten bereits hundert Familien in der Gemeinde. Da die Stadt inzwischen fertig gebaut und geeigneter Boden knapp geworden war, entschieden sich viele Ankömmlinge dann aber gegen das Leben auf dem Land und blieben in der Stadt – vor allem Schmiede, Gerber, Sattler, Schuhmacher, Kaufleute oder auch Lohnarbeiter. Auch war man hier nicht nur auf die Zugkraft von Tieren angewiesen, sondern nutzte die Kraft der Bäche, etwa für eine so segensreiche Einrichtung wie die Sägemühle, deren Wasserrad ein Sägeblatt antrieb, sodass es den Arbeitern erspart blieb, mühsamst mit einer zweieinhalb Meter langen Säge Bretter zu schneiden.

Ethan allerdings kam sehr selten nach Wrightsborough, normalerweise nur, um seine Stühle und Feldfrüchte gegen Dinge einzutauschen, die er selbst nicht erzeugen konnte. Wenn er bei dieser Gelegenheit Mais und Weizen zu Maddocks Mühle brachte, zeigten er und der Müller sich stets von ihrer höflichsten Seite, der Quäkerführer und er kamen niemals mehr auf die Auseinandersetzung auf ihrem Treck zu sprechen. Als er wieder einmal zur Mühle fuhr, sah Ethan dort einen schlanken jungen Mann bis zu den Knien im Wasser stehen und mit einer flachen Pfanne Erde und Sediment aus dem Flussbett schöpfen. Dann untersuchte er genauestens den Pfanneninhalt und war so versunken in sein Tun, dass er seine Umgebung überhaupt nicht wahrnahm. Als er sich erneut vorbeugte, fiel ihm das lange schwarze Haar in die Augen, und Ethan fragte sich, warum er es nicht in einem Pferdeschwanz zusammenband. Es war ein milder Februartag, aber immer noch viel zu kalt, um im Wasser zu stehen, und so erkundigte sich Ethan nach ein paar Minuten: «Na, haben Sie schon ein paar Nuggets gefunden?»

Lächelnd blickte der junge Mann auf. «Hallo. Nein, mir geht es nicht um Gold, ich untersuche die Krebse hier im Fluss.»

«Wozu denn das?» Ethans Neugier war geweckt.

«Ich habe vor, alle Lebewesen hier in diesem Gebiet, ob Pflanzen oder Tiere, zu bestimmen und zu katalogisieren.»

«Und woher wissen Sie, was es jeweils ist?»

Der Mann, der sich als Kindred Morris vorstellte, schien gerne darüber zu sprechen. «Oh, ich habe ein paar Bücher, in denen beschrieben wird, was in Europa wächst und gedeiht. Und wenn ich etwas nicht bestimmen kann, beschreibe ich es genau oder fertige eine Zeichnung an. Ich habe dasselbe bis letzten Herbst zusammen mit einem Mann namens John Bartram in Philadelphia gemacht, er ist der königliche Botaniker der Kolonie. Sein Sohn lebt am Cape Fear River in North Carolina und will nächstes Jahr nach Georgia kommen. Ich habe vorgeschlagen, dass er mich hier in Wrightsborough besucht.»

Offenbar machte es dem Mann größte Freude mitzuteilen, was er über die Sträucher und Bäume hier am Fluss in der Nähe der Mühle wusste. Beeindruckt hörte Ethan zu, als ihm Kindred für die verschiedenen Pflanzen rundum den gängigen und den lateinischen Namen nannte. Als er sich über die fremdartigen Bezeichnungen wunderte, erklärte ihm Kindred, dass ein schwedischer Professor namens Linnaeus an der Universität von Uppsala diese Namen gewählt hatte. Ethan gab zu, dass er die meisten Unterarten noch nie zur Kenntnis genommen hatte, und bedankte sich bei dem jungen Mann dafür, seine Wahrnehmung geschärft zu haben.

«Ich heiße Ethan Pratt», sagte er schließlich, «und wohne ganz in der Nähe. Wenn Sie hin und wieder bei mir vorbeischauen und sich die Gewächse auf meinem Grund ansehen möchten, sind Sie herzlich willkommen.» Das aus dem Mund des Quasi-Einsiedlers Ethan. Er war selbst überrascht von sich.

«Ich weiß, wer Sie sind, denn ich habe gerade den Landtitel für den Grund und Boden im Osten Ihres Grundstücks erworben. Die Familie, der es ursprünglich zugedacht war, ist ja wieder in den Norden gezogen, noch bevor sie dort Land gerodet oder ein Haus gebaut hat. Meine Frau und ich wollen in Kürze dorthin ziehen.»

«Oh, das Grundstück kenne ich gut. Aber dann sind Sie wohl

auch kein Quäker, wenn man Sie so fern von Wrightsborough ansiedelt? Nun, wir werden Ihnen jedenfalls gerne bei Ihren Anfängen helfen. Und ich würde mich freuen, wenn ich dann vielleicht einmal einen Blick in Ihre Bücher werfen dürfte. Denn die Tiere hier kenne ich ziemlich gut, aber was die Pflanzen angeht, könnte ich ein bisschen Unterricht gebrauchen.» Er erwähnte nicht, wie gern er damals bei Epsey zu Hause in Philadelphia in ähnlichen Büchern geschmökert hatte.

Wieder daheim, erzählte Ethan seiner Frau von der Begegnung, und sie staunte, wie begeistert er darüber war, was er in den wenigen Minuten mit Kindred am Flussufer gelernt hatte.

«Wirkt eigentlich wie Zeitverschwendung, Schnecken und Panzerkrebse unter die Lupe zu nehmen, aber wenn's ihm Spaß macht.»

«Nun ja, es gibt im Februar nicht viel zu tun, wenn man noch keinen eigenen Grund und Boden hat. Bald ziehen er und seine Frau hierher, dann sind wir Nachbarn. Ich habe ihm für den Anfang unsere Hilfe angeboten.»

Epsey schwieg eine Weile, dann sagte sie: «Tja, das ist wohl das Mindeste, was wir tun können.»

Ein paar Tage darauf hörte Ethan im Osten seiner Farm die Klänge einer Axt, und er ertappte sich dabei, wie er tagtäglich den Pfad entlangblickte und sich fragte, wann Kindred denn nun auftauchen würde. Eines frühen Morgens saß er dann mit gespreizten Beinen in seinem Schuppen auf der Hobelbank, wo er Dauben für ein Butterfass schnitt. Epsey und er hatten bereits eines, dieses war als Geschenk für die Familie Morris gedacht. Da hörte er Stimmen auf dem Pfad, junge, lachende Stimmen. Erwartungsvoll sah er hinüber zum Wald hinter seinem Acker mit Winterweizen, wo er noch ein paar Tage lang seine Rinder grasen lassen wollte, bevor er sie weitertrieb, damit der Weizen reifen konnte. Er hatte freie Sicht, denn Kiefernnadeln wuchsen erst fünfzehn Meter über dem Boden und die Laubbäume waren noch kahl. Hier auf der Anhöhe trugen nur die Birken noch die silberbraunen Blätter vom letzten Jahr, die sie erst abwarfen, wenn das neue Blattwerk durchbrach. Und alles andere Grün war zumindest dort abgefressen worden, wo die Rindermäuler hinreichten. Endlich entdeckte Ethan zwei Gestalten, die auf sein Haus zugingen; er wandte sich ab und tat so, als ob er ihr Kommen nicht bemerkte. Erst als sie auf die Lichtung traten, sah er wieder auf, ging zur Haustür und öffnete sie.

«Epsey», rief er leise zu seiner Frau hinein, «wir haben Besuch.» Sie stand von ihrem Stuhl auf und kam mit dem kleinen Henry auf dem Arm auf die schmale Veranda heraus.

Als Erstes fiel ihnen die kunstvoll mit Spitze verzierte Haube der jungen Frau ins Auge. Damit hätte sie selbst bei einem gesellschaftlichen Ereignis Aufsehen erregt, bei dem jeder im Sonntagsstaat auftauchte. Um wie viel ungewöhnlicher war eine solche Aufmachung an einem gewöhnlichen Wochentag draußen im Freien. Ohne zu zögern, ja mehr hüpfend als gehend, kam sie auf die Pratts zu und begrüßte sie.

«Hallo, mein Name ist Mavis. Ich nehme an, Sie wissen, dass wir uns nebenan, von hier aus in Richtung Wrightsborough, ansiedeln. Was war ich gespannt darauf, unsere künftigen Nachbarn kennen zu lernen, vor allem seit Kindred mir von Mr. Pratts Interesse an Bäumen und Flusstieren erzählt hat. Wir haben viel davon gesprochen, stimmt's?»

Und damit ging sie schnurstracks auf Epsey zu und nahm ihr das Baby vom Arm, um es liebevoll an sich zu drücken.

Es brachte Ethan ein bisschen aus der Fassung, dass die Frau den ersten Schritt getan und ihrem Ehemann nicht die leiseste Chance gelassen hatte, selbst das Gespräch zu eröffnen. So brauchte er ein paar Sekunden, ehe er sich Kindred zuwandte und ihn mit einem Kopfnicken und einem gemurmelten «Willkommen» begrüßte. Die beiden Frauen waren inzwischen dabei, sich höflich zu unterhalten, wobei es hauptsächlich um den kleinen Henry ging.

«Wir wollten erst kommen, wenn wir beide hier leben», sagte Kindred. «Ich wohne ja jetzt schon seit zehn Tagen in einem Schuppen im Wald, wo ich ein paar kleinere Bäume gefällt und ein paar größere gegürtelt habe, um dort Getreide anzubauen. Aber Mavis habe ich erst gestern geholt, und wir haben als Erstes einen Platz für unser künftiges Haus ausgesucht – auf einem kleinen Hügel, aber ganz nahe an einer Quelle, sodass wir keinen Brunnen graben müssen. Wir haben auch schon ein paar flache Steine für das Fundament gesammelt und Stämme für den Hausbau dorthin geschleppt. Aber bevor wir sie kerben, wollten wir uns lieber zuerst ansehen, wie Sie es hier gemacht haben.»

In diesen wenigen Minuten hatten die beiden jungen Leute mehr gesagt als die Pratts gewöhnlich in vierundzwanzig Stunden.

Schließlich gab sich Epsey einen Ruck. «Wir haben schon länger auf Nachbarn gehofft und sind froh, dass Sie hierher gezogen sind. Kommen Sie doch rein und nehmen Sie Platz.»

Die Morris plauderten gern, vor allem Mavis, und hatten schon bald eine Menge von sich erzählt. Sie waren beide in Philadelphia aufgewachsen, wo Kindred 1752 zur Welt gekommen war. Mit zwanzig Jahren hatte er dann Mavis geheiratet. Die Pratts hätten den kleinen schlanken, aber drahtigen Mann mit den feinen Gesichtszügen jünger geschätzt. Außerdem fiel ihnen auf, dass sich Mavis und ihr Mann trotz der auffälligen Haube wohl nicht sonderlich um ihr Aussehen scherten. Kindreds langes schwarzes Haar fiel ihm immer wieder ins Gesicht und verdeckte seine hellgrauen Augen, sodass er sich angewöhnt hatte, es alle paar Minuten zurückzustreichen.

Auch die gesprächige Mavis hatte helle Augen und überraschte mit freimütigen Bemerkungen. Mit ihrer etwas drallen, aber geschmeidigen Figur war sie ziemlich hübsch, auch wenn ihre blonden Locken von der Haube kaum zu bändigen waren. Bei ihrer Heirat war sie gerade erst sechzehn gewesen. Ihre Eltern waren an Typhus gestorben, als sie zwölf war. Danach hatte eine Verwandte – ihr Vormund – sie bei Dr. John Bartram in Stellung gegeben, wo sie unter der Aufsicht einer strengen, herrschsüchtigen Hausdame stand. Doch eines Tages hatte Dr. Bartram sie dabei ertappt, wie sie in seiner Bibliothek Zeichnungen von seiner Insektensammlung anfertigte, und sie wurde befördert. «Vom Bodenwischen zum Käfermalen», erinnerte sie sich lachend. Kindred hatte sie kennen gelernt, weil er oft zu Gesprächen über Botanik ins Haus kam.

Dann musste sie Luft holen, und alle sahen erwartungsvoll Kindred an.

«Schon als Kind habe ich mich für Pflanzen und Tiere interessiert, und ich habe mein ganzes Geld für Bartrams Vorträge aufgespart. Er ist immerhin der königliche Botaniker und in den Kolonien genauso berühmt wie in England. Tja, und dann habe ich Mavis dort getroffen, und wir kamen gut miteinander aus. Mir gefällt es, etwas dazuzulernen, aber ich arbeite auch gerne draußen, auch auf dem Feld. Was mir vorschwebt, ist, genug mit unserer Farm zu verdienen, um mich dem Studium der Biologie widmen zu können, sowohl praktisch als auch aus Büchern.»

Wie es ihre Art zu sein schien, unterbrach ihn Mavis. «Ich wollte unbedingt einen Mann, der sich um mich kümmert und so viel verdient, dass wir auf eigenen Füßen stehen können. Kindred mochte ich auf Anhieb, und ich konnte ihn dazu überreden, mich zu nehmen. Dr. Bartram hat mir dann auch keine Steine in den Weg gelegt, als wir ihm von unseren Umzugsplänen erzählten, wir haben allerdings versprechen müssen, unsere Naturstudien fortzuführen und ihm eine Kopie unserer Aufzeichnungen zu schicken. Er ist schon ein bisschen in Georgia und Florida herumgekommen und kennt Gouverneur Wright, und so hat er uns geholfen, hier ein Stück Land zu bekommen.»

Mit wenigen Worten schilderte dann Ethan, wer sie waren und dass sie ebenfalls aus Philadelphia stammten. Allerdings vermied er jeden Hinweis auf die unerfreulichen Ereignisse während ihrer Zeit in North Carolina und gab nur preis, dass sie sich entschlossen hätten, zusammen mit ihren Quäker-Nachbarn umzuziehen. Schließlich erkundigte er sich nach den weiteren Plänen seiner Besucher.

«Nun ja, erst einmal müssen wir uns ein Haus bauen», erwiderte Kindred. «Und dann wollen wir etwas Landwirtschaft betreiben, damit wir davon leben können. Ich habe bereits mit dem Roden angefangen, und wir haben genug Ersparnisse, um uns eine kleine Rinderherde, ein paar Schafe und Schweine zu kaufen. Also müssen wir auch für genügend Viehfutter sorgen. Außerdem werden wir einen Gemüsegarten für uns anlegen, aber wir werden wahrscheinlich nur so viel anbauen und ernten, dass es für uns reicht und wir vom Überschuss das Notwendigste besorgen können.»

«Unser Hauptinteresse gilt der Biologie», fiel Mavis ein. «Deshalb wollen wir unsere freie Zeit vor allem dazu nutzen, so viele Arten und Unterarten wie nur möglich zu katalogisieren. Zwar weiß Kindred viel mehr als ich, aber ich werde mich um die Dokumentation kümmern und die nötigen Zeichnungen anfertigen. Dr. Bartram hat uns einige Bücher überlassen, die wir studieren wollen. Und – ich weiß zwar nicht warum, aber Kindred interessiert sich außerdem noch sehr für die Eingeborenen. Soviel wir wissen, lebt hier ganz in der Nähe ein Indianerstamm?»

Epsey sah Ethan an. «Meinen Eltern war sehr viel daran gelegen, den Indianern das Evangelium zu bringen, aber bisher hatten wir noch nicht viel mit ihnen zu tun. Hin und wieder kommt mal einer vorbei und bittet Ethan, ihm etwas zu schmieden oder zu schreinern. Und manchmal handeln wir auch mit ihnen, aber verständigen können wir uns nur mit Zeichensprache. Nur einer der Indianer kann ein bisschen Englisch, und wir haben auch nur ganz wenige Wörter Creek oder wie man es nennen soll gelernt.»

«Ich möchte ihre Sprache lernen und so viel wie möglich über ihre Lebensweise wissen», sagte Kindred. «Auf seinen Reisen hat Dr. Bartram einige Eingeborene kennen gelernt, aber bei seinen kurzen Aufenthalten in ihren Dörfern nur wenig über sie herausgefunden. Auch er interessiert sich für alles, was wir erfahren können. Wie ich Mr. Pratt schon sagte, bereist sein Sohn William nächstes Jahr Georgia, und wir hoffen, dass ihn sein Weg auch nach Wrightsborough führt.»

«Können wir Ihnen irgendwie helfen?», erkundigte sich Ethan nun.

Sofort ging Kindred auf sein Angebot ein. «Wir würden uns gern genau anschauen, wie Sie Ihr Haus und Ihre Wirtschaftsgebäude gebaut haben, denn das müssen wir unbedingt sofort in Angriff nehmen.»

«Sehen Sie sich um», bot Ethan an. «Es ist zwar kein Palast, aber trocken und warm und war nicht schwer zu bauen. Wir haben einige Fehler vermieden, die wir bei unserem ersten Haus in North Carolina gemacht haben. Ich wäre in den nächsten Tagen ohnehin zu Ihnen rübergekommen, aber ich wollte nicht stören.»

Dann sprachen die Männer erst einmal allgemein über ein paar Schwierigkeiten, die Ethan hier und in North Carolina beim Hausbau hatte überwinden müssen. Derweil gingen die beiden Frauen hinein, aber Mavis behielt den Kleinen weiter auf dem Arm, während sie alles, was sie sah, in höchsten Tönen lobte – die Möbel, das Spinnrad und den Webstuhl, das Butterfass und die Schürhaken und Feuerzangen am Kamin. Nach ein paar Minuten allerdings gab sie Henry an Epsey zurück, entschuldigte sich und ging hinaus in den Hof, wo sie sich den Männern anschloss, die gerade das solide Steinfundament unter den Tragebalken sowie die oben und unten abgeflachten Wandbohlen in Augenschein nahmen. Ethan erklärte Schritt für Schritt, wie er das Haus gebaut hatte, und Kindred und Mavis stellten Fragen dazu. Ganz offensichtlich betrachtete sich Mavis als ebenbürtige Partnerin bei der

Gestaltung ihres künftigen Heims und scheute sich auch nicht, manche Entscheidungen zu hinterfragen, die Ethan bei seinem Bau getroffen hatte. Vor allem erörterten sie, wie man die Bohlen an den Ecken kerben sollte. Kindred war mit Ethan einer Meinung, dass es am besten war, in jede Bohle die passende Nut für den darunter liegenden kreuzenden Balken zu schneiden.

Sie wollten schon weitergehen, da unterbrach sie Mavis: «Kindred, ich fände es besser, die Enden mit einem Schwalbenschwanz zu versehen, so wie bei dem Häuschen von Dr. Bartram auf seiner Farm bei Philadelphia.»

Verlegen wegen der darin anklingenden Kritik an Ethans Methode erwiderte Kindred: «Aber das hier ist viel einfacher. Schwalbenschwänze sind nicht leicht zu schneiden.»

«Das stimmt nicht, denn hier ist jede Aushöhlung unterschiedlich groß – je nach dem Balken darunter. Und es ist ganz schön schwierig, mit der Axt eine Rundung zu hauen. Mit Schwalbenschwänzen machst du einmal ein Muster und schneidest mit geraden Axtschlägen alle Balken genau gleich, dann kannst du sie zusammenfügen. Mir hat es gefallen, wie Dr. Bartram es gemacht hat, und ich habe ein paar Skizzen dafür angefertigt, an die ich mich noch erinnere. Das Beste daran ist, dass man nicht viel nacharbeiten muss, um die Stoßstellen passend zu machen, wenn die Bohlen erst mal oben liegen. Hier, ich zeig's dir mal.»

Geschickt zeichnete sie mit einem Stock eine Skizze auf den Boden. Kindred sagte nichts dazu, aber Ethan begutachtete die Zeichnung und sagte schließlich: «Tja, das scheint mir besser zu sein. Und so ragen die Bohlen an den Enden auch nicht heraus.»

Mavis erbat sich von Epsey ein Blatt Papier und machte sorgfältig Notizen, sie skizzierte die Größenverhältnisse und die Konstruktionseinzelheiten, zählte die verbauten Bohlen und Balken und schätzte, wie viele Steine man brauchte. Roter Lehm, der in dem Gebiet reichlich vorkam, würde die Ritzen zwischen den Bohlen füllen. Da sie ein Haus mit nur einem Zimmer planten, galt es vor allem die Frage zu klären, ob man einen Lehmboden oder einen Holzboden aus geglätteten Bohlen haben wollte und wo man am besten Tür und Fenster setzte. Um dies ausführlich zu besprechen, setzten sie sich im Haus mit Epsey an den Tisch. Wie die Pratts entschieden sich auch Kindred und Mavis erst einmal für bloße Erde unter den Füßen, wollten aber Tür, Kamin und Decke etwa dreißig Zentimeter höher als nötig setzen, um irgendwann später einen Holzboden verlegen zu können.

Aus Mavis sprudelten die Fragen förmlich heraus, und so wusste sie bald alles über das Leben der Pratts in Philadelphia, in North Carolina und hier im Quäkerland. Epsey hingegen scheute sich, die Morris so neugierig auszufragen, aber Mavis gab vieles von sich aus preis.

«Dr. Bartram hat uns empfohlen, nach Wrightsborough zu ziehen, weil er Mr. Maddock und andere Quäker kennt. Solange wir nach unserer Ankunft dort auf die Landzuweisung warten mussten, haben wir in einem Dachzimmer bei den Flemings gewohnt.»

«Gehören Sie und Kindred ebenfalls der Quäkergemeinschaft an?», erkundigte sich Epsey.

Mavis lachte auf. «O nein. Wir sind schon in Philadelphia fast nie zur Kirche gegangen, geschweige denn zu einer Quäkerversammlung. Die Flemings haben wir dann zweimal begleitet, aber für meinen Geschmack sind diese Leute einfach viel zu streng, und manche haben auch gar keinen Hehl daraus gemacht, dass ihnen meine offene Art nicht gefällt.»

Diese Antwort enttäuschte Epsey, und sie entschloss sich, das Thema zu wechseln.

«Haben Sie denn genug für Ihren Haushalt mitgebracht?»

«Na ja, wirklich viel ist es nicht. Nur ein paar Kochutensilien, und dann die Steppdecken, Laken und Leintücher, die wohl jedes junge Mädchen für seine Aussteuer herstellen muss. Aber wir werden fürs Erste schon damit auskommen. Und wenn erst einmal unser Haus steht, wollen wir noch ein paar Sachen kaufen.»

Das brachte sie wieder zum Thema Hausbau zurück. Epsey erwähnte, wie man die Fenster und den Kamin noch ein bisschen besser hätte platzieren können, und alle stimmten ihr zu.

«Ich komme gern morgen zu Ihnen rüber und helfe Ihnen abzuschätzen, ob die Stämme und Steine schon reichen. Und dann können wir zusammen das Haus hochziehen.»

«Herzlichen Dank, aber nein. Ich möchte lieber zuerst mit Mavis alles Nötige vorbereiten, das gibt uns auch Gelegenheit, unsere neuen Ochsen einzuarbeiten. Aber wenn wir dann so weit sind, die Wände hochzuziehen, komme ich gern auf Ihr Angebot zurück.»

Nachdem sie gegangen waren, meinte Ethan: «Das ist nun ganz und gar nicht der Mann, mit dem ich hier draußen gerechnet hätte.

Eigentlich ist er noch ein Junge und ein richtiger Bücherwurm, dem man kaum zutraut auch nur einen einzigen Baum zu fällen. Ich bezweifle, dass er es hier zu etwas bringen wird.»

Epsey fiel auf, dass er keinen Ton über Mavis verlor, aber sie sagte nichts dazu. Stattdessen erwiderte sie: «Nun, sie sind bestimmt keine schlechten Nachbarn. Jedenfalls sollten wir ihnen helfen, so gut es geht. Ich habe ein paar Sachen, die ich leicht entbehren kann, ich suche sie mal zusammen und bringe sie ihnen bei Gelegenheit vorbei.»

Die nächsten Tage ging Ethan nicht zur Jagd und marschierte auch seine Fallen so schnell wie möglich ab. Die gewonnenen Stunden verbrachte er fast ausschließlich an der Esse und seiner Hobelbank. Dann beluden er und Epsey, noch bevor Kindred etwas von sich hatte hören lassen, ihren Wagen mit zwei neuen Stühlen, einem kleinen Tisch, einem Butterfass sowie Schürhaken und Feuerzangen und fuhren zu ihren neuen Nachbarn hinüber. Überrascht sahen sie dort, wie viel die beiden bereits geschafft hatten, wie exakt das Steinfundament verlegt und die Bohlen und Balken gekerbt und geschnitten waren. Sogar die Deckenbalken waren schon zugerichtet. Als sie eintrafen, splittete Kindred gerade mit dem Spaltmesser etwa ein Meter lange Schindeln, und Mavis schnitzte Nägel aus Akazienholz, um damit die Deckenträger auf dem oberen Wandabschluss festzunageln und die Tür- und Fensterrahmen an den Wandbohlen zu befestigen.

«Wirklich erstaunlich, wie viel Sie schon vorbereiten konnten. Aber ich musste ja jede einzelne Bohle extra vermessen und kerben, ehe ich sie verlegen konnte.»

Leicht verlegen, aber auch stolz erwiderte Kindred: «Nun, Mavis hat eine genaue Zeichnung angefertigt, in die sie alles eingearbeitet hat, was wir bei Ihnen sehen durften. So ließ sich leicht abschätzen, was wir alles brauchen würden. Außerdem hat sie die ganzen Schwalbenschwänze geschnitten, während ich die Stämme mit den Ochsen hier zum Bauplatz geschleppt habe.»

In den folgenden zwei Wochen ritt Ethan tagtäglich zu den Morris hinüber und half ihnen, bis der Rohbau stand.

Etwas verwirrt sah Ethan, dass sich die Beziehung zwischen Mavis und Kindred doch sehr von seiner und Epseys unterschied. Die beiden gingen völlig unbefangen und eher geschwisterlich miteinander um, sie scherzten und sagten einander ohne Hemmungen, was sie dachten. Gelegentlich machte Mavis aber auch liebevolle Annäherungsversuche, dann legte sie ihre Hand in Kindreds Nacken oder strich ihm das Haar aus dem Gesicht; ihr Mann jedoch schien diese zarten Gesten gar nicht zu bemerken. Auf Ethan allerdings machten sie durchaus Eindruck, denn Epsey hatte nie von sich aus körperlichen Kontakt zu ihm gesucht.

Und kaum arbeiteten sie eine Woche zusammen, ließ Mavis freimütig dieselben Aufmerksamkeiten auch Ethan zukommen. Die dichten blonden Härchen an seinen Armen fesselten sie immer wieder, und sie strich oft ganz gebannt darüber. Beim ersten Mal zuckte er noch zurück, später versuchte er jeglichen körperlichen Kontakt, ob gewollt oder zufällig, einfach zu übersehen. Als sie dann mittags einmal alle drei an der Quelle unterhalb des Blockhauses saßen, um dort auszuruhen und zu essen, blickte Mavis auf und sah, wie er sie anstarrte. Doch sie schlug nicht etwa sittsam die Lider nieder, und so schauten sie sich einige Sekunden tief in die Augen, bevor Ethan sich mit rotem Kopf und zitternden Knien abwandte. Als Mavis leise auflachte, fragte Kindred sie: «Was ist denn so lustig?»

«Nichts, nur ein flüchtiger Gedanke», erwiderte sie. Bei Ethan allerdings verflüchtigte sich dieser Gedanke nicht, sondern bohrte sich immer tiefer.

Inzwischen war Ethan für Kindred eine Art Respektsperson geworden, der er in höchstem Maß vertraute und die er zugleich unerschütterlich bewunderte. Wahrscheinlich, überlegte Mavis, lag das daran, dass Ethan nicht nur älter, sondern für sie beide – ein junges unerfahrenes Siedlerpärchen in der Wildnis – auch eine Art Lehrer und Vorbild geworden war.

Bisher hatte Ethan die Einsamkeit hoch geschätzt, aber jetzt bat er Kindred oft, ihn zu begleiten, und bald verband sie eine Freundschaft, wie Ethan sie nie für möglich gehalten hätte. Sie gingen zusammen auf die Jagd und stellten gemeinsam Fallen auf, nicht nur des Fleisches und der Felle wegen, sondern auch zu Studienzwecken, weshalb sie auch Kleintiere und Insekten fingen. Zuerst hatte Ethan noch ungeduldig gewartet, wenn Kindred wieder einmal trödelte, weil er noch irgendetwas am Wegrand genauer begutachten wollte. Doch im Laufe der Zeit wurde er ein wissbegieriger Schüler, und sein Nachbar teilte gern seine Kenntnisse über Flora und Fauna der Gegend. Sie redeten über Gattungsmerkmale, Kindred machte sorgfältig Notizen über alle ihm neuen Arten und Unterarten und fing oder pflückte Musterexemplare.

Aber auch Ethan konnte Kindred eine Menge beibringen. So war er mit den praktischen Aspekten des Ackerbaus, des Zimmerns, des Schmiedens und des Lebens in den Wäldern und Sümpfen bestens vertraut, und er lehrte Kindred gern, was er darüber wusste. Dann borgte er sich jenes von Linnaeus verfasste, hoch geschätzte Buch der Morris aus – von diesem Autor hatte Kindred gesprochen, als sie sich damals an der Mühle kennen lernten. Denn Ethan wollte mehr darüber erfahren, wie Planzen und Tiere untereinander verwandt waren und nach welchen Kriterien sie benannt wurden.

Obwohl Epsey dazu schwieg, freute sie sich doch insgeheim auf die Zeit des Säens und Erntens, denn sie wusste, dass Ethan seine Pflichten als Farmer nicht vernachlässigen würde. Wenn die Männer unterwegs waren und die Haushaltspflichten es zuließen, trafen sich manchmal auch die beiden Frauen auf einen Plausch – allerdings immer bei den Pratts. Sie genossen diese gemeinsamen Stunden, bei denen nicht nur an kalten Tagen oder bei Regen ein kleines Feuer im Herd brannte. Dabei kam Mavis immer, ohne sich anzukündigen, sie ging die Meile zu Fuß und hatte meist Wolle oder anderes Rohmaterial für Kleidung dabei.

Epsey war eine geschickte Weberin, und Mavis erkundigte sich, wo sie das Handwerk erlernt hatte.

«Bei uns zu Hause in Philadelphia stand ein Webstuhl, und meine Mutter webte manchmal fast drei Meter am Tag. Und kaum kam ich mit meinen Füßen an die Pedale, hat sie auch mir das Weben beigebracht. Mir hat es immer großen Spaß gemacht, und bis auf ein paar Meter Kattun habe ich, seit ich von zu Hause fort bin, all unsere Kleidung selbst gewebt. Das eigentlich Mühselige dabei ist das Kardieren und Spinnen.»

«Vielleicht könntest du es mir irgendwann beibringen. Mit welchen Fasern arbeitest du am liebsten?»

«Natürlich zeige ich dir gern, wie es geht. Wolle und Flachs sind am einfachsten zu verarbeiten. Ich mische auch etwas Baumwolle hinein, aber es ist ziemlich mühsam, die Samen rauszuklauben.»

Während der kleine Henry auf dem Boden herumkrabbelte, saßen die beiden Frauen nebeneinander und kardierten die Fasern. Oder Epsey spann oder webte, indes Mavis ihr genau zuschaute, Fragen stellte und es dann selbst versuchte. Und bald hatte Mavis auch gelernt, wie man das große Spinnrad mit dem Fußhebel bediente, sodass man beide Hände frei hatte, um die kardierten und aufgewickelten Fasern zu Fäden zu verspinnen.

Ein Spinnrad oder einen Webstuhl bauen konnte nicht jeder, und Epsey war sehr stolz auf die von Ethan gefertigten Stücke. Jetzt half er Kindred dabei, einen für Mavis zu schreinern, wobei er Epseys Gerät als Vorlage benutzte. Zusammen hatten sie ein fast dreieinhalb Meter langes Eichenbrett dünn gespalten, ringförmig gebogen und ganz langsam trocknen lassen. Daraus sollte später das eigentliche Rad werden. Nabe, Speichen, Pfosten und Spindeln stellten sie an Ethans Drehbank her.

Vor dem Kardieren wurden Wolle, Leinen und Baumwolle zunächst gefärbt, und Epsey weihte Mavis, die sich eifrig Notizen machte, auch in diese Kunst ein. Außer Indigo waren die Farben vorwiegend graubraun oder beige, was bei Alltagskleidung unempfindlicher war als das schmuddelige Naturweiß der Fasern.

«Die am meisten verwendeten Farben, also alles von Beige bis Dunkelbraun, gewinne ich aus Walnussschalen. Dabei hängt der Farbton davon ab, wie lange ich die Fasern im Sud liegen lasse. Wenn ich sie noch dunkler haben will, füge ich Walnusswurzeln hinzu. Und für Schwarz nehme ich Zaubernussrinde. Gelb entsteht aus der Baumrinde von Hickory- und Eichenbäumen oder aus getrockneten Ginsterblüten. Und ein leuchtendes Blau gewinne ich aus Indigo, der hier ja fast überall wächst. Hellblau wird es mit der Innenrinde von Ahorn, Rot entsteht aus Krapp, Kermesbeeren, Brombeeren oder rotem Lehm, Purpur aus Kermesbeerwurzeln und Grün aus grünen Eichenblättern. Aber wenn ich Zeit habe, färbe ich die Fasern lieber zuerst gelb und dann blau, um Grün zu erhalten. Und dann beize ich sie noch mit Salzlake, das lässt die Farben leuchten und macht sie haltbarer.»

Hin und wieder mischten sie, wie viele Siedlerfrauen, Wolle mit Flachs und seltener auch einmal mit Baumwolle, um einen leichteren Stoff zu erhalten, der dennoch wärmte und haltbar war. Im

Lauf der Monate gingen die Frauen immer ungezwungener miteinander um, und sie arbeiteten gerne zusammen, auch wenn sie dabei einmal längere Zeit schwiegen. Meist jedoch sprachen sie über den Haushalt, über Gartenpflege oder das Trocknen, Räuchern und Pökeln von Fleisch. Und am wichtigsten – über den kleinen Henry.

Obwohl sie nur wenige Jahre jünger war, behandelte Mavis Epsey beinahe so ehrerbietig wie eine Tochter ihre Mutter, was Epseys Herz erweichte, sodass sie Nachsicht für Mavis' unbefangen kindliche Haltung dem Leben gegenüber zeigte. Wenn sich Epsey auf eine Unterhaltung einließ, sprudelte Mavis schier über vor Fragen. Sie interessierte sich für Epseys Kinder- und Jugendjahre, ihre Ehe, die Schwangerschaft und sämtliche Aspekte des Siedlerlebens, das sie ja jetzt ebenfalls führte. Doch ohne zu wissen warum, verschwieg Mavis ihr, dass sie manchmal zusammen mit den beiden Männern Ausflüge unternahm.

Epsey genoss es inzwischen, ausgefragt zu werden, und manchmal stellte sie selbst ein paar Fragen.

«Warum legst du immer ein Spitzenband um deine Haube, selbst hier draußen in der Wildnis?»

Mavis lachte: «Ja, mich schaut manch einer schief an deswegen oder brummelt in sich hinein. Als ich zwölf Jahre alt war, sind meine Eltern an Typhus gestorben, und die Kusine meines Vaters, eine Witwe, hat mich bei sich aufgenommen. Sie war sehr gut zu mir, war aber arm und hatte selbst noch drei Kinder. Um uns alle durchzubringen, klöppelte sie Spitzen für ein Geschäft in Philadelphia und hat es auch mir beigebracht. Etwa zwei Jahre später musste sie sich eingestehen, dass sie nicht für uns alle sorgen konnte, und hat mich deshalb bei Dr. Bartram, dem berühmten Biologen, in Stellung gegeben. Aber auch dort konnte ich in meiner freien Zeit noch Spitze für sie klöppeln, damit sie leichter mit den Bestellungen nachkam. Als ich dann Kindred kennen lernte und wir zu heiraten beschlossen, wollte sie mir zu all der Aussteuer, die ich mir bereits gemacht hatte, unbedingt noch etwas dazugeben. In ihrer Schachtel lag meterweise allerschönste Spitze – bis auf ein Stück, das erste, das ich selbst geklöppelt hatte. Ich war völlig überrascht, dass sie die aufgehoben hatte, und habe gesagt, dass ich künftig zu ihrem Angedenken jeden Sonntag etwas von ihrer Spitze tragen würde. Doch sie entgegnete, dass Spitze nicht nur etwas für besondere Anlässe sei und sie hoffe sehr, dass ich mich jeden Tag an sie erinnern würde. Also versprach ich ihr, jedes Mal Spitze zu tragen, wenn ich meine Haube aufsetze. Es ist das Einzige, was mich an meine Jugend und meine Familie erinnert. Ich klöpple auch heute noch hin und wieder und habe mich inzwischen daran gewöhnt, diese eleganten Hauben zu tragen. Sie halten genauso lange wie schlichte, und Kindred stört es nicht.»

«Erzähl mir von Kindred.»

«Dr. Bartram hat in seinem großen Haus Vorlesungen gehalten und dafür von seinen Studenten eine kleine Gebühr verlangt. Einer der fleißigsten Schüler war Kindred, der alles in sich aufsaugte, was dort gesagt wurde, aber auch erfahren wollte, was sonst über Flora und Fauna in den Kolonien bekannt war. Als er sah, dass ich Dr. Bartram beim Zeichnen seiner Musterexemplare und bei der Zusammenstellung des Materials für seine Vorlesungen half, fing er an, mir Fragen zu stellen. Und als er mir dann erzählte, dass er irgendwo im Westen auf einer eigenen Farm Ackerbau betreiben wolle, hoffte ich, mit ihm ein neues Leben anfangen und eine Familie gründen zu können. Ich habe tatsächlich den ersten Schritt gemacht, es sah allerdings so aus, als hätten wir beide im selben Augenblick entschieden zu heiraten und zusammen fortzuziehen.»

Und als sei dies nötig, setzte sie noch hinzu: «Ich bin mir gar nicht sicher, ob ich mal eine Familie haben werde, aber wir beide verstehen uns wunderbar. Vor allem hat es uns die Biologie angetan, und wir korrespondieren rege mit den Bartrams. Gerade eben haben wir gehört, dass William, der Sohn, in diesem Frühjahr ganz bestimmt nach Wrightsborough kommen wird, und sind dabei, seinen Besuch vorzubereiten. Kindred ist fest entschlossen, seine Sache auf der Farm so gut wie Ethan zu machen, obwohl wir beide wissen, dass dies vergebliche Liebesmüh ist. Ethan ist schließlich einfach nicht zu schlagen.»

«Ihr beide macht euch aber auch nicht schlecht. Und Kindred bringt uns genauso viel bei wie wir ihm.»

Ethan, der merkte, wie gut sich Mavis und Kindred verstanden und wie heiter und vergnügt sie waren, überdachte ein bisschen verlegen seine eigenen Umgangsformen und Gewohnheiten. Er und Epsey führten eine Ehe, die auf gegenseitigem Respekt beruhte, jeder schätzte die guten Eigenschaften des anderen und bemühte sich, ärgerliche Angewohnheiten des Ehepartners zu übersehen. Einträchtig sorgten sie für Haus und Hof, wobei das harte Siedlerleben seinen Tribut forderte und sie nur selten etwas gemeinsam unternahmen. Er hatte stets viel zu tun, gürtelte Bäume, rodete neues Ackerland, baute Zäune, kümmerte sich um seine Bienenstöcke und seine Äcker und versorgte Schweine und Kühe. Im Winter arbeitete er in seiner Werkstatt, wo er herstellte und reparierte, was er und Epsey brauchten. Zudem nutzte er jede Gelegenheit, Fallen zu stellen und Rotwild, Truthähne und manchmal sogar einen Schwarzbären zu erlegen. Epsey kümmerte sich um das Haus, in dem alles immer blitzsauber war, und um den großen Garten. Wenn ihr Zeit dafür blieb, lockerte sie den Feldboden mit einer Spitzhacke auf und versorgte die kranken Tiere im Pferch, dabei trug sie oft genug den kleinen Henry auf dem Rücken. Lediglich das Pflügen hatte Ethan ihr untersagt, obwohl sie auch diese Arbeit auf sich genommen hätte.

Zwar machte sich Ethan keine übertriebenen Sorgen, doch er sah es als seine Verantwortung an, immer mehr als genug Mais, Weizen, Tabak und Honig zu produzieren und neben seinen Fellen auch immer ein paar Rinder und Schweine in Wrightsborough oder Augusta gegen Salz, Stoff, Schießpulver und Roheisen einzutauschen, aus dem er Werkzeug fertigen konnte. Mitunter erstand er auch überflüssige Dinge wie Rum und Tee. Bisher hatte er nie ein schlechtes Gewissen gehabt, wenn er Epsey allein ließ, denn dann hatte er immer schwer gearbeitet. Doch wenn er jetzt seine Pflichten vernachlässigte, um wöchentlich ein paar Stunden bei den Morris zu verbringen, fand er sein Verhalten selbstsüchtig.

Nach jedem dieser Besuche kam er voller Staunen zurück. Wenn sie eine neue Spezies in der Natur entdeckten oder auch nur etwas Verblüffendes über einen ihnen längst bekannten Vogel oder Vierbeiner herausfanden, geriet er in geradezu überschäumende Stimmung. Und wenn er bei seinem Häuschen anlangte, war die Freude über dieses neue Wissen und die erlebte Kameradschaft noch nicht verflogen. Doch leider war nur zu offensichtlich, dass sich Epsey seit ihrem Wegzug aus Philadelphia nicht mehr für Botanik und für Biologie interessierte. Ja, nach ein paar Versuchen, seine Begeisterung mit ihr zu teilen, musste er feststellen, dass sie geradezu gereizt darauf reagierte, was für ihr Wesen ganz ungewöhnlich war und zu Spannungen in ihrer Ehe führte.

Zwar stellte Epsey die eine oder andere höfliche Frage zu seinen

Unternehmungen und erkundigte sich manchmal auch, ob Mavis mit von der Partie gewesen war. Darauf antwortete Ethan ausweichend, denn irgendwie wollte er nicht erzählen, dass sie zu dritt unterwegs gewesen waren. Und so schilderte er in seinen Kurzberichten ausführlich das Jagen und Fallenstellen und ließ auch durch andere Einzelheiten anklingen, dass diese Ausflüge reine Männersache gewesen waren.

Obwohl sie gern jedes Mal dabei gewesen wäre, nahmen die beiden Mavis bei manchen ihrer Exkursionen tatsächlich nicht mit. Doch sie war immer dabei, wenn sie zu Hause bei den Morris darüber sprachen und ihre Notizen und Skizzen mit den Texten und Abbildungen in den Büchern verglichen. Durch die vielen Jahre, die sie John Bartram bei der Vorbereitung seiner Vorlesungen geholfen hatte, wusste Mavis oft mehr über die einzelnen Arten als Kindred. Und sie war es auch, die die gesammelten Daten tabellarisch ordnete und die endgültigen Zeichnungen in den Notizbüchern machte. Wenn Ethan nach einem Ausflug in Wald oder Sumpf bei ihnen verweilte, brachte sie ihm nur allzu gern etwas von ihrem Wissen nahe.

Als dann der Frühling weiter ins Land ging, musste Ethan wieder die meiste Zeit auf seinen Feldern und Weiden verbringen, was seine Beziehung zu Epsey festigte, denn sie teilten sich viele Aufgaben. Auch gab es gemeinsame große Erlebnisse, etwa als ihr Sohn zum ersten Mal alleine stand oder seine ersten Schritte machte und schließlich zu sprechen anfing. Aber es war auch in der Zeit des Säens und Erntens unvermeidlich, dass die beiden Familien in vielerlei Hinsicht kooperierten. So teilten sich die Männer einen kleinen Destillierapparat, mit dem sie so viel Whiskey für medizinische Zwecke brannten, dass es für beide Familien reichte. Im Sommer kelterten sie etliche Liter Wein aus den zahlreichen wilden Trauben, die in der Umgebung wuchsen. Und sie arbeiteten zusammen in der Schmiede, wo Kindred den Blasebalg bediente, während Ethan am Amboss die Eisenteile anfertigte, die sie auf ihren Farmen brauchten. So beschlug er die Pferde, schmiedete und schärfte Eisenspitzen für die hölzerne Pflugschar und machte Werkzeug und andere nützliche Dinge, etwa Scharniere und Riegel für ihre Haustüren. Auch Kaminböcke für die Feuerstellen schmiedete er, auf denen all ihre Mahlzeiten zubereitet wurden, sowie Schürhaken und Zangen, Eisenhaken, Schöpfkellen und große Gabeln.

Bei ihren Besuchen war Mavis stets liebend gern bereit, jedes erdenkliche Thema mit Epsey zu erörtern. Doch bald merkte sie, dass die ältere Frau ungern Persönliches preisgab, außer wenn es die Fortschritte des kleinen Henry betraf.

Als der Kleine eines Nachmittags schlummerte, überraschte Mavis Epsey dennoch mit der Frage: «Schlafen du und Ethan eigentlich miteinander, Epsey?»

Nach einigem Zögern erwiderte Epsey: «Du siehst doch, dass wir getrennte Betten haben.»

«Das meine ich nicht. So wie Ehemann und Ehefrau.»

Weil sie nicht eingestehen mochte, wie selten körperliche Liebe in ihrer Ehe geworden war, entgegnete Epsey: «Na, was meinst du, wie wir zu dem kleinen Henry gekommen sind?»

«Ja klar. Es ist nur so, ich habe nämlich keine Ahnung, ob wir je Kinder haben werden. Nach unserer Hochzeit habe ich wirklich alles versucht – wenn auch natürlich in schicklichem Rahmen –, doch Kindred scheint mich als Frau einfach nicht anziehend zu finden. Irgendwann habe ich es dann geschafft, mit ihm darüber zu reden, und er hat gesagt, dass ich für ihn mehr wie eine Schwester bin. Offenbar wirken meine weiblichen Reize einfach nicht auf ihn.»

Da Epsey dieses Thema keinesfalls näher erörtern wollte, antwortete sie: «Nun, ich habe noch nie ein Paar gesehen, das besser miteinander ausgekommen wäre als ihr beide. Ihr interessiert euch für dieselben Dinge, und ich habe noch nie einen Streit bei euch erlebt.»

Während Epsey ihre Gedanken und auch das Gespräch auf sichereren Boden zusteuerte, ging ihr durch den Sinn, wie gut sie Kindred verstand. Auch sie hatte bei allem, was im Bett geschah, das Gefühl, es stimme etwas nicht mit diesem «Erkennen», von dem die Bibel sprach. Jedes Mal, wenn sie und Ethan in dieser Form zusammen gewesen waren, hatte sie sich danach schuldig gefühlt. Zwar hatte Gott ihnen ein Kind geschenkt, doch da ein weiteres höchst unwahrscheinlich war, gab es ihrer Meinung nach keine Rechtfertigung für weitere derartige Aktivitäten. Die bestimmende Rolle Ethans als Haushaltsvorstand bei allen Entscheidungen wiederum war ihrem Empfinden nach völlig vereinbar mit den Lehren der Heiligen Schrift.

KAPITEL 12
Indianische Nachbarn

Mavis und Kindred Morris waren mit ihrem Leben zufrieden. Die harte Arbeit auf den Feldern machte ihnen nichts aus, sie genossen die abgeschiedene Lage ihrer Farm und blieben wie alle Siedler Wrightsboroughs von den Kolonialbehörden in Augusta oder Savannah weitgehend unbehelligt. Darüber hinaus lebten die weißen Familien in friedlicher Nachbarschaft mit den Indianern auf der anderen Seite des Ogeechee River. Eines ihrer Dörfer lag direkt am Flussufer und war nur fünf Meilen von der Morris-Farm entfernt. Dieses Land war zwar mit dem Vertrag von 1773 abgetreten worden, aber da kein weißer Siedler darauf Anspruch erhoben hatte, waren die Creek-Familien einfach an Ort und Stelle geblieben.

Kindred war von den Indianern fasziniert. Seit die Arbeiten am Blockhaus beendet waren, zog es ihn immer wieder in das Indianerdorf. Er besaß zwei Bücher über die indianische Kultur, die er nahezu auswendig kannte, und daher begegnete er den Indianern mit großem Respekt und Feingefühl. Kindred war ein freundlicher und sanftmütiger Mensch, und wenn er seinen neuen Freunden Fragen über ihre Lebensweise stellte oder sie bat, ihm einige Worte in ihrer Sprache beizubringen, merkten sie, dass er sie als seine Lehrmeister schätzte. Schon nach kurzer Zeit konnte er sich mit ihnen verständigen, redete mit Händen und Füßen und erweiterte bei jedem Besuch seinen Wortschatz.

Bald kannte Kindred fast alle Einwohner des Dorfes, und einige von ihnen begannen nun ihrerseits, ihn über die Gepflogenheiten und Absichten der weißen Siedler auszufragen. Er unterhielt sich mit alten und jungen Männern, aber hauptsächlich mit einer älteren Frau namens Soyarna, der Schwester des Häuptlings. Die Dorfbewohner gingen zu ihr, wenn sie krank waren, und Kindred bestürmte sie mit Fragen über die Waldpflanzen und ihre Heilwirkung. Im Gegenzug ließ er sie an seinem botanischen Wissen teilhaben, das er sich angelesen oder durch eigene Erfahrung erworben hatte. Kindred machte seinen neuen Freunden gern eine Freude. Bei jeder Gelegenheit brachte er ihnen kleine Geschenke mit, half ihnen bei der Lösung von Problemen, versorgte sie mit ertragreicherem Saatgut und erledigte für sie sogar einfache Reparaturarbeiten in Ethans Schmiede.

Kindred und Mavis hielten alles, was sie von den Indianern lernten, sorgfältig fest. Kindred versuchte zunächst auch Ethan und Epsey für dieses Thema zu begeistern, musste allerdings bald feststellen, dass nur Epsey sich dafür interessierte. Ethan sprach zwar nie abfällig über die Eingeborenen und behandelte die wenigen, die er kannte, anständig, verfuhr jedoch mit ihnen nach seiner gewohnten Devise, sich gegenseitig möglichst in Ruhe zu lassen. In Ethans Augen verschwendete Kindred mit seinen Indianerfreunden nur Zeit, die er besser mit Farmarbeit oder einem Besuch bei Ethan verbracht hätte. Bisher nämlich waren die beiden, wenn es zu nass für die Feldarbeit war, oft gemeinsam auf die Jagd oder Angeln gegangen oder hatten die Gegend erkundet. Kindred ahnte, was in Ethan vorging, aber es war ihm ein gewisser Trost, dass er als Vermittler fungieren konnte, wenn Ethan mit den Indianern Geschäfte machte oder ihnen etwas mitteilen wollte.

Kindred und Mavis, die eine Art wissenschaftlichen Vergleich zwischen den Siedlern und den benachbarten Indianern anstellten, entdeckten erstaunliche Unterschiede in der Lebensweise. Kindred wusste, dass einige Indianerstämme in der Nähe der ersten Siedlungen in Pennsylvania die vorteilhafteren Anbaumethoden der Europäer übernommen hatten und sogar dieselben Ackerfrüchte anbauten: verschiedene Sorten von Mais, Süßkartoffeln, Weizen, Buchweizen, Tabak und Zuckerrohr. Die Indianer in Georgia jedoch hielten immer noch an der traditionellen Brandrodung fest. Sie rodeten eine kleine Anbaufläche, indem sie die Rinde der großen Bäume ringsherum einschnitten, kleinere Bäume und Büsche entfernten und als Feuerholz nutzten und das Unterholz verbrannten. Zwischen den abgestorbenen Bäumen und Baumstümpfen bohrten sie mit einem angespitzten Stock Löcher in den Boden und brachten in einer Reihe unterschiedliches Saatgut aus, vor allem Mais und Süßkartoffeln, aber auch Bohnen, Sonnenblumen und verschiedene Kürbissorten. Das Feld wurde einige Jahre auf diese Weise bewirtschaftet, bis der Boden keine

Nährstoffe mehr hergab und ein neues Stück Land gerodet werden musste. In der Regel war der gesamte Boden rund um ein Dorf nach ungefähr fünf Jahren ausgelaugt, und da nach dieser Zeit auch der Wild- und Fischbestand erschöpft war, musste sich das Dorf einen neuen Standort suchen. Unglücklicherweise fühlten sich dadurch jene Europäer bestätigt, die behaupteten, die Indianer seien ohnehin Nomaden und sollten demnach doch einfach weiter nach Westen ziehen.

Von einigen wenigen Ausnahmen abgesehen übernahmen die Frauen die Arbeit auf den Feldern, die eher einem großen Garten ähnelten. Die Ackerfrüchte ergänzten den Speiseplan, der aus Wurzeln und Blättern essbarer Pflanzen sowie Fleisch und Fisch bestand. Seit jeher wurde Tabak angepflanzt, der vor allem für Friedenszeremonien benötigt, aber auch rein zum Vergnügen geraucht wurde.

Hauptsächlich wurde verschiedenfarbiger Mais angebaut. Die jährlich wiederkehrende Zeremonie zur Ernte des grünen Mais war der höchste Feiertag der Indianer. Männer und Frauen wurden getrennt, das Dorf wurde gesäubert, sämtliche Herdfeuer gelöscht. Nachdem alle Bewohner ein reinigendes Bad genommen hatten, entzündete der Schamane das heilige Feuer, und alle Verbrechen, außer Mord, wurden vergeben. Dann feierte der Clan ein großes Fest, und die Frauen entfachten mit einem glühenden Ast aus dem großen Feuer ein neues Herdfeuer in ihrem eigenen Wigwam.

Obwohl Kindred Ethans Behauptung, die Eingeborenen seien von Natur aus faul, zurückwies, musste er zugeben, dass sie tatsächlich relativ untätig waren, wenn man sie mit den weißen Siedlern verglich, die von früh bis spät schufteten, um möglichst viele Nahrungsmittel für sich selbst und für den Verkauf zu produzieren. Während die Indianerinnen auf den Feldern arbeiteten, Essen kochten oder sich um die Kinder kümmerten, verbrachten die Männer einen Großteil ihrer Zeit mit Jagen, Fallenstellen und Schlafen oder übten sich im Kampf. Gemessen an den Maßstäben der Siedler verwandten die Indianer wenig Mühe auf den Bau behaglicher und sicherer Wohnstätten. Auch bei den sesshaften Indianern waren die Häuser kleiner und weniger solide gebaut als die der Weißen, kaum mehr als ein Unterstand aus Zweigen, Gras und Fellen. Überdies fiel Kindred auf, dass die Häuser, die direkt am

Flussufer lagen, mehrmals im Jahr nahezu knietief unter Wasser standen, aber daran schien sich niemand zu stören.

Die Gesellschaft der Creek war matriarchalisch geprägt. Die Mitglieder eines Clans leiteten ihre Abstammungslinie über die Mutter her. Nur selten kam es vor, dass ein Außenstehender adoptiert wurde. Die Clans trugen die Namen von Tieren, Naturerscheinungen oder Pflanzen: Wolf, Truthahn, Reh, Bär, Wind, Fuchs oder sogar Kartoffel. Oberstes Gebot des Zusammenlebens war die Loyalität gegenüber dem Clan oder der Familie, weniger gegenüber dem Stamm oder dem Dorf. Die Mitglieder eines Clans lebten in enger Nachbarschaft, oft im selben Lager. Besuchte beispielsweise ein Mann aus dem Wolf-Clan ein anderes Dorf, übernachtete er bei den Angehörigen seines Clans. Es war ihm jedoch verboten, ein Mädchen aus einer Wolf-Familie zu heiraten. Kinder beiderlei Geschlechts wurden als Nachkommen der Mutter betrachtet und gehörten somit zu ihrem Clan. Die Erziehung der Söhne übernahm der älteste Bruder der Mutter, wohingegen dem aus einem anderen Clan stammenden Ehemann und Vater diese Aufgabe in der Familie seiner Schwester zufiel.

Vorurteilsfreie weiße Siedler bezeichneten die im Südosten lebenden Cherokee, Creek, Seminolen, Catawba und Choctaw als die «fünf zivilisierten Stämme». Dieses Attribut bezog sich auf die Lebensweise dieser Stämme, die selten Krieg führten, Ackerbau betrieben und zumindest für einige Jahre in festen Siedlungen lebten, im Gegensatz zu den nicht sesshaften Indianerstämmen im Norden und im Westen, die mit dem Wechsel der Jahreszeiten dem Wild folgten, das sie jagten. Für die meisten Siedler sah ein Indianer wie der andere aus, und sie konnten sie höchstens durch die Kleidung voneinander unterscheiden. Darüber hinaus wollten die meisten Weißen über die Eingeborenen gar nichts weiter erfahren. Die direkten Nachbarn der Pratts und Morris waren Upper-Creek-Indianer, deren Land an der für die Weißen nicht erkennbaren Grenze zum Cherokee-Territorium lag, das fast den gesamten Norden Georgias umfasste. Kindred erfuhr, dass nun nach einer langen Phase kriegerischer Auseinandersetzungen zwischen den einzelnen Stämmen weitgehend Friede herrschte. Die Indianer hatten es inzwischen mit einem gemeinsamen Feind zu tun – den unerbittlich vorrückenden Weißen.

Eines Tages Anfang Juli bestimmte Kindred Pflanzen am Ufer eines kleinen Seitenarms des Ogeechee, als er einen fauligen Geruch wahrnahm, der, wie er feststellte, von einem Gewächs mit purpurfarbenen Blüten ausging. Bei näherem Hinsehen erkannte er an dem typischen dreiteiligen Blatt und der dreiblättrigen Blüte, dass es sich um eine Lilienart handeln musste. Während er die Pflanze untersuchte, hatte er das Gefühl, beobachtet zu werden, aber als er sich umblickte, konnte er niemanden entdecken. Kurze Zeit später glaubte er, einen Zweig knacken zu hören. Das Geräusch war aus einem Weidengebüsch ein Stück weiter flussaufwärts gekommen. Angestrengt spähte er in diese Richtung, doch nichts regte sich. Schließlich wandte er sich wieder den Pflanzen zu, um ein Exemplar mit nach Hause zu nehmen und es anhand seiner Bücher genauer zu bestimmen. Da fiel ein Schatten auf ihn, und als er erschrocken aufsah, stand plötzlich ein Indianer vor ihm. Er hatte sich unbemerkt angeschlichen und beobachtete Kindred mit einem leichten Lächeln auf den Lippen. Der Fremde war etwas jünger, aber größer als Kindred, hatte schmale Hüften und breite Schultern. Sein langes Haar war gescheitelt und im Nacken zusammengebunden. Er war barfuß und trug nur einen ledernen Lendenschurz, der durch einen Riemen um die Taille gehalten wurde.

Sie betrachteten einander eingehend. Kindred war entschlossen, das Schweigen nicht als Erster zu brechen. Der Indianer, der freundlich wirkte, sagte schließlich: «Wenn ich dein Feind wäre, wärst du jetzt tot.»

«Nein, du bist auf einen Ast getreten und hast dich dadurch verraten», entgegnete Kindred nicht ganz wahrheitsgemäß.

Gleich darauf fragte der Indianer: «Musst du eine schwere Wunde versorgen?»

Kindred war ein wenig verwirrt ob dieser Frage und glaubte, er habe die Worte nicht richtig verstanden.

«Ich weiß nicht, was du meinst.»

«Diese Pflanze wird manchmal zur Behandlung von Wundbrand benutzt, weil sie denselben Geruch hat.»

«Dann handelt es sich hier wohl um eine Waldlilie, die auch in den Kolonien im Norden vorkommt und zu demselben Zweck verwendet wird. Sie kann aber auch Wehenschmerzen lindern. Woher weißt du so gut darüber Bescheid?»

«Ich bin Newota, und meine Mutter Soyarna weiß, wie man die Kranken bei uns im Dorf mit Pflanzen heilen kann. Sie und mein Onkel haben mir viel beigebracht.»

«Ich heiße Kindred und lebe zwei Stunden Fußmarsch östlich von hier. Ich erforsche die Natur in diesem Gebiet, die Insekten, Vögel, Säugetiere und Pflanzen.»

Nach einer kurzen Pause sagte Newota: «Meine Mutter hat mir schon von dir erzählt. Du bist mehrmals in unser Dorf gekommen, während ich bei meinem Onkel war, bei einem Stamm im Norden. Außer den Händlern bist du der erste weiße Mann, der uns besucht hat. Meine Mutter sagt, du stellst viele Fragen, nicht nur über Pflanzen und Tiere, sondern auch über unsere Geschichte und unsere Bräuche. Warum willst du das alles so genau wissen? Diejenigen, die auf unserem Land siedeln, haben uns bisher nur Krankheit, Betrug und Lügen gebracht. Und warum untersuchst du die Pflanzen, wenn du damit nicht heilen oder eine heilige Zeremonie durchführen willst?»

Kindred wusste nicht so recht, was er darauf erwidern sollte, denn über diese Dinge hatte er noch nie nachgedacht. Er hatte das Gefühl, dass seine Antwort eher unzulänglich ausfiel.

«Es macht mir Freude, etwas über die Menschen und Dinge um mich herum zu erfahren. Dadurch wächst mein Wissen, und ich kann es mit anderen teilen, die ebenfalls mehr erfahren wollen.»

Newota nickte und erwiderte: «Ich kann dein Verlangen nach Wissen gut verstehen. Vielleicht wirst du anderen etwas beibringen können, wenn du älter bist. Ich verwende Pflanzen, um Schmerzen zu lindern. Auch das ist ein Weg zum Mannsein. Vielleicht werde ich ein Medizinmann.» Zu seinem eigenen Erstaunen fügte er hinzu: «Und möglicherweise auch der Führer eines Stammes.»

Die beiden jungen Männer waren angenehm überrascht, wie mühelos sie sich unterhalten und dem anderen ihre Wünsche und Vorstellungen verständlich machen konnten. Sie ließen sich auf einem umgestürzten Baumstamm in der Nähe nieder. Newota machte deutlich, dass auch er etwas über die Erscheinungen in der Natur lernen wollte, deren Zweck sich nicht sofort enthüllte, und mehr über die Kultur und die Sprache der weißen Siedler erfahren wollte.

«Das wäre für mein Volk sehr hilfreich», meinte er.

Von nun an trafen sich die beiden häufiger und besuchten sich gegenseitig. Um ihre Sprachkenntnisse zu vervollkommnen, benutzte jeder die ihm fremde Sprache. Es machte ihnen großen Spaß, dem anderen neue Wörter beizubringen oder die Fehler zu korrigieren. Kindred fand heraus, dass der indianische «Junge» beinahe achtzehn Jahre zählte und sogar schon eine Heirat in Betracht zog. Newota erklärte, wie die Brautwerbung bei den Creek und den Cherokee aussah und an welchen vorgeschriebenen Ablauf er sich dabei halten musste. Bei seinem letzten Besuch im Dorf seines Onkels hatte man ihm ein Mädchen gezeigt, das zu einem anderen Clan gehörte und als Braut in Frage kam. Wenn er sich einverstanden erklärte, würden die Tanten und Mütter beider Familien die Ehe arrangieren.

«Und was ist mit dem Vater?», fragte Kindred.

Newota erwiderte: «Man teilt es den Vätern zwar mit, sie spielen jedoch bei der Brautwerbung keine Rolle. Wenn das Mädchen sein Einverständnis zeigen möchte, stellt sie zu einem vereinbarten Zeitpunkt eine Schale Maisbrei vor ihre Tür. Wenn ich dann einen Schritt weitergehen will, bitte ich sie um ein wenig Maisbrei, und sie kann Ja oder Nein sagen. Wenn sie Ja sagt, bietet mein Clan dem Mädchen Geschenke an, und ab diesem Zeitpunkt dürfen wir das Lager teilen.»

Er hielt inne und schien über diese Aussicht nachzusinnen. Kindred war ungeduldig. «Und was kommt dann?»

«Ich muss beweisen, dass ich ein Mann bin und ernsthafte Absichten habe, indem ich ein Haus auf dem Gebiet ihres Clans baue und ein Tier für uns erlege. Daraus bereitet sie ein Mahl zu, das wir gemeinsam essen. Mit dieser Zeremonie ist die Ehe geschlossen. Allerdings dürfen wir uns im ersten Jahr ohne weiteres wieder trennen, wenn einer von uns das Gefühl hat, dass die Entscheidung falsch war. Der Mann zieht zurück zu seinem Clan und überlässt der Frau das Haus.

Ich glaube zwar nicht, dass das etwas für mich wäre, aber wenn die Ehe gut ist, kann die Frau dem Mann die Erlaubnis geben, sich weitere Ehefrauen zu suchen, üblicherweise unter ihren Schwestern oder Kusinen. Wenn sich der Mann noch eine Frau nimmt, hat diese das Recht auf ein eigenes Haus.»

Kindred fiel auf, dass Newota im Gegensatz zu ihm überhaupt keine Scheu hatte, über intime Angelegenheiten zu sprechen.

«Mädchen dürfen schon vor der Ehe mit einem Mann schlafen, aber nach der Eheschließung wird von ihnen erwartet, dass sie nur mit ihrem Ehemann das Lager teilen. Halten sie sich nicht daran, kann die Ehe aufgelöst werden. Die Frau behält zwar das Haus, wird aber von ihrem Stamm schwer bestraft, beispielsweise indem man ihr ein Ohr abschneidet. Eine Witwe soll vier Jahre trauern und sich in dieser Zeit nicht wieder verheiraten, aber wenn der Clan ihres Mannes einverstanden ist, darf die Trauerzeit auch kürzer ausfallen.»

Kindred zögerte ein wenig, bevor er die Frage stellte: «Und wie weit bist du mit deiner Werbung gediehen?»

Newota lächelte. «Ich habe nicht von dem Maisbrei gegessen.»

Als sie sich erneut trafen, sprachen die beiden jungen Männer ausführlich über Newotas Stamm, aber auch über bestimmte Heilpflanzen. Kindred gelang es zwar, die Pflanzen zu bestimmen, aber er musste Newota fragen, wofür sie im Einzelnen verwendet wurden. Newota hatte nicht nur von seiner Mutter viel über Heilpflanzen gelernt, sondern sich auch von einem hochrangigen Medizinmann unterweisen lassen, der als *hillis haya* bezeichnet wurde.

Als sich Kindred nach einem Mittel gegen Fieber erkundigte, nannte ihm Newota Eisenhut, Geißblatt und Weidenrinde und fügte hinzu, dass einige dieser Pflanzen auch gegen Arthritis und Schmerzen halfen. Die Wurzel des Eisenhuts allerdings sei giftig. Durchfall konnte mit dem gelben Günsel kuriert werden, einem Gewächs, das aussah wie eine Kletterpflanze mit Kiefernnadeln; Menstruationsbeschwerden linderte man mit einem Extrakt aus der Rinde des Schneeballbaums oder aus der Wurzel der Narde. Augenkrankheiten wurden mit Tollkirsche behandelt, die auch ein starkes Narkotikum war. Kindred kannte diese Pflanze schon unter dem Namen Belladonna. Über manche Namen und Anwendungen mussten sie lachen. Brechkraut wurde gegeben, um Erbrechen herbeizuführen, und die Passionsblume half nicht nur bei Depressionen, sondern auch bei Hämorrhoiden.

Newota erklärte, dass es die Aufgabe des Mannes war, für Fleisch zu sorgen, und Jungen daher schon sehr früh im Jagen und Fallenstellen unterwiesen wurden. In frühester Jugend konnten sie bereits Fallen für Vögel, Eichhörnchen, Opossums, Waschbären und Kaninchen aufstellen und übten sich darin, ihre Beute mit dem Blasrohr oder Pfeil und Bogen zu töten. Nachdem sie zu vollwertigen Stammesmitgliedern aufgestiegen waren und einen Erwachsenennamen erhalten hatten, verbrachten sie einen Großteil ihrer Zeit mit der Jagd auf größere und flinkere Beute, vor allem auf den Weißwedelhirsch, den Truthahn oder gelegentlich sogar auf einen Bären. Gute Jäger bemühten sich, die Gewohnheiten und das Wesen ihrer Beute anzunehmen und die Laute des Tieres so wahrheitsgetreu wie möglich nachzuahmen.

Kindred erkundigte sich auch nach den Frauen.

Newota fuhr fort: «Unsere Frauen sind erdverbundener als die Männer und sehr selbstbewusst. Sie kümmern sich um die Feldarbeit und sammeln Früchte, Nüsse und essbare Wurzeln. Eine Frau wird seelisch und körperlich darauf vorbereitet, die heilige Zeit des Gebärens allein durchzustehen und danach ihr Kind als ein Geschenk mit zurück ins Dorf zu bringen. Solange das Kind noch klein ist, bleibt es in ihrer Obhut. Das Neugeborene wird im Schnee gewälzt oder in kaltes Wasser getaucht, mit Bärenfett eingerieben und im ersten Lebensjahr auf ein Wiegenbrett gebunden, das die Mutter auf dem Rücken trägt. Es tut dem Kind gut, immer in der Nähe der Mutter zu sein, vor allem wenn es zu früh geboren wird oder schwach ist. Es wird ständig umsorgt, häufig gefüttert und spürt die Körperwärme der Mutter. Sie bringt dem Kind auch bei, den Wert der Stille zu erkennen und den Stammesältesten mit Ehrerbietung zu begegnen. Auch die Brüder und Schwestern der Mutter beteiligen sich an der Erziehung. Kinder dürfen keinen unnötigen Lärm machen, und es ist ihnen verboten, einem Erwachsenen ins Wort zu fallen. Sie werden streng bestraft, wenn sie sich am Feuer vordrängen und einem der Stammesältesten den Platz wegnehmen oder eine andere Unhöflichkeit begehen. Als Jugendlicher durfte ich niemals zu einer Unterhaltung beitragen, es sei denn, ich wurde direkt von einem Erwachsenen dazu ermuntert.

Von frühester Kindheit an musste ich lernen. Schon als ich noch sehr klein war, wurde von uns Kindern verlangt, dass wir ungefähr eine Stunde regungslos das geschäftige Treiben eines Ameisenhaufens oder eines Bienenschwarms beobachteten oder zusahen, wie ein Vogel ein Nest baute oder ein Fisch die Stelle seiner Eiablage bewachte. Später wurde erwartet, dass wir uns auch mit anderen

Tieren auskannten, und wir wurden verspottet, wenn wir Fragen über sie nicht beantworten konnten. Mein Onkel trug endlos irgendwelche Dinge oder Ereignisse vor, und ich musste alles fehlerfrei wiederholen. Wenn ich irgendwohin geschickt wurde, musste ich bis ins Kleinste beschreiben, was ich dabei gesehen und beobachtet hatte, auch die scheinbar unbedeutenden Dinge.»

Auch Kindred erzählte von seiner Kindheit. Tief hatten sich ihm seine erfolglosen Versuche eingeprägt, seine Mutter vor seinem prügelnden Vater zu schützen. Er war zu einem Kaufmann als Laufbursche in die Lehre gekommen, und sein Leben hatte eine entscheidende Wendung erfahren, als er bei einem seiner Gänge Dr. Bartram kennen lernte. Dieser führte ihn in das Studium der Biologie ein, lieh ihm Bücher und zeigte ihm getrocknete Pflanzen und Insekten. So verbrachte Kindred einen Großteil seiner Jugend damit, zu arbeiten und daneben auch Lesen und Schreiben zu lernen. Er war recht überrascht, als er bei diesen Gesprächen mit Newota feststellte, wie viel von seinem Wissen aus Büchern stammte und wie wenig doch aus eigener Erfahrung.

Während ihrer Streifzüge durch die Wälder, die auch manchmal bei Nacht stattfanden, erfuhr Kindred viel über die Gestirne. Newota wusste, wo Norden lag, auch wenn der Polarstern nicht sichtbar war. Dann orientierte er sich an bestimmten Sternbildern, einzelnen Sternen oder dem Mond, der ihm auch tagsüber die Richtung wies. Newota kannte die Beschaffenheit des Geländes, in dem er sich bewegte, in- und auswendig; das Gefälle der Hügel, die Strömung auch noch des kleinsten Flusses oder die Richtung der vorherrschenden Winde waren ihm vertraut. Er hatte gelernt, dass bestimmte Insekten ihre Kokons an der Südseite von Bäumen oder Felsen spannen, wo die Sonneneinstrahlung am stärksten war. Fehlten Newota diese Orientierungsmöglichkeiten, widerstand er der typisch menschlichen Neigung, sich im Kreis zu bewegen, und ging stur geradeaus, bis er sich wieder zurechtfand. Er fühlte sich als Teil der Natur und zweifelte nie daran, dass er sein Ziel erreichen würde, auch wenn er nicht genau wusste, wo er sich gerade befand.

Newota erklärte: «Im Frieden wie im Krieg bist du nur erfolgreich, wenn du Teil der Wälder und Sümpfe wirst, in denen du dich bewegst. Wir wissen um den Nutzen der Geduld und können im Verborgenen stundenlang warten, ohne uns zu bewegen. Schon als kleine Kinder lernen wir, extreme Kälte oder Schmerzen zu ertragen, ohne mit der Wimper zu zucken. Als ich noch ein Junge war, verlangte mein Onkel von mir, täglich im Bach zu baden, sogar wenn die Oberfläche mit Eis bedeckt war.»

Es war Kindred schon aufgefallen, dass Newota auch bei größter Kälte ohne zu zögern einen Fluss durchschwamm und dann am anderen Ufer ungerührt seinen Weg fortsetzte, als sei es Sommer. Newota kritisierte die ständige Gier der Siedler nach mehr und mehr Land und fügte hinzu: «Unser Volk wollte niemals Land besitzen. Ich liebe die Erde mit all ihren Kreaturen. Ich setze oder lege mich auf die Erde, um Kraft zu schöpfen. Ich laufe lieber barfuß als in Mokassins. Einige der Älteren betrachten es sogar als eine Entweihung, den Boden mit der Pflugschar zu verletzen. Wie kann ein Mensch oder auch ein Stamm behaupten, die Erde zu besitzen? Gibt es ein ausschließliches Recht auf den Wind, den Sonnenschein oder das glitzernde Wasser?»

Kindred konnte diese Gefühle verstehen, wandte aber ein: «Nun, es läuft doch auf dasselbe hinaus, wenn dein Stamm das Recht fordert, in bestimmten Gebieten zu jagen und zu fischen, oder festlegt, dass auf manchen Feldern Mais und Kartoffeln angebaut werden.»

«Das ist unsere Vergangenheit, aber nun blicken wir in eine unsichere Zukunft», fuhr Newota fort. «Mein Onkel hat mir erklärt, was hier im Moment geschieht. Der große König jenseits des Meeres hat das Verbot erlassen, auf Indianerterritorium zu siedeln, aber deine Leute halten sich nicht daran. Unser Volk dagegen hungert nach den Waren aus Europa und häuft immer mehr Schulden an. Manche haben es aufgegeben, eigene Nahrungsmittel anzubauen, und tauschen stattdessen Häute und Felle gegen Mais und Fleisch. In unser Dorf kommt regelmäßig ein Kommissionär, der die gebeizten Häute einsammelt, sich von ihrer Qualität überzeugt, sie zu Bündeln bindet und dann an einen einzigen Abnehmer weitergibt. Wir sind immer im Nachteil, wenn die Händler die Preise festsetzen, aber leider sind unsere Leute sogar noch dankbar, wenn sie Waren auf Kredit kaufen dürfen, egal wie viel es kostet. Zweifellos werden die Händler von euren politischen Führern dazu ermuntert und dafür bezahlt, unser Volk abhängig zu machen. Sie wissen, dass wir die Schulden nur mit unserem Land zurückzahlen können.»

Kindred hatte vor, bei seinem nächsten Besuch in der Stadt mehr über den Handel mit den Indianern zu erfahren, aber er brauchte gar nicht so lange zu warten. Eines Tages ließ er sich von Ethan in der Schmiede erklären, wie man Metall bearbeitete und dann abschreckte, um eine maximale Härte zu erreichen. Sie blickten auf, als sich ein Reiter näherte, und erkannten Reuben Starling, der den Beauftragten für Indianerfragen im Bezirk vertrat. Er erzählte, er sei unterwegs ins Indianergebiet und wolle nur eine kurze Pause einlegen, um einen Schluck Wasser zu trinken.

«Mr. Starling», sagte Kindred, «ich würde zu gerne wissen, was man tun muss, um hier Händler zu werden, und wie diese Tätigkeit aussieht.»

Starling, der jede Gelegenheit nutzte, um über sich selbst zu sprechen, ließ sich nicht zweimal bitten. «Nun, meine Lizenz durfte nur John Stuart, der Beauftragte für Indianerfragen, ausstellen, der hier direkter Stellvertreter des Königs ist. Ich musste beweisen, dass ich einige der indianischen Sprachen beherrsche, musste eine Schuldverschreibung abgeben und der Krone die Treue schwören. Im Grunde bin ich Teil der Regierung, verfasse Berichte über die Lage bei den Indianern und gebe alle Informationen, die ich erhalte, weiter.»

«Können Sie sich aussuchen, wo und wie Sie Handel treiben wollen?»

Starling lachte. «Sicher, solange ich in den Dörfern bleibe, die man mir zugewiesen hat, und den festgelegten Preis für die Felle zahle. Ich bin für die Qualität und das Gewicht verantwortlich. Für jede Gruppe von Dörfern habe ich einen Kommissionär, der die Häute einsammelt, sich davon überzeugt, dass sie ordnungsgemäß gebeizt wurden, sie wiegt und zu 50-Pfund-Bündeln zusammenfasst, sodass ich mit einem Packpferd drei oder vier auf einmal transportieren kann. Wir kaufen alles, was wir kriegen können, und daher zahlen wir einem guten Jäger im Voraus fünf Pfund Schießpulver, zwölf Pfund Kugeln und britische Waren, die einem Gegenwert von ungefähr dreißig Pfund Fellen entsprechen. Ich besitze auch eine Preisliste für die Waren, mit denen ich handle, aber das sind nur Mindestpreise, und wenn wir mehr kriegen, umso besser. Im Moment ist jedes Dorf ziemlich verschuldet.»

«Angenommen, jemand anders kommt und bietet den Indianern ein besseres Geschäft an?»

«In den Dörfern, die zu unserem Einzugsgebiet gehören, darf niemand sonst handeln. Falls einer von uns solche illegalen Geschäfte machen würde, würde der Beauftragte für Indianerfragen unsere Lizenz einziehen und uns ins Gefängnis stecken.»

«Wie steht es mit den Leuten, die für Sie arbeiten? Versuchen die nicht, etwas unter der Hand zu verdienen?»

«Wir können natürlich keine Schwarzen, Mischlinge oder weißen Männer anheuern, die die indianische Lebensweise angenommen haben.»

Als Starling sich verabschiedet hatte, rief Kindred aus: «Es ist eine Schande, wie sie die Indianer betrügen! Man sollte etwas dagegen unternehmen!»

«Wie meinst du das?», fragte Ethan erstaunt. «Niemand zwingt sie dazu, mit den Weißen Geschäfte zu machen. Sie sind es doch, die um die Waren betteln, das ganze Wild abschießen und mehr kaufen, als sie bezahlen können. Einem Vertreter des Dorfes steht ein Abnehmer gegenüber. Was soll daran unfair sein?»

«Aber sie wissen nicht, wie man richtig Handel treibt!»

«Kindred, du liegst da völlig falsch. Sie sind schlau genug, Vereinbarungen zu treffen und Verträge zu unterschreiben, die sie dann nicht einhalten. Du selbst erzählst mir immer, wie klug dein Freund Newota ist. Außerdem können sie ohne weiteres ihre Schulden abbezahlen, indem sie in Augusta ein neues Abkommen über die Abtretung von Land unterzeichnen.»

Kindred presste die Lippen zusammen und beugte sich wieder über seine Arbeit. Sobald seine Werkzeuge repariert waren, machte er sich auf den Heimweg.

Seither drehten sich die Gespräche zwischen Kindred und Newota beim gemeinsamen Angeln oder Jagen weniger um die Merkmale von Pflanzen und Tieren als um das Verhältnis zwischen Indianern und Weißen.

«Ich habe gehört», begann Kindred, «dass einige Menschen aus deinem Volk eine Zeit lang bei uns gelebt haben und dann wieder zu ihrem Stamm zurückgekehrt sind. Sie müssten doch die Erfahrung gemacht haben, dass wir vieles gemeinsam haben und ein Zusammenleben möglich ist.»

«Diejenigen, die bei den Weißen aufgewachsen und erst später zu ihren Familien zurückgekehrt sind, wissen nichts über die Erde und die Wälder. Sie erkennen nicht einmal die einfachsten Gerüche, können weder Hunger noch Kälte ertragen, können sich nicht geräuschlos anschleichen oder Wild erlegen. Um zu überleben, sind sie auf die Hilfe der anderen angewiesen. Sie bevorzugen schwere Kleidung und schlafen unter Bergen von Decken. Manche verstehen sich auf den Anbau von Feldfrüchten, aber das ist bei uns Frauenarbeit. Außerdem können sie nur wenige Meilen laufen und wissen nicht, wie man jagt oder sich gegen einen Feind zur Wehr setzt oder wie sie ihr Haus und ihr Dorf verteidigen können. Unsere Sprache kennt keine Flüche, aber sie haben schmutzige Wörter mitgebracht. Und wie so viele von uns sind sie getrieben von der Gier nach Besitz und dem Wunsch nach einem bequemen Leben. Wenn sie für weiße Händler die Verhandlungen führen, wissen wir, dass ihre Treue dem gilt, der sie bezahlt. Wir trauen ihnen nicht und verspotten sie. Ein alter Mann hat mir übrigens erzählt, der Indianerbeauftragte sei so geizig, dass er den Schleim aus seiner Nase in einem weißen Tuch auffängt, aus Angst, er könnte etwas Wertvolles verlieren!»

Kindred und Newota wollten sich ausschütten vor Lachen. Während sie weiter durch den Wald schlenderten, nahm Newota das Gespräch wieder auf.

«Es gibt noch andere Dinge, die uns belustigen. Wir schweigen während der Mahlzeiten, rauchen danach vielleicht eine Pfeife, nicken einander zu und gehen dann auseinander. Auf diese Weise ehren wir unseren Gastgeber. Unsere Häuptlinge, die in Savannah gewesen sind, sagen, dass die weißen Männer beim Essen immer Lärm machen und glauben, sich unausgesetzt unterhalten zu müssen. Schon eine kurze Gesprächspause scheint sie in Verlegenheit zu bringen. Wenn das Essen verzehrt ist, erwartet man von den Gästen, dass sie dumme Dinge sagen, bevor sie nach Hause gehen.»

Eines Tages sprachen sie über den Glauben an Gott. Newota meinte: «Wir haben eure religiösen Bräuche kennen gelernt, aber wir wollen sie nicht. Uns sind alle Tage heilig, nicht nur einer von sieben. Eure Kirchen scheinen den Menschen beizubringen, über Gott zu streiten. Bei uns gibt es niemals Streit über das Wesen des Großen Geistes oder über unsere Beziehung zu ihm. Manchmal mag jemand gegenteiliger Meinung sein, aber wir versuchen, seinen Charakter in Betracht zu ziehen, und behalten unser Urteil für uns. Der Große Geist will nicht, dass wir uns entzweien. Er ist eine einigende Kraft, die alle menschlichen Wesen miteinander und mit den Tieren, dem Wind und sogar den Felsen und der Erde verbindet. Alles ist so verbunden. Wir respektieren auch die Seele der Tiere, die wir töten, weil wir Hunger haben, und bitten sie dafür um Verzeihung.»

Kindred hatte das Gefühl, seine Leute verteidigen zu müssen, und sagte: «Wenn euer Glaube so viel besser ist, warum fürchtet ihr dann die euch unterlegenen Siedler?»

«Aber das weißt du doch. Ihr werdet immer mehr, ihr habt die besseren Waffen und schleppt Krankheiten ein, die für uns tödlich sind. Ich habe gehört, wie mein Onkel und meine Mutter über noch einen anderen Unterschied gesprochen haben: Euch weißen Männern, zumindest euren Führern, wird beigebracht, weit in die Zukunft zu blicken und eure Pläne dementsprechend auszurichten. Sie verbreiten ihre Gedanken, indem sie sie niederschreiben, und plötzlich betrachten es viele Menschen als ihre Pflicht, diesen fernen Zielen zu folgen. Wir denken anders. Unsere Pläne sind auf eine Stunde oder höchstens auf die wenigen Tage begrenzt, die man benötigt, um eine Reise zu machen, einen Garten zu bepflanzen oder einen Kriegszug gegen einen anderen Stamm zu führen. Das macht es für unsere Häuptlinge schwer, die Abkommen zu verstehen, zu denen eure Führer sie überreden.»

«Fast alles, was du sagst, ist wahr», erwiderte Kindred, «aber eure Häuptlinge gehen diese Vereinbarungen freiwillig ein und machen später die Weißen für die Folgen verantwortlich.»

«Die Befugnisse unserer Häuptlinge erstrecken sich nur auf das Gebiet einiger Dörfer, aber eure Anführer überschütten sie mit Ehrenbezeugungen, die ihnen gar nicht zustehen, und ködern sie mit Geschenken, sodass sie ihre eigenen Leute verraten. Dabei wissen sie ganz genau, dass sie nach der Rückkehr in ihre Dörfer gar nicht die Macht haben, die anderen ebenfalls zur Einhaltung der Versprechen zu zwingen. Das Papier wurde unterzeichnet, ohne dass wir es wirklich verstanden haben, und nun pochen die weißen Männer auf die Einhaltung des Vertrags. Aber die weißen Anführer selbst halten sich nur an Abkommen, solange es ihnen Vorteile bringt.»

Kindred konnte nur schwer ertragen, wie andere über seine neuen Freunde sprachen oder sie behandelten. Von Tag zu Tag wuchs seine Abneigung gegen die weißen Siedler, die Indianer verächtlich als Wilde bezeichneten und sie als Eindringlinge auf dem Land betrachteten, das von der göttlichen Vorsehung für die Weißen bestimmt worden war. Da er bei Fremden oft nicht die richtigen Worte fand, war es eine Qual für ihn, sich derbe Witze über die Dummheit oder die Ungepflegtheit der Creek-Männer oder das triebhafte Geschlechtsleben der Squaws anhören zu müssen und keine passende Entgegnung zu wissen. Außerdem musste er feststellen, dass die Kaufleute in Wrightsborough die Preise für ihre Waren recht willkürlich handhabten. So stiegen auch bei ansonsten angesehenen und vertrauenswürdigen Händlern die Preise beträchtlich, wenn die Eingeborenen aus purer Not dazu gezwungen waren, im Dorf Vorräte einzukaufen.

Er erinnerte sich an die Einstellung der Quäker in Philadelphia, die stolz darauf gewesen waren, dass sie die Delaware-Indianer gerecht behandelt hatten, und für sich in Anspruch nehmen konnten, sich auch ohne schriftliche Vereinbarungen an alle Abkommen gehalten zu haben. Allerdings hatten auch sie einmal den Indianern ein Schnippchen geschlagen. Als William Penn ausgehandelt hatte, so viel Land zwischen zwei Flüssen zu erwerben, «wie ein Mann in eineinhalb Tagen durchqueren kann», heuerte er einen siegreichen Langstreckenläufer an, der in dem angegebenen Zeitraum sechsundsechzig Meilen zurücklegen konnte.

Eines Tages kehrte Kindred mit Ethan aus der Stadt zurück und schimpfte dabei auf einen Händler, den er bei einem Verkaufsgespräch mit einem alten Cherokee-Indianer beobachtet hatte. Die Reaktion seines Freundes war ein Schock für ihn.

Mit dem ihm eigenen Selbstbewusstsein erklärte ihm Ethan: «Kindred, die Leute machen sich schon über dich lustig. Sie glauben, du hast dich von den Wilden blenden lassen, sodass du gar nicht mehr merkst, was hier wirklich vorgeht. Du musst endlich einsehen, dass diese Menschen völlig anders sind als wir. Ich bin ja auch der Ansicht, dass man sie nicht schlecht behandeln sollte, und du weißt, dass Epsey und ich ihnen immer bereitwillig helfen, wenn sie etwas brauchen. Aber jeder weiß, dass das Land, auf dem sie leben, bald uns gehören wird. Schon in ein paar Jahren werden sie auf die andere Seite des Oconee River ziehen müssen.»

Kindred wurde ärgerlich. «Das stimmt nicht. Die höchsten britischen Beamten und sogar der König haben den Creek und den Cherokee zugesichert, dass sie bleiben können. Auch die Gouverneure Wright und Campbell haben sich klar dafür ausgesprochen und in ebendiesem Moment entfernen unsere Truppen einige Siedler von indianischem Territorium, die dort unrechtmäßig Land gerodet haben.»

«Aber die britischen Beamten wollen etwas völlig anderes als die Siedler hier», entgegnete Ethan. «Die meisten Verträge werden von Engländern abgefasst, die sich schon darauf freuen, eines Tages wieder ins Mutterland zurückzukehren. Sie wollen hier kein Land besitzen und versprechen den Eingeborenen das Blaue vom Himmel herunter, nur damit sie die Engländer im Kampf gegen die Spanier und Franzosen unterstützen und den britischen Kaufleuten die Taschen füllen. Wir Siedler sind in einer anderen Lage. Wir sind in den schmalen Landstrich zwischen dem Savannah und dem Ogeechee eingekeilt und diesen Kaufleuten genauso ausgeliefert wie die Indianer. Westlich von hier gibt es riesige fruchtbare Landstriche, in denen nur verstreut einige Indianerdörfer liegen. Die Rothäute nutzen das Land gar nicht, sie haben nur einen Bruchteil des guten Bodens gerodet und bestellt! Sie sind einfach faul, sie leben von der Hand in den Mund, bauen sich notdürftige Hütten aus Fellen und Dreck und stören sich gar nicht daran, dass sie nur mit Mühe über die Runden kommen.»

Kindred hatte das unbehagliche Gefühl, dass diese Unterhaltung Wunden aufriss, die nie wieder verheilen würden, aber das Thema war ihm so wichtig, dass er nicht an sich halten konnte.

«Die Briten haben Recht und wir Unrecht», entgegnete er. «Genauso wie es schlechte weiße Menschen gibt, gibt es auch einige schlechte Indianer, aber die meisten sind gute Leute. Sie wollen einfach in Frieden leben, und zwar so, wie sie es seit Jahrhunderten gewohnt sind. Stattdessen werden sie belogen und betrogen und durch unsere Krankheiten langsam, aber sicher ausgerottet. Weißt du eigentlich, wie viel sie für einen Metalleimer oder eine Elle Tuch bezahlen müssen?»

Ethan machte eine wegwerfende Handbewegung. «Niemand zwingt sie schließlich dazu, mit uns Handel zu treiben. Es ist ihre eigene Gier, die sie immer weiter in den Westen abdrängt. Ich habe gehäutete Rotwildkadaver gefunden, deren Fleisch einfach den Füchsen und Geiern überlassen worden ist. Heutzutage sind die Indianer nur auf Felle aus, um damit die Dinge zu kaufen, die wir ihnen deiner Ansicht nach aufdrängen. Wenn sie erst einmal das gesamte Wild auf dieser Seite des Ogeechee abgeschlachtet haben, müssen sie sowieso weiterziehen, und wir können ihr Land in Besitz nehmen.»

Kindred musste zugeben, dass dies der Wahrheit entsprach, wollte aber noch etwas anfügen: «Wenn sie dem Händler ein Bündel Felle bringen, nimmt er mehr als die Hälfte, um ihre Schulden zu begleichen, und der Rest reicht nicht aus, um das zu bezahlen, was sie nach Hause tragen.»

Ethan sagte: «Du hast Recht, und damit haben wir ein perfektes Druckmittel gegen sie in der Hand. Wenn sie keine Felle und keinen Kredit mehr haben, bleibt ihnen nichts anderes übrig, als mit Land zu bezahlen.»

Sie hatten die Stelle erreicht, wo der Pfad zu Kindreds Farm abbog, und er wollte seinem Freund zum Abschied noch etwas Versöhnliches sagen.

«Nun ja, wenn wir einmal eine Einigung mit ihnen erzielt und einen Vertrag unterzeichnet haben, sollte das respektiert werden. Wenn die Indianer später einem neuen Vertrag zustimmen, ist das ihre Sache, aber sie verdienen es, gerecht behandelt zu werden.»

«Es ist ja nichts dagegen einzuwenden, die Indianer fair zu behandeln und zu seinem Wort zu stehen, und ich weiß genauso gut wie du, dass es überall gute und schlechte Menschen gibt, egal welcher Hautfarbe. Für uns geht es aber vor allem darum, uns um unsere Familien und uns selbst zu kümmern. Diese Entscheidung nimmt uns keiner ab.»

Er zögerte einen Augenblick und fügte dann hinzu: «Vielleicht verbringst du ein wenig zu viel Zeit auf der anderen Seite des Flusses, Kindred. Guten Abend.»

Kindred saß stumm auf seinem Pferd und versuchte sich einzureden, dass die aufsteigenden Tränen vom gleißenden Licht der tief stehenden Sonne herrührten, während er zusah, wie Ethans breite Schultern mit dem blonden Pferdeschwanz hinter einer Biegung verschwanden. In diesem Moment spürte er, dass er etwas verloren hatte. Er war wirklich naiv gewesen, zumindest weil er geglaubt hatte, Ethan würde seine Sorge um das Elend der Eingeborenen teilen. Wie sollte er jemals einem anderen begreiflich machen, was Newota ihm bedeutete?

Am nächsten Tag fragte Mavis besorgt: «Was ist los mit dir, Kindred? Bist du krank?»

Er schüttelte den Kopf und erwiderte nur: «Ich habe das Gefühl, Ethan hat sich verändert.»

«Das ist mir bisher nicht aufgefallen. Was meinst du damit?»

«Na ja, ich habe das Gefühl, er will immer mehr Land besitzen, obwohl wir beide eine größere Fläche gar nicht bearbeiten könnten.»

«Kindred, du weißt doch, dass wir anders sind als Ethan oder die anderen Siedler. Sie messen den Erfolg in ihrem Leben an der Größe ihrer Farm. Außerdem denkt Ethan wahrscheinlich, dass der kleine Henry eines Tages mehr Felder und Wälder brauchen wird.»

Sie blickte ihren Mann forschend an. «Ist das alles, was dir Sorgen macht?»

«Ich bin mir nicht sicher, ob Ethan dem König oder den britischen Beamten gegenüber treu ergeben ist, und außerdem scheint er die Indianer nicht zu mögen.» Nach einer kurzen Pause fügte er hinzu: «Er hat sich sogar darüber aufgeregt, dass ich sie in ihrem Dorf besuche.»

Da verstand Mavis.

Obwohl die beiden Familien immer noch einen höflichen und freundlichen Umgang pflegten, besuchte Kindred Ethan immer seltener. Mavis hingegen freute sich, dass sie nun Kindreds Hauptgesprächspartner war, wenn es um philosophische Betrachtungen oder naturwissenschaftliche Studien ging. Sie erledigten die notwendige Farmarbeit, versuchten aber nicht, ihr Land zu vergrößern oder Verbesserungen einzuführen. Wenn Kindred Besuche machte, dann suchte er nur noch Newota und das Creek-Dorf auf, um seine botanischen Studien fortzusetzen. Hin und wieder begleitete Mavis ihn, und auch sie teilte seine Sorge über die wachsenden Spannungen zwischen den Indianern und den weißen Siedlern.

Die Morris fassten alles, was sie von Newota lernten, schriftlich zusammen und sandten die Informationen an Dr. Bartram. Ohne dass sie darum gebeten hätten, schickte er ihnen gelegentlich eine bescheidene Vergütung, wenn er der Meinung war, dass sie viele

Umstände gehabt oder besonders wertvolle Erkenntnisse geliefert hatten.

Eines Tages fragte Kindred Newota: «Wie führt dein Volk Krieg?»

«Ein einziges Mal habe ich die Vorbereitungen für einen Kriegszug miterlebt. Damals war ich noch ein Junge. Ich erinnere mich, dass die Krieger mit meinem Vater an der Spitze das Dorf verließen.» Newota hielt inne.

«Es war das letzte Mal, dass ich meinen Vater lebend gesehen habe. Er und zwei andere wurden in der Schlacht getötet, aber ihre Leichen konnten gerettet werden. Sie wurden ins Dorf zurückgebracht, und wir waren froh und stolz, dass ihr Skalp unberührt war. Bei dieser Schlacht gab es keinen klaren Sieger, doch die Ehre unseres Clans wurde verteidigt. Bei einem Angriff auf einen benachbarten Stamm, mit dem wir ansonsten friedlich zusammenleben, geht es fast immer darum, für eine Beleidigung Genugtuung zu fordern oder einen Streit um Jagdgründe zu beenden. Normalerweise wird dabei kaum Blut vergossen, und beide Seiten geben sich meistens damit zufrieden, ihre Ehre wiederherzustellen.»

«So etwas Ähnliches kennen wir Europäer auch. Man nennt es Duell, das ist eine Art Zweikampf mit dem Degen oder mit Pistolen, der in den seltensten Fällen tödlich endet», warf Kindred ein.

«Wir kündigen unsere Rückkehr mit Triumphgeschrei und Liedern an», fuhr Newota fort. «Die Krieger fasten drei Tage lang, um sich davon zu reinigen, dass sie menschliches Blut vergossen haben. Die Frauen verleihen ihrer Bewunderung Ausdruck, indem sie singen und tanzen. Inzwischen sind einige Stämme darauf verfallen, andere anzugreifen, um Gefangene zu machen, weil sie wissen, dass die Briten sie gerne als Sklaven kaufen. Wenn wir jedoch einen mächtigen Krieger gefangen nehmen, den wir gefürchtet und geachtet haben, wird er bei lebendigem Leibe skalpiert und gefoltert. So geben wir ihm die Möglichkeit, seinen Mut und seine Tapferkeit zu beweisen und seinen Sterbegesang anzustimmen.»

Kindred schwieg. Schließlich sagte er: «Ich verstehe einfach nicht, warum ein friedliches Zusammenleben zwischen euch und uns unmöglich sein soll.»

«Mein Onkel hat mir erzählt, dass wir mit manchen Fremden

gute Beziehungen haben», entgegnete Newota. «Entlang des Mississippi und im Nordwesten gibt es ein paar französische Siedlungen, deren Bewohner kaum Ackerland brauchen. Sie wollen vor allem Handel treiben und konkurrieren dabei mit den Briten. Außerdem haben sich beide Seiten bemüht, unsere tapfersten Krieger als Unterstützung der jeweiligen Armee zu gewinnen. Einige der Häuptlinge haben sehr schnell herausgefunden, wie sie eine weiße Nation gegen die andere ausspielen und dabei möglichst gut abschneiden können, aber sie teilen die Geschenke, mit denen sie sich bestechen lassen, selten mit den anderen Dorfbewohnern.»

Kindred hatte vieles von dem, was Newota erzählte, schon gehört, zumindest was die Briten in Georgia und North Carolina anging, aber es interessierte ihn, wie die Indianer die anderen Europäer einschätzten.

«Was ist mit den Spaniern, die als Erste nach Georgia und Florida gekommen sind und jetzt das Territorium an die Briten abgetreten haben?»

«Ich weiß nur, was mir mein Onkel erzählt hat. Die Spanier waren die Schlimmsten von allen. Das Leben Andersgläubiger war in ihren Augen wertlos. Sie waren grausam und herrschsüchtig. Als sie vor langer Zeit in Florida und an der Küste von Georgia auftauchten, lebten dort Tausende von Timucua-Indianern. Die Spanier haben fast die gesamte Bevölkerung ausgelöscht. Die Menschen starben an den eingeschleppten Krankheiten, wurden ermordet oder dem Hungertod überlassen. Als die Briten Florida vor kurzem übernahmen, haben die Spanier alle überlebenden Timucua nach Europa geschafft – mit einem einzigen Schiff! Es sind nur etwa hundert Timucuas übrig geblieben, und zwar die, die den christlichen Glauben angenommen haben. Im Augenblick ziehen einige Mitglieder der Creek, der Cherokee, entlaufene Sklaven und Verbrecher, gen Süden, um sich auf diesem herrenlosen Land niederzulassen. Man nennt sie Seminolen, das bedeutet ‹Wilde› oder ‹Ausreißer›.»

Kindred, den das Gehörte tief betrübte, fragte: «Erkennen deine Leute nicht, dass euch die Begegnung mit den Europäern nur Unglück gebracht hat und ihr letztendlich eure Jagdgründe verlieren werdet? Es gibt viele tapfere Krieger, die die Wälder in- und auswendig kennen. Ihr könntet euch zusammenschließen und so euer Land beschützen und eure Lebensweise vor dem Untergang retten.»

«Du sprichst wie einer von uns, aber auch wie ein Narr», erwiderte Newota lächelnd. «Denk daran, dass wir niemals vereint kämpfen werden. Unsere Nation besteht aus kleinen, unabhängigen Dörfern, und die Clans sind nicht bereit, Befehle von irgendwelchen weit entfernten Häuptlingen zu befolgen. Unglücklicherweise führen wir hauptsächlich untereinander Krieg und nicht gegen den gemeinsamen Feind. Wenn die Führer sich versammeln, müssen alle mit den Entscheidungen zufrieden sein, und dafür braucht es lange Beratungen. Für gewöhnlich wird also die Hoffnung auf ein gemeinsames tatkräftiges Vorgehen durch zu viele Kompromisse zunichte gemacht. Tatsächlich weiß der Beauftragte für indianische Angelegenheiten weit mehr über die einzelnen Stämme als irgendeiner von uns, und seine bezahlten Spione verhindern unliebsame Überraschungen.

Jedes Mal, wenn wir uns mit Waffengewalt gegen die Siedler gewehrt haben, waren wir die Unterlegenen. Nur nördlich von hier gelingt es manchmal jungen Männern, im Schutz der Dunkelheit einsam gelegene Farmen zu überfallen. Sie brüsten sich damit, aber das sind nicht die Taten von Kriegern, sondern von Feiglingen. Außerdem bringen uns diese Überfälle nur Nachteile. Die Weißen rächen sich für die Missetaten einiger weniger Indianer an allen Clans, sodass unser Leid in keinem Verhältnis zu der ursprünglichen Tat steht. Unsere Alten müssen dann die Weißen um Frieden bitten und sind bei den Verhandlungen fast immer die Verlierer.»

Unwillkürlich versetzte sich Kindred in die Lage der Indianer. «Newota, ich weiß, dass manches nicht zu ändern ist, aber es gibt noch einen Hoffnungsschimmer. Die britischen Beamten versuchen, dein Volk zu schützen; die Bedrohung geht von den Siedlern aus, die in immer größerer Zahl nach Georgia strömen. Ich habe gehört, dass sie die Indianer mit Gewalt vertreiben wollen. Sie werden eure Dörfer zerstören und eure Familien ermorden.»

Newota zuckte die Achseln. «Dagegen kann man kaum etwas tun.»

«Vielleicht doch», erwiderte Kindred.

Kindred wollte zumindest einen Versuch unternehmen, seinen indianischen Freunden zu helfen. In Begleitung von Newota ritt er zu einigen Dörfern am Westufer des Ogeechee, brachte in Erfahrung, wo sich Siedler auf Indianerterritorium niedergelassen hatten, und machte den britischen Beamten heimlich Mitteilung davon. Schnell merkte er, dass seine einzigen Verbündeten John Stuart, der Beauftragte für Indianerfragen, und dessen Untergebene waren, die entschlossen waren, die Klauseln der Verträge genau einzuhalten, die aufsässigeren Siedler zu zügeln und den Frieden zu bewahren. Ihnen ging es vor allem um einen möglichst gewinnbringenden Handel mit den Ureinwohnern. Durch diesen Kontakt erfuhr Kindred im Voraus, wann sich berittene Dragoner aufmachten, um illegale Siedler aus indianischem Territorium zu vertreiben, auch wenn das nur selten vorkam, und berichtete Newota davon. Aufgrund dieser tatkräftigen Hilfe und auch seiner guten Sprachkenntnisse wegen wurde Kindred für die Indianer zu einem wertvollen Ratgeber, an den sie sich mit all ihren Problemen wandten.

Auch London drängte darauf, eine Lösung für die Probleme zu finden, die der Handel mit den Indianern aufwarf. 1772 hatten die Indianer so hohe Schulden angehäuft, dass die weißen Händler damit drohten, keine Geschäfte mehr mit ihnen abzuschließen. Einige Cherokee-Häuptlinge waren geradezu erpicht darauf, ihre Schulden mit Land zu bezahlen, aber der Vertrag von 1763, den alle größeren Stämme unterzeichnet hatten, legte fest, dass bei jedem weiteren Vertrag über Landabtretung königliche Beamte hinzugezogen werden mussten.

In Georgia wuchsen die Spannungen zwischen den britischen Beamten und den relativ armen und landhungrigen Siedlern, die – besonders nördlich des Little River und westlich des Ogeechee – auf indianisches Gebiet vordrangen. Als der britische General Thomas Gage erfuhr, dass die Indianer Siedler im Hinterland angegriffen hatten, äußerte er lapidar: «Wir sollten ihnen dankbar sein, dass sie diese Vagabunden in ihre Schranken gewiesen haben.»

Gouverneur Wright befand sich gerade zu Parlamentssitzungen

in London und erholte sich auf dem Landsitz seiner Familie. Als ihm jedoch die Nachricht überbracht wurde, dass sich mehr als fünfhundert «Cracker-Familien» auf Indianerland niedergelassen hatten, beschloss er, nach Georgia zurückzukehren. Wieder in Savannah, kam er mit John Stuart überein, lieber mit den Indianern als mit «weißem Abschaum» zu verhandeln und einen Weg zu finden, Grundstücke nur an «Durchschnittsbürger zu vergeben, die für das Land zahlen können und eine Familie und Sklaven besitzen».

Kindred hatte den Eindruck, dass ihn die britischen Beamten mit mehr Respekt behandelten, seit er ihnen Informationen über die Übergriffe Weißer auf Indianerterritorium zukommen ließ. Ethan allerdings weihte er in seine Unternehmungen nicht ein.

Gouverneur Wright wollte die Eintracht in der Kolonie bewahren und gleichzeitig die Forderungen der ansässigen Kaufleute und ihrer Geschäftspartner erfüllen. Endlich glaubte er einen Weg zu einer akzeptablen Vereinbarung gefunden zu haben. Im Sommer des Jahres 1773 berief er eine Versammlung in Augusta ein, an der königliche Beamte und die Häuptlinge der Creek und Cherokee teilnahmen. Nach mehreren Verhandlungstagen wurden die Häuptlinge mit Geschenken und Ehrenbezeugungen überhäuft. Die Händler erhielten die Zusicherung, dass die ausstehenden Schulden beglichen werden sollten, und die Briten versprachen den Indianern, illegale Ansiedlungen auf dem verbliebenen Territorium zu verhindern. Über 1.600.000 Tagwerk wurden nördlich und westlich des 1763 überlassenen Landes zwischen Savannah und den Flüssen des Oconee-Gebietes und nördlich des Quellgebiets des Briar Creek abgetreten. Dies würde genügen, um 4000 Grundstücke zuzuteilen, und der Erlös aus dem Verkauf des Landes – zu einem Preis zwischen zwei und fünf Shilling pro Tagwerk – sollte auf die Schuldensumme von 40 000 Pfund angerechnet werden.

Kapitel 13
William Bartram besucht Georgia

Mai 1773

1773 war nicht nur ein besonderes Jahr, weil ein neuer Vertrag zwischen Briten und Indianern abgeschlossen wurde. Auch die Morris fieberten einem wichtigen Ereignis entgegen: William Bartram hatte in einem Brief angekündigt, dass er in der ersten Juniwoche nach Georgia kommen und Kindred gerne in Augusta treffen würde. Mavis und Kindred brachten ihre Notizbücher und Zeichnungen auf den neuesten Stand, packten alles in Satteltaschen und machten sich zum vereinbarten Zeitpunkt auf in die vierzig Meilen entfernte Stadt. Bartram war kurz nach der Unterzeichnung des Vertrages in Augusta eingetroffen und wollte sich nun in Wrightsborough einer Gruppe britischer Landvermesser anschließen, die auf dem Weg in den Norden waren, um die neue Grenzlinie abzustecken. Es war ein freudiges Wiedersehen. Schließlich kannte Bartram Mavis noch aus dem Hause seines Vaters, und Kindred war dort einer der besten Schüler gewesen. Mehrere Stunden lang unterhielten sie sich angeregt über ihre Entdeckungen auf dem Gebiet der Botanik und vor allem über die Bräuche der Eingeborenen. William berichtete, dass sein Vater, der inzwischen stolze vierundsiebzig Jahre zählte, bei bester Gesundheit sei und immer noch Vorträge in Philadelphia halte.

Mit Verwunderung hörten Kindred und Mavis, dass Bartram seine in Savannah begonnenen Reisevorbereitungen schon eine Woche später in Augusta abgeschlossen hatte. Ein bedeutender Botaniker in England hatte Mittel zur Verfügung gestellt, die es Bartram ermöglichten, mindestens vier Jahre für die Expedition in den Südosten des Landes zu veranschlagen. Begleitet wurde er von zwanzig berittenen Männern und zehn Packpferden. Er wollte die Flora und Fauna des Gebietes erforschen und seine Erkenntnisse in Form von Beschreibungen, Zeichnungen, getrockneten Pflanzen und Tierpräparaten nach London weiterleiten. Zusätzlich würde er die Erkenntnisse über die Lebensweise der dortigen Bewohner, der Indianer und der wenigen Weißen, in einem Tagebuch festhalten.

Nach dem Aufbruch aus Augusta reisten sie eineinhalb Tage in gemächlichem Tempo. Die Größe der Bäume entlockte Bartram Ausrufe des Erstaunens, und des Öfteren hielt er an, um den Umfang einiger dieser Baumriesen zu messen. Er entdeckte eine Schwarzeiche, die rundum neun Meter maß, und ließ es sich nicht nehmen, den gesamten Baum zu zeichnen, wobei er die Höhe des Stammes und das Ausmaß der Baumkrone abzuschätzen versuchte. Bei der Ankunft in Wrightsborough wurde der berühmte Botaniker von dem inzwischen siebzigjährigen Joseph Maddock überschwänglich begrüßt. Kindred und Mavis entging nicht, wie sehr die beiden Männer einander zugetan waren, deren Familien sowohl in Pennsylvania als auch in North Carolina enge Verbindungen unterhalten hatten. Bartram äußerte sich anerkennend über die Quäkersiedlung und bat Maddock, von den Fortschritten zu berichten.

«Unser Land umfasst ungefähr 40.000 Tagwerk und grenzt zum Großteil an das 1763 abgetretene Gebiet. Hier leben inzwischen 208 Familien, zumeist Quäker. Jetzt, fast genau zehn Jahre nach unserer Ankunft, fallen der Kolonie durch die neuen Vertragsbestimmungen noch einmal zwischen einer und anderthalb Millionen Tagwerk zu, einschließlich eines großen Gebietes im Norden und im Westen. Ich muss allerdings zugeben, dass sich einige Siedler bereits auf Indianerland niedergelassen haben. Das könnte in Zukunft zu Auseinandersetzungen führen, aber bisher sind wir mit den Eingeborenen gut ausgekommen, da wir mit ihnen gerecht verfahren. Der Handel hat an Umfang zugenommen, und wir werden tun, was wir können, um die Indianer nicht in die Verschuldung zu treiben.»

Kindred hatte Bartram schon erzählt, dass die Indianer auch von so manchem Quäker betrogen wurden, aber er hielt sich mit Bemerkungen zurück. Vermutlich gab Maddock einfach wieder, was in den Zusammenkünften der Quäker beschlossen worden war.

Bartram gratulierte dem Sprecher der Quäkergemeinde und fragte: «Kennst du denn einige Indianer persönlich? Kannst du dich mit ihnen verständigen?»

«Ja, natürlich. Seit der Gründung der Stadt Wrightsborough kommen immer wieder Clanführer hierher, um mit uns Geschäfte zu machen. Dafür reicht ihr Englisch aus, und ansonsten behelfen wir uns mit der Zeichensprache. Ich muss gestehen, dass kaum einer von uns sich mit ihrer Sprache abmüht, die mir nahezu unverständlich erscheint. Ich habe gehört, dass dein junger Freund Kindred zu den wenigen gehört, die die Sprache der Creek beinahe fließend beherrschen.»

Als beide ihn erwartungsvoll ansahen, sagte Kindred: «Ja, ich habe einen jungen Freund bei den Creek, mit dem ich mich häufig treffe. Wir erteilen einander Unterricht und können uns auf Englisch genauso leicht wie im Muskogee-Dialekt der Creek unterhalten. Wir haben beide auch einige Cherokee-Worte gelernt, deren Sprache mit dem Irokesischen verwandt ist.»

Verlegen bemerkte Kindred, dass er mit dieser Antwort etwas über sein Ziel hinausgeschossen war, aber Bartram hatte interessiert zugehört. Er würde demnächst das Gebiet beider Indianerstämme bereisen und wollte in seiner Eigenschaft als Wissenschaftler natürlich so viel wie möglich über sie erfahren. Daher fragte er: «Meinst du, dein Freund von den Creek wäre bereit, mich einige Wochen zu begleiten, wenigstens solange wir durch dieses Gebiet reisen? Wir werden erst in vier oder fünf Tagen aufbrechen, er hätte also genug Zeit, sich zu entscheiden.»

Kindred versprach, Newota zu fragen, und Bartram wandte sich wieder an Maddock.

«Auf den Plantagen um Savannah und auch entlang des Flusses unterhalb von Augusta habe ich beobachtet, dass viele Siedler jetzt schwarze oder indianische Sklaven halten, ohne die sie angeblich nicht wirtschaften können. Wie ist es in eurer Gegend?»

«Wir von der ‹Gesellschaft der Freunde› haben keine Sklaven», antwortete Maddock stolz. «Wir haben auf unseren Versammlungen eine verbindliche Resolution verabschiedet, die den Besitz eines anderen Menschen verbietet. Natürlich können wir diese Richtlinie niemandem aufzwingen, der nicht zu unserer Glaubensgemeinschaft gehört, aber zumindest bis jetzt gibt es meines Wissens auf dem uns zugeteilten Land keine Sklaven.»

«Das freut mich zu hören. Ich unternehme diese Reise übrigens vor allem, um wissenschaftliche Beobachtungen zu machen, aber auch, um so viel wie möglich über das Leben in den südöstlichen Kolonien zu erfahren. Ich würde gerne einige Tage in Wrightsborough bleiben und hier mit Kindred einen Streifzug durch die

Wälder machen. Demnächst werden die Landvermesser eintreffen, denen ich mich anschließen will. Die Gruppe, die aus Briten und Indianern besteht, wird die Grenzlinie des Gebietes abstecken, das die Indianer in Augusta abgetreten haben. Anschließend möchte ich nach Savannah zurückkehren und mich wieder der Erforschung der Küstengebiete von Carolina und Georgia widmen. Später will ich in das Landesinnere von Florida und den Süden Georgias vordringen.»

«Wie lange soll diese Reise dauern?»

«Mindestens drei, vielleicht sogar vier Jahre. Ich bin verpflichtet, in regelmäßigen Abständen Berichte und Anschauungsmaterial nach London zu schicken, und werde mich daher bei Gelegenheit mit einem Hafen in Verbindung setzen müssen.»

«Es ist uns eine Freude und eine große Ehre, dich hier bei uns zu haben. Gibt es irgendetwas, was wir noch für dich tun können, abgesehen von der Unterkunft und den Vorräten?»

«Nein, aber ich möchte Kindred bitten, mit seinem Creek-Freund zu sprechen, damit ich weiß, ob ich mit seiner Hilfe rechnen kann.»

Newota saß am Flussufer und ließ seine Gedanken mit den Wellen treiben, als er durch ein Lachen ganz in seiner Nähe aufgeschreckt wurde. Er erkannte Kindreds Stimme, und da trat dieser auch schon hinter einem Baum hervor und sagte: «Wäre ich ein feindlicher Krieger, hätte ich deinen Skalp nehmen können, bevor du überhaupt bemerkt hättest, dass ich hier bin.»

Sie umarmten sich, und Newota meinte: «Ich sehe, du bist ein äußerst gelehriger Schüler. Ich hätte mich nicht besser anschleichen können. Künftig muss ich dir wohl Glöckchen ums Fußgelenk binden. Ich wähnte dich bei deinem Botaniklehrer und wäre aufmerksamer gewesen, wenn ich geahnt hätte, dass du dich in der Nähe herumtreibst, großer Krieger.»

«Ich bin früher zurückgekehrt, weil ich dir erzählen wollte, welch günstige Gelegenheit sich dir bietet. Dr. Bartram möchte dich bitten, ihn einige Wochen auf seiner Reise zu begleiten. Er hat vor, von Wrightsborough aus in Richtung Nordwesten zum Broad River zu reiten und dann nach Osten zum Savannah.»

«Das ist Cherokee-Territorium, und ich weiß nicht, was er dabei von mir will.»

«Er braucht jemanden, der die Sprache der Cherokee spricht, und außerdem weißt du ja einiges über die Pflanzen, die er erforschen will.»

«Warum sollte ich mitgehen? Ich muss mich um meine Mutter und um meinen Stamm kümmern.»

«Also, zunächst einmal wirst du für deine Dienste bezahlt, und ich werde dafür sorgen, dass du angemessen entlohnt wirst, und nicht mit billigem Tand oder Rum. Aber das Beste ist, dass du vieles über den Wald und seine Bewohner von einem sehr klugen Mann lernen kannst. Sprich doch wenigstens einmal mit Dr. Bartram!»

All diese Argumente hatten Newota nicht zu überzeugen vermocht. Bedauernd schüttelte er den Kopf und wandte sich ab.

Kindred spielte nun seinen letzten Trumpf aus. «Der große Häuptling Emistisiguo wird enttäuscht sein. Ich habe gehört, dass auch er deinen Namen erwähnt hat.»

Darauf antwortete Newota wie aus der Pistole geschossen: «Ich werde morgen bei Sonnenaufgang zu deinem Blockhaus kommen.»

Kindred unterdrückte ein Lächeln. Er hatte geahnt, dass dieses Argument Newota überzeugen würde. Jeder wusste, dass Emistisiguo inzwischen der mächtigste Häuptling der Upper Creek war und von den Creek und Cherokee gleichermaßen geachtet wurde. Er hegte tiefe Abneigung gegen die Habgier der Siedler und setzte seine Beziehungen zu den Briten äußerst klug zum Wohlergehen seines Volkes ein. Er war ein ehrlicher, unbestechlicher Mann und arbeitete eng mit John Stuart, dem Beauftragten für Indianerfragen, und auch mit einigen militärischen Führern zusammen. Vom König persönlich bevollmächtigt, hatte Stuart Emistisiguo zu einem Great Medal Chief ernannt, von denen es nur fünf in ganz Amerika gab.

Newota hatte sich immer geweigert, mit den weißen Händlern Geschäfte zu machen, und daher besuchte er nun Wrightsborough zum ersten Mal. Auf dem Hinweg hatten er und Kindred besprochen, was eine für beide Seiten faire, aber vorteilhafte Vereinbarung sei, und beschlossen, dass Kindred für Newota verhandeln sollte. Doch noch bevor das Gespräch beendet war, wandte sich Bartram direkt an Newota, auch um seine Sprachkenntnisse zu testen. Für drei Wochen Arbeit als Übersetzer und Assistent handelte Kindred für Newota eine größere Menge eisernen Kochgeschirrs aus, dazu Nähnadeln, zwei Messer, einige andere Werkzeuge und einen Kompass. Bartram bot ihm auch ein illustriertes Büchlein über die Pflanzenwelt der Kolonie an, von dem Kindred bereits ein Exemplar besaß. Newota konnte es nicht lesen, hoffte aber, es eines Tages zu lernen.

Die Gruppe, die nun einige Zeit zusammen reisen würde, setzte sich aus Bartram und seinen zwanzig Begleitern, der etwa gleich starken Gruppe der britischen Landvermesser und den Häuptlingen der Creek und Cherokee mit ihrem Gefolge zusammen. Es verstand sich wie von selbst, dass Emistisiguo für die Indianer sprechen würde. Nach ausführlichen Diskussionen kamen die Anführer der verschiedenen Parteien überein, zunächst etwa drei Tage lang in nördliche Richtung zu ziehen, in eine den Indianern wohl bekannte Gegend namens Great Salt Lick. Ablagerungen, die wie Kalk aussahen, hatten dieser Gegend, die mehrere Tagwerk umfasste und einen großen Tierreichtum aufwies, ihren Namen gegeben. Sowohl die Creek als auch die Cherokee holten von dort die «weiße Erde», die als sehr nährstoffreich galt und auch für Heilzwecke verwendet wurde. Bartram wollte dort eine Probe nehmen, und außerdem erklärten die Indianer mit Nachdruck, dass dieser markante Ort ein guter Ausgangspunkt für die Untersuchung sei.

Die britischen Landvermesser beschlossen, den Great Salt Lick als einen topographischen Bezugspunkt festzulegen, von dem aus andere Punkte auf ihren Karten eingemessen werden konnten. Kindred interessierte sich für dieses Verfahren, und ein junger Lieutenant namens Craddock war nur allzu gern bereit, ihn in seine Kunst einzuweihen. Besonders stolz war er auf einen neuen Sextanten, mit dem man die exakten Winkel zwischen Himmelskörpern bestimmen konnte.

«Um unseren Breitengrad oder den Abstand vom Äquator zu ermitteln, müssen wir nur messen, wie hoch der Polarstern über dem Horizont steht, und eine kleine Korrekturrechnung durchführen», erklärte er.

Kindred erwiderte: «Das verstehe ich, aber wie bestimmt man den Längengrad?»

«Die Sonne wandert innerhalb einer Stunde um fünfzehn Grad nach Westen. Um zu bestimmen, wie weit wir von Greenwich, England, entfernt sind, brauchen wir also eine Uhr, die auf die Sekunde genau geht. Wenn man sich auf See befindet, steht man vor einem schier unlösbaren Problem, aber an Land funktioniert es ganz gut, weil man ein Teleskop ruhig halten kann.»

Er hielt inne, doch Kindred nickte zum Zeichen, dass er verstanden hatte.

«Angenommen wir wissen, wann die Sonne über unserem Längengrad steht, kennen aber nicht die Greenwich-Zeit. Hier helfen uns zwei Himmelsuhren. Jahrhundertelang haben Astronomen für jeden Monat detailgenau aufgezeichnet, welche Bahn der Mond über den Himmel beschreibt. Indem man misst, wie weit der Mond von bestimmten Sternen entfernt ist, können wir überall auf der Welt die Uhrzeit ermitteln. Eine andere Möglichkeit ist es, zwei der vier Jupitermonde zu beobachten, die sich um den Planeten drehen – wie ein exaktes Chronometer. Durch genaue Beobachtung und eine knappe Stunde Rechenarbeit wissen wir die exakte Zeit. Mit der Höhe der Sonne über dem Horizont bestimmen wir dann, wie weit östlich oder westlich von Greenwich wir uns befinden.»

Die genaue Position der Gruppe wurde nach mehreren Tagen Beobachtung mit einem Astrolabium und dem Sextanten bestimmt. Die Landvermesser errichteten eine Steinpyramide, die sie als Ausgangspunkt für ihre Vermessungen und das Zeichnen der Landkarten benutzen wollten. Der Vertrag von Augusta verlangte, dass die neuen Koloniegrenzen sich vom Quellgebiet des Ogeechee nach Norden bis zur Gabelung des Broad River erstreckten und dann direkt nach Osten bis zum Savannah River verliefen. Die Briten besaßen einige ältere Karten von diesem Gebiet, außerdem einen großen Kompass in kardanischer Aufhängung und andere Vermessungsgeräte, um den genauen Verlauf der Grenze festzulegen. Der Hauptvermesser war ein britischer Colonel, dem das langsame Tempo der Reisenden ein Dorn im Auge war und der ursprünglich gegen einen Halt am Great Salt Lick gestimmt hatte. Sobald die Steinpyramide errichtet war, wollte er auf schnellstem Wege den Broad River erreichen, um mit seinen Assistenten weitere astronomische Messungen vorzunehmen und somit möglichst rasch das für die weißen Siedler bestimmte Land auszuweisen.

Als die lange Karawane endlich reisefertig war, stellte der Colonel demonstrativ seinen großen Kompass auf und zeigte ihnen die Route, der sie bis zur Gabelung des Broad River folgen würden. Nach einer kurzen Unterredung mit dem Häuptling der Cherokee, an der auch Newota teilgenommen hatte, ergriff Emistisiguo das Wort. «Wir alle kennen den Polarstern, aber wenn wir diese Richtung einschlagen, werden wir nicht zum nächsten Punkt gelangen. Außerdem verstößt diese Wegführung gegen den Vertrag von Augusta. Wir werden nicht mit dir weiterziehen, wenn du dieser tückischen und betrügerischen Nadel folgen willst. Du denkst, auf diese Weise kannst du in unser Land eindringen, aber wir lassen uns nicht täuschen.»

Doch der Colonel blieb beharrlich. «Dieser Kompass», erwiderte er, «ist ein Instrument, das seit Generationen überall auf der Welt an Land oder auf See benutzt wird. Er zeigt immer die richtige Richtung an, natürlich unter Berücksichtigung der lokalen Kompassabweichung. Er kann sich nicht irren, und wir werden uns von ihm zu unserem nächsten Bestimmungsort führen lassen.»

Der Häuptling näherte sich dem Kompass und hielt sein Skalpmesser daran. Sofort wirbelte die Nadel herum. Emistisiguo wandte sich um und richtete im Vorbeigehen noch einige Worte an Newota.

Newota übersetzte dem Colonel, was der Häuptling gesagt hatte. «Die Häuptlinge und ihre Männer werden in ihre Dörfer zurückreiten und verbieten euch, weiter in ihr Gebiet vorzudringen.»

Die Creek und die Cherokee kehrten zu ihren Zelten zurück und trafen Vorbereitungen, das Camp zu verlassen. Bartram und die Landvermesser wussten nicht, wie sie reagieren sollten. Sie baten Newota, die Häuptlinge zum Bleiben zu bewegen, doch er antwortete: «Sie werden ihre Meinung nicht ändern. Sie kennen den richtigen Weg zum nächsten Punkt.»

«Was sollen wir tun?»

«Ihr müsst ihnen die Führung überlassen. Wenn sie nicht an der bezeichneten Gabelung des Flusses ankommen, werden sie vielleicht damit einverstanden sein, den Weg zurückzugehen und euren Instrumenten Vertrauen zu schenken.»

Der Colonel war empört. «Das ist reine Zeitverschwendung. Wir werden tagelang für nichts und wieder nichts in den Wäldern und Sümpfen herumirren.»

«Aber was nützt es uns, ohne indianische Begleiter durch Indianerland zu ziehen?», gab Bartram zu bedenken. «Sie sind offensichtlich fest entschlossen, uns zu verlassen.»

Newota fügte hinzu: «Um sie zum Hierbleiben zu bewegen, müsst ihr Zugeständnisse machen. Da wir jetzt Cherokee-Territorium betreten, hat Emistisiguo den Cherokee-Häuptling zum Führer der Expedition bestimmt. Durch den Kompass wurde den Cherokee unterstellt, dass sie ihr eigenes Land nicht kennen, und daher darf der Behälter mit dem Kompass nicht mehr geöffnet werden. Außerdem werden großzügige Geschenke zur Wiedergutmachung der Beleidigung erwartet. Wenn wir weiterziehen, müssen die Scouts der Cherokee an der Spitze gehen.»

Diese Entscheidung durfte nicht leichtfertig gefällt werden; der Fluss lag vier Tagereisen entfernt, und erst dann würde ersichtlich werden, ob sich die Eingeborenen geirrt hatten. Schließlich jedoch wurden die Forderungen der Indianer erfüllt. Endlich brach die Gruppe Richtung Norden auf, diesmal geführt von zwei jungen Cherokee-Kriegern, die zielstrebig voranschritten. Nach dem Kompass verlief ihre generelle Richtung zwei Strich weiter östlich, als es der Colonel geplant hatte. Die Gruppe bewegte sich in einer relativ geraden Linie vorwärts, aber mit einer nahezu unerträglichen Langsamkeit, da die Indianer wussten, dass sie pro Tag bezahlt wurden.

In Erwartung, den ganzen Weg wieder zurückgehen zu müssen, wies der Colonel seine Männer an, in unregelmäßigen Abständen wenig auffällige Wegmarkierungen anzubringen. Den Kompass holte er nur abends in seinem Zelt hervor, wenn sie ihr Lager aufgeschlagen hatten. Er verglich die Kompassrichtung mit der Position des Polarsterns und war absolut überzeugt davon, dass die Fehlweisung in dieser Gegend sehr gering war. Und dies teilte er Bartram und jedem anderen mit, der ihm Gehör schenkte, aber für die Indianer war das Thema erledigt. Die britischen Landvermesser wurden immer nervöser, waren sie doch gezwungen, den beiden Kriegern auf dem Weg zu folgen, der sie ja vermeintlich in die Irre führte.

Noch vor zwölf Uhr mittags am sechsten Tag erreichten sie genau die obere Gabelung des Broad River. Die Indianer feierten und verhöhnten die Landvermesser, die zunächst ratlos waren. Schließlich fanden sie heraus, dass der Kompass in Ordnung, die Landkarten jedoch ungenau waren. Das Quellgebiet des Broad River und seiner Nebenflüsse lag mehrere Meilen weiter östlich als erwartet.

Die Häuptlinge erhielten die versprochenen Geschenke. An diesem Abend machten die Friedenspfeife und einige Becher Rum die Runde. Am nächsten Morgen zogen die Indianer und der Vermessungstrupp weiter nach Osten zum Savannah River, wie es der Vertrag vorschrieb. Bartram aber, der inzwischen genug von der Gegend gesehen hatte, beschloss, dem Broad River in südlicher Richtung zu folgen, wodurch er Augusta zwei Wochen früher erreichen würde. Newota, der sich nach seinem Heimatdorf sehnte, freute sich über diese Entscheidung.

Bartrams Schar folgte dem Lauf der Flüsse Broad und Savannah bis zur Mündung des Little River. Dort wurde Newota für seine Dienste entlohnt und machte sich mit Kindred auf den Heimweg, während die Wissenschaftler über Augusta nach Savannah zurückkehrten.

Zweites Buch

1774–1777

Kapitel 14

Ein Konflikt bahnt sich an

Als Nachbarn kamen die Pratts und Morris nach wie vor gut miteinander aus, aber als sie von dem neuen Vertrag erfuhren, der weite Landstriche im Norden und Westen, die von den Indianern abgetreten worden waren, bis hinauf zum Oconee-Fluss zur Besiedelung freigab, gerieten sie fast in Streit. Ethan hätte am liebsten seinen bisherigen Besitz aufgegeben und wäre weitergezogen, aber die anderen drei wollten in Sweetwater – so nannten sie nun den Ort, an dem sie lebten – bleiben. Ethan, der in den neuen Gebieten eine bessere Zukunft für seinen Sohn sah, gab sich schließlich doch mit einer Erweiterung seiner Weiderechte zufrieden, mit der beide Familien allerdings ihr Limit nach dem alten Pro-Kopf-System ausgeschöpft hatten. Das neu hinzugekommene Weideland lag ebenfalls in der Nähe des Briar Creek im Hügelland westlich ihrer alten Farmen. Es kostete sie lediglich drei Shilling pro Tagwerk sowie die Gebühren für die Landvermessung – unter Gouverneur James Wright und seiner Regierung gab es im Gegensatz zu den Zuständen, die Ethan in North Carolina kennen gelernt hatte, kaum betrügerische Spekulation. Die Familien Pratt und Morris halfen sich gegenseitig beim Roden des Landes und der Errichtung von Zäunen für ihre stetig wachsenden Rinder- und Schweineherden.

Allein an den Entwicklungen in ihrer kleinen Gemeinde konnten Ethan und Kindred erkennen, warum die Spannungen zwischen der britischen Verwaltung, den Siedlern und den Indianern ständig zunahmen. Die königlichen Beamten sahen es als ihre Pflicht an, die politische und militärische Macht der Krone in den Kolonien aufrechtzuerhalten und den größtmöglichen Gewinn aus dem Handel mit den Siedlern und den Indianern herauszuholen. Dieselben Prämissen galten für die alteingesessenen Kolonisten, die gutes Land besaßen und darauf möglichst ungestört leben wollten. Sie hatten sich für ein Leben in Amerika entschieden und blieben loyale Untertanen der Krone, solange sich die britische Regierung nicht zu sehr in ihre Angelegenheiten einmischte. In ihrer großen Mehrheit hatten die Indianer, die britischen Beamten und die Siedler viel gemeinsam und wollten ihre Meinungsverschiedenheiten als gute Nachbarn auf friedlichem Weg beilegen. Allerdings gab es auch eine Gruppe von willensstarken Männern, deren Zorn wuchs und die auch Gewalt als Mittel zum Zweck nicht ausschlossen. Hinzu kam, dass ein nicht versiegender Strom landhungriger neuer Siedler aus Europa und den nördlichen Kolonien ins Land drängte. Mit dieser Einwanderungswelle wurde auch ein Bodensatz von wilden und rauen Gesellen in die Kolonien gespült, die mit den bereits sesshaft gewordenen Siedlern nur wenig gemein hatten und sich weder an gesellschaftliche Vereinbarungen noch an Gesetze hielten.

Hannah Clarke erwachte am frühen Morgen, blieb aber ganz still liegen, um ihren Mann nicht zu wecken. Die Geräusche draußen auf dem Hof störten sie nicht weiter. Weil ihre Farm auf einer nur 40 Tagwerk großen Lichtung in den Wäldern und Sümpfen North Carolinas lag, kamen nachts häufig Hirsche und Schwarzbären ganz nah an die Hütte heran. Als sie dann aber durch das Ölpapier vor dem Fenster einen Lichtschein sah, rüttelte sie ihren Mann an der Schulter. «Elijah, wach auf!» Elijah richtete sich im Bett auf. «Was ist denn los?», fragte er schlaftrunken. Dann sah auch er das Licht, sprang aus dem Bett und holte die Muskete aus der Ecke. Er rannte zur Tür, riss sie auf und sah, dass eine Seite der Scheune in Flammen stand. Etwa hundert Meter entfernt am Waldrand standen zwei Reiter. Ein weiterer Mann machte sich an der kleinen Koppel zu schaffen, in der Elijahs Pferde aufgeregt herumliefen. Elijah hob die Muskete und schoss auf den Mann, weil er aber Angst hatte, eines der beiden Tiere zu treffen, zielte er so hoch, dass die Kugel den Eindringling verfehlte. Bis Elijah nachgeladen hatte, waren alle drei im Wald hinter der Scheune verschwunden. Er rannte zur Koppel und ließ die Pferde frei, die sich nicht allzu weit von der Hütte entfernen würden. Die Scheune mit dem Heu, dem Futter und den Maiskolben konnte er nicht mehr retten – die schwer erarbeitete Ernte eines ganzen Jahres war dazu verdammt, ein Raub der Flammen zu werden. Das einzige, was Elijah tun konnte, war bitterlich zu fluchen. Er hatte die Diebe und Brandstifter zwar nicht erkannt, aber er wusste genau, dass sie zu den verdammten Cherokee gehörten. Eigentlich hätte er ahnen können, dass es einmal zu einer solchen Tragödie kommen würde. Als er in der vergangenen Woche mit seinem Schlitten den Rest der Maisernte nach Hause gefahren hatte, waren kurz vor seiner Hütte auf einmal vier Indianer aus dem Wald aufgetaucht und hatten sich ihm in den Weg gestellt. Elijah hatte die Zügel losgelassen, seine Muskete in beide Hände genommen und vor den Indianern auf die Erde gedeutet. Daraufhin hatte ihr Anführer die rechte Hand gehoben und ihm als Zeichen des Friedens die Handfläche gezeigt. Elijah hatte die Indianer sofort als Einwohner eines fünf Meilen westlich gelegenen Dorfes erkannt, in dem er zusammen mit anderen Siedlern schon einige Male Tierhäute eingetauscht hatte, um sie später auf dem Markt in Hillsborough zu verkaufen. Elijah war ein geschickter Feilscher, der es wie kein Zweiter verstand, den Cherokee so viel wie möglich abzuhandeln. Sein Freund Aaron Hart befand sich in ständigem Kontakt mit den Indianern und berichtete Elijah regelmäßig, welches Dorf gerade einen Überschuss an Häuten hatte und was es im Tausch dafür am dringendsten benötigte. Der Handel mit den Indianern war erstaunlich unkompliziert. Nachdem beide Seiten ihre Waren ausgelegt hatten, verständigten sie sich mit Zeichensprache und den paar englischen Worten, die die Eingeborenen aufgeschnappt hatten, darüber, wer wofür wie viel hergeben musste. Elijah selbst weigerte sich strikt, die in seinen Ohren extrem hässlich klingende Sprache der Cherokee zu erlernen.

Der Anführer der vier Indianer, die ihm den Weg versperrten, war ein alter Mann namens Lone Tree, der ihm höflich und würdevoll mehrere Hirschhäute im Tausch gegen Mais anbot. Elijah, der nie viel für die Rothäute übrig gehabt hatte, erkannte sofort, dass sich die Indianer in einer verzweifelten Lage befanden. Noch nie hatten sie sich so nahe an seine Hütte herangewagt, um ihm ein Tauschgeschäft anzubieten. Obwohl seine Maisernte dieses Jahr hervorragend ausgefallen war, sagte Elijah, der ein gutes Geschäft witterte, dem Indianer, dass er nichts zu verkaufen habe. Lone Tree benahm sich weiterhin respektvoll, aber seine drei jüngeren Begleiter ritten näher an den Schlitten heran und schauten in die geflochtenen Körbe, die bis zum Rand mit Maiskolben gefüllt waren. Das Dorf der Indianer hätte eigentlich schon längst woandershin verlegt werden müssen, denn die Böden der Felder ringsum waren allesamt abgewirtschaftet und die Ernte dementsprechend schlecht. Es war offensichtlich, dass die Indianer dringend Vorräte für den Winter brauchten, sonst hätten sie ihm niemals ein für sie so ungünstiges Angebot gemacht. Normalerweise war ein Korb voller Maiskolben sehr viel weniger Felle wert. Elijah erkannte, dass er ein noch viel besseres Geschäft machen konnte, wenn er auf den ersten Wintereinbruch wartete. Daher lehnte er jedes Angebot der Indianer ab, obwohl Lone Tree ihm sogar ein Messer anbot, das der Häuptling des Dorfes bei Elijahs letztem Besuch dort getragen hatte.

Elijah, der sich ärgerte, dass die Wilden so nahe an seine Hütte herangekommen waren, gab ihm trotzdem keinen Mais. Er blieb bei seiner Behauptung, dass er dieses Jahr nicht genügend geerntet habe und alles für seine Familie brauche. Das war gelogen, denn eines seiner Felder, das neben einem Sumpf lag, hatte viel Regen abbekommen und ihm eine Rekordernte beschert. Möglicherweise wussten die Indianer, dass Eilijah mehr als genug hatte, um seine Familie zu ernähren, aber es war nie schlecht, wenn man ein paar zusätzliche Vorräte zurückhielt. Vielleicht würden in diesem Winter ja die Nahrungsmittel knapp, und dann könnte er mit seinem Überschuss ein schönes Geschäft machen. Einer der jungen Krieger, dessen Gesicht durch eine tiefe, vom linken Auge bis über den Mund reichende Narbe verunstaltet wurde, trat auf den weißen Mann zu und drängte ihn, das Angebot von Lone Tree zu akzeptieren. Wenn er seine Lippen bewegte, sah er aus, als ob er zwei Münder hätte. Der Krieger hatte eine schneidende Stimme und schien nur wenig Respekt vor Lone Tree zu haben. Elijah würdigte ihn keines Blickes und erklärte dem älteren Indianer noch einmal, dass er selbst nicht genügend Mais habe, um seine Familie durchzufüttern. Daraufhin verließen die Indianer die Lichtung in Richtung Westen, wo ihr Dorf lag. Nur der junge Krieger mit der Narbe blieb noch stehen und starrte Elijah böse an, bevor auch er zwischen den Bäumen verschwand.

Jetzt, als er mit ansehen musste, wie das Feuer seine Scheune vernichtete, dachte Elijah an das entstellte Gesicht und war sich sicher, dass seine Vorräte einem Racheakt der hungernden Indianer zum Opfer gefallen waren. Der Überfall war lediglich der letzte einer Reihe von Rückschlägen, die Elijah im vergangenen Jahr hatte verkraften müssen. Die schlimmste Tragödie war der Tod seines jüngsten Sohnes gewesen, der nur zwei Jahre alt geworden war. Hannah, die sich ein weites Mother-Hubbard-Kleid übergezogen hatte, kam aus dem Haus gelaufen. Sie sah die Wut und Verzweiflung im Gesicht ihres Mannes und trat ängstlich auf ihn zu. «Wir haben immer noch eine Miete Süßkartoffeln und fast drei Scheffel Mehl und Schrot im Haus», sagte sie ruhig. «Irgendwie kommen wir schon über den Winter.»

Mit Mühe brachte Elijah ein sarkastisches Lächeln zustande. «Sicher. Wir müssen eben mehr Waschbären und Opossums essen. Vielleicht hat ja auch unser kleiner John Glück mit seinen Eichhörnchen- und Kaninchenfallen.» Er war barfuß und trug nichts weiter als ein langes Hemd aus handgewebtem Leinen, das er oft anhatte, wenn er auf den Feldern arbeitete oder im Wald nach den Tieren sah. Seine Fußsohlen waren hart wie Leder, weshalb er Mokassins, wollene Unterwäsche und Hosen aus Rehleder nur dann anzog, wenn es wirklich kalt war oder wenn er damit rechnen musste, auf jemand anderen zu treffen als seine Frau oder seinen Sohn John. Er fing die Pferde ein und band sie fest. Weil es bis Tagesanbruch, der noch etwa eine Stunde auf sich warten ließ, nichts anderes zu tun gab, gingen Elijah und Hannah zurück in die Hütte und zündeten eine Kerze an. Normalerweise redeten die beiden Eheleute nur das Nötigste miteinander, aber jetzt war eine gute Gelegenheit, um über ihre Zukunft zu sprechen. So saßen sie sich am Tisch gegenüber, und Hannah wartete darauf, dass Elijah das Schweigen brach.

«Hannah, ich weiß nicht, was wir tun sollen», begann er. «Wir beide haben so schwer gearbeitet, wie wir nur konnten, aber so gut wie nichts erreicht. Ich bin jetzt achtunddreißig und habe kein Handwerk gelernt. Aber ich habe mich immer für einen anständigen Farmer gehalten und glaube, dass ich auch ganz gut mit Tieren umgehen kann. Trotzdem haben die zwei Jahre Dürre mich kaputtgemacht. Und jetzt ist uns auch noch die Scheune abgebrannt, und die Steuern an den verdammten Gouverneur sind längst überfällig. Das Einzige, was wir noch verkaufen können, sind die paar Kühe und Schweine, die sich im Wald von Eicheln und Laub ernährt haben, aber der Markt für Vieh ist zusammengebrochen, weil die Farmer kein Winterfutter haben und alle versuchen, ihre Tiere zu verkaufen.»

Noch nie hatte Hannahs Mann so offen mit ihr gesprochen.

«Aber wir haben doch mit Gottes Hilfe schon andere schlechte Zeiten überstanden. Meinst du nicht, dass uns jemand vor dem Gouverneur und seinen Steuern beschützt?»

«Auf keinen Fall. Damit ist es vorbei. Die Regulatoren waren unsere einzige Hoffnung, und die wurden bei Alamance aufgerieben und ihre Anführer hingerichtet. Jetzt haben alle Angst davor, etwas gegen diesen Hurensohn von einem Gouverneur zu sagen. Dabei wollen wir doch nur, dass wir unsere Steuern in Form von Kühen, Häuten, Getreide oder Tabak zahlen dürfen, aber die vom Magistrat nehmen nur bares Geld, und das haben wir nun einmal nicht. Alles, was wir hatten, war in dieser Scheune da drüben, und die liegt jetzt in Schutt und Asche.»

Elijah dachte eine Weile nach, dann stand er auf. «Ich suche nach einem Ausweg, weiß aber nicht, wie er aussehen könnte. James Few und ein paar andere Nachbarn reden seit einiger Zeit davon, dass wir uns zusammenschließen müssen, um hier bleiben zu können. Es wäre nicht klug, unser Land jetzt zu verkaufen, obwohl immer mehr Siedler hierher kommen und es haben wollen. Bei unseren hohen Steuerschulden und der schlechten Ernte würde den meisten von uns kaum etwas übrig bleiben. Aber ich habe Verwandte in South Carolina, die mir etwas Land geben würden. Es sind nur 50 Tagwerk, aber für den Anfang würden sie reichen. Ich gehe jetzt hinaus und versorge die Pferde, und dann sehe ich nach unseren Kühen und Schweinen.»

«Ich möchte nicht schon wieder weiterziehen», sagte Hannah.

Elijah war schon an der Tür. «Ich auch nicht, aber vielleicht bleibt uns nichts anderes übrig, als von hier fortzugehen.»

Hannah sah ihrem Mann nach und hatte einen kurzen Augenblick lang das Gefühl, mit ihrer Heirat einen Fehler gemacht zu haben. Ihr Vater Anthony Reddick war ein erfolgreicher Kapitän gewesen, der diesen Posten aber nach ein paar Jahren wieder aufgegeben hatte, als ihm klar geworden war, dass er mit seiner Arbeit eigentlich nur den Eignern der Schiffe die Taschen gefüllt hatte. Also hatte er sich Arbeit bei einer Reederei gesucht und sich auf das möglichst effiziente Stauen von Ladung auf Küstenschiffen spezialisiert. Von seinem Lohn hatte er Beteiligungen an mehreren

Schiffen erworben, die ihm einiges an Wohlstand bescherten. Mr. Reddick war ein Witwer, der seine einzige Tochter aus Angst davor, sie könnte die Frau eines Seemanns werden, weitgehend von der Außenwelt abschottete. Er verbot ihr den Kontakt mit Gleichaltrigen, sogar mit Mädchen, und ließ sie von Hauslehrern unterrichten. Auf diese Weise bekam Hannah die beste Ausbildung, die man in der florierenden Hafenstadt Norfolk bekommen konnte.

Als sie sechzehn war, durfte sie täglich mehrere Stunden im Kontor ihres Vaters arbeiten, wo sie auch Elijah Clarke traf. Hannah fand bald heraus, dass er nicht lesen konnte, was ihm jemand auf ein Blatt Papier geschrieben hatte. Sie ließ sich den Zettel geben, stellte Elijah ein paar Fragen und erklärte ihm dann, dass er die Pferde zum Dock bringen, sich dort vom Vorarbeiter die Rechnung abzeichnen lassen und dann wieder ins Büro kommen sollte, wo er sein Geld bekommen würde. Elijah hatte sie ein wenig durcheinander gebracht, weil er ihr die ganze Zeit über ins Gesicht geblickt und sich seines offensichtlichen Analphabetentums nicht im Geringsten geschämt hatte.

Als er vom Dock zurück war, erzählte Elijah ihr von der 150 Meilen langen Reise, die er hinter sich hatte und dass er vorhatte, sich bei seiner Rückkehr eine eigene Farm zu kaufen. Ein paar Minuten später kam Mr. Reddick aus seinem Büro und unterbrach die Unterhaltung. Er zahlte das Geld für die Pferde und blieb so lange, bis Elijah ging. Als ihr Vater am Abend die Tür des Kontors abschloss, bemerkte Hannah, dass Elijah auf der gegenüberliegenden Straßenseite stand und sie ansah. Kurze Zeit später fuhren sie in der Kutsche an ihm vorbei, und er winkte Hannah so unauffällig zu, dass ihr Vater Gott sei Dank nichts davon mitbekam. Kaum hatte ihr Vater am nächsten Tag das Kontor in Richtung Docks verlassen, als auch schon Elijah zur Tür hereinkam und sagte: «Ich habe gewartet, bis er weg war, weil ich dich unbedingt wiedersehen wollte.»

«Und warum?»

«Weil ich hoffe, dass du vielleicht mit mir weggehst.»

Hannah wandte sich peinlich berührt ab, aber drei Tage später saß sie hinter Elijah auf seinem Pferd und ritt mit ihm nach Westen, wo seine neue Farm lag. Hannahs wichtigster Besitz lag, in zwei Säcken verstaut, auf dem Rücken des Packpferds, das Elijah am Zügel führte. Hannah hatte ihrem Vater nichts gesagt, sondern ihm lediglich in einem Brief mitgeteilt, dass es ihr gut gehe und dass sie glücklich sei. Außerdem versprach sie, ihm zu schreiben, wenn sie verheiratet war und eine neue Heimstatt gefunden hatte.

Mit der Zeit lernte sie, ihren Mann zu lieben und zu achten, auch wenn er ihr nur wenig Freiraum ließ und alle Entscheidungen alleine traf. Am meisten bedauerte sie es, dass er die fünf Bücher, die ihr ganzer Stolz waren, nicht lesen konnte. Ein paar Monate nach ihrer Hochzeit hatte sie angeboten, ihm Unterricht im Schreiben und Lesen zu erteilen, doch er hatte das als persönliche Beleidigung aufgefasst und war schrecklich wütend geworden. Aber Hannah war eine mutige und eigenständige junge Frau und lernte rasch, wie sie ihre Kompetenzen innerhalb der Familie vergrößern konnte, ohne mit ihrem Mann darüber zu streiten. Außerdem freundete sie sich mit vielen Frauen im Siedlungsgebiet an.

Obwohl sie drei Kinder hatten, interessierte sich Elijah eigentlich nur für ihren ältesten Sohn John, was Hannah dadurch ausglich, dass sie ihren beiden Töchtern besondere Aufmerksamkeit schenkte. Zwar hatte sie Elijahs Furcht vor Indianerüberfällen immer für übertrieben gehalten, aber jetzt war sie froh, dass er ihr und John beigebracht hatte, wie man mit dem Gewehr umging.

Zwei Wochen nach dem Brand der Scheune kam John Dooly, ihr nächster Nachbar, zu Besuch. Natürlich sprachen er und Elijah über die Schlacht am Alamance Creek und die Hinrichtungen in Hillsborough.

«Damit ist die Sache noch nicht ausgestanden», sagte Dooly. «Tryon hat fast seine gesamte Miliz hier zusammengezogen und lässt sie nach jedem suchen, der bei den Regulatoren aktiv war. Außerdem müssen alle Männer in diesem Teil der Kolonie vor dem Magistrat erscheinen und einen Treueeid auf die Regierung schwören.»

«Und ich schwöre vor Gott, dass ich das nicht tun werde», sagte Elijah und wandte sich an Hannah. «Siehst du? Wir müssen fort von hier.»

Ein Jahr später rackerten sich die Clarkes auf einer kleinen Farm in South Carolina ab. Sie lebten in einem winzigen Blockhaus, das dem Vergleich mit ihrem zurückgelassenen Heim nicht standhielt.

Elijahs Verwandte hatten sich nicht gerade großzügig gezeigt und ihnen lediglich unfruchtbares, felsiges Hügelland überlassen. Er und Hannah waren ziemlich enttäuscht über den Neuanfang und überlegten sich immer wieder mal, ob sie nicht nach North Carolina zurückkehren sollten, wo sich viele ihrer Nachbarn im weit westlich gelegenen Watauga Valley niedergelassen hatten.

Im Gegensatz zu seiner Frau tat sich Elijah schwer, neue Freunde zu finden. Er war ein willensstarker und selbstbewusster Mann, der an einmal gefassten Entschlüssen für gewöhnlich festhielt und es nur ungern zugab, wenn er einen Fehler gemacht hatte. Hannah hatte mit diesen Charakterzügen zu leben gelernt. Männer hingegen mochten seine bestimmende Art weniger und beschränkten den gelegentlichen Umgang mit ihm auf meist oberflächliche Unterhaltungen. Die einzige Ausnahme bildete Aaron Hart, der an Elijah Eigenschaften bewunderte, die ihm selbst völlig abgingen.

Als Händler war Aaron ständig in weiten Teilen North und South Carolinas unterwegs. Von seiner kleinen Hütte am Haw River reiste er bis hinunter nach Savannah, wobei er regelmäßig Abstecher in Indianergebiete unternahm. Dabei ritt er einen mittelmäßigen Gaul, dem zwei bis vier schwer beladene Packpferde folgten. Alle wussten, dass Aaron jederzeit bereit war, neben seinem ständig wechselnden Sortiment an Waren auch die Pferde und sogar das Zaumzeug zu verkaufen. Auf seinen Reisen nahm er gerne jemanden mit, meistens einen jungen Mann, der auf die Pferde aufpasste, während Aaron auf gefährlichen Wegen die Augen offen hielt. Er war ein sanftmütiger und scharfsinniger Mann, der sich nicht leicht unterkriegen ließ und durchaus in der Lage war, sich zu verteidigen. Seine Dienste wurden auf den isolierten Farmen der weißen Siedler sehr geschätzt, noch willkommener aber war er in den Dörfern der Cherokee und Creek-Indianer, denn Aaron bot ihnen eine der wenigen Alternativen zu den offiziellen britischen Händlern, die meist unfreundlich und humorlos auftraten. Aaron hingegen beherrschte die Indianersprache besser als jeder andere Weiße und schien sich in ihren Dörfern wie zu Hause zu fühlen.

Eine Ware, die man bei Aaron meistens umsonst bekam, waren Informationen. Er redete gern und brüstete sich damit, immer auf dem neuesten Stand zu sein, und zwar auch über Zeitungsmeldungen aus Charles Town und Savannah. Wann immer Aaron in die Nähe von Elijah Clarkes Farm kam, schaute er dort vorbei, obwohl er wusste, dass kein gutes Geschäft zu erwarten war. Der groß gewachsene Farmer hörte sich aufmerksam alles an, was Aaron zu berichten hatte, stellte unzählige Fragen und schwadronierte dann lange über das Thema, das ihn am meisten interessierte. Er fällte harte Urteile, von denen er sich durch nichts wieder abbringen ließ, und jedes Mal, wenn Aaron Elijah verließ, fühlte er sich selbstbewusster und hatte sich eine Meinung über schwierige Fragen gebildet. Weil er zu verbindlich war, um mit Elijah zu streiten, legte er Ansichten, die konträr zu denen des Farmers waren, meistens anderen in den Mund und wartete darauf, wie sich sein Freund dazu äußerte.

Bei zwei Themen allerdings musste er sehr vorsichtig sein. Das eine war Elijahs Analphabetentum, das man akzeptieren musste, ohne ihn bloßzustellen, und das andere waren die Indianer, die von Elijah nur als «die Wilden» oder Schlimmeres bezeichnet wurden. Aaron hingegen hatte Respekt vor den Indianern und vertraute ihnen beim Handel mehr als den meisten seiner weißen Kunden. Wenn Elijah von ihnen wie von Tieren sprach, hielt Aaron meistens den Mund. Nie hätte er zugegeben, wie sehr es ihm gefiel, mit ihren Frauen zu schlafen, ganz besonders mit einer, bei der er am Ende seiner Reisen in den Nordwesten Georgias regelmäßig mehrere Tage lang blieb, obwohl er mit einer weißen Frau verheiratet war. Die Indianerin hatte bereits ein Kind von ihm und war nun erneut schwanger.

Gegen Ende des Jahres 1773 hatte Aaron bei einem Besuch in Orangeburg gesehen, wie sich mehrere Männer um einen Anschlag mit einer Proklamation von Georgias Gouverneur James Wright geschart hatten. Es war die Verlautbarung, die er erwartet hatte. Sie verkündete, dass die Indianer große Landstriche im Nordwesten sowie im Süden abgetreten hätten. Der Gouverneur suchte Siedler für dieses Land, für das lediglich die Vermessungskosten zu bezahlen wären sowie ein paar Shilling pro Tagwerk, um die Schulden, die die Indianer bei den britischen Händlern hatten, wenigstens teilweise abbezahlen zu können.

Bei seinem nächsten Besuch erzählte Aaron den Clarkes von dieser neuen Gelegenheit und wunderte sich nicht, dass Elijah aus dem Stand heraus eine Entscheidung traf, die dazu angetan war, ihr ganzes künftiges Leben zu verändern. Er vereinnahmte die Idee einer Umsiedlung in die neuen Gebiete sofort als seine eigene und verkündete seine Pläne, kaum dass sie ihm in den Sinn gekommen waren. «Darauf haben wir die ganze Zeit gewartet. Man sagt, dass Georgia einen ehrlichen Gouverneur hat. Ich werde ein paar alte Nachbarn in North Carolina und ein paar neue Nachbarn hier fragen, ob sie mitkommen wollen. Wir müssen uns nahe beieinander niederlassen, damit wir uns besser gegen die Wilden verteidigen können. Man kann diesen Teufeln nicht über den Weg trauen, sie brechen jeden Vertrag, den man mit ihnen schließt, und sie stehlen und brennen alles nieder, wie damals in North Carolina.»

Aaron fühlte sich geschmeichelt, als Elijah nach einer kurzen Pause noch hinzufügte: «Ich hoffe, dass du mit uns kommst, Aaron. Vorher musst du mir aber noch helfen, die richtigen Leute für dieses Unternehmen auszusuchen.»

Hannah stand dem Plan ziemlich skeptisch gegenüber, aber weil sie wusste, dass ihr Mann sich bereits entschieden hatte, sagte sie nichts. Elijah rechnete sich aus, dass er vielleicht zwanzig Familien dazu bringen könnte, sie zu begleiten, aber bevor er weitere Schritte unternahm, ritt er mit Aaron ins 80 Meilen entfernte Augusta, um sich zu vergewissern, dass das Angebot tatsächlich galt. Außerdem wollten sie in Erfahrung bringen, wie man sich ein Stück Land nordwestlich der Stadt sichern konnte. Danach ritt Aaron nach Hause, um seine Frau von seinen Plänen zu unterrichten, und Elijah besuchte alte Nachbarn, die als Partner bei einer Übersiedelung nach Georgia in Frage kamen. Zwei Wochen lang ritt er von Farm zu Farm, dann hatte er ein Dutzend Familien dazu überredet, ihn auf seinem Abenteuer zu begleiten. Alle versprachen, sich in der ersten Novemberwoche, nachdem sie die letzte Ernte eingebracht und ihre Überschüsse verkauft hatten, auf seiner Farm einzufinden. Während Elijah unterwegs war, hatte sich Aaron in dem neu erschlossenen Gebiet umgesehen und einen geeigneten Ort für eine Siedlung gesucht.

Voller Stolz erstattete er Elijah Bericht: «Der Liegenschaftsverwalter in Augusta hat gesagt, dass ganz oben im Norden des neuen Gebiets noch ein Stück Land frei ist, das unbedingt besiedelt werden sollte. Ich bin gleich hinaufgeritten und habe es mir angesehen. Es scheint das beste Land zu sein, das man in dieser Gegend kriegen kann. Es sind fast 5000 Tagwerk, ein Teil davon ziemlich hügelig, aber wir dürfen es so aufteilen, wie wir wollen, solange wir uns, was die Größe der Familien anbelangt, an die Regeln des Gouverneurs halten. Ich habe dem Liegenschaftsverwalter ein paar hübsche Dinge für seine Frau geschenkt, und er hat mir versprochen, das Land für uns zu reservieren. Es ist übrigens sehr abgelegen.»

Anfang des Jahres 1774 hatte Elijah sechzehn Familien aus North und South Carolina dafür gewonnen, mit ihm nach Georgia zu ziehen. Dabei hatte er sich auf Männer konzentriert, die sich in Gefahrensituationen als zuverlässige Kämpfer erwiesen hatten.

Einige kriegerisch gestimmte Creek-Indianer, die auf der anderen Seite des Ogeechee River lebten, erkannten den Vertrag von 1773 nicht an und erklärten, dass die Cherokee Stammesgebiet der Creek hergegeben hätten. Als die Siedler den alten Indianerpfad von Augusta nach Wrightsborough zu einer Straße verbreiterten, nahmen sie das als ein Anzeichen dafür, dass sich bald eine Flut neuer Siedler über ihre Heimat ergießen würde. Da in den älteren Kolonien praktisch der gesamte verfügbare Boden bereits vergeben war, drängten die Weißen mit Macht in das viel versprechende neue Land. Dass trotzdem viel davon zunächst unbesiedelt blieb, lag daran, dass die Briten «gewalttätige» Siedler nicht hineinließen. Außerdem konnten ihre Truppen den vielen Siedlern keinen ausreichenden Schutz bieten. Dass weniger Land vergeben wurde als zunächst vorgesehen, bedeutete unter anderem, dass weniger Geld zusammenkam, um die Schulden der Indianer bei den weißen Händlern zu begleichen. Dadurch bekamen die meisten Stämme bei den Händlern keinen Kredit mehr, selbst dann nicht, wenn sie ihnen dafür Felle zu einem sehr günstigen Preis anboten. Die unvermeidliche Folge davon war, dass die Spannungen zwischen den Creek und den weißen Siedlern zunahmen und junge, gewaltbereite Krieger bereits erste Überfälle auf die Eindringlinge verübten.

Weil die Indianer wussten, dass Kindred Morris sich sehr für ihre Interessen einsetzte und dass sein Freund Ethan Pratt sie ebenfalls gut behandelte, wurden die Familien der beiden weder belästigt noch bedroht. Im Jahr 1774 jedoch beschlossen die Siedler gegen den Einspruch der Quäker, fünfzig Pfund für den Bau eines Forts westlich von Wrightsborough zu sammeln. Alle Familien in der Gegend sollten ihren Teil zu den Kosten beisteuern, und zwar gestaffelt je nach der Entfernung ihrer Farmen vom Fort. Schließlich, so argumentierten die Befürworter des Festungsbaus, würden auch die weit entfernt lebenden Siedler im Falle eines Angriffs dort Schutz suchen. Kindred weigerte sich, den Bau des Forts finanziell oder durch Arbeit zu unterstützen, aber Ethan zahlte vier Shilling und half eine Woche lang zusammen mit anderen Männern beim Baumfällen und Errichten der kleinen Barrikade.

Auch wenn seit ihrem Aufbruch aus North Carolina noch weitere Anhänger ihres Glaubens zu ihnen gestoßen waren, bildeten die Quäker unter den Weißen in Nordost-Georgia nach wie vor nur eine kleine Minderheit. Gouverneur White fuhr mit seiner Praxis fort, vertrauenswürdige Familien, die per Schiff in Savannah ankamen, nach Zahlung einer geringen Gebühr in den neu erschlossenen Gebieten westlich des Savannah River oder im Hinterland der Südküste anzusiedeln. Viele andere wanderten wie Elijah Clarke und seine Freunde auf dem Landweg nach Georgia ein, und zwar hauptsächlich aus North und South Carolina. Die wenigsten von ihnen kamen aus religiöser Überzeugung, sondern hauptsächlich deshalb, weil sie einer allzu reglementierten Gesellschaft entfliehen und neues Land erhalten wollten, auch wenn sie sich nicht immer an die Kolonialgesetze hielten.

Obwohl Gouverneur Wright dem König und dem Parlament immer die Treue gehalten und deren oft unfaire Gesetze, so gut es ging, umgesetzt hatte, stand er in dem Ruf, ein gerechter und ehrlicher Mann zu sein. Die Siedler respektierten ihn ebenso wie die Häuptlinge der Creek, Cherokee, Catawba und anderer Stämme, auch wenn sie von den Weißen immer weiter nach Westen abgedrängt wurden. Wright schaffte es, von London Aufmerksamkeit und sogar finanzielle Mittel für seine junge Kolonie zu bekommen, die man dort als wichtigen Puffer zwischen den Kolonien im Norden und dem spanischen Florida ansah. Alles in allem bestand in Georgia ein ausgewogenes Verhältnis zwischen britischer Verwaltung, weißen Siedlern und Indianern. Ziemlich bald jedoch sollte sich erweisen, dass dieses reibungslose Zusammenspiel nirgendwo sonst in Amerika gelang.

Anfang 1774 ritten Ethan und Kindred nach Wrightsborough, um dort drei Kälber zu verkaufen und sich mit Gebrauchsgütern für ihre Farmen zu versorgen. Im Gemischtwarenladen trafen sie auf Joseph Maddock.

«Habt ihr schon die schlechten Nachrichten aus dem Norden gehört?», fragte er.

«Nein», antwortete Ethan. «Dort, wo wir leben, erfahren wir nur selten Neuigkeiten. Was ist denn passiert?»

«In Boston hat man aus Protest gegen den Preis von indischem Tee ein britisches Schiff geentert und seine Ladung in den Hafen geworfen. Das war offene Rebellion gegen die Krone.»

«Wahrscheinlich war das wegen der Teesteuer hier in den Kolonien. Oder ist die inzwischen aufgehoben worden?»

«Nein, die gibt es noch immer, aber die Britische Ostindiengesellschaft hat die Preise für ihren Tee so stark gesenkt, dass wir jetzt weniger dafür bezahlen als vor der Steuer.»

«Dann verstehe ich nicht, worüber sich die Leute aufregen», meldete sich Kindred zu Wort. «Gegen billigen Tee ist doch nichts einzuwenden.»

«Da wäre ich mir nicht so sicher», erwiderte Ethan. «Nahezu jeder Händler hier in den Kolonien hat nämlich die Ostindiengesellschaft umgangen und seinen Tee aus anderen Quellen bezogen. Jetzt haben sie große Lagerbestände, und der neue Preis für Tee liegt möglicherweise unter ihrem Einkaufspreis. Es ist also durchaus möglich, dass die Händler in Boston ein Interesse daran haben, dass durch die Vernichtung britischen Tees die Preise hoch gehalten werden. Denen geht es doch bloß ums Geld. Aber vielleicht stecken hinter der Aktion ja auch irgendwelche Hitzköpfe, die alles tun, um der Krone zu schaden. Schon seit Jahren kämpfen einige Farmer gemeinsam gegen das Stempelsteuer- und das Townshendgesetz, und die Teesteuer ist die letzte dieser Steuern, die noch nicht abgeschafft ist. Ein Glück für die Aufrührer, denn sie brauchen nun einmal etwas, wogegen sie kämpfen können. Man sollte sie für den Tee bezahlen lassen, den sie vernichtet haben, dann wäre der Spuk schnell vorbei.»

«Ich hoffe nur, dass sie nicht zu den Waffen greifen», meinte Maddock.

«Ach, das war bestimmt nur ein kurzes Geplänkel, das in ein paar Wochen längst vergessen sein wird», erwiderte Ethan.

Einige Monate später erfuhren die Pratts und die Morris, dass es im Norden bewaffnete Kämpfe zwischen den Kolonisten und den Truppen des Königs gegeben hatte. Beide Familien hielten das für bedauerliche und ungerechtfertigte Gewaltakte einiger abtrünniger britischer Untertanen, denn die von London erlassenen Handels- und Steuergesetze hatten relativ wenig Auswirkung auf sie. Fast alles, was sie zum Leben brauchten, erzeugten sie auf ihren Farmen, und wie die meisten anderen Familien im Grenzgebiet sahen sie es als ihre Pflicht an, der Krone wie üblich treu zu dienen und ihre Ansichten zwar entschieden, aber mit friedlichen Mitteln kundzutun.

Kapitel 15

Eine besondere Kolonie

Georgia war eine besondere Kolonie. Bereits 1565, also fast ein halbes Jahrhundert bevor die ersten britischen Abenteurer weiter nördlich in Jamestown im späteren Virginia an Land gingen, hatten sich Europäer an der Küste niedergelassen. Zwei Jahrzehnte lang tummelten sich spanische Entdecker, Händler und Missionare auf den vorgelagerten Inseln, bis immer häufigere Attacken der Creek und Cherokee sie schließlich zum Rückzug nach Florida zwangen. In der Folge versuchten sowohl die Briten als auch die Franzosen und die Spanier immer wieder ohne Erfolg, die Indianer als Hilfstruppen bei ihren Kämpfen um das Gebiet zwischen Charles Town und St. Augustine einzusetzen, aber am Ende sahen die Europäer Georgia als eine für weiße Siedler unbewohnbare Wildnis an und überließen sie den Ureinwohnern.

Erst im Jahr 1732 ließen sich zweiundzwanzig idealistische und ehrgeizige Engländer von König George II. die Erlaubnis geben, den Indianern in einem «heiligen Experiment» Arbeit, Religionsfreiheit, Demokratie und Aufklärung zu bringen. All diese Errungenschaften wollten sie ihnen in einem Umfeld gewähren, das frei vom Fluch des Alkohols, der Sklaverei und der Habgier von Seiten der Treuhänder war. Im Februar des darauf folgenden Jahres traf ein Mann namens James Oglethorpe mit 114 Siedlern – 600 hatten sich ursprünglich für das Unternehmen angemeldet – in Georgia ein. Sie landeten an der Mündung eines großen Flusses und nannten ihre erste Siedlung, die sie auf einem Plateau über der Mündung errichteten, Savannah. Ein Siedler, der seine Überfahrt von England nicht bezahlen konnte, bekam 50 Tagwerk Land sowie ein Jahr lang Unterstützung für seine Familie, während man den Wohlhabenderen unter den Einwanderern 500 Tagwerk versprochen hatte. Darüber hinaus hatten sie das Recht, zehn Bedienstete mit nach Amerika zu bringen, und mussten fünfzig Jahre lang keine Grundsteuern bezahlen.

Als Treuhänder der neuen, nach dem König benannten Kolonie durfte Oglethorpe weder ein Amt bekleiden noch Land besitzen. Dennoch übernahm er alle Pflichten eines Anführers, das heißt, er besänftigte die Indianer durch gutes Zureden und Bestechung, baute Savannah zu einer dauerhaften Siedlung aus, verteidigte die Kolonie gegen spanische Angriffe aus Florida und achtete darauf, dass die Siedler nicht der Dekadenz verfielen wie in der Nachbarkolonie South Carolina, wo die Sklaverei offiziell unterstützt wurde und der Ausschank von Rum keinerlei Beschränkungen unterlag.

Drei Jahre später reiste Oglethorpe nach London und ließ sich den Titel eines «Generals und Oberbefehlshabers der Streitkräfte von South Carolina und Georgia» verleihen, mit dem auch das Recht verbunden war, Truppen zur Verteidigung der beiden Kolonien auszuheben. Inzwischen war Georgia auf 800 Einwohner angewachsen, allesamt Auswanderer aus Europa, die in der Neuen Welt Religionsfreiheit und wirtschaftlichen Erfolg suchten. 45 von ihnen waren Herrnhuter, 110 waren Salzburger und 42 waren Juden, die mehrheitlich aus Spanien und Deutschland kamen und bereits 1733, nur fünf Monate nach den ersten englischen Siedlern, in Georgia eingetroffen waren. General Oglethorpe wurde heftig dafür kritisiert, dass er so viele Juden ins Land gelassen hatte, aber zumindest einer von ihnen, ein gewisser Dr. Samuel Nuñes Ribeiro, leistete ihm unschätzbare Dienste als erster Arzt der jungen Kolonie. Die Siedler in Georgia waren friedliebende Menschen, die das ihnen zugeteilte Land der britischen Krone zu verdanken hatten und daher treue Untertanen des Königs waren. Oglethorpe hieß auch einige kampferprobte Schotten aus den Highlands willkommen, die sich bereit erklärten, die Kolonie gegen die Spanier aus Florida zu verteidigen. Dafür erhielten die Schotten besonders gutes Land in der Pfarrei St. Andrews, die sechzig Meilen südlich von Savannah an der Küste lag und somit ein ideales Bollwerk gegen eine spanische Invasion darstellte.

Als der Schotte Lachlan McIntosh nach Georgia kam, war er erst neun Jahre alt. Sein Vater John McIntosh, der Captain im Highland Scots Regiment war, hatte ihn nach dem Tod der Mutter mit in die neu gegründete Kolonie genommen. Nur vier Jahre später geriet Captain McIntosh bei einem Gefecht in der Nähe von St. Augustine in Gefangenschaft und wurde nach Spanien verschleppt. Lachlan, der nun beide Eltern verloren hatte, brachte man in das Waisenhaus Bethseda in der Nähe von Savannah. Der Leiter dieser Einrichtung, ein gewisser Reverend George Whitefield, war davon überzeugt, dass man junge Menschen nur mit eiserner Disziplin und drakonischen Strafen erziehen könne. Lachlan ertrug diese Behandlung zwei Jahre lang, dann riss er aus und trat in das Regiment ein, in dem auch sein Vater gedient hatte. Schon kurze Zeit später zeichnete er sich in der Schlacht von Bloody Marsh, in der Georgia sich den Besitz seiner südlichen Landesteile sicherte, durch große Tapferkeit aus und wurde vom Kadetten zum Offizier befördert, sodass er Gelegenheit bekam, sein außergewöhnliches taktisches Talent unter Beweis zu stellen. Obwohl die Schotten General Oglethorpe gegen die Spanier treu dienten, war allgemein bekannt, dass sie nur wenig Sympathie für die englische Krone hegten. Schon seit Jahrzehnten stand es wegen der von London erzwungenen Vereinigung der beiden Königreiche mit den Beziehungen zwischen Schottland und England nicht zum Besten. Hinzu kamen die von den Engländern betriebene Zerschlagung der Clans und die Unterdrückung der traditionellen schottischen Lebensart. So untersagte beispielsweise der «Highland Dress Act» den Schotten das Tragen ihrer traditionellen Kilts, außerdem konnten viele Familien die Pacht für ihr Land nicht mehr bezahlen, weil das englische Parlament es ihnen untersagte, diese durch Militärdienst für den Clanchef zu begleichen. So wurden viele Pächterfamilien gezwungen, das Land ihrer Vorfahren zu verlassen, sodass die Clans nach und nach ihre Unabhängigkeit einbüßten. Nach der Vereinigung der Königreiche wanderten viele Schotten, die sich damit nicht abfinden wollten, nach Irland aus. Einige von ihnen verdienten dort im Wollhandel ein Vermögen, bis das Parlament ein Gesetz zum Schutz der britischen Wollindustrie erließ. Die Folge war eine schwere Wirtschaftskrise in Irland, welche wiederum eine Auswanderungswelle nach Amerika auslöste. Die meisten der Neuankömmlinge gingen in die südlichen Kolonien, wo es noch viel Land zu verteilen gab.

August 1774

Es war nicht verwunderlich, dass die Schotten von St. Andrews als erste Bürger Georgias der britischen Regierung eine Verletzung ihrer Grundrechte vorwarfen. Wenn sie Steuern bezahlen sollten, so lautete ihr Argument, dann wollten sie auch durch gewählte Vertreter mitbestimmen. Außerdem lehnten sie es ab, dass die Bewohner der Kolonien Einquartierungen englischer Truppen dulden und sich bei Rechtshändeln vor britischen Gerichten verantworten mussten.

Lachlan McIntosh war ein willensstarker und ernster Mann von 46 Jahren, der nicht nur das Oberhaupt seiner Familie, sondern auch der Meinungsführer in seiner Gemeinde war. Jetzt versammelten er und andere Männer sich im Gemeindehaus der Küstenstadt Darien am Altamaha River. Lachlans Bruder George war ebenfalls anwesend, zusammen mit seinen Vettern und Repräsentanten der Mackays, Dunbars, Cuthberts und anderer Clans, deren Vorfahren vor fast vier Jahrzehnten ebenfalls bei den Highland Scots gedient hatten.

Lachlan war groß und kräftig, aber nicht dick. Seine Schultern waren breit und rund, und seine Arme schienen für seinen Oberkörper ein wenig zu lang. Er hatte das Auftreten eines Offiziers und war, ob in Uniform oder Zivil, stets korrekt gekleidet. Eine nicht unattraktive Besonderheit seiner Erscheinung war eine stets kunstvoll nach vorn gebürstete Stirnlocke. Lachlan hatte lebhaft funkelnde Augen und ein äußerst heftiges Temperament. Für gewöhnlich war er heiter gestimmt, aber er neigte auch zu plötzlichen Wutanfällen. Auch wenn Familie und Freunde bisweilen unter solchen Stimmungsumschwüngen litten, achteten sie Lachlan als einen anständigen Mann, der über ein gutes Urteilsvermögen verfügte und stets den grundlegenden Prinzipien der schottischen Gemeinde treu blieb.

Lachlan blickte in die Runde der im Gemeindehaus versammelten Männer und sagte: «Wir alle waren peinlich berührt, als uns unsere Nachbarn in South Carolina Feiglinge und Verräter an der Freiheit nannten und eine Handelssperre gegen Georgia verkündeten. Wie ihr alle wisst, sind außer uns nur noch die Leute von Midway in der Pfarrei St. John bereit, für unsere Freiheit zu kämpfen. Die Menschen dort wollen zusammen mit uns die Verbindung zu dieser Kolonie kappen und sich auf die Seite der Patrioten in South Carolina stellen. Als Puritaner aus dem Norden haben sie noch immer starke Bindungen an die Kolonien, die sich bereits im Krieg befinden. Ich habe erst vor kurzem erfahren, dass der Sicherheitsrat in Charles Town zunächst seine Sympathie für unser Angebot erklärt, es dann aber doch abgelehnt hat, weil wir räumlich so weit auseinander sind und der Rat es nicht verantworten will, wenn Georgia auseinander bricht. Wir haben für nächsten Donnerstag eine Versammlung in Tondees Taverne in Savannah einberufen. Dort werden wir entscheiden, was wir tun können, außer fruchtlose Petitionen ans Parlament in London zu schicken, um eine Senkung der Steuern zu erreichen, und uns zu weigern, britische Güter zu kaufen, die wir sowieso nicht brauchen.»

Nach einer Diskussion, die die Gemüter wie gewohnt erhitzte, beschloss die Gruppe, dass Lachlan weiterhin Freiwillige aus den beiden radikalsten Pfarreien militärisch ausbilden sollte, um sich auf einen Kampf mit den Engländern vorzubereiten. Sein Bruder George sollte die Pfarrei St. Andrews bei dem Treffen in Savannah vertreten, denn es herrschte ein unausgesprochener Konsens darüber, dass Lachlan selbst für diese Aufgabe nicht diplomatisch genug war. Man traute ihm nicht zu, die Belange der Pfarrei vorzubringen, ohne dabei einer der anderen Gruppen aus Georgia, die mehr Loyalität zur Krone zeigten, an den Karren zu fahren. Trotzdem war er es, der schließlich zusammenfasste, was die meisten ohnehin schon wussten:

«Die Kolonie ist in sich gespalten, doch es geht dabei nicht um Grundsatzfragen, sondern darum, dass jede Gruppierung hier ihre eigenen Interessen verfolgt. Die stärkste Loyalität bringen der Krone die anglikanischen Geistlichen und jene Politiker entgegen, die der königliche Rat in Führungspositionen gesetzt hat. Außerdem sind da noch die Kaufleute mit speziellen Privilegien für den Handel mit Übersee oder den Indianern und neu angekommene englische Einwanderer, die noch starke Verbindungen zu ihren Familien in Europa haben. Auch die Farmer in den Provinzen entlang des Savannah River wollen nicht kämpfen, weil sie von den neuen Steuern, die das britische Parlament geschaffen hat, nicht berührt werden. Außerdem sehen sie in den britischen Truppen den besten Schutz gegen Angriffe der Indianer, und viele von ihnen sind Gouverneur Wright dankbar für das Land, auf dem sie leben. Die deutschen Lutheraner in Ebenezer, die nicht einmal Englisch sprechen, wollen nur unter sich bleiben, und die Quäker rings um Wrightsborough meiden ebenfalls jeden Konflikt. Zwar werden all diese Gruppierungen kaum Abgesandte in Tondees Taverne schicken, aber ihr Einfluss wird dort trotzdem spürbar sein, was wiederum andere davon abhalten könnte, den offenen Konflikt mit den Engländern zu suchen.»

Einen wichtigen Grund dafür, dass die Krone in der Kolonie immer noch in hohem Ansehen stand, vergaß Lachlan freilich zu erwähnen: Gouverneur Wright und seine von ihm persönlich ausgesuchten Ratsmitglieder beobachteten die Entwicklungen in den nördlichen Kolonien mit großer Sorge und taten alles, um den berechtigten Interessen der Einwohner von Georgia so weit als möglich entgegenzukommen.

Als George Lachlan in der folgenden Woche an dem Treffen in Savannah teilnahm, erkannte er, dass sein Bruder die Lage genau erkannt hatte. Die Gegner der Krone teilten sich in zwei fast gleich große Lager, und nur die Abgesandten aus Christ Church in Savannah und einer weiteren Pfarrei schlugen sich in den meisten Fragen auf die Seite von St. Johns und St. Andrews. Jeder Punkt wurde leidenschaftlich diskutiert, und schließlich verkündete die Gruppe ihre Ablehnung der Blockade des Bostoner Hafens, der ungerechten Besteuerung sowie der Aburteilung von Kolonisten vor Gerichten in England. Trotz des engagierten Einsatzes der beiden McIntosh-Brüder und anderer Gleichgesinnter beschloss die Versammlung, keine Delegierten zum so genannten Kontinentalkongress zu entsenden, der in etwa einem Monat, im September 1774, zusammentreten sollte.

Es verwunderte kaum, dass die Delegierten der übrigen zwölf Kolonien das Fehlen Georgias in einem förmlichen Beschluss bedauerten. Dabei redete man in Philadelphia ebenso wenig wie in Savannah ernsthaft von einer Revolution oder vom Lösen der Bande zu Großbritannien. Im Gegenteil, es sah eher so aus, als ob sich die Delegierten des Kontinentalkongresses ebenso friedliebend gebärden wollten wie Georgias Quäker. Zur Enttäuschung vieler engagierter Kolonisten stimmten die Delegierten fast einstimmig für eine Aussöhnung mit England und schickten eine versöhnliche Petition nach London, in der sie George III. ihrer Loyalität versicherten und ihn ersuchten, die schmählichen Beschlüsse des Parlaments wieder aufzuheben.*

Trotz der moderaten Erklärungen des Kontinentalkongresses gab es in Carolina und sogar in Savannah Leute, die ein sehr viel drastischeres Vorgehen befürworteten. Die Liberty Boys, eine der radikaleren Gruppen, bekannten sich lauthals zur Gewalt als Mittel zum Zweck, und vierzehn Whigs aus Georgia wurden verhaftet, als sie öffentlich ihre Sympathie für die in Massachusetts verübten Gewaltakte verkündeten. Es lag auf der Hand, dass sie mit ihrer Meinung nicht allein standen. Um die Königstreue der Kolonie zu demonstrieren, schickte Gouverneur Wright Boten mit einer Petition aus, in der die aufrührerischen Whigs verurteilt wurden. Viele Einwohner Georgias unterzeichneten sie, denn bis auf einige kleine Gruppen abtrünniger Siedler wie die um Elijah Clarke im Norden der Kolonie waren die meisten mit der britischen Herrschaft zufrieden. Joseph Maddock brachte fast alle Quäker dazu, die Petition zu unterschreiben, und trotz Ethan Pratts Ermahnung, sich von politischen Auseinandersetzungen fern zu halten, setzte auch Kindred Morris seinen Namen darunter. Er ahnte nicht, was das letzten Endes für ihn und seine Familie bedeuten sollte.

Angewidert von der Ängstlichkeit der politischen Führer Georgias beriefen Lachlan McIntosh und andere Schotten für Anfang Januar 1775 eine weitere Versammlung in Darien ein. Dort erinnerten sie an die althergebrachte anti-englische Haltung der Schotten und stellten fest, «weil wir, genau wie unsere Väter, die Unterdrückung nicht ertragen können, mussten wir hierher, in diese Wildnis fliehen». Voller Enthusiasmus verlangten die Schotten, dass Georgia sich den anderen Kolonien anschließen solle, und sie beschlossen, die Stimmung in Savannah durch eine Resolution zu beeinflussen, in der die Anstrengungen «der tapferen Menschen von Boston und der Massachusetts Bay zur Erhaltung ihrer Freiheit» ebenso begrüßt wurden wie «alle Resolutionen, die der Amerikanische Kongress verabschiedet hat». Außerdem verurteilten sie die gesetzwidrigen Beschlüsse des britischen Parlaments und forderten die Entsendung von zwei Delegierten aus Georgia

* Diese Erklärung trug die Unterschrift fast aller Unterzeichner der späteren Unabhängigkeitserklärung.

zum Kontinentalkongress, der im Mai in Philadelphia zusammentreten sollte. Sie schworen, sich niemals zu Sklaven Englands zu machen, erklärten ihre «Ablehnung und Abscheu für die unnatürliche Praxis der Sklaverei in Amerika» und verlangten die Freilassung sämtlicher Sklaven, verbunden mit finanzieller Entschädigung für deren Besitzer. Nachdem Lachlan als Erster die Resolution unterzeichnet hatte, setzten auch die anderen rasch ihre Namen darunter.

Kapitel 16

Ein Massaker an den Indianern

Eingedenk der Schwierigkeiten, die es in North und South Carolina mit zweifelhaften Besitztiteln an seinem Land gegeben hatte, sorgte Elijah Clarke jetzt in Georgia dafür, dass er und die anderen Familien richtige Besitzurkunden für ihre Farmen am Nordrand des 1773 von den Indianern abgetretenen Landes bekamen. Jeder, der mit ihm an den Savannah River übergesiedelt war, durfte sich den Ort für seine Farm selbst aussuchen. Clarke verlangte lediglich, dass zwischen den einzelnen Hütten gut begehbare Pfade angelegt wurden, damit die Mitglieder seiner Gruppe rasch miteinander in Kontakt treten konnten. Auf ihrer eigenen Farm bauten Elijah und Hannah Wohnhütte und Scheune so nahe aneinander, dass sie fast zusammenhingen. Damit nahmen sie zwar in Kauf, ständig die Tiere zu hören und zu riechen, sie hofften aber zu verhindern, dass noch einmal unbemerkte Eindringlinge ihre Scheune in Brand steckten. Außerdem konnte er so Haus und Scheune mit einer mannshohen Palisade aus geraden Holzpfählen umgeben, mit deren Errichtung Hannah und er wochenlang beschäftigt waren. Der Schutz, den der Zaun bot, war den beiden die Mühe wert, auch wenn man den umliegenden Wald jetzt nur noch durch schmale Schießscharten oder das geöffnete Tor sehen konnte. Sie trauten den Indianern, die ganz in der Nähe lebten, nicht über den Weg.

Aaron Hart und seine Frau hatten sich eine Meile von den Clarkes entfernt an der Kreuzung zweier Pfade niedergelassen. Da Aaron als reisender Händler nicht vorhatte, sich von der Landwirtschaft zu ernähren, begnügte er sich mit fünfzig Tagwerk Land, die er hauptsächlich als Weide nutzen wollte. An der Seitenwand seines Hauses hatte Hart einen Schuppen errichtet, in dem er seine Handelsgüter lagerte. Seine bisherige Route hatte er so verändert, dass er nun einen Teil North Carolinas aufgab und dafür ein ähnlich großes Gebiet in Georgia mit dazunahm. Wenn Aaron unterwegs war, übernachtete seine Frau meistens bei den Clarkes.

Schon Ende Januar 1774 sollten sich Elijahs Vorsichtsmaßnahmen als berechtigt erweisen. Aaron berichtete, als er von einer Reise heimkehrte, dass eine Gruppe Creek fünfzehn Meilen südwestlich einen Siedler namens William White überfallen hatte. Der Mann, seine Frau und seine vier Kinder waren getötet, seine Farm niedergebrannt worden.

«Diese verfluchten Bastarde!», knurrte Elijah. «Das werden wir ihnen heimzahlen.»

Elijah und Aaron ritten sofort zu Whites Farm und trafen dort auf ein Dutzend Männer, die neben der noch rauchenden Ruine sechs Gräber für die skalpierten und verstümmelten Leichen ausgehoben hatten. Da alle ziemlich ratlos waren, fragte Aaron Elijah, was sie seiner Meinung nach tun sollten. Elijah, der spürte, dass die anderen auf eine Entscheidung von ihm warteten, schlüpfte kurzerhand in die Rolle des Anführers und beschloss, die Indianer, die vermutlich aus den Gebieten jenseits des Ogeechee River kamen, zu verfolgen.

Dazu ließ er die Männer rings um die Farm nach Spuren von unbeschlagenen Pferdehufen suchen, und als sie eine solche Spur gefunden hatten, befahl er, ihr vorsichtig zu folgen. Eineinhalb Tage lang ritten sie den Indianern hinterher und stießen dabei immer wieder auf verlassene Lagerplätze. Aus den Spuren schloss Elijah, dass sie es mit etwa einem Dutzend Krieger zu tun hatten, die aber höchstens zwei oder drei Gewehre besaßen. Sie bewegten sich schnell, blieben stets eng beisammen und machten um Indianerdörfer einen weiten Bogen, was darauf hindeutete, dass es sich bei der Bande um Ausgestoßene ihres eigenen Volkes handelte. Aus der Tatsache, dass die Spuren erst nach Norden und dann nach Osten führten, vermuteten die Siedler, dass ein weiterer Überfall irgendwo nördlich von Augusta geplant war, und verkündeten einer nach dem anderen, dass sie nach Hause reiten und ihre Familien beschützen wollten. Als schließlich nur noch Elijah und Aaron übrig waren, mussten sie die Verfolgung aufgeben.

Zwei Wochen später, gegen neun Uhr morgens, griffen vermutlich dieselben Indianer einen Weiler namens Sherall's Fort an, in dem sich auch ein kleiner Gemischtwarenladen befand. Die Indianer hatten offenbar gewartet, bis David Sherall mit dem jüngsten seiner drei Söhne das Fort verlassen hatte, und nahmen es dann mit ihren Gewehren unter Beschuss. Mrs. Sherall setzte sich zusammen mit ihren beiden älteren Söhnen und einem schwarzen Sklaven zur Wehr und tötete drei der Angreifer, als sie versuchten, den Palisadenzaun zu überklettern. Die anderen steckten eine Ecke des Forts in Brand, zogen sich an den Waldrand zurück und setzten den Beschuss fort.

Sherall, der bei einem Nachbarn Station gemacht hatte, sah den Rauch aufsteigen und schickte sofort seinen Sohn zur nur drei Meilen entfernten Farm von Elijah Clarke, um von dort Hilfe zu holen. Dann eilte er zusammen mit dem Nachbarn zurück zum Fort. Als sie durch die Bäume die Flammen sahen, berieten sie sich kurz und beschlossen, das Feuer, das erst einen Teil der Palisade ergriffen hatte, zu löschen. Sie hatten den Wald noch nicht verlassen, als sie aus nächster Nähe mit Gewehrkugeln und Pfeilen beschossen und auf der Stelle getötet wurden. Die Indianer, die ihnen zu beiden Teilen des Pfades aufgelauert hatten, stürzten sich mit gezückten Messern auf ihre Opfer, zerrten sie ins Unterholz und skalpierten sie, um sich danach erneut in den Hinterhalt zu legen.

Als Elijah Clarke bis auf wenige hundert Meter an das Fort herangekommen war, hob er die Hand und ließ seine sechs Begleiter, darunter Sheralls Sohn, anhalten.

«Wenn die Wilden ein Haus längere Zeit belagern, sorgen sie immer dafür, dass sie dabei nicht überrumpelt werden. Meistens lauern sie einem dabei irgendwo am Wegesrand auf, weshalb wir uns jetzt im Wald verteilen und in hundert Metern Abstand vom Pfad auf das Fort vorrücken. Und macht dabei möglichst viel Lärm, denn wenn die Indianer uns hören, rennen sie sofort zu den anderen.»

Als die Männer auf die Lichtung mit dem Fort kamen, sahen sie sich den versammelten Angreifern gegenüber, die aber, als sie fünf Gewehrläufe auf sich gerichtet sahen, Reißaus nahmen und im Wald verschwanden.

«Der Anführer war Big Elk», sagte einer der Siedler. «Er war ein paar Mal auf meiner Farm und hat mit mir Handel getrieben. Ein hinterhältiger Kerl, der diese Gegend wie seine Westentasche kennt.»

Nachdem sie die Toten beerdigt hatten, nahmen die Männer Mrs. Sherall und die Kinder mit zu Clarkes Farm. Dort sollten sich am nächsten Tag auch die anderen Siedler aus der Nachbarschaft einfinden und beratschlagen, was zu tun sei. Als alle versammelt waren, wurde man sich rasch einig.

«Wenn wir diese Banditen nicht zur Rechenschaft ziehen, gehen die Stämme in der Umgebung vielleicht alle auf den Kriegspfad», erklärte Elijah Clarke. «Und dann sind wir erledigt, selbst wenn wir alle unsere Arbeit niederlegen und nur noch diese Mistkerle jagen. Für uns ist es nun einmal lebenswichtig, dass die verdammten Indianer friedlich bleiben, und nur eine harte Bestrafung der Übeltäter kann einen allgemeinen Aufstand verhindern.»

Aaron Hart sagte: «Dazu brauchen wir die Hilfe der britischen Soldaten. Schließlich verlangt London von Gouverneur Wright, dass er den Handel sichert und mehr Siedler in die von den Indianern abgetretenen Gebiete bringt. Dazu muss er aber die Ordnung in der Kolonie aufrechterhalten.»

«Kann schon sein», warf einer der Männer ein, «aber vielleicht ist Georgia den Engländern doch nicht so wichtig, wie wir denken.»

«Was den Handel anbetrifft, hast du wahrscheinlich Recht», erwiderte Aaron Hart. «Aber die Briten brauchen diese Kolonie als Puffer zwischen den Spaniern und South Carolina und in gewisser Weise auch als Riegel gegen die Franzosen westlich von uns. Ich stimme Elijah zu, dass wir jeden Aufstand abtrünniger Indianer im Keim ersticken müssen, aber in ganz Georgia gibt es nicht einmal dreitausend kampffähige weiße Männer. Bisher haben wir Glück gehabt, aber jetzt sind die Probleme, die es in den Grenzgebieten Carolinas mit den Cherokee gegeben hat, offenbar auch zu uns herübergeschwappt.»

Clarke und zwei oder drei weitere Siedler wollten sofort gegen die Indianer vorgehen, aber die große Mehrheit befürchtete, dass es mehrere Gruppen auf dem Kriegspfad gab, und wollte deshalb die eigenen Farmen nicht schutzlos zurückzulassen und lieber auf Hilfe von außen warten. Aaron wies noch einmal darauf hin, dass die britische Verwaltung die Verantwortung für den Frieden mit den Indianern übernehmen musste, und machte sich schließlich als Abgesandter der Gruppe mit zwei Begleitern auf den Weg nach Savannah. Dort wollte er Gouverneur Wright höflich, aber bestimmt daran erinnern, dass die Regierung den Siedlern in den abgetretenen Gebieten zwar Schutz vor den Indianern versprochen, aber kaum Truppen dort stationiert hatte. Sollten sie jetzt keine militärische Unterstützung bekommen, müssten viele von ihnen ihre Farmen wieder verlassen und in ungefährlichere Gegenden ziehen.

Der Gouverneur reagierte auf Aarons Bitten wie erhofft, und schon eine Woche später traf ein Captain Grierson mit zwei britischen Sergeants und fünfzig Milizsoldaten in Augusta ein. Die Soldaten waren jung und unerfahren, und ihre Uniformen sahen nagelneu aus. Die Truppe bezog mit militärischem Pomp Quartier in Sherall's Fort, und nach ein paar Tagen schickte Captain Grierson zwanzig Soldaten zu Fuß in die umliegenden Indianerdörfer, um dort Beweise für einen offiziellen Bericht an den Gouverneur zu sammeln. Sie waren noch keine zwei Tage unterwegs, als sie in einen Hinterhalt von Big Elks Bande gerieten. Drei Soldaten wurden durch Pfeile und Gewehrkugeln aus dem Unterholz getötet, die anderen kehrten Hals über Kopf ins Fort zurück und weigerten sich, noch länger in dieser «indianerverseuchten» Gegend zu bleiben. Ohne weitere Absprache mit den Siedlern marschierte kurze Zeit später die gesamte Truppe wieder zurück nach Savannah.

Gouverneur Wright war dieses Verhalten seiner Soldaten äußerst peinlich, und er schickte sofort eine Botschaft nach London, in der er die Ereignisse in eindringlichen Worten schilderte. Mit Nachdruck wies er auf den Ernst der Lage hin und verlangte die Entsendung weiterer Truppen in seine Kolonie. Noch während die Botschaft auf ihrem langen Weg nach London war, ergriff Wright eine weitere Maßnahme, die sich als äußerst effektiv erweisen sollte: Er ließ seinen Indianerkommissar John Stuart den Häuptlingen in dem betroffenen Gebiet mitteilen, dass sie die Friedensvereinbarungen gebrochen hätten und deshalb keinerlei Handel mit den Weißen mehr treiben dürften.

Als den Siedlern klar wurde, dass sie aus Savannah in nächster Zukunft keine Hilfe zu erwarten hatten, trafen sich einige von ihnen abermals auf Elijah Clarkes Farm. Dort beschlossen sie ohne Gegenstimmen, dass sie ihre Familien an einen sicheren Ort bringen und nicht ruhen wollten, bis die Indianer bestraft worden seien. Ohne es eigens zu beschließen, sahen sie Elijah als ihren militärischen Anführer an. Von einem Indianerhändler hatte Aaron erfahren, dass Big Elk und seine meist jungen Creek ihr Lager mitten im Gebiet der Cherokee aufgeschlagen hatten. Der Mann bot den Siedlern an, sie dorthin zu führen.

Da Elijah diese gefährliche und langwierige Expedition mit mindestens hundert Männern antreten wollte, schlug Aaron vor,

Boten ins Umland zu entsenden, die weitere Mitstreiter rekrutieren sollten.

«Nach Wrightsborough brauchen wir niemanden zu schicken», meinte Elijah. «Die verdammten Quäker dort wollen mit Gewalt nichts zu tun haben. Und Gewalt werden wir anwenden, soviel ist sicher.»

Die Männer lachten, und einer von ihnen sagte: «Nicht alle dort sind Quäker. Soviel ich weiß, haben sich dort auch einige frühere Regulatoren aus dem Orange County angesiedelt.»

«Das sind bestimmt gute Männer. Nehmt Kontakt mit ihnen auf und sagt ihnen, dass wir in drei Tagen, also Freitag früh, von hier aufbrechen.»

Als Aaron Hart in den Hof geritten kam, arbeitete Ethan gerade in seiner Schmiede und draußen spielte der kleine Henry. Nachdem sich die beiden alten Bekannten begrüßt hatten, sagte Aaron: «Ethan, ich bringe dir eine Botschaft von Elijah Clarke.»

«Ich habe gehört, dass er sich mit ein paar Freunden nördlich von hier am Savannah River niedergelassen hat.»

«Das stimmt. Ich lebe selbst in seiner Siedlung. Hast du denn schon erfahren, dass Big Elk und seine Krieger die Forts der Siedler westlich von uns überfallen haben?»

«Ja. Sie haben Menschen umgebracht und Besitz zerstört. Aber dann soll die Miliz die Indianer in ihre Dörfer zurückgejagt haben.»

«Das stimmt nur zum Teil. In Wirklichkeit haben die Indianer die feigen Milizsoldaten zurück nach Savannah gejagt. Big Elk stellt nach wie vor eine große Gefahr für uns alle dar.»

Aaron erzählte, was passiert war und dass der Gouverneur den Handel zwischen den Engländern und den Indianern völlig unterbunden hatte. Schließlich erklärte er, dass einige Siedler unter Führung von Elijah Clarke die Sache nun selbst in die Hand nehmen wollten.

Ethan erkannte, worauf das Gespräch hinaus lief, und sagte: «Der Handel ist für die Indianer enorm wichtig. Ich bin mir sicher, dass die Häuptlinge Big Elk längst gezwungen haben, seine Bande aufzulösen.»

«Darüber wollte ich gerade mit dir sprechen. Big Elk und seine Leute sind Verbrecher, die von den Creek aus dem Stamm ausgestoßen wurden. Händler haben uns berichtet, dass sie ihr Lager im Gebiet der Cherokee aufgeschlagen haben, und einer von ihnen kann uns sogar hinführen. Ich weiß, dass du unter Quäkern lebst, aber Clarke hat mich gebeten, dich trotzdem zu fragen, ob du nicht für ein paar Tage mit uns kommen könntest. Wir wollen verhindern, dass es weitere Überfälle gibt. Wer weiß, vielleicht findet ja der nächste hier bei euch statt, schließlich lebt auch ihr am Rand des abgetretenen Gebiets.»

«Wir kennen die Indianer hier in der Gegend ziemlich gut, und bis jetzt waren sie immer friedlich. Ich kämpfe nur ungern und würde lieber hier bleiben und meine Farm beschützen. Außerdem habe ich gehört, dass Clarke leicht die Beherrschung verliert.»

«Das kann schon sein, aber er steht nicht allein. Mehrere Dutzend Siedler sind bei ihm, und die wollen nur Big Elk und seine Krieger festnehmen, um weitere Überfälle auf unsere Familien zu verhindern. Außerdem wollen wir ein Exempel statuieren, das andere Indianer davor abschreckt, ebenfalls auf den Kriegspfad zu gehen. Schließlich haben die Verbrecher gegen den Vertrag verstoßen, den die Häuptlinge der Creek und der Cherokee letztes Jahr unterschrieben haben.»

Ethan war noch immer nicht überzeugt. «Ich muss noch darüber nachdenken. Wann wollt ihr losreiten?»

«Wir treffen uns morgen früh zwei Stunden nach Sonnenaufgang an der Stelle, wo der untere Cherokeepfad über den Rock Comfort Creek führt.»

«Ich weiß, wo das ist. Ich kann dir nichts versprechen, aber wenn ich kann, werde ich da sein.»

«Ich habe eine Liste mit den Namen von anderen Siedlern, auf der auch Kindred Morris steht. Weißt du, wo ich ihn finden kann? Ich möchte ihn fragen, ob er auch mitmacht.»

«Das kannst du dir sparen. Kindred wird nicht kommen.»

Aaron glaubte ihm das, denn er kannte Newota gut und wusste von Kindreds Sympathien für die Indianer. Nachdem er Ethans Einladung, zum Essen zu bleiben, dankend abgelehnt und einen Schluck Wasser getrunken hatte, machte er sich wieder auf den Weg.

Aaron ließ sich durch den Kopf gehen, wie unterschiedlich

Ethan und Elijah doch waren, und schmeichelte sich mit dem Gedanken, dass diese beiden starken Männer möglicherweise durch seine Vermittlung Freunde werden würden. Es war typisch für ihn, dass er von beiden nur das Beste dachte und sich überlegte, wie er sie zusammenbringen könnte.

Aaron, der die Pratts auf seinen Reisen gelegentlich besuchte, wusste, dass Ethan mit seiner Familie ein friedliches und – bis auf gelegentliche Besuche bei seinem Nachbarn Kindred Morris – auch sehr zurückgezogenes Leben führte. Ethan respektierte die Indianer, die auf der anderen Seite des Flusses lebten, und war der Meinung, dass der Eid, den er als britischer Untertan geleistet hatte, ihn noch immer an die Krone band. Groß und kräftig, wie er war, fühlte er sich in der Gegenwart anderer Männer entspannt und hatte nie das Gefühl, seine Überlegenheit unter Beweis stellen oder den Ton angeben zu müssen. In Gesprächen hörte er lieber zu, als dass er seine eigene Meinung kundtat. Daher war Aaron auch nicht sonderlich erstaunt gewesen, als er von Ethan nicht sofort eine Antwort bekommen hatte. Aber er wusste, dass Ethan sich alles gut überlegen und dann eine vernünftige Entscheidung treffen würde.

Bis auf seine beeindruckende Körpergröße und seine intime Kenntnis der Wildnis war Elijah Clarke in allen Punkten das genaue Gegenteil von Ethan. Er schien geradezu davon getrieben zu sein, ständig seine Überlegenheit herausstellen zu müssen, und weil er eine Führernatur war, hatte er damit auch so gut wie immer Erfolg. Elijah liebte es, lauthals seine Ansichten hinauszuposaunen und andere für seine Pläne einzuspannen. Er war ebenso kompromisslos wie impulsiv. Seit seiner Auseinandersetzung mit dem Gouverneur von North Carolina fühlte er sich nicht mehr als britischer Bürger und war in jeder Diskussion, in der es um Rebellion ging, an vorderster Front mit dabei. Auch wenn der Umgang mit diesem anmaßenden und starrsinnigen Mann, der sich oft irrte, aber nie von irgendeinem Zweifel angekratzt schien, in vielerlei Hinsicht nicht einfach war, strahlte Clarke eine geradezu anziehende Lebendigkeit aus, die viele Männer auf seine Seite zog. Elijah mochte es nicht, wenn man ihm widersprach, und Aaron achtete stets darauf, dergleichen allenfalls unter vier Augen und auch dann nur sehr vorsichtig kundzutun. Clarke sah alle Indianer ausnahmslos als Wilde an und weigerte sich, ihnen auch nur die geringsten menschlichen Eigenschaften zuzubilligen. Aaron hatte ihm zu diesem Thema noch nie seine ehrliche Meinung gesagt. Hätte Elijah gewusst, dass Aaron eine indianische «Frau» hatte, hätte er das bestimmt widerlich gefunden. Von einer Vergewaltigung einmal abgesehen, war für ihn jeglicher sexuelle Umgang mit einer Indianersquaw eine gottlose Schandtat.

Ethan blickte Aaron noch eine Weile hinterher, dann brachte er Henry zu Epsey ins Haus, nahm sein Gewehr und ging in den Wald, weil er dort über Aarons Einladung besser nachdenken konnte. Dass Clarke einen Racheakt plante, beunruhigte ihn sehr, noch mehr Kopfzerbrechen aber bereitete ihm Aarons Bitte, dass er selbst daran teilnehmen sollte. Wie alle Siedler, die in den äußeren Regionen der abgetretenen Gebiete in direkter Nachbarschaft zu den Indianern lebten, wusste er genau, wie gefährlich es für ihn und seine Familie werden konnte, wenn auch angesehene Häuptlinge Überfälle auf abgelegene Siedlungen befürworteten. Andererseits hielt er es für ziemlich unwahrscheinlich, dass die Häuptlinge einen offenen Bruch der von ihnen geschlossenen Verträge riskieren oder dass sie versuchen würden, sich das abgetretene Land wieder zurückzuholen. Schließlich setzten sie damit alle Vorteile, die ihnen ein friedlicher Handel mit den Weißen brachte, aufs Spiel. Außerdem hätte ein offen erklärter Krieg unweigerlich das Eingreifen kampferprobter britischer Truppen zur Folge, die den schlecht bewaffneten Indianern haushoch überlegen waren, zumal Creek und Cherokee in ständigem Zwist lebten und nur selten an einem Strang zogen.

Ethan fragte sich lange, was er tun sollte, aber am Ende vertraute er Aaron Hart und beschloss, Clarke bei der Bestrafung von Big Elk und seiner kleinen Gruppe von Ausgestoßenen zu helfen. Dabei musste er auch daran denken, dass er und seine Nachbarn in Zukunft möglicherweise selber Schutz und Hilfe benötigen würden. Für diesen Fall war es gut, unter den neuen Siedlern weiter nördlich Verbündete zu haben.

Weil es von seiner Farm bis zum angegebenen Treffpunkt nicht einmal zwölf Meilen waren, kam Ethan am nächsten Morgen bereits kurz nach Sonnenaufgang dort an. Elijah Clarke und seine

Freunde waren noch nicht eingetroffen, dafür aber ein paar Männer aus den älteren Siedlungen bei Augusta, die allerdings nichts über die genauen Ziele ihrer Mission sagen konnten. Über eine Stunde später erst kam Clarke mit zwei Dutzend Reitern an, die ganz offensichtlich miteinander geritten waren und sich gut zu kennen schienen.

Nachdem Clarke schweigend die Versammelten gezählt hatte, sagte er: «Eigentlich bräuchte ich dreimal mehr Männer, aber ich muss wohl mit dem auskommen, was ich habe. Ich denke, wir sind genug, um den roten Bastarden eine Lektion zu erteilen, die sie so schnell nicht vergessen werden.»

Er stieg von seinem Pferd, und die anderen bildeten einen Kreis um ihn. Ethan betrachtete ihn genau. Nach ihm selbst war Clarke der größte Mann in der Runde. Er hatte dichtes, schwarzes Haar, das etwa auf Höhe seiner Ohrläppchen gerade abgeschnitten war. Seine Augen waren erstaunlich groß, aber er kniff sie beim Reden oft zusammen. Eine scharf geschnittene Adlernase und ein leicht vorstehendes Kinn gaben seinem Gesicht etwas Energisches, wohingegen sein Mund mit der dünnen Oberlippe erstaunlich weich wirkte. Wenn er sprach, war ständig die obere Reihe seiner hervorstehenden, gelblichen Zähne zu sehen.

Während Clarke den nicht zu seiner Gruppe gehörenden Männern die Situation erklärte, fand Ethan, dass er ziemlich aufdringlich den Führer mimte und niemanden zu Wort kommen ließ, bis er mit seinen langwierigen und etwas umständlichen Ausführungen zu Ende war. Mehr als einmal suchte er nach dem richtigen Wort, und der Mann neben Ethan flüsterte ihm zu: «Er kann zwar nicht lesen und schreiben, aber er ist blitzgescheit.»

Als Clarke zu Ende gesprochen hatte, äußerten einige Männer ihre Meinung. Clarke hörte ihnen fünf Minuten lang zu, bis er mit erhobener Hand Schweigen gebot. «Jetzt wissen wir alles über die Sheralls und Whites und all die anderen», fasste er zusammen. «Wir wissen, wie ihre Frauen und Kinder massakriert und skalpiert und wie ihre Häuser und Scheunen abgebrannt wurden. Verübt hat diese Verbrechen eine Bande von Feiglingen, die von ihren eigenen Leuten ausgestoßen wurden. Schlimmer als diese Bestien sind nur noch die Milizsoldaten, die uns der Gouverneur geschickt hat. Die Angsthasen haben sich beim ersten Surren einer Bogensehne in die Hosen gemacht und sind getürmt.»

Elijah wartete, bis sich das leise Gelächter gelegt hatte.

«Wir haben nun die Aufgabe, diesen Saustall auszumisten, und, bei Gott, das werden wir auch tun. Big Elk und seine Krieger haben zwanzig Meilen jenseits des Flusses ihr Lager aufgeschlagen und wähnen sich in Sicherheit, bis sie zum nächsten Schlag gegen uns ausholen. Mr. Moses hier, der mit den Cherokee Handel treibt, weiß, wo das Lager ist. Er reitet mit uns.»

Dabei deutete er auf einen kleinen und sichtlich nervösen Mann neben sich.

«Wir werden erst umkehren, wenn wir die Kerle gefunden und unsere Aufgabe erledigt haben. Ich gehe davon aus, dass ihr alle genügend zu essen sowie ausreichend Pulver und Kugeln dabei habt. Und ich hoffe, dass ihr wisst, wie man ein Gewehr rasch nachlädt, und dass ihr eure Messer für den Nahkampf nicht vergessen habt.»

Diese Bemerkungen waren eigentlich überflüssig, denn die meisten der Männer waren passionierte Jäger und nahmen jedes Mal, wenn sie den Hut aufsetzten und ihre Hütte verließen, ein Messer, eine Muskete oder eine Langbüchse mit, die sie auch beim Reiten immer griffbereit hatten. Manche Farmer bauten sich sogar Halterungen, mit denen sie eine Muskete an den Handgriffen ihres Pfluges befestigen konnten. Auf diese Weise waren sie nicht nur gegen überraschende Angriffe von Feinden gewappnet, sondern auch für den Fall, dass sich ein Hirsch, Bär oder Truthahn auf Schussweite näherte.

Einige Männer wollten wissen, in welche Richtung sie reiten würden, und dann fragte Ethan: «Was machen wir mit den Indianern, wenn wir sie finden?»

Clarke sah ihn an und schien ihn, obwohl er alle anderen um mehr als dreißig Zentimeter überragte und dazu auch noch stark und tüchtig aussah, erst jetzt bewusst wahrzunehmen.

«Ich habe bereits gesagt, dass wir wissen, wo sie sich aufhalten. Wir werden sie mit ihrer eigenen Taktik schlagen, indem wir sie bei Nacht umzingeln und bei Tagesanbruch, wenn sie alle noch schlafen, angreifen.»

Ethan ließ sich nicht aus der Ruhe bringen und hakte nach: «Und was machen wir, wenn wir sie gefangen genommen haben?»

«Sie werden bis zum letzten Mann kämpfen, weil sie sich nicht gefangen nehmen lassen wollen. Ich schätze, wir werden die Mistkerle so behandeln, wie sie unsere Leute behandelt haben. Steht das so nicht auch in der Bibel?»

Aus der Runde war Lachen und zustimmendes Gemurmel zu vernehmen, und Ethan beschloss, die Sache nicht weiter zu verfolgen.

Clarke gab das Signal zum Aufbruch und ritt los, dicht gefolgt von Mr. Moses, der an den Weggabelungen zu Rate gezogen wurde. Die anderen ritten in langer Reihe hinter ihnen her.

Am späten Nachmittag brachte Clarke die Kolonne mit erhobener Hand zum Stehen und hieß die Männer absteigen. «Wir glauben, dass wir nur noch zwei Meilen vom Lager der Rothäute entfernt sind. Seid also leise und haltet eure Pferde nahe bei euch. Ruht euch aus, aber zündet kein Feuer an. Später, wenn der Mond aufgegangen ist, werde ich mit einigen von euch zu Fuß losgehen und die Gegend erkunden. Wenn wir das Lager gefunden haben, kommen wir hierher zurück und besprechen den Angriffsplan.»

Nach Einbruch der Dunkelheit machte sich Clarke mit ein paar seiner Vertrauten auf den Weg nach Nordosten. In ihren weichen Mokassins bewegten sie sich nahezu lautlos auf dem nur schwach vom Mondlicht erleuchteten Pfad. Drei Stunden später waren sie wieder zurück bei den anderen, die in kleinen Gruppen beieinander saßen und sich leise unterhielten.

Clarke sammelte die Leute um sich und berichtete, was er ausgekundschaftet hatte.

«Anscheinend besteht das Lager schon seit längerer Zeit. Wir haben zwei heruntergebrannte Feuer entdeckt, aber keine Wachen. Es sieht so aus, als würden die Indianer alle schlafen. Das Lager befindet sich auf unserer Seite eines ziemlich breiten Baches, der nicht leicht zu überqueren ist. Wir werden uns in drei Gruppen aufteilen. Aaron Hart geht mit acht Mann nach rechts, und Micajah Williamson übernimmt ebenfalls mit acht Mann die linke Flanke. Ich habe mit beiden schon besprochen, wo sie Stellung beziehen sollen. Zwei Männer bleiben bei den Pferden und achten darauf, dass sie ruhig bleiben. Die restlichen zwölf Mann führen unter meinem Kommando in der Mitte den ersten und entscheidenden Angriff. Das Lager ist nicht besonders groß, sodass wir uns wohl alle sehen können, wenn wir Aufstellung genommen haben. Bei Tagesanbruch feure ich den ersten Schuss ab als Signal, dass es losgeht. Schießt auf alles, was sich bewegt, aber seht zu, dass ihr keine eigenen Leute trefft. Und zielt gut, denn nach dem ersten Schuss werdet ihr kaum Gelegenheit zum Nachladen haben. Danach geht es mit den Messern und Beilen im Nahkampf weiter. Ich will, dass ihr keinen der Wilden entkommen lasst.»

«Was machen wir, wenn sich welche ergeben wollen?», fragte Ethan.

«Ich habe dir doch schon heute früh gesagt, dass sie das nicht tun werden», antwortete Clarke scharf. «Aber du kannst ja einen gefangen nehmen, wenn du unbedingt einen Mörder mit nach Hause in deine Hütte nehmen willst.»

Ethan beschloss, ihm darauf keine Antwort zu geben. Als sie schließlich aufbrachen und hintereinander den Pfad entlang gingen, waren die Männer ernst und manch einem sank der Mut. Als sie noch etwa dreihundert Meter vom Lager der Indianer entfernt waren, blieb Clarke stehen und deutete nach links und rechts. Ethan gehörte zu den Männern, die Aaron Hart zugeteilt waren. Während sie nach rechts gingen, hörte er, wie Clarke seinen Männern leise Anweisungen gab, wo sie in Stellung gehen sollten.

Aaron wusste offensichtlich, was er zu tun hatte. Als sie so nah an dem Bach waren, dass sie sein Wasser rauschen hörten, blieb Aaron stehen und winkte die Männer zu sich. Flüsternd gab er ihnen Anweisung, sich im rechten Winkel zu dem Bach in einer Reihe aufzustellen, das Lager genau zu beobachten und Gewehre, Messer und Beile für den Angriff bereitzuhalten.

Ethan fand seinen Platz in der Reihe, prägte sich die Position seiner Nebenmänner ein und suchte sich einen der aus Zweigen und Laub bestehenden Unterstände aus, den er angreifen wollte. Als Clarkes erster Schuss fiel, reagierten die Indianer zunächst nicht, aber als die Siedler losmarschierten, krochen sie mit gezückten Waffen aus den Unterständen. Aus den Reihen der Angreifer waren jetzt in rascher Folge Schüsse zu hören, gefolgt von den Schmerzensschreien der Getroffenen und dem Grunzen und Fluchen von Männern, die mit Messern, Beilen und Fäusten um ihr Leben kämpften.

Zehn Minuten später war alles vorbei. Den Siedlern gelang es, Big Elk und fast alle seine Krieger zu töten bis auf zwei, die in den Bach sprangen. Aaron Hart befahl drei Männern, darunter auch Ethan, die beiden zu verfolgen, aber sie konnten die in dem schnell fließenden Gewässer schwimmenden Indianer nicht einholen. Als sie nach hundert Metern stehen blieben und lauschten, ob sie auf dem anderen Ufer des Baches irgendwelche Geräusche hörten, befahl Clarke, die Gewehre wieder zu laden und das Lager nach «Feiglingen, die nicht kämpfen wollten» zu durchsuchen.

Ein paar Minuten später hatten die Siedler zu ihrem Erstaunen mehrere Frauen und Kinder gefunden, darunter drei Säuglinge, unter Decken und Fellen versteckt. Clarke ließ sie in der Mitte der Lichtung zusammentreiben, wo sie sich zitternd vor Angst eng aneinander drängten.

Ethan hörte, wie Clarke befahl: «Tötet sie. Und zwar alle!»

Sofort rannte er vom Bach auf die Lichtung und schrie: «Nein! Nein!»

Aber es war zu spät. Obwohl die meisten Männer sich nicht an dem Massaker beteiligten und ein paar von ihnen protestierten, machten Clarke und einige andere die Frauen und Kinder mit Messern und Beilen nieder. Als Ethan am Ort des Geschehens ankam, hatten Clarke und einige andere schon damit begonnen, ihre Opfer zu skalpieren.

Ethan packte Clarke an der Schulter und riss ihn herum. «Das ist kaltblütiger Mord! Du bist nicht besser als Big Elk!»

Clarke trat einen Schritt zurück und zielte mit seiner Muskete auf Ethans Brust. «Wage es nie wieder, mich anzufassen, Pratt, sonst bist du ein toter Mann. Diese Wilden haben sich alle mit schuldig gemacht, und dafür müssen sie bestraft werden. Und jetzt schwing deinen Arsch in den Sattel und reite zurück zu deinen Quäkern. Du hattest bei uns von Anfang an nichts zu suchen.»

Ethan war wütend und angewidert zugleich. Er blickte in die Gesichter der anderen Männer und sah, dass sie nicht alle derselben Meinung waren wie Clarke. Ein gutes Drittel von ihnen schien ebenso zu denken wie er, aber keiner von ihnen traute sich, den Mund aufzumachen. Schließlich drehte er sich um und ging langsam zurück zu dem Platz, an dem sie die Pferde zurückgelassen hatten. Nur zwei der Männer folgten ihm. Während er nach Hause ritt, versuchte Ethan, nicht mehr an das blutige Massaker zu denken, dessen Zeuge er geworden war.

Kapitel 17

Clarke gründet eine Miliz

Aaron Hart war so müde, dass er auf dem Rücken seines braunen Wallachs immer wieder einschlief und dabei mit dem Oberkörper nach vorn fiel. Obwohl der Tag eben erst anbrach, war er bereits seit eineinhalb Stunden unterwegs. Mehrmals hatte er sein Pferd zügeln müssen, damit es sich nicht neben das vor ihm laufende Tier schob. Dessen großer, kräftiger Reiter konnte es nun einmal nicht ausstehen, wenn man ihn herausforderte, und sei es nur dadurch, dass man ihm den Platz an der Spitze eines sechs Mann zählenden Trupps streitig machte, der am frühen Morgen einen schmalen Indianerpfad entlangritt. Elijah Clarke hatte schon immer dazu geneigt, andere Menschen zu beherrschen, und da auch diese Gruppe ihn wie selbstverständlich zu ihrem Anführer erkoren hatte, tat er alles, um seine Autorität bei jeder sich bietenden Gelegenheit unter Beweis zu stellen. Während es die anderen Männer in vielerlei Hinsicht beruhigte, dass ihr Führer so sehr von sich selbst überzeugt war, wurde für Aaron der Umgang mit Elijah immer problematischer. So war es beispielsweise schwierig, mit ihm auf gleicher Augenhöhe strittige Fragen zu diskutieren oder bei der Gründung der Miliz ab und zu ein Wörtchen mitzureden.

Während er so hinter Clarke her ritt, dachte Aaron über seine Beziehung zu ihm nach, die begonnen hatte, als sie beide Nachbarn in North Carolina gewesen waren. Aaron hatte als Farmer angefangen, sich aber nach und nach einige Packpferde zugelegt und eine Existenz als reisender Händler aufgebaut. Auch wenn er auf seinen Reisen in einem immer größer werdenden Gebiet nur wenig Gewinn machte, genoss es Aaron, mit den unterschiedlichsten Menschen Meinungen und Neuigkeiten auszutauschen und dabei von der Plackerei der Farmarbeit ebenso befreit zu sein wie von den sexuellen Beschränkungen der Ehe. Es war seine Kenntnis neu erschlossener Gebiete gewesen, die eine kleine Gruppe von Freunden dazu gebracht hatte, zuerst nach South Carolina und dann nach Georgia überzusiedeln. Seit er in Augusta in der Nähe des Savannah River lebte, hatte Aaron sich eine neue Tour zusammengestellt, die ihn erst nach Wrightsborough, dann über den Oconee River ins Indianergebiet und schließlich bis nach Savannah führte. Früher war Aaron in Hillsborough Stammkunde in Henry Pratts Schuhmacherwerkstatt gewesen und hatte dessen Bruder Ethan und die mit ihm befreundeten Quäker schon gekannt, bevor diese nach Georgia gezogen waren. Er wusste genau, wie friedliebend und königstreu sie waren, und deshalb plagte ihn sein schlechtes Gewissen, seit er Ethan vor drei Monaten zur Teilnahme an der Strafexpedition gegen Big Elk überredet hatte. Auch hatte er sich damals nicht auf Ethans Seite gestellt, als dieser vor versammelter Mannschaft seine Abscheu angesichts des Massakers an Frauen und Kindern bekundet hatte. Immer wenn Aaron daran dachte, beruhigte er sich mit dem festen Vorsatz, in Zukunft aus Loyalität zu Ethan solche barbarischen Akte zu verhindern.

Mit heimlicher Genugtuung dachte Aaron an das Geheimnis, das zumindest bei den Weißen auch wirklich eines war: Seine indianische Frau, die ganz in der Nähe von Newotas Dorf lebte, hatte ihm vor kurzem ein zweites Kind geboren. Aaron, der in den wenigen Tagen, die er auf seinen Reisen bei den Indianern blieb, voll und ganz ihre Sitten annahm, war wegen seiner Großzügigkeit bei den Eingeborenen sehr beliebt. Bei diesen Aufenthalten hatte er auch viel über Big Elk gehört, dessen Heimatdorf nur einen Tagesritt weiter westlich lag. Bei den Indianern war der hünenhafte Krieger wegen seines Hasses auf die weißen Siedler und seine verbrecherischen Taten bekannt gewesen, Aaron aber hatte ihn hauptsächlich wegen der Brutalität verachtet, mit der er seine eigene Familie und Stammesbrüder behandelte. Er war es auch gewesen, der den Händler aufindig gemacht hatte, der ihnen auf der Strafexpedition zu Big Elks Lager als Führer gedient hatte.

Bisher hatte Aaron außer zu seiner Frau und natürlich zu seiner indianischen Familie kaum engen Kontakt zu anderen Menschen gehabt. Um so mehr Freude bereitete es ihm jetzt, zusammen mit Clarke aus einer bunt zusammengewürfelten Gruppe von Rekruten einen disziplinierten Zug von Milizionären zu formen. Diese Aufgabe war etwas völlig Neues für ihn und er überlegte ständig, womit er die Männer beeindrucken konnte. Bei der militärischen Ausbildung ging es nicht darum, wie man einen Zaun baute, mit

Packpferden umging oder mit Waren handelte, hier musste man klare Befehle erteilen, geheime Signale vereinbaren und den Männern zeigen, wie man mit einer Muskete umging. Aaron, der sogar heimlich im Wald hinter seinem Haus Schießübungen gemacht hatte, war froh, dass er sich ein gutes Gewehr und reichlichen Vorrat an Kugeln und Schießpulver leisten konnte. Seine Farm allerdings vernachlässigte Aaron mehr und mehr, weil Elijah ihm von Tag zu Tag neue Pflichten auflud.

Nach dem Überfall auf das Lager von Big Elk war Elijah Clarke im Norden Georgias zu einer Art Held geworden, was angesichts der Ausschmückungen, die der Bericht von der Strafexpedition mit jeder neuerlichen Widerholung erfuhr, nicht weiter verwunderlich war. Hinzu kam, dass Aaron und die anderen Beteiligten niemandem erzählt hatten, wie am Schluss der Aktion unschuldige Frauen und Kinder ermordet und skalpiert worden waren.

Im Laufe der Zeit war aus den Männern, die erst nach dieser Militäraktion beschlossen hatten, in engem Kontakt miteinander zu bleiben, eine in sich geschlossene Miliz geworden, die sich gewissenhaft auf einen weiteren Kampf mit den Indianern vorbereitete. Elijah rief sie meistens einmal in der Woche zusammen, um mit ihnen über Waffen oder Kampftaktik zu diskutieren, und fast alle von ihnen genossen die fast konspirative Atmosphäre, die bei diesen Treffen herrschte.

Da neben Ethan Pratt auch etliche andere nicht mehr willkommen waren, bestand die Truppe zunächst nur aus sechzehn Mann, von denen die meisten nicht weit von Clarkes zum Fort ausgebauter Farm entfernt wohnten. Als seine Streitmacht nach und nach auf die doppelte Anzahl angewachsen war, teilte Clarke sie in zwei gleich große Gruppen auf, die auf sein Geheiß hin im Zielschießen und bei Geländeübungen miteinander wetteifern mussten.

Ohne sich vorher mit jemandem abgesprochen zu haben, hatte Elijah schon bei ihrem ersten Treffen verkündet: «Ich werde mir eine Taktik für uns ausdenken, die in etwa so sein wird wie die, die wir schon beim Überfall auf Big Elk angewandt haben. Hiermit ernenne ich Aaron Hart und Micajah Williamson zu meinen Leutnants, die jeweils eine Hälfte der Truppe befehligen sollen.» Von da an sprachen die Männer Elijah unaufgefordert mit «Captain Clarke» an, was ihn noch weiter von den anderen entrückte, sogar von seinen alten Freunden und lebenslangen Nachbarn. Auf dieselbe unausgesprochene Weise avancierte Aaron Hart zu Clarkes Adjutanten, der dafür verantwortlich war, Elijahs Befehle an die Männer weiterzugeben. Aber es fiel ihm noch eine weitere wichtige Aufgabe zu: Er musste, so gut es ging, Clarkes Analphabetentum vor der Truppe verschleiern. Unter großen Schwierigkeiten gelang es Elijah zwar inzwischen, seinen eigenen Namen zu schreiben, für das Entziffern und Abfassen von Berichten und Befehlen jedoch war Hart ebenso zuständig wie für die privaten Briefe, die Clarke hin und wieder seiner Frau zukommen ließ. Auch als es längst ein offenes Geheimnis war, dass Clarke weder lesen noch schreiben konnte, wagten es seine Untergebenen nicht, darüber zu sprechen.

So wie ein Blinder seine verbliebenen Sinne über alle Maßen schärft, machte Elijah Clarke sein Analphabetentum dadurch wett, dass er jedes noch so komplizierte Problem auf den ersten Blick erfassen und augenblicklich geeignete Maßnahmen zu seiner Lösung anordnen konnte. Dabei war er ein strenger, aber gerechter Befehlshaber, der besonderes Verständnis für die Bedürfnisse der Familien seiner Untergebenen zeigte. Unterstützt wurde er dabei von seiner Frau Hannah, die es als ihre Pflicht ansah, sich in Abwesenheit der Männer um deren daheim gebliebene Frauen und Kinder zu kümmern.

Als Aaron Hart an diesem Morgen hinter Clarkes Pferd herritt, wusste er, dass die Führungsqualität des Captain bald auf eine harte Probe gestellt werden würde. Die Männer fügten sich der militärischen Disziplin in der Truppe erstaunlich gut und waren stolz auf die Fortschritte, die sie beim Zielschießen und in der Kampfausbildung gemacht hatten. Auch wenn die meisten von ihnen zunächst angenommen hatten, dass sie diese Fähigkeiten nur zum Schutz ihrer Farmen und Familien gegen mögliche Indianerangriffe würden einsetzen müssen, hatten sich ihre Überzeugungen und politischen Einstellungen mit der Zeit unter Clarkes Einfluss und dem Eindruck der Nachrichten aus den nördlichen Kolonien grundlegend gewandelt und denen ihres Captains angenähert. Clarke, der mit seinen Sympathien für die Entscheidungen des Kontinentalkongresses – darunter die Handelssperre gegen die Engländer und die Tory-Händler in Savannah – nie hinterm Berg gehalten hatte, duldete in dieser Hinsicht keinen Widerspruch. Mit der Zeit war immer deutlicher geworden, dass er seine Miliz weniger auf Kämpfe mit den Creek und Cherokee als vielmehr auf eine militärische Auseinandersetzung mit den Truppen des Königs vorbereitete, die in den nördlichen Kolonien schon begonnen hatte. Er und viele seiner Milizionäre teilten die Verachtung, die die Bürger von North und South Carolina für die «pazifistischen Feiglinge in Georgia» empfanden.

An diesem Morgen ritten die Männer zu einem ihrer bevorzugten Versammlungsplätze, der weit südöstlich von ihren Farmen an der Mündung des Kiokee Creek in den Savannah River lag. Das Plateau über dem Fluss war so weit vom Hauptpfad entfernt, dass zufällig vorbeireitende Händler auf dem Weg von oder nach Savannah das Lager nicht entdecken konnten. Dass Aaron vor der bevorstehenden Versammlung ein wenig bange war, hatte seinen guten Grund. Am Abend zuvor hatte Clarke Micajah und ihn darüber informiert, dass er alle Männer für ein Unternehmen brauche, mit dem er die revolutionären Minutemen in ihrem offenen Kampf gegen die britischen Truppen unterstützen wolle. Obwohl Aaron im Zuge ihrer gemeinsamen militärischen Aufgaben immer stärker unter Clarkes Einfluss geraten war und stets loyal zu seinem Captain stand, konnte er es nur schwer akzeptieren, dass dieser ihn zum Ungehorsam gegenüber der Krone zwingen wollte. Schon sein Vater, der aus Liverpool stammte, hatte dem König immer die Treue gehalten, und obwohl Aaron nur allzu bereitwillig die Entscheidungen des Parlaments kritisierte – wofür es weiß Gott auch genügend Anlass gab –, empfand er das, was Clarke jetzt vorhatte, als Hochverrat.

Nachdem die Männer am Kiokee angekommen waren, ihre Pferde versorgt und ihre Vorräte in improvisierten Unterständen verstaut hatten, erwarteten sie eigentlich, für eine Geländeübung über Nacht in zwei Gruppen eingeteilt zu werden. Statt dessen ließ Clarke sie in einem Halbkreis antreten und hielt eine Ansprache, die er jedoch nicht mit einer Unterweisung in militärischer Taktik, sondern mit ein paar humorvollen Bemerkungen begann:

«In den vergangenen Wochen haben wir große Fortschritte gemacht, Männer. Wir verlaufen uns nicht mehr bei jeder Gelegenheit im Wald und scheuchen auch nicht sämtliche Karnickel in ganz Georgia auf, wenn wir gemeinsam vorrücken. Ja, wir können inzwischen sogar unsere Gewehre abfeuern und nachladen, ohne uns dabei gegenseitig umzulegen. Jetzt zähle ich hier neunundzwanzig Männer – oder dreißig, wenn ich mich selbst dazurechne, und ich gehe davon aus, dass jeder einzelne von euch etwas zu essen, Kugeln und genügend Pulver dabeihat, womit ich natürlich Schießpulver meine. Ich bin euch sehr dankbar dafür, dass ihr gekommen seid.»

Er wartete eine Weile und ließ die Männer lachen, aber als sich seine Miene veränderte, verstummten sie auf einen Schlag. «Bis zum heutigen Tag haben wir alle vom Sieg über Big Elk gezehrt und uns auf einen weiteren Kampf mit diesen verdammten Wilden vorbereitet, die nichts anderes im Sinn haben, als unsere Farmen niederzubrennen, unser Vieh zu stehlen und unsere Frauen zu vergewaltigen. Ich denke, dass wir den roten Hurensöhnen eine ordentliche Lektion verpasst und ihnen unmissverständlich zu erkennen gegeben haben, dass wir für künftige Auseinandersetzungen mit ihnen bestens gerüstet sind. Vermutlich haben wir damit genug getan, um unsere Familien auch ohne Kampf vor Überfällen der Wilden zu schützen. Soviel ich weiß, will sich der Gouverneur mit den Häuptlingen der Creek treffen und von ihnen verlangen, dass ihre Überfälle sofort aufhören und die beiden Bastarde, die uns im Bach entkommen sind, unverzüglich an uns ausgeliefert werden müssen.

Jetzt aber gibt es andere, größere Dinge, die mich und, wie ich hoffe, auch euch bewegen. Wir alle haben gehört, was oben in Massachusetts geschehen ist, wo britisches Militär gegen einfache Leute wie uns vorgegangen ist, die sich lediglich gegen ungerechte Steuern und Zölle zur Wehr gesetzt haben. Und ich muss euch sagen, wie stolz ich auf die Leute von Carolina war, die das Vorgehen der Minutemen in der Gegend von Boston unterstützt haben. Umso mehr habe ich mich wegen meiner eigenen Landsleute geschämt, die sich bis auf Lachlan McIntosh und noch ein paar andere gegen Freiheit und Bürgerrechte ausgesprochen haben. Diese Feiglinge in Savannah wollen lieber bis an ihr Lebensende dem Gouverneur in den Arsch kriechen. Sogar meine Frau Hannah hat mich schon gefragt, ob wir deshalb nicht wieder auf die andere Seite des Flusses ziehen wollen, aber ich habe ihr gesagt, dass ich in meinem Leben nicht noch mal eine neue Farm aufbauen will und wir deshalb wohl oder übel in Georgia bleiben müssen.»

Als Clarke ein paar Augenblicke lang innehielt, sahen sich die Männer betreten an, signalisierten aber weder Zustimmung noch

Ablehnung. Schließlich fuhr er fort: «Ich behaupte nicht, dass ich in die Zukunft blicken kann, aber wenn die Zeit gekommen ist, will ich mich gegen die britischen Bastarde verteidigen können, und ich hoffe, dass ihr das auch wollt.»

Es erstaunte Aaron nicht, dass vielen bei diesen Worten nicht sonderlich wohl zu Mute war, weil gut die Hälfte seiner Männer bewaffnete Aktionen gegen die Briten ablehnten. Als er trotzdem zustimmendes Gemurmel hörte, beschloss er, sich zu Wort zu melden, damit diejenigen, die anderer Meinung als Clarke waren, sich ebenfalls in der Diskussion vertreten fanden.

«Captain, Sie wissen, dass ich, was Freiheit und unser Recht auf Selbstverteidigung betrifft, genauso denke wie Sie, aber mir kommt es so vor, als ob die britischen Truppen hauptsächlich deshalb in Georgia sind, um die Indianer im Zaum zu halten. Außerdem haben wir es mit Gouverneur Wright sehr viel besser getroffen als die Menschen in North und South Carolina mit ihren Gouverneuren. Ich bin jederzeit bereit, gegen die Wilden zu kämpfen, aber mir wäre nicht wohl dabei, meine Waffe auf einen britischen Soldaten zu richten, solange er nicht mein Leben oder das meiner Familie gefährdet.»

Aaron hatte dieselben Argumente am Abend zuvor bei einer Besprechung mit Elijah und Micajah vorgebracht, und Clarke hatte seinen Leutnants geantwortet, dass er seinen Milizionären am nächsten Tag die Gewissensfrage stellen werde.

Jetzt sah er Hart, der wie er ein starker Mann und ein guter Führer war, direkt in die Augen und sagte: «Ich habe deine Worte gehört, Aaron, aber sie gefallen mir ganz und gar nicht. Wir alle wissen, dass John Stuart die Creek und Cherokee gegen uns aufhetzt und ihnen einredet, dass wir Siedler ihnen ihr ganzes Land stehlen wollen. Ein jeder muss sich entscheiden, ob er für uns oder für die Wilden ist, genauso wie er sich dafür entscheiden muss, ob er lieber ein freier Mann sein oder sich von den Laffen in London herumkommandieren lassen will. Anders ausgedrückt: Jetzt haben wir die Wahl, ob wir Männer oder Feiglinge sein wollen.»

Clarke, der ein gerissener Taktierer war, wollte möglichst wenige seiner Männer vor den Kopf stoßen und fuhr deshalb nach einem Blick in die Runde fort: «Noch kämpfen wir nicht gegen die Rotröcke, deshalb habt ihr alle später noch genug Gelegenheit, euch in dieser Frage zu entscheiden. Ihr alle habt vermutlich schon gespürt, dass ich unsere Truppe unbedingt zusammenhalten will, ganz gleich, ob ihr meine Ansichten teilt oder nicht. Ich möchte, dass wir weiter lernen, wie man gemeinsam kämpft, und sei es auch nur gegen die Indianer. Warum einigen wir uns nicht einfach darauf, dass wir unsere Frauen und Kinder gegen alles verteidigen werden, was sie bedroht? Jeder, der damit nicht einverstanden ist, möge sich jetzt melden und unsere Truppe für immer verlassen.»

Die Männer blickten hinüber zu Hart, der nach einer längeren Pause sagte: «Ich hoffe, dass ich nie auf einen anderen Weißen schießen muss, aber ich muss zugeben, dass niemand sagen kann, was die Zukunft noch bringen mag. Wir alle sind ziemlich gute Schützen, aber die wenigsten von uns wissen, wie man sich im Kampf bewährt. Das müssen wir noch lernen, und deshalb bleibe ich, zumindest vorerst.»

Clarke nickte zustimmend.

Aaron hoffte, mit seinen Worten eine Meuterei unter den Männern verhindert zu haben, aber er wusste auch, dass allein in seiner Gruppe fünf Königstreue waren, die Captain Clarkes Einstellung ablehnten und deshalb bald in Konflikt mit der Mehrheit der Milizionäre kommen würden. Auch wenn sie Clarke nie ins Gesicht sagen würden, dass sie seine Pläne als Hochverrat ansahen, war Aaron sich sicher, dass sie beim nächsten Treffen der Miliz einfach zu Hause bleiben würden. Falls aber Clarkes eindeutiges Eintreten für die Sache der Rebellen einige von seinen Milizionären vergraulte, würde das die verbliebenen noch mehr anstacheln, selbst wenn der verhasste und verachtete Feind nun nicht mehr die Indianer, sondern die Briten waren.

Als Nächstes bat Clarke zwei ältere Milizionäre, die bereits in der britischen Armee gedient hatten, den anderen zu erzählen, was sie dort gelernt hatten. Die beiden beschrieben daraufhin, wie man im Glied marschierte, in zwei Reihen hintereinander gestaffelt Aufstellung nahm, wie man stehend und kniend auf den Feind feuerte. Clarke hatte genau gewusst, was die Männer sagen würden, und ließ sie zwanzig Minuten lang erzählen, bevor er ausrief: «Das ist vielleicht die richtige Art und Weise, um gegen eine französische Armee zu kämpfen, aber hier in den Wäldern Georgias bedeutet so eine Kampfweise den sicheren Tod! Wozu glaubt ihr eigentlich, dass all die Bäume und Büsche da sind, wenn nicht um dahinter in Deckung zu gehen? Zum Glück sind wir nicht in der

Armee, und deshalb werden wir uns so schnell und leise bewegen wie die verfluchten Rothäute und uns dabei so weit im Wald verteilen, dass wir gerade noch unseren nächsten Nebenmann sehen. Später, wenn wir uns über Bajonette, Artillerie und solche Dinge unterhalten, wird uns das, was ihr in der Armee gelernt habt, vielleicht nützlicher sein.»

Das war typisch für Elijahs Vorgehensweise. Er stieß eine Diskussion an, stellte sich dann gegen die Meinung der anderen und hatte schließlich das letzte Wort. Dabei interessierte es ihn nicht, ob die ehemaligen britischen Soldaten sich darüber ärgerten, dass er sie so bloßgestellt hatte.

Obwohl es in dieser Hinsicht keinerlei Anweisungen gab, hatten sich die Männer ziemlich ähnlich gekleidet. Ihr wichtigstes Kleidungsstück war ein langärmeliges Hemd, das fast bis zu ihren Knien reichte und das meistens über der Hose getragen wurde. So kam es, dass sie später von den Briten und den regulären Kontinentaltruppen die Shirtmen – Hemdenmänner – genannt wurden. Diejenigen unter ihnen, die nicht barfuß liefen, trugen Indianermokassins, vor allem deshalb, weil sie im Winter wärmer waren. Um die Hüften hatten sie breite Schärpen oder Ledergürtel gebunden, in denen entweder ein Messer oder ein Tomahawk steckte, über die Schulter hängten sie sich ein Pulverhorn und eine geräumige Tasche, in der sich getrockneter Mais oder andere Lebensmittel sowie zusätzliche Feuersteine, Kugeln, Flicken, Fett und manchmal auch eine Form zum Kugelgießen befanden. Ihre zusammengerollten Decken sowie weitere Vorräte transportierten die Milizionäre auf ihren Pferden, die sie stets in ihrer Nähe hielten. Die meisten von ihnen waren mit denselben Langbüchsen bewaffnet, mit denen sie auf die Jagd gingen, ihr Eigentum schützten und ihre Familien verteidigten. Manche, die in den Siedlungen und nicht in der einsamen Wildnis lebten, hatten auch andere Waffen dabei, darunter Musketen mit glattem Lauf und Schrotflinten.

In der Hoffnung, ihre Scharte von vorhin wieder auswetzen zu können, führten die beiden britischen Ex-Soldaten den anderen vor, wie man ein Bajonett am Lauf der Muskete befestigte. Bald war allen klar, um was für eine gefährliche Nahkampfwaffe es sich dabei handelte, die sich besonders gut dann einsetzen ließ, wenn der Gegner gerade beim Nachladen war. Dennoch wollten die meisten ihre Langbüchse, die sie als hervorragendes Jagdgewehr schätzten, lieber nicht gegen eine Muskete eintauschen.

Die Übung dauerte zwei volle Tage. Nach allgemeinen Diskussionen über den Gebrauch von Waffen standen Schießübungen auf dem Plan, und schließlich mussten die beiden Gruppen in einem Manöver gegeneinander antreten. Bevor es wieder nach Hause ging, versammelte Clarke seine Männer zur Manöverkritik um sich.

«Es dürfte ja wohl allen klar geworden sein, dass wir noch lange keine gute Kampftruppe sind», begann er. «Aber zunächst möchte ich euch etwas über eure Gewehre sagen. Eure Langbüchsen mit den gezogenen Läufen sind zwar bis auf zweihundert Schritt erstaunlich zielgenau, aber in den Wäldern werdet ihr nur selten auf so lange Distanzen schießen müssen. Mit einer Muskete, die einen glatten Lauf hat, trefft ihr zwar nur auf sechzig Schritt sicher, aber dafür ist sie viel leichter und kürzer als eure Büchsen, die außerdem sehr lange zum Nachladen brauchen. Manche von euch sind eine volle Minute damit beschäftigt, und in dieser Zeit hat euch der Feind schon dreimal sein Bajonett in den Bauch gerammt. Gut gefallen hat mir, dass ihr abwechselnd geschossen und nachgeladen habt. Auf diese Weise muss jeder, der gegen uns vorrückt, jederzeit mit einer Kugel rechnen. Vorläufig müssen wir uns mit dem zufrieden geben, was wir haben, aber mit der Zeit werden wir unsere Ausrüstung und Taktik entscheidend verbessern. Ich habe heute gesehen, wie wichtig Bajonette sind, und ich möchte, dass jeder von euch bei der nächsten Übung eines dabei hat. Wenn ihr wieder daheim seid, könnt ihr den Griff eines guten Metzgermessers so zurechtschnitzen, dass ihr es am Lauf eures Gewehrs befestigen könnt. Auf diese Weise könnt ihr euch auch dann noch verteidigen, wenn ihr eure Waffe abgefeuert habt.»

Bevor er die Männer entließ, schärfte er ihnen noch einmal ein, immer genügend Pulver und Kugeln dabeizuhaben und zu Hause sowohl Ziel- als auch Ladeübungen zu machen. Obwohl einige von ihnen immer noch Vorbehalte gegen die Musketen hegten, waren die meisten Männer inzwischen von den leichten Waffen überzeugt. Mit etwas Übung konnte man mit ihnen pro Minute mindestens drei Kugeln abfeuern, gute Schützen schafften auch vier. Die Munition bestand aus so genannten Kartuschen, einer länglichen Papierhülle, in die das für den Schuss benötigte Pulver sowie die Kugel eingewickelt waren. Zum Laden des Gewehrs riss man die Kartusche an einem Ende auf, schüttete das Pulver in den Lauf und rammte mit dem Ladestock die Kugel und das Papier, das als eine Art Pfropfen diente, hinterher. Danach gab man etwas Pulver in das Zündloch am hinteren Ende des Laufes, das vom Funken eines Feuersteins gezündet wurde, der auf eine ebenfalls mit Pulver gefüllte Eisenpfanne schlug. Wenn es regnete und das Schießpulver rasch feucht wurde, versagte dieser Zündmechanismus häufig, weshalb die Männer normalerweise bis kurz vor dem Abfeuern der Waffe warteten, bevor sie Pulver in Zündloch und Zündpfanne streuten. Mit der Zeit überredete Clarke die meisten seiner Männer dazu, sich mit Musketen auszurüsten, wie sie auch die offiziellen Kolonialmilizen verwendeten. Nur wer sich gar nicht von seiner Langbüchse trennen konnte, durfte sie behalten – schließlich waren dies die einzigen Fernkampfwaffen einer Truppe, die wohl über Kanonen gleich welchen Kalibers nie verfügen würde. Clarke drillte alle seine Schützen, in bestimmten Abständen nacheinander zu feuern, damit nie zwei nebeneinander kämpfende Männer gleichzeitig nachladen mussten.

Die beiden britischen Veteranen brachten ihren Kameraden auch bei, wie man mit Artilleriegranaten umging, deren Zündschnüre manchmal noch nicht abgebrannt waren, wenn das Projektil gelandet war. Wer eine davon sah, musste laut «Granate!» rufen und sich flach auf den Boden werfen oder in Deckung gehen, bis das Geschoss explodiert war. Eine besonders lehrreiche Übung war es, wenn Clarke die beiden Männer im Manöver eine Gruppe nach der Art der britischen Armee führen ließ. Die dazu eingeteilten Milizionäre mussten dann in einer Linie Aufstellung nehmen und gleichzeitig ihre Waffen abfeuern und nachladen, was sie in den Wäldern enorm verwundbar machte. Es erwies sich, dass die indianische Art des Kampfes fast immer der der Briten überlegen war. Nur wenn sie mit ihren Bajonetten angriffen, stellten die Rotröcke eine ernste Gefahr dar. Mit der Zeit wurde auch noch dem Letzten der Milizionäre klar, dass in einer echten Schlacht ein entschlossen durchgeführter Bajonettangriff die sicherste Art war, einen unerfahrenen oder unsicheren Gegner in die Flucht zu schlagen. Die steife Klinge war nicht nur allen anderen Nahkampfwaffen wie Schwert oder Degen klar überlegen, sie flößte mit ihrem gefährlichen Aussehen dem Gegner auch gewaltige Furcht ein, und zwar unabhängig davon, ob sie am Lauf eines Gewehrs oder nur an einem kräftigen Holzstock befestigt war. So lernten Captain Clarkes Männer schon lange vor ihrem ersten Kampf ein Bajonett zu fürchten, besonders dann, wenn sie sich selbst gerade damit abmühten, in der Hitze des Gefechts ihre eigene Waffe nachzuladen.

Für den Fall, dass sie vom Gegner auseinander getrieben wurden oder sich im Kampf aus den Augen verloren, machten die Milizionäre bestimmte Treffpunkte aus, an denen sie sich wieder sammeln wollten. Außerdem wusste jeder Mann, wen er zu verständigen hatte, wenn Clarke eine Wehrübung ansetzte oder sie tatsächlich für einen Einsatz gebraucht wurden. Sie vereinbarten auch einfache, auf Kuhhörnern geblasene Signale zur Verständigung, die man bei Windstille über eine Meile weit hören konnte. Elijah bestimmte jeden Monat einen anderen Versammlungsort und hatte Aaron damit beauftragt, grobe Karten ihres Operationsgebietes am Westufer des Savannah River zu zeichnen, auf denen man sich anhand der Nebenflüsse und der alten Indianerpfade orientieren konnte. Die Männer wussten, dass die genaue Kenntnis des Geländes in jeder Schlacht ein entscheidender Faktor sein konnte. Mit der Zeit lernten sie auch, sich zu Fuß, zu Pferd und im Kanu schnellstmöglich fortzubewegen und sich binnen kurzer Zeit an einem vorher abgemachten Treffpunkt zu versammeln.

Aaron Hart gab Clarke viele Empfehlungen, von denen der Captain die eine, sich angesichts einer überlegenen gegnerischen Streitmacht geordnet zurückzuziehen, nur höchst widerwillig annahm. Aaron argumentierte, dass die Milizen in praktisch jedem Kampf in der Minderzahl und außerdem über ein weites Gebiet verstreut sein würden. In solchen Fällen sei es nicht unehrenhaft, dem Feind kleinere Geländegewinne zuzugestehen, wenn dafür möglichst viele Milizionäre am Leben blieben und sich für einen weiteren Kampf sammeln konnten. Ihre größten Vorteile waren ihre Beweglichkeit, ihre Fähigkeit, sich zu verstecken, und ihre flexible Taktik. Dies wurde schließlich von allen Männern akzeptiert, auch wenn sich Harts Theorien in der Schlacht erst noch als richtig erweisen mussten.

Als Clarke nach seiner Ankündigung, gegen die Truppen der Krone kämpfen zu wollen, ein neues Treffen einberief, fehlten sieben Mann, allerdings waren diejenigen, die zusammen mit Clarke von Carolina nach Georgia übergesiedelt waren, vollzählig erschienen. Aaron fand es bezeichnend, dass Clarke die Deserteure nicht mehr erwähnte, aber trotzdem war ihm klar, dass der Captain sie als Verräter ansah, deren Namen er sich bis an sein Lebensende merken würde.

Kapitel 18

Frieden in Georgia, Kampf im Norden

Weil es Newota nicht erlaubt war, bei den Häuptlingen zu sitzen, blieb er auf der Schwelle des Versammlungshauses stehen. Dabei wusste er, dass seine Anwesenheit hier wichtiger war als die aller anderen – mit Ausnahme ihres großen Häuptlings Emistisiguo. Denn falls der Rat sich entschied, mit den Weißen in Verhandlungen zu treten, würde Newota als Dolmetscher fungieren, und da war es wichtig, dass er alle Nuancen der schier endlosen Diskussionen mitbekam. Auch wenn Newota, der den Häuptling der Upper Creeks gut kannte, bereits wusste, was für eine Entscheidung am Ende fallen würde, war dieses Palaver dennoch vonnöten. Schließlich mussten auch die kleineren Häuptlinge das Gefühl haben, persönlich am Zustandekommen der Übereinkunft beteiligt gewesen zu sein.

Newota beobachtete Emistisiguo voller Bewunderung. Über ein Dutzend Jahre lang wurde er nun schon von den Creek und den Cherokee gleichermaßen geachtet, weil er einerseits eine natürliche Abneigung gegen den unstillbaren Landhunger der weißen Siedler hegte und es andererseits verstand, seine Beziehungen zu den Briten zum Wohl seiner Leute zu nutzen. Dabei hatte er eng mit John Stuart, dem Beauftragten für Indianerfragen, sowie mit diversen militärischen Führern zusammengearbeitet, und weil ihn der König von England 1765 zusammen mit vier weiteren Häuptlingen zum «Great Medal Chief» gemacht hatte, genoss er sowohl bei den Briten als auch bei den Indianern besondere Achtung.

Bei den Reden der vielen Unterhäuptlinge wäre Newota fast eingeschlafen, aber als Emistisiguo das Wort ergriff, war er sofort wieder hellwach. «Lasst uns noch einmal zusammenfassen, was passiert ist. Ein paar Ausgestoßene aus unseren Dörfern haben den Beschluss der Häuptlinge und mein Versprechen an die Weißen gebrochen, keine friedlichen Siedler in der Nähe des Oconee anzugreifen. Daraufhin wurden alle Krieger der Bande bis auf zwei von den Weißen getötet. Elijah Clarke, der auch ihre Familien umgebracht hat, bildet seitdem eine Truppe für weitere Angriffe auf uns aus. Außerdem hat er Gouverneur Wright dazu überredet, den Handel mit uns einzustellen, was wiederum zur Folge hat, dass in einigen unserer Dörfer Hunger herrscht und unsere Krieger nicht mehr auf die Jagd gehen, weil sie keine Felle mehr eintauschen können.»

Einige Unterhäuptlinge wurden unruhig und einer von ihnen meldete sich zu Wort. Es war Big Elks Onkel White Fox. Emistisiguo sah ihn streng an und sagte: «White Fox, du hast dein Anliegen bereits vorgebracht, aber die Zeit, die Weißen zu bestrafen, ist vorbei. Der Gouverneur und John Stuart haben uns gesagt, dass es keinen Krieg geben darf, und wenn wir uns nicht daran halten, verlieren wir vollends ihre Unterstützung.»

White Fox hob abermals die Hand zum Zeichen, dass er trotzdem noch etwas sagen wollte. «Ich habe es mir überlegt und stimme mit dir überein. Mein Stamm verlangt, dass der Handel wieder aufgenommen wird, und dass ein Krieg uns nur schaden kann, steht außer Zweifel. Aber jetzt, wo sich die rebellischen Weißen militärisch zusammengeschlossen haben, wagen sich immer mehr von ihnen über den Fluss in unser Gebiet. Und die britischen Soldaten, die doch eigentlich unsere Freunde sein sollten, beschützen sie auch noch. Da die Briten Clarkes Verbrechen nicht geahndet haben, müssen wir an den Männern, die unsere Frauen und Kinder umgebracht haben, Vergeltung üben. Das gebietet unsere Ehre.»

Es war offensichtlich, dass Emistisiguo diese Diskussion am liebsten beendet hätte, aber White Fox war ein einflussreicher Häuptling, dessen Dörfer im Nordosten an das Gebiet der Weißen und das der Cherokee grenzten. Auch wenn er manchmal etwas zu kriegerisch gestimmt war, galt er als ein guter und ehrlicher Mann, dem die Verbrechen seines Neffen ausgesprochen peinlich waren.

«Was du sagst, White Fox, ist wohl begründet, aber wir müssen trotzdem unsere dringenden Bedürfnisse im Auge behalten und gleichzeitig alles dafür tun, dass wir in Zukunft besser dastehen als heute. Ich schlage deshalb vor, dass wir uns mit den Anführern der Briten treffen und versuchen, mit ihnen eine Wiederaufnahme des Handels zu erreichen. Außerdem sollten wir mit ihnen besprechen, wie diejenigen, die Big Elks Lager zerstört haben, bestraft werden können. Einige britische Offiziere haben mir erzählt, dass die weißen Mörder sich gerade dafür rüsten, gegen die englischen Soldaten zu kämpfen. Wenn sie tatsächlich angreifen sollten, würden sich die Rotröcke mit uns verbünden und gegen sie vorgehen. Und dann wirst du deine Rache bekommen, White Fox.»

Newota erkannte, dass die Entscheidung gefallen war, und tatsächlich beschloss der Rat kurz darauf, Gouverneur Wright eine Botschaft zu schicken. In dieser sollte stehen, dass Emistisiguo mit einem Treffen einverstanden war und zusammen mit den Weißen einen Ausweg finden wolle. Mit der Überbringung der Botschaft wurde Newota betraut, zu dem der große Häuptling volles Vertrauen hatte. «Du hast unseren Beratungen aufmerksam zugehört und verstehst, was wir beschlossen haben. Sag dem Gouverneur, dass wir beim ersten Vollmond nach dem Grünen-Mais-Tanz nach Savannah kommen und hoffen, dort zusammen mit ihm alle unsere Unstimmigkeiten aus der Welt zu schaffen.»

Dank der vielen Jahre, die er bei Kindred Englisch gelernt hatte, sprach Newota die Sprache genauso fließend wie die Weißen. Zwar gab es auch ein paar weiße Händler, die die Sprachen und Dialekte der Indianer beherrschten und als Dolmetscher zu gebrauchen waren, aber Emistisiguo vertraute ausschließlich Newota, von dem er wusste, dass er genauso ehrlich wie gewissenhaft war und vor allem der indianischen Position in allen Punkten gerecht werden würde.

Als die vereinbarte Zeit gekommen war, legten Briten und Indianer zunächst den grundlegenden Ablauf der Besprechung fest. Newota und der Adjutant des Gouverneurs waren sich einig, dass sich die beiden Führer jeden Tag mindestens drei Stunden lang treffen sollten. Das erste Gespräch war für zwei Uhr nachmittags des ersten Verhandlungstages anberaumt. Zunächst war strittig gewesen, wer von den beiden als erster sprechen sollte, weil man daraus vielleicht hätte ableiten können, dass eine Seite bei den Verhandlungen der Bittsteller war. Schließlich einigte man sich darauf, dass am ersten Tag der Gouverneur seine Gäste willkommen heißen und Emistisiguo darauf ganz allgemein antworten würde, wie sehr die Creek am Frieden und dem ungestörten Handel mit den Weißen interessiert seien. Diesen einleitenden Worten sollte dann die gegenseitige Übergabe von Geschenken folgen. Erst am zweiten Tag würden die Anliegen beider Seiten zur Sprache kommen, wobei Emistisiguo zunächst die Situation aus Sicht der Indianer schildern würde und sich beide Parteien danach Schritt für Schritt den zu lösenden Problemen nähern würden.

Emistisiguo wurde von zweiundzwanzig Unterhäuptlingen begleitet sowie von einem großen Tross von Stammesangehörigen und ihren Frauen, die während der Verhandlungen in der Nähe der Stadt ein Lager aufschlugen. Zur britischen Verhandlungsdelegation gehörten Gouverneur Wright, drei ranghohe und eine ganze Reihe von subalternen Offizieren sowie John Stuart, der Beauftragte für Indianerfragen. Ein weiteres Mitglied der Runde wurde als «Mr. Elijah Clarke aus Augusta» vorgestellt, «begleitet von seinem Adjutanten Aaron Hart». Bei der Nennung dieser Namen sahen sich die Vertreter der Creeks betreten an. Zum ersten Mal saßen sie dem Führer der Miliz, den ihre Fährtensucher bisher nur bei seinen Geländeübungen aus der Ferne beobachtet hatten, von Angesicht zu Angesicht gegenüber.

Am Vormittag des zweiten Tages wusste Newota genau, was der Gouverneur sagen würde, denn ein Unterhäuptling der Creek, der eng mit dem Beauftragten für Indianerfragen zusammenarbeitete, hatte ihn bereits im voraus darüber informiert. Zunächst aber hatte Elijah Clarke die dringendsten Bedürfnisse der weißen Siedler zur Sprache gebracht: Er verlangte, dass in der Nähe des Oconee River keine neuen Indianerdörfer entstehen dürften und dass die beiden entkommenen Mitglieder von Big Elks Bande den Weißen zur Aburteilung und Exekution ausgeliefert würden. Nachdem sich auch Gouverneur Wright hinter diese Forderungen gestellt hatte, zogen sich die Indianer für den Rest des Tages zur Beratung in ihr Lager zurück.

Am nächsten Morgen stellte sich Emistisiguo mit verschränkten Armen vor die Versammlung und verkündete seine Antwort, die Newota Satz für Satz ins Englische übersetzte:

«Wir achten die Verträge, die wir vergangenes Jahr mit unseren britischen Brüdern zur Abgrenzung unserer Territorien geschlossen haben. Auf beiden Seiten hat es Grenzverletzungen gegeben, aber ich verspreche, dass wir uns an die Vereinbarungen halten werden, wenn der Gouverneur uns zusichert, dass seine Soldaten in Zukunft illegale Siedlungen auf unserem Gebiet verhindern.

Der verlangten Auslieferung von Big Elks Kriegern können wir jedoch nicht nachkommen. Wir wissen, dass sie sich schwerer Verbrechen schuldig gemacht haben, aber auch Clarkes Miliz hat unschuldige Frauen und Kinder ermordet. Aber wir werden die beiden vor ein Gericht unserer Stämme stellen und verurteilen. Noch vor dem nächsten Vollmond werde ich euch ihre Skalps überbringen lassen.»

Der Häuptling hielt inne und sagte dann die wichtigsten Sätze seiner Rede quasi als Nachgedanken: «Wir wissen, dass unsere britischen Brüder Felle und Tierhäute brauchen, und sind bereit, den Handel mit ihnen ohne weitere Verzögerung wieder aufzunehmen.»

Der Gouverneur blickte sich unter den Mitgliedern seiner Delegation um und sah, dass fast alle mit diesem Vorschlag einverstanden schienen. Nur Elijah Clarke sperrte sich.

Mit hochrotem Gesicht starrte er in die Runde und sagte mit schneidender Stimme: «Wir werden keine Indianerdörfer am Oconee dulden. Unsere Leute können es nicht länger hinnehmen, dass ihre Nachbarn ermordet, ihre Frauen geschändet und ihre Häuser niedergebrannt werden. Wir verlangen das Recht, jenseits des Flusses zu jagen und uns gegen die Angriffe der Wilden zu verteidigen. Außerdem ist es unser gutes Recht, die letzten beiden Mitglieder von Big Elks Bande zu bestrafen, denn schließlich hat er unsere Frauen und Kinder auf dem Gewissen.»

Nach einer unangenehmen Stille bat der Gouverneur Clarke und Hart, ihm zusammen mit John Stuart ins Hinterzimmer zu folgen. Dort hatten sie eine heftige Auseinandersetzung, in deren Verlauf es dem Gouverneur mit Aarons Hilfe gelang, Elijah zur Annahme von Emistisiguos Vorschlag zu bewegen. Als Gegenleistung versprach ihm Wright, die Eingeborenen aus allen Gebieten zu vertreiben, die sie 1773 an die Briten abgetreten hatten. Außerdem sollten britische Truppen zusammen mit Clarkes Miliz ins Gebiet der Indianer marschieren, um die beiden zu fangen und zu bestrafen, falls die Skalps der Übeltäter nicht wie versprochen überbracht würden. Erst als er diese Zusicherung hatte, gestattete Elijah dem Gouverneur, vor den Indianern im Namen der ganzen Delegation zu sprechen und damit dem Eindruck vorzubauen, die Weißen wären untereinander zerstritten.

So kam es, dass man sich rasch einig wurde, und nach dem Austausch weiterer Geschenke zogen sich die Creek in ihr Lager zurück und machten sich am nächsten Tag auf den Heimweg in ihre Dörfer. Keine drei Wochen später brachte Newota Gouverneur White die Skalps der beiden Krieger und erklärte im Namen von Emistisiguo, dass sie auch wirklich die der Gesuchten waren.

Die Weißen hatten Emistisiguo als den unangefochtenen Anführer seines Volkes kennen gelernt – als einen Mann, bei dem man sich auf die Einlösung der von ihm gegebenen Versprechen verlassen konnte. Die Häuptlinge der Indianer wiederum hatten bei den Verhandlungen etwas begriffen, was später, als sich die Spannungen zwischen den Briten und den Milizen verschärften, noch weit reichende Konsequenzen haben sollte: Auf lange Sicht war es ohne Zweifel besser, sich auf die Seite der Rotröcke zu schlagen, dabei aber nie zu vergessen, dass die Weißen in zwei Lager gespalten waren. Im Falle eines Konflikts würden beide Seiten bei den Indianern um Wohlwollen und Unterstützung nachsuchen, welche man dann dem Meistbietenden gewähren konnte – oder manchmal auch beiden Seiten zugleich.

Obwohl Aaron Hart immer mehr Zeit mit der Ausbildung der Miliz verbrachte, musste er wie die anderen Milizionäre auch weiter seiner normalen Arbeit nachgehen. Auf seinen Handelsreisen bemerkte er, dass ein immer tieferer Riss durch die Bevölkerung Georgias ging. Viele Bürger sympathisierten mit den Torys, die treu zu König George standen, oder mit den Whigs, die immer mehr auf Unabhängigkeit von den Beschlüssen des verhassten britischen Parlaments sannen. Die Mehrheit freilich wollte sich weder auf die eine noch auf die andere Seite schlagen, weigerte sich aber dennoch, bei britischen Händlern zu kaufen, und fand, dass die Truppen der Krone zu wenig taten, um die Indianer, denen man nach wie vor nicht über den Weg traute, in Zaum zu halten. Viele Siedler übten Kritik an John Stuart, und manche beschuldigten ihn sogar, die Indianer gegen abtrünnige Siedler aufzuhetzen. Unter den Milizionären gab es keinen Zweifel, dass Emistisiguo und andere gerissene Indianerhäuptlinge die unruhigen Zeiten dazu nutzen würden, um ihre Beziehungen zu den Briten zu verbessern, schließlich waren sie ihr wichtigster Handelspartner. Aaron fand Spaltung unter den Kolonisten sehr bedenklich, aber er war stolz auf seine Stellung bei der Miliz und wurde immer mehr zu einem treuen Gefolgsmann von Elijah Clarke.

Kapitel 19
Die Marine von Georgia schlägt zu

Mai 1775

Obwohl Gouverneur Wright durch die Mobilisierung der Torys verhindern konnte, dass Georgia die Kolonien im Norden unterstützte, gaben weder die «Söhne der Freiheit» noch die Gemeinden an der Küste ihren aktiven Widerstand gegen die britische Politik auf. Der Brennpunkt dieses Machtkampfes war Savannah, wo die Whigs ihren Einfluss im Kongress ebenso ausgebaut hatten wie im neu gebildeten Sicherheitsrat, dessen Mitglieder direkt vom Volk gewählt wurden. Monat für Monat erkämpfte sich der Sicherheitsrat mehr Kompetenzen, darunter die Kontrolle über die Milizen, das Recht zum Einsetzen militärischer Befehlshaber und sogar das Aushandeln von Handelsabkommen mit den Indianern. Gouverneur Wright blieb zwar im Amt und hatte nach wie vor großen Einfluss in der Kolonie, in Briefen an seine Vorgesetzten in London aber beklagte er sich, dass seine Autorität immer weiter untergraben werde. Der von ihm geleitete königliche Rat trat nach wie vor in Savannah zusammen, war nun aber hauptsächlich damit beschäftigt, über die ungesetzlichen Aktivitäten der Rebellen zu lamentieren. In einem geheimen Befehl gab London Wright die Erlaubnis, seinen Posten zu verlassen, falls für seine persönliche Sicherheit Gefahr bestand.

Lachlan McIntosh verbrachte jetzt viel Zeit in Savannah, wo er die Opposition gegen England mit allen Mitteln zu unterstützen versuchte. Obwohl er und sein Bruder George die Unabhängigkeit der Kolonien nach wie vor als ihr wichtigstes Ziel ansahen, verurteilten sie die kriminellen Aktivitäten der Freiheitssöhne, die in ihren Augen nichts als verantwortungslose Schurken waren.

Als George McIntosh eines Nachmittags im Mai seinen Bruder auf seinem Zimmer in der Tondees Taverne besuchte, hatte er einen Mann namens Backmon aus Charles Town dabei. Backmon begrüßte Lachlan höflich und trug dann sein Anliegen vor: «Im Hafen von Charles Town liegt die *Philippa*, ein englisches Schiff, das nach unseren Informationen mit Schießpulver beladen nach Savannah segeln soll. Angeblich ist das Pulver für den Handel mit den Indianern gedacht, aber es kann auch gut sein, dass es für den Kampf gegen die Milizen bestimmt ist, fall sie sich mit Gewalt gegen die Beschlüsse des Parlaments stellen. Wir können die Beladung des Schiffs wohl kaum verhindern, aber wir haben uns überlegt, dass man es vielleicht kapern könnte, wenn das Schießpulver erst einmal an Bord ist.»

Lachlan antwortete nichts, was Backmon sichtlich nervös machte.

«Wann etwa soll das Schiff auslaufen?», fragte Lachlan schließlich.

«Frühestens in zwei Wochen, eher später.»

«Und Sie sind sicher, dass sein Bestimmungshafen Savannah ist?»

«Ja. Unsere Quelle ist sehr zuverlässig, wir würden es sofort erfahren, falls sich etwas ändern sollte.»

«Und warum kommen Sie zu uns?»

Backmon zögerte kurz, bevor er antwortete. «Weil wir das Schiff nicht im Hafen von Charles Town kapern können. Erstens wird es von britischen Soldaten scharf bewacht und zweitens würde die Ladung nach einem missglückten Angriff sofort wieder zurück ins Depot gebracht.»

Er hielt einen Augenblick inne und schaute von Lachlan zu George. «Außerdem sind wir daran interessiert, dass auch in Savannah entschlossener Widerstand gegen die ungerechte Politik Londons demonstriert wird. Das würde den Whigs in Georgia starken Aufschwung geben.»

Dann sah er Lachlan direkt an und sagte: «Wir dachten, Sie könnten die *Philippa* vielleicht nach ihrer Ankunft in Savannah kapern.»

Nun mischte sich George zum ersten Mal in das Gespräch ein. «Lachlan, ich habe gehört, dass bei einem Schiffsbauer auf Daufuskie Island gerade ein kleines, aber für diese Aufgabe durchaus geeignetes Schiff fertig gestellt wurde. Die Kaufleute, die es bestellt haben, haben aber wegen der Handelsblockade keine Verwendung mehr dafür.»

Rasch kamen die Brüder McIntosh und Mr. Backmon überein, dass sie versuchen würden, das Schiff bei seiner Ankunft in Savannah entweder im Handstreich von Land aus oder bereits vor dem Einlaufen in den Hafen auf See zu kapern. Für die zweite Variante mussten sie allerdings das Handelsschiff erwerben und für einen solchen Einsatz ausrüsten.

Schon am nächsten Tag begaben sich Lachlan und George nach Daufuskie Island und sahen sich das Schiff an, das ihnen auf Anhieb gefiel. Es war ein Schoner mit einem etwas klobigen, aber kräftigen Rumpf aus Eichenholz, der sechzehn Meter lang und sieben Meter breit war und genug Laderaum hatte, um dreihundert Fässer Reis zu transportieren. Seine beiden Masten lagen noch auf Holzböcken neben dem Rumpf, konnten aber jederzeit aufgestellt werden. Auf einem kleinen Brett an der Seite stand *Elizabeth*; so hieß, wie der Schiffsbauer den Brüdern erzählte, die Ehefrau des Eigners. Auf Lachlans hartnäckige Nachfragen hin erklärte er schließlich, dass die Kaufleute, die das Schiff in Auftrag gegeben hatten, die letzte Rate für den Bau noch nicht bezahlt hätten. Offenbar hatten sie keine Verwendung mehr für den Schoner und wollten ihn gar nicht mehr haben.

Kaum war er zurück in Savannah, machte sich Lachlan sofort daran, Geld für den Kauf der *Elizabeth* zu sammeln. Als die Summe binnen kurzer Zeit beisammen war, fuhr er wieder nach Daufuskie und beauftragte den Schiffsbauer, der strenges Stillschweigen geloben musste, den Rumpf so umzubauen, dass man ihn mit fünf Kanonen sowie mit mehreren kleineren Waffen aufrüsten konnte. Für den inzwischen in *Liberty* umgetauften Schoner fand Lachlan rasch eine Mannschaft, die in aller Eile im Umgang mit den Waffen geschult wurde.

Es ließ sich nicht vermeiden, dass Gouverneur Wright Gerüchte zu Ohren kamen, man würde ein kleines Kriegsschiff ausrüsten. Im Juni meldete er das an General Gage, aber weil er es für zu riskant hielt, die Botschaft auf dem Seeweg zu übermitteln, ließ er sie über Land nach Charles Town bringen, wobei sie prompt abgefangen wurde. Rasch fertigten die Rebellen eine Fälschung an, in der stand, dass es keinen Grund zur Beunruhigung gäbe und der Gouverneur lediglich Kenntnis von «zwei oder drei bewaffneten Kanus aus South Carolina» erhalten habe.

Kurz nach dem Bekanntwerden des Blutvergießens bei Lexington und Concord beschloss man, die HMS *Philippa* mit ihrer Fracht von viereinhalb Tonnen Schießpulver, siebenhundert Pfund

Bleikugeln sowie Gewehren und Geschenken für die Indianer nach Savannah lossegeln zu lassen, wo sie zunächst vor Tybee Island vor Anker ging.

Gleichzeitig lief die *Liberty* mit ihrer unerfahrenen Besatzung aus, wartete aber in der Nähe des anderen Schiffes so lange, bis es wieder Anker gelichtet hatte und in den Hafen von Savannah gesegelt war. Erst dort zeigte das Kaperschiff seine Waffen und eine Flagge, auf der «American Liberty» stand. Daraufhin gingen beide Schiffe vor Anker, und Kapitän Maitland ließ sich im Vertrauen darauf, dass die Kolonie noch fest in britischer Hand sei, an Land rudern, um Gouverneur Wright von der Drohung zu unterrichten. Kaum hatte sein Boot im Hafen angelegt, wurde Maitland von einer Gruppe Whigs gefangen genommen, während andere die *Philippa* enterten und ihre Ladung auf die *Liberty* verfrachteten. Damit war klar, dass in Savannah inzwischen der Provinzkongress das Sagen hatte und der Gouverneur eigentlich bereits sein Gefangener war. Erst nach ein paar Tagen wurde es Maitland gestattet, mit seinem um einen Großteil der Ladung erleichterten Schiff den Hafen wieder zu verlassen.

Gestärkt durch diese Aktion, beschloss der Sicherheitsrat, 63 Fass Reis und 122 Pfund in bar in das von den Briten mit einer Handelssperre belegte Boston zu schicken. Außerdem wurde ein paar Tage später, am 4. Juli 1775, eine Versammlung des Provinzkongresses in Tondees Taverne einberufen, bei der alle Distrikte und Gemeinden vertreten waren. Unter den Anwesenden war auch Lachlan McIntosh, der zusammen mit vier weiteren Angehörigen seines Clans die radikalsten Töne anschlug. Nachdem sie Archibald Bulloch zum Präsidenten des Sicherheitsrats und George Walton zu seinem Sekretär gewählt hatte, beschloss die Versammlung, die anderen Kolonien zu unterstützen, um den amerikanischen Bürgern zu ihren Freiheiten zu verhelfen und die unglücklichen Differenzen zwischen Großbritannien und seinen Kolonien aus der Welt zu schaffen. Allerdings machte sie auch klar, dass ihre Treue ausschließlich dem König galt und nicht dem Parlament. Des Weiteren wurde beschlossen, eine neue Regierung für die Kolonie zu bestimmen, ein Heer und eine Marine aufzustellen, Geld zu sammeln und ganz generell eine neue Politik für ein Volk zu machen, das nach Freiheit strebte. Auch wurden vier Delegierte bestimmt, die Georgia beim Kontinentalkongress in Philadelphia vertreten und von dort Beschlüsse und Empfehlungen für ihre Landsleute zurückbringen sollten. Als die vier – darunter auch Reverend Zubly – schließlich ihre Sitze einnahmen, trugen zwei von ihnen handgewebte und -genähte Kleidung. Weil Zubly sich im Kongress wegen seines wortgewaltigen Eintretens für die Krone alsbald unbeliebt machte, musste er Philadelphia bei Nacht und Nebel wieder verlassen. Lyman Hall, George Walton und Button Gwinnett hingegen blieben und repräsentierten weiterhin die Kolonie.

Ohne nennenswerte Gegenstimmen hieß man in Savannah alle Empfehlungen des Kontinentalkongresses gut, darunter auch die totale Handelssperre für britische und irische Waren sowie die Verurteilung des Sklavenhandels mit Afrika oder jedem anderen Land, was die davon abhängige britische Wirtschaft empfindlich treffen sollte. Gleichzeitig rief der Kongress seine Landsleute zur Askese auf, damit ihnen der Verzicht auf die britischen Güter etwas leichter fiel. Dazu gehörte unter anderem der Verzicht auf Pferderennen, Glücksspiele und Theaterbesuche sowie auf modische Accessoires, mit Ausnahme schwarzer Bänder und Schleifen bei Beerdigungen. Für Kaufleute, die gegen die Handelssperre verstießen, wurden drakonische Strafen gefordert. Der Verzicht auf britische Waren traf Georgia härter als die anderen Kolonien, weil es hier noch keine eigene Währung gab und die hauptsächlich erzeugten Produkte wie Reis, Holz, Indigo und Felle zum Großteil in den Export gingen. Außerdem gab es kaum nennenswerte Manufakturen, weshalb man bei Gebrauchsgütern vielfach von Einfuhren aus dem Mutterland abhängig war. Alle Maßnahmen, die der Sicherheitsrat beschloss, zielten auf die Schwächung des britischen Parlaments, während man vorgab, dem König nach wie vor die Treue zu halten.

Die «Söhne der Freiheit» waren indes wild entschlossen, sämtliche Autoritäten zu bekämpfen, die nicht die vollkommene Unabhängigkeit der Kolonien befürworteten – ganz gleich, ob es sich dabei um Whigs oder um Torys handelte. Auch wenn die Aktionen dieser jungen Männer oft gesetzwidrig waren, galten ihre Anführer als respektable Bürger, die nicht nur auf die Bevölkerung, sondern auch auf einige Mitglieder des Sicherheitsrates beträchtlichen Einfluss ausübten. Als Ende Juli ein britischer Seemann namens John Hopkins seinen Gefährten mit dem Trinkspruch «Nieder mit Amerika!» zuprostete, wurde er in der darauf folgenden Nacht aus seinem Bett in einer billigen Pension geholt, auf den Marktplatz getragen und dort geteert und gefedert. Viele Menschen wurden Zeugen seiner Qualen und applaudierten seinen Peinigern, aber keiner griff ein, um ihn zu retten, im Gegenteil, man drohte sogar ihn aufzuhängen, falls er nicht auf der Stelle den Trinkspruch «Nieder mit allen Torys, es lebe die Freiheit Amerikas» ausbrachte. Der Mann tat, wie ihm geheißen und überlebte die Tortur, war aber für den Rest seines Lebens entstellt.

Was die Einwohner Georgias betraf, so sprach ihr Provinzkongress bald sowohl dem Gouverneur als auch seinen Ministern jegliche Autorität ab und begann selbst, mit den Indianern zu handeln, sämtliche Warenströme zu kontrollieren und nach und nach auch das Gerichtswesen zu übernehmen.

Im November beschloss der Kontinentalkongress, in Georgia ein Bataillon Soldaten und in South Carolina deren drei aufzustellen. Als diese Nachricht in Savannah eintraf, ernannte der Provinzkongress Lachlan McIntosh zum Kommandeur des Bataillons von Georgia im Range eines Colonels und Major Samuel Elbert zu seinem Stellvertreter.

Kapitel 20

Billigt Gott eine Revolution?

Im Juni 1775 kam Aaron Hart aus Charles Town zurück und ritt direkt zum Haus von Captain Clarke. Hannah sagte ihm, dass ihr Mann nach einer Kuh suche, die eigentlich schon längst hätte kalben müssen. Vielleicht sei er unten am Bach. Nachdem sie sich mit ihren Kuhhörnern gegenseitig Signale gegeben hatten, trafen sich die beiden Männer schließlich. Und sofort nach der Begrüßung platzte Aaron Hart heraus: «In Massachusetts sind Kämpfe ausgebrochen, und die Kolonisten in Philadelphia haben beschlossen, eine Armee aufzustellen, um sich vor Angriffen der Briten zu schützen.»

«Das klingt gut, Aaron. Aber erzähl's mir der Reihe nach.»

«Ich habe dir eine Zeitung mitgebracht, in der alles steht.» Anstatt Clarke die Zeitung zu geben, sagte er: «Warte, ich lese es dir vor.»

In dem Artikel stand, wie die Briten davon Wind bekommen hatten, dass die Minutemen im etwa zwanzig Meilen von Boston entfernten Concord Munition versteckt hatten. Lord North hatte daraufhin dem militärischen Oberbefehlshaber der nördlichen Kolonien, General Gage, Anweisung gegeben, mit seinen Truppen nach Concord zu marschieren und die Minutemen festzunehmen. Ein dort ansässiger Silberschmied namens Paul Revere sah die Soldaten kommen und schlug Alarm. Daraufhin kam es am 19. April bei Lexington zu einem Scharmützel, bei dem acht Minutemen getötet wurden. Dies wiederum hatte einen Aufstand in der Gegend zu Folge, und als zweitausend britische Soldaten später auf Concord zu marschierten, wurden sie von den Milizen aus zwei Dutzend Ortschaften angegriffen und besiegt. Die Milizionäre töteten 273 Rotröcke und jagten die restlichen zurück nach Boston. Dort wurden sie nun belagert, und falls ihnen nicht eine überlegene britische Streitmacht zu Hilfe kam, würden sie die Stadt wohl auf dem Seeweg verlassen müssen.

Clarke war angesichts dieser Nachrichten sichtlich erregt und rief aus: «Wenn die Leute in Savannah jetzt nicht mitmachen, gehe ich auf die andere Seite des Flusses, wo den Menschen die Freiheit mehr gilt als hier.»

«Zumindest ist Georgia jetzt dabei, wenn der Kontinentalkongress wieder zusammentritt», antwortete Aaron. «In der Zeitung steht, dass Lyman Hall und Archibald Bulloch in Philadelphia erwartet werden, und zumindest Hall denkt genauso wie wir.»

Lachlan und George McIntosh näherten sich Darien auf dem Küstenweg von Savannah her und ließen ihre Pferde in raschem Schritt laufen, was diesen am angenehmsten war. Nur manchmal presste einer der Männer seinem Tier ganz leicht die Sporen in die Flanken, woraufhin beide Pferde in einen sanft rollenden Galopp übergingen. Diese Art zu reiten hatten sich die Brüder schon vor Jahren zu Eigen gemacht und pflegten sie auch jetzt, als sie an Fichten- und Eichenhainen, Sumpfland und kleinen Kanälen vorbeiritten, ohne der Landschaft freilich allzu große Beachtung zu schenken. Jetzt, Ende August, war das Wetter an der südlichen Küste von Georgia noch immer recht schön, und ein kühler, sanfter Lufthauch vom Meer bewegte ganz sacht Blätter und Gras.

Nach einer Weile brach George das lange Schweigen. «Lachlan, wie glaubst du, dass der König und das Parlament auf das Friedensangebot des Kontinentalkongresses reagieren werden?»

«Das kommt ganz darauf an, ob die Botschaft vor oder nach der Nachricht über die britische Niederlage bei Bunker Hill in London eintrifft. Unsere Leute haben dort tapfer gekämpft und hatten viel Unterstützung von Seiten der Bevölkerung. Ich vermute mal, dass London versuchen wird, die Rebellion mit aller Härte niederzuschlagen, und die windelweiche Haltung unserer Delegierten als Bestätigung dafür ansieht.»

«Aber nach allem, was Lyman Hall uns vor zwei Tagen erzählt hat, ist die Haltung des Kontinentalkongresses alles andere als windelweich.»

Lachlan, der noch nie viel Geduld mit seinem Bruder gehabt hatte, antwortete darauf: «Die Tatsache, dass sie uns als ‹vereinigte

Kolonien› bezeichnet und George Washington zum Kommandeur der Minutemen ernannt haben, bedeutet nicht viel, wenn sie sich gleichzeitig weigern, offiziell ihre Unabhängigkeit zu erklären und ständig ihre Loyalität zur Krone zum Ausdruck bringen. Die Abschlusserklärung hätte doch zumindest die Forderungen enthalten können, die wir Schotten hier in Georgia gestellt haben.»

George beschloss, die Unterhaltung nicht weiter fortzuführen und verfiel wieder in Schweigen.

Kurz nachdem sie zu Hause angekommen waren, sagte Lachlan: «Wir werden unseren eigenen Kongress hier in Georgia zusammentreten lassen und unseren Führern die Macht geben, Entscheidungen zu treffen und auch durchzusetzen.»

«Meinst du damit einen Kongress mit Sicherheitsrat, ähnlich wie in South Carolina?»

«Ja.»

«Und wirst du ihm angehören?»

«Das könnte durchaus sein.»

Nachdem Aaron Hart Elijah Clarke über die Entscheidungen des Kontinentalkongresses informiert hatte, berief dieser sofort ein Treffen seiner Miliz ein. Als sich die Milizionäre am Wochenende darauf in Clarkes Haus trafen, hatten einige von ihnen bereits von der Schlacht am Bunker Hill gehört. Sie diskutierten die neuesten Entwicklungen durchaus kontrovers, bis Elijah eingriff: «Verdammt noch mal, jetzt reicht es aber wirklich. Es ist höchste Zeit, dass wir die Herrschaft der Rotröcke ein für allemal abschütteln. Die Bastarde in London wollen doch nur, dass wir Steuern zahlen und sie selbst möglichst hohe Profite aus dem Handel mit den verdammten Indianern schlagen können.»

Obwohl Aaron Hart Clarke nur ungern widersprach, entgegnete er: «Unsere Delegierten sind der Auffassung, dass der König nichts dafür kann. Es sind seine Minister und das Parlament, die uns unterdrücken. Deshalb müssen wir ihn davon überzeugen, dass unsere Unzufriedenheit einen guten Grund hat. Außerdem, wer soll denn über die Kolonien herrschen, wenn wir die Engländer aus dem Land jagen? Etwa die Franzosen und die Spanier? Die tun doch jetzt schon alles, um sie sich unter den Nagel reißen, sobald die Briten fort sind. Und die paar Minutemen werden sie wohl kaum aufhalten können.»

«Stimmt. Ich denke, wir können dem König noch eine letzte Chance geben. Aber trotzdem sollten wir uns hier und in allen anderen Kolonien darauf vorbereiten, den Patrioten zu Hilfe zu eilen, wenn die Zeit reif ist.»

In Wrightsborough wurde ebenfalls diskutiert, wenn auch unter anderen Vorzeichen. Hier standen fast alle Menschen treu zu König und Parlament und verurteilten die Kolonisten in Massachusetts wegen ihrer Gewaltanwendung. In den Versammlungen der Quäker war es üblich, jeden Mann ausreden zu lassen und seine Redezeit nicht zu begrenzen, und so konnte Joseph Maddock bei einer dieser Zusammenkünfte ausgiebig seine Meinung kundtun:

«Genauso wie wir hier haben auch die Menschen oben in den nördlichen Kolonien vor Gott dem König die Treue geschworen, und das beinhaltet meiner Auffassung nach auch einen Treueeid gegenüber der englischen Regierung. Wir können doch nicht einfach vergessen, dass uns der vom König eingesetzte Gouverneur dieses Land hier gegeben hat und dass britische Truppen uns vor den Überfällen der Indianer ebenso beschützen wie vor einer möglichen Invasion der Franzosen vom Westen her. Der König bittet uns Menschen in den Kolonien, dass wir uns durch das Zahlen von Steuern an den Kosten für diesen Schutz beteiligen, und es ist allen hier bekannt, dass wir diesen unseren Beitrag noch nicht geleistet haben. Noch nie in der Geschichte hat eine Kolonie dadurch, dass sie die Bande zum Mutterland durchschnitten hat, einen Vorteil erlangt. Ich gebe zu, dass das Parlament mit dem Stempelsteuergesetz und dem Townshendgesetz schwere Fehler begangen hat, aber immerhin hat es die Gesetze wieder zurückgezogen, nachdem wir dies mit friedlichen Mitteln gefordert hatten. Wer sein Heil in der Anwendung von Gewalt sucht, der sündigt und tötet viele unschuldige und friedliebende Menschen. In der Heiligen Schrift finden wir ein gutes Beispiel für den Umgang mit Herrschenden, deren Verhalten in uns Enttäuschung und Wut hervorgerufen hat. Es steht in einem Brief des Apostels Petrus, der selbst unter der Verfolgung der Römer zu leiden hatte. Ich möchte euch nun ein paar

Verse aus dem ersten Brief des Petrus vorlesen, die ich in unserer Situation sehr lehrreich finde:

Denn das ist der Wille Gottes, dass ihr mit guten Taten den unwissenden und törichten Menschen das Maul stopft – als die Freien, und nicht als hättet ihr die Freiheit zum Deckmantel der Bosheit, sondern als die Knechte Gottes. Ehrt jedermann, habt die Brüder lieb, fürchtet Gott, ehrt den König!

Ihr Sklaven, ordnet euch in aller Furcht den Herren unter, nicht allein den gütigen und freundlichen, sondern auch den wunderlichen. Denn das ist Gnade, wenn jemand vor Gott um des Gewissens willen das Übel erträgt und leidet das Unrecht. Denn was ist das für ein Ruhm, wenn ihr um schlechter Taten willen geschlagen werdet und es geduldig ertragt? Aber wenn ihr um guter Taten willen leidet und es ertragt, das ist Gnade bei Gott.

Denn dazu seid ihr berufen, da auch Christus gelitten hat für euch und euch ein Vorbild hinterlassen, dass ihr sollt nachfolgen seinen Fußstapfen; er, der keine Sünde getan hat und in dessen Mund sich kein Betrug fand; der nicht widerschmähte, als er geschmäht wurde, nicht drohte, als er litt, er stellte es aber dem anheim, der gerecht richtet.»

Maddock klappte die Bibel zu und blieb gesenkten Hauptes noch eine Weile aufrecht vor den Versammelten stehen. Dann hob er den Kopf, sah sich um und sagte: «Mir scheint, dass Petrus mit seinen Worten ‹Ehrt alle Menschen, habt die Brüder lieb, fürchtet Gott, ehrt den Kaiser› direkt zu uns hier in den Kolonien gesprochen hat. Was könnte klarer sein als diese Worte? Er sagt uns deutlich, dass wir denen, die uns regieren, gehorchen sollen.»

Ein paar der Zuhörer taten murmelnd ihre Zustimmung kund und nicht ein einziger widersprach. Im weiteren Verlauf der Diskussion wurde überdeutlich, wie sehr alle Anwesenden einen bewaffneten Konflikt vermeiden wollten, sei es mit den britischen Truppen, den heidnischen Eingeborenen oder den militanten Kolonisten.

Etwa zur selben Zeit zitierte Reverend John Zubly, ein überzeugter Presbyterianer, bei einer Predigt in Savannah ebenfalls aus der Bibel, wenn auch eine ganz andere Stelle als Joseph Maddock. Er zitierte, etwas aus dem Zusammenhang gerissen, aus dem Brief des Jakobus, Vers 2.12: «So redet und handelt nun wie Leute, die dereinst durchs Gesetz der Freiheit gerichtet werden.» Obwohl Zubly ein glühender Monarchist war, der unbedingte Treue zur Krone predigte, wurden ihm diese Worte so ausgelegt, als stelle er das Gesetz der Freiheit über die vom Parlament erlassenen Gesetze. Seine Predigt war wochenlang ein wichtiges Gesprächsthema und wurde schließlich in gedruckter Form in den Kolonien verteilt. Zubly wurde dadurch so populär, dass man ihn sogar zum Delegierten für den Kontinentalkongress bestimmte.

Kapitel 21

Der britische Spion Thomas Brown

Dem Reiter, der sich spät am Nachmittag Orangeburg näherte, war anscheinend etwas unbehaglich zumute. Trotz der anstrengenden zweitägigen Reise von Charles Town hierher saß er gerade im Sattel, mit stolz erhobenem Haupt hielt er den Blick nahezu unbeirrt auf den breiter werdenden Pfad gerichtet. Doch hin und wieder schaute er verstohlen nach rechts und links. Seiner Kleidung nach zu urteilen handelte es sich um einen englischen Gentleman oder einen Offizier außer Dienst – was er beides war –, folglich unterschied er sich krass von den Männern, die in handgewebten Hemden, Lederhosen und mit bloßen Füßen in ihren Mokassins auf den Feldern und vor den kleinen Häusern werkelten. Daher musterten ihn alle genauer als andere Fremde, die sonst aus dem Südosten nach Orangeburg kamen. Da die Männer etwas von Waffen verstanden, entging ihnen nicht, von welch herausragender Qualität seine Muskete und sein Schwert waren. Auch sein Rotschimmel-Hengst gehörte zur Spitzenklasse, und er war offensichtlich ein begnadeter Reiter. Dem Mann entgingen die forschenden Blicke nicht und er antwortete mit einem höflichen Nicken auf das gebrummte «'n Abend» der Leute.

Obwohl er nur sechzig Meilen westlich von hier zu Hause war, hatte er diesen Weg noch nie genommen. Aber da die befestigte Siedlung nur aus ein paar Häusern bestand, entdeckte er die Schenke auf Anhieb und steuerte mit einstudierter Lässigkeit darauf zu. Etliche Meter davor kreuzte ein Bach seinen Weg, seine Quelle war offenbar die Wasserstelle für das Dutzend Familien am Ort. Er zügelte sein Pferd ein gutes Stück unterhalb des eingefassten Beckens, saß ab, nahm dem Pferd den verzierten Sattel und das Zaumzeug ab und führte es am Halfter zum Wasser. Nachdem er das Pferd getränkt hatte, band er es an einen Strauch, nahm einen Silberbecher aus der Satteltasche und füllte ihn mehrmals für sich selbst. Erst dann näherte er sich der Schenke.

Auf der Veranda saßen sechs Männer, die leiser wurden, als der Fremde näher kam. Ungehobelt, wie sie waren, zeigten sie sich sonst zwar nicht feindselig, trieben aber gern ihre derben Scherze mit Fremden. Doch irgendetwas an diesem Ankömmling ließ sie, respektvoll und ein wenig argwöhnisch, verstummen. Es war Anfang August und ihre Hemden waren schweißdurchtränkt, diesem Mann hingegen schien die Hitze nichts anhaben zu können. Er trat auf die niedrige Veranda und musterte kühl die Runde. Zwar währte der Blick, den sie tauschten, nicht lange, doch selbst in diesem kurzen Moment fiel ihnen die merkwürdige Intensität seiner Augen auf. Im Gegensatz zu seiner scheinbar völlig ausdrucklosen Miene wirkten die fast farblosen, aber durchdringenden Augen geradezu verstörend auf sie.

Er nickte ihnen zu, offenbar kannte er einen der Männer. «Guten Abend», sagte er. «'n Abend», erwiderten sie wie aus einem Mund. Dann verschwand er hinter der Eingangstür, und sie konnten hören, wie er mit dem Schankwirt sprach. Einer aus der Runde, der Viehtreiber Simon, machte eine Kopfbewegung, woraufhin sie alle die Veranda verließen, um sich ungestört anzuhören, was der Besucher aus Augusta zu sagen hatte, mit dem der Ankömmling einen Blick gewechselt hatte. «Das ist der Vertreter des Königs, der in der Kolonie von Ort zu Ort zieht, weil er die Leute dazu bringen will, dem Gouverneur den Arsch zu lecken. Es gibt alle möglichen Geschichten über ihn, aber nicht eine einzige gute. Er ist 'n verdammter Lieutenant der britischen Armee, aber angeblich auch ein unehelicher Sohn von Lord North und hat den Gouverneur mehr am Wickel als 'n dämlicher Colonel. Mein Vetter ist vor ein paar Tagen zu ihm rüber auf die andere Seite vom Savannah River, wo er auf fünftausend Tagwerk Pächter schuften lässt, die er vor einem Jahr aus England geholt hat. Und ich hab gehört, er hat einfach 'ne Pistole gezogen und auf 'nen Nachbarn gefeuert.»

«Aber was will er denn hier in Carolina?»

«Er hat sich mit 'nem Mann angelegt, der offenbar 'n Revoluzzer ist, Drayton heißt er. Und jetzt will er die Leute, angeblich im Auftrag des Gouverneurs, dazu kriegen, sich loyal zum König zu verhalten. Manche glauben ja, er will herausfinden, wer gegen das Königshaus hetzt und, vor allem, ob die Freiheitsjungs hier irgendwelche Unterstützer haben. Vielleicht hat er ja erfahren, dass sich ein paar von ihnen gestern Abend hier rumgetrieben haben. Die meisten in Augusta lachen über ihn, weil er anscheinend nicht weiß, was er tut. Gouverneur Wright hat ihn zum Magistrat ernannt, aber außer ein paar Papiere unterschreiben und in Carolina herumziehen hat er bisher nichts getan.»

«Wie heißt er?»

«Thomas Brown.»

Da trat der Schankwirt auf die Veranda. «Kommt rein, Männer. Es gibt Freibier.»

Das ließen sie sich nicht zweimal sagen. Als sie die vertraute Gaststube betraten, nahmen sie den Engländer an der Theke nochmals in Augenschein, ehe sie sich auf ihre Stammplätze an einem langen, wackligen Tisch setzten. Hier war ihr Revier, hier fühlten sie sich wohl. Ohne zu fragen, brachte der Wirt jedem von ihnen einen seiner großen Humpen, er wollte die Gelegenheit zu einem guten Geschäft voll ausnutzen. Simon nahm das Ale, schaute hinüber zum Lieutenant, neigte zum Zeichen ihres gemeinsamen Dankes leicht den Kopf und trank. Die anderen Männer taten es ihm gleich, allerdings fiel kein einziges Wort dabei. Nach etwa zehn Minuten, in denen ihr Schweigen nur von leisem Geraune und einem unterdrücktem Gelächter gebrochen wurde, sagte Brown: «Noch eine Runde.» Nachdem die Humpen erneut gefüllt und teilweise wieder geleert waren, entschloss sich Brown, das unbehagliche Schweigen mit einer höflichen Frage zu beenden.

«Na, wie wird die Ernte dieses Jahr, meine Herren?» Er hatte eine tiefe, klare Stimme und war, obwohl er leise sprach und einen leichten Londoner Akzent hatte, gut zu verstehen.

Simon antwortete. «Der Mais ist so mittelprächtig, aber mit dem Tabak wird's gar nichts. Ein Spätfrost hat die meisten Pflanzen erwischt, außerdem brauchen wir dringend Regen.»

«Ja, das ist mir auf dem Weg von Charles Town hierher auch aufgefallen. Na, vielleicht gewittert es bald kräftig, im Westen blitzt und donnert es schon. Gab es hier irgendwelchen Ärger mit den Indianern?»

«Nicht in Orangeburg, aber westlich von hier, auf der anderen Seite vom Savannah in Georgia hat's letzten März ein paar Überfälle gegeben.» Simon wartete, ob der Mann irgendwelche Kenntnisse von der Region preisgeben würde, in der doch sein Landbesitz lag – aber nichts.

Bis zu diesem Punkt waren die Fragen höflich und vorhersehbar gewesen, die nächste allerdings ließ die Männer aus Carolina aufhorchen.

«Und wie macht sich John Stuart?»

Jeder wusste, dass der Beauftrage für Indianerfragen im Namen des Königs mit allen Stämmen an der Atlantikküste verhandelte. Darüber hatte es in ebendieser Schenke schon manch hitzige Debatte gegeben. Wenn jemand preisgab, wie er über diesen Stuart dachte, konnte man sich leicht ausrechnen, was er von den Beamten in Charles Town und Savannah hielt, auch wenn Stuart direkt vom König eingesetzt war und ihm die Gouverneure keine Anweisungen erteilen konnten. Erst gestern Abend hatte einer der jungen Hitzköpfe aus Augusta behauptet, dass Stuart die Indianer aufwiegle und dazu ermutige, genau diejenigen Siedler anzugreifen, die öffentlich Kritik an Londons Politik geübt oder sich anerkennend über die Freiwilligen geäußert hatten, die in New York und Massachusetts gegen die Briten kämpften. Trotz aller Unterschiede waren die anwesenden Männer in der Schenke samt und sonders britische Untertanen, und die meisten von ihnen wollten nichts anderes als sich um ihre Familien kümmern, ihr Land bestellen, ihre Erzeugnisse verkaufen und in Frieden leben. Deshalb versuchten sie sich aus der immer schärfer werdenden Auseinandersetzung zwischen den Torys und den Whigs herauszuhalten. Und so war ihnen trotz des neugierigen Interesses auch immer etwas unwohl in ihrer Haut, wenn ein paar der radikalen und manchmal durchaus gewalttätigen «Söhne der Freiheit» einen Abstecher in ihre Gemeinde machten.

Zwar zählte Simon zu den militanteren Einwohnern, doch auch er hielt es für das Beste, Vorsicht walten zu lassen und Brown zu erzählen, was dieser hören wollte. «Manche denken zwar, dass Stuart die Wilden absichtlich reizt, andere meinen aber, dass er gute Arbeit leistet. Auf jeden Fall hilft er uns beim Handel.»

«Frieden ist genau das, was wir wollen», nickte Brown. «Die Cherokee und die Creek sollen uns in Ruhe lassen, sodass wir weder gegen sie noch gegen unsere Nachbarn kämpfen müssen.»

Auch wenn keiner der Männer darauf etwas erwiderte, schien das ihre Zustimmung zu finden, und Brown setzte hinzu: «Ich komme gerade aus Charles Town, wo ich zu meiner Freude erfahren habe, dass das Parlament dabei ist, die Probleme mit den Kolonien zu lösen. Die Häfen im Norden zu sperren war ein schlechter Schachzug, denn der König ist sehr darauf bedacht, dass jeder frei Handel treiben kann und alle britischen Untertanen gleich behandelt werden.»

Mit jeder neuen Lokalrunde sprachen die Männer unverblümter, und in vielem stimmten sie dem großzügigen Besucher zu.

«Tja, da ist letztes Jahr schon ein bisschen Mais von South Carolina nach Massachusetts gewandert, als es wegen dieser Teegeschichte die Handelssperre nach Boston gab. Aber eigentlich wollen wir hier nur anständig behandelt und in Ruhe gelassen werden.»

Um einerseits seinen etwas heiklen Auftrag zu erfüllen, andererseits aber keinen Unmut zu stiften, antwortete Brown schnell: «Für diesen ganzen Ärger sind doch nur ein paar wenige radikale Whigs verantwortlich, die auf Missverständnisse gleich mit Gewalt und sogar mit Mord reagieren. Ich habe von Fällen gehört, in denen junge Heißsporne ihre eigenen Nachbarn angegriffen haben, bloß weil diese loyal zur Krone standen.»

Die Männer warfen einander Blicke zu, in denen Zustimmung zu lesen war. Seit etlichen Monaten fiel es ihnen schwer, frei heraus ihre Meinung zu sagen, weil ihre Gemeinschaft sich zunehmend in zwei Lager spaltete.

«Meine Hoffnung ist, dass die Einwohner von Carolina helfen, die Ordnung aufrechtzuerhalten», fuhr der Engländer fort, «dabei immer mehr Handel mit den Indianern treiben und damit Märkte für unsere Erzeugnisse erschließen. Der Gouverneur will sich um die Verbesserung der Straßen- und Fährverbindungen kümmern und zusehen, dass wir noch ein bisschen mehr Land im Westen bekommen, um dort zu siedeln. Er hat mich gebeten, zuerst hierher und dann nach Augusta zu reisen und mich kundig zu machen, inwiefern er oder der Rat den Gemeinden hier helfen kann.»

So redeten sie noch eine ganze Weile weiter, man unterhielt sich hauptsächlich über die Ernte und die letzten Lieferungen sowie die Preise von Rum, Zucker, Salz und anderen Waren, die über den Hafen von Charles Town hierher gelangten. Dann prasselten plötzlich Regentropfen aufs Dach, und einer der Männer sagte: «Vielleicht haben ja Sie uns den ersehnten Regen gebracht.» Mit leisem Lächeln nickte Brown: «Das hoffe ich doch. Wie weit ist es bis Augusta?»

«Ein guter Tagesritt, aber da sind die Flussüberquerungen schon drin.»

«Gut. Dann übernachte ich heute hier und reise morgen weiter.»

Da es in dem kleinen Haus kein freies Zimmer gab, bot ihm der Wirt den Schuppen hinter dem Haus als Obdach an, wo schon öfter Gäste geschlafen hatten. Er willigte auch ein, dem Mann ein Essen zu kochen und sein Pferd zu füttern.

In dem winzigen Schuppen musste Thomas Brown sich erst noch für die Nacht einrichten. Er hatte die tropfende Talgkerze noch nicht gelöscht und konnte gerade noch sehen, wie das Wasser unter der Tür hereinlief und auf dem unebenen Lehmboden kleine Bäche und Pfützen bildete. Außer seinem niedrigen Feldbett mit der Maisstroh-Matratze gab es nur ein einziges Möbelstück, und das war ein dreibeiniger Stuhl. Also trat er umsichtig auf die noch trockenen Stellen und verstaute seine Habseligkeiten auf dem steinernen Regalbrett an der Schmalseite, dann blies er die Kerze aus, kroch auf sein Feldbett, wickelte die Decke um sich und versuchte zu schlafen. Doch obwohl er seine Gedanken auf angenehme und friedliche Dinge lenkte, wirbelten die Bilder der letzten Tage in seinem Kopf umher wie in einem Kaleidoskop.

Seine Erinnerung an Charles Town war ein solch freundliches Versatzstück. Der Gouverneur hatte ihn herzlichst behandelt, ihn in seinem privaten Büro empfangen und ihm sogar eine Tasse Tee angeboten. Zwar war Brown das politische Kalkül dabei nicht entgangen, denn bestimmt kannte auch er das Gerücht, dass Brown der uneheliche Sohn von Lord North, dem jetzigen Premierminister, sein sollte und seine Anwesenheit in den Kolonien in London an höchster Stelle eingefädelt worden sei. Brown hatte nichts getan, um den Irrtum aus der Welt zu schaffen. Offenbar hatten einige seiner Feinde diese Lüge verbreitet, als er so viel Land zugewiesen bekommen hatte, aber er glaubte, dass es ihm durchaus zum Vorteil gereichen könnte, wenn man ihm verwandtschaftliche Bande zu den höchsten Stellen in London, ja sogar bis hin zum König nachsagte.

Mit Gewissheit wusste Lord William Campbell, der Gouverneur von South Carolina, dass Brown ohne jede militärische Ausbildung zum Lieutenant ernannt worden war und dass man den jungen Mann mit einer ganzen Schiffsladung Kontraktarbeiter nach Amerika geschickt hatte. Diese mussten mit all ihren Familienangehörigen drei Jahre lang arbeiten, um die Kosten für ihre Überfahrt abzubezahlen, dann würden sie etwas Land bekommen, um sich als Farmer durchzubringen. Soviel der Gouverneur gehört hatte, sollte Brown mit dieser Vorzugsbehandlung aus England fortgelotst werden, und das hieß, entweder investierte eine reiche Familie ein Vermögen in die Zukunft eines Sohnes, oder aber Brown wusste Dinge, die höchst einflussreiche Politiker im Königreich in größte Verlegenheit bringen konnten.

Der junge Mann machte einen ehrgeizigen Eindruck und hatte den Gouverneuren von Georgia und von South Carolina seine Dienste angeboten. Er wolle «die Loyalität zur Krone stärken», hatte er erklärt. Wie Gouverneur Wright war auch Campbell bereit, für diesen kleinen Beitrag zu den Geheimdienstinformationen aus seiner Kolonie monatlich ein paar Minuten aufzuwenden.

Tatsächlich stammte Thomas Brown aus Yorkshire und war dort 1750 als ältester Sohn des wohlhabenden Schiffseigners Jonas Brown geboren worden. Sein Urgroßvater mütterlicherseits war Sir Isaac Newton. Thomas, der den Reichtum und Einfluss seines Vaters vollauf ausnutzte, verschaffte sich einerseits eine exzellente Bildung, führte aber zugleich ein ausschweifendes Leben mit seinen Freunden. Schon bald zeigte sich sein strebsamer Vater besorgt, dass Thomas mit seinen Eskapaden Schande über die Familie bringen würde. Und so wurde der junge Mann auf einem Schiff seines Vaters auf eine lange Fahrt in die Karibik geschickt. Aufgrund einer Absprache, die er nie ganz durchschaute, hatte er dann plötzlich die Aufsicht über eine Gruppe Kontraktarbeiter auf der *Marlborough*, einem Frachter mit einem Laderaum von dreihundert Tonnen, an dem sein Vater Anteile besaß. Als Entgelt für diese Reise von Whitby über die Orkney-Inseln nach Savannah wurden ihm ein Stück Land und die Dienste von sechs Männern versprochen, die er sich frei aussuchen durfte und die dann drei Jahre lang auf seiner Farm für ihn arbeiten würden.

Auf demselben Schiff fuhr ein irischer Bauer namens Michael Herring mit, der seine Passage selbst bezahlt hatte und sich auf dem neuen Kontinent nach Arbeit umsehen wollte. Er hatte seine

Heimat verlassen, weil seine älteren Brüder das Vorrecht auf den kleinen Familienbesitz hatten. Brown und er hatten sich gleich zu Beginn der Reise kennen gelernt, und da Brown von Landwirtschaft praktisch keine Ahnung hatte, bot er Herring die Stelle als Aufseher auf seiner neuen Farm an. Er sollte dafür ein Wohnhaus, jährlich fünfundzwanzig Pfund und hundert Tagwerk Land bekommen. Herring schlug ein. Seine erste Aufgabe war es, die sechs Männer auszuwählen, die für Brown arbeiten sollten. Als sie in Amerika anlegten, hatte er seine Wahl getroffen.

Bei seiner Ankunft in Savannah hatte Brown dem Gouverneur einen versiegelten Brief überbracht, in dem dieser davon in Kenntnis gesetzt wurde, dass der frisch ernannte Lieutenant gebildet und aufgrund seiner Jagderfahrung und mehrerer Duelle im Umgang mit Gewehr und Säbel geübt sei. Allerdings habe er nie eine militärische Ausbildung erhalten und verabscheue es ganz offensichtlich, Befehle entgegenzunehmen. Hingegen spreche sein scharfer Verstand und seine unbedingte Ergebenheit zur britischen Regierung für ihn, und so solle man ihn während seines mindestens vierjährigen Aufenthaltes in den Kolonien mit Achtung und Respekt behandeln und ihn den höchsten Beamten sowohl in Georgia als auch in South Carolina vorstellen.

Weitere Anweisungen fehlten, daher wusste der Gouverneur zuerst nicht so recht, was er mit ihm anfangen sollte. Nach einem kurzen Gespräch fand er heraus, dass sich Brown ausgezeichnet damit auskannte, wie legitime Klagen der Kolonisten ins Parlament einzubringen waren. Da er zugleich ein begeisterter Befürworter der Regierungspolitik war, entschloss sich Gouverneur Wright nach einiger Überlegung, Brown dazu zu ermuntern, sich im nordöstlichen Georgia anzusiedeln, wo nach dem Vertrag mit den Indianern von 1773 nahezu unbegrenzt Land zur Verfügung stand. Er wies Brown zwölf zusammenhängende Grundstücke von zusammen über 2600 Tagwerk zu. Dabei lag der Großteil des Landes jenseits des Little River in einem Gebiet, das von manchen jungen Creek immer noch als das ihre betrachtet wurde. Ein nahes Fort schützte den südlichen Abschnitt, und dort fing man auch mit der Erschließung an. Die Plantage wurde Brownsborough genannt und lag etwa zwanzig Meilen nordwestlich von Augusta, dort, wo sich die Flüsse Kiokee und Greenbriar vereinten. Da Brown hoch gebildet war und sich zu benehmen wusste, ernannte ihn Gouverneur Wright außerdem zum Magistrat, also zum offiziellen Vertreter des Gouverneurs in diesem entlegenen Gebiet, und Brown willigte ein, hin und wieder einen vertraulichen Bericht über die Einstellung der Menschen anzufertigen, die am Oberlauf des Savannah River lebten. Zwar war dieser Auftrag aufgrund seiner geheimen Natur für Brown nicht ganz reizlos, er hatte allerdings nicht die Absicht, Unruhe zu stiften oder sich in Gefahr zu bringen. Nachdem er sein Land in Besitz genommen hatte, beauftragte er Herring und die Kontraktarbeiter, zweihundert Tagwerk Ackerland zu roden und die kleine Herde von Schafen, Rindern und Schweinen zu versorgen. Schon bald erkannte Brown, dass sein Aufseher ein fähiger und ehrlicher Mann war, und so nahm er noch während des Aufbaus seiner Plantage bereits immer wieder für längere Zeit in Augusta Quartier, auch wenn er sich für sein Land als Jagdgrund und als Einkommensquelle durchaus interessierte. Die meiste Zeit verbrachte er jedoch damit, die Schenken im weiteren Umkreis aufzusuchen, wo er es sich gut gehen lassen und zugleich die Haltung seiner Nachbarn ausforschen konnte.

Die Gouverneure in Georgia und South Carolina hatten es nun mit Provinzkongressen zu tun, die zwar ihre unverbrüchliche Ergebenheit zur Krone beteuerten, die jedoch bekanntermaßen auch die amerikanische Sache vertraten, wie sie – manchmal sogar mit Gewalt – im Norden verfochten wurde. In beiden Kolonien lag die wahre Macht in den Händen der Sicherheitsräte.

Eifrig verfolgte Thomas Brown diese Entwicklungen und nutzte dabei jede Gelegenheit, sich bei den britischen Führern lieb Kind zu machen. Schon bald wurde offensichtlich, dass die Chancen hierfür in South Carolina weit besser standen, wo der Gouverneur seine Geheimdienstberichte auch mit größerem Wohlwollen aufgenommen hatte.

Gouverneur Wright war persönlich immer noch sehr beliebt und in Georgia war kaum einer mit dem König unzufrieden. Doch in Charles Town ballte sich die politische Macht bei den reichen Reisbaronen, die um jeden Preis die Vorherrschaft in der Kolonie anstrebten und die vorrangig Geld scheffeln und ihren Einfluss mehren wollten. Obwohl sie nur die Küstenregion repräsentierten, wo lediglich ein Viertel der Bevölkerung lebte, und sie die Siedler im Hinterland stets verspottet und vor den Kopf gestoßen hatten, war nun die Unterstützung durch diese «gemeinen Leute» im Machtkampf gegen die Monarchisten von entscheidender Bedeutung.

Bei seinen Reisen durchs westliche Carolina hatte Brown von den Aktivitäten eines gewissen William Henry Drayton erfahren, der es sich zum Ziel gesetzt hatte, Widerstand gegen Gouverneur Campbell und den königlichen Rat zu schüren. So verbreitete Drayton fälschlicherweise, dass die Briten planten, mit Hilfe der Indianer und der schwarzen Sklaven die Unabhängigkeitsbestrebungen der Kolonien zu behindern. War die Drohung eines Indianerkrieges schon schlimm genug, so war die Aussicht auf einen Sklavenaufstand geradezu Furcht erregend, vor allem im Tiefland von Carolina, wo auf einen Weißen fünf schwarze Sklaven kamen. Sobald Brown Näheres in Erfahrung gebracht hatte, vereinbarte er ein Treffen mit dem Gouverneur.

Als Brown seinen Bericht abgegeben hatte, erwartete er eine anerkennende Bemerkung, doch zu seiner Enttäuschung wandte sich Gouverneur Campbell mit seinen Ausführungen an seinen jungen Adjutanten Knapton und nicht an ihn, als er sagte: «Ich weiß schon seit langem von Draytons Bemühungen und habe versucht einzuschätzen, welche Erwägungen für die Familien im Bergland wichtig sind. Vor allem die Farmer, die aus Kontinentaleuropa stammen, befürchten ihre Landtitel zu verlieren, die sie dem König verdanken, wenn sie sich illoyal verhalten. Auch hegen viele von ihnen schon seit jeher Groll gegen die großen Plantagenbesitzer und die Kaufleute in Charles Town, die sie so oft wie nur möglich betrogen und die ihnen eine angemessene politische Vertretung in der Kolonie verwehrt haben.

Allerdings steht die britische Miliz im Hinterland unter der Führung von Colonel Thomas Fletchall bereit, um die Siedler vor Übergriffen der Indianer zu schützen und zugleich ihre Loyalität gegenüber der Krone zu sichern.»

Dann wandte sich der Gouverneur direkt an Lieutenant Brown: «Ihr Bericht bestätigt, was uns zu Ohren gekommen ist, und belegt die verstärkten Anstrengungen seitens Drayton. Ich würde es gern sehen, wenn Sie Drayton und den Mitgliedern seines so genannten Geheimkomitees folgen und ihre Lügen widerlegen würden. Mr.

Knapton soll in seinem Büro einen Plan für Ihr weiteres Vorgehen entwerfen, an den Sie sich halten sollten und der auf all die falschen Behauptungen eingeht, die verbreitet werden. Von Zeit zu Zeit könnten Sie mir auch durch ihn Ihre Berichte zukommen lassen. Falls Sie Hilfe brauchen, wenden Sie sich an Colonel Fletchall, den ich von diesem Gespräch in Kenntnis setzen werde. Herzlichen Dank für Ihre guten Dienste, Lieutenant.»

Brown brummelte eine höfliche Antwort und folgte Knapton den Gang hinunter. Brown sollte jeder geringschätzigen Bemerkung über die königliche Regierung in Charles Town entgegentreten und betonen, wie stark das britische Militär und wie einträglich der Handel mit England immer gewesen sei, aber auch dass ein Krieg zu einem Sklavenaufstand führen könne, der König hingegen entschlossen sei, Streitigkeiten mit den Kolonien friedlich beizulegen. Schließlich wurden sie sich einig, dass das schlagkräftigste Argument gegen Drayton seine Geldgeber waren, denn die Kaufleute und Reisbarone von der Küste brachten die Siedler im Hinterland bereits jetzt in sklavenähnliche Abhängigkeit. Falls nötig, konnte man Drayton mit der Anschuldigung in die Enge treiben, Gewehre und Munition gesammelt zu haben und mit den Cherokee eine Waffenbrüderschaft anzustreben.

Auf dem Rückweg nach Augusta beschloss Brown darüber hinwegzusehen, dass der Gouverneur bei der Unterredung mehr mit seinem Adjutanten gesprochen hatte als mit ihm. Immerhin hatte doch er, Brown, sämtliche gute Ideen geliefert, und der Gouverneur hatte sich tief beeindruckt von dem Bericht gezeigt. Auch garantierte ihm seine neue Aufgabe künftig größeren Einfluss. Zwar flog ihn hin und wieder leise Sorge um seine Sicherheit an, doch er zerstreute diese Befürchtungen, indem er sich die Anwesenheit der Rotröcke von Colonel Fletchall in diesem Gebiet vor Augen rief.

Brown suchte die Auseinandersetzung mit Drayton, und bald entspannen sich rege Debatten. Sein neuer Widersacher war ein sehr selbstbewusster Mann, und wo sie auch hinkamen, erwiesen sich die Zuhörer stets als große Freunde von Streitgesprächen. Allerdings waren diese von Treffen zu Treffen hitziger und mehrmals wurden Brown und Drayton beinahe handgreiflich. Die Gunst des Publikums errang mal der eine, mal der andere, doch in einem bestand kein Zweifel: Die Fronten zwischen Whigs und Torys verhärteten sich.

Drayton, der keinerlei Befugnisse vom Sicherheitsrat besaß, gebärdete sich immer dreister, bis er schließlich im Spätsommer 1775 mit einem Dutzend Milizangehöriger aus Carolina nach Charles Town zurückkehrte und lauthals verkündete, dass Brown, aber auch der Gouverneur und die anderen britischen Beamten endlich verhaftet werden sollten. Sofort bat Brown Colonel Fletchall, ihn mit einer Schwadron der königlichen Truppen zum nächsten Treffen mit Drayton zu begleiten, das kurz nach Mittag im Fort Ninety Six angesetzt war. Wieder gab es eine scharfe Debatte, aber keine bewaffnete Auseinandersetzung. Danach begab sich Brown auf die Rückreise zu seiner Plantage in Georgia, Drayton und seine Verbündeten hingegen luden Fletchall ein, sie in die Schenke zu begleiten. Dort redeten sie die halbe Nacht auf ihn ein – lobten seine Führungsqualitäten, füllten ihn mit Whiskey ab und brachten Fletchall schließlich dazu, eine Vereinbarung zu unterschreiben, dass keiner der Unterzeichner britische Soldaten unterstützen oder verpflegen würde, die sich gegen die Amerikaner stellten und dass die Autorität des Kontinentalkongresses nicht in Frage stehe.

Als Brown von Fletchalls Verrat hörte, raste er vor Zorn. Drayton hingegen ritt zurück nach Charles Town, wo er stolz seinen «Vertrag» präsentierte und den Sicherheitsrat drängte, den königlichen Gouverneur und andere bekennende Unterstützer der Torys in Gewahrsam zu nehmen. Da die Ratsmitglieder vor einer so forschen Handlung zurückschreckten, überreichten sie Drayton eine wortreiche Anweisung, deren Bedeutung fast nicht zu entschlüsseln war. Drayton verstand diese Direktive jedoch als Handlungsermächtigung. Um seine Ziele zu erreichen, arbeitete er eng mit den «Söhnen der Freiheit» zusammen und bewog diese, ihm bei seinen Maßnahmen gegen Thomas Brown und andere im Hinterland beizustehen.

Brown war sehr stolz auf seine jüngsten Taten, die im Grunde auch die ersten waren, die Folgen gezeitigt hatten. Und so hoffte er, dass der Gouverneur seine Erfolge bei den öffentlichen Streitgesprächen zu würdigen wusste. In den ersten Monaten in Georgia hatte er keinen Grund gesehen, seine persönlichen Beziehungen zu hohen Londoner Beamten und seine Königstreue zu verheimlichen.

Die große Landzuweisung aus der Hand des Gouverneurs von Georgia und sein leichter Zugang zu den höchsten Beamten in beiden Kolonien schienen ihm seinen Status und seine persönliche Sicherheit zu garantieren. Doch als Fletchall nach der Auseinandersetzung mit Drayton vor den Rebellen die Waffen gestreckt hatte, fühlte sich Brown nicht mehr so wohl in seiner Haut. Und die Provinzkongresse hatten inzwischen sowohl in Georgia als auch in South Carolina mehr zu sagen, selbst die königlichen Beamten schienen nicht mehr frei handeln zu können. So war Brown nicht überrascht, als er von ganz offensichtlich beschränkten, ehrlosen Halunken persönlich bedroht wurde.

Zuerst fand er vor der Tür seines Herrenhauses auf der Plantage eine mit ungelenker Handschrift verfasste Notiz, die ihn warnte, seine Gegnerschaft zur Freiheit würde in «mieslichen Umstenden» enden. Obwohl erschrocken, dass die Eindringlinge ihn ins Visier genommen hatten, versuchte er die Drohung als einen Scherz abzutun, als er die Nachricht mit seinem Aufseher Herring besprach. Keinesfalls wollte er sich eine Blöße geben oder irgendwie anfechtbar dastehen. In der darauf folgenden Samstagnacht hörte er dann, wie ein paar Pferde in seinen Hof trabten. Wenige Minuten später kam Herring zur Hintertür herein.

«Ich fürchte, es gibt Ärger, Mr. Brown. Draußen sind ein paar Männer, und ich glaube, ich habe den einen oder anderen hier schon herumstreunen sehen. Vielleicht sind es dieselben, die Ihnen diesen Zettel vor die Tür gelegt haben?»

Brown zog sich Hosen an und erwiderte: «Ich kümmere mich darum, Herring. Aber es gibt bestimmt nichts zu befürchten.»

Er überprüfte, ob seine beiden Duellpistolen geladen waren, dann öffnete er die Eingangstür und machte sogleich einen Schritt seitwärts in den Schatten. Das gedämpfte Kerzenlicht aus dem Innern beleuchtete fünf junge Männer zu Pferde, die eine größere Gruppe hinter sich hatten.

Offenbar war ihnen unbehaglich zumute, doch schließlich stieg ihr Anführer, ein stämmiger Mann mit leuchtend rotem Haar, ab und machte ein paar Schritte auf Brown zu. Die Zügel behielt er dabei in der Linken, das lange Gewehr in seiner Rechten wies mit der Mündung zum Boden. «Mein Name ist Chesley Bostick, Mr. Brown, und das sind meine Freunde, die an die Freiheit glauben. Wir haben merkwürdige Sachen über Sie gehört. Es heißt, dass Sie

Ihr Land in Georgia von London zugewiesen gekriegt haben, wofür sich der Gouverneur von South Carolina stark gemacht haben soll. Und Sie fühlen sich Charles Town verbunden und nicht Savannah. Manche Ihrer Männer hier auf der Farm haben gehört, dass Sie die ungerechten Gesetze verteidigt haben, die man den Kolonien aufgezwungen hat, und dass Sie die von uns kritisieren, die für die Freiheit sind. Wir sind gekommen, um sicherzugehen, dass Sie mit uns einer Meinung sind, nämlich dass die Leute hier in Georgia dieselben Rechte haben sollen wie welche, die in London leben.»

Brown war überrascht über diese lange Rede und erleichtert über die gemäßigten Worte. Das Letzte, was er im Sinn hatte, war eine körperliche Auseinandersetzung mit jungen Raufbolden, die Messer und sogar Äxte in den Gürteln stecken hatten, außerdem konnte er mindestens zwei Musketen sehen. Und sie hatten offensichtlich getrunken. Also versuchte er sich gänzlich unbeeindruckt zu geben und erwiderte, dass ihm Gouverneur Wright in Savannah das Land in Übereinstimmung mit den bestehenden Gesetzen zugewiesen habe und dass natürlich alle britischen Bürger gleich behandelt werden sollten. Dabei erwähnte er nicht, was er wirklich dachte, nämlich dass viele dieser undankbaren Kolonisten sich des Landesverrats schuldig machten, wenn sie die Politik der Krone verdammten und sich anmaßten, selbst über die Gesetzgebung bestimmen zu wollen.

«Das klingt ganz in Ordnung», sagte der Anführer. «Wir wollten Sie jedenfalls wissen lassen, dass es in dieser Kolonie keinen Platz für Leute gibt, die nicht an so eine Freiheit glauben, wie wir sie fordern.»

Da traten zu beiden Seiten der Veranda Herring und etliche Plantagenarbeiter mit erhobenen Gewehren aus dem Schatten. Dadurch ermutigt, ließ auch Brown seine Pistolen sehen und sagte zu den Eindringlingen: «Ich habe mir angehört, was ihr zu sagen hattet. Ihr befindet euch auf Privatgrund. Deshalb schlage ich vor, dass ihr Halunken schleunigst meinen Hof verlasst.»

Einer der Männer griff nach seiner Muskete, und Bostick ließ die Zügel fallen und packte mit beiden Händen sein Gewehr. Als sich in diesem Moment ein Schuss aus einer seiner Duellpistolen löste, war Brown genauso überrascht wie jeder andere hier. Die Kugel schlug ganz dicht neben dem Fuß des jungen Anführers ein.

Sämtliche Eindringlinge richteten ihre Blicke auf Bostick, der Haltung bewahrte, aber leicht hinkend den Rückzug antrat. Zwar hatte sein Pferd den Kopf zurückgeworfen, war aber stehen geblieben, sodass er rasch aufsteigen konnte. Ohne weiteren Zwischenfall verließen die Männer den Hof. Brown entschied sich, fürs Erste auf seinem Landsitz zu bleiben, und gab Anweisung, dass mehrere Arbeiter Wache schieben sollten. Später berichtete Herring, dass Bosticks Fuß schwer verletzt worden war und in Augusta Drohungen laut wurden, den gesamten Besitz Brownsborough in Schutt und Asche zu legen, wenn der Eigner nicht sein Auftreten änderte. Brown wollte jeden Ärger vermeiden und beschloss, erst einmal Ratschläge einzuholen, wie er sich weiter verhalten sollte.

Nach ein paar Tagen entschloss sich Brown, Gouverneur Campbell in Charles Town einen Besuch abzustatten. Vor allem wollte er ihm berichten, dass seine Nachbarn in Georgia seines Erachtens mehr denn je zu kämpfen bereit seien. Er teilte seine Pläne nur Herring mit und mied Augusta, statt dessen ritt er am Fluss entlang und bog kurz vor Savannah auf die Küstenstraße nach Charles Town ab. Als der Gouverneur ihn in seinem Büro willkommen hieß und ihm mitteilte, König George und Lord North wollten dafür Sorge tragen, dass die berechtigten Klagen der Kolonisten ernst genommen würden, legte sich seine Unruhe ein wenig. Auch betonte der Gouverneur, man verfolge in ganz Amerika das Ziel, den Frieden mit den Indianern zu sichern, den Handel auszubauen und diejenigen zu belohnen und zu beschützen, die in ihrer Treue zur Krone nicht wankten.

«Trotz dieser generösen Entscheidungen machen uns Drayton und der Sicherheitsrat hier in Charles Town allerdings weiter Scherereien», fügte der Gouverneur hinzu. «Sie haben sogar verlangt, dass ich mein Büro räume und die Kolonie verlasse. Außerdem versuchen einige Hitzköpfe in den nördlichen Kolonien einen bewaffneten Aufruhr anzuzetteln, aber damit werden unsere Truppen leicht fertig. Ich erhalte Berichte aus dem ganzen Süden und kann Ihnen versichern, dass insgesamt nur eine kleine Gruppe Unruhe stiftet. Sie setzt sich vornehmlich aus vereinzelten Rotten von Feiglingen zusammen, die zwar bellen, aber nicht beißen. Ich darf mich doch wohl darauf verlassen, dass Sie sich durch Drohungen nicht einschüchtern lassen?»

«Ich habe keine Angst», erwiderte Brown, um einen überzeugenden Ton bemüht. «Trotzdem wollte ich Sie von den umlaufenden Gerüchten und meinen Erkenntnissen informieren und Sie wissen lassen, dass ein paar dieser Banditen, so genannte Freiheitssöhne, versucht haben, mich unter Druck zu setzen. Jetzt reite ich wieder nach Hause. Ich werde die Lage auf dem Land im Auge behalten und alles tun, was in meiner Macht steht, um die Entschlossenheit der treuen britischen Untertanen zu stärken.»

«Nehmen Sie sich doch noch etwas Zeit und reiten Sie über Orangeburg. Dort ist die Unterstützung für die Torys ziemlich stark, vielleicht können Sie herausfinden, was in der Gegend los ist. Ich habe bereits meinen Stellvertreter William Thompson mit demselben Auftrag auf eine Beobachtungsreise weiter südlich den Savannah River entlang geschickt. Er sollte am dritten Dienstag dieses Monats in Augusta eintreffen. Ich werde ihn wissen lassen, dass er sich mit Ihnen in Verbindung setzen soll, dann können Sie sich austauschen. Wie Sie selbst feststellen werden, ist er ein gut informierter und vernünftiger Mann. Er wird alles an mich weiterleiten, was Sie mir mitteilen wollen, sei es in mündlicher oder schriftlicher Form.»

Nur gut, dass Brown nicht hörte, was der Gouverneur nach seiner Abreise zu seinem Adjutanten sagte: «Der Lieutenant hat ja geschlottert vor Angst, auch wenn wir es nicht merken sollten. Ich glaube kaum, dass wir uns bei einer Auseinandersetzung Mann gegen Mann auf ihn verlassen können. Sobald Thompson wieder in Charles Town ist, möchte ich eine persönliche Beurteilung haben.»

Als Brown in Orangeburg aus dem Schlaf hochschreckte, war es nach dem heftigen Regen überraschend ruhig, er hörte nur leises Prasseln. Allerdings waren seine Decke und seine Beine klitschnass, denn das Dach hatte ein Loch. Sein erster Gedanke war, dass einer der Männer in der Schenke mit von der Partie gewesen war, als ihn die «Söhne der Freiheit» vor seinem Haus bedroht hatten. Doch die Männer waren im Dunkeln nur schwer zu erkennen gewesen, und nachdem Brown die Kerze angezündet, sich angezogen und seine Habseligkeiten zusammengesammelt hatte, schlug sein Herz wieder ruhiger. Immerhin hatten sie sich in der Schenke einvernehmlich unterhalten. Bei Sonnenaufgang hatten sich die Regenwolken verzogen, Brown saß bereits wieder im Sattel unterwegs nach Augusta und dachte über seine weiteren Pläne nach.

Nur mit Mühe hatte er in der Schenke seine Verachtung für dieses ungepflegte, geistig beschränkte Gesindel bezwingen können. Natürlich hatte er gemerkt, dass sie nicht frei heraus gesprochen hatten, und bestimmt standen sie nicht alle treu zur Krone. Schließlich war ihm zugetragen worden, dass etliche der Freiheitssöhne sich in der Orangeburger Schenke hatten blicken lassen, und es war seine Aufgabe, Bürger aufzuspüren, die mit den Verrätern gemeinsame Sache machten, damit die Behörden gegen sie vorgehen konnten. Eigentlich hatte Brown hier eine Rede wiederholen wollen, die er bei einer seiner öffentlichen Debatten mit Drayton gehalten hatte, aber er musste zugeben, dass er es letzte Nacht – und da nicht zum ersten Mal – vorgezogen hatte, Streit zu vermeiden und sich in Allgemeinplätze zu flüchten. Zudem war er schon immer davon überzeugt gewesen, dass er als Spion oder Geheimagent dem König nützlicher sein konnte, wenn er vorsichtig agierte. Doch was einst eine Art Spiel für ihn gewesen war, wurde nun zu einer echten Herausforderung. Der Besuch der Raufbolde auf seiner Plantage hatte ihm einen Heidenschreck eingejagt, und er hatte mit Erleichterung vernommen, dass der Gouverneur die Freiheitssöhne als kleines und belangloses radikales Grüppchen betrachtete.

Dieses Abenteuer in den Kolonien hatte man ihm schließlich aufgezwungen, und es verlief ganz und gar nicht nach des Lieutenants Geschmack. Sein Ziel war und blieb es, nach London oder wenigstens nach England zurückzukehren, sobald er frei über seinen Landbesitz verfügen konnte und die behördliche Erlaubnis dazu bekam. Immerhin war er ein Stadtmensch, der nur so lange seiner Heimat den Rücken kehrte, bis seine Freunde ihn benachrichtigten, dass der Lauf der Zeit einige seiner persönlichen Probleme gelöst hatte – er musste also schlimmstenfalls noch zwei bis drei Jahre ausharren. Dann dachte er darüber nach, wie sein Bericht aussehen musste, damit der Gouverneur zu dem Schluss kam, ihn als so genannten Protektor im Dienst des Königs in diesem gottverlassenen Winkel der Welt nicht mehr zu benötigen.

Er reiste zum ersten Mal auf kürzestem Wege von Orangeburg nach Augusta und verließ sich voll und ganz auf die Routenbeschreibung, die man ihm in der Schenke gegeben hatte. Die ersten Meilen achtete er kaum auf seine Umgebung, als aber die Sonne höher stieg, fiel ihm auf, wie schmal der zu beiden Seiten dicht bewaldete Pfad war. Er ritt schnell, wechselte aber zwischen Trab und Schritt, damit sein gutes Pferd das Tempo einen ganzen Tag lang halten konnte. Der Weg war zwar kaum einen Meter breit, aber zwischen Sträuchern und Bäumen zunächst noch gut zu erkennen. Doch dann verengte er sich zu einem Trampelpfad, und unter dem Laubdach der großen Bäume wuchs nur noch Hartriegel und ähnliches Schattenkraut, das Brown nicht kannte. Manchmal musste er jetzt die allzu seltenen Feuerzeichen an den Bäumen suchen, um nicht vom Weg abzukommen, und immer häufiger zückte er den Kompass, um sich zu vergewissern, dass er tatsächlich westwärts ritt.

Einen Indianerüberfall konnte man nie ausschließen. Zwar hatte er noch keinen dieser Wilden zu Gesicht bekommen, dafür aber zahllose Geschichten über Morde im westlichen Grenzgebiet gehört, bei denen Indianer ihre Opfer skalpiert, verstümmelt oder die Leichen verbrannt hatten. Er versuchte sich einzureden, dass diese gefährliche Region ja gottlob weit weg sei. Dennoch war er froh, dass niemand beobachtete, wie er im Sattel hochfuhr und beinahe seinen Hut verlor, wenn es im Gestrüpp raschelte, weil er eine Hirschkuh oder auch nur ein Eichhörnchen aufgeschreckt hatte. Mehr als alles andere wünschte sich Brown, aus dem Wald heraus zu sein, bevor es dunkel wurde, und so zog er gar nicht erst in Erwägung, bei einem der wenigen Gehöfte unterwegs eine Rast einzulegen. Bei Jagdausflügen in Schottland und Irland hatte er gelegentlich mit seinen Gefährten auf Decken in Zelten aus Segeltuch genächtigt, aber sonst hatte er noch nie nachts auf eine Matratze verzichten müssen.

An einer sandigen Stelle bei einer Furt entdeckte er Hufspuren, die ihm zeigten, dass nach dem heftigen Regen bereits ein anderer Reiter diesen Weg genommen hatte. Danach lugte er bei jeder Wegbiegung zuerst vorsichtig um die Ecke. Gegen Mittag rastete er an einem Bach und aß von dem getrockneten Mais und Trockenfleisch, das er in der Schenke gekauft hatte, doch schon nach kurzer Zeit ritt er weiter. Laut Angaben des Gouverneurs sollte sein Treffen mit William Thompson in vier Tagen stattfinden, und er wollte zuerst noch seiner Farm einen Besuch abstatten, ehe er nach Augusta zurückkehrte.

Kurz nach Sonnenuntergang überquerte Brown den Savannah River und beschloss, die Nacht in der Schenke zu verbringen, in der er auch Thompson treffen sollte. Er war bereits ein paarmal dort gewesen und wusste, dass der Schankwirt James Jarvis zu Recht den Ruf genoss, ein ehrlicher und fähiger Wirt zu sein. Ein üppiges Trinkgeld verschaffte ihm dort ein eigenes Bett, daneben traf er Vorkehrungen für eine Unterkunft am Abend des dritten Dienstag, bevor er am nächsten Morgen die zwanzig Meilen zu seinem Zuhause weiterritt. Als sein Aufseher Herring ihm berichtete, dass es während seiner Abwesenheit keine weiteren Drohungen gegeben hatte, war er beruhigt. Brown, der nun schon ein ganzes Jahr Farmer war, hatte immer noch keine Ahnung von Landwirtschaft und auch kein Interesse, mehr darüber zu erfahren. Die Sümpfe und Wälder abseits bekannter Jagdgründe und teilweise sogar in der Nähe seines Hauses waren ihm irgendwie unheimlich, und er richtete es stets unauffällig so ein, dass ihn Herring begleitete, wenn er nicht in offener Landschaft unterwegs war.

Nach einem Wochenende der Muße und einer kurzen Überprüfung seines Viehbestands und seiner Äcker ritt Brown nach Augusta, wo Thompson wie mit dem Gouverneur verabredet in der Schenke saß. Sie begrüßten sich förmlich, dann schlenderten sie eine schmutzige, enge Straße zum Fluss hinunter, um sich ungestört zu besprechen. Unterwegs fiel ihnen ein großes, prachtvolles weißes Haus auf, das sich deutlich von den übrigen etwa vierzig Gebäuden abhob – roh gezimmerte Blockhäuser oder Lagerschuppen, für die sie nur verächtliche Blicke übrig hatten. Ihre Herberge war das einzige Gasthaus in der Stadt – außer einer alten Spelunke am Fluss, die keine Konzession hatte, aber billigen Rum und anderen Schnaps an jeden verkaufte, der hereinkam, und angeblich sogar Indianer durch ein Fenster an der Rückwand bediente.

Selbstverständlich nahm Thomas Brown an, dass er der Ranghöhere war, und erwartete einen Lagebericht seines Begleiters. Stattdessen sagte Thompson: «Ich komme soeben aus Savannah, wo es mindestens ein Dutzend Schenken mit Konzession gibt und noch einmal ein halbes Dutzend auf dem Weg hierher. Das ist ja hier der reinste Sündenpfuhl ohne jede Achtung vor Recht und Gesetz.»

Etwas unvermittelt erwiderte Brown: «Nun, wir müssen uns das ja nur eine Nacht zumuten. Was haben Sie auf Ihren Reisen erfahren?»

«In den letzten zwei Wochen habe ich beide Flussufer von hier bis zur Küste bereist, und was ich gesehen habe, hat mich sehr entmutigt. Wie in Charles Town hat der Provinzkongress auch andernorts an Einfluss gewonnen. Außerdem treiben sich in Savannah ein paar Grobiane herum, die ständig Ärger machen. Sie beleidigen völlig unverfroren Gouverneur Wright und sprechen sich öffentlich für eine Revolte gegen die Krone aus. Kurz bevor ich in Savannah eingetroffen bin, hat eine Meute von Kriminellen einen britischen Seemann fast umgebracht, weil er in einem Trinkspruch die Illoyalität gegenüber dem König gegeißelt hatte. Sie haben diesen John Hopkins geteert und gefedert, und er hatte schon den Strick um den Hals. Wenn er nicht widerrufen hätte, hätten sie ihn aufgeknüpft.»

«Ja, davon habe ich in Charles Town gehört», meinte Brown. «Aber was unternehmen denn die britischen Behörden gegen diese Verbrecher?»

«Gar nichts, das ist es ja! Der Gouverneur und sein Rat haben kaum noch Befugnisse, die haben sich die Whigs unter den Nagel gerissen.»

Brown schwieg, und schließlich ergänzte Thompson: «Es sind diese verdammten Freiheitssöhne. Erst vorletzte Nacht habe ich selbst drei von ihnen in der Schenke gesehen, in der wir übernachten, sie haben einen Siedler aus dem Westen mit Gewalt dazu genötigt, in einen Trinkspruch auf die Freiheit einzustimmen. Er hat immer wieder gesagt, dass er sich nur um seinen Kram kümmern und in Frieden leben will, aber schließlich hat er dann doch mit ihnen angestoßen.»

«Hat denn niemand dem Mann geholfen?»

«Nachdem diese Radikalen verschwunden waren, hat sich herausgestellt, dass einige der Gäste in der Schenke mit ihm einer Meinung waren. Aber es herrscht große Angst oder zumindest entschiedener Widerwillen, sich in eine gewalttätige Auseinandersetzung einzumischen.»

«Diese Feiglinge!», rief Brown aus. Angesichts der heftigen Gefühle seines Gegenübers und der Vermutung, dass diese Bemerkung vielleicht auch auf ihn gemünzt war, beschloss Thompson, nicht näher auf den Vorfall einzugehen. Schade, dass Brown nicht dabei gewesen war und miterlebt hatte, wie diese Rüpel einen einschüchtern konnten, dachte er, als sie zum Gasthaus zurückgingen. Er hoffte jedenfalls, dass ihm eine neuerliche Begegnung mit ihnen erspart blieb.

Wieder in der Schenke, bestellten sie Ale, dazu Wildbret und dunkles Brot und ließen sich an einem Tisch in einer Ecke der Gaststube nieder. Außer ihnen aßen noch etwa acht oder zehn andere Männer zu Abend, die meisten hatten sich für gebratenen Flussfisch entschieden. An der Schmalseite der Gaststube war eine brusthohe Theke, dahinter eine Tür, hinter der offensichtlich die Wohnräume des Wirts lagen. Genau gegenüber führte eine schmale Stiege in den ersten Stock, wo vier kleine Zimmer für zahlende Gäste bereitstanden. Eines davon teilten sich Thompson und Brown. Darüber erstreckte sich ein langer, schmaler, nicht einmal mannshoher Speicherraum mit einer Reihe einfacher Matratzen, wobei von den Gästen erwartet wurde, dass sie sich für den üblichen Preis mit einem halben Lager zufrieden gaben. Von der Gaststube im Erdgeschoss führte eine Tür auf die Straße, rechts davon war ein Fenster, durch das ein kühlender Luftzug drang, der die Hitze erträglicher machte. Eine flackernde Lampe an der Decke sorgte für gedämpftes Licht, dazu brannte auf jedem Tisch eine Talgkerze.

Brown und Thompson hatten ihre Mahlzeit beendet und wollten sich gerade für die Nacht zurückziehen, da traten fünf Männer durch die offene Tür und sahen sich in der Gaststube um. Vier von ihnen erkannte Brown sofort, sie hatten zu der Gruppe gehört, die ihn vor vierzehn Tagen auf seiner Farm heimgesucht hatte. Auch der Anführer war dabei, ein großer junger Mann mit einer Wollmütze, die jedoch nur teilweise sein rotes Haar verbarg. Ja, es war Bostick, der Mann, dessen Fuß eine Kugel aus Browns Pistole gestreift hatte.

«Hast du den Hurensohn gesehen, der hier gestern Abend gegen die Freiheit war?», wollte er vom Gastwirt wissen.

«Nein. Schätze, er ist wieder zurück nach Hause, ins Wilkes County.»

Sie verlangten eine Flasche Rum, warfen eine Münze auf die

Theke und tranken im Stehen. Da entdeckte Bostick in der Ecke Thompson und Brown. Browns Blick streifte ihn ebenfalls, aber nur ganz kurz, als ob ihn der Mann an der Theke nicht sonderlich interessierte. Nun flüsterte Bostick mit seinen Kumpanen, und plötzlich richtete sich die ganze Aufmerksamkeit auf Brown, und es trat Stille in der Schenke ein.

Dann ertönte eine raue Stimme: «So sieht man sich wieder, Mr. Brown.»

Brown antwortete nicht gleich. «Scheint so», erwiderte er schließlich.

«Mich würde interessieren, was für Angelegenheiten Sie hier zu erledigen haben.»

Trotz seiner Anstrengung, Ruhe zu bewahren, schoss Brown das Blut ins Gesicht, doch dann überraschte er sich selbst mit seiner Antwort: «Meine eigenen. Und ich würde Ihnen raten, dass Sie sich um die Ihren kümmern.»

Jetzt war es totenstill im Raum, alle beobachteten gebannt den Mann mit der Wollmütze. Bostick erhob sein Glas und rief: «Auf die ‹Söhne der Freiheit› in Savannah!» Auch seine Kumpanen und ein paar andere Gäste nahmen darauf einen Schluck, nicht aber Brown und Thompson. Nun wurde allen irgendwie unbehaglich zumute, die ersten Gäste verließen unauffällig die Schenke. Andere warteten ab, während die Spannung im Raum spürbar stieg.

Auch Brown fühlte sich ganz und gar nicht wohl in seiner Haut. Seine Knie zitterten, und irgendetwas griff ihm ans Herz, aber er tat alles Menschenmögliche, um seine Empfindungen zu verbergen. Leider hatte er nicht die leiseste Ahnung, wie er sich verhalten sollte, und er suchte fieberhaft nach einem Ausweg. Wenn ihm in einer Londoner Schenke Widersacher entgegengetreten wären, hätte er sich auf einen grundsätzlichen Respekt vor Gesetz und Eigentum verlassen können – oder zumindest darauf, dass die Umstehenden oder der Schankwirt einen Ordnungshüter zu Hilfe rufen würden. Wurde ein Gentleman von einem anderen gekränkt oder beleidigt, konnte man dies oft mittels Sekundanten aus der Welt schaffen, sodass die Ehre ohne ernsthaftes Blutvergießen wiederhergestellt wurde.

Brown tendierte zur Vorsicht, und schließlich gebot die Vernunft, sich nicht in aller Öffentlichkeit mit Radikalen zu streiten, das hätte ihrer gemeinsamen Mission, die Ergebenheit zur Krone zu festigen, nur geschadet. Sich mit Raufbolden in einer Schenke einen politischen Schlagabtausch zu liefern, war ganz bestimmt die falsche Taktik. Wenn er sich aber nun offen gegen die Krone aussprach, dann wäre das ein undenkbares Eingeständnis persönlicher Feigheit gewesen, das bestimmt große Aufmerksamkeit erregte und über Thompson ans Ohr des Gouverneurs und vielleicht sogar an das seiner Freunde und Gönner in London dringen würde. Also beschloss er, sich der drohenden Auseinandersetzung geschickt zu entziehen und den Trinkspruch einfach zu überhören.

«Bring den Männern in der Ecke einen Rum von Chesley Bostick», forderte der Mann an der Theke den Schankwirt auf, und dieser stellte hastig zwei kleine Gläser auf die Theke und füllte sie.

«Und jetzt schlage ich vor, dass wir auf die Freiheit trinken und alle feigen Hurensöhne verfluchen!», sagte der mit der Wollmütze. Sämtliche Augen richteten sich auf die beiden Männer in der Ecke, vor allem auf Thomas Brown, der offenkundig der Ranghöhere der beiden war. Brown wusste kaum, was er tat, als er aufstand, das angebotene Glas nahm und seinen Inhalt auf den Boden kippte. «Ich kaufe mir meinen Rum selbst und trinke ihn mit einem Toast auf alle, die ergeben zum König stehen», sagte er.

Keiner bemerkte, dass Thompson inzwischen vom Tisch aufgestanden war und jetzt neben der offenen Tür stand, während Brown die fünf Männer vor sich fixierte. Er war unbewaffnet, sein Gewehr und sein Schwert lagen oben in der Schlafkammer, und er war sich schmerzlich bewusst, dass seine Widersacher Messer und Äxte an ihren Gürteln trugen. Dennoch rechnete er nicht mit einem Angriff, immerhin war die Gaststube voller Zeugen. Und so kam es ihm gänzlich unwirklich vor, als die Männer sich langsam näherten. Von Panik ergriffen, packte er den Tisch und warf ihn ihnen vor die Füße, machte einen Sprung auf die Treppe zu – da traf ihn einer der schweren Stühle am Kopf.

Als Brown das Bewusstsein wiedererlangte, lag er mit dem Gesicht nach unten auf dem rohen, schmutzigen, blutbesudelten Boden, die Hände waren ihm auf den Rücken gebunden. Von Thompson und den meisten anderen Gästen war nichts zu sehen.

Kapitel 22

Geteert und gefedert

Bostick saß auf der Tischkante, er war nur eine von mehreren Gestalten, die Brown verschwommen wahrnahm. Vor dem rothaarigen Mann ausgebreitet lag der Inhalt von Browns Taschen. «Nun, Mr. Thomas Brown», feixte Bostick, «ich ersehe aus Ihren Papieren, dass Sie ein Lieutenant im Dienste Seiner Majestät sind. Würden Sie uns bitte erklären, was Sie hier zu tun haben und wo sich Ihre Uniform befindet?»

Als er keine Antwort bekam, befahl Bostick, Brown aufrecht hinzustellen, und sagte: «Ich warte immer noch auf Ihre Zusicherung, dass Sie sich für die Freiheit einsetzen werden und für ein Ende der Tyrannei, wie Sie von Ihren Freunden in London betrieben wird.»

Noch immer schwieg Brown, und so nickte Bostick, woraufhin einer seiner Männer dem hilflosen Mann mit der flachen Axt gegen die Schläfe hieb, dass er in die Knie ging. Auf dem linken Auge vorübergehend blind, überdachte Brown seine missliche und wie es schien aussichtslose Lage, während ihm Blut vom Kopf und aus dem Mundwinkel rann. Ihm blieb nur die Hoffnung, dass letzte Reste von Recht und Anstand überwogen oder dass sich die Schlägerbande zurückhalten würde, weil die Männer wussten, dass sie ihrer sicheren Bestrafung nicht entgehen würden.

Offensichtlich seinem Publikum zuliebe sagte Bostick nun: «Hiermit berufe ich eine offizielle Sitzung der ‹Söhne der Freiheit› ein. Wir werden diesem Schuft einen fairen Prozess machen. Die Anklage lautet, dass er die revolutionäre Sache in den Schmutz gezogen hat. Ich habe gehört, dass sich Captain Elijah Clarke mit seinen Mannen in der Stadt befindet. Wir werden ihn bitten, als Richter zu fungieren. Vielleicht setzt einer den Angeklagten auf einen Stuhl, solange wir noch einen zur Brust nehmen? Er soll dem Gericht schließlich in einer geziemenden Haltung gegenübertreten.»

Niemand wagte eine Bemerkung, und das pflichtschuldige Gelächter von Bosticks Verbündeten täuschte ebenso wenig wie das unruhige Füßescharren der verbliebenen Neugierigen über die Spannung hinweg, die das Drama hier vor aller Augen entwickelte.

Man hob den hilflosen Mann auf einen Stuhl, wo er mit größter Mühe aufrecht saß. Jemand wickelte einen Lumpen um seinen Kopf, um die Blutung zu stillen. Nachdem jeder etwas getrunken hatte, fuhr Bostick fort: «Mr. Brown, wir haben vor einigen Tagen gehört, dass Sie aus Charles Town zurückgekommen und auf dem Weg zu uns sind. Auch gibt es Berichte, dass Sie Leute durch Drohungen oder falsche Versprechungen dazu verleitet haben, die Torys zu unterstützen und sich gegen die Freiheit zu stellen. Ursprünglich wollten wir Sie am anderen Flussufer treffen, drüben in South Carolina, aber Sie sind früher gekommen, als wir erwartet hatten. Also sind wir heute Nacht hierher geritten, um Sie bei sich zu Hause in Georgia willkommen zu heißen. Wir hoffen nur, dass Sie einsehen, wie sehr Sie sich geirrt haben – und genau das wollen wir jetzt von Ihnen hören.»

An der Tür entstand Unruhe, dann betrat ein großer Mann die Schenke. Zwar hatte Brown ihn noch nie gesehen, aber er wusste aus vielen Gesprächen der letzten Monate, um wen es sich handelte. Captain Elijah Clarke, der von Bostick und den anderen Grobianen hier offensichtlich geradezu verehrt wurde, war etwa fünfundvierzig Jahre alt und eine stattliche Erscheinung. Browns Stimmung hob sich, denn er erwartete, dass Clarke dieser peinlichen Posse ein Ende machen würde.

Wortlos sah Clarke sich in der Gaststube um und dann zu Bostick, der schnell drauflos sprach. «Wie Sie schon gehört haben, Captain, ist das hier Thomas Brown, ein Toryspitzel für den Gouverneur von South Carolina, obwohl er in der Nähe des Kiokee Creek auf einer großen Plantage lebt, die er von Kontraktarbeitern bewirtschaften lässt. Manche von ihnen haben sich über die Behandlung dort beklagt, und deshalb sind wir letzte Woche ganz friedlich mal dort vorbeigeritten – nur um ihm zu verstehen zu geben, dass sich die Menschen hier von Leuten wie ihm und von der Unterdrückung durch das Parlament gekränkt und verletzt fühlen. Doch anstatt uns zuzuhören, hat er die Pistole gezogen und auf uns geschossen. Dabei hat er mich am Fuß erwischt.»

Die anderen Männer glucksten, doch Bostick brachte sie mit einem Stirnrunzeln und einer drohenden Handbewegung zum Schweigen.

Da ergriff Clarke erstmals das Wort. «Davon habe ich bereits gehört, und ich kenne auch seinen Gutsverwalter. Mr. Brown, was haben Sie zu Ihren Gunsten vorzubringen?»

Nach einem längeren unbehaglichen Schweigen entschied sich Brown schließlich zu antworten. «Ich bin Bürger von Georgia, ein Landbesitzer, der sein Land rechtmäßig von Gouverneur James Wright zugewiesen bekommen hat. Außerdem bin ich ein persönlicher Freund von Gouverneur William Campbell, und ich ersuche Sie, mich unverzüglich freizulassen oder mich der legalen Obrigkeit dieser Kolonie vorzuführen.»

Er hatte das unklare Gefühl, sich nicht richtig ausgedrückt zu haben, und kam schließlich darauf, dass er «ersuchen» statt «verlangen» gesagt hatte.

«Mr. Brown, Sie befinden sich vor einer legalen Obrigkeit, nämlich einem Bürgergericht. Und Sie sind mehrerer Vergehen angeklagt, nämlich Gerechtigkeit zu verweigern, am Missbrauch der freien und friedlichen Einwohner Georgias und South Carolinas beteiligt zu sein und einen Ihrer Nachbarn angegriffen zu haben.»

Ohne einen weiteren Blick auf Brown wandte er sich dann den Anklägern zu. «Mr. Bostick, ich werde hier nicht gebraucht und habe ohnehin eine Menge anderes zu tun. Sorgen Sie einfach dafür, dass der Gerechtigkeit Genüge getan wird.»

Clarke verließ die Schenke, und alle Blicke richteten sich wieder auf Bostick, der sich kurz mit seinen Mitstreitern beriet. «Wir rufen unseren ersten Zeugen auf, Mr. Leander», verkündete er dann.

Der Viehtreiber, den Brown bereits in der Schenke in Orangeburg gesehen hatte, trat vor und sagte: «Letzte Woche saß ich mit einer Runde braver Bürger zusammen, da hat sich dieser Mann zu uns gesellt und uns erzählen wollen, dass nur königstreue Torys ihre Waren in Charles Town verkaufen dürften, andere könnten sogar Opfer von Indianerüberfällen werden. Er hat auch geredet wie ein Freund von John Stuart, von dem wir wissen, dass er die Wilden gegen uns aufhetzt.»

«Das ist eine Lüge», sagte Brown, entschied sich aber, fürderhin zu schweigen.

Bostick, der seine Rolle als Vorsitzender sehr genoss, fragte: «Was haben Sie zu Ihrer Verteidigung vorzubringen?»

Als er keine Antwort erhielt, fügte er hinzu: «Ich befinde Sie als schuldig im Sinne der Anklage. Das Gericht wird jetzt eine Strafe festsetzen.»

Nach einer kurzen Beratung mit seinen Kumpanen gab Bostick bekannt: «Wir haben uns entschlossen, dieselbe Strafe zu verhängen wie letzten Monat bei einem Verräter in Savannah. Sie werden geteert und gefedert und dann durch die Straßen geschleift, bis Sie Ihre Verbrechen bekennen und versprechen, sie nicht zu wiederholen. Gibt es irgendeinen Einspruch von einem Mitglied dieses rechtmäßigen und geachteten Gerichts?»

Keiner sagte etwas.

«Das ist nicht der Fall. Sie werden also die heutige Nacht unter Bewachung hier verbringen. Morgen früh bei Sonnenaufgang werden wir uns wieder hier versammeln, um das Urteil zu vollstrecken. Inzwischen wird Ihnen Mr. Jarvis den Kratzer am Kopf verbinden.»

«Da bleibt aber viel Teer kleben in dem langen Haar mit dem vielen Blut», sagte einer der Männer. «Sollen wir ihn nicht lieber vorher skalpieren?»

Alle lachten, und Bostick sagte: «Nein. Aber nimm ein scharfes Messer und schneid ihm die verfilzte Mähne ab. Dann sitzt auch der Verband besser.»

Den fürchterlich schmerzenden Kopf fast kahl geschoren und verbunden, die Hände noch immer gefesselt, lag Brown in der Ecke. Er sah, dass ihn ständig einer der Männer bewachte, während die anderen immer mal wieder in die Schenke kamen, etwas tranken, Scherze machten, lachten und wieder gingen. Und er verfluchte den Tag, an dem er in dieses gesetzlose Land gekommen war. Unvorstellbar, dass so etwas geschehen konnte. Die ganze Nacht lang war er davon überzeugt, dass die örtlichen Beamten von den Geschehnissen erfahren und zu seiner Befreiung herbeieilen würden.

Doch der Tag brach an und er hörte, wie vor der Schenke ein Karren vorfuhr, dazu lachende Stimmen, die sich darüber unterhielten, dass Teer und Federn für diesen Zweck doch weit besser geeignet seien, als um Boote abzudichten oder Federbetten zu stopfen. Kurz darauf wurde er von groben Händen gepackt und nach draußen gezerrt, dann zog man ihn unsanft auf die Füße. Auf dem Karren stand ein großer Eisentopf mit Holzteer, in dem ein geschwärzter Besenstiel steckte, daneben lag ein zugebundener Hanfsack, durch dessen grob gewebten Stoff sich Federkiele bohrten.

Bostick war auch da und führte immer noch das Wort. «Wie heiß ist der Teer?», erkundigte er sich.

«Heiß genug, dass er fließt, aber er wird ihn nicht umbringen.»

«Mr. Brown, sind Sie bereit, Ihre Verfehlungen einzugestehen und Ihre Unterstützung für die Freiheit aller Kolonisten von Unterdrückung zu versprechen?»

Im Stillen hoffte Brown noch immer, dass es sich nur um eine Lokalposse handelte und diese lächerliche Strafe nicht vollzogen würde, und er schüttelte den Kopf. Dabei litt er Todesängste und hätte um Gnade gebettelt, wenn er sich Erfolg davon versprochen hätte. Als er sich jetzt umschaute, waren seine Sinne so geschärft wie noch nie in seinem Leben. Er versuchte, sich jedes Gesicht einzuprägen. Und wollte etwas sagen, doch ihm fiel einfach nichts ein.

«Dann bindet ihn los, zieht ihn aus und lasst uns das Urteil vollstrecken. Die Schuhe kann er anbehalten.»

Bald stand der Lieutenant splitternackt da, und die Männer johlten und machten zotige Bemerkungen über seine zusammengeschrumpelte Männlichkeit und seine fast schneeweiße Haut. Dann nahm einer von ihnen den tropfenden Besen aus dem Kessel und begann seinen Körper mit dem siedend heißen Pech einzustreichen. Er fing am Hals an und arbeitete sich methodisch nach unten vor. Der Schmerz war beinahe unerträglich, doch auch hilfloser Zorn und Scham marterten Brown. Die umstehenden Männer schienen das Spektakel zu genießen, auch diejenigen, die anfangs noch geschwiegen hatten, wurden jetzt von der Begeisterung des Pöbels angesteckt. An den senkrechten Hautflächen blieb nur eine dünne Teerschicht kleben, dafür sammelte sich das Pech auf seinen Schultern und in seinen Stiefeln, wo die Hitze nicht entweichen konnte, sodass der Schmerz kaum mehr auszuhalten war.

Brown unterdrückte mit aller Kraft einen schmerzvollen Aufschrei und stöhnte nur ganz leise in sich hinein. Die anderen Männer öffneten unterdes, wie von Bostick befohlen, den Sack, nahmen mit vollen Händen Federn heraus und warfen sie auf Brown, dann kippten sie ihm den halb leeren Sack über den Kopf.

«Jetzt soll jeder in Augusta dieses knusprige Hähnchen zu sehen bekommen!», rief Bostick, und die Zuschauer lachten. Er band einen Strick lose um Browns Hals und das andere Ende an den Karren. «Lasst uns eine Rundfahrt durch die Stadt mit ihm machen.»

Mehrere Männer nahmen die Wagendeichsel hoch und zogen mit dem Karren los, dabei schauten sie immer wieder nach hinten, ob der geteerte Gefangene noch mitkam. Die etwa hundert Meter um die wenigen Geschäfte herum schienen Brown kein Ende nehmen zu wollen, und als sie zur Schenke zurückgekehrt waren, kam Bosticks Stimme für ihn scheinbar aus weiter Ferne, als dieser fragte: «Bekennen Sie jetzt und schwören Sie, sich unserer Sache zu verschreiben?»

Brown stand stumm, er wusste nicht, was er erwidern sollte. «Macht noch eine Runde mit ihm», ordnete Bostick an. Als sie zurückkehrten, konnte der Gefangene kaum noch laufen, aber er schwieg immer noch – ob willentlich oder aus Erschöpfung, war nicht auszumachen. Zwar hämmerte sein Herz vor Angst und Zorn, aber sein Verstand war wie gelähmt, er konnte einfach nicht fassen, was da geschah. Bei der dritten Runde stürzte er und das Seil um seinen Hals straffte sich, sodass er das Bewusstsein verlor.

«Der verreckt uns bald», sagte einer der Männer.

Bostick dachte einige Augenblicke nach, dann meinte er: «Das wollen wir nicht. Kippt ihm Wasser über.»

Als Brown das Bewusstsein wiedererlangt hatte, sagte Bostick zu ihm: «Wenn Sie nicht bekennen, sind Sie ein toter Mann. Deshalb frage ich Sie jetzt noch einmal: Geben Sie Ihre Verbrechen zu und schwören Sie, die Sache der Freiheit zu unterstützen?»

Aber Brown hatte sich schon in sein Schicksal ergeben und sehnte sich geradezu nach der Empfindungslosigkeit des Todes, die verglichen mit dieser Tortur die reinste Wohltat sein musste.

Doch da schien wie durch ein Wunder ein grundlegender Wandel in seinem Innern vorzugehen. Plötzlich barst er schier vor Hass, alle Angst war verflogen, zugleich wollte er um keinen Preis sterben. Sollte er etwa hier und jetzt sein Leben opfern und damit seinen verachteten Feinden diesen ewigen Triumph gönnen? Es war, als würde ihm seine Bestimmung klar, nämlich Rache zu üben bis ans Ende seiner Tage. Brown sah sich um, während ihm das Blut in den Schläfen pochte und die Gesichter seiner Peiniger teilweise hinter einer Art rotem Schleier verschwammen. Der Zeitpunkt für seine Entscheidung war gekommen. «Ich bekenne», nickte er, worauf die Umstehenden in Hurragebrüll ausbrachen. Dann wiederholte er, was Bostick von ihm verlangt hatte.

«Nehmt ihm den Strick vom Hals und bindet seine Hände los», befahl Bostick und wandte sich an den Wirt. «Mr. Jarvis, Sie dürfen ihn sauber machen und ihm seine Kleider zurückgeben. Sein Geld haben wir ihm gelassen, er kann Sie also bezahlen.»

Ein paar Stunden später hatten der Wirt und Brown mit einer Flasche Terpentin, die Jarvis bei einem Bootsbauer aufgetrieben hatte, einen Großteil des Teers entfernt. Jetzt lag der erschöpfte Mann in dem niedrigen Speicherraum auf einem Feldbett, sein Körper war rot und an den Stellen voller Brandblasen, wo sich der heiße Teer hatte sammeln können. Vor allem seine Zehen waren böse verbrannt, und er hatte kein Gefühl mehr in ihnen. Als ihm der Wirt seine Börse brachte, sah Brown überrascht, dass noch sämtliche Papiere und sein ganzes Geld darin waren.

«Ich werde hier bleiben müssen, bis ich wieder reiten kann. Bringen Sie mir Fett oder Salbe, damit ich meine Brandwunden behandeln kann, und kümmern Sie sich um mein Pferd. Ich werde Sie gut dafür bezahlen und es nicht vergessen haben, wenn ich wiederkomme.»

Der Schankwirt nickte nur knapp, überzeugt, dass der Mann für den Rest seines Lebens einen weiten Bogen um Augusta machen würde. Wie hätte er auch ahnen können, dass in dieser besudelten und Mitleid erregenden Kreatur reiner Hass loderte und der Mann eisern entschlossen war, es seinen Peinigern heimzuzahlen, ja dass dies künftig das einzige Ziel in seinem Leben sein würde?

Nach zwei Tagen Bettruhe, in denen er mit hämmernden Kopfschmerzen und Sehstörungen allerdings kaum Schlaf fand, teilte Brown dem Schankwirt mit, dass er am nächsten Morgen in aller Frühe abreisen wolle. Jarvis schlug vor, jemanden zur Begleitung anzuheuern, aber Brown lehnte ab. Auch verriet er nicht, dass er gar nicht zu seinem Gutshof, sondern auf die andere Seite des Savannah River nach Ninety Six reiten wollte, wo der nächste Militärposten und ein Kontingent britischer Truppen stationiert waren. Obwohl sein geschundener Kopf und die Brandwunden auf seinem Leib weiterer Behandlung bedurften, war es ihm das dringendste Anliegen, zu britischen Autoritäten vorzudringen und Unterstützung für eine machtvolle Rückkehr nach Augusta anzufordern – auch wenn dies bedeutete, dass Truppen aus Carolina in eine fremde Kolonie einmarschieren würden. Brown war sich sicher, dass verantwortungsbewusste Beamte in Georgia jede Strafe für die Verräter gutheißen würden, die ihn überfallen und bereits ein ähnliches Verbrechen in Savannah begangen hatten.

Er hörte, wie der Regen nur wenige Zentimeter über seinem Kopf aufs Dach prasselte, während die Geräusche der Schenkenbesucher aus dem Erdgeschoss gedämpft zu ihm hinaufdrangen. Hin und wieder fiel sein Name, aber Jarvis brachte ihm Essen und Getränke nach oben und hielt sich ansonsten an die Anweisung, dass er nicht gestört werden dürfe.

Früh am nächsten Morgen zog er sich mit schmerzverzerrtem Gesicht die gereinigten Kleider über, so locker wie möglich und ohne sich um die Fettflecken zu scheren, die seine gut eingeschmierten Brandwunden hinterließen. Den rechten Fuß konnte er nicht belasten, er wies so tiefe Fleischwunden auf, dass er fast glaubte, die Knochen von zwei seiner Zehen durchschimmern zu sehen. Bereits zwei Stunden vor Tagesanbruch musste der Schankwirt seine Satteltaschen mit Proviant füllen, außerdem hatte sich Brown eine Krücke besorgen lassen. Er legte die zusammengefaltete Decke auf seinen Sattel, steckte die Muskete in ihr Futteral, verstaute seinen leeren rechten Stiefel in einem am Sattel baumelnden Beutel und ließ sich vom Schankwirt aufs Pferd helfen. Dann lenkte er sein Ross die leere Straße zum Fluss hinunter und weckte einen Fährmann, der ganz aufgeregt war, als er seinen Fahrgast erkannte. Nachdem er ihn mit einer Summe entlohnt hatte, die an ein kleines Bestechungsgeld heranreichte, überquerte Brown weiterhin im Sattel allein den Fluss, dann ritt er mit seinem Pferd langsam gen Norden, seinem Bestimmungsort entgegen. Doch er merkte, dass er Beistand brauchte, denn so würde er es nie bis Ninety Six schaffen. Schon nach einer kurzen Strecke benötigte er dringend eine Rast, konnte aber weder allein absteigen, geschweige denn ohne Hilfe zurück in den Sattel. Selbst urinieren konnte er nur mit größter Mühe, er besudelte dabei sowohl sich selbst als auch die Pferdeflanke. Und nach nur wenigen hundert Metern wurde ihm zudem schwindelig, und er fürchtete, vom Pferd zu fallen.

Als er zu seiner Rechten einen Bach gluckern hörte, ritt er eine Zeit lang daneben her, bis er einen in der Höhe seiner Steigbügel quer liegenden Baumstamm ausmachte. Dort saß er ab, band das Pferd so fest, dass es grasen konnte, aß etwas und fiel dann in einen unruhigen Schlaf. Danach trank er, so viel er konnte, und führte sein Pferd zu dem Stamm, wo er sich sich mühevoll in den gepolsterten Sattel zog. Nun fand er die Schmerzen erträglich und ritt mehrere Stunden am Stück, bis er zu einer kleinen Lichtung kam, auf der inmitten von ein paar Tagwerk Feldern und Weiden ein Blockhaus mit angebautem Schuppen stand.

Noch bevor er an die Tür klopfen konnte, war der Farmer mit angelegtem Gewehr auf die Veranda getreten. Brown entschied sich, dem Mann gegenüber ganz offen zu sein. «Ich habe böse Brandwunden und kann kaum reiten, aber ich muss dringend nach Ninety Six. Wie ich sehe, haben Sie Ihre Ernte noch nicht eingebracht, aber vielleicht könnten Sie mich trotzdem begleiten? Ich werde Ihnen Ihre Mühe und Ihre Zeit großzügig vergelten und auf immer dankbar sein.»

Der Mann half Brown aus dem Sattel und ins Haus. «Ich heiße Jason Turner. Heute ist es zu nass, um auf dem Feld zu arbeiten, deshalb begleite ich Sie heute Nachmittag gern zum Fort. Ich muss sowieso ein paar Dinge eintauschen, Sie brauchen mir also nichts dafür zu bezahlen.»

Seine Frau und die beiden Kinder, die vorher schon durch den Türspalt gelugt hatten, waren höflich und etwas schüchtern und betrachteten Thomas Brown mit kaum verhohlener Neugier. Immerhin war offenkundig, dass der Mann schwach war und Fieber hatte, aber keinesfalls mehr als nötig von sich erzählen wollte. Auch schien er völlig mit sich und seinen Gedanken beschäftigt zu sein und darauf zu brennen, seine Reise fortzusetzen. Allerdings zeigte er sich dankbar für warmes Wasser, mit dem er seinen rechten, böse angeschwollenen Fuß wusch, den er anschließend neu verband.

Am Nachmittag half Turner ihm aufs Pferd, doch kaum waren die beiden Männer ein paar hundert Meter geritten, schwankte Brown im Sattel. Nach einer kurzen Unterredung willigte Brown ein, mit zurück zum Blockhaus zu reiten und die Nacht dort zu verbringen. Am nächsten Morgen ritten Brown und Turner dann so schnell wie möglich nach Ninety Six und durch das große Tor des Forts. Bevor sie sich trennten, bestand Brown darauf, Turner mit einem Sovereign für seine Mühe zu entlohnen. Dann humpelte er in den schindelverkleideten Befehlsstand, ließ den Offizier vom Dienst die Tür schließen und zeigte ihm die vom Gouverneur ausgestellten Papiere. Er verlangte den Kommandeur, einen gewissen Captain Whitman, zu sprechen. Der Captain kannte Brown als «Mann des Gouverneurs», er hatte ihn bei einer seiner Debatten mit Drayton selbst gesehen, auch lag ihm bereits ein Bericht über den Zwischenfall in Augusta vor. Als der Krone treu ergebener Berufssoldat behandelte er den Lieutenant mit ehrlichem Mitgefühl und Hochachtung, besorgte ihm ein mit einem Vorhang abgeteiltes Bett und schickte nach dem Apotheker des Forts, damit der ihn ärztlich versorgte. Brown erbat sich Papier und Schreibzeug und verbrachte viel Zeit damit, einen detaillierten Bericht des schändlichen Übergriffs auf seine Person zu verfassen. Doch letztlich entschied er sich, die Darstellung zu straffen und die ausstehenden Fakten dem Gouverneur lieber mündlich mitzuteilen. Nach zwei Tagen beauftragte Captain Whitman einen verlässlichen Mann, Brown nach Charles Town zu begleiten, eine lange Reise von 175 Meilen.

Brown wusste, dass sein Erlebnis in Augusta eine außerordentlich gefährliche Entwicklung kennzeichnete, denn diesen Grad der Auflehnung hatte niemand in der Regierung erwartet oder sich eingestehen wollen. Was der Lieutenant sich am sehnlichsten wünschte, war, mit einer großen berittenen Einheit nach Augusta zurückzukehren, die Männer zu verhaften, die sich des Verbrechens gegen ihn und die Krone schuldig gemacht hatten, und sie am Galgen baumeln zu sehen. Als Erstes wollte er dem Militärkommandanten Colonel Ezekiel Hawkins Bericht erstatten, ihm würde er seine knappe Darstellung der Ereignisse übergeben, ehe er dann dem Gouverneur eine umfassende Schilderung lieferte, denn dieser war es auch, der eine groß angelegte militärische Operation befehlen konnte. Erfreut nahm Brown zur Kenntnis, dass man ihn ohne Umschweife sofort zum Colonel führte, der über seine Mission in der Kolonie informiert war und einsah, warum er nicht in Uniform unterwegs sein konnte. Allerdings wirkte der Colonel ein bisschen fassungslos, als er das zusammengefaltete Schriftstück von Brown entgegennahm und ihm mit einem Nicken bedeutete, sich zu setzen. Nun, er war offenbar bestürzt wegen seiner Verletzungen.

«Ich habe bereits einen Bericht über Ihr Missgeschick erhalten, Lieutenant», ergriff der Colonel das Wort, «und ich hoffe, dass Ihre Verletzungen nicht ernster Natur sind.»

«Nein, Sir, außer der Kopfwunde und dass mein rechter Fuß wirklich schwer verbrannt ist.»

«Nach allem, was ich gehört habe, war dies ja ein äußerst unerfreulicher Zwischenfall, und ich freue mich, auch von Ihnen eine Erklärung für Ihre Handlungsweise zu bekommen. Thompson hat mir ja bereits Bericht erstattet.»

«Dieser Halunke! Thompson hat sich in Augusta im entscheidenden Augenblick verdrückt und mich den Schlägern und Verrätern in der Gastwirtschaft überlassen. Er verdient eine schwere Strafe!»

«Diese Entscheidung obliegt nicht Ihnen, Mr. Brown. Soweit ich es verstanden habe, hatte er guten Grund, einer direkten Konfrontation mit diesen Rüpeln aus dem Weg zu gehen und diese unglückselige Situation mit Diplomatie zu meistern. Mir hat er berichtet, dass der Schankwirt gut für sie gesorgt hat. Immerhin hat er Augusta erst verlassen, als er sich dessen sicher war.»

Brown glaubte seinen Ohren nicht zu trauen und wollte schon wütend antworten, aber der Colonel hob warnend die Hand und brachte ihn damit zum Schweigen. Hinter seinem Schreibtisch sitzend sagte er nach einer ganzen Weile: «Der Gouverneur ist tief besorgt über das Geschehen und gab Anweisung an mich, sowohl Ihnen als auch Thompson zu verbieten, irgendjemandem gegenüber auch nur ein Sterbenswörtchen davon verlauten zu lassen. Nachdem er den anderen Bericht bereits gelesen hat, möchte er Ihre detaillierte Ergänzung sobald wie möglich vorgelegt bekommen.»

«Ich würde den Gouverneur lieber persönlich treffen, um die Angelegenheit eingehend mit ihm zu erörtern, bevor er entscheidet, welche Vergeltungsmaßnahmen für diese Kriminellen angemessen sind.»

«Ich habe Ihnen soeben die Bitte des Gouverneurs übermittelt, einen umfassenden schriftlichen Bericht abzufassen. Morgen früh schicke ich deswegen einen Boten bei Ihnen vorbei. Bis dahin werden Sie Ihr Quartier auf dem Militärgelände nicht verlassen. Ihnen steht eine Ordonnanz zur Verfügung, und mein Leibarzt wird sich unverzüglich um die angemessene Versorgung Ihrer Verletzungen kümmern.»

Brown wollte Einwände erheben, aber der Colonel hatte bereits ein paar Papiere zur Hand genommen, ein untrügliches Zeichen, dass die Unterredung für ihn beendet war. Und der Kurzbericht lag noch immer zusammengefaltet und ungelesen auf dem Schreibtisch. Als der Lieutenant aus dem Zimmer humpelte, stolperte er, doch vor Wut spürte er kaum den Schmerz in seinem Fuß. Was hatte Thompson erzählt? Warum waren die militärischen und politischen Führer nicht höchst erzürnt bereits bei der Planung, wie man die Beleidigung der Krone am besten sühnen konnte? Er würde eine umfassende Darstellung der Ereignisse schreiben, o ja, und darin seine Empfehlungen einfließen lassen, welche Vergeltung man üben sollte! Auch würde er darauf bestehen, beim Gouverneur selbst vorzusprechen, wenn ihm das Schriftstück übergeben wurde – trotz der lächerlichen Anordnung, dass er sein Quartier nicht verlassen dürfe. Was sollte das überhaupt? Nun, bestimmt hatten die Verantwortlichen seine Verletzungen schwerer eingeschätzt und geglaubt, er könne sich kaum auf den Beinen halten.

Allerdings sah er im Augenblick keine andere Möglichkeit, als auf sein Zimmer zurückzugehen und darauf zu warten, dass der Gouverneur ihn rufen ließ. Immerhin hatte dieser ihn immer mit Respekt behandelt, wusste er doch von seiner möglichen Beziehung zum Premierminister. Nach einer knappen Stunde erschien der angekündigte Arzt bei ihm, untersuchte schweigend seinen Kopf und die Brandwunden und sagte schließlich: «Ich fürchte, Sie haben eine Gehirnerschütterung erlitten, aber dagegen kann man nicht viel ausrichten. Und außer an den Zehen an Ihrem rechten Fuß und am Schlüsselbein werden die anderen Brandwunden in wenigen Tagen abgeheilt sein. Das heißt, sofern sie sich nicht entzünden, werden Sie auch nur ein paar oberflächliche Narben zurückbehalten. Aber öffnen Sie keinesfalls die Brandblasen und schmieren Sie auch kein Fett oder Öl darauf. Die verbrannten Flächen müssen so sauber wie möglich bleiben. Um Ihre Zehen kümmere ich mich noch, aber ich fürchte, dass Sie mindestens zwei, wenn nicht mehr verlieren werden.»

Ungerührt hörte Brown dem Arzt zu, nicht einmal der letzte Satz schien ihn zu erschüttern, so verblüfft und zornig war er. Kaum war der Arzt gegangen, schrieb er wütend drauf los, er füllte Blatt um Blatt mit seiner Schilderung der umstürzlerischen Taten, deren Opfer er und die königlichen Regierungsbeamten geworden waren.

Mitten in der Nacht wurde Brown von einem Klopfen an seiner Tür geweckt. Draußen stand der Sekretär des Gouverneurs, Mr. Appling. Auf seine Krücke gestützt, bat Brown den Mann herein und forderte ihn auf, Platz zu nehmen.

«Wann kann ich zum Gouverneur? Ich muss ihm eine sehr wichtige Information geben.»

«Mr. Thompson hat dem Gouverneur bereits umfassend berichtet. Ihre schriftliche Darstellung der Ereignisse wird lediglich benötigt, um den Vorfall zu den Akten zu legen.»

«Was zum Teufel reden Sie da! Ich bin während einer Mission im Auftrag des Gouverneurs aufs Tiefste beleidigt und verwundet worden. Ich verlange, unverzüglich Gelegenheit zu bekommen, Seine Exzellenz persönlich zu informieren und an der Strafexpedition gegen diese Schläger teilzunehmen – immerhin hat sich dieses Verbrechen nicht allein gegen mich, sondern gegen die Krone gerichtet.»

Einige Augenblicke schwieg der Sekretär. «Lieutenant, es war ein bedauerlicher und, wie Sie sagen, auch aufs Höchste beleidigender Zwischenfall», sagte er dann. «Inzwischen machen bereits Witze darüber in der Stadt die Runde, und Mr. Drayton verlangt zusammen mit dem Sicherheitsrat Ihre Verhaftung. So viel Schaden hat Ihre Person also bereits genommen, und nichts kann dies wieder rückgängig machen.» Nach einer ganzen Weile fuhr Appling in vertraulicherem Tonfall fort, offensichtlich wollte er damit zu erkennen geben, dass er jetzt für sich und als neutraler Beobachter sprach: «Der Gouverneur ist entschlossen, jeden Makel zu tilgen, der seinem Ruf oder dem eines anderen in London, einschließlich Seiner Majestät, schaden könnte.»

Als der Sekretär gegangen war, raste Brown vor Zorn. Er schloss seinen Bericht mit den Worten: «Versäumt man es, diese Halunken zu bestrafen, so ist dies nichts anderes als eine Belohnung für ihre Freveltaten, und ihr Einfluss erscheint sogar noch größer, als er in Wirklichkeit ist. Diese radikalen Whigs mit ihren verräterischen Ideen sind nur eine winzige Minderheit der Bevölkerung und müssen so schnell wie möglich in ihre Schranken gewiesen werden. Hier bietet sich also die glänzende Gelegenheit, mit einer unerbittlichen Verfolgung die Autorität der Krone zu untermauern.»

Früh am nächsten Morgen verlangte Brown eilig sein Pferd, um sich mit seinem Papier auf den Weg zum Gouverneur zu machen. Doch als er eintraf, war nur eine Ordonnanz anwesend, also saß er ab und setzte sich vor die verschlossene Tür des Gouverneursgebäudes. Nach etwa einer Stunde, die ihm sehr lange vorkam, traf Mr. Appling ein. Er schien bestürzt, Brown hier zu sehen.

«Was machen Sie denn hier?»

«Ich möchte mit dem Gouverneur sprechen.»

«Der Colonel hat uns dahingehend informiert, dass Ihre Erklärung schriftlich vorliegen wird und Sie einige Tage lang das Quartier nicht verlassen würden, wo man Sie ärztlich behandelt.»

«Wie Sie sehen können, bin ich sehr wohl in der Lage zu reiten. Ich habe den Bericht dabei, wollte aber persönlich zur Verfügung stehen, um meine schriftlichen Ausführungen zu ergänzen und weitere Fragen dcs Gouverneurs zu beantworten. Darüber hinaus habe ich einige Vorschläge, welche speziellen Aktionen durchgeführt werden sollten, und sollte diese direkt mit dem Gouverneur erörtern, finde ich.»

«Aber der Gouverneur ist heute nicht abkömmlich. Ich werde ihm Ihren Bericht weiterleiten und Ihnen seine Antwort übermitteln.»

Da platzte Brown der Kragen. Er weigere sich zu gehen, ehe der Gouverneur nicht eingetroffen sei, schrie er, auch wenn ihm andere hohe Beamte der Regierung dieses befehlen sollten. Und so wartete er weitere zwei Stunden, bis Gouverneur Campbell eintraf, der ganz entgeistert von Browns Anblick schien, wortlos dessen Kuvert entgegennahm und verschwand. Nach einer halben Stunde wurde Brown in sein Büro gebeten. Kaum waren sie beide hinter geschlossener Tür allein, wandte sich der Gouverneur an seinen Besucher.

«Setzen Sie sich, Lieutenant! Ich habe Ihre Erklärung und auch Berichte aus anderen Quellen erstaunt und mit großer Sorge gelesen. Und ich würde es vorziehen, wenn Sie einige Minuten lang schweigen, damit ich Ihnen die sehr beunruhigende Lage in South

Carolina auseinander setzen kann. Denn es erfordert ein reifes Urteilsvermögen, den Gesamtzustand dieser Kolonie zu erfassen. Zumindest zum jetzigen Zeitpunkt habe ich es mit einem Sicherheitsrat zu tun, der stark von William Henry Drayton beeinflusst ist – ein Mann, den Sie ja nur allzu gut kennen. Bis die Autorität der Krone voll und ganz wiederhergestellt ist, werden die Debatten, an denen Sie teilgenommen haben, als Belege für die Illoyalität gegenüber dem Kontinentalkongress herangezogen. Tatsache ist, dass er Colonel Fletchall in Ninety Six dazu gebracht hat …»

«Sir, als Fletchall uns an Drayton verraten hat, war er sturzbesoffen», unterbrach ihn Brown.

Der Gouverneur bedeutete ihm zu schweigen. «Lassen Sie mich fortfahren. Tatsache ist, dass Fletchall behauptet, für alle Torys zu sprechen. Und er hat dort nun einmal einen Vertrag unterzeichnet, in dem er letztlich verspricht, dass jedem Tory schwere Bestrafung droht, der den Briten seine Hilfe anbietet. Zwar hat Fletchall seither versucht, diese unterschriebene Vereinbarung zu leugnen, aber Drayton hat den Sicherheitsrat davon überzeugt, jeden als Vertragsbrüchigen zu verhaften, der sich dem so genannten Provinzkongress widersetzt. Und jetzt fordert man, Sie in Haft zu nehmen, zusammen mit Moses Kirkland, der bereits auf einem britischen Schiff in Sicherheit ist. Auch wurde im Rat bereits erörtert, mich unter Hausarrest zu stellen. Ich bin sicher, dass sich die Lage bald wieder ändern wird, denn Draytons Einfluss ist nicht gesichert, die meisten vernünftigen Menschen halten ihn für zu radikal und sehen in ihm sogar einen Kriegstreiber. Aber im Augenblick haben wir, so fürchte ich, keine Möglichkeit, Ihnen Beistand zu gewähren. Vielleicht wäre es das Beste, wenn Sie South Carolina für eine Weile verlassen würden?»

Als Brown seinen Mund zum Widerspruch öffnete, bedeutete ihm der Gouverneur erneut zu schweigen. «In Georgia sieht die Sache nicht viel besser aus», fuhr er fort. «Zwar habe ich soeben erfahren, dass jeder, der sich dort der Krone widersetzt, offiziell als Verräter gilt und des Schutzes der Regierung Seiner Majestät verlustig geht. Sein Eigentum wird beschlagnahmt und er muss mit seiner Hinrichtung rechnen. Doch Gouverneur Wright hat London auch informiert, dass die Parlamentsgesetze nicht durchzusetzen sind, und mich gebeten, seinem Ersuchen an General Gage Nachdruck zu verleihen, die britischen Truppen in Savannah zu verstärken. Da dies jedoch einige Zeit dauern wird, steht zu vermuten, dass der Gouverneur unter ähnlichen Zwängen agieren muss wie ich.»

Der Lieutenant war am Boden zerstört und brachte einige Minuten lang kein Wort heraus. Zuerst hatte er die Einschätzung des Gouverneurs in Frage stellen wollen, doch rasch entsann er sich seiner eigenen Beobachtungen und verschiedener Informationen, die er kürzlich erhalten hatte. Und er musste zugeben, dass die königlichen Truppen in Georgia und South Carolina winzig waren verglichen mit der Größe ihrer Aufgabe. Die meisten leistungsfähigen Männer waren entweder zum Dienst unter General Thomas Gage in den Norden abkommandiert worden, der in Massachusetts in Bedrängnis war, oder sie halfen im Süden, in St. Augustine, Florida vor den bedrohlichen Angriffen aus Georgia zu schützen. Gleichzeitig hatte der Provinzkongress von South Carolina drei Regimenter von Freiwilligen aufgestellt, die sich bisher zwar noch nicht am Umsturz beteiligten, aber geschworen hatten, «Gewalt mit Gewalt Einhalt zu gebieten».

Und so ging er ohne jede Erwiderung in sein Zimmer in der Kaserne zurück, wo er sich die nächsten Schritte überlegen wollte. Seine Schmerzen und seine verdrießliche Lage waren Beweis genug für die rebellische Haltung des Hinterlandes, aber er hatte keine Ahnung gehabt, dass die Sache der Torys an der Küste noch schlechter stand. Doch er hatte Rache geschworen, und das war jetzt, ungeachtet aller persönlicher Gefahr, das bei weitem Wichtigste in seinem Leben. Was aber konnte er unter den gegebenen Umständen tun?

An diesem Nachmittag schaute Colonel Hawkins bei ihm vorbei, erkundigte sich nach seinem Befinden und sagte dann: «Der Gouverneur schlägt vor, dass Sie South Carolina unverzüglich verlassen, um Ihre Verletzungen auszuheilen. Und bitte gestalten Sie Ihre Abreise so unauffällig wie möglich.»

«Sir! Dieser Bitte kann ich keinesfalls nachkommen. Ich werde hier ausharren, bis ich mit ihm über eine weitere Verwendung im Dienste Seiner Majestät gesprochen habe, und ich bin sicher, dass er sich von meinen Beweggründen überzeugen lässt.»

«Lassen Sie es mich anders ausdrücken: Es handelt sich nicht um einen Vorschlag, sondern um einen Befehl. In zwei Tagen läuft eine Brigg nach St. Augustine aus, und Ihre Passage ist bereits gebucht.»

«Aber ich kenne St. Augustine überhaupt nicht und habe dort nichts zu erledigen.»

Nur die bekanntermaßen fehlende militärische Ausbildung des Lieutenants und seine möglichen Verbindungen in die höchsten Kreise Londons hinein ließen den Colonel Geduld bewahren. «Wir haben Florida jetzt seit zweieinhalb Jahren unter Kontrolle und betrachten St. Augustine als wichtigen Stützpunkt unserer Verteidigungskräfte im Osten», erklärte er. «Außerdem gibt es im Norden Floridas, wo wir sehr eng mit unseren indianischen Verbündeten kooperieren, beträchtliche militärische Aktivitäten. Deshalb glaubt der Gouverneur, dass Sie dort von großem Nutzen sein könnten. Morgen werde ich mit seiner unterschriebenen Order wiederkommen, dann werden wir Ihre Abreise genauer besprechen.»

Brown war besorgt über diese Entwicklung und entschloss sich, in diesem verbalen Schlagabtausch seinen Trumpf auszuspielen.

«Sir, meine persönliche Ehre steht auf dem Spiel. Aufgrund einer erzwungenen Aussage – man hat mich dabei mit dem Tode bedroht – hält man mich in Augusta und Umgebung für einen Unterstützer von Aufruhr und Illoyalität der Krone gegenüber. Das kann ich nicht auf mir sitzen lassen, selbst wenn mir schwere Bestrafung droht. Ich werde eine Kopie meines Berichts nach London schicken, wo er, wie der Gouverneur weiß, von höchster Stelle gelesen wird. Ich bin gern bereit, mich nach Florida schicken zu lassen, aber ungeachtet dessen bitte ich darum, meinen Namen reinwaschen zu dürfen. Bitte übermitteln Sie dies dem Gouverneur.»

Mit einem höflichen Nicken ging der Colonel hinaus.

Es dauerte ein bis zwei Stunden, ehe sich Browns Zorn so weit abgekühlt hatte, dass er wieder klar denken konnte. Angesichts der unvermeidlichen Abkommandierung, begann er unbewusst die in Augusta erlittene Schmach mit der schändlichen Behandlung hier zu vergleichen. Und während er nach einer Erklärung für den Gouverneursbefehl suchte, wurde ihm allmählich klar, dass sich hohe britische Stellen sehr wohl im Einklang mit dem Gouverneur befinden konnten, denn bei einer Kraftprobe mit den Revolutionären war der Ausgang tatsächlich ungewiss. Da sah man doch lieber über den Zwischenfall in dieser Schenke hinweg, als zuzugeben, dass die «Söhne der Freiheit» ungestraft ein solches Verbrechen begehen konnten. Die offizielle Lesart hier wie selbst in London legte bestimmt nahe, dass Brown eben ein törichter und vielleicht auch betrunkener Rabauke war, aber doch keinesfalls ein Repräsentant der Krone. Verständlich, dass die Beamten so offensichtlich kein Interesse an diesem Fall zeigten und so wenig wie möglich von dem Vorfall an die Öffentlichkeit dringen sollte.

Was sollte Brown jetzt tun? Würde er seinen Status als Lieutenant behalten können? Was würde er dazu tun müssen? Die letzte Frage war ziemlich beunruhigend. Er lag auf dem Bett und nahm wie nur selten in seinem Leben eine ehrliche Bestandsaufnahme seiner Fähigkeiten vor. Es fiel ihm schwer, sich einzugestehen, dass ihm der Rang als Lieutenant nicht aufgrund nennenswerter militärischer Kompetenz verliehen worden war, sondern weil ihm sein Vater dazu verholfen hatte, und das hauptsächlich deswegen, um ihn aus London zu expedieren. Und selbst jetzt noch wusste er nur wenig über das Land, in dem er lebte, und seine Einwohner – weder über die Kolonisten, die aus Europa eingewandert waren, noch über die Ureinwohner, die immer noch den größten Teil Floridas und fast ganz Georgia – mit Ausnahme eines schmalen Landstreifens an der Atlantikküste und westlich des Savannah River – besaßen und beherrschten. Ja, er hatte außerhalb eines Handelsstützpunktes noch nie einen Indianer zu sehen bekommen und auch nie den Wunsch danach verspürt.

Am nächsten Tag entschloss sich Brown, in seinem Quartier zu bleiben, einerseits um sich selbst weitere Demütigungen zu ersparen, andererseits um der Anweisung des Gouverneurs Folge zu leisten und öffentliche Aufmerksamkeit zu vermeiden. Der Arzt kam mit einem Helfer, untersuchte genauestens seinen Fuß und teilte ihm mit, dass zwei seiner Zehen amputiert werden müssten, um Wundbrand zu vermeiden. Brown willigte ein und litt zwar während der kurzen Operation, fand sie aber letztlich nicht schlimmer als das, was er bereits durchgemacht hatte. Nachdem die Blutung gestillt und sein Fuß verbunden war, ging es ihm sogar besser als vorher.

Am Nachmittag kam dann erneut der Sekretär des Gouverneurs zu ihm.

«Hier sind die Befehle und eine Antwort des Gouverneurs. Er stimmt Ihnen voll und ganz zu, dass alle Zweifel bezüglich Ihrer Königstreue ausgeräumt werden müssen, und ich soll Ihre Vorschläge dazu hören. Allerdings ist es Lord William außerordentlich wichtig, dass diese Angelegenheit ausschließlich auf amerikanischem Boden behandelt wird und eine Sache zwischen ihm und Ihnen bleibt. Das müssen Sie mir zusichern.»

Brown nickte und übergab ihm eine Zusatzerklärung, die er inzwischen aufgesetzt hatte. Darin verdammte er die Missetäter und ihre verräterischen Handlungen und verlieh seiner uneingeschränkten Unterstützung für die Krone Ausdruck. Außerdem versprach er darin, nach Augusta zurückzukehren und persönlich Vergeltung zu üben. «Ich möchte, dass dies in Augusta, Ninety Six, Fort Granby und Orangeburg offiziell bekannt gegeben wird. Dann sehe ich auch keine Notwendigkeit für eine Korrespondenz mit London.»

Der Sekretär las die Erklärung mehrere Male durch. «Gut», sagte er dann, «wird gemacht. Aber es muss klar sein, dass es sich hierbei um eine persönliche Erklärung Ihrerseits handelt und nicht etwa um eine offizielle Verlautbarung mit Billigung des Gouverneurs.»

Brown nickte. Dann legte der Sekretär zwei Päckchen auf den Tisch. «Das Schiff hat seine Ladung aufgenommen und läuft morgen bei Tagesanbruch aus. Der Kapitän erwartet Sie und Ihr Pferd noch heute am späten Nachmittag an Bord.»

Dann ging er ohne ein weiteres Wort. In dem an Brown adressierten Umschlag befanden sich zwanzig Pfund und ein einseitiger Marschbefehl, demzufolge er sich auf dem Schoner *Moriah* nach St. Augustine einschiffen sollte, um sich dort beim Kommandeur des Forts zu melden. Das andere, wesentlich dickere Päckchen war an Colonel Augustine Prevost adressiert und trug den Vermerk «Persönlich/Vertraulich».

Als Brown seinem Befehl nachkam, stellte er fest, dass sich die *Moriah* doch sehr von dem großen Rahsegler unterschied, mit dem er nach Amerika gekommen war. Dieser schlanke Zweimaster von etwa siebzig Tonnen hatte ein Spiegelheck, Fock- und Besanbesegelung und einen Bugspriet mit überraschend großem Klüver. Browns Pferd wurde im Frachtraum zwischen einigen Rindern untergestellt, er selbst bekam eine Koje in der kleinen Kajüte des Ersten Maats zugewiesen. Außer ein paar Begrüßungsworten sprachen sie während der kurzen Reise kaum miteinander. Ganz offensichtlich fühlten sich die Schiffsoffiziere nicht wohl in seiner

Gegenwart, anscheinend wussten sie über ihn Bescheid. Er bedauerte, auf eine Krücke angewiesen zu sein, und war froh, dass der Kopfverband seinen geschorenen Schädel verbarg.

Unter den Dingen, die Brown seine Ordonnanz hatte besorgen lassen, bevor er Charles Town verließ, war auch ein Handbuch, das bei der Kampfausbildung der britischen Infanterie Verwendung fand. Während der nächtlichen Fahrt die Küste südwärts studierte er eingehend die Feinheiten militärischer Taktik. Etwas enttäuscht war er, dass in dem Text nichts darüber stand, was ihn in Florida oder irgendeiner anderen Kolonie der Neuen Welt erwartete. Ja, es stammte von 1730 und befasste sich nur mit dem grundlegenden Gebrauch von Waffen, Übungen in Reih und Glied und dem Angriff mit starren Geschützen und Soldaten, die in geordneten Schlachtreihen vorrückten wie seit den Zeiten der alten Römer in allen europäischen Schlachten üblich. Immerhin lernte er ein paar militärische Ausdrücke und konnte einige wenige Ratschläge daraus entnehmen, die er sich einprägte und im Geiste auf die Sümpfe und Wälder anzuwenden versuchte, durch die er auf seinen Reisen zwischen Charles Town und Georgia gekommen war. Und er war dankbar für seine Reitkünste und dass er sein Schwert, seine Muskete und seine Pistole zu gebrauchen wusste, erinnerte sich aber mit Sorge und einer gewissen Neugier an die gut bewaffneten Männer im Grenzland mit ihren Gewehren, Äxten und Messern.

Kapitel 23

Wiedergeburt in St. Augustine

Oktober 1775

Als Brown in St. Augustine eintraf, zeigte er sich beeindruckt von den vor fünfunddreißig Jahren erbauten Festungsanlagen, mit denen die Spanier ihre Truppen vor den Seeüberfällen der Briten hatten schützen wollen. Bald jedoch erfuhr er, dass ungeachtet der einhundertfünfzig gut ausgebildeten Soldaten, die hier stationiert waren, und der überlegenen britischen Flotte in der Karibik die beste Verteidigung des Forts seine geographische Lage war: Im Westen und Norden wurde es vom St. Johns River begrenzt, noch weiter nördlich floss der breite St. Marys River gen Osten und bildete die Grenze zwischen Florida und Georgia. St. Augustine war nahezu uneinnehmbar, außer mit einer beträchtlichen Armada, über die weder die Franzosen noch die Spanier verfügten. Auch die Briten hatten Florida ja nicht von den Spaniern erobert, sondern im Pariser Frieden zugesprochen bekommen, der 1763 nach dem Siebenjährigen Krieg in Europa und dem Französisch-Indianischen Krieg in der Neuen Welt geschlossen worden war.

Und so verfügte die britische Regierung mit St. Augustine jetzt über einen befestigten Militärstützpunkt, der die Verteidigung Floridas im Osten sicherstellte. Auch konnten von hier aus Überfälle nach Georgia unternommen werden. Verwundbar war St. Augustine allerdings dennoch, und zwar eben wegen seiner Lage, denn das viele Wasser und der sandige Boden machten es den Siedlern der Gegend schwer, genügend Nahrungsmittel zu produzieren, um damit das Heereskommando und die wenigen Zivilisten zu versorgen. Und seit die Whigs in North und South Carolina sowie in Georgia das Sagen hatten, zogen immer mehr königstreue Tory-Familien nach Florida, um den Schikanen der amerikanischen Rebellen zu entgehen.

Bald erkannte Brown, dass Gouverneur Patrick Tonyn und die Militärkommandanten von St. Augustine über beträchtlichen Einfluss in London verfügten, der den der königlichen Gouverneure aus Charles Town oder Georgia bei weitem übertraf. In dem ständigen Wettstreit um Truppen und Proviant schienen die Militärposten in Florida stets zu siegen. Offenbar sahen die Autoritäten in London die beiden anderen Südkolonien inzwischen als nahezu bedeutungslos an, und die Tage von Lord William Campbell und Sir James Wright schienen gezählt. Außer gelegentlichen Attacken der Spanier in Richtung Pensacola im westlichen Florida wurde die britische Herrschaft in der Kolonie durch nichts in Frage gestellt, auch nicht, nachdem in den nördlichen Kolonien der Kampf entbrannt war und radikale Gruppen, die Brown inzwischen nur allzu gut kannte, den Frieden in den Südkolonien bedrohten.

Zudem konnten die Briten hier an der Küste freundschaftliche Beziehungen zum gegenseitigen Nutzen mit den Indianern pflegen, deren Einfluss sich nach Norden bis hinauf nach Virginia erstreckte und nach Westen bis zum Mississippi. Die Siedler aus den Küstenregionen drängten ständig weiter gen Westen, um dort Land urbar zu machen, was stets die Feindseligkeit der dort lebenden Indianerstämme hervorrief. Den britischen Beamten jedoch, vor allem denen in Florida, wurde keine Schuld an dieser Landgier zugeschoben, denn sie waren ohne Familien gekommen und hatten sich jeweils nur für kurze Zeit zum Dienst in den Kolonien verpflichtet. Ihre Heimat blieb England.

Als Brown sich befehlsgemäß im Hauptquartier von Colonel Augustine Prevost meldete, wurde er dort von Major Howard Furlong begrüßt, der den mitgeführten Brief ins Büro des Colonels brachte. Brown war zutiefst besorgt über den möglichen Inhalt des Schreibens und wartete voller Ungeduld, bis der Major wiederkam und ihn den Gang entlang in sein Zimmer führte. Hoffentlich wusste der Mann von dem Gerücht, dass sein Vater der Premierminister war, dachte Brown.

«Lord William hat uns kurz Ihr unerfreuliches Erlebnis in Augusta geschildert und auch geschrieben, dass Sie zwar nur über begrenzte militärische Erfahrung verfügen, aber unbedingt der Krone dienen möchten. Leider ist der Colonel zu beschäftigt, um sich mit Ihnen zu treffen, aber ich nehme mir gern die nötige Zeit, um aus Ihrem Munde eine umfassende Darstellung des Geschehenen zu hören.»

Daraufhin schilderte Brown die Ereignisse in Georgia, wobei er sich bemühte, seine beinahe unbezwingbare Wut zu zügeln. Als der Major ein paar Nachfragen stellte, war Brown überrascht von dem persönlichen Interesse und der offenkundigen Geistesschärfe, die dabei durchschimmerte. Dieser Mann besaß alle Eigenschaften eines fähigen Kommandeurs und war zudem der Erste, der Brown so viel Respekt erwies, dass er lang und breit mit ihm über das Vorgefallene sprach.

«Bitte verstehen Sie, dass Sie Carolina verlassen mussten und die Geschehnisse in Augusta möglichst nicht an die breite Öffentlichkeit dringen sollten», bat Furlong. «Aber wir haben nun einmal nicht genug Truppen in Savannah oder Charles Town, um einen Coup im Hinterland erfolgreich auszuführen. So wünschenswert und gerechtfertigt eine solche Aktion auch wäre, sie ist zum Scheitern verdammt. Da scheint es besser, die Schwäche unserer Truppen und auch das Ausmaß der sich zusammenbrauenden Rebellion nicht öffentlich zu machen. Die hohen Beamten haben meines Erachtens zu Recht entschieden, die Ereignisse in Augusta als einen persönlichen Zusammenstoß darzustellen und nicht etwa als offiziellen Zwischenfall, der Vergeltungsmaßnahmen verlangt. So unerquicklich es ist, Sie müssen die Verantwortung für das Geschehene übernehmen, obgleich ich hinzufügen möchte, dass ich Sie nicht für schuld an dieser Konfrontation halte. Und hoffe, dass ich ähnlich gehandelt hätte. Doch nun müssen wir entscheiden, was Sie hier in Florida tun sollen.»

Beherrscht überdachte Brown, was Furlong gesagt hatte, und erwiderte dann mit einem Nachdruck, der seinen neuen Vorgesetzten überraschte und leicht beunruhigte: «Sir, ich sollte meine Verwundungen in Kürze ausgeheilt haben, dann stehe ich Ihnen für jede Aufgabe zur Verfügung, die Sie mir zuweisen. Zwar habe ich noch niemals Leute befehligt und auch keine erwähnenswerte militärische Ausbildung erhalten, aber ich bin willens, alles Nötige zu tun, um diese Mängel zu beheben. Wenn Sie mir Gelegenheit geben zu lernen, das Soldatenhandwerk zu lernen, werde ich meine Pflichten erfüllen, so gut es mir möglich ist.»

«Kommen Sie morgen um dieselbe Zeit wieder, dann habe ich Ihre Dienstverpflichtung vorbereitet.»

Als Thomas Brown ins strahlende Sonnenlicht Floridas hinaustrat und zu dem ihm zugewiesenen Quartier hinkte, wurde ihm klar, dass er sich zum ersten Mal in seinem Leben mit Feuer und Leidenschaft für etwas entschieden hatte. Er brannte geradezu darauf, die Kunst des Kampfes zu erlernen, vor allem eine Taktik, mit der man den speziellen Schwierigkeiten der Wälder und Sümpfe trotzen konnte, die sich zwischen ihm und Augusta erstreckten. In der Nacht versuchte er, sich die Wildnis ins Gedächtnis zu rufen, und war von sich selbst angewidert, weil die fremdartigen Bilder immer noch Furcht bei ihm auslösten. Vage wurde ihm bewusst, dass er die britische Kampfweise mit der der Eingeborenen würde kombinieren müssen, und er hatte von beiden keine Ahnung. Allerdings waren jetzt Hass, Rachsucht und eine gewisse Tollkühnheit an die Stelle seiner ängstlichen Zaghaftigkeit getreten, wobei er sich dessen aber kaum bewusst war.

Am nächsten Tag ging Brown wieder in das Büro und versuchte dabei bestmöglich sein Hinken zu verbergen. Major Furlong betrachtete den jungen Lieutenant eine Weile, dann hatte er offensichtlich eine Entscheidung getroffen. Zum Zeichen, dass er eine längere Erklärung abgeben würde, lehnte er sich zurück.

«Ich habe mich mit Colonel Prevost beraten, und wir haben entschieden, Ihnen zuerst unsere Lage zu schildern, bevor Sie sich zu etwas verpflichten. Eine meiner Aufgaben ist es, Informationen aus jeder nur möglichen Quelle zu sammeln und zu bewerten. Nördlich von hier haben wir einige Probleme. Wie Sie wissen, haben die Whigs zusammen mit den Revolutionären so viel Druck auf die Hafenbeamten in Savannah ausgeübt, dass uns keine Schiffslieferungen von dort mehr erreichen. Daher müssen wir unsere Lebensmittel von weit her importieren oder uns auf dem Landweg im Süden Georgias mit Mais, Kartoffeln, Rindern und Schafen versorgen, und zwar bei Siedlern, die entweder mit den Torys sympathisieren oder an einem ordentlichen Gewinn interessiert sind. Außerdem müssen wir unsere vorderste Verteidigungslinie am St. Marys River gegen die ständigen Ausfälle dieser lästigen Georgia-Milizen halten, die Gouverneur Wright inzwischen so sehr zu schaffen machen, dass er Savannah bald verlassen und nach London zurückkehren wird.

Bei alldem kooperieren wir hier im tiefen Süden so eng wie möglich mit den Creek und den Seminolen. London hat Gouverneur Tonyn erlaubt, den Beauftragten für Indianerfragen John Stuart hier oder in Pensacola zu stationieren, damit er uns sowohl in Handelsfragen beraten als auch mithelfen kann, ein verlässliches Militärbündnis mit den Eingeborenen zu unterhalten. Und falls der Gouverneur Direktiven erlässt, die Stuart nicht billigt, hat er genügend Rückendeckung, um diese missachten zu können.»

Brown war von diesem Bericht ganz gefesselt, nicht alles war allgemein bekannt, und er erachtete die Offenheit des Majors als Kompliment. Allerdings wusste er nicht, womit er jetzt rechnen musste, und rutschte vor zur Stuhlkante, als der Major weitersprach.

«Mit Erlaubnis von Colonel Prevost habe ich mich entschlossen, Sie zu meiner rechten Hand zu machen. Vor allem obliegt es Ihnen, mich außerhalb dieses Büros zu vertreten und sämtliche Informationen zusammenzutragen, deren Sie habhaft werden können. Meine anderen Pflichten erlauben es mir nur im Fall einer militärischen Notlage, St. Augustine zu verlassen, und diese tritt selten ein. Ich brauche jemanden, dessen Ergebenheit zur Krone nicht in Frage steht, und dass dies der Fall ist, war dem Memorandum aus Charles Town eindeutig zu entnehmen. Zudem verfügen Sie im Gegensatz zu mir über gute Kenntnisse von Georgia und South Carolina.»

Vor Freude röteten sich Browns Wangen, und er nahm das Angebot begeistert an. «Ich werde Sie nie enttäuschen, Sir. Letztes Jahr war es mir möglich, Erfahrung beim Zusammentragen von Informationen für Gouverneur Campbell zu sammeln. Diese Aufgabe werde ich zu Ihrer vollsten Zufriedenheit erfüllen und meine unbedingte Loyalität gegenüber Seiner Majestät beweisen. Auch werde ich mein Möglichstes tun, dass Verräter und Verbrecher ausfindig gemacht und vor Gericht gestellt werden. Um ganz offen zu sein, muss ich allerdings noch einmal erwähnen, wie wenig ich tatsächlich darin geschult bin, mich im Kampf zu beweisen. Mit Ihrer Erlaubnis würde ich mich gern so gut wie möglich darin ausbilden lassen.» Und dann schloss er: «Natürlich immer nur, wenn es meine anderen Pflichten gerade erlauben, Sir.»

«Was Sie sich an militärischen Kenntnissen aneignen wollen, bleibt Ihnen überlassen», erwiderte Furlong lächelnd. «Aber zuerst einmal müssen Ihre Wunden verheilen, und bis dahin möchte ich, dass Sie sich umfassend über die politischen und militärischen Gegebenheiten informieren, die mit Ihren Pflichten zusammenhängen. Später werde ich Ihnen einen meiner fähigsten Sergeants zur Seite stellen, und er wiederum kann Ihnen vielleicht einen oder zwei Indianer empfehlen. Sie müssen allerdings immer daran denken, dass die Loyalität der Rothäute stets dem gehört, der ihren Interessen gerade am besten dient, aber Sie können sich unbedingt auf ihren persönlichen Mut und ihre glänzenden Kenntnisse der Wildnis verlassen.»

Zehn Tage später studierte Brown gerade einige Dokumente und Landkarten in Furlongs Büro, als der Major eintrat. «Ich habe eine Information, die für Sie nicht unwichtig sein dürfte. Die *Hinchinbrook* läuft in ein oder zwei Tagen in St. Augustine ein und Lord William Campbell ist an Bord der Brigg. Er hat Charles Town verlassen, als die radikale Whig-Faktion mit seiner Verhaftung gedroht hat, und sich in Savannah eingeschifft.»

Brown war sowohl überrascht als auch enttäuscht, doch er hegte auch unmittelbar die Hoffnung, dass ihm ein geachteter Ratgeber in seiner Nähe zum persönlichen Vorteil gereichen könnte. «Darf ich fragen, Sir, ob denn Platz für einen weiteren Gouverneur hier ist?», fragte er.

Furlong dachte eine Weile nach, dann erwiderte er: «Das hängt wohl davon ab, ob Lord William bleibt oder bald nach London zurückkehrt, um einen anderen Posten zu übernehmen. Von allen Führern hier hat er den größten Einfluss auf General Clinton. Und ich habe gehört, dass er auch ein sehr guter Freund von Gouverneur Tonyn ist, in der Vergangenheit allerdings einige Differenzen mit Colonel Prevost hatte. Vielleicht ja nur, weil der Colonel Schweizer ist oder weil so viele seiner Familienangehörigen gute Stellungen hier in der Kommandantur bekleiden. Wie Sie ja wohl schon wissen, dienen zwei Brüder, ein Sohn und mehrere Vettern unter seinem Befehl.»

Kurz nach seiner Ankunft in St. Augustine schickte Gouverneur Campbell nach Lieutenant Brown, der überrascht feststellte, dass Gouverneur Tonyn ebenfalls anwesend war. Campbell wirkte ein bisschen verärgert, dass Tonyn den schriftlichen Bericht, den er Brown mitgegeben hatte, nie zu Gesicht bekommen hatte, und gab ihm einen kurzen, schmeichelhaften Überblick über Browns Tätigkeit im Grenzgebiet. Dies war wohl seine Art, ihn für seine rigide Ablehnung eines Vergeltungsschlags damals in Charles Town zu entschädigen, überlegte Brown später. Es war das erste Mal, dass der Lieutenant in St. Augustine mit Ranghöheren als Major

Furlong beisammensaß, und so freute er sich, dass seine Taten in South Carolina Gouverneur Tonyn in wohlwollenden Worten geschildert wurden und der Zwischenfall in Augusta keine Erwähnung fand. Die beiden hohen Beamten zogen es vor zu übersehen, dass er noch immer hinkte, der Strick rote Male an seinem Hals hinterlassen hatte und seine Haare unschicklich kurz waren. Nach kurzer Zeit wurde Brown bereits wieder entlassen.

In dem gesunden Klima Floridas heilten Browns Wunden schnell, und bald stopfte er Watte oder weichen Stoff an die Stelle seiner fehlenden Zehen und ließ die Krücke stehen. Trotz der Schmerzen war er jetzt in der Lage, nur ganz leicht hinkend zu gehen. Nachdem seine Kopfwunde ebenfalls vernarbt war, ließ er sich das Haar ordentlich schneiden, erbat sich aber von Major Furlong die Erlaubnis, es wieder schulterlang wachsen zu lassen wie ein Zivilist, weil er so leichter an Informationen gelangen konnte. Einen Monat lang verbrachte er die meiste Zeit in Major Furlongs Gegenwart oder unter seiner direkten Aufsicht, wobei er eifrig alles über die hiesige militärische Lage lernte, jeden Dauerbefehl Londons studierte, sich die Stationierung sämtlicher Männer in ganz Florida einschließlich Pensacola einprägte und die Beziehungen zu den Kaufleuten überprüfte, die mit dem Fort Lieferverträge für Nahrungsmittel geschlossen hatten.

Hocherfreut erfuhr Brown, dass nicht einmal die französische und spanische Marine zusammen die britische in Bedrängnis bringen konnten, und der Major legte ihm dar, dass die Kontrolle der Atlantikküste von Kanada bis Florida letztlich die Rebellion gegen England ersticken würde. Dieser Vorteil sicherte auch die Versorgung der kämpfenden Truppen und bot Gelegenheit zum Handel mit Europa. Sollte sich der Aufruhr jedoch länger hinziehen, stand außer Frage, dass die Revolutionäre schließlich mehr Männer rekrutieren würden, als das englische Parlament nach Amerika zu schicken sich leisten konnte, selbst wenn sie die Reihen der Rotröcke mit deutschen Hessen oder anderen Söldnern ergänzten. Aber ebenso wenig Zweifel hegten sie an der Überlegenheit der britischen Truppen.

Obwohl Brown nie selbst gedient hatte, wusste er, dass die britischen Infanteristen, einmal eingezogen, auf Dauer Reservisten der Krone blieben. Und so machten diese Burschen aus armen Familien, oft Schotten oder Iren, das Soldatentum zu ihrem Beruf und waren stolz auf ihre Regimenter, die ihnen Familie und Heimat wurden. Disziplin und Drill schmiedeten sie zusammen, und die beinahe ständigen Schlachten in Europa hatten sie in Strategie und Taktik zu so erfahrenen Kampftruppen werden lassen, dass sie auf jedem Kriegsschauplatz der Welt überlegen waren. Die Infanterieeinheiten wurden von ehrgeizigen jungen Offizieren angeführt, die stets ihre Tapferkeit unter Beweis stellen wollten, was sie zusätzlich bedrohlich machte. Sie lebten damit, dass ihre gebräuchlichen Musketen nur auf kurze Distanz genau trafen, wussten aber, dass sie sich auf die verheerende Wirkung ihrer Bajonette im Kampf Mann gegen Mann verlassen konnten, wenn sie trotz Verlusten durch feindliches Feuer die Kampfformation hielten.

Brown musste sich überlegen, wie er trotz fehlender militärischer Ausbildung von größtmöglichem Nutzen sein konnte. Indem er aufmerksam die Geschäftsbücher las, erfuhr er einiges über die Bauernfamilien, die das Fleisch und Korn für die Briten lieferten, er konnte also notfalls direkt mit ihnen handeln. Überrascht stellte er fest, wie viel Ackerland bestellt werden musste, um genügend Nahrung für das Fort liefern zu können, und wie hoch die Preise waren. Zudem weigerten sich viele der Farmer, die mit den Whigs sympathisierten, ihre Erzeugnisse in britische Hände zu geben.

Browns Überlegungen wandten sich mehr und mehr der Frage zu, wie man die militärischen Anstrengungen der regulären britischen Truppen mit denen der Indianer kombinieren könnte. Grob gesagt, sah er Vorzüge darin, wenn die britischen Truppen massiv gegen die Südkolonien aufmarschierten, während Creek-, Cherokee- und Coweta-Krieger auf breiter Front Überfälle auf die untreuen Whigs unternahmen. Andererseits stellte Brown sich vor, wie kleine Gruppen von Eingeborenen und Rotröcken im gesamten Süden Georgias einzelne Siedler einschüchterten und den Nachschub für die wachsende Bevölkerung von St. Augustine sicherten.

In seiner Anfangszeit in St. Augustine verließ Brown nur selten das Fort, und er war erleichtert, dass offenbar kein Ranggleicher oder Untergeordneter von seinem misslichen Erlebnis in Augusta wusste. Colonel Prevost sah er nur selten, und er fühlte sich stets unwohl in seiner Gegenwart, weil er spürte, dass dieser seine Anwesenheit missbilligte. Und als er Gouverneur Tonyn kurz vorgestellt worden war, hatte dieser nur mit einem betont kurzen Blick die Male, die der Strick um Browns Hals hinterlassen hatte, und die Brandwunden auf seinen Händen gestreift. Mit dem Major allerdings kam er gut aus und schließlich fragte er ihn, ob er mit seiner militärischen Ausbildung beginnen dürfe. Die Aussicht darauf schien Furlong zu amüsieren. «Sie werden ganz schön was erleben. Sergeant Alonzo Baker soll sich Samstagvormittag bei Ihnen melden.»

Als der Samstag näher rückte, ließ Brown den Sergeant wissen, dass er ihn lieber in einer Schenke am Ort als im Offiziersquartier oder im Büro des Majors treffen wollte. Er kam schon früh und setzte sich an einen Tisch in der Ecke, sodass er beobachten konnte, wer die Schenke betrat oder verließ. Zur vereinbarten Stunde stieß ein ruppiger Kerl die Tür auf, zwar nicht größer als Brown, aber fünfzig Pfund schwerer. Dabei fiel sein bemerkenswerter Bauch erst gar nicht ins Auge, weil der Blick des Betrachters unwillkürlich von seinen breiten Schultern und seinem Stiernacken angezogen wurde. Nach einem Blick rundum bewegte er sich auf den Tisch des Lieutenant zu.

Dort salutierte er. «Sir, ich habe Befehl, mich hier bei Ihnen zu melden.»

Brown erwiderte seinen Gruß im Sitzen. «Bitte nehmen Sie doch ganz ungezwungen Platz, Sergeant, und trinken Sie ein Bier mit mir.»

Offensichtlich verblüfft über diese Worte setzte sich Baker stocksteif Brown gegenüber. Er war solche Einladungen nicht gewohnt, obgleich er seinerseits wie viele erfahrene Soldaten zutiefst davon überzeugt war, diesen jungen Offizieren weit überlegen zu sein, deren Rang ihre Fähigkeiten meist deutlich übertraf.

Nachdem die Gläser vor ihnen auf dem Tisch standen, eröffnete Brown das Gespräch mit einer sorgfältig durchdachten Erklärung. «Soweit ich gehört habe, Sergeant, sind Sie der fähigste und erfahrenste Kämpfer im Fort. Bei mir hingegen ist das genaue Gegenteil der Fall, ich habe nie eine vernünftige militärische Ausbildung genossen und kaum Erfahrung – außer im Umgang mit Säbel und Pistole, und da nur in Duellen. Meine vorrangige Pflicht hier ist es, Major Furlong zur Hand zu gehen, vor allem was das Sammeln von Informationen angeht. Dennoch verspüre ich das Bedürfnis, mir möglichst viele militärische Fertigkeiten anzueignen, was der Major billigt. Ich hoffe daher, dass Sie einwilligen, mich zu unterweisen. Was hieße, dass zumindest einige Monate lang keine Rangunterschiede zwischen uns gelten würden, höchstens dieselben wie bei Offizieren in Ausbildung, die noch vor ihrer ersten Bewährung stehen.»

Der Sergeant schwieg beunruhigend lange, dann sagte er: «Darf ich ganz offen sein, Sir?»

«Aber natürlich.»

«Ich muss sagen, dass mir dieser Vorschlag – oder ist es bereits eine Entscheidung? – nicht gefällt. Warum sollte ich neben all meinen anderen Pflichten auch noch die Rolle eines Ausbilders übernehmen? Und warum haben Sie den Major darum gebeten?»

«Lassen Sie mich Ihre zweite Frage zuerst beantworten», erwiderte Brown. «Dazu muss ich Ihnen die Umstände schildern, die mich hierher gebracht haben. In London genieße ich einigen Einfluss, weshalb ich mit einem Offizierspatent ausgestattet nach South Carolina und Georgia kommen konnte, wo man mir einen großen Landbesitz zugewiesen hat. Als Sonderbeauftragter des Gouverneurs von South Carolina war ich dann am Oberlauf des Savannah River unterwegs, um die Loyalität der Einwohner zu erkunden. Eines Abends wurde ich in Augusta von einer Schar verräterischer Halunken eingekreist, in einem Schauprozess verspottet und schwer misshandelt – diese Verbrecher haben mich wahrhaftig geteert und gefedert! –, weil ich meine unverbrüchliche Ergebenheit zur Krone bekundet habe. Als ich die zuständigen Autoritäten von diesem tragischen Ereignis informierte, stellte sich heraus, dass sie dieses Verbrechen nicht öffentlich machen wollten, weil sie für einen erfolgreichen Vergeltungsschlag gegen diese Männer nicht ausreichend gerüstet waren. Stattdessen wurde ich gebeten, Carolina zu verlassen. Seither kenne ich nur noch zwei Ziele im Leben: Ich möchte in den Kolonien die volle Amtsgewalt der Krone wiederherstellen und mich an diesen Schurken rächen.»

Nach einer kurzen Pause fuhr er fort: «Die Antwort auf Ihre erste Frage lautet, dass der Major beschlossen hat, ich solle mich im Kampf fortbilden. Und er hat Sie als meinen Ausbilder vorgeschlagen. Wenn Sie allerdings Nein sagen, werde ich ihn bitten, einen anderen zu benennen.»

Der Sergeant war beeindruckt, wie ernst Brown es offenbar meinte und wie schlicht und aufrichtig er sprach. Nach mehreren Nachfragen wusste er dann so viel über den Zwischenfall, dass er Browns Wut und Entschlossenheit nachvollziehen konnte. Vor allem die Pein, die sich auf des Lieutenants Gesicht widerspiegelte, als er die Worte «geteert und gefedert» aussprach, verfehlte nicht ihre Wirkung, und Baker fragte sich, ob er ein so entwürdigendes Erlebnis hätte schildern können, wenn es ihm selbst widerfahren wäre.

«Ich werde keine Belastung für Sie sein», setzte Brown hinzu. «Darüber hinaus hat mir Major Furlong genug Vollmachten gegeben, um Sie von einigen Ihrer sonstigen Verpflichtungen freizustellen, damit Sie nicht über Gebühr beansprucht werden.»

Doch der Sergeant zögerte noch immer. «Lassen Sie es uns einfach einen Monat lang versuchen», schlug Brown daher vor. «Dann werde ich Ihnen die Entscheidung darüber überlassen, ob wir weitermachen oder nicht.»

Schließlich nickte Sergeant Baker, worauf Brown sofort fragte: «Wann fangen wir an?»

Nun sprach Baker wie ein Gleichrangiger: «Es wird ein paar Tage dauern, bis ich meine Pflichten an andere übergeben habe. Bis dahin bekommen Sie dieselben Aufgaben wie die anderen jungen Offiziere, die ich bisher ausgebildet habe, Sir: Außer der Marschordnung und dem Drill in geschlossener Ordnung müssen Sie auch den Teil der Dienstvorschriften kennen, der sich mit dem Gebrauch von Waffen, der Übermittlung von Befehlen und grundlegender Infanterietaktik befasst. Zudem ist unerlässlich, dass Sie Kraft und Ausdauer beweisen, was mit Ihrem verletzten Fuß nicht leicht sein wird.»

Brown erwähnte nicht, dass er bereits damit begonnen hatte, militärische Taktik zu studieren, sondern nickte nur zu allen Vorschlägen, die der Sergeant machte, ob bei den Empfehlungen zur Lektüre oder zur körperlichen Ertüchtigung. Nachdem die Männer dann gemeinsam einen Fleischeintopf verzehrt und mehrere Humpen Ale getrunken hatten, hatte sich die anfängliche Anspannung zwischen ihnen gelöst.

Im Lauf der folgenden Wochen übererfüllte Brown sein Soll bei jeder Aufgabe, die Baker ihm gab, er war selbst überrascht, wie schnell er sich von seinen Verletzungen erholte. Neben den eisernen Übungen in der Abgeschiedenheit seines Quartiers unternahm er lange Wanderungen im weichen Sand am Strand, die seinem rechten Fuß gut taten, sein aufgewühltes Inneres beruhigten und seine Kraft und Ausdauer stärkten. Außerdem war Brown hocherfreut über das begierige Interesse des Sergeants an den politischen Gegebenheiten sowohl in England als auch in den Kolonien. Schon bald stellten sie fest, dass jeder von dieser neuen Partnerschaft profitierte, sodass es am Ende des Monats keine Frage mehr war, ob sie die Ausbildung fortsetzen wollten. Ihre Beziehung gründete zunehmend auf gegenseitigem Respekt und einer Entschlossenheit, die keiner weiteren Erklärung bedurfte.

Die beiden Aufgaben, einerseits seine nachrichtendienstlichen Pflichten zu erfüllen und andererseits ein tüchtiger Soldat zu werden, nahmen Brown voll und ganz in Anspruch. Doch als er darin Fortschritte machte, wollte er die beiden Bereiche auch stärker miteinander verzahnen. Sergeant Baker reagierte wohlwollend auf Browns Vorschlag, noch einen indianischen Krieger als Ausbilder hinzuzuziehen, und willigte ein, bei Browns Ausbildung in der Wildnis mitzumachen. Es dauerte mehrere Wochen, bis sie sich nach verschiedenen Gesprächen und Prüfungen schließlich für einen Seminolen namens Sunoma entschieden hatten, der sowohl Creek sprach als auch einigermaßen mit dem Englischen vertraut war. Einst war er Anführer oder Häuptling eines Dorfes am Ogeechee River gewesen, dann aber nach Florida gekommen, wobei er den Grund dafür nicht verriet. Da er im Wald nichts weiter als einen Lendenschurz trug, fiel einem eine abstoßende Narbe am Oberbauch ins Auge, die angeblich von einem feindlichen Wurfspeer stammte. Zwar hegten sowohl Brown als auch Baker manchmal Zweifel an Sunomas Aufrichtigkeit, aber beide waren tief beeindruckt von seinem Wissen über die Wälder und das Sumpfland.

Sunoma ergriff sofort die Gelegenheit, sich als der geborene Anführer zu beweisen, allerdings als einer mit Humor. Er bestand darauf, dass die beiden Männer Mokassins und leichte Kleidung trugen, und rügte sie scharf, wenn sie sich durch Geräusche verrieten, die Orientierung verloren oder interessante Dinge, an denen sie vorbeikamen, nicht bemerkten. Eine seiner Lieblingsübungen war es, sie einen Platz in der Wildnis auswählen zu lassen, wo er sich dann auf Pfeilschussnähe anschlich, ohne dass sie ihn bemerkten. Dann setzte er sich an einen mit den weißen Männern abgesprochenen Platz und versuchte, ihre Annäherungsversuche so früh wie möglich zu entdecken. Wenn dabei ein Strauch schwankte, ein Zweig knackte oder ein Vogel aufflog, brüllte er vor Lachen und behauptete, dass er sich selbst auf einem Ochsen oder einem Alligator leiser anpirschen könnte. Ja, Sunoma war hochmütig und stolz, und gelegentlich musste ihn der Sergeant daran erinnern, dass er für seine Arbeit von den Briten gut bezahlt wurde und ihre Fehler schließlich auch bewiesen, wie unzulänglich er als Ausbilder war. Doch ganz allmählich zeigten die Stunden Wirkung, und die beiden Männer lernten, sich von europäischen Soldaten in feindlicher Umgebung zu eingeborenen Kennern des Waldes zu verwandeln.

Als Brown die üblichen Überfälle ins westliche Florida und südliche Georgia genauer unter die Lupe nahm, stellte er fest, dass diese oft recht unergiebig waren. Und so schlug er seinem Vorgesetzten unter vier Augen vor, dass seine kleine Truppe bei der Beschaffung von Nahrungsmitteln und anderen Gütern helfen könnte, was ihm sofort erlaubt wurde. Dies war der Beginn einer Reihe bemerkenswerter Aktivitäten.

Noch nie hatte Major Furlong es mit einem Offizier zu tun gehabt, der einen vergleichbaren Eifer an den Tag legte. Schon nach wenigen Monaten hatte Brown sämtliche der relativ dicken Bücher über Geschichte, Geographie und Bewohner im Süden Nordamerikas studiert, hatte Karten der Atlantikküste in dieser Region und Daten über militärische Einrichtungen zusammengestellt sowie die Gesetze und Direktiven des Parlaments in London gelesen, welche oft von Lord North unterzeichnet waren. Kurz und knapp umriss er die relevanten Zusammenhänge, die sich aus diesen Materialien ergaben, und legte dem Major ohne großes Aufhebens einen entsprechenden Bericht auf den Schreibtisch, der vieles davon an seine Vorgesetzten weitergab, was ihm sehr zum Vorteil gereichte.

Auch Sergeant Baker gewann immer mehr Respekt vor dem Lieutenant und vertraute ihm einiges an. So erfuhr Brown, dass Baker früher in Georgia stationiert gewesen war, wo er eine kleine Dragonergruppe geführt und mit dieser an der Grenze der Kolonie westlich des Savannah River patrouilliert hatte. Die revolutionäre Einstellung eines bekannten Siedlers aus St. Johns Parish, der mit den Whigs sympathisierte, hatte Baker derart angewidert, dass er ihn umgebracht hatte; immerhin hatte der Mann unverhohlen den Kontinentalkongress unterstützt und sich dann geweigert, eine von Gouverneur James Wright verhängte Haftstrafe anzutreten. Obwohl seine Vorgesetzten zu dem Schluss kamen, dass Baker nur seine Pflicht getan habe und ihn keine Schuld treffe, machten ihn die Whigs in Georgia zur Zielscheibe ihres Hasses. Und so wurde er nach einer angemessenen Zeitspanne, mit der der Kommandeur zeigte, dass er sich nicht erpressen ließ, nach St. Augustine versetzt.

Inzwischen konnte Lieutenant Brown schmerzfrei reiten und gehen und war immer seltener innerhalb der Fortmauern anzutreffen. Normalerweise wie ein Zivilist gekleidet, berieten er und der Sergeant sich mit indianischen Führern und besuchten die weit verstreuten Siedlungen an und hinter der Grenze zu Georgia, wo er Waren tauschte oder mit britischer Währung Nachschub für die Truppenangehörigen und Zivilisten in St. Augustine erstand. Dank seiner freundlichen Art und unauffälliger Nachfragen erfuhr er rasch eine Menge Wissenswertes über die Familien, die er auf seinen Reisen besuchte, wobei er alle Bemerkungen, die auf eine politische Einstellung hinwiesen, peinlich genau in seinem Dienstbuch festhielt. Dabei passte er immer gut auf, dass seine eigenen Ansichten nicht durchschienen, schließlich wollte er als der einfältige kleine Offizier gelten, der nur seinen Pflichten nachging. In den langen Stunden unterwegs studierte er dagegen höchst aufmerksam alle militärisch interessanten Umstände und erkundigte sich unablässig bei den britischen und indianischen Begleitern über die Umgebung, in der sie sich bewegten, und wie sie größeren Nutzen aus den geographischen Gegebenheiten ziehen könnten, insbesondere aus den Flüssen und ihren Zuläufen.

Von einem pensionierten Marineoffizier lernte Brown die Grundzüge des Kartenzeichnens, wie man einen Oktanten benutzte und die Beobachtung von Himmelskörpern zur Navigation. Danach führte er in seiner Satteltasche immer einen kleinen Packen der verfügbaren Karten mit sich, auf denen er alle Fehler korrigierte.

Kapitel 24
Die Florida-Ranger

Dezember 1775

Ende Dezember 1775 bat Brown Major Furlong um eine private Unterredung. Er hatte ihm Beunruhigendes mitzuteilen.

«Einige meiner Männer kommen gerade aus Savannah. Sie berichten, dass die Whigs die Stadt übernehmen. Manche behaupten zwar, sie wollten weiterhin britische Untertanen bleiben und ihren Beschwerden nur aufs Neue Nachdruck verleihen, aber diese verfluchten «Söhne der Freiheit» fordern in aller Öffentlichkeit die völlige Unabhängigkeit und gehen trotz ihrer verräterischen und verbrecherischen Taten relativ straffrei aus. Wenn sie mich fragen, wird sich Gouverneur Wright bald gezwungen sehen, nach London zurückzukehren.»

«Ja, das haben wir schon seit geraumer Zeit befürchtet», seufzte Major Furlong. «Der Hafen von Savannah stand uns für unsere Zwecke ja schon lange nicht mehr zur Verfügung, sodass wir die Importwaren entweder direkt aus England oder über Westindien beziehen mussten. Dabei fehlt es uns hinten und vorne an Nahrungsmitteln für unsere hundertfünfzig Mann und die immer zahlreicheren Tory-Familien, die aus Angst vor einer ungewissen Zukunft hierher ziehen.»

«Damit haben Sie klug ein immer drängender werdendes Problem umrissen, Sir. Je stärker die Whigs in Savannah und anderen Teilen Georgias werden, desto weniger wollen die Siedler im Süden mit uns Handel treiben. Aber mit Ihrer Erlaubnis möchte ich eine mögliche Lösung des Problems zur Sprache bringen. Die Torys, die jetzt um ihrer Sicherheit willen hierher kommen, haben nichts zu tun, verfügen aber teilweise über Pferde und Waffen. Ich würde gern ein paar von ihnen um mich scharen und sie ausbilden, damit sie Sergeant Baker und mich begleiten können. Dann machen wir Abstecher zu den Siedlern, kaufen so viel wie möglich von den königstreuen Familien und nehmen uns den Rest von den illoyalen Whigs.»

Furlongs abschlägige Antwort kam ohne Zögern.

«Gouverneur Tonyn könnte nie die Verantwortung für solche Aktionen übernehmen. Und es könnte gar nicht sichergestellt werden, dass nicht auch königstreue Familien darunter leiden. Außerdem wäre es ziemlich schwierig, Männer zu rekrutieren, ohne ihnen Sold zu zahlen und militärische Privilegien einzuräumen.»

Da Brown mit diesen Einwänden gerechnet hatte, musste er nicht lange überlegen, was er entgegnen sollte. «Bitte erlauben Sie mir, Sir, in aller Ehrerbietung etwas zu erwidern. Diese Sache hätte nicht das Geringste mit irgendwelchen offiziellen Stellen zu tun. Sowohl Sergeant Baker als auch ich würden uns beurlauben lassen und Sie, Colonel Prevost, der Gouverneur und alle anderen könnten jegliche Kenntnis von unseren Aktivitäten abstreiten. Gleichzeitig könnten Sie darüber bestimmen, wem die auf diesem Wege beschafften Waren und Informationen zur Verfügung stehen. Ich verbürge mich persönlich für die umsichtige Handhabung. Hier habe ich ein Dossier über alle Familien, die im Umkreis von fünfzig Meilen zur Grenze von Georgia leben, darin sind die politischen Loyalitäten oder auch der in manchen Fällen vorhandene Mangel an politischem Interesse festgehalten. Mit Ihrer Erlaubnis lasse ich es Ihnen hier, damit Sie einen Blick hineinwerfen können. Ich versichere Ihnen, dass die Angaben zutreffen. Wenn Sie es wünschen, könnten wir unsere Einsätze auf die Siedlerfamilien beschränken, die Sie uns nennen. Außerdem läge die Rekrutierung, die Ausbildung und die Ausstattung unserer Hilfstruppe allein in meiner Verantwortung, und ich versichere Ihnen, dass ihr Sold angemessen sein wird und zugleich nicht beim Schatzamt Ihrer Regierung zu Buche schlägt.»

«Wie ich sehe, Lieutenant, haben Sie den Vorschlag gründlich durchdacht.»

«Jawohl, Sir. Aber unternommen habe ich dahingehend noch nichts und ihn nur in ganz allgemeiner Form mit Sergeant Baker besprochen.»

«Meine Bedenken sind noch nicht ausgeräumt, aber ich werde Ihren Vorschlag sowohl Colonel Prevost als auch Gouverneur Tonyn zur Kenntnis bringen und hoffe, Ihnen bei unserem nächsten Treffen eine Antwort geben zu können.»

Auf Sunomas Anraten hin unternahm Brown eine Reise durch das Indianergebiet im Westen der Kolonie, dabei war er vornehmlich im Kanu auf dem Flint River und dem Chattahoochee River unterwegs. Er hatte eine kleine Warensammlung zusammengestellt und hinterließ bei jedem Häuptling eines Dorfes Geschenke, dazu machte er peinlich genaue Aufzeichnungen von jedem Besuch. Auch korrigierte er Fehler in den ungenauen Karten dieses Gebiets. Wie erwartet, waren die Häuptlinge nur zu gern bereit, die britischen Streitkräfte zu unterstützen, denn die landhungrigen Siedler machten ihnen ernstlich Sorgen, und die argwöhnischen Stammesführer waren klug genug, eine Seite gegen die andere auszuspielen, wenn es zu ihrem Vorteil war.

Als Brown nach fast einem Monat nach St. Augustine zurückkehrte, wurde er ins Büro des Majors gerufen, der Brown in sorgfältig gewählten Worten eine diplomatische Antwort gab.

«Colonel Prevost hegt tiefe Bedenken wegen der unkontrollierbaren Risiken Ihres Vorschlags, aber auch weil Sie damit Befugnisse über die Eingeborenen erhielten, die einzig und allein John Stuart zustehen – auch wenn der die meiste Zeit in Pensacola verbringt. Um die Wahrheit zu sagen, hat Stuart sich bereits bitter über Ihren jüngsten Streifzug durch das Creek-Territorium beschwert, der ohne sein Wissen und seine Genehmigung stattfand. Von daher möchte der Colonel nichts mit Ihrem Plan zu tun haben und ist nicht bereit, Ihre Berichte entgegenzunehmen. Hingegen muss ich einräumen, dass Gouverneur Tonyn einige Vorzüge in dem Vorschlag entdecken konnte, Hilfskräfte zu rekrutieren. Denn so könnte die von diesem Militärposten bisher verfolgte Handelspolitik nicht nur fortgesetzt, sondern ausgebaut werden. Auch schienen ihn die von Ihnen gesammelten Informationen zu interessieren, er möchte aber keinesfalls irgendeine Verantwortung für Ihre so genannten Handelsoperationen übernehmen.»

Mit der Andeutung eines Lächelns auf den Lippen hielt der Major inne und sah Brown an, beinahe hätte er ihm zugezwinkert. Beiden war klar, dass ihre zukünftige Beziehung über den Gouverneur laufen würde, immer aber unter dem Vorbehalt, dass die offiziellen Stellen notfalls jede Verantwortung leugnen konnten.

«Zusammengefasst heißt das, dass Sie Ihre Handelsaktivitäten fortsetzen dürfen und meine Erlaubnis haben, selbst zu entscheiden, wie einzelne Transaktionen abzuwickeln sind. Wahrscheinlich ist es unvermeidlich, dass man denen, die unseres Wissens die Krone unterstützen, Vorrang einräumt. Und obwohl ich alle Informationen erhalten möchte, die für unsere Kommandantur hier von Bedeutung sind, besteht keinerlei Notwendigkeit, offiziell detaillierte Berichte über sämtliche Ihrer Unternehmungen abzugeben. Sie verstehen, was ich gesagt habe?»

«Jawohl, Sir. Was ich tue und lasse, ist allein meine Angelegenheit und hat nicht den Segen von oben, und ich bin auch allein für den Erfolg meiner Bemühungen verantwortlich, richtig?»

«Ihrer Bitte um eine längere Beurlaubung wurde entsprochen, desgleichen bei Sergeant Baker. Doch aufgrund Ihrer Erfahrung und des neuen Verantwortungsbereichs hat man beschlossen, Sie vor Ihrem Abschied noch zu befördern. Herzlichen Glückwunsch, Captain Brown.»

Brown salutierte und bedankte sich angemessen, bat dann aber, sich ganz offen dazu äußern zu dürfen.

«Ich fühle mich geehrt, Sir, aber ich hätte lieber keinen höheren militärischen Rang als jetzt. Da unsere Organisation vollkommen eigenständig operieren und zudem aus den verschiedensten Männern, auch Eingeborenen, bestehen wird, dachten Sergeant Baker und ich, dass ich vielleicht einfach nur als Kommandeur dieser Gruppe gelten sollte. Aber ich werde mich natürlich Ihrer Entscheidung fügen.»

Furlong überlegte eine Weile. «Captain Brown, vielleicht ist es günstig, wenn Ihre Beförderung nur in den Dienstunterlagen auftaucht und nicht durch Rangabzeichen, die Sie in der Öffentlichkeit tragen, sichtbar ist. Da Sie und der Sergeant beurlaubt sind, wäre es sowieso am besten, Sie tragen Ihre Uniformen nur dann, wenn es Ihnen notwendig erscheint, die Eingeborenen mit britischen Referenzen zu beeindrucken.»

Wieder salutierte Brown. «Ich habe verstanden, Sir.» Er ließ unerwähnt, dass er dies bereits seit geraumer Zeit so hielt.

Bevor er Brown entließ, gestattete sich der Major dann doch noch eine Bitte: «Wie Sie wissen, sind wir hier in St. Augustine von Informationen ziemlich abgeschnitten, wenn nicht gerade ein Schiff einläuft. Und selbst dann sind die Berichte höchst unzuverlässig, weil sie doch sehr vom Wissensstand und den politischen Vorlieben des jeweiligen Kapitäns abhängen. Dabei brauchen wir nichts dringender als Aufklärung. Von daher wäre ich wirklich sehr an schriftlichen Berichten von Ihnen interessiert, und ich würde die wichtigen dann an den Gouverneur weiterleiten.»

Browns Antwort kam unverzüglich. «Sir, ich werde tun, was ich kann, um in einem möglichst großen Gebiet relevante Informationen zu sammeln, und den Kreis meiner Zuträger erweitern. Wir haben bereits einige Informanten im Indianergebiet westlich von Pensacola, und ich hoffe, dieses Netz bis New Orleans ausbauen zu können. Und es gibt sowohl in Savannah als auch in Charles Town etliche Leute, die loyal zur Krone stehen. Da es keinen regelmäßigen Kurierdienst zwischen unseren Kommandeuren im Norden und St. Augustine gibt, könnten wir vielleicht Berichte ergänzen, die Ihnen und dem Gouverneur auf offiziellem Weg zugehen. Mit Ihrer Erlaubnis werde ich jeweils kurze Einschätzungen dazu verfassen, die diese Informationen ins richtige Licht rücken.»

Major Furlong nickte. «Vielleicht könnten Sie mit einem schlichten Überblick beginnen, wie die Siedler bisher auf diese so genannte Revolution reagiert haben. Es mag übrigens besser sein, wenn Sie Ihre Schriftstücke mit einem Pseudonym unterzeichnen.» Er dachte eine Weile darüber nach. «Ihre Mitteilungen sollten an den Gouverneur gerichtet sein, der sie bestimmt zu schätzen weiß, aber über meinen Tisch gehen. Wenn es mir empfehlenswert erscheint, werde ich eine Kurzfassung der Informationen an die militärische Führung weitergeben. Am besten unterzeichnen Sie als ‹Beauftragter des Gouverneurs›.»

Nachdem Brown so viel mehr erreicht hatte, als erwartet, verließ er schnellstmöglich das Büro. Er war ausgesprochen erfreut über den neuen Handlungsspielraum. Draußen wartete bereits Sergeant Baker, und leise sagte der Kommandeur der frisch autorisierten Streitkraft zu ihm: «Unser Vorschlag ist in vollem Umfang gebilligt worden, bei einem Fehlschlag haben wir allerdings keinerlei Rückendeckung. Und wir müssen uns vor allem mit dem Sammeln von Informationen beschäftigen, und das aus möglichst vielen Quellen.» Da die Aussicht auf Beförderung für ihn nicht wichtig gewesen war, erwähnte er sie erst gar nicht.

In weniger als einer Woche hatte er zehn berittene Männer rekrutiert, die einem Abenteuer nicht abgeneigt und sogar stolz darauf waren, der Krone dienen zu können, die aber auch wussten, dass Brown sie angemessen entlohnen konnte und durfte. Sie nannten sich die Florida-Ranger und begannen mit ihren Aktionen, die letztlich nichts anderes waren als bewaffnete Überfälle auf Siedlerfamilien, wenn diese auch nur die leiseste Sympathie für die

Whigs hatten erkennen lassen. In den Sümpfen und Wäldern eines Gebietes, das mehr als zehntausend Quadratmeilen im nördlichen Florida und südlichen Georgia umfasste, gab es Tausende Rinder und Schweine mit markierten Ohren, die auf ihre Besitzer verwiesen. Bestenfalls gehörten sie Bauern, die mit den Torys sympathisierten und bereit waren, ihre Produkte zu einem vernünftigen Preis zu verkaufen. Brown stellte sicher, dass diese Lieferanten stets anständig behandelt wurden.

Doch wie von Brown vorgesehen, gingen die Florida-Ranger bei den Siedlern je nach politischer Einstellung auf verschiedene Weise vor. War ihr Gegenüber loyal zum König, zeigten sie Achtung und Ehrerbietung, kauften nur, was ihnen angeboten wurde, und das zu einem angemessenen Preis. Diejenigen, die ihres Wissens die Whigs unterstützen, ließen sie hingegen unmissverständlich wissen, dass sie einen großen Fehler begingen. Die Siedler im Grenzgebiet lebten sehr abgeschieden und waren dem Verlangen der Ranger nach ihren Produkten hilflos ausgeliefert, auch wenn diese nur Preise weit unter dem Marktpreis zahlten. Zudem gab es heimliche Plünderungen, die von den meisten Farmern erst später entdeckt wurden, wenn sie plötzlich Vieh oder Vorräte vermissten. Zwar stellten sich einige wenige den Plünderern entgegen, aber das war ein fruchtloses Unterfangen, und etliche der militanteren und halsstarrigeren Männer verloren dabei ihr Leben. Brown machte gar keinen Hehl aus den Hintergründen, er wollte, dass sich bei den Siedlern herumsprach, inwieweit die Bekundung ihrer politischen Loyalität entscheidend zu ihrem Wohlergehen beitrug. Einige glühende Verfechter der revolutionären Sache verließen daraufhin Haus und Hof und zogen nach Savannah, die anderen aber unterstützten im Lauf der nächsten Monate zunehmend die Torys. Wobei sich manche sogar freiwillig bei den Florida-Rangern meldeten.

Nach einem knappen Monat schickte Brown dem Major seinen ersten Bericht, der hauptsächlich drei Listen enthielt. Die eine umfasste unter der Überschrift «Torys» all jene Siedler, die sich als königstreu erwiesen hatten. Eine zweite, kürzere Liste führte die Namen der Whigs auf, die entweder durch ihre Worte oder ihre Taten zu erkennen gegeben hatten, dass sie die Sache der Revolution unterstützten. Doch die längste Aufzählung war die der Namen von Familien mit nur geringem Interesse an politischen Fragen beziehungsweise derer, die sich nicht eindeutig zu den Ereignissen in Charles Town oder Savannah geäußert hatten. Obwohl der Ranger-Kommandeur seine Absichten nicht offenlegte, war er entschlossen, die erste Liste auf Kosten der beiden anderen zu erweitern.

St. Augustine profitierte von alldem in nicht geringem Umfang, denn es kam eine derart unvorhergesehene Menge an Nahrungsmitteln ins Fort, dass man den Überschuss nach Westindien exportieren und damit beträchtliche Einkünfte erzielen konnte. Obgleich man Thomas Brown und seine Renegatentruppe zuerst verlacht hatte, wurden die Florida-Ranger im Lauf der Monate respektvoll anerkannt, und britische Beamte betrachteten sie mit deutlicher Genugtuung, in der sie zumindest in ihren privateren Augenblicken schwelgten. Die Zahl der Ranger nahm weiter zu, und ihre Grüppchen durchstreiften ein immer größeres Gebiet. Zwar lehnte der Major eine Auflistung der erbeuteten Waren stets ab, Brown allerdings führte weiter genau Buch für den Fall, dass diese Auskünfte jemals verlangt würden. Dabei konnte er seine Freiwilligen bestens bei Laune halten, denn diese waren mit ihrem Anteil stets hochzufrieden, ihm hingegen genügte, was die Armee ihm zahlte. Sich an den erbeuteten Waren zu vergreifen war den Rangern strikt verboten.

Kommandeur Brown war vor allem daran gelegen, die Operationen selbst zu leiten, für ihren Erfolg zu sorgen und Erweiterungspläne zu schmieden. Er verlangte strenge Disziplin, absolute Loyalität und duldete kein Hinterfragen seiner Entscheidungen, aber er wusste, wie unerlässlich es war, sich eng mit seinen direkten Untergebenen zu beraten, vor allem auch mit den Anführern der zurückkehrenden Gruppen. Zudem stand er in ständigem Kontakt mit Sergeant Baker und Sunoma, von denen er neben taktischen Ratschlägen auch Informationen über das Operationsgebiet und die Zuverlässigkeit einer jeden Familie dort erwartete. Sergeant Baker war zudem ein Meister darin, Auskünfte über die eigentlichen Überfälle zu bekommen, sodass es für ihn nicht schwer war zu vergleichen, was man mitgenommen und was davon ins Fort geliefert hatte. Zwei Diebstähle wurden bei einem Außenposten in der Nähe des St. Marys River vor Kommandeur Brown verhandelt, und die Schuldigen wurden ohne Aufschub gehängt.

Solche Vorkommnisse waren bezeichnend für die Florida-Ranger und das, was ihr Kommandeur als seine wichtigsten Pflichten erachtete. Wann immer er es ermöglichen konnte, überließ er Baker die Aufgabe, St. Augustine mit Nachschub zu versorgen, und verbrachte seine Zeit unter den Indianern, um mehr über sie zu erfahren, um sie überdies mit einem Teil der von den Whigs geraubten Beute zu beschenken und sich so ihr Vertrauen und ihre Freundschaft zu sichern. In enger Zusammenarbeit mit den Indianern auf beiden Seiten des Chattahoochee River und den Tory-Sympathisanten überall in Florida und an der Atlantikküste gelang es Brown schließlich, ein Spionagenetz aufzubauen, das ihn genauso schnell mit Informationen belieferte, wie diese die Kommandeure der Kontinentaltruppen oder die Milizen von Georgia erreichten.

Während die kontinentalen Streitkräfte in Georgia, North und South Carolina sowie Virginia zunehmend die politische Kontrolle übernahmen, wurde St. Augustine für die Briten immer wichtiger, sowohl wegen der dort zusammenlaufenden Informationen als auch für ihre Strategie. Thomas Brown merkte, dass die Zukunft der Ranger nicht mehr allein davon abhing, ob sie genügend Vorräte heranschafften, sondern von der Qualität der Erkenntnisse, mit denen er Gouverneur Tonyn belieferte. Da hörte er gebannt von Entwicklungen in Virginia, die seinen schon seit langem gehegten Plänen, die Eingeborenen mit den regulären britischen Truppen zusammenzuspannen, eine aufregende neue Dimension gaben. Und er entschied, dass dies einen kurzen Bericht an Gouverneur Tonyn wert war.

Euer Exzellenz,
ich bin so frei, Ihnen meine Einschätzung des Stands der Rebellion kundzutun, wobei ich ein paar wohlbekannte Ereignisse mit meiner persönlichen Meinung ergänzen möchte. Sie sind über die Situation in unserer Region ja bereits bestens im Bilde. In den nördlichen Kolonien haben die Verräter, falls überhaupt, nur wenig Fortschritte gemacht. Zwar hat General Benedict Arnold Montreal und Fort Ticonderoga im Norden New Yorks genommen, aber seine Streitkräfte wurden bei Quebec zurückgeschlagen und

ein Rückzug aus Kanada steht in Kürze bevor. Seine Männer waren einer längeren Auseinandersetzung mit den britischen Streitkräften nicht gewachsen und sind entweder geflohen oder desertiert, nachdem sie schon einige Wochen fern von Heimat und Familie weilten. Boston ist fest in der Hand von General William Howe, und man ist allgemein davon überzeugt, dass er eine Kampftruppe zusammenstellt, um New York und vielleicht auch Newport einzunehmen. Indes hat es einige Gefechte in Virginia, North und South Carolina gegeben, und ein Grüppchen Radikaler konnte Lord John Dunmore dazu bewegen, seinen Amtssitz vom festen Boden Virginias auf die Schiffsplanken einer kleinen britischen Flotte zu verlegen, die in der Chesapeake Bay operiert. Von dort aus hat er mit zwei Regimentern Angriffe auf von den Rebellen besetzte Posten am Ufer geführt. Interessant hieran ist nun, dass eines davon aus ehemaligen schwarzen Sklaven besteht, die Dunmore erst kürzlich für frei erklärt hat, wenn sie im Namen des Königs zu den Waffen greifen.

Vor kurzem habe ich erfahren, dass eine erkleckliche Anzahl dieser früheren Sklaven und Kontraktarbeiter Dunmores von der riesigen Plantage George Washingtons stammt, der öffentlich erklärt hat: «Wenn dieser Mann nicht vor Frühjahr vernichtet ist, wird er zum ärgsten Feind werden, den Amerika je hatte. Seine Stärke wird wachsen wie der Umfang eines Schneeballs, der einen Hang hinabrollt.» Obgleich die neuen Truppen an Pocken und anderen Krankheiten leiden und Lord Dunmore militärisch nicht die Oberhand gewinnen konnte, ist sein Schlag gegen die Sklaverei eine Bedrohung für die Rebellen und für den Lebensstil in allen Südkolonien, vor allem in North und South Carolina.

Aufgrund der langen Dauer und der hohen Kosten, die es erforderte, Streitkräfte von England hierher zu expedieren, waren unsere anfänglichen Bemühungen nicht sämtlich erfolgreich. Aber lassen Sie mich ausführen, über welche Vorteile wir verfügen. Unseren neun Millionen Einwohnern stehen nur knapp zwei Millionen Kolonisten gegenüber, von denen entschieden weniger als die Hälfte willens ist, die Rebellion zu unterstützen. Bekanntlich verfügt unser Heer über ein Erbe an Mut und Erfahrung, indes unsere Widersacher einen aufrührerischen Haufen von größtenteils nicht ausgebildeten Rekruten befehligen, die sich nur für kurze Zeit verpflichtet haben. Unsere Vorherrschaft auf dem Wasser ist

unbestritten, was an der gesamten Atlantikküste auch künftig von großem Vorteil sein wird.
Ein weiteres bisher noch nicht genutztes Potenzial bilden die Indianer, die meisten von ihnen sind sich sehr wohl darüber im Klaren, dass es ihnen unter der Krone wohl ergeht. Sie würden sich für unsere Sache anwerben lassen, ein Bemühen, das ich zu unterstützen bestrebt bin.

Mit vorzüglicher Hochachtung
vorgelegt durch den Beauftragten des Gouverneurs

Während die Ranger weiterhin hauptsächlich Vieh und andere Nahrungsmittel beschlagnahmten oder kauften, richtete Brown seine Aufmerksamkeit immer stärker auf militärische Auseinandersetzungen. So gab es ein paar Scharmützel mit Siedlern, die sich zusammengeschlossen hatten, um ihr Eigentum vor den Rangern zu schützen, sowie mit Streitkräften der Whigs, die südlich und östlich von Savannah anspruchsvollere Attacken führten. Nach jedem Zusammenstoß analysierte er sorgfältig, wie die Vorzüge der britischen Taktik mit den in der Wildnis so wichtigen Fähigkeiten der Creek-Kämpfer verschmolzen werden könnten.

Einige seiner Erfolge trugen dazu bei, dass sich der Graben zwischen den britischen Beamten vertiefte. So standen John Stuart und der soeben zum General beförderte Augustine Prevost auf der einen Seite, wobei Ersterer unbedingt seine Sonderrolle bei allen Verhandlungen mit den Indianerstämmen behalten wollte und Letzerem am Befehl über sämtliche regulären Truppen lag. Für die irregulären Freiwilligen und die Eingeborenen hatte er nichts als Hohn und Spott übrig. Beide ärgerten sich über die Aktivitäten der Florida-Ranger und wetteiferten mit den Gouverneuren Patrick Tonyn und James Wright sowie mit dem ehemaligen Gouverneur William Campbell um Einfluss. Denn alle Gouverneure waren inzwischen fasziniert von Browns Idee, die britische Kontrolle über Georgia und South Carolina mit Hilfe koordinierter Attacken von regulären Truppen einerseits und indianischen Rekruten andererseits zu sichern, und sie hatten diesen Plan auch bereits dem britischen General Henry Clinton vorgetragen. Stuart und Prevost indes nutzten ihre ganze Autorität, um jede Einmischung der Florida-Ranger in militärische Aktionen oder bei den Indianern zu unterbinden.

Trotz all seiner Aktivitäten und seines größeren Gewichts vergaß Brown kaum je eine Stunde lang seine Demütigung in Augusta; dafür Rache zu nehmen blieb sein oberstes Ziel. Nach einem Jahr in Florida erhielt er einen Brief seines Aufsehers Michael Herring, der ihm mitteilte, dass er nach Europa zurückkehren werde. Der Grund dafür, dass er Georgia verließ, war Chesley Bostick, inzwischen Captain in der Miliz von Georgia, der in dieser Funktion als erstes Brownsborough überfallen und geplündert hatte. Sämtliche Rinder, Schweine und Schafe wurden von seinen Leuten nach Augusta gebracht und die Plantagenarbeiter vor die Wahl gestellt, entweder ins Gefängnis zu gehen oder in der Revolutionsarmee zu dienen. Herring war es gelungen zu fliehen und sich bis nach Savannah durchzuschlagen. Er informierte Brown außerdem darüber, dass Bostick jetzt erstmals an einem festen Standort eingesetzt war und Fort Howe am Nordufer des Altamaha River befehligte. Dies war Brown auch schon auf anderem Wege zu Ohren gekommen.

Kapitel 25

«Mit Sinn und Verstand»

1776

Die Ereignisse draußen in der Welt hatten das Alltagsleben der Pratts bisher kaum berührt. Ethan führte weiterhin das ruhige, erfüllte Leben eines Bauern und Viehhirten und richtete sein Augenmerk nicht so sehr darauf, seinen Bestand an Äckern und Weiden zu vergrößern, sondern die bereits bestellten Flächen besser zu nutzen. So betrieb er Fruchtwechsel, damit die Erde nicht ausgelaugt wurde und der Witterung besser widerstand, und er pflanzte vorwiegend an, was sich bei den Händlern in Wrightsborough gut verkaufen ließ. Bewusst hielt er die Zahl seiner Schweine und Rinder in Grenzen, versuchte aber, bessere Zuchtergebnisse zu erzielen. Als er im Winter 1775 seine Einkünfte zusammenzählte, stellte er zu seiner Überraschung fest, dass er mit seinen Holzerzeugnissen beinahe ebenso viel verdient hatte wie mit allen landwirtschaftlichen Produkten zusammen. Wobei ihm das Entwerfen und Schreinern von Möbeln die liebste Tätigkeit war.

Auf seinen inzwischen vierjährigen Sohn Henry war Ethan sehr stolz, und er hatte für ihn schon etliches Spielzeug gebastelt, mit dem sich der Junge beschäftigte, wenn der Vater schmiedete oder Holz bearbeitete. Ethan freute sich, dass ihn der Junge begeistert auf die Felder und in den Wald begleitete. Schon jetzt lernte Henry die Grundlagen des Ackerbaus und eines Lebens als Fallensteller und Jäger kennen. Manchmal überstiegen seine unermüdlichen Fragen Ethans Wissen, der selbst vieles aus dem Gefühl heraus entschied. Die interessanteren Fragen klärte er mit den Morris, mit denen er aus irgendeinem Grund lieber als mit Epsey darüber sprach.

An einem Märzsonntag 1776, zu früh im Jahr für die Feldarbeit und daher die Gelegenheit für Ethan, eine seiner anderen nie enden wollenden Pflichten zu erledigen, spaltete er Schindeln. Neben ihm lag ein sorgfältig zersägter Eichenstamm, die runden Abschnitte waren jeweils sechzig Zentimeter lang. Seine Fasern verliefen fast völlig glatt, und es war die reinste Freude, jedes Stammstück in der Mitte mit einem Axthieb und falls nötig mit dem Beitel zu spalten. Nun teilte Ethan die Hälften, dann die Viertel und so weiter, bis jeder Keil nur noch etwa fünf Zentimeter dick war. Das eher weiche Kernholz in der Mitte entfernte er, dann bearbeitete er die Keile mit dem Spaltmesser, bis er einen überraschend großen Haufen Schindeln vor sich liegen hatte, die alle fünfzehn Zentimeter breit und nur noch etwa einen Zentimeter dick waren. Er arbeitete in einem gleichmäßigen Rhythmus, wozu auch gehörte, dass er die Schindeln zu ordentlichen Stapeln aufschichtete, bis er darangehen konnte, daraus das Dach von seinem neuen Viehunterstand zu fertigen. Bei seiner Kraft und Geschicklichkeit kostete Ethan die Arbeit kaum mehr Anstrengung als das Atmen und er hatte reichlich Zeit, seinen Gedanken nachzuhängen.

Denn er war tief aufgewühlt und hegte die Befürchtung, sein ganzes Leben könnte sich ändern. Gestern Nachmittag und Abend hatten Epsey und er viele Stunden damit verbracht, eine Flugschrift mit dem Titel «Sinn und Verstand» zu lesen, die Aaron Hart ihnen vorbeigebracht hatte. Diese Abhandlung habe in den Kolonien inzwischen weite Verbreitung gefunden, hatte Aaron gesagt, und sorge überall für Aufsehen. Die Militanten seien entzückt, die Monarchisten verdammten sie, die meisten anderen Einwohner seien erstaunt über die flammenden Worte. Aaron setzte noch hinzu, dass beinahe jeder Haushalt in Charles Town und in Savannah ein Exemplar gekauft habe.

Bei der Lektüre war Ethan klar geworden, dass die Unterscheidung zwischen einer uneingeschränkten Verurteilung des Parlaments einerseits und Erklärungen der unverbrüchlichen Loyalität zur Krone andererseits nicht länger aufrechtzuerhalten war. George III. wurde in diesem Pamphlet persönlich als «königliches Scheusal» angegriffen, man schmähte die Monarchie als unvernünftige Regierungsform und verlangte ganz offen die völlige Freiheit von der britischen Herrschaft. Solche Worte waren erschütternd, ja ein Sakrileg für viele Menschen in den Kolonien, die sich als treue britische Untertanen begriffen – so auch für Epsey und Ethan. Und Ethan erinnerte sich mit Unbehagen an die Stunden in der Schuhmacherwerkstatt seines Bruders in Hillsborough, wo in einer ganz ähnlichen Sprache die Regierung und Politik von

Gouverneur Tryon gegeißelt worden war. Auch konnte er das Bild von Henrys leblos am Galgen baumelndem Körper nicht verdrängen.

Aaron war bald wieder aufgebrochen, um noch andere Familien aufzusuchen. Doch seine letzte Bemerkung hatte gelautet, dass der Kontinentalkongress nie wieder eine versöhnliche Nachricht des Inhalts, man stehe treu zum König, nach London schicken könne. Und innerhalb weniger Monate würde jeder Kolonist eine eindeutige Entscheidung treffen müssen. Ethan erinnerte sich gut daran, was Epsey danach gesagt hatte: «Wir müssen einfach hier bleiben und uns um unsere Angelegenheiten kümmern.» Er stimmte ihr aus vollem Herzen zu.

Die meisten Menschen in Georgia dachten wie die Pratts. Außer in Savannah und in ein paar Siedlungen an der Küste fand die Bewegung für eine mögliche Unabhängigkeit nicht viel Widerhall in den Familien der Kolonie, die noch keine fünfundvierzig Jahre hier siedelten, sodass weiterhin starke Bande zum Mutterland bestanden. Die ersten Siedler waren stets treu ergebene britische Untertanen gewesen, die der britischen Regierung dankbar waren für das ihnen hier zugewiesene Land. Auch hatte die junge Kolonie mehr finanzielle Zuwendungen erhalten als alle anderen, und die meisten Einwohner Georgias waren nicht unzufrieden mit der ehrlichen und wohltätigen Regierungspolitik ihres Gouverneurs James Wright. Das Stempelsteuergesetz, die Townshendgesetze und andere Entscheidungen betrafen sie nur am Rande, hingegen fühlten sie sich mehrheitlich abgestoßen von den gewalttätigen und manchmal sogar brutalen Übergriffen der «Söhne der Freiheit». Und obwohl nur wenige Einwohner tief religiös waren, fühlten sie sich Anglikanern, Quäkern und andere Christen, die entweder eindeutig treu zur Krone standen oder jede Gewaltanwendung ablehnten, oft freundschaftlich verbunden.

Die Siedler im Grenzgebiet fürchteten, dass skrupellose Indianer ihre ziemlich abgeschiedenen Höfe angreifen könnten, für sie war deshalb eine entscheidende Frage, welche Streitmacht sie am besten vor Plünderern würde schützen können – dieser galt dann ihre Loyalität. Dass ihre Sorgen nicht unberechtigt waren, zeigte sich, als der Krieg im Norden blutiger wurde. Die Aktionen militanterer Separatisten sorgten zunehmend für Feindschaft zwischen den Ureinwohnern und einigen dieser ewig Unzufriedenen, denen es nicht passte, dass sie nicht mehr Land besaßen, und die deshalb entschlossen waren, die Indianer mit allen nur erdenklichen Mitteln weiter in den Westen zu treiben. Ihrer Meinung nach war gegenüber den Indianern alles erlaubt und Vergeltungsschläge der Eingeborenen nur der Feigheit der Rotröcke zuzuschreiben oder der bewussten Aufstachelung durch den Beauftragten für Indianerfragen John Stuart.

Kapitel 26

Die Vertreibung des britischen Gouverneurs

März 1776

Enttäuscht hatte Colonel Lachlan McIntosh das Vorrücken der Kontinentalarmee unter George Washington verfolgt, denn diese beschränkte sich darauf, die Rechte der Siedler im Norden als Bürger des britischen Empire zu schützen. Als er daher im Februar 1776 vernahm, dass Washington Major General Charles Lee zum Befehlshaber des südlichen Militärbezirks ernannt hatte, der aus Virginia, North und South Carolina und Georgia bestand, war er hocherfreut. Er war Lee, der mehrere Jahre als Plantagenbesitzer in Florida gelebt hatte, in Savannah begegnet. Dieser Mann wusste zweifellos, wie wichtig es war, die Kolonien gegen einen britischen Vorstoß gen Norden zu verteidigen. Lachlan hoffte nun, dass in Georgia – mit der Unterstützung einiger regulärer Kontinentaltruppen – ein gezielter Schlag gegen St. Augustine Erfolg bringen würde. Weil er sich im Küstengebiet auskannte und von Kindesbeinen an die Kämpfe gegen die in Florida stationierten spanischen Truppen miterlebt hatte, wusste Lachlan um die Schwierigkeiten einer solchen Militäroperation. Nur der Einsatz eines großen Truppenkontingents der Kontinentalarmee konnte zum erhofften Ergebnis führen, und der Einfluss Lees mochte General Washington, der es ja im Norden auch nicht leicht hatte, dazu bewegen, eine ausreichende Zahl seiner Soldaten abzukommandieren. Ein offizieller Militärschlag gegen Florida würde den Sicherheitsrat gewiss veranlassen, McIntosh die Rückendeckung zu geben, die er als neuer Befehlshaber der Miliz brauchte.

Die Provinzregierung in Savannah hatte Lyman Hall, Button Gwinnett und George Walton als Delegierte für den Kontinentalkongress benannt und sich damit ganz der Sache der Revolution verschrieben. Jeder einzelne dieser Männer trat energisch für die Unabhängigkeit ein, und sie hatten freie Hand, entsprechend abzustimmen. Man hatte ihnen lediglich die schlichte Anweisung mit auf den Weg gegeben, die Interessen ihrer abgelegenen, in Bedrängnis geratenen Kolonie zu verteidigen.

Am interessantesten war jedoch die Nachricht, dass Gwinnett in Georgia zu bleiben gedachte und in Savannah seiner Empörung darüber Luft machte, dass Lachlan McIntosh zum Militärbefehlshaber der Kolonie aufgestiegen war – eine Stellung, nach der ihm selbst gelüstete. Im Mai ließ er sich endlich herbei, nach Philadelphia zu gehen, allerdings unter der Bedingung, dass man ihn zum stellvertretenden Präsidenten des Sicherheitsrats ernannte – die zweitmächtigste Position in Georgia. Er war entschlossen, McIntosh seinen Rang streitig zu machen, und hoffte, durch sein hohes Amt letztlich doch noch Befehlshaber der Truppen von Georgia zu werden. Lachlan McIntosh nahm Gwinnetts Äußerungen amüsiert zur Kenntnis. Er hielt seine Position dank seines lebenslangen Einsatzes im Militärdienst für gesichert, aber bereits wenige Tage nach seiner Ernennung stand ihm ein gefährlicher militärischer Konflikt mit britischen Truppen ins Haus.

Durch seine neuen Befugnisse kühn geworden, ordnete der Sicherheitsrat ein umfassendes Handelsembargo an, das sich gegen die britischen Streitkräfte im Norden richtete. Die Royal Navy war jedoch nach wie vor die unbestrittene Herrscherin auf sämtlichen Wasserwegen. Als man den Briten in Charles Town Reislieferungen verweigerte, schickten sie vier Kriegsschiffe und einen Frachter mit einem Trupp königlicher Soldaten nach Savannah. Die kleine Flotte ging ein Stück flussabwärts vor der Stadt vor Anker und man entsandte einen Emissär, der das Geschäft abschließen sollte. Der Sicherheitsrat ordnete an, sechzehn Schleppkähne mit Reis flussaufwärts zu verlegen und Gouverneur Wright und seinen Rat zu inhaftieren, damit er den Briten nicht zu Hilfe kam. Colonel McIntosh beauftragte den jungen Major Joseph Habersham mit der Festnahme, und der Vierundzwanzigjährige begab sich allein in das Herrenhaus und sagte seine Befehle vom Sicherheitsrat auf, woraufhin sich Wright widerstandslos dem Hausarrest fügte.

Anfang März 1776 fuhren die Kriegsschiffe flussaufwärts, um sich die ihnen verweigerte Ware mit Gewalt zu nehmen. Der Sicherheitsrat gab bekannt, man werde die Reiskähne und sogar die Lagerhäuser am Ufer lieber in Flammen aufgehen lassen, als «zu dulden, dass die Briten den Reis in ihren Besitz bringen». In South Carolina fand dieser Heldenmut großen Beifall, und man schickte eine kleine Milizabteilung, die bei der Verteidigung Savannahs helfen sollte. Für Georgia bahnte sich hier der erste bewaffnete Konflikt im Revolutionskrieg an. In den nächsten Tagen feuerten vereinzelt Geschütze, während die Kriegsschiffe bei unstetem Wind flussaufwärts nach Savannah vorstießen. Schließlich ordnete der Rat an, so viel Getreide wie möglich zu löschen und den Rest zu vernichten. Lieutenant James Jackson setzte zwei kleine, mit Reis und Hirschhäuten beladene Schiffe, die Torys gehörten, in Brand und ließ sie zu den Kähnen hinuntertreiben. Zwei von ihnen fingen Feuer, aber die Briten konnten die zehn übrigen mit 1600 Doppelzentnern Reis an sich bringen. Ein Kriegsschiff lief bei Hutchinson's Island auf Grund, die übrigen gingen vor der Stadt vor Anker.

Colonel McIntosh ließ 250 Mann eine Brustwehr aufwerfen und nahm die Schiffe mit drei Vierpfündern unter Beschuss, dann trieben seine Schützen die britischen Soldaten vom Oberdeck des aufgelaufenen Kreuzers. Einige Freiheitskämpfer wurden gefangen genommen, als sie die Rotröcke auf einem der Frachtkähne angriffen, auf beiden Seiten gab es Verluste. Nun bat der britische Korvettenkapitän Captain Barclay drei Bevollmächtigte Georgias unter einer Parlamentärflagge zu Verhandlungen, ließ sie jedoch festnehmen und behielt sie als Geiseln.

Da sich die Briten standhaft weigerten, die drei Abgesandten freizulassen, beschloss man auf Seiten Georgias, sämtliche Mitglieder des königlichen Rats in Haft zu nehmen, die sich noch in Savannah aufhielten. Drei Wochen lang tat sich nichts mehr, bis schließlich die Briten Ende März die Abgesandten auf freien Fuß setzten und den Reis von den Lastkähnen bezahlten. Die Schiffe drehten ab und Gouverneur Wright und die Ratsmitglieder wurden aus dem Arrest entlassen, mussten aber ihr Wort verpfänden, dass künftige Geschäfte friedlich abgewickelt und Savannah keinen Schaden nehmen würden. Außerdem verpflichteten sie sich, die Stadt nicht zu verlassen.

Für Thomas Brown war es an der Zeit, eine kurze Einschätzung der Lage abzugeben:

Euer Exzellenz,
ich bedaure, Euch mitteilen zu müssen, dass Gouverneur James Wright wegen Schmähungen, körperlicher Misshandlung und Drohungen gegen sein Leben durch rebellierende Whigs aus Savannah abgereist ist und sich auf der britischen Fregatte Scarborough *eingeschifft hat. Die Verräter haben Hafen und Handel, die Gerichte, die Miliz und alle anderen Bereiche der Regierungsgewalt übernommen. Der so genannte Sicherheitsrat hat unabhängige Bemühungen wegen der Auseinandersetzung mit den Indianern angekündigt und tritt damit in direkten Wettstreit mit dem Beauftragten für Indianerfragen John Stuart. Wie Euer Exzellenz wissen, ist das ein krasserer Fall von Rebellion, als er in irgendeiner anderen Kolonie begangen wurde, aber ich kann Ihnen versichern, dass diese sich beinahe ausschließlich auf die unmittelbare Umgebung von Savannah beschränkt. In allen anderen Gebieten der Kolonie ist die Loyalität zur Krone ungebrochen. Unsere Ranger werden weiterhin die Loyalisten in Georgia unterstützen und die künftigen Entwicklungen sehr genau beobachten.*
Um meinen vorherigen Bericht über Virginia abzuschließen, sei erwähnt, dass britische Offiziere melden, Lord Dunmores schwarze Truppen hätten heldenhaft gedient, ihre Dienste seien aber nur von kurzer Dauer gewesen. Sie erkrankten in großer Zahl an Pocken und am Küstenfieber, und das Regiment schwand in den ersten Monaten des Jahres dahin. Den ehemaligen Sklaven, die desertierten oder aus dem Äthiopischen Regiment entlassen wurden, legte man nahe, zu ihren ehemaligen Herrn zurückzukehren, wodurch wohl tragischerweise (?) die Krankheiten in der Kolonie verbreitet wurden. Mir wurde mitgeteilt, dass Lord Dunmore beabsichtigt, seine Basis auf Gwynn's Island in naher Zukunft zu verlassen und mit einigen seiner Überlebenden nach Saint Augustine zu segeln. Mein Vorschlag wäre, in diesem Fall das Schiff unter Quarantäne zu stellen, mit Nahrungsmitteln und Wasser zu versehen und auf eine westindische Insel zu entsenden.
Vielleicht interessiert es Euch zu erfahren, dass eben jene Seuche bei General Howes weisem Entschluss, den Hafen von Boston aufzugeben, ebenfalls eine wesentliche Rolle spielte. Die Pocken tobten in der Stadt und der General ordnete an, seine sämtlichen Soldaten zu impfen, auch erlaubte er erkrankten Einwohnern die Abreise. Offenbar haben Soldaten aus Europa wenig gelitten, wäh-

rend viele britische Streitkräfte aus den Kolonien verstarben, wofür es bisher keine Erklärung gibt. Da sich nunmehr ein Großteil seiner Truppen in Halifax befindet, ist dem Hörensagen nach ein Angriff auf das sehr viel wichtigere New York geplant.

Mit vorzüglicher Hochachtung
vorgelegt durch den Beauftragten des Gouverneurs

Die Bewohner Georgias waren stolz auf ihre nun errungenen Freiheiten und wollten sich eine weitere Gängelung durch London nicht mehr gefallen lassen. So schickte das Parlament weitere Anweisungen an die Delegierten in Philadelphia, nämlich dass die Kolonien als Gesamtheit und nicht als Einzelprovinzen behandelt werden sollten, und erklärte, alle Regierungsmaßnahmen erfolgten von nun an im Namen des Volkes von Georgia und nicht im Namen des Königs. Colonel McIntosh wurde für seinen aufrechten Widerstand gegen die britischen Schiffe belobigt und empfand es als Ehre, dass General Washington ihn beauftragte, in Charles Town General Lee über den Zustand der Streitkräfte in der Region Bericht zu erstatten.

Der Colonel reiste in Begleitung seines Freundes John Houstoun, der im Juli 1775 dem Zweiten Kontinentalkongress als Delegierter beigewohnt hatte und sowohl Washington als auch Lee kannte. Als sie Seite an Seite den Küstenweg entlangritten, erörterten sie die bevorstehende Unterredung. «John, was weißt du über den General?», wollte Lachlan wissen.

«Lee ist der interessanteste Führer der Kontinentalarmee. Er ist Engländer, nicht verwandt mit den Lees in Virginia. Als junger britischer Offizier wurde er im französisch-indianischen Krieg gefangen genommen und hat sich während seiner Gefangenschaft unweit der kanadischen Grenze in eine Prinzessin der Seneca verliebt und sie geheiratet. Später wurde er bei Fort Ticonderoga verwundet und kehrte als Held nach London zurück. Zum Lohn erhielt er eine große Plantage in Florida, wo er seit ein paar Jahren lebt. Die Maßnahmen des britischen Parlaments fanden seine Missbilligung, und in Pamphleten sprach er sich vehement für die amerikanische Seite aus. Als er letztes Jahr aus der britischen Armee ausschied und Land in Virginia erwarb, ernannte ihn der Kontinentalkongress zum Generalmajor und damit zum Stellvertreter Washingtons. Er kennt die Briten, die Kultur der Indianer und er versteht es, zu kämpfen.»

Nach einer Weile fragte Houstoun: «Was willst du ihm eigentlich über Georgia erzählen?»

«Hier sind meine Aufzeichnungen für den Bericht.»

Er überreichte John ein Pergament mit seiner entmutigenden Einschätzung:

Ga. ist nur ein schmaler Siedlungsstreifen mit einer Breite von 40 Meilen westlich des Savannah River und hundert Meilen entlang der Meeresküste. Acht Flüsse begrenzen etwa ebenso viele Inseln; kaum mehr als 3000 Männer Georgias sind waffenfähig (die meisten stehen noch loyal zur Krone), und allein schon die Creek haben mehr Krieger, eine mindestens ebenso große Zahl stellen die Choctaw und die Cherokee. Die Indianer neigen dazu, die Briten zu unterstützen, die inzwischen 580 reguläre Soldaten in Saint Augustine stationiert haben und eine überlegene Flotte, die unablässig unsere Küsten plündert. 15.000 zuweilen unruhige Sklaven erzeugen 35.000 Doppelzentner wertvollen Reis. In Georgia gibt es einen Überfluss an Nahrung, aber nie genug Munition.

Die Freunde besprachen diese Beurteilung und überlegten, dass Lee ja bereits viel über Georgia wusste, immerhin lebte er in der Nachbarkolonie Florida, folglich konnten sie sich bei ihren mündlichen Ausführungen kurz fassen.

Der General begrüßte die beiden Männer aus Georgia ein wenig steif und bat sie sofort, ihm Bericht über die militärische Situation in der Kolonie zu erstatten. Lachlan fasste die Lage zusammen und erklärte zuletzt: «General Lee, ich habe Ihnen wenig Gutes zu berichten. Trotz größter Anstrengungen gelingt es mir kaum, Männer zur Verteidigung der Kolonie zu rekrutieren. Ich brauche mindestens tausend Mann, aber bisher haben sich nur 263 verpflichtet, und die meisten wollen nur sechs Monate Dienst ableisten.»

Lee schien überrascht. «Warum bekommen Sie nicht mehr Leute?»

«Zum einen weil nur wenige gute Männer willens sind, ihre Farm oder ihr Handwerk im Stich zu lassen; natürlich befürchten sie, dass Indianer angreifen, wenn sie ihr Heim nicht schützen. Überdies fühlen sich viele, wie Sie wissen, immer noch den Torys verbunden, während die Whigs den Eindruck haben, dass ein paar politische Führer die Spitzenpositionen in der Regierung besetzen und ihren Freunden geschäftlich und auf anderem Wege nützen. Ein weiteres ernstes Problem ist, dass der Kontinentalkongress Georgia nicht für überragend wichtig hält. Dafür kann ich Ihnen ein Beispiel nennen: Das Handgeld bei der Rekrutierung beträgt in South Carolina 25 Pfund, mir aber wurden nur sechs Pfund zugestanden, was für Uniformen und Verpflegung nicht ausreicht. Ich verfüge über lediglich 27 Offiziere, und mehr als die Hälfte von ihnen ist ständig damit beschäftigt, widerstrebende Bürger anzuwerben. Obwohl wir uns alle Mühe geben, haben wir meiner Schätzung nach nur um die hundert Mann, die einem ernsthaften Kampf gewachsen wären. Nicht mitgerechnet die bewaffneten Milizen im Grenzland westlich von Augusta, die sich dem Kampf gegen die Indianer verschrieben haben und noch nie bereit waren, Befehle von außen entgegenzunehmen.»

«Soll ich den Bericht in dieser Form an General Washington weiterleiten?», fragte Lee.

«Nein, Sir, ich möchte noch etwas ergänzen. Denn es gibt da drei bis vier Punkte , die Ihnen im Grunde bereits bekannt sind. Zunächst einmal ist Georgia die größte Kolonie und besitzt reiche Vorräte an Reis, Vieh und Pferden, die von den Kontinentaltruppen schon jetzt dringend benötigt werden und sich als noch wertvoller erweisen könnten, wenn im Norden nicht mehr so viel angebaut wird, sobald noch mehr Männer zu den Waffen greifen. Wie Sie aus Ihrer Zeit in Florida wissen, lagert ein Großteil dieser Vorräte an der Küste, sodass sich Plünderungen durch britische Seestreitkräfte nur schwer verhindern lassen, wie erst unlängst bei unserem Reis in Savannah geschehen. Abgesehen von der *Liberty*, einem Kanonenboot, das vor Charles Town liegt, haben wir kein amerikanisches Schiff, um unseren Besitz zu verteidigen.»

Lee schien ungeduldig, antwortete aber nicht.

«Der zweite Punkt betrifft die starken britischen Streitkräfte in Florida, vor allem in St. Augustine», fuhr McIntosh fort. «Abgesehen von Plünderungen, durch die sie sich mit Proviant versorgen, haben sie sich bisher zurückgehalten, aber die Übergriffe nehmen zu. Uns wurde berichtet, dass die Briten erwägen, uns gemeinsam mit Indianern, vielleicht sogar unterstützt von befreiten Sklaven, anzugreifen. Zunächst planen sie einen Vorstoß gegen Savannah, dann gegen North und South Carolina. Schutz bietet uns vor allem die auch Ihnen bekannte unwegsame Sumpf- und Flussregion zwischen Savannah und dem britischen Territorium. Wir brauchen an strategisch entscheidenden Stellen ein paar Befestigungsanlagen, die wir für wenig Geld errichten könnten. In dieser Region habe ich praktisch mein ganzes Leben zugebracht. Dort siedeln vor allem Creek, und es wäre gefährlich, wenn die Briten sie als Verbündete gewännen, denn sie sind ernst zu nehmende Gegner. Wir brauchen Handelswaren, damit sie wenigstens neutral bleiben.»

General Lee musterte seine Gäste und sagte dann nachdenklich: «Colonel McIntosh, ich weiß, dass Ihr Vater im Militärdienst stand, seit die Kolonie gegründet wurde, und Sie haben ebenfalls heldenhaft gekämpft. Man hat mich auch darauf aufmerksam gemacht, dass Sie in der Gemeinde St. Andrews mit Nachdruck für die Rechte der Kolonien angesichts der Unterdrückung durch das Parlament eingetreten sind. Ich habe Sie sogar in einigen meiner Abhandlungen zitiert. Ihr Bericht ist ernüchternd, aber Ihre Forderungen klingen vernünftig. Ich habe nur eine Frage: Was können wir tun, um den Kampfgeist Ihrer Mitbürger zu wecken?»

Lachlan freute sich über die Worte des Generals. Nun war der richtige Zeitpunkt für seine wichtigste Bitte gekommen.

«General, ein Großteil unserer Sorgen ließe sich durch einen Angriff auf die britischen Truppen in Ost-Florida aus der Welt schaffen. Dabei könnten auch die nötigen Befestigungen zum Schutz unserer Küste errichtet werden, und überdies würden wir so die Verbundenheit Georgias gegenüber dem Kontinentalkongress unter Beweis stellen und den Creek zeigen, dass es für sie von Vorteil wäre, uns zu unterstützen oder neutral zu bleiben. Auch fänden sich unsere patriotischen Bürger dann wohl eher bereit, sich zum Militärdienst zu melden. Dazu bräuchten wir aber Ihre volle Unterstützung, sowohl in der militärischen Führung als auch durch Truppen, doch ich glaube, diese Sache wäre Ihre Zeit und Ihre Mühe durchaus wert.»

General Lee versicherte den Abgesandten aus Georgia, dass die Kontinentalführer um die Wichtigkeit ihrer Kolonie wussten. Auch er hielt es für dringend geboten, einen weiteren Vorstoß der Briten nördlich von St. Augustine zu verhindern, denn von dort aus konnten sie leicht nach North und South Carolina und nach Virginia vordringen. Im weiteren Gespräch kamen sie überein, dass der General eine Streitkraft von mindestens 450 Mann auf die

Beine stellen würde, um dann in Savannah gemeinsam mit McIntosh und seinen Leuten einen Angriff gegen die Briten in Florida vorzubereiten. Das Ganze sollte innerhalb der nächsten drei Monate über die Bühne gehen.

Zum Zeitpunkt der Unterredung hatten die drei noch nichts von Thomas Brown und den Florida-Rangern gehört, aber als sie ein paar Tage später erste Befehle ausgaben, war Brown über ihre Pläne bereits im Bilde. Er besprach seine Erkenntnisse mit Gouverneur Tonyn und Colonel Prevost und übernahm persönlich die Aufgabe, die Angriffe der Creek auf einige Siedlungen zu koordinieren, um Siedler aus dem Grenzgebiet davon abzuhalten, sich zur Miliz von Georgia zu melden. Auch bei diesem Anlass lieferte er einen umfassenden Bericht über die Pläne der Gegenseite an seine Vorgesetzten und bereitete zugleich seine Leute auf einen Kampf vor. Einer seiner Agenten in Savannah konnte eine Botschaft Lees an seine Mitstreiter abfangen, die Gouverneur Tonyn und die militärischen Befehlshaber amüsiert zur Kenntnis nahmen.

Die Menschen hier sind womöglich noch unbesonnener als in ihrer Schwesterkolonie South Carolina. Sie schlagen alles Erdenkliche vor, und anschließend stellen sie fest, dass sie rein gar nichts zustande bringen. So haben sie angeregt, ihre Grenzen mittels ständiger Patrouillen durch berittene Ranger zu sichern, aber sobald der Plan gebilligt ist, kratzen sie sich ein paar Tage lang am Kopf und teilen einem endlich mit vielen Worten mit, dass eine kleine Schwierigkeit der Sache im Wege steht: nämlich die Unmöglichkeit, auch nur ein einziges Pferd aufzutreiben. Als Nächstes fassen sie ins Auge, ihre Binnenschifffahrt von feindlichen Booten frei zu halten, indem sie eine größere Flotte bewaffneter Küstenschutzboote in Dienst stellen, und wenn das Zustimmung findet, fällt ihnen ein, dass sie kein einziges Boot zur Verfügung haben. Insgesamt würde es mich nicht überraschen, wenn sie auf die Idee kämen, einen Trupp Seejungfrauen auf Alligatoren in den Kampf zu schicken …

Der skeptische Lee kam im August nach Savannah und begann trotz des unangenehm schwül-heißen Wetters die Invasion nach Florida vorzubereiten. Sie zielte darauf ab, die Siedlungen zwischen den Flüssen St. Johns und St. Marys aufzulösen, die Florida-Ranger abzustrafen und ihre Raubzüge im südlichen Georgia zu unterbinden. Anschließend sollte St. Augustine erobert werden. Aber nach wenigen Tagen in der Stadt sah er, wie verwundbar die Kolonie war, auch der bittere Zwist unter den Führern bereitete ihm Sorge. Lee empfahl sogar, das gesamte Land südlich des Altamaha River aufzugeben und alle Anstrengungen auf die Verteidigung der restlichen Kolonie zu konzentrieren, aber die Führer in Georgia lehnten diesen Vorschlag einhellig ab, und schließlich erklärte er sich bereit, an dem Vorstoß nach Ostflorida teilzunehmen. «Das ist das einzige Thema, über das sich die Führer in Savannah einigen können», bemerkte der General.

Noch bevor in Savannah eine gemeinsame Streitmacht aufgestellt werden konnte, griffen die Briten im September New York an, und Lee wurde mit all seinen Leuten in den Norden zurückbeordert, sodass zur Verteidigung der Kolonie nur noch Soldaten aus Georgia und einige wenige Helfer aus South Carolina zurückblieben. Auf eigene Faust führte McIntosh seine kleine Truppe im September nach Süden und drang bis zum St. Marys River vor, vernichtete dort einen Teil der Ernte der Torys, erreichte sonst aber wenig und musste sich mit einigen Verlusten zurückziehen, denn die Florida-Ranger hatten bei heimtückischen Flankenangriffen auf die in geschlossener Ordnung Marschierenden leichtes Spiel gehabt.

Thomas Brown hatte für die gescheiterte Expedition nur ein leises Lächeln übrig, für seine Operationen südlich und westlich des Altamaha stellte sie jedenfalls keine Bedrohung dar. Seine Ranger erhielten den Auftrag, sich die Unterstützung der Ureinwohner zu sichern, die Loyalität der Tory-Familien zu erhalten und McIntosh und seinen Milizen die Anwerbung von Freiwilligen zu erschweren. Voller Genugtuung hörte er, dass die Führer der Whigs und der Kontinentalfraktion die Florida-Ranger bereits zur Kenntnis nahmen; McIntosh hatte sogar angeordnet, dass alle Whigs, Militärs wie Zivilisten, soviel wie möglich über die Ranger und vor allem über deren Befehlshaber in Erfahrung bringen sollten.

Kapitel 27

Bündnisse mit den Indianern

McIntosh, der nur über wenige berittene Einheiten verfügte, konnte in den Grenzgebieten, in denen viele loyale Whig-Familien lebten, nur vereinzelt Patrouillen einsetzen. Brown wollte sich nicht auf einen Kampf mit diesen Soldaten einlassen, sorgte aber dafür, dass ihn eingeschüchterte oder königstreue Siedler und seine indianischen Verbündeten über ihre Einsätze auf dem Laufenden hielten. Sobald die Grenzschützer aus Georgia ihre Patrouille in einem Gebiet abschlossen und sich zurückzogen, drangen die Florida-Ranger ein und konnten so schließlich den gesamten Süden und Westen Georgias unter ihre Kontrolle bringen. Brown arbeitete wie ein Besessener, schikanierte die Whigs durch sporadische Überfälle in der Umgebung von Savannah und schickte einige Leute zu Raubzügen in den Norden Georgias, ja sogar noch über Augusta hinaus und über den Savannah River bis nach South Carolina. Der Chattahoochee und seine Nebenflüsse dienten ihm als bevorzugte Wasserwege, die Zugang zu den wichtigen Indianersiedlungen im Westen der Kolonie boten. Außerdem schickte er seine Kundschafter bis nach Pensacola und nach Westen bis zum Mississippi. Stets hielt Gouverneur Tonyn die Hand über ihn und gab nur ausgewählte Nachrichten der Späher an Colonel Prevost weiter. In Florida war bekannt, dass die beiden um die Macht in der Heimat und um die Gunst Londons wetteiferten. Geschickt schlug Brown Kapital aus diesem Zwist, indem er die Großtaten der Ranger auf das Konto des Gouverneurs verbuchte.

Zwar verbürgte sich John Stuart wiederholt dafür, jegliche Kriegshandlungen seitens der Indianer gegen weiße Siedler zu unterbinden, aber die Torys sahen inzwischen ebenso gut wie die Whigs, dass sich die Ureinwohner den Amerikanern entfremdeten und die Sache der Briten unterstützten. Stuart verbrachte viel Zeit in Florida, wo er sich entweder in St. Augustine oder in Pensacola aufhielt, aber sein Stellvertreter Alexander Cameron lebte in einem Herrenhaus im westlichen South Carolina nicht weit vom Savannah River, und solange Stuart in der Ferne weilte, neigte er dazu, seine Befugnisse zu überschreiten. Einen weiteren Stützpunkt hatte er westlich des Chattahoochee in Tallassee an der wichtigen indianischen Handelsroute von Mobile nach Augusta. Und er unterhielt engere persönliche Beziehungen zu den Cherokee im Südosten als jeder andere britische Beamte.

Cameron lebte mit der Tochter eines Häuptlings zusammen, und er schämte sich keineswegs für seine Geliebte, sondern staffierte seine «indianische Prinzessin» als Gastgeberin rauschender Feste mit den elegantesten modischen Kleidern aus, die in Charles Town aufzutreiben waren. Während der gemeinsamen Jahre gebar sie ihm zwei Söhne und eine Tochter. Im Lauf der Zeit legte sie im Zusammenleben mit Cameron jegliche Unterwürfigkeit ab. Blue Star war eine schöne, willensstarke Frau, und Cameron konnte seinen Pflichten auch deshalb so erfolgreich nachkommen, weil seine Geliebte gute Beziehungen zu den Stammesführern pflegte. Mit schicklicher Entourage durfte sie die wichtigsten Dörfer bereisen und Geschenke verteilen – die vorgeblich von ihr und Cameron, in Wirklichkeit aber von der britischen Regierung stammten (häufig ohne deren Wissen und Zustimmung) –, damit sich die Cherokee weiterhin loyal zeigten.

An einem Augustmorgen des Jahres 1776 kündigte Blue Star ihrem Mann in der Bibliothek des Herrenhauses einen Besucher an: «Ein Scout der Florida-Ranger will mit dir sprechen.»

Der Creek-Krieger, der nun hereingebeten wurde, überbrachte eine knappe Botschaft: «Commander Thomas Brown hat vor, Sie morgen Vormittag aufzusuchen.» Diese Nachricht fand Cameron interessant. Er kannte Brown als ziemlich schüchternen und unbeholfenen Spitzel des Gouverneurs von South Carolina, später mit dem Spitznamen «Burnfoot» Brown bedacht, der sich aber in den vergangenen Monaten als kühner und außerordentlich erfolgreicher Anführer der Florida-Ranger hervorgetan hatte. Er konnte sich nicht vorstellen, was Brown von ihm wollte.

Am nächsten Morgen traf Brown wie angekündigt in Begleitung von einem Dutzend Männern, darunter drei Indianern, bei Cameron ein. Als Cameron die Besucher auf die Veranda bat, erklärte Brown, er wünsche seinen Gastgeber unter vier Augen zu sprechen. Seine Begleiter banden ihre Pferde an, und man servierte ihnen in der Küche Kaffee und Kuchen, während sich Brown und Cameron in die Bibliothek zurückzogen. Cameron fiel auf, dass sein Gast ein wenig hinkte, ansonsten aber die selbstsichere Ausstrahlung einer Führernatur besaß.

«Ich komme aus St. Augustine zu Ihnen», begann Brown, «und Gouverneur Tonyn billigt meinen Besuch voll und ganz. Wir alle sind uns dessen bewusst, dass John Stuart noch immer der offizielle Beauftragte für Indianerfragen ist, aber er hält sich fast nur noch in Florida auf, ist offenbar nicht ganz gesund und erledigt seine Aufgaben nicht mehr mit der gewohnten Tatkraft.»

Cameron, der die Anordnungen seines fernen Vorgesetzten seit langem nur noch erdrückend fand, hielt nach dieser ermutigenden Einleitung mit seiner eigenen Meinung dennoch hinterm Berg und nickte nur zustimmend.

«Wie Sie wissen», fuhr Cameron fort, «ist es den aufständischen Whigs in Savannah und auch in Charles Town gelungen, die Beamten des Königs fast vollständig zu entmachten, und nun versuchen sie, die Familien im Hinterland ebenfalls zum Verrat zu verleiten. Aber es steht fest, dass die britischen Truppen ganz Florida beherrschen, während ich und meine Leute praktisch den gesamten Süden und Westen von Georgia kontrollieren. Dennoch unterstützen viele Siedler rund um Augusta die Whigs, einige ihrer Milizführer haben sich sogar an den erfolglosen Überfällen in Florida beteiligt. Dagegen müssen wir vorgehen.»

«Was kann man da tun?», fragte der stets vorsichtige Cameron.

«Meinem Kommando unterstehen zweihundert Indianer, darunter einige Creek und Cherokee aus dieser Gegend. Sie berichten mir, dass eben jene Siedler unablässig in die Stammesgebiete vordringen. Offenbar sind viele Krieger geneigt, ihre Familien zu verteidigen.»

«Was können Sie nach dem schrecklichen Cherokee-Krieg noch ausrichten?»

Der sonst so ungeduldige Brown beschloss, Cameron zu erklären, was er über die Lage der Ureinwohner wusste. Einerseits wollte er Cameron beweisen, dass ihm die Indianer am Herzen lagen, andererseits seinem Anliegen Nachdruck verleihen.

«Es ist interessant, wie viele Indianer in den südlichen Kolonien leben – insgesamt etwa 40 000. Nach meiner Schätzung sind 12 000 Cherokee, 2 000 Chickasaw, 12 500 Choctaw und 14 000

Creek, dazu kommen noch ein paar verstreute Stämme. Wie Sie wissen, haben die gierigen Anführer der Cherokee, Chicksaw und anderer Stämme den gesamten Westen Virginias und beide Carolinas für ein paar Wagenladungen Tauschwaren verschachert. Für die Indianer liegt auf der Hand, dass die Briten versucht haben, Indianerland zu schützen, während die unersättlichen Siedler unablässig nach Westen drängen, weil sie glauben, den Indianern vor dem Gesetz und vor dem Auge Gottes überlegen zu sein. Da so wenige Weiße zum Kampf bereit sind, liegt das Gleichgewicht der Macht in den Händen der Ureinwohner. Wenn jemand sie aufmuntert und die Führung übernimmt, stellen sie eine ernst zu nehmende Kraft dar, die nicht brachzuliegen braucht.»

Wieder stellte Cameron nur eine Frage. «Was kann ich tun?»

«Wir alle betrachten Sie heute als den eigentlichen Führer der Stämme, der zugleich die Interessen der Regierung Seiner Majestät vertritt. Es ist an der Zeit, dass die Indianer ihr Eigentum schützen und dafür sorgen, dass die Milizen von Georgia und Carolina zu Hause bleiben, statt sich den Rebellen anzuschließen. Da wäre es hilfreich, wenn die Indianer ihre Stärke unter Beweis stellten. Ich persönlich hoffe, dass sie durch den Dienst bei den Rangern die verhassten Siedler bekämpfen können, ohne schlimme Vergeltungsmaßnahmen gegen ihr Volk auf sich zu ziehen.»

Cameron erkannte durchaus, dass man ihm einen Zuwachs an persönlicher Macht versprach, wenn er die Prämissen, die Brown hier aufstellte, akzeptierte. Aber er wusste auch, dass Elijah Clarke und aufgeschreckte Milizen seinen Einfluss am Oberlauf des Savannah River zunichte machen konnten, wenn die Familien im Grenzgebiet erfuhren, dass er sich dafür hergab, sozusagen einen neuen Indianerkrieg zu entfachen. Überdies musste er bedenken, dass die rechtliche Verantwortung für die Beziehungen zu den Stämmen nach wie vor bei John Stuart lag, und über die Besetzung des Amts als Beauftragter für Indianerfragen wurde auf jeden Fall in London entschieden – und ganz sicher nicht von Gouverneur Tonyn oder Thomas Brown. Er brauchte Zeit, um mit Blue Star zu besprechen, ob er überhaupt handeln, und wenn ja, wie eine Zustimmung zu einem solchen Plan später verschleiert werden sollte. Seine indianische Prinzessin war sicherlich am ehesten in der Lage, diese Fragen zu beantworten.

«Commander Brown, ich verstehe, was Sie mir sagen wollen,

und sehe die Tragweite der Frage. Ich habe den Eindruck, dass ein Erfolg nur denkbar ist, wenn die Operation auf breiter Front durchgeführt wird. Auch der Überraschungseffekt ist entscheidend. Ich brauche einige Tage, um herauszufinden, was die Anführer der Creek und vielleicht auch der Cherokee davon halten, zu den Waffen zu greifen.»

Brown ging auf den Vorschlag ein und versprach, in vierzehn Tagen einen Scout zu schicken, der Camerons Antwort abholen sollte. Die Einladung zum Essen schlugen die Florida-Ranger aus und brachen stattdessen sofort auf. Da Häuptling Sunoma bereits mehrere Tage vor diesem Besuch die Sache mit Blue Star besprochen hatte, war Brown sich einer Zusage sicher.

Cameron und seine Gefährtin brauchten nur eine Stunde, um die Gefahren und Folgen einer Aufstachelung der Indianer zu besprechen, und sie beschlossen, den Schritt zu wagen.

Trotz der harten Abstrafung, die die Cherokee im Norden erlebt hatten, rechneten Cameron und Blue Star damit, dass die Creek sich aufgeschlossen zeigen würden. Die Vergeltung der Weißen würde sich auf Überfälle durch Milizen beschränken, und von denen gab es nicht viele, zudem waren sie schlecht bewaffnet und dienten nur begrenzte Zeit. Zu ihrer persönlichen Sicherheit beschlossen die beiden jedoch, mit Familie, Sklaven und einer kleinen Viehherde etwa sechzig Meilen nach Westen ins Stammland der Creek zu Blue Stars Verwandten zu ziehen. Danach bemühten sie sich um eine Unterredung mit Häuptling Emistisiguo, und nach wenigen Tagen suchten sie ihn in seinem Lager auf. Sie waren überrascht, ihn fast allein anzutreffen; nur ein junger Mann namens Newota war noch zugegen.

Cameron und Blue Star hatten beschlossen, dass nur er sprechen und sein Anliegen mit Vorsicht vorbringen sollte, so als wolle er lediglich die Meinung des großen Häuptlings hören. Nach dem üblichen Austausch von Höflichkeiten sagte Cameron: «Du weißt besser als ich, dass unsere Brüder, die Cherokee im Norden, nach ihrem Aufstand gegen die Siedler schwer gelitten haben, und der König, der dich als großen Häuptling schätzt, ist entschlossen, dass es in Georgia zu etwas Derartigem nicht kommen soll.»

Emistisiguo nickte nur müde, als würden ihm gleich die Augen zufallen.

Zögernd fuhr Cameron fort: «Die Cherokee in Carolina sind

allein vorgegangen, ohne die Unterstützung ihrer britischen Freunde.»

Da lächelte der Häuptling bitter und erwiderte: «Richtiger wäre es zu sagen, dass sie von deinem Volk im Stich gelassen und dem Massaker preisgegeben wurden.»

Cameron beschloss, zur Sache zu kommen. «Jetzt besteht die Möglichkeit, dass Krieger unsere gemeinsamen Anstrengungen unterstützen und sich direkt mit den Briten zusammentun.»

«Wie soll das geschehen?»

«Durch die Ranger des Königs.»

Der Häuptling sah Newota an, der sich lächelnd mit Blue Star verständigte. Sie erkannte, dass Cameron der einzige unter den Anwesenden war, der nicht wusste, dass Thomas Brown diesen Vorschlag bereits in großer Offenherzigkeit mit Emistisiguo besprochen hatte.

Feierlich erklärte der Häuptling: «Mir scheint, dass diese Möglichkeit diesmal aussichtsreich ist. Newota soll sich mit der Sache beschäftigen.»

Als die Besucher gegangen waren, sagte Emistisiguo: «Auf diese Weise lässt mich der Commander wissen, dass er die Erlaubnis hat, noch mehr unserer jungen Männer aufzunehmen und damit den Einfluss der Ranger zu erweitern. Du kannst die Bedingungen für ihren Dienst mit Sunoma besprechen und hören, wie viele gebraucht werden, welchen Lohn sie erhalten und welche Vorschriften im Kampf für sie gelten. Bevor etwas in die Wege geleitet wird, möchte ich den Vorschlag erst absegnen.»

Newota traute sich zu fragen: «Warum ist Commander Brown in dieser Weise vorgegangen?»

«Weil er möchte, dass ein Vertreter der britischen Regierung beteiligt ist, und weil er weiß, dass John Stuart grundsätzlich alles ablehnt, was er tut. Den Stellvertreter auf seine Seite zu ziehen ist eine sinnvolle Entscheidung. Außerdem sieht er, dass viele junge Creek ohne mein stillschweigendes Einverständnis nicht mitmachen würden. Jetzt könnte ein aussichtsreiches, wenn auch zerbrechliches Bündnis entstehen, das von London über den Gouverneur von Florida und von Brown zu Sunoma und unseren Kriegern reicht, ohne mich zu übergehen.»

«Und was ist mit Cameron?»

«Er kann von nun an übergangen werden.»

Kapitel 28

Der Konflikt mit den Florida-Rangern

Eine Woche später stand Newota vor Emistisiguo, der auf einer zusammengefalteten Decke vor seiner Behausung saß. Der junge Indianer war soeben von einem Besuch bei Häuptling Sunoma zurückgekehrt, bei dem das Ansinnen besprochen worden war, das der Befehlshaber der Ranger, unter Vermittlung von Cameron und Blue Star, vorgebracht hatte.

«Man hat mich offenbar erwartet, und ich wurde freundlich empfangen. Häuptling Sunoma wurde über die offenen Fragen ins Bild gesetzt und war zu einer zufrieden stellenden Antwort bereit –»

Der Häuptling hob ein wenig die Hand, und sein Abgesandter verstummte. «Ich wüsste gern etwas genauer, was gesagt wurde.»

Newota dachte eine Weile nach, dann berichtete er: «Häuptling Sunoma hat mir zunächst seine Einschätzung der Lage gegeben. Er betonte, dass die Briten und sogar die meisten Rebellen Frieden und Handel wünschten, nur einige Bewohner der Grenzgebiete wollten keinen Handel, sondern haben es auf den Kampf mit allen unseren Stämmen abgesehen. Nach Zusammenstößen zwischen den Rangern und weißen Siedlern haben wütende Weiße aus Georgia und Carolina ihre politischen Führer gedrängt, einen umfassenden Vergeltungskrieg gegen uns zu führen – wir wissen, was unsere Cherokee-Brüder in Virginia sowie in North und South Carolina erleiden mussten. Die Weißen erklären, dass alle Creek, die die Briten unterstützen, wie geschlagene Feinde behandelt werden sollen und kein Anrecht mehr auf ihr Land besitzen. Sunoma wies darauf hin, wie stark sich Georgia von den anderen Kolonien unterscheidet, wo unser Volk durch Waffengewalt und wertlose Geschenke seit über hundert Jahren immer weiter in den Westen gedrängt wurde. In dieser Kolonie bewohnen wir, dank des Wohlwollens des Königs, immer noch unser Land – mit Ausnahme eines schmalen Streifens an der Küste und westlich des Savannah

River. Er sieht, dass diese Politik in Georgia eine selbstverständliche Haltung des Vertrauens und der Zusammenarbeit zwischen den Briten und unseren Stämmen geschaffen hat. Die Führer der Creek und der Cherokee waren so klug, dort Bündnisse zu schließen, wo sie von Vorteil sind. Er räumte ein, dass nun sowohl die Amerikaner als auch die Briten die Unterstützung der Mittleren und Unteren Creek suchen, weil die Kontrolle über Savannah und Charles Town den Rebellen im Augenblick einen Vorteil bei den Handelsbeziehungen verschafft. Häuptling Sunoma hat keinerlei Kritik an John Stuart geübt, der dieses Hindernis zu umgehen versucht, indem er Überlandrouten im Norden Floridas sowie die Flüsse Flint und Chattahoochee benutzt, um Güter ins Landesinnere zu bringen.»

Newota machte eine Pause, doch da Emistisiguo nichts sagte, fuhr er mit seinem Bericht fort. «Zu diesem Zeitpunkt gesellte sich Thomas Brown zu uns, und nun ergriff er das Wort. Er meinte, dass die Stammesführer stets zum Besten ihres Volkes handeln müssten, immer die gegenwärtigen Umstände in Betracht ziehen und frühere Verpflichtungen und Abkommen nicht als bindend erachten sollten. Wie er sagt, sind die Briten für unser Volk zuverlässige Handelspartner, sie dringen nicht auf unser Land vor, setzen die bereits geschlossenen Verträge um und legen Wert auf eine gute, respektvolle Zusammenarbeit. Der Commander betonte, dass sich viele junge Männer den Rangern anschließen möchten, ihm sei es aber wichtig, dass der große Häuptling dies nicht missbilligt. Auf meine Frage hat er erwidert, dass John Stuart mit seinem Vorschlag nichts zu tun habe und ihn vielleicht sogar ablehne, aber er wisse seit Monaten, dass die Creek mit den Rangern zusammenarbeiteten. Immer häufiger treffe Gouverneur Tonyn umfassende Entscheidungen, denn Stuart sei in Pensacola ziemlich untätig und ein wenig abgeschnitten von den umstrittenen Grenzgebieten. Seit der Abreise von Gouverneur James White ist Georgia in den Händen der Rebellen, und Elijah Clarke ist seinen Worten nach das beste Beispiel, wie diese die Creek mit der Drohung, ihre Dörfer zu zerstören und ihr Volk zu töten, einzuschüchtern versuchen. Wenn die Rebellen uns Frieden und Handel anbieten würden, sagte der Commander, dann seien damit nur «Rum und Lügen» gemeint. Zuletzt erklärte er, er wolle unseren Einsatz auf ein viel größeres Gebiet ausdehnen, könne angemessene Entlohnung garantieren und freue sich, dich persönlich zu sprechen oder durch Häuptling Sunoma und mich Botschaften auszutauschen.»

Emistisiguo nickte. «Was der Commander sagt, nutzt dem, was er und der Gouverneur wollen, und das meiste davon ist wahr. Auch John Stuart wünscht sich unsere Hilfe, aber er und die britischen Militärbefehlshaber lehnen unsere Zusammenarbeit mit den Rangern ab. Wir dürfen aber nicht darauf vertrauen, dass sie ihre Versprechungen erfüllen. Ich werde weiterhin mit Stuart in Verbindung bleiben, der auch für Prevost spricht. Doch ganz gleich, was ich sage, Brown wird die Ranger weiter verstärken und mit den Stämmen vor Ort verhandeln, was ich kaum beeinflussen kann. Du kannst Sunoma sagen, dass die betroffenen Dörfer für ihre Hilfe belohnt werden sollen, auch sollen sie vor Vergeltung geschützt werden. Brown weiß, dass ich keine andere Antwort geben kann.»

Als sich Newota mit dieser vorhersehbaren Botschaft auf den Weg machte, wusste er, dass Brown von nun an mehr Einfluss auf die jungen Creek besaß als der große Häuptling. Im Umgang mit den Weißen hatten die Ureinwohner festgestellt, dass sie nur unter den Rangern geachtet und als Ebenbürtige behandelt wurden. Es herrschte zwar strenge Disziplin, aber Ruhm und Beute wurden gerecht geteilt, und die Krieger brachten, was sie erhielten, in ihre Dörfer heim. Dann lenkte Newota seine Gedanken auf das Ende seiner Mission und die Heimkehr in sein Dorf und zu Kindred.

Brown wusste, dass die kriegerischen Auseinandersetzungen nun an Härte zunehmen würden. Innerhalb weniger Wochen standen genügend junge Creek bereit, die Aufträge des Rangerführers in die Tat umzusetzen. Er gab den neu Angeworbenen so viel Freiheit wie möglich, bestand aber darauf, dass vorher mit ihm abgesprochen wurde, auf welche Gebiete und Familien sich ihre Angriffe beschränken sollten, und dass sie sich strikt daran hielten. Zwar gelangten vereinzelt Nachrichten über die vermehrten Überfälle ins Grenzland, aber viele Siedler meinten, das seien nur die üblichen Gerüchte um angeblich bevorstehende Indianerangriffe, mit denen sie tagtäglich lebten.

Clarke und seine Milizen erkannten jedoch, dass die Berichte ernst zu nehmen waren und man einen Überfall befürchten musste.

Da sie alle in einem überschaubaren Gebiet wohnten, brachten sie die besonders gefährdeten Familien in kleinen Forts unter, in denen sie sich besser verteidigen konnten. Innerhalb kurzer Zeit stellte Clarke eine Miliz mit Leuten aus Georgia und South Carolina zusammen, die systematisch Indianerdörfer östlich der Appalachen angriff und deren Ernte vernichtete. Darauf waren die Indianer vorbereitet; sie überwachten, unterstützt von der gesamten Ranger-Truppe, die Bewegungen der Miliz. Meist gelang es den Indianern, ihre Familien in Sicherheit zu bringen, bevor die Milizsoldaten eintrafen. Clarke verlegte sich darauf, alle Behausungen niederzubrennen und in jeder Siedlung fünf Männer zu erschießen, wenn er ihrer habhaft werden konnte – als Warnung vor weiteren Übergriffen gegen die Siedler in Georgia. Clarke hatte Blue Stars Heimat noch längst nicht erreicht, als Cameron mit seiner Familie erneut umzog, diesmal zu Stuart nach Pensacola.

Diese sich über Monate hinziehenden Scharmützel schadeten den weißen Siedlern ebenso wie den Ureinwohnern, aber Brown erreichte damit seine Ziele, einerseits die Miliz zu beschäftigen und andererseits die Siedler zu Hause zu halten, sodass sie sich nicht den Revolutionären anschließen konnten, während die Creek und Cherokee in ein noch engeres Bündnis mit den Briten getrieben wurden. Die Erfolge der Florida-Ranger sorgten nicht nur im südlichen Georgia, sondern in allen Südkolonien für Bestürzung.

Brown war sich darüber im Klaren, wie wohlwollend Gouverneur Tonyn seine Taten beurteilte. Und da er um das Machtgerangel zwischen Tonyn und Prevost wusste, wagte er es, dem Gouverneur noch ehrgeizigere Wünsche zu unterbreiten. Er erklärte, unter dem General und in South Carolina dienten mehrere Majors, denen er nicht als Befehlsempfänger gegenüberstehen wolle. Daraufhin verschaffte ihm Tonyn ein vorläufiges Offizierspatent eines Lieutenant Colonel, und da Brown inzwischen die Vorteile eines militärischen Rangs erkannt hatte, nahm er die Ehre freudig an. Prevost empörte sich, als er von der Beförderung erfuhr, aber seine Zuständigkeit beschränkte sich laut Vorschrift und auf eigenen Wunsch auf die regulären britischen Streitkräfte. Jetzt verfügte Brown über die Autorität und den Rang, den er sich als Befehlshaber der Ranger gewünscht hatte. Von nun an hatte er bei allem, was er tat, nicht mehr nur den ursprünglichen Sinn und

Zweck seiner kleinen Streitmacht im Auge, sondern verfolgte auch seine persönlichen Ambitionen in Augusta.

Brown erfuhr es immer schon nach kurzer Zeit, wenn die Amerikaner in ein Gebiet vorstießen, um dort weiße Familien mit Bindungen zu den Torys für ihre Sache zu gewinnen. Denen, die neutral bleiben und sich um ihre eigenen Angelegenheiten kümmern wollten, machte er klar, dass die Ranger sich nicht unterkriegen lassen und die richtigen politischen Neigungen sich auszahlen würden, die falschen aber unheilvolle Folgen haben konnten. Um dieser Einschüchterungstaktik Nachdruck zu verleihen, sorgte er dafür, dass die Ranger – darunter auch Krieger der Creek – jene Siedler, die offen für die Rebellen eintraten, mit Raubüberfällen und Brandstiftung abstraften. Im Januar 1777 legte Thomas Brown seinen Vorgesetzten seine Einschätzung der Lage dar:

Euer Exzellenz,
ich weiß, dass Eure Meldungen aus dem Norden dank günstiger Winde und bereitstehender Kuriere, die sich stets auf direktem Wege nach Florida aufmachen, den meinen weit überlegen sein mögen. Aber da meine Ranger mehrere Nachrichtenquellen im Landesinneren, an der Küste und am Mississippi haben, möchte ich bei dieser Gelegenheit eine kurze Zusammenfassung unserer Erkenntnisse liefern, auch wenn ich fürchte, dass Euch vieles davon bereits bekannt ist.
Obgleich Washington eine Streitmacht von 30.000 Mann um sich geschart hat, den Briten also zahlenmäßig nicht unterlegen ist, ist es General Sir William Howe dank seiner überlegenen Strategie und Bewaffnung gelungen, New York einzunehmen. Soweit ich weiß, gab es bei den Oberbefehlshabern der Rebellen heftige Meinungsverschiedenheiten, wobei Charles Lee den Rückzug befürwortete, um seine Streitkräfte zu schonen, während Washington darauf bestand, die nahezu umzingelte Stadt zu verteidigen. Washington hat sich durchgesetzt, und die Rebellen verloren 4.000 Mann, bevor sie sich nach New Jersey zurückzogen. Im Wesentlichen wurde der Kampf von den Generälen Howe, Clinton und Cornwallis auf der einen Seite und den Befehlshabern der Rebellen Washington, Charles Lee und Nathanael Greene ausgetragen. General Clinton eroberte ohne große Mühe den zweiten wichtigen Hafen im Norden, Newport.

Zu den amüsantesten Begebenheiten zählte die Gefangennahme von General Charles Lee, der letzten Monat in einer Schenke in New Jersey schlafend angetroffen und von vieren unserer Offiziere und nicht einmal zwei Dutzend Mann festgenommen wurde. Er war zwar nur der stellvertretende Oberbefehlshaber aller Rebellenstreitkräfte, aber bei weitem der fähigere Mann. Man kann behaupten, dass seine Truppen nun mutlos und in Auflösung begriffen sind und immer mehr Soldaten desertieren werden.

Mit vorzüglicher Hochachtung
vorgelegt durch den Beauftragten des Gouverneurs

Unterdessen hatten sich in Georgia mehrere hundert Männer gemeldet, die sich als Milizkämpfer ausbilden lassen wollten. Die meisten unterstanden der Oberaufsicht von Elijah Clarke, zugleich aber dem unmittelbaren Kommando ihrer selbst gewählten Anführer. Sie kannten einander gut, konnten ihre Stärken bündeln und individuelle Schwächen ausgleichen. Zum größten Teil waren sie Farmer, denen vor allem der Schutz ihrer Familien am Herzen lag. Sie schlossen sich nur vorübergehend dem Untergrundkampf an, ohne die Landwirtschaft ganz aufzugeben. Dabei bauten sie in ihrer Heimat ein ausgefeiltes Nachrichtensystem auf, mit dem sie die Bewegungen der feindlichen Marodeure beobachteten. Aber dringend benötigten Proviant konnten sie von den Briten nur selten erbeuten. Und obgleich die Führer der Kontinentalarmee ihren Wert und ihre Legitimität nicht bestritten, erhielten sie kaum Beistand. Mit Waffen und Kleidung mussten sie sich selbst versorgen, und sie rechneten nicht damit, je für ihren Dienst entlohnt zu werden. Inzwischen waren einige Familien aus dem Norden Georgias in die friedlichere Region des Watauga Valley im westlichen North Carolina gezogen. Zurück blieben vor allem hoch motivierte Freischärler, deren Farmen verwüstet worden waren und deren Angehörige sich häufig in kleinen Pallisadenfestungen oder in den Wäldern und Sümpfen der näheren Umgebung verbargen.

Da an ein normales Leben nicht mehr zu denken war, fanden die Männer, die am Savannah-Fluss siedelten, bei den Milizeinheiten häufig Sicherheit und einen Lebenszweck. Gegen indianische Marodeure glaubten sie sich nur durch gnadenlosen Kampf schützen zu können, und so zerstörten sie ganze Dörfer und töteten all die Wilden, die angeblich die Räuber und Plünderer beherbergten.

Die Stärksten unter ihnen verdankten ihren Erfolg der eigenen Kühnheit und ihrem Ruf als erbarmungslose Rächer. Sie schlugen rasch aus dem Hinterhalt zu, und auch ihre Frauen konnten mit Waffen umgehen. Die regulären Soldaten der Kontinentalarmee waren meist ledig und verpflichteten sich auf drei Jahre. Zur Miliz meldete man sich hingegen meist nur für drei Monate, und wenn sie nach Hause gerufen wurden, brachen die Kämpfer ungestraft selbst diese Vereinbarung – sogar wenn ein wichtiges Gefecht bevorstand. Von Disziplin hielten sie nicht viel, sie folgten nur ihren selbstgewählten Offizieren und kämpften lieber mit ihren zuverlässigen Feuerwaffen, statt zu Musketen mit Bajonett zu greifen. Auch für eine strenge Schlachtordnung waren sie und ihre Anführer nicht zu haben. Zwar lernten die regulären Truppen noch, sich zur Schlacht aufzustellen wie die Briten, aber sie wussten aus Erfahrung, dass es besser war, das Feld zu räumen, die eigenen Kräfte zu schonen und dann gegen den geschwächten oder deckungslosen Feind zuzuschlagen.

Eine kleine Gruppe von Milizkämpfern in Georgia und South Carolina, deren Farmen kaum noch etwas abwarfen oder die nichts mehr zu verlieren hatten, bildeten unter Führung von Elijah Clarke einen harten Kern, um den sich andere Freiwillige sammelten. Die Revolution in den Südstaaten wurde von den wohlhabenden, einflussreichen politischen Führern der Küstenregion angezettelt, aber die Verantwortung für den Kampf übernahmen diese einfachen Leute aus dem Hinterland, die die Flinte nicht ins Korn warfen, selbst wenn sie keine Hoffnung mehr sahen.

Kapitel 29
Georgia bleibt unabhängig

1777

In Elijah Clarkes Blockhaus saß neben Aaron Hart ein Besucher aus South Carolina, dem beide gespannt lauschten. Auf dem kleinen, roh gezimmerten Holztisch standen ein Krug Maiswhiskey und drei Gläser. William Henry Drayton, der gespannt erwartete Gast, redete nicht lange um den heißen Brei herum, nahm aber nach dem langen staubigen Ritt des Vormittags zuerst einen Schluck von dem schwarz gebrannten Schnaps als Erfrischung.

Im Norden Georgias war Drayton als Radikaler bekannt, der sich mit Thomas Brown hitzige Streitgespräche geliefert hatte und nun im Sicherheitsrat von South Carolina das Sagen hatte. Es überraschte keinen, dass dieser Hitzkopf, der die relativ neutrale Haltung Georgias verachtete, in Charles Town dafür eintrat, die beiden Kolonien zu vereinen. Da Elijah Clarke und andere Siedler im Norden Georgias ihren Nachbarn in South Carolina näher standen als den Kaufleuten und Politikern in Savannah oder Augusta, unterstützten viele diese Bemühung, «Georgia den Rücken zu stärken».

«Es ist höchste Zeit, dass wir den Hintern hochbekommen», erklärte der Gast, «und allen klarmachen, das South Carolina und Georgia gemeinsam für Freiheit und Unabhängigkeit arbeiten und kämpfen. Alle anderen Kolonien haben bereits Stellung bezogen. Doch in Georgia haben wir das Problem, dass ein paar feige Schwächlinge so tun, als wünschten sie ein unabhängiges Land, während sie in Wahrheit lieber im britischen Empire bleiben würden. An dieser Situation wird sich nichts ändern, solange die verdammten Whigs in Savannah uneins sind und der übrige Staat es nicht wagt, Farbe zu bekennen.»

Aaron sah, dass Elijah zustimmend nickte, und antwortete hastig: «Mr. Drayton, in Georgia haben viele Leute, nicht nur hier, sondern auch in Savannah und an der Küste, deutlich gemacht, dass wir den Kontinentalkongress unterstützen.»

«Genau darum geht es. Die Menschen sind für die Freiheit, aber in Savannah machen viele reiche Kaufleute immer noch gemeinsame Sache mit den Leuten des Königs, und daran lässt sich nichts ändern. Sie wollen einzig und allein ihr Eigentum schützen und mit ihrer kleinen, selbstsüchtigen Regierung herumspielen. Den Kampf gegen die Briten überlassen sie anderen. Seit diese Kolonie vor über vierzig Jahren gegründet wurde, haben die Briten sie mit milden Gaben und Sonderprivilegien bestochen, von denen wir Übrigen rein gar nichts haben. Da bleibt uns nur, die Bewohner unserer beiden Staaten unter einer Regierung zu vereinen. Dann können wir mit klarer Stimme sprechen, uns besser gegen die Wilden wehren und eine Streitmacht bilden, die die Briten aus dem Osten und Westen Floridas vertreibt.»

«So sehe ich das auch», erwiderte Elijah erregt. «Es gibt keinen Grund, warum uns der Fluss weiterhin trennen sollte. Die Menschen hier fühlen sich Charles Town schon jetzt sehr viel mehr verbunden als Savannah. Da unten machen sie doch nur unentwegt schöne Worte, und wenn Mut gefragt ist, ziehen sie den Schwanz ein.»

Aaron hatte bereits gehört, wie Draytons Vorschlag in Savannah und anderswo von Torys und Whigs diskutiert wurde, und wusste, dass die meisten Bürger der Kolonie, unabhängig von ihrer Haltung zu London, eine Union mit South Carolina quasi als Annexion Georgias durch die Nachbarkolonie auffassen würden. Daher war seine Rede vorsichtiger.

«In Georgia gibt es eine Menge braver Männer, die die Kontinentalarmee voll und ganz unterstützen möchten, und sie gewinnen in Savannah an Einfluss. Obwohl Button Gwinnett und Lachlan McIntosh sich spinnefeind sind, haben beide klargestellt, dass sie über den Kurs, den Georgia einschlagen sollte, einig sind. Aber ich glaube, sie haben kein Interesse daran, dass Georgia von South Carolina geschluckt wird.»

«So sollte das auch nicht ablaufen, mein Bester. Die beiden Staaten würden eine gleichberechtigte Partnerschaft eingehen, ohne dass einer über den anderen bestimmt. Uns kümmert es einen Dreck, wer jetzt Einfluss auf die Staatsregierung zu gewinnen sucht. Sobald unsere Einwohner vereint sind, werden wir so vorgehen, wie wir es für richtig halten. Außerdem kann die Armee, die McIntosh bisher auf die Beine gestellt hat, nicht einmal einen

Hühnerstall verteidigen, und noch weniger kann sie es mit den Briten aufnehmen.»

«Auf uns Milizen aus dem Norden Georgias könnt ihr zählen», versprach Elijah.

«Captain Clarke, ich höre mit Stolz, was Sie sagen. Wir kennen in dieser Gegend viele Leute, die in Ihnen ihren Anführer sehen. Ich reise von hier aus weiter nach Augusta und dann nach Savannah, wo ich eine offizielle Petition des Parlaments von South Carolina einbringen will, die eine Union unserer beiden Staaten fordert. Und ich bin mir ziemlich sicher, dass sie günstig aufgenommen wird.»

Aaron schwieg dazu, denn er wusste, dass Drayton auf eine Niederlage zusteuerte.

An der Spitze der Opposition gegen die «Annektierung» Georgias durch South Carolina stand Button Gwinnett. Er stammte aus Gloucester in England, hatte in Charles Town ein kleines Vermögen gemacht und war 1765 nach Georgia gezogen. Ihm waren die Gesinnungen bekannt, die in beiden Staaten herrschten, und er sah durch das Ansinnen South Carolinas, sich mit Georgia zu vereinen, vor allem seinen Traum von einer militärischen Führungsrolle gefährdet; die öffentliche Konfrontation war für ihn ein Weg, seinen politischen Einfluss zu mehren. Nach seinem Scheitern als Kaufmann in Savannah hatte Gwinnett seine politische Karriere sorgfältig geplant. Er kaufte die Insel St. Catherines vor der Küste Georgias und wurde kurz darauf in das Parlament der Provinz gewählt. Dort vertrat er die Gemeinde St. Johns, deren Bürger, vornehmlich puritanische Kongregationalisten, neben den Schotten weiter südlich an der Küste vehement die britische Politik ablehnten. Gwinnett hatte wenig Interesse an Fragen der Gesetzgebung, pflegte aber dafür die Freundschaft mit allen politischen Größen in Savannah, die bei der Entscheidung über die Besetzung des von ihm ersehnten Postens mitzureden hatten. Auch als Plantagenbesitzer kam er auf keinen grünen Zweig, seine wachsende Schuldenlast suchte er stückchenweise durch den Verkauf seiner Insel zu tilgen.

Lachlan McIntosh aus dem benachbarten Darien, der Gwinnett

von jeher als sein Hauptrivale galt, überzog er mit harscher Kritik. Ihre erbitterte Feindschaft trugen beide in unterschiedlichen Arenen aus. Gwinnett konzentrierte sich auf die politische Szene in Savannah, während McIntosh, der auf seine militärischen Lorbeeren und die Unterstützung durch General Washington setzte, seine politische Betätigung auf die Führung seiner schottischen Landsleute in der Gemeinde St. Andrews beschränkte. Zu der Zeit hatte er alle Hände voll damit zu tun, eine möglichst starke Streitmacht für die Kolonie aufzustellen, um gegen die Florida-Ranger vorzugehen, die immer wieder in Georgia einfielen.

Gwinnett war ein kräftiger Mann von durchschnittlicher Größe, mit breiten Schultern und einem Bauchansatz. Perücken verschmähte er und kämmte stattdessen sein langes Haar streng nach hinten. Er gab sich gern feierlich, und obwohl sein fliehendes Kinn und sein Schmollmund zunächst den Eindruck von Schwäche vermittelten, war er dank seines scharfen Verstandes, der intimen Kenntnis der politischen Strömungen in Savannah und der korrekten Einschätzung seiner Freunde und Gegenspieler ein ernst zu nehmender Politiker. Beleidigungen oder Gunstbezeugungen vergaß er nie und baute sich einen engen Kreis von Anhängern auf, die mit geradezu fanatischer Ergebenheit zu ihm standen. Im Übrigen neigte er zum Einsiedlerdasein und zog sich gern in sein einsames Anwesen auf St. Catherines zurück, solange in Savannah keine politischen Entscheidungen anstanden. Gwinnett war ein hervorragender Schütze und hielt in seinem Tagebuch die Entfernungen fest, über die er Wild erlegte. Gäste bat er nur in sein Haus, wenn seine Faktion politische Zukunftspläne schmiedete. Die Hartnäckigkeit, mit der er seine Ziele verfolgte, war maßgeblich für seinen politischen Erfolg, und sein Einfluss reichte schließlich aus, um ganz selbstverständlich als Delegierter für den Kontinentalkongress benannt zu werden.

Als die drei Delegierten nach der Unterzeichnung der Unabhängigkeitserklärung nach Georgia heimkehrten, wurden sie als Helden gefeiert, und Gwinnett wurde in den Sicherheitsrat gewählt, der insgesamt dreizehn ständige Mitglieder hatte. Bald war er der zweitmächtigste Mann nach Archibald Bulloch, der zum Präsidenten des Rats ernannt wurde.

Als Drayton in Savannah eintraf, unterbreitete er seine Vorschläge einem hinreichend höflichen Parlament, wurde aber dann von der Debatte ausgeschlossen, während Gwinnett seine Gegenrede hielt. Er verurteilte das Ansinnen South Carolinas, sich Georgia einzuverleiben, hinterfragte Draytons Motive und schloss mit der Feststellung, eine solche Union verletze die Artikel der Konföderation, die beide Staaten unlängst verabschiedet hatten.

Als Drayton erfuhr, dass sein Plan einstimmig abgelehnt worden war, setzte er seine Bemühungen um die Vereinigung im Hinterland fort und verglich die politische Führung des Staates mit den übelsten Stuart-Königen, die despotisch ihr Volk unterdrückt hatten. Den Bürgern Georgias warf er vor, sie wollten ihre Kolonialregierung ganz aufgeben und sich wieder direkt der britischen Herrschaft unterstellen. Einige Monate später hatte sich Georgia eine neue Verfassung gegeben und John Adam Treutlen zum ersten Gouverneur gewählt; nun wurde ein Haftbefehl gegen Drayton ausgestellt und eine Belohnung von hundert Pfund auf seinen Kopf ausgesetzt. Aber Drayton, den Elijah Clarkes Milizen und seine Freunde in South Carolina schützten, wurde nie gefasst, und er kehrte schließlich in seine Heimat zurück, wo er im Kampf der Rebellen eine führende Rolle übernahm.

Fast ein Jahr nachdem die dreizehn Kolonien ihre Unabhängigkeit erklärt hatten, lag Lieutenant Colonel Thomas Brown in seiner Hängematte in einer ehemaligen Gefängniszelle von Fort Matanzas, das fünfunddreißig Jahre zuvor an den Gestaden des Tolomato errichtet worden war, um St. Augustine vor Angriffen durch Kriegsschiffe zu schützen. Eigentlich hätte er die milde Brise genießen sollen, die vom Atlantik herüberwehte, aber er war nervös und gereizt. Obwohl er von Pensacola bis hierher 450 Meilen gereist war und am Vortag fast zwanzig Stunden im Sattel gesessen hatte, fand er nachts kaum Schlaf. Seine Scouts hatten ihn bereits erwartet, als er mit der Nachricht in St. Augustine eintraf, dass die amerikanische Kavallerie unter General McIntosh wieder südlich des Altamaha aktiv war. Offensichtlich planten sie eine weitere jener endlosen militärischen Streifzüge in das Hoheitsgebiet seiner Ranger. Die knapp sechshundert britischen Soldaten, die nun in St. Augustine stationiert waren, konnten alle nennenswerten Vorstöße nach Florida abwehren, aber es wurmte Brown immer noch, dass die Kontinentaltruppen mit ihren Milizen im September den St. Johns River überquert und britische Einrichtungen im Süden bedroht hatten. Es entbehrte nicht einer gewissen Ironie, dass der Erfolg im Kampf gegen die Eindringlinge die Spannungen zwischen den britischen Truppen und den Rangern in St. Augustine verschärft hatte, denn Gouverneur Tonyn gratulierte Browns Leuten, während der General fand, die ganze Ehre gebühre den regulären Truppen unter Führung seines Bruders Major James Mark Prevost.

Sergeant Baker hatte Brown schon zweimal vor dieser unguten Rivalität gewarnt, die fast jeden Abend zu Raufereien in der Schenke und an den Lagerfeuern führte. Die strenge Disziplin, der die Rotröcke unterworfen waren, unterschied sich krass von den ziemlich dehnbaren Regeln der Ranger, und übertriebene Erzählungen von der wertvollen Beute, die sie bei ihren Überfällen einheimsten, weckten den Neid der regulären Truppen. Die Prahlereien der Ranger, sie seien militärisch unbesiegbar, wurden peinlicherweise widerlegt, als McIntosh und seine Leute mehrere Tage lang ungehindert in einem Gebiet operierten, das die Ranger als britisches Territorium reklamiert und ihrem Schutz unterstellt hatten. Und Brown konnte zuweilen nicht einmal seinen eigenen Milizen klar machen, dass die Kampftaktik der Ranger darin bestand, angesichts konzentrierter feindlicher Kräfte zurückzuweichen und dann den Gegner mit Angriffen aus dem Hinterhalt zu überraschen. Doch weder die regulären Truppen noch die Ranger hatten vor, Gebiete im Südwesten Georgias zu besetzen.

Einige Tory-Siedler, die unlängst aus dem Norden Georgias geflohen waren, hatten verdrehte Darstellungen von Browns Demütigung in Augusta mitgebracht und auch ganz wahrheitsgemäß berichtet, dass er keine regelrechte militärische Ausbildung besaß. Als er feststellte, dass reguläre britische Offiziere ihm bei offiziellen Anlässen aus dem Weg gingen, widmete er den Beutezügen nach Georgia noch mehr Zeit und Aufmerksamkeit. Außerdem pflegte er seine enge Beziehungen zu Sergeant Baker (der an einer weiteren Beförderung nicht interessiert war), Häuptling Sunoma und einer wachsenden Schar indianischer und englandfreundlicher Milizen, die er angeworben und ausgebildet hatte.

Einer seiner wichtigsten Adjutanten war Daniel McGirth, der zuvor den amerikanischen Kontinentaltruppen und den Milizen von Georgia in der Küstenregion rund um seinen Heimatort Darien als loyaler Kundschafter gedient hatte, dann aber desertiert war. Vor dem Krieg hatte er sich mit großer Begeisterung der Pferdezucht gewidmet, und er ritt eine prachtvolle eisengraue Stute namens Gray Goose. Clarke Christie, ein wohlhabender junger Miliz-Lieutenant, der in Fort McIntosh stationiert war, wollte das Pferd um jeden Preis kaufen, aber McGirth gab es nicht aus der Hand. Als er die Stute nicht einmal gegen das Offizierspatent des Lieutenants tauschen wollte, begann Christie ihn zu beschimpfen, und eines Abends nannte er ihn einen «blöden Hurensohn». Es kam zu einer Schlägerei, McGirth ging aus dem kurzen Kampf als Sieger hervor, und Christie trug eine blutige Nase davon. Ein paar Stunden später wurde der verblüffte McGirth verhaftet und vor ein Militärgericht gestellt, weil er gegen einen Offizier handgreiflich geworden war. Man verurteilte ihn zu zehn Peitschenhieben vor dem Magistrat in Darien und sperrte ihn ins Gefängnis. Ein mitfühlender Wärter steckte ihm eine abgebrochene Kelle zu, mit der er die Gitterstäbe vor dem Fenster herausbrechen konnte; danach suchte er sein Pferd und floh nach St. Augustine. Da er für die amerikanischen Rebellen nur noch abgrundtiefen Hass verspürte, fand er bei den Florida-Rangern eine Heimat, und bald gehörte er zu Thomas Browns tüchtigsten Leuten.

Als Browns Gedanken nun zu McGirth wanderten, rollte er sich aus seiner Hängematte, zog sich in der kühlen spartanischen Kammer rasch an und war eine Stunde später bei Sergeant Baker, den derartige spontane Strategiesitzungen schon nicht mehr überraschen konnten.

«Ich glaube, es ist an der Zeit, dass wir es mit den Streitkräften der Rebellen in Georgia direkt aufnehmen.»

Der Sergeant erkannte sofort, dass dieser Vorschlag eine radikale Kehrtwende zur bisherigen Nadelstichtaktik bedeutete. Den Kampf in direkter Konfrontation hatten bisher die regulären britischen Truppen übernommen, dennoch kam der Vorschlag für Baker nicht überraschend, weil auch er Rachegelüste verspürte und den Ruf und die Moral der Ranger wiederherstellen wollte. Auch wusste er, dass in Savannah unablässig Pläne für einen neuerlichen Vorstoß nach Florida geschmiedet wurden und die Rebellenführer sich viel auf ihren weit vorgeschobenen Außenposten südlich des Altamaha River zugute hielten.

«Ja, Sir, vielleicht wäre es ratsam zu demonstrieren, wer im Süden Georgias die Zügel in der Hand hält. Was meinen Sie, wo wir erfolgversprechend angreifen könnten?»

«Diesmal sollten wir gegen eine Militäreinrichtung vorgehen und nicht nur gegen einen Außenposten der Siedler. Es ist wichtig, dass unsere Männer Erfahrungen bei solchen Einsätzen sammeln. Dabei sollten wir Gouverneur Tonyn auch demonstrieren, dass wir anspruchsvolleren Operationen gewachsen sind. Was wissen Sie über Fort McIntosh?»

Lächelnd zog der Sergeant seine Aufzeichnungen zu Rate. «Als Angriffsziel hat es für meinen Geschmack den richtigen Namen. General McIntosh ist ein Liebling Washingtons und eine Attacke gegen das Fort würde unsere Gegner wachrütteln. Zudem bin ich sicher, dass McGirth gegen einen Besuch bei einem gewissen Lieutenant nichts einzuwenden hätte. Sunoma hat letzte Woche drei seiner Männer ins Fort geschickt, wo sie Wildbret gegen ein paar Messer eingetauscht haben – andere Tauschwaren hatten sie nicht im Fort. Ihrem Bericht zufolge führt ein Captain Winn das Kommando, und er hat nur ein paar Soldaten unter sich, alles Infanteristen, darunter auch Lieutenant Christie, einen weiteren Lieutenant und drei Sergeants. Sie sind offenbar gut ausgebildet, waren aber nicht besonders wachsam, nachdem sie den Eingang über Nacht geschlossen hatten. Soweit ich weiß, ist Captain Winn ein Neffe oder Vetter von Gouverneur Bulloch.»

«Schicken Sie ein paar gute Leute von uns hin, am besten Siedler, die sich als loyale Whigs ausgeben. Sie sollen reichlich Vorräte mitnehmen, als wären sie unterwegs nach Savannah und müssten aus Sicherheitsgründen im Fort übernachten. Sie seien aber bereit, die Nahrungsmittel an das Fort zu verkaufen, um sich die lange Reise zu sparen. Erklären Sie ihnen, was wir wissen müssen, aber verraten Sie ihnen unsere Pläne nicht.»

«Wann werden wir zuschlagen?»

«Ich möchte kein Risiko eingehen. Wir müssen mit unseren Männern üben, wie man einen befestigten Militärposten einnimmt. Glauben Sie, wir können innerhalb eines Monats, sagen wir bis Mitte Februar, hundert Leute ausbilden und das Fort auskundschaften?»

«Ja, Sir.»

Damit war es beschlossene Sache, und bald kannte Brown das

Fort wie seine Westentasche. Es nahm eine Fläche von etwa dreißig mal dreißig Metern ein und lag auf einer kleinen Erhebung am Nordostufer des St. Illa River. Die Besatzung bestand aus siebzig Mann, hauptsächlich Rekruten aus Georgia, darunter aber auch über ein Dutzend reguläre Angehörige der Kontinentalarmee, die offenbar gut ausgebildet waren und ihr Handwerk verstanden. Captain Winn war noch jung, anscheinend jedoch darauf erpicht, sich einen Namen zu machen. Sein Befehl lautete, Überfälle auf die Siedlungen rund um das Fort zu vereiteln und das Fort selbst zu verteidigen. So weit im Süden Georgias permanent Truppen zu stationieren war an sich bereits ein symbolischer Sieg.

Brown beobachtete das Tun und Treiben im Fort genau und wusste auch, was sich bei den Befehlshabern der Gegenseite in Savannah tat. In den Militärdienststellen und den Schenken, wo sich Mannschaft und Offiziere trafen, um zu trinken und Gerüchte und Neuigkeiten auszutauschen, machte niemand Anstalten, etwas zu verheimlichen. Bald erfuhr Brown aus einem Bericht, dass Flussboote Fort McIntosh über den St. Illa River mit Proviant und Munition versorgten.

Brown beschloss, dass Sergeant Baker und Lieutenant McGirth die Expedition führen sollten, während er in St. Augustine zurückblieb. Geplant war, die Boote an der Flussmündung abzufangen, die Besatzung und die Eskorte durch Ranger zu ersetzen und das Fort einzunehmen, nachdem die Tore für den dringend benötigten Nachschub geöffnet waren. Etwa neunzig Mann sollten sich in der Umgebung bereithalten, um das Fort zum entscheidenden Zeitpunkt zu umzingeln und dafür zu sorgen, dass die Operation gelang.

Durch einen Kurier erfuhr der Ranger-Kommandeur, dass die Fracht Savannah auf dem behäbigen Flussboot verlassen hatte, und der Plan wurde ohne Pannen in die Tat umgesetzt. Bei der Einnahme des Forts waren auf beiden Seiten nur wenige Tote zu beklagen. Dem Brauch entsprechend wurden Captain Winn und die übrigen Unterlegenen freigelassen, nachdem sie versprochen hatten, den Militärdienst an den Nagel zu hängen, nur Lieutenant Christie wurde auf McGirth' Veranlassung quasi als Geisel nach St. Augustine gebracht, damit die übrigen sich an ihr Ehrenwort hielten. Zwei erfahrene Freiwillige der Torys und vier Creek-Krieger bewachten den Gefangenen. Als der Trupp den St. Marys River überquerte, kam es zu einem Zwischenfall, bei dem Christie – wie seine Bewacher behaupteten – auf der Flucht erschossen wurde. Bevor die weißen Ranger einschreiten konnten, hatten die Creeks den toten Offizier schon skalpiert, und sein Leichnam wurde am Flussufer begraben.

Brown stellte Lieutenant McGirth zur Rede, der die Verantwortung für die Tat abstritt. Auch wenn das wenig überzeugend klang, meinte Baker, ein Fluchtversuch sei die beste Erklärung für den Vorfall. Die Sache ließ sich nicht verheimlichen, und die Eroberung eines der wenigen Forts sowie die noch nie dagewesene «Hinrichtung» einer Geisel sorgte in der Kolonie für große Empörung. Archibald Bulloch setzte General Robert Howe in Charles Town davon in Kenntnis und bat ihn, Streitkräfte zur Verteidigung Georgias zu entsenden. Die abkommandierten Soldaten trafen aber erst ein, als McIntosh schon Richtung Süden gezogen war und die Eroberer in den Sümpfen und Wäldern von West-Georgia und Nord-Florida nicht mehr auffindbar waren – nachdem sie zuvor das Fort ausgeplündert und niedergebrannt hatten.

Kapitel 30
Ein tödliches Duell

Die politischen und militärischen Führer Georgias mussten einsehen, dass sie außerhalb von Savannah nicht viel zu sagen hatten, denn die Siedler im Süden wurden größtenteils von den Rangern eingeschüchtert, während die Familien, die entlang des Savannah River lebten, die Revolution nur zögernd unterstützten. Der Staat war in der Tat gespalten. Archibald Bulloch, Präsident und Chef des Sicherheitsrates, genoss in Georgia hohes Ansehen und war der einzige Politiker, der auf die einhellige Unterstützung der sonst tief gespaltenen Fraktionen zählen durfte. Man übertrug ihm zur Anwerbung und zum Einsatz einer schlagkräftigen Miliz geradezu diktatorische Befugnisse, aber wenige Tage nach seinem Amtsantritt verstarb er unter ungeklärten Umständen, und der Sicherheitsrat ernannte Button Gwinnett zu seinem Nachfolger. Diese Entscheidung nahm so mancher mit Bangen zur Kenntnis, aber Gwinnett hatte einige glühende Anhänger, die jeden anderen Kandidaten abgelehnt hätten.

Eine der ersten Amtshandlungen Gwinnetts war die Ausstellung eines Haftbefehls gegen Lachlans Bruder George McIntosh, dem vorgeworfen wurde, das Handelsembargo gegen die Briten verletzt zu haben, er wurde ins Gefängnis geworfen und in Ketten gelegt. In Wirklichkeit hatte ein Kommissionär, der mit den Torys sympathisierte, die Frachtpapiere abgeändert und das Schiff unerlaubterweise nach St. Augustine geschickt, wo es Reis an die britischen Abnehmer lieferte. Der gesamte schottische Clan war zutiefst empört über diesen Affront, und als Gwinnett kurze Zeit später in Augusta weilte, ließ der Sicherheitsrat McIntosh gegen Kaution frei und legte Philadelphia als Gerichtsort für seine Verhandlung fest. Der Kontinentalkongress befasste sich mit der Sache und beschloss, die Sache aus Mangel an Beweisen fallen zu lassen.

Als Button Gwinnett erfuhr, dass McIntosh auf freiem Fuß war, konnte er seine Wut kaum zügeln, gab aber Lachlan und den Schotten aus St. Andrews die Schuld. Nach wenigen Tagen beschloss er, nun seinen ehrgeizigsten Plan umzusetzen, nämlich das Oberkommando über die Streitkräfte des Staates zu übernehmen und eine weitere Invasion nach Florida anzuführen.

Thomas Brown erfuhr schon bald von diesem Vorhaben, gab sich aber unbekümmert. Mit seinen 350 Florida-Rangern fühlte er sich den 600 Soldaten der Kontinentalarmee, unterstützt von rund tausend Milizkämpfern aus Georgia, durchaus gewachsen, da bei seinen Gegnern die Moral durch den Zwist der Anführer stark gelitten hatte. Überdies sahen es die Milizen als ihre Hauptaufgabe an, ihre Familien zu schützen und baldmöglichst wieder ihren Grund und Boden zu bestellen. Da Brown mehr als tausend britische Soldaten in St. Augustine und eine küstenbeherrschende Flotte hinter sich wusste, bereitete es ihm größtes Vergnügen, Major Furlong über die, wie er meinte, lächerlichen Aktivitäten rund um Savannah ins Bild zu setzen, wobei er gern auf den Jargon seiner Ranger zurückgriff. Er vermutete, dass sein inoffizieller Bericht zahlreiche Leser finden würde.

> *Die Anführer der Rebellen gehaben sich wie Hunde bei einem Pisswettbewerb. Die Leute in Georgia verabscheuen einander und lassen sich von den so genannten Kontinentalbefehlshabern kaum etwas sagen. Als sich General Charles Lee in Georgia aufhielt, war er über die Verhältnisse dort empört und bat um seine Versetzung weit weg vom Süden. An seine Stelle ist General Robert Howe getreten, der nun Savannah besucht, dem es aber schwer fallen wird, zwischen Präsident Button Gwinnett, einem Verräter, der die Unabhängigkeitserklärung unterzeichnet hat, und Brigadegeneral Lachlan McIntosh zu vermitteln, dem fähigsten Militärbefehlshaber in der Kolonie, der aber nur über wenige Streitkräfte und begrenzte Autorität verfügt. Die beiden wetteifern nicht nur um die Befehlsgewalt über ihre untüchtigen Soldaten, sondern hassen einander und kämpfen um die politische und militärische Macht. Einig sind sich die beiden Anführer nur darüber, sich nicht dem Kommando eines Kontinentaloffiziers zu unterstellen.*

General Howe, der sich einige Tage in Savannah aufgehalten hatte, um die Pläne für einen Angriff auf Florida zu erörtern, kehrte entsetzt nach Charles Town zurück, beließ aber einen Teil seiner Truppen in der Stadt. Gwinnett fühlte sich nun schon allein durch sein politisches Amt berechtigt, gegen die Briten vorzugehen. Allerdings schlug er den Rat seiner engsten Anhänger in den Wind und verheimlichte den geplanten Vorstoß nach Florida vor General Lachlan McIntosh. Für seine Miliz konnte Gwinnett aber nur wenige Freiwillige gewinnen, und der verstimmte Sicherheitsrat rief McIntosh in letzter Minute doch noch zu Hilfe.

Im April 1777 machte sich die Streitmacht schließlich auf den Weg nach Florida, aber schon auf halbem Wege zur Grenze brach erneut ein Streit zwischen den Anführern aus. Weder Gwinnett noch McIntosh waren bereit, vom anderen Befehle entgegenzunehmen, und sie ließen nicht einmal zu, dass ihre Untergebenen die Operation gemeinsam planten. Beide Befehlshaber weigerten sich, ihre Leute weiter in den Süden zu führen, wenn sich der jeweils andere nicht seinem Kommando unterstellte. Schließlich ordnete der Sicherheitsrat den Rückzug der Soldaten nach Savannah an, wo beide ihre Fürsprecher um sich scharten und ihr Verhalten zu rechtfertigen suchten.

Im Mai unterlag Gwinnett, der das höchste Amt im Staat genau zwei Monate innegehabt hatte, bei den Gouverneurswahlen John Adam Treutlen. Unmittelbar darauf brachte Brigadegeneral McIntosh vor dem Parlament die Klage vor, Gwinnett habe sich illoyal verhalten, rechtmäßige Befehle verweigert und sei daher für das Scheitern der Expedition verantwortlich. Erwartungsgemäß wies Gwinnett alle Vorwürfe von sich und behauptete, McIntosh trage die Schuld. Nach einer heißen Debatte entschieden die Volksvertreter mit knapper Mehrheit, Gwinnett habe sich auf dem Feldzug nicht unstatthaft verhalten. Als McIntosh dies vernahm, nannte er seinen Feind «einen Halunken und verlogenen Schurken». Wie nicht anders zu erwarten, überbrachten Gwinnetts Sekundanten noch am selben Abend die Forderung zum Duell.

Am nächsten Morgen fanden sich General McIntosh und sein Sekundant Colonel Joseph Habersham auf der ehemaligen Plantage von Gouverneur James Wright ein. Trotz des Frühnebels, der über der Wiese hing, konnten die Männer ihre Kutsche noch aus einem Abstand von gut dreißig Metern erkennen. Habersham schritt ruhelos auf und ab, während McIntosh gelassen dem ersten Vogelgezwitscher lauschte und den sich aufhellenden Horizont betrachtete. Eine Viertelstunde später trafen der ehemalige Ratspräsident Gwinnett und sein politischer Gefolgsmann George Wells ein. Wells, der als Apotheker auch Wunden verarzten konnte, hielt sich bereit, falls einer der Gegner zu Schaden kommen sollte. Die Sekundanten berieten sich mit den beiden Duellanten und handelten dann miteinander die Konditionen aus.

«Präsident Gwinnett lässt den General die Entfernung bestimmen», erklärte Dr. Wells.

Als Habersham diese Nachricht weitergab, erwiderte McIntosh: «Ich schlage drei Schritte vor.»

Beide Sekundanten wandten ein, die Überlebenschancen seien damit gleich Null, so einigte man sich nach einigem Hin und Her auf vier Schritte, was für zwei geübte Schützen jedoch immer noch gefährlich nahe war.

Gwinnett nahm diesen Vorschlag sofort an, und nach einer Prüfung der Waffen stellten sich die Gegner wortlos Rücken an Rücken auf und warteten auf das Signal. Nach der vereinbarten Schrittzahl wandten sie sich um und feuerten. Beide wurden verwundet, bei McIntosh steckte die Kugel im Oberschenkel, bei Gwinnett in der Leistengegend. Gwinnett ging zu Boden, McIntosh blieb stehen. Der General blickte auf seinen verhassten Feind herab und fragte kalt: «Noch einen Schusswechsel?»

Gwinnett, dessen Hüfte offenbar gebrochen war, erwiderte: «Ja, wenn mir jemand hilft, aufrecht zu stehen.»

Die Sekundanten schritten ein, und Wells untersuchte die beiden Verwundeten. McIntoshs Bein war blutüberströmt, aber er wollte sich nicht vom Sekundanten seines Gegners behandeln lassen, legte sich selbst eine Aderpresse an und bestieg seine Kutsche ohne Hilfe. Drei Tage später starb Gwinnett an «Wundbrand», möglicherweise weil die Verletzung nicht richtig versorgt worden war. Sogar Mrs. Gwinnett schrieb den Tod ihres Mannes der «Ungeschicklichkeit seines Arztes» zu, aber Gwinnetts Freund und Testamentsvollstrecker Lyman Hall veranlasste, dass McIntosh wegen Mordes angeklagt wurde. Der General stellte sich der Verhandlung und wurde freigesprochen. Daraufhin forderten Gwinnetts Anhänger in einer breit angelegten Kampagne die Bürger Georgias auf, den Waffendienst unter dem «Mörder» zu verweigern. Fünf Monate nach dem Duell verließ McIntosh den in Zwist und Hader tief gespaltenen Staat, meldete sich bei General Washington und erhielt auf Empfehlung von General Charles Lee das Kommando über die westlichen Bezirke Virginia und Pennsylvania.

Ungeachtet der Meldungen über Kämpfe in den Nordstaaten und Angriffe durch die Florida-Ranger bekamen die meisten Bewohner im Norden Georgias von der Revolution nicht viel mit. Das galt vor allem für die Siedler, die in abgeschiedenen Heimstätten lebten und in erster Linie daran dachten, ihre Familien und ihr Eigentum zu schützen. Die treuesten Unterstützer der Torys siedelten vor allem im tiefen Süden Georgias und in Florida, während sich die Whig-Anhänger an der Küste bei Savannah und in der Gegend rund um Augusta wohler fühlten. Selbst in der Küstenregion konnte die britische Regierung noch auf die stillschweigende Unterstützung durch ehemalige Ratsmitglieder des Gouverneurs, anglikanische Geistliche, reiche Kaufleute aus Savannah, Händler, die mit den Indianern Geschäfte machten, und Neuzugewanderte aus Großbritannien zählen, die noch enge Bindungen an ihre Angehörigen in der Heimat hatten.

Unter den Siedlern im Wilkes County herrschte noch größere Uneinigkeit als in anderen Teilen der Kolonie. Die Kämpfe im Süden und an der Küste hatten kaum Auswirkungen auf das Leben der Pratts und Morris. Ethan war zwar kein Pazifist wie die Quäker, aber er hoffte, dass die politischen Zwistigkeiten ohne Blutvergießen beigelegt werden konnten und wollte sich auf keinen Fall zum Militärdienst melden. Kindred wäre niemals in einen Kampf gezogen, mit dem er der Krone die Treue gebrochen oder seinen indianischen Freunden geschadet hätte. In Wort und Tat hätte kein krasserer Unterschied bestehen können als zwischen den Quäkern in der Gegend von Wrightsbourough, die als tief religiöse Pazifisten die Torys unterstützten, und Elijah Clarkes militanten Gefolgsleuten, die enge Beziehungen zu den radikalsten Whigs in Savannah unterhielten.

Doch Elijah Clarke befand sich in der Zwickmühle. Als stolzer Milizkämpfer hatte er sich mit Haut und Haar der Unabhängigkeit Amerikas verschrieben, aber es war ihm ein Gräuel, unter einer Regierung zu dienen, die er nicht achten konnte. Er und seine Nachbarn hatten das Gefühl, von der politischen Debatte in Savannah abgeschnitten zu sein, und von den dortigen Führern hielten sie nicht viel. Als Archibald Bulloch, der Präsident des Sicherheitsrates, starb und Button Gwinnett die Macht übernahm, sahen sie ihre Überzeugung bestätigt, dass Savannah ein intriganter und korrupter Sündenpfuhl war. Elijah wusste, dass General McIntosh sein Leben lang militärische Erfahrung gesammelt hatte, und er respektierte ihn als mutigen, tüchtigen Führer. Daher feierten die Milizen Gwinnetts politische Niederlage ebenso wie den tragischen Ausgang des Duells.

Als Treutlen zum Gouverneur gewählt wurde, ließen sich die Milizangehörigen durch den Kopf gehen, wie sie künftig auftreten sollten. Im Grunde lag ihnen viel daran, unabhängig zu bleiben, sich auf die eigenen Waffen zu verlassen, die Gefechtsübungen mit ihren häuslichen Pflichten zu vereinbaren und gemeinsam zu entscheiden, wann sie Ausfälle im Alleingang oder gemeinsam mit Milizgruppen aus dem westlichen Carolina unternahmen. Aber angesichts der gescheiterten Vorstöße nach Florida und der Erfolge der Florida-Ranger ging ihnen auf, dass sie auch im Kampf um die Unabhängigkeit ihren Beitrag leisten mussten.

Im Juni 1777 überbrachte Aaron Hart Elijah Clarke eine Einladung von Gouverneur Treutlen. In Begleitung von Aaron und den Milizführern John Twiggs und John Dooly suchte Elijah den Gouverneur wenige Tage später in seinem Büro in Savannah auf.

«Gentlemen», begann Treutlen, «ich danke Ihnen für die Unterstützung, die ich bei meinem Wahlkampf aus Ihrem County erhalten habe. Ich möchte mein Amt genauso gut versehen wie Archibald Bulloch und so wie er alle Bewohner Georgias im Geist der Harmonie und Zusammenarbeit vereinen.»

«Es besteht kein Zweifel, dass wir mit Ihnen weitaus besser dran sind als mit Ihrem Gegenkandidaten», erklärte Clarke, «und diejenigen unter uns, die flussaufwärts wohnen, sind bereit, Sie in jeder Hinsicht zu unterstützen. Aber ich nehme an, der Grund, warum Sie uns hergebeten haben, ist ein anderer.»

Treutlen sah, dass Höflichkeitsfloskeln hier nicht angebracht waren, und kam zur Sache.

«Ich möchte die verschiedenen Milizeinheiten in Georgia verstärken und zu einer schlagkräftigen Streitmacht ausbauen. Wir wissen noch nicht, wie viele Soldaten General Washington uns schickt, aber wir müssen den Briten klar machen, dass wir uns verteidigen können. Ich weiß, dass Ihre Männer teilweise bereits in Carolina operiert haben, und wir brauchen Ihre Unterstützung auch in unserem eigenen Staat.»

«Gouverneur», erwiderte Elijah, «wir helfen gern, wo wir können, aber wir sind nicht viele. Ausgerüstet sind wir nur mit unseren eigenen Waffen und unseren Ackergäulen. Zwar sind wir zweimal bis ins Watauga Valley vorgestoßen, aber meist bleiben wir zu Hause, um uns gegen die Wilden zu verteidigen. Doch wenn wir gebraucht werden, könnte ich Ihnen mit ein paar Männern aushelfen.»

Da meldete sich Dooly zu Wort: «Gwinnett hatte anscheinend keine Verwendung für uns, obwohl wir gerne gegen Florida gezogen wären. Nach Lage der Dinge wird Burnfoot Brown nun wohl weiter nach Norden vordringen, und man muss ihn aufhalten. Aber die meisten von uns können sich nicht allzu weit von zu Hause entfernen.»

«Offensichtlich denken wir ähnlich», meinte Treutlen. «Zwar hat uns das Parlament keine weiteren Truppen zugestanden, aber Geld für die Miliz zur Verfügung gestellt. Ich habe Sie hierher gebeten, um zu fragen, ob Sie nicht Militärausrüstung gebrauchen könnten?»

«Wir haben durchaus Bedarf, aber was müssten wir dafür tun?», erkundigte sich Clarke.

«Der Befehlshaber müsste sich persönlich verbürgen, dass die Mittel ausschließlich von den von ihm geführten Leuten genutzt werden. Zu bieten haben wir Musketen und Bajonette, Schießpulver und Munition, einige Pferde mit Geschirr, Decken und Zelte. Auch Stiefel können wir besorgen.»

Clarke überlegte kurz und meinte dann: «Wahrscheinlich bin ich derjenige, der sich verbürgen müsste. Wie viele Männer können Sie ausrüsten?»

«Wie viele haben Sie?»

«Etwa hundertzwanzig sind gelegentlich als Freiwillige dabei, aber nur knapp hundert nehmen regelmäßig an den Übungen teil. Jetzt gleich könnten wir wohl an die achtzig abrufen, wenn wir sie brauchen.»

«Wie viele könnten Sie bekommen, wenn die Ausrüstung bereitstünde?»

Clarke, Dooly und Twiggs berieten kurz, dann antwortete Clarke: «An die zweihundert, vor allem aus dem Wilkes County.»

«Sie dürfen pro Mann nicht mehr als 23 Pfund ausgeben, also sollten Sie beim Einkauf einen guten Preis herausschlagen. Außerdem müssen Sie mit dem Geld mindestens ein Jahr, vielleicht auch länger auskommen.»

Gemeinsam stellten alle vier ihre Berechnungen an und überlegten dabei auch, dass vieles in Augusta günstiger besorgt werden konnte. Nach ein paar Stunden verbürgte sich Clarke dann mit seiner Unterschrift für die 4560 Pfund, die die Regierung von Georgia bereitstellte. Aaron versicherte ihm, dass er diese enorme Summe nicht zurückzuzahlen brauchte, dass aber alle Milizführer für die korrekte Verwendung der Mittel einstehen mussten. Es dauerte einen guten Monat, bis sie die Leute ausgestattet hatten, die bereits ihrem Kommando unterstanden, aber nachdem nun die nötige Ausrüstung zur Verfügung stand, fiel es ihnen erstaunlich leicht, weitere Kämpfer anzuwerben.

Anfang November 1777 legte Brown seinen Vorgesetzten einen weiteren Bericht vor:

> *Euer Exzellenz,*
> *da Ihr womöglich noch keine Kenntnis davon habt, muss ich Euch vom ersten Sieg der Rebellen bei diesem Aufstand berichten. Ich habe soeben durch einen Kurier erfahren, dass eine haushoch überlegene Rebellenstreitkraft von 17.000 Mann unter Horatio Gates General Burgoyne mit nicht einmal halb so vielen Männern in Saratoga, New York, umzingelt hat und über 5.000 unserer Leute gefangen genommen wurden. Zuvor hatten britische Truppen Fort Ticonderoga eingenommen und zogen ungehindert weiter nach Süden. Zwar können wir diesen vorübergehenden militärischen Rückschlag leicht verwinden, aber die Nachricht könnte in*

Paris als Ermutigung verstanden werden, die Rebellen zu unterstützen. Wie wir alle wissen, grollen sie immer noch, weil sie vor fast fünfzehn Jahren Kanada verloren haben, und suchen seither nach einem Vorwand, die Rebellion zu unterstützen, um sich an uns zu rächen.
Auch besagt ein glaubwürdiger Bericht, General Sir William Howe plane, Philadelphia zu erobern und seine Streitkräfte über Land oder aber auf dem Seeweg dorthin zu befördern. Eine geeignete Flotte von über 200 Schiffen liegt unweit von New York vor Anker, um zu gegebener Zeit Soldaten und Proviant zu transportieren.

Mit vorzüglicher Hochachtung
vorgelegt durch den Beauftragten des Gouverneurs

Etwa drei Monate später meldete er sich erneut:

Euer Exzellenz,
dies ist ein kurzer und allgemeiner Bericht, der weitaus ermutigender ist als mein letzter. Nachdem wir Philadelphia genommen hatten, sah sich der Kontinentalkongress gezwungen, nach York, Pennsylvania, zu fliehen. Die Briten verbringen den Winter angenehm und gut versorgt in Philadelphia, während die Rebellen nach vielen Niederlagen irgendwo im Westen ein elendes Dasein fristen. Sie haben kein Geld, um die Truppen zu bezahlen, es wird keine Kleidung ausgegeben, und allmählich macht sich Unbehagen breit. Ihr lächerliches Bemühen, kleinere Scharmützel in Trenton und in Princeton, New Jersey hochzuspielen, ist nur zu verständlich, weil es die einzigen Siege sind, die ihr so genannter Oberbefehlshaber vorzuweisen hat.

Mit vorzüglicher Hochachtung
vorgelegt durch den Beauftragten des Gouverneurs

Thomas Brown wusste, dass einschneidende Änderungen der britischen Strategie erwogen wurden, und er diskutierte die Beziehungen unter den britischen Führern in Florida mit Sergeant Baker. Wie in Savannah gab es auch hier Meinungsverschiedenheiten, und Thomas Brown mit seinen Florida-Rangern stand im Mittelpunkt des Zwists. Mangels Beschäftigung gaben sich die britischen Offiziere und Mannschaften Eifersüchteleien hin, und ihr

Unmut richtete sich vor allem auf die Ranger und ihren Befehlshaber. Dennoch wurde Brown nach wie vor von Major Furlong, seinem ursprünglichen Gönner, ebenso rückhaltlos unterstützt wie von Gouverneur Tonyn, weil sie seine Erfolge als die ihren verbuchen und die Meldungen seiner britischen und indianischen Kundschafter gut gebrauchen konnten.

Zu seinen Gegnern zählten der Schweizer Colonel Augustine Prevost, der die Streitkräfte Floridas mit eiserner Hand führte und enge Beziehungen zu anderen Offizieren der regulären britischen Truppen pflegte, nicht zuletzt zu seinem Bruder George und seinem Sohn James Mark. Die planlosen Operationen der Florida-Ranger missbilligte er zutiefst, und er hatte offiziell aufs Schärfste protestiert, als Gouverneur Tonyn Brown zum Lieutenant Colonel beförderte. Prevost erkannte die Leistungen der Ranger in keiner Weise an und unterschlug sogar einen an Brown gerichteten Lobesbrief von General Sir William Howe, dem er seinerseits mitteilte, es gebe «jetzt vier Ranger-Kompanien, aber sie sind von geringem Nutzen und kennen weder Gehorsam noch Vorschriften».

Der Gouverneur bekam eine Abschrift dieser Botschaft in die Hände und versicherte Sir William in aller Eile, Brown sei ein Gentleman von hoher Bildung, der aus einer guten, vermögenden Familie stamme und die Ranger hervorragend und unter ständiger Gefährdung seines eigenen Lebens führe. Ferner berichtete er, die Ranger hätten von ihm autorisiert St. Augustine mit Lebensmitteln und anderen Vorräten, darunter mehr als dreitausend Stück Vieh, versorgt und mit großem Erfolg Indianer angeworben, die in die Dienste der Krone getreten seien. Irrtümlicherweise fügte er hinzu, Brown habe seine Leute bei der Eroberung von Fort McIntosh persönlich angeführt. Insgesamt war Brown mit seiner jetzigen Stellung zufrieden, hoffte aber, dass die Florida-Ranger in Zukunft noch an Bedeutung gewinnen würden.

Drittes Buch

1778–1785

KAPITEL 31
Die britische Süd-Strategie

1778

In den ersten Frühlingstagen des Jahres 1778 fand in St. Augustine eine Besprechung statt, die für den Kriegsverlauf von entscheidender Bedeutung sein sollte. Einige mit Sorgfalt ausgewählte Militärführer hatten sich um den kleinen Tisch im privaten Vorzimmer des Gouverneurs versammelt. Neben einem Brigadier General namens McPherson aus dem Hauptquartier von General Sir Henry Clinton waren Gouverneur Tonyn und sein politischer Berater, der gerade zum Brigadier General beförderte Augustine Prevost, anwesend sowie zwei von Prevosts Adjutanten, darunter sein Bruder George. Thomas Brown saß etwas abseits von den anderen in einer Ecke. Der Gouverneur hatte ihn eingeladen, ihm jedoch nicht gestattet, weitere Mitglieder der Florida-Ranger mitzubringen.

Es waren nun knapp zwei Jahre vergangen, seit die Rebellen in den Kolonien ihre Unabhängigkeit erklärt hatten, und allen im Raum war bewusst, dass es für die eigene Seite nicht günstig aussah. Die Briten hatten zwar New York und Philadelphia erobert, aber bei Saratoga eine Niederlage hinnehmen müssen. Es war ihnen nicht gelungen, New England vom Rest des Landes abzutrennen. Außerdem waren die königlichen Gouverneure aus Norfolk, Savannah und Charles Town vertrieben worden, und die Bemühungen der Briten, sich die Unterstützung der dortigen Bewohner zu sichern, waren bestenfalls zweifelhaft.

Gouverneur Tonyn führte den Vorsitz. Als er sich von seinem Platz am Kopfende des Tisches erhob, verstummten die Gespräche.

«Gentlemen, zunächst möchte ich darauf hinweisen, dass ich in engem Kontakt mit General Sir Henry Clinton stehe, der gerade zum Oberbefehlshaber für ganz Amerika ernannt worden ist. Dieses Treffen hier findet auf seinen Vorschlag hin statt, damit wir die Lage in den Kolonien erörtern und ich Sie von einigen wichtigen Entscheidungen aus London in Kenntnis setzen kann. Ich brauche

Sie sicherlich nicht daran zu erinnern, dass alles, was wir hier besprechen, streng vertraulich ist. Wie Sie alle wissen, konnten wir in den nördlichen Kolonien beachtliche Erfolge verzeichnen, müssen aber nun erkennen, dass sich dort eine Pattsituation entwickelt hat. Die Bündnisverhandlungen der Rebellen mit den Franzosen hat unsere Position geschwächt, und wir müssen mit einem direkten Eingreifen der Franzosen in das Kriegsgeschehen rechnen. General McPherson, der heute morgen aus New York eingetroffen ist, und ich haben die strategischen Entscheidungen Londons bereits ausführlich diskutiert. Davon werde ich Ihnen jetzt eine kurze Zusammenfassung geben.»

Der Gouverneur, der offensichtlich ganz in seinem Element war, machte eine effektvolle Pause und trank einen Schluck Wasser aus einem silbernen Becher. Die Mienen der wartenden Gäste spiegelten unterschiedliche Gefühle wider. McPherson als Überbringer dieser wichtigen Nachrichten war die Selbstgefälligkeit in Person, Prevost dagegen konnte angesichts dieser umständlichen Einleitung kaum noch seine Ungeduld im Zaum halten. Er hatte offen seine Missbilligung über Browns Anwesenheit geäußert und war immer noch verstimmt, obwohl seinen Adjutanten die letzten beiden freien Plätze am Tisch zugestanden worden waren und Brown abseits sitzen musste. Seine Adjutanten wirkten genauso ungeduldig wie er, während der Anführer der Ranger darüber hinwegzusehen versuchte, dass er hier, obwohl es sich um sein ureigenstes Terrain handelte, nur eine untergeordnete Rolle spielte.

Tonyn blickte in die Runde und fuhr fort: «Diese entmutigende Situation wird sich nun ändern. Diesmal wird es einen schnellen Sieg geben und uns, meine Herren, wird dabei die entscheidende Rolle zufallen. London hat beschlossen, dass wir New York als Hauptstützpunkt im Norden halten, den Rebellen in diesem Gebiet wann immer möglich Niederlagen beibringen und die Kontrolle über die Meere aufrechterhalten sollen. Des Weiteren werden wir mit unseren Anstrengungen fortfahren, die Bürger von den Vorteilen der Königstreue zu überzeugen. Die gesamte Angriffsmacht des britischen Empire wird sich von nun an auf die Kolonien im Süden konzentrieren. Diese Entscheidung ist ganz in meinem Sinne und wird auch von Gouverneur Wright und Gouverneur Campbell befürwortet, die lieber heute als morgen auf ihre Posten zurückkehren würden. Geplant ist, zunächst Savannah zurückzuerobern und von dort aus Charles Town einzunehmen. Dann sind wir in der Lage, Washingtons Truppen in nördlicher Richtung von North und South Carolina aus und in südlicher Richtung von New York kommend in die Zange zu nehmen, und verhindern gleichzeitig, dass die Rebellen Nachschub aus Übersee bekommen. So sieht in groben Zügen die Strategie unserer Regierung aus. Falls Sie irgendwelche Fragen haben, stehen Ihnen General McPherson und ich gerne zur Verfügung.»

Tonyns Vorsitz ignorierend wandte sich Prevost direkt an McPherson: «Sir, inwieweit ist General Clinton bereit, uns die Schiffe und Bodentruppen zur Verfügung zu stellen, die zur Eroberung Savannahs nötig sind?»

«Seine Lordschaft hat mir versichert, dass die für dieses Vorhaben benötigten Kräfte zum Einsatz kommen werden, auch wenn es bedeuten sollte, dass die Kampfhandlungen in den nördlichen Kolonien vorübergehend zum Stillstand kommen. Wir gehen davon aus, dass sich viele königstreue Siedler auf unsere Seite schlagen und ebenfalls zu den Waffen greifen werden, wenn wir ihnen einen Beweis unserer Schlagkraft liefern. Schätzungsweise werden wir etwa zweitausend Soldaten für die Einnahme Savannahs benötigen und fünftausend Mann für die Eroberung von Charles Town. Falls sich später herausstellt, dass wir mehr Männer brauchen, werden wir sie auch bekommen.»

«Welche Rolle erwartet man von den Truppen in Florida, die bei der Verteidigung des eigenen Territoriums gegen die Rebellen wegen ihrer zahlenmäßigen Unterlegenheit schon jetzt gelegentlich in Bedrängnis geraten sind? Unsere regulären Truppen haben sich heldenhaft geschlagen, aber ich möchte hier anmerken, dass wir die Rebellen hauptsächlich deswegen zurückdrängen konnten, weil sie nicht unter einem gemeinsamen Kommando kämpfen.»

«Der Hauptschlag gegen Savannah soll von der Seeseite aus geführt werden, was allerdings nahezu ein Ding der Unmöglichkeit ist, wenn uns die Rebellentruppen in den Sumpfgebieten an der Küste auflauern. Es ist also unabdingbar, dass alle verfügbaren Kräfte gleichzeitig von der Landseite her angreifen. Nun, ich habe Ihnen hiermit die Anweisungen von General Clinton überbracht und möchte ihm bei meiner Rückkehr mitteilen, welche Unterstützung Sie Ihrer Meinung nach noch benötigen. Eventuell könnten einige militärische Einheiten aus der Karibik hierher verlegt werden.»

Brown war sehr wohl aufgefallen, dass Prevost den Anteil der Ranger an der Verteidigung Floridas mit keiner Silbe erwähnt hatte, enthielt sich jedoch eines Kommentars. Im Geiste sah er den Kanal vor sich, der Savannah mit dem Meer verband, und das Geflecht schmaler Tidenflüsse, die überquert werden mussten. Falls die Rebellentruppen auf die Invasion vorbereitet waren und die Flussübergänge verteidigten, würde ein Angriff sehr aufwändig werden.

Stille trat ein. Jeder versuchte auf seine Weise, die Tragweite dieser Neuigkeiten zu erfassen. Schließlich nickte der Gouverneur Brown zu: «Kommandeur Brown, gibt es noch Fragen oder Anmerkungen?»

«Ja, Sir. Haben wir die Genehmigung, nach eigenem Gutdünken Angehörige der Eingeborenenstämme als Unterstützung anzuwerben, und was können wir ihnen anbieten, damit sie bereit sind, sich aktiv zu beteiligen?»

«Ich will versuchen, Ihnen eine Antwort zu geben», meinte Tonyn. «Dieses Thema findet in den Anweisungen, die ich erhalten habe, keine Erwähnung, aber ich möchte die Empfehlung aussprechen, dass wir uns die freundschaftlichen Beziehungen zwischen Seiner Majestät und den Eingeborenen zunutze machen. Wenn sie erkennen, dass eine Zusammenarbeit für sie von Vorteil ist, werden sie sich sicher mit uns verbünden.»

Brown beschloss, nicht weiter auf die Belohnung einzugehen, sondern wandte sich mit einer weiteren Frage an General McPherson. «Sir, welche Pläne gibt es bezüglich Charles Town?»

«Wir wollen uns zunächst auf die Einnahme Savannahs konzentrieren. Erst danach daran greifen wir auch Charles Town gleichzeitig von der See- und Landseite her an, wobei wir in dieser zweiten Phase der Militäroperation eine stärkere Betonung auf die Landstreitkräfte legen. Wir müssen mit einer längeren Belagerung der Stadt rechnen, daher brauchen wir ausreichend Truppen, um Charles Town vom Rest des Landes abschneiden zu können.»

Brown konnte sich vorstellen, dass seine Ranger bei den Kämpfen in North und South Carolina eine wichtigere Rolle spielen würden, allerdings brauchten sie jede erdenkliche Unterstützung der Eingeborenen. Ihm kam sofort die zentrale Lage Augustas in den Sinn, er beschloss jedoch, dies erst einmal auf sich beruhen zu lassen. Sicher bekäme er später noch die Gelegenheit, seine Gedanken dem Gouverneur direkt zu unterbreiten, der ganz offensichtlich mit General Clinton auf vertrautem Fuß stand.

Die Männer setzten ihre Besprechung noch eine Stunde lang fort, wobei General McPherson die Einzelheiten der aktuellen Planung erläuterte. General Clinton in New York würde den Oberbefehl führen und Seestreitkräfte entsenden, die Savannah von der Küste aus angreifen sollten. Als sich herausstellte, dass der Zeitpunkt der Invasion noch nicht feststand, drängten alle darauf, sie bis mindestens Oktober aufzuschieben. Dann wäre das Wetter im Süden günstiger, und im Norden wären kaum noch Militäraktionen zu erwarten. Außerdem benötigte Brown diese Zeit, um Indianer zu rekrutieren, unentschlossene Siedler einzuschüchtern und seine Ranger auf Kämpfe in einem Gebiet weit im Norden vorzubereiten.

Anfang 1778 wurde Chesley Bostick in die Kontinentalarmee berufen und nach Fort Howe am Altamaha River abkommandiert. Noch bevor Bostick auf seinem Posten eintraf, erfuhr Thomas Brown bereits davon. Er rief Sergeant Baker zu einem Gespräch unter vier Augen zu sich.

«Sergeant, hiermit erteile ich strikten Befehl, dass ein Mann namens Chesley Bostick, derzeit noch Captain der Miliz von Georgia und abkommandiert zum Dienst in Fort Howe, keinesfalls getötet werden darf. Ich muss Sie warnen, er ist ein hinterlistiger Feigling. Machen Sie mir bitte umgehend Meldung, sobald Sie seinen genauen Aufenthaltsort in Erfahrung gebracht haben. Sollte er gefangen genommen werden, ist er unverzüglich hierher zu überstellen. Haben Sie verstanden?»

Baker verstand mehr, als Brown ahnte, hatte er doch schon vor längerer Zeit von Bosticks Rolle bei den Misshandlungen des Kommandeurs gehört. Diese Geschichte wurde in der Gegend um Augusta immer wieder gerne zum Besten gegeben, nicht selten mit einer Portion Spott, aber niemand hätte gewagt, Brown damit aufzuziehen.

«Jawohl, Sir, ich werde den Befehl an unsere Leute weitergeben.»

Innerhalb weniger Tage erhielt Sergeant Baker die Nachricht, dass Bostick in Fort Howe eingetroffen sei. Brown beschloss unverzüglich, einen Überraschungsangriff gegen das Fort zu führen. Im Schutz der Dunkelheit überquerte er mit einer 110 Mann starken Truppe aus Rangern und Indianern den breiten Oberlauf des Altamaha und befahl seinen Leuten, das kleine Fort zu umstellen. Die Indianer brachen in lautes Kriegsgeschrei aus, während die Ranger über die Barrikaden feuerten, dabei jedoch darauf achteten, keinen Soldaten im Fort zu töten. Die Überrumpelungstaktik hatte Erfolg: Nach weniger als einer Stunde war die Schlacht gewonnen. Dreiundzwanzig Soldaten waren gefangen genommen worden, aber der befehlshabende Offizier hatte mit einigen seiner Männer entkommen können. Die Ranger vernagelten die Geschütze, nahmen die Munition an sich, steckten das Fort in Brand und zogen sich zurück. Bostick berichtete später, dass sie in ein Gefecht mit «‹Burnfoot› Browns zahlenmäßig überlegenen Truppen» verwickelt worden seien. Zur selben Zeit erzählten Browns Spione in Savannah überall herum, dass Bostick vor nur einer Hand voll Feinde solche Angst gehabt habe, dass er geflohen sei und das Fort und seine Männer im Stich gelassen habe. Bostick musste vor dem Kriegsgericht erscheinen und wurde anschließend zum Lieutenant degradiert und mit einer Strafe von zehn Pfund belegt.

Wie vorauszusehen, spielte Prevost die Bedeutung dieser Aktion herunter. Tonyn dagegen vertrat die Ansicht, die Zerstörung des Forts sei ein schwerer Schlag für die Amerikaner und werde Einfluss auf deren Rekrutierungsversuche und das militärische Vorgehen entlang der Westgrenze Georgias haben und das Vorrücken der Briten nach South Carolina erleichtern.

Im März lieferte Thomas Brown erneut einen Bericht ab:

Euer Exzellenz,
die Bemühungen der Rebellen, eine Allianz mit Frankreich einzugehen, liefern den Beweis für die Verschlagenheit und Tücke auf beiden Seiten. Es ist offensichtlich, dass die Rebellenarmee zu kämpfen weder bereit noch in der Lage ist, und die Franzosen hegen den vergeblichen Wunsch, dass ihnen Kanada und das Gebiet östlich des Mississippi wie durch ein Wunder wieder zufallen werden. Angesichts unserer überlegenen Flotte entlang der Atlantikküste mussten sich ihre Schiffe darauf beschränken, einige kleinere

Inseln in der Karibik anzugreifen. Wie schon in einem früheren Schreiben erwähnt, haben unsere gut ausgerüsteten Truppen den Winter ohne größere Probleme in Philadelphia, New York und Newport verbracht, und es besteht kaum Gefahr weiterer feindlicher Angriffe auf Montreal und Quebec. General Washington ist vollauf damit beschäftigt, seine wenigen verbliebenen Truppen bei der Stange zu halten und der wachsenden Zahl von Deserteuren Herr zu werden, während ihn John Adams und andere, die nun wieder nach Philadelphia zurückgekehrt sind, als zögerlichen und unfähigen Kommandeur beschimpfen.
Wenn wir den Süden einnehmen und dann Richtung Norden vorrücken, hoffentlich mit der vollen Unterstützung unserer indianischen Freunde, werden wir die Rebellentruppen im Norden zerstreuen und spalten und ihre Schlagkraft weiter schwächen.

Mit vorzüglicher Hochachtung
vorgelegt durch den Beauftragten des Gouverneurs

Im Laufe des Frühjahrs 1778 wurde den amerikanischen Führern in Philadelphia und den südlichen Staaten allmählich bewusst, dass die Pattsituation im Norden zu verstärkten britischen Aktivitäten im Süden führen könnte. Die Raubzüge der Florida-Ranger hatten den Einwohnern Georgias sehr zugesetzt, und die Revolutionäre waren beunruhigt über die vielen vor der Küste kreuzenden britischen Schiffe, von denen aus marodierende Banden die schutzlosen Dörfer und Plantagen an der Küste überfielen und neben Nahrungsmitteln auch Sklaven raubten. Die Milizführer in Georgia sahen in der Zerstörung von Fort Howe einen Beweis ihrer Schwäche und fürchteten, dies sei nur die erste Stufe einer breit angelegten Militäraktion der Briten.

Aufgrund der dringenden Bitten aus Savannah um bessere Unterstützung und der Flottenverlegung von New York in Richtung Süden gelangte General Washington schließlich zu der Überzeugung, dass die schon lange erwarteten Angriffe der Briten auf Charles Town und Savannah unmittelbar bevorstanden. Zweifelsohne würden die Briten zunächst von dem besetzten Florida aus Georgia angreifen. Washington ersetzte General Robert Howe durch General Benjamin Lincoln als Kommandeur der südlichen Abteilung der Kontinentalarmee und beorderte Howe nach Georgia, um die Verteidigung des Staates zu koordinieren. Um sich die

Unterstützung der Whigs zu sichern, verfügte Washington, dass jeder, der fünfzehn oder mehr Freiwillige rekrutieren konnte, Tory-Anwesen in Florida nach Belieben plündern dürfe und mindestens den Rang eines Sergeant in der Miliz von Georgia erhalten werde. Außerdem bot er jeder Familie fünfhundert Tagwerk Land an, die bereit war, sich südlich des Altamaha River oder im östlichen Teil Floridas niederzulassen, aber es fand sich niemand, der dazu bereit gewesen wäre.

Des Weiteren entsandte Washington einige hundert Soldaten als Verstärkung zu General Howe nach Savannah. Insgesamt waren dort jetzt zweitausend Soldaten der Kontinentalarmee stationiert, denen sich die Miliz von South Carolina unter Colonel Andrew Williamson und ein Kontingent aus Georgia unter dem neu gewählten Gouverneur John Houstoun angeschlossen hatten. Auch mehrere Marineeinheiten unter Commodore Oliver Bowen lagen dort vor Anker, darunter fünf Galeeren, zwei Kanonenboote und zwei kleinere Schiffe mit Ruderbesatzung. Im Großen und Ganzen war es eine eindrucksvolle Verteidigungsarmee, doch General Howe stellte in einem Bericht fest, dass es den Revolutionären an Schuhen, Decken und angemessenen Unterkünften fehlte und die meisten nur die Waffen besaßen, die sie von zu Hause mitgebracht hatten, jedoch kaum Munition. Der Sold war seit acht Monaten überfällig, aber endlich gelang es dem Kontinentalkongress, 600.000 Dollar für die Miliz von Georgia zur Verfügung zu stellen. Obwohl das durch die Inflation stark entwertete Geld nur wenige Anschaffungen möglich machte, wurde dadurch die Bedeutung der Miliz als Puffer zwischen den britischen Truppen in Florida und den Kolonien im Norden gewürdigt.

Die Briten wussten, dass die Moral in der Kontinentalarmee an einem Tiefpunkt angelangt war, Desertieren war an der Tagesordnung. Man versuchte, dem mit immer drakonischeren Strafen Einhalt zu gebieten. Brown berichtete, dass an einem einzigen Tag zehn Fahnenflüchtige verurteilt worden waren, sieben zum Tode durch Erschießen, einer zum Tode durch den Strang und zwei zu hundert Peitschenhieben. Ein Farmer, der desertiert und zu seiner Familie zurückgekehrt war, wurde zu vierhundert Peitschenhieben verurteilt, und es gab einen Aufschrei unter den Soldaten, als er an den Folgen der Auspeitschung starb.

Elijah Clarke und seine Miliz betrachteten sich als bestens vorbereitet und warteten ungeduldig auf ihre erste Bewährungsprobe. Elijah zog mit zweihundert gut ausgerüsteten Freiwilligen nach Savannah, im Gepäck ausreichend Proviant und Munition. Dort bot er seine Dienste an und hoffte, bei den gelegentlichen Raubzügen in den Norden Floridas eingesetzt zu werden. Der Staatsrat von Georgia beschloss, die alte Rivalität zwischen politischen und militärischen Führern zu begraben, und Gouverneur John Houstoun wurde das Oberkommando über die vereinten Streitkräfte übertragen. Obwohl der Gouverneur keinerlei militärische Ausbildung vorweisen konnte, war Elijah Clarke bereit, unter seinem Kommando zu kämpfen, um direkt an den Kampfhandlungen gegen die Briten teilnehmen zu können.

Als Clarke auf Gouverneur Houstoun und dessen Abteilung aus Georgia traf, musste er feststellen, dass seine eigenen Milizionäre die Einzigen waren, die für eine Schlacht oder für das Überleben in der heißen und malariaverseuchten Küstenregion gerüstet waren. Jeweils zehn Männer waren in ein kleines Zelt gepfercht, ein Essgeschirr musste für sechs Mann reichen, und jeweils fünfzehn Männer teilten sich einen Suppenkessel. Nur wenige Soldaten verfügten über ausreichend Munition, und es gab praktisch keine Medikamente. Verzweiflung hatte sich breit gemacht. Elijah war fest entschlossen, die Überlegenheit seiner Kämpfer unter Beweis zu stellen, und plädierte dafür, nicht tatenlos in Savannah herumzusitzen und auf einen Angriff der Briten zu warten, sondern selbst die Initiative zu ergreifen. Er überzeugte die anderen Befehlshaber davon, dass Savannah mit nur eintausend Soldaten leicht zu verteidigen sei. Die Stadt war fast völlig von Sumpfgebiet umgeben, sodass ein Angriff von der Landseite her nahezu unmöglich war, und ein Überfall von der Küste her konnte mit einer strategisch günstig platzierten Artillerie und, falls nötig, durch ein Versenken der Schiffe im Hauptkanal verhindert werden.

Schnell waren sich alle einig, dass ein gemeinsamer Angriff auf Florida taktisch am Klügsten sei. Allen Befehlshabern war schmerzlich bewusst, dass es die Kontinentalarmee trotz doppelter Truppenstärke nie geschafft hatte, den St. Marys River und damit die Grenze zu Florida zu überqueren, geschweige denn St. Augustine einzunehmen. Nichtsdestotrotz glaubten die Männer aus Georgia fest daran, dass sie die Fehler der Vergangenheit wieder gutmachen und dass diesmal die amerikanischen Truppen mit ihrer beispiellosen Schlagkraft den Sieg davontragen würden.

Wie vorherzusehen, brach der alte Streit zwischen General Robert Howe und den Anführern aus den einzelnen Provinzen um das Oberkommando wieder aus. Sofort nach seiner Ankunft in Savannah verärgerte General Howe die Männer aus Georgia, indem er sich weigerte, bei gemeinsamen Besprechungen in Uniform zu erscheinen, und darauf beharrte, mit ihnen nur als Zivilist zu verkehren. General Howe behauptete, aufgrund seiner militärischen Erfahrung und seines Ranges als Kommandeur der Kontinentalarmee stehe ihm das Oberkommando zu, er weigerte sich, von dem noch jungen und unerfahrenen Gouverneur Houstoun Befehle entgegenzunehmen. Commodore Bowen wiederum bestand darauf, dass seine Galeeren eine Marineeinheit seien und daher ausschließlich unter seinem Kommando stünden. Colonel Williamson, der Anführer der Miliz von South Carolina, hielt sich aus der Diskussion heraus, verweigerte jedoch seine Einwilligung, Anweisungen anderer Befehlshaber zu befolgen. Um handlungsfähig zu bleiben und die Fehler der Vergangenheit möglichst nicht zu wiederholen, einigten sich schließlich alle darauf, zwar auf ein Oberkommando zu verzichten, jedoch in engem Kontakt zu bleiben und die Aufgaben klar aufzuteilen, bevor der Hauptschlag geführt werden sollte.

Gouverneur Tonyn, der von Brown über diese Debatten auf dem Laufenden gehalten wurde und sich der beeindruckenden Größe der Miliz von Georgia und der Kontinentaltruppen bewusst war, befürchtete, dass manche Siedler südlich des Altamaha ihre Untertanenpflicht vergessen und zu einer siegreichen Invasionsarmee überlaufen würden. Zudem war er sich der Loyalität der Creek und Seminolen nicht sicher. Hauptaufgabe des Gouverneurs war die Verteidigung von St. Augustine, und so befahl er den Rangern, in Kontakt mit den feindlichen Truppen zu bleiben und sie in kleinere Gefechte zu verwickeln, um ihren Vormarsch aufzuhalten, eine entscheidende Schlacht jedoch zu vermeiden. Dies war auch Browns bevorzugte Taktik.

Gouverneur Tonyn musste sich nur selten der regulären, in St. Augustine stationierten Truppen bedienen. Bisher hatte er es mit Hilfe der Ranger und einer kleinen, von Thomas Brown angeworbenen Gruppe Monarchisten aus Georgia und North Carolina geschafft, Florida zu verteidigen und die hiesigen Whigs in Schach zu halten. Dies war ganz im Sinne von General Augustine Prevost, der gerne eine ruhige Kugel schob und daher noch nie nach einer aktiveren Rolle für seine Rotröcke verlangt hatte. Das sollte sich nun ändern.

Kapitel 32
Letzter Angriff auf Florida

Mai 1778

Am Südufer des Altamaha River, der auf seinem Weg zum Meer zu einem gewaltigen Strom anwuchs, saßen Elijah Clarke und Aaron Hart. Ihr Gespräch drehte sich um jene Gebiete, die ihre Fruchtbarkeit den beiden großen Nebenflüssen des Altamaha, dem Ocmulgee und dem Oconee, verdankten. Das Quellgebiet des Flusses lag zweihundertfünfzig Meilen nordwestlich von hier, oberhalb von Augusta, und erstreckte sich über mehr als hundert Meilen. Es schmerzte Clarke und Hart, dass die träge an ihnen vorbeiströmenden Wasser des Altamaha bisher Land durchquert hatten, das immer noch den Creek und den Cherokee gehörte. Nur die etwa dreißig Meilen entlang des Flussufers zwischen ihrem momentanen Aufenthaltsort und der Küste waren von Weißen besiedelt. Widerwillig mussten sich Clarke und Hart eingestehen, dass sie im Augenblick einen äußerst kleinen Teil des Staates Georgia kontrollierten.

«Es fuchst mich gewaltig, dass wir diesen verdammten Rangern fast das gesamte Gebiet zwischen hier und der Grenze zu Florida überlassen haben», sagte Clarke wütend. «Wir müssen endlich dafür sorgen, dass sie ein für allemal verschwinden.»

Hart erwiderte zweifelnd: «Bisher haben sie die Küstenregion von ihren Raubzügen verschont, aber wenn dieser Feldzug fehlschlägt, ziehen sie womöglich gemeinsam mit den Rotröcken in Savannah ein.»

«Immerhin ist endlich General Howe mit tausend Soldaten eingetroffen, und Houstoun und Williamson müssten ja auch demnächst mit den Milizen aus Georgia und South Carolina zu uns stoßen. Dann sind wir stark genug, um bis nach St. Augustine durchzubrechen.»

Mit Billigung des Staatsrats von Georgia und des Gouverneurs waren Elijah Clarke und seine zweihundert berittenen Milizionäre hinunter zum Nordufer des Altamaha gezogen. Dort hatten sie auf dem Gelände des zerstörten Forts auf dessen Namenspatron, General Howe, und seine Kontinentaltruppen gewartet, die in der letzten Maiwoche eingetroffen waren. Gemeinsam hatten sie den Fluss überquert, ohne auf Gegenwehr zu stoßen, und warteten nun schon wieder seit fast einem Monat auf die Ankunft von Gouverneur Houstoun und Colonel Williamson, die beide jeweils fünfhundert Milizionäre mitbringen sollten.

Endlich, am 4. Juli, tauchte das Kontingent aus Georgia am anderen Flussufer auf; die Männer aus South Carolina eine Woche später.

Inzwischen hatten auch sie den Fluss überquert und biwakierten mit den anderen am Südufer. Auf Einladung General Howes versammelten sich alle Befehlshaber und ihre Adjutanten in seinem großen Zelt. General Howe ergriff das Wort.

«Gouverneur Houstoun, Colonel Williamson, Colonel Clarke und alle anderen, ich möchte Sie herzlich willkommen heißen. Nun, da wir alle beisammen sind, ist es dringend erforderlich, uns einen Überblick über die uns zur Verfügung stehenden Kräfte zu verschaffen und unseren Vorstoß nach Süden zu koordinieren. Ich muss gestehen, dass ich noch nie an einer Militäroperation mit vier unabhängigen Befehlshabern beteiligt war, aber so lautet die Vereinbarung, und ich bin bereit, mich daran zu halten.

Wie Sie alle wissen, haben wir uns darauf geeinigt, von Fort Howe aus nach Süden zu ziehen und Fort Tonyn einzunehmen, das schon jenseits des St. Marys River in Florida liegt. Das sollte bei der Stärke unserer gemeinsamen Truppen kein Problem sein. Dann werden wir auf möglichst direktem Wege nach St. Augustine marschieren, wo wir allerdings mit einer harten Gegenwehr der Briten rechnen müssen. Wenn wir es jedoch schaffen, ihnen schon im Vorfeld ernsthafte Verluste beizubringen und unsere Stärke zu demonstrieren, ist es gut möglich, dass sie ohne größeren Widerstand kapitulieren. Schiffe aus Charles Town und Savannah werden uns über die Wasserstraßen mit Nachschub versorgen.»

Elijah hob die Hand und begann ohne Aufforderung zu sprechen.

«General, natürlich kennen wir unseren Angriffsplan, aber ich sehe schon jetzt einige Schwierigkeiten dabei. Meine Männer und ich mussten hier geschlagene sechs Wochen auf alle anderen warten. Wir haben bereits jetzt unsere ganzen Vorräte verbraucht, und so, wie es aussieht, ist von den anderen auch nichts zu erwarten, weil sie selbst zu wenig haben. Schon seit drei Jahren kämpfen wir zusammen, und nun fiebern wir unserem ersten Gefecht mit den Briten entgegen, aber wir sind nicht an das Klima hier gewöhnt, und daher sind einige von uns krank geworden. Wir können uns selbst Essen beschaffen oder notfalls Gras essen, aber ich würde doch gerne wissen, wie es mit der ärztlichen Versorgung aussieht.»

«Ich kenne dieses Problem», erwiderte Howe. «Täglich fallen mehr von meinen Männern aus. Bitten wir doch meinen Stabsarzt um seine Einschätzung, bevor wir mit der militärischen Diskussion fortfahren. Bitte, Dr. Masterson.»

Dr. Masterson stand auf, räusperte sich, zog einen Zettel aus der Hosentasche und sagte: «Zu unserer bitteren Enttäuschung sind die angeforderten Medikamente aus Savannah bisher noch nicht eingetroffen. Wir benötigen dringend Brechwurz, Jalapenwurzel, Kalomel und andere Arzneien, um Malaria, Typhus, Schwindsucht, Gelbfieber und andere Krankheiten zu behandeln, die zur Untauglichkeit führen. Nun mussten wir leider erfahren, dass auch die neu angekommenen Truppen nichts von dem, was wir brauchen, mitgebracht haben. Täglich gibt es neue Krankmeldungen, und die Medikamente gehen zur Neige. Man hat uns wieder einmal versprochen, die Medizin sei unterwegs, aber ich weiß nicht, was wir tun sollen, wenn sie nicht eintrifft. Es tut mir Leid, dass ich Ihnen nichts Erfreulicheres mitteilen kann.»

Nachdem sich der Arzt gesetzt hatte, begann eine allgemeine Diskussion, an der sich alle vier Befehlshaber beteiligten. Man beschloss, an dem in Savannah vereinbarten Plan festzuhalten und weiter vorzurücken, gleichzeitig jedoch die dringende Bitte nach Savannah zu schicken, die Medikamente zum St. Marys River zu liefern, wo sie nach der Eroberung von Fort Tonyn benötigt würden. Houstoun und Williamson kündigten an, dass sie noch einige Tage Vorbereitungszeit bräuchten, aber Howe und Clarke, deren Männer langsam ungeduldig wurden, wollten unverzüglich aufbrechen, Fort Tonyn erobern und dort auf die anderen warten.

Seit drei Jahren führte Thomas Brown nun mit einer hervorragend ausgebildeten und disziplinierten Einheit Militäroperationen in einem Gebiet durch, das er und seine Männer wie ihre Westentasche kannten. Er hatte seine Informationen über die geplante Invasion Floridas an den Gouverneur und General Prevost weitergegeben, zwischen denen daraufhin ein Machtkampf um das Oberkommando entbrannte, denn dem Befehlshaber würde das zu erwartende Verdienst für die Abwehr der Amerikaner persönlich angerechnet werden. Die meisten regulären britischen Truppen blieben als Verteidigung in der Nähe von St. Augustine, während ein Teil zur Verstärkung nach Fort Tonyn beordert wurde, wo der erste Schlagabtausch mit den Amerikanern stattfinden sollte. Brown, dessen Vorgesetzte entschieden hatten, die Amerikaner nicht zu behelligen, solange sie sich noch innerhalb der Grenzen Georgias aufhielten, beschloss, dies zu ignorieren, da er keine ausdrücklich gegenteiligen Befehle erhalten hatte. Die Taktiken der Eingeborenen nutzend, störten die Ranger bei jeder sich bietenden Gelegenheit den Vormarsch der Eindringlinge, die sich mühsam durch die Sümpfe und Wälder vorwärts kämpften und schließlich den St. Marys River überquerten.

Brown befolgte General Prevosts Befehl, Fort Tonyn aufzugeben und in Brand zu stecken, und verschaffte damit den Amerikanern einen schalen Sieg. Dann bezog er mit seinen dreihundert Rangern Stellung und wartete auf die heranrückenden Rebellen. Der Gouverneur hatte schon früher darum gebeten, Browns Truppen gut auszurüsten und militärisch zu unterstützen, schließlich hätte man die verfügbaren Vorräte den Rangern zu verdanken. General Prevost wollte jedoch nur unter der Bedingung zustimmen, dass sich Brown und die Ranger unter das direkte Kommando seines Sohnes, Major James Mark Prevost, stellten. Tonyn, dessen Möglichkeiten erschöpft waren, bat Brown, sich unter das Kommando der Armeeoffiziere zu begeben, «es handle sich doch nur um eine Formsache». Ohne seine Stellung zu verlassen, ersuchte Brown um seinen Abschied und erklärte, er fasse dies als Misstrauen gegenüber seiner Art der Pflichterfüllung auf. Keinesfalls könne er seine Ranger verraten und «unter jedem x-beliebigen britischen Subalternoffizier dienen». Er erinnerte den Gouverneur daran, dass der König höchstpersönlich den unabhängigen Status der Ranger gutgeheißen habe. Tonyn leitete Browns Antwort an

General Sir Henry Clinton weiter, von dem er hoffte, dass er Brown zur Vernunft bringen würde. Da die Unterstützung der britischen Truppen ausblieb, wies Brown seine Männer an, sich von den Blattknospen der Fächerpalme zu ernähren, die den Rangern nach eigener Aussage bald «besser schmeckten als Kohl».

Major Prevost stationierte seine Männer vierzehn Meilen südlich von Brown am Alligator Creek, an einer Stelle, die die Ranger gut kannten. Da sie in Fort Tonyn nie willkommen gewesen waren, hatten sie diesen Punkt als Lagerplatz gewählt. Sie hatten einige kleinere Seen miteinander verbunden, sodass sie einen Erdwall umschlossen, den die Männer «Browns Artillerie» getauft hatten. Als Major Prevost den Rangern den Befehl zukommen ließ, sie sollten sich zurückziehen und seinen Truppen anschließen, sandte Brown nur die Hälfte seiner Männer zur Unterstützung zum Alligator Creek und führte mit dem Rest immer wieder kleinere Angriffe gegen die Eindringlinge durch, fiel ihnen in die Flanken oder griff die Nachhut an.

Als die Amerikaner die verbrannten Überreste von Fort Tonyn entdeckten, rief Elijah Clarke seinen Männern zu: «Das erinnert mich an den verbrannten Fuß von Burnfoot Brown!»

Die Männer brachen in schallendes Gelächter aus, und er fügte hinzu: «Jetzt zeigen wir ihm mal, wie echte Waldläufer kämpfen!»

Clarke erhielt von General Howe die Genehmigung, mit dessen gut organisierter und kampferprobter Kavallerie nach Süden vorzurücken und die versprengten Ranger auszukundschaften und auszuheben. Gemeinsam mit dem Hauptteil der Kontinentaltruppen würden sie dann die Briten angreifen, deren Stellungen Clarkes Kundschafter schon am Alligator Creek ausgemacht hatten. Brown ließ sich auf ein Nachhutgefecht ein, um das Vordringen der Amerikaner zu verzögern, und zog sich mit seinen Truppen dann zum Südufer des Alligator Creek zurück. Dort waren Major Prevosts Grenadiere schon auf dem gut befestigten Erdwall von «Browns Artillerie» in Stellung gegangen und lagen hinter einem so genannten Baumverhau aus Ästen und angespitzten Schösslingen in Deckung.

Ungefähr neunhundert Rotröcke warteten nun auf ihr Signal zum Angriff. Brown sandte eine Kompanie Ranger aus, die die Amerikaner in einem großen Bogen von beiden Seiten einkreisen sollten. Nur mit größten Schwierigkeiten kämpften sich die berittenen Einheiten aus Georgia durch das dichte Unterholz der Wälder, und als Clarke sie aufforderte, über den Creek zu springen, stellte sich heraus, dass der Fluss viel zu tief und breit war und die Pferde Gefahr liefen zu ertrinken. Unter schwerem Beschuss und dem Kriegsgeschrei der indianischen und britischen Verteidiger gingen einige Pferde durch. Die Kavallerie fiel zurück, Clarke erhielt einen Schenkeldurchschuss, und eine größere Anzahl von amerikanischen Soldaten wurde getötet oder verwundet. Howe griff mit seiner Kontinentalarmee gar nicht erst in den Kampf ein, sondern befahl einen allgemeinen Rückzug. Major Prevost nahm die Verfolgung auf, kehrte aber um, als seine Truppen in ein kurzes Gefecht mit Captain James Jackson und seiner Abteilung verwickelt wurden. Schließlich ordnete er den totalen Rückzug auf die Südseite des Alligator Creek an, da sich die britischen Truppen überall in den Sümpfen zerstreut hatten und zu keinem gemeinsamen Angriff gegen die Amerikaner mehr geführt werden konnten.

Bei Fort Tonyn wurde Kriegsrat gehalten. General Howe informierte die anderen, dass aufgrund von Krankheitsfällen nur dreihundertfünfzig seiner Soldaten kampftauglich seien. Außerdem fehlten ihm eine zuverlässige militärische Unterstützung sowie Tragtiere für die Munition und den Proviant. Er stellte fest, dass nicht er für die langen Verzögerungen verantwortlich sei, und bereitete ein ausführliches Papier vor, in dem er acht Gründe für das Fehlschlagen der Mission aufführte.

Nachdem seine untergebenen Offiziere das Dokument gebilligt und unterschrieben hatten, befahl General Howe den Truppen, sich an die Küste von Georgia zurückzuziehen. So endete der letzte der unglücklichen und geradezu lachhaften Versuche, die Briten aus dem östlichen Florida zu vertreiben. Es sollte jedoch nicht das letzte Mal sein, dass sich Thomas Brown und Elijah Clarke gegenüberstanden. Mehr als ein Drittel der Invasoren war gefallen oder kampfunfähig, und durch den Misserfolg dieser Aktion im Sommer 1778 machte sich bei den amerikanischen Streitkräften Verzweiflung breit. Die Briten hingegen fühlten sich ermutigt, Vorbereitungen für größere Angriffe zu treffen.

Die Rückeroberung Savannahs und Charles Towns war aus zweierlei Gründen von strategischer Bedeutung: Erstens würde Großbritannien den europäischen Mächten damit beweisen, dass es in der Lage war, die Revolution niederzuschmettern, und zweitens würden die Briten zugleich eine Basis für die Vernichtung aller revolutionären Kräfte in Amerika schaffen, noch bevor diese von dem im Februar unterzeichneten Vertrag mit den Franzosen profitieren konnten, der ihnen Geld, Waffen und Soldaten versprach. Wenn die Briten Georgia und auch South Carolina eroberten, wäre die im Norden stehende Kontinentalarmee vom Nachschub an dringend benötigten Nahrungsmitteln und Kriegsmaterial abgeschnitten. Aufgrund der sicheren britischen Stellung in Florida, der wirkungsvollen Einsätze der Ranger und der geringen Unterstützung der Rebellen im Hinterland von Georgia war es nahe liegend, zunächst Savannah anzuvisieren. Und mit der Kontrolle der Meere war ein Sieg der Briten nicht mehr aufzuhalten.

Den Briten war bewusst, dass Savannah von der Seeseite her nur schwer einzunehmen war und sie sich auf eine langwierige und verlustreiche Belagerung würden einstellen müssen. Aufgrund der strategischen Bedeutung Savannahs waren sie jedoch bereit, Zeit und Menschenleben zu opfern. Der endgültige Plan, der in den Sommermonaten ausgearbeitet wurde, sah vor, dass Prevost mit zweitausend Soldaten vom Süden Georgias aus angreifen sollte, während General Clinton von New York aus zusätzliche Einheiten unter dem Kommando von Lieutenant Colonel Archibald Campbell über den Seeweg nach Savannah schicken würde. Gleichzeitig würden John Stuart, der Beauftragte für Indianerfragen, und Thomas Brown die Creek und Cherokee für die Sache der Briten zu gewinnen versuchen. Whigs sollten weder bestraft noch misshandelt werden, sondern eine vollständige Amnestie erfahren, wenn sie nur öffentlich der Krone die Treue schworen und auf jede weitere Unterstützung der Kontinentalarmee verzichteten.

General Prevost hätte Brown als Offizier aus der Provinz gern von der detaillierten Planung ausgeschlossen, Gouverneur Tonyn jedoch lud den Ranger-Anführer zu jeder Lagebesprechung ein, da dieser sich fast ein Jahr lang ebenfalls für diesen Angriffsplan stark gemacht hatte. Darüber hinaus hatte Brown ausgezeichnete Spione und verstand sich besser auf den Umgang mit den Indianern als Stuart, der viel von seiner früheren Tatkraft verloren hatte und sein Büro in Pensacola kaum noch verließ.

Dieses Mal wurde General Sir Henry Clintons lang hinausgeschobene Anweisung, dass der «provinzielle» Lieutenant Colonel

Thomas Brown und die Florida-Ranger unter dem direkten Kommando von General Prevost zu stehen hätten, durchgesetzt, aber Brown merkte bald, dass seine Vorgesetzten nur während einer Schlacht absoluten Gehorsam verlangten und ansonsten von ihrer Autorität kaum Gebrauch machten. Da Brown wusste, dass sich Elijah Clarke immer noch mit seiner Miliz in Savannah aufhielt, beschloss er, einen Stoßtrupp hundertfünfzig Meilen flussaufwärts ins Wilkes County zu schicken, mit der Order, dabei möglichst auffällig vorzugehen. Die Ranger zerstörten die Anwesen von zwanzig Whig-Anhängern und töteten mehrere Farmer, was zu Bestürzung bei den aus dieser Gegend stammenden Milizionären sorgte, die von den Streitkräften Georgias angeworben worden waren. Viele von ihnen bestanden darauf, von ihren Pflichten entbunden zu werden, oder machten sich bei Nacht und Nebel aus dem Staub und kehrten zu ihren Farmen und Familien zurück.

Dieses Vorgehen wurde den Beamten in St. Augustine hinterbracht und von General Prevost streng verurteilt, der erneut bei General Clinton Beschwerde einlegte. Major James Mark Prevost wurde zum Lieutenant Colonel befördert, und Clinton verfügte, dass höherrangige Offiziere aus den Provinzen einschließlich Thomas Brown den regulären Offizieren gleichen Ranges unterstünden. Browns Tage der nahezu uneingeschränkten Handlungsfreiheit waren vorüber. Er zog es vor, sich von General Prevost während des bevorstehenden Angriffs auf Savannah fern zu halten, und bot stattdessen Colonel Campbell und dessen Truppen seine Hilfe an, die auf dem Seeweg aus New York eintreffen würden.

Am 8. September äußerte Thomas Brown in einem Brief an Gouverneur Tonyns Adjutanten seine Einschätzung der Lage:

Falls Seine Exzellenz diese Nachrichten bereits erhalten hat, belästigen Sie ihn bitte nicht mit diesem Bericht. In meinem letzten Brief stellte ich Vermutungen über eine Allianz zwischen den Revolutionären und der Regierung von Frankreich an. Diese völlig unzulässige Vereinbarung wurde nun in die Tat umgesetzt, und uns erreichte die Kunde, dass französische Versorgungsschiffe seit einigen Wochen über Häfen in New Hampshire kleinere Mengen von Gewehren, Munition, Zelten, Kleidung und Bargeld liefern. Der so genannte Kontinentalkongress hat jedoch festgestellt, dass diese Hilfe kaum von weit reichender Bedeutung ist. Letzten Monat fand ein gemeinsamer Angriff der Rebellen und einer großen französischen Streitmacht unter Count d'Estaing auf Newport statt. Die Kommandeure gerieten jedoch in Streit, ein Sturm zog auf, und als die britische Flotte eintraf, suchten die Franzosen das Weite und segelten flugs Richtung Westindische Inseln davon. Die Bodentruppen der Rebellen wurden vernichtend geschlagen. Anzumerken wäre noch, dass einige französische Offiziere beauftragt wurden, sich den Rebellen anzuschließen, ihre Qualitäten sind allerdings zweifelhaft oder gar lächerlich. Ein gewisser Marquis de Lafayette ist mit seinen neunzehn Jahren noch fast ein Kind und darf sich trotzdem schon Generalmajor nennen! Dann gibt es einen deutschen Söldner, der sich als Baron von Steuben bezeichnet, aber nicht viel mehr kann, als seine Soldaten stundenlang exerzieren zu lassen.

General Clinton hat mit Übernahme des Oberkommandos Philadelphia verlassen, um sich ganz auf New York zu konzentrieren und diese strategisch wichtige Stellung als Ausgangsbasis für eine Verteidigung Kanadas und Angriffe auf die Rebellen zu nutzen. Obwohl ich selten Angelegenheiten kommentiere, die dieses Ihnen wohlbekannte Gebiet betreffen, lassen Sie mich die Vermutung anfügen, dass unsere Truppen wahrscheinlich von Pensacola aus gegen New Orleans ziehen werden.

Mit vorzüglicher Hochachtung
vorgelegt von Lieutenant Colonel Thos. Brown

Thomas Brown war begeistert, dass es nun endlich zu einem beherzten Vorgehen gegen die Rebellen kommen würde, und behielt für sich, dass er hinsichtlich einer Amnestie für die Whigs völlig anderer Meinung war als die britischen Behörden. In seinem Besitz befand sich ein umfangreiches Dossier über nahezu alle Siedlerfamilien in Georgia. Seiner Meinung nach kam es ihm zu, über ihr Schicksal zu entscheiden, und nicht London. Seine Ranger waren schließlich Männer des Königs; sie würden zu den Höfen reiten und sich die Siedler vornehmen, und keiner seiner Vorgesetzten würde je erfahren, was genau dort geschehen war. Browns Raubzüge wurden aggressiver denn je und viele loyale Whig-Familien verließen ihre Farmen und zogen nach Savannah oder in die Pioniergebiete im Norden Georgias, die immer noch in der Hand der Rebellen waren. Im Oktober 1778 war den Whigs von Georgia nur noch ein kaum mehr als dreißig Meilen breiter Streifen geblieben, der entlang der Westseite des Savannah River bis zur Küste verlief.

Kapitel 33
Die Sklavin Quash Dolly

Ende November setzte Colonel Augustine Prevost seine Truppen von Florida aus Richtung Savannah in Marsch. Gleichzeitig lief Lieutenant Colonel Campbell in New York mit sieben Kriegsschiffen und mehreren Truppentransportern aus, auf denen sich insgesamt 3500 Soldaten befanden. Die amerikanischen Befehlshaber waren umfassend über den drohenden Angriff informiert, vertrauten jedoch darauf, dass die Stadt aufgrund des sumpfigen Geländes leicht zu verteidigen sein werde. Gouverneur Howe hatte das Oberkommando über ungefähr fünfhundert noch kampffähige Kontinentalsoldaten sowie 150 Milizionäre aus South Carolina, die nach dem gescheiterten Einmarsch in Florida nicht nach Hause zurückgekehrt waren. Außerdem hatte sich Captain Elijah Clarke mit seiner Miliz in Savannah eingefunden und Gouverneur Houstoun stellte zusätzliche Miliztruppen bereit. Dies hielt man für mehr als ausreichend, da Savannah nicht mit einem Blitzangriff einzunehmen war und General Howe für den Fall einer länger andauernden Belagerung Unterstützung aus Charles Town zugesagt worden war.

Durch Verräter auf beiden Seiten war jede militärische Entscheidung, kaum dass sie gefällt war, sofort der Gegenseite bekannt. Die Schwierigkeit lag lediglich darin, die Fülle verfügbarer Informationen korrekt zu deuten.

Die Florida-Ranger erhielten die Order, so viel wie möglich über die Truppenstärke und Stellungen der Whigs herauszufinden. Brown hatte für diesen Zweck einige Informanten in Savannah sitzen, darunter Mitglieder des amerikanischen Militärs, Kaufleute oder Privatpersonen, die insgeheim immer treue Untertanen der Krone geblieben waren. Daher konnte er den britischen Behörden eine Beschreibung der verschiedenen militärischen Einheiten liefern und wusste, dass die Verteidiger von der Uneinnehmbarkeit der Stadt überzeugt waren. Das bereitete auch Brown

Kopfzerbrechen, der die Gegend um Savannah gut kannte. Den Briten kam lediglich zugute, dass sich die drei Kommandeure aus Georgia wieder einmal nicht auf einen Oberbefehlshaber hatten einigen können und somit unabhängig voneinander agierten.

Brown erfuhr aus sicherer Quelle, dass eine kleine Abteilung entschlossener Kämpfer in einigen der Forts an der Küste Prevosts Vormarsch gestoppt und ihn zumindest vorübergehend zum Rückzug gezwungen hatte. Diese Nachricht weckte in Brown gemischte Gefühle: Einerseits verspürte er Genugtuung darüber, dass sein politischer und militärischer Gegner aus Florida versagt hatte, andererseits war er ob dieses bösen Vorzeichens in höchstem Maße beunruhigt und fürchtete, Prevosts Misserfolg und die gut vorbereitete amerikanische Verteidigung würden die gesamte Südstrategie zunichte machen. Brown zog es immer vor, unabhängig zu handeln, und so beschloss er, in der Nähe von Savannah zu bleiben und alles in seiner Macht Stehende zu tun, um die britische Flotte zu unterstützen, die vor Tybee Island ankern sollte, ungefähr fünfzehn Meilen von der Stadt entfernt.

❦

Quash Dolly versuchte, die Tränen zu unterdrücken und die quälenden Schmerzen zu ignorieren, die in Wellen durch ihren geschundenen Körper fluteten. Sie sehnte sich danach, den Reisigbesen aus der Hand zu legen, den mit weißem Sand bestreuten Pfad unterhalb des großen Hauses zu ihrer Hütte einzuschlagen und sich auf ihren Strohsack fallen zu lassen. Aber am allermeisten wünschte sie sich, den Peitschenhieben des Aufsehers für immer zu entkommen und ihm alles, was er ihr angetan hatte, zurückzuzahlen. Trotz der Lumpen, die sie sich in den Schritt gestopft hatte, lief immer noch frisches Blut an der Innenseite ihrer Beine hinunter, und sie wusste, dass die anderen Frauen das getrocknete Blut auf ihren nackten Füßen sehen konnten. Die Striemen auf ihrem Rücken jedoch waren durch die Kleidung verdeckt.

Es war kaum vorstellbar, dass es einmal eine Zeit gegeben hatte, in der sie bei ihrem richtigen Namen Quanimo gerufen worden war und trotz des Sklavendaseins ein relativ angenehmes Leben geführt hatte. Ihre Familie hatte einem Witwer namens Quintus Swanson gehört, der in jüngeren Jahren Lehrer in England gewesen war, bevor er sich bereit erklärt hatte, nach Savannah zu ziehen und dort als Sekretär des Gouverneurs James Wright zu arbeiten. Bei der Gründung der Kolonie Georgia war die Sklaverei verboten gewesen, aber bald stellte sich heraus, dass die Haltung von Sklaven den Plantagenbesitzern in Virginia und North und South Carolina einen Wettbewerbsvorteil verschaffte. 1750 gab die königliche Regierung von Georgia dem allgemeinen Druck schließlich nach und legalisierte die Sklaverei, woraufhin der Handel sprunghaft zunahm. Innerhalb weniger Jahre wurden auf dem Sklavenmarkt von Savannah täglich nicht weniger als 260 neu eingetroffene Sklaven versteigert.

Als Mr. Swanson 1766 seinen Dienst bei Sir James antrat, vernahm er zu seinem Befremden, dass zu dem kleinen Landhaus, das ihm der Gouverneur östlich der Stadt zur Verfügung stellte, auch zwei afrikanische Dienstboten gehörten. Der Gouverneur wischte Swansons höflich vorgebrachte Einwände gegen die Sklaven beiseite, konnte er doch nicht wissen, dass dieser in England die Sklaverei scharf verurteilt hatte und daher fest entschlossen war, das schwarze Ehepaar so bald wie möglich freizulassen.

Swanson gefiel das geschmackvoll eingerichtete Landhaus, das ihn in vielerlei Hinsicht an die Cottages der englischen Küstenregionen erinnerte. Die dicken Mauern waren aus Kalkstein und sorgten für eine angenehme Kühle im Inneren des Hauses. Das Grundstück lag am äußersten Rand von Savannah und grenzte mit der Rückseite an ein Sumpfgebiet, dessen Meer aus Grashalmen ein Netz von Wasserläufen verbarg, die bei Flut tief und unüberwindlich waren und in denen er im Nu eine stattliche Anzahl von Seebarschen oder auch die eine oder andere Flunder fangen konnte.

In der Woche nach Swansons Einzug brachte ein Soldat das Sklavenehepaar zum Haus, und Swanson sah zu seinem Erstaunen, dass zwischen den Rockfalten der Frau ein kleines Mädchen hervorspähte.

«Aus diesem Dokument geht hervor, dass die beiden Cato und Phebe heißen», sagte der Soldat. «Die Kleine hier hat noch keinen Namen. Sie haben früher einem Mann namens Joseph Dolly auf Ossabaw Island gehört, der bei seinem Tod Steuerschulden hinterließ, und der Gouverneur hat sie bei der Versteigerung der Hinterlassenschaft gekauft. Sie sind schon ungefähr sechs Jahre hier und sprechen ein paar Brocken Englisch.»

Als sich der Soldat verabschiedet hatte, blieb Quintus ein wenig verlegen zurück, merkte jedoch bald, dass die Schwarzen von ihm erwarteten, dass er ihnen ihren Platz zuwies und etwas zu tun gab. Quintus wollte sich großzügig zeigen, und so beschloss er, ihnen den Nachnamen Dolly zu geben und sie die englische Hochsprache zu lehren, ihre Begabungen zu entdecken und zu fördern und sich kundig zu machen, welche offiziellen Schritte für eine Freilassung notwendig waren. Bald erfuhr er auch, dass sie das Mädchen Quanimo nannten, nach der Großmutter väterlicherseits.

Vielleicht um sein Gewissen zu beruhigen, weil er plötzlich zum Herren über zwei andere Menschen geworden war, vielleicht aber auch, weil er mit Leib und Seele Lehrer gewesen war, entschied Quintus, der schon beinahe sechsjährigen Quanimo Unterricht zu geben. Als persönlicher Sekretär des Gouverneurs glaubte er sich nicht an das Gesetz der Kolonie halten zu müssen, das jedem eine Strafe von fünfzehn Pfund androhte, der einem Sklaven das Lesen und Schreiben beibrachte. Er besaß eine kleine Bibliothek, auf die er sehr stolz war, und wenn er nicht mit dem Gouverneur auf Reisen war, unterrichtete er das Mädchen dort täglich etwa eine Stunde. Mit Erstaunen und Freude sah er, wie eifrig sie bei der Sache war und wie schnell sie lernte. Nachdem Mr. Swanson ein oder zwei Jahre lang die Annehmlichkeiten eines mit Sklaven ausgestatteten Haushalts genossen hatte, zog er eine Freilassung nicht mehr in Betracht. Statt dessen beobachtete er mit Stolz, wie Quanimo die Bücher und Zeitungen in seiner Bibliothek las.

Im März 1775 starb Quintus Swanson und sein bescheidener Besitz wurde auf einer Auktion versteigert. Zu ihrem großen Kummer sollten die Sklaven einzeln verkauft werden. Unter Tränen wurden sie getrennt, und ihnen blieb nur die Hoffnung, eines Tages wieder vereint zu sein. Quanimo stellte fest, dass bei der Auktion Männer etwa 45 Pfund, Frauen etwa 25 Pfund und Kinder, die alt genug waren, um von ihren Eltern getrennt zu werden, etwa zehn Pfund einbrachten. Sie wusste nicht, ob ihre Eltern von ein und demselben Mann gekauft wurden, und mit einem Mal wurde ihr klar, dass sie die beiden nie mehr wiedersehen würde. Stumme Tränen rannen ihr übers Gesicht, als man sie gleich darauf in die Mitte der Plattform führte. Einige Männer machten anzügliche Bemerkungen, dass sie zwar noch nicht alt genug sei, um viel zu arbeiten, aber wohl für etwas anderes ganz gut zu gebrauchen sei. Sie konnte nicht genau verstehen, wie viel für sie bezahlt wurde, weil die Worte des Auktionators für sie nur ein unverständliches Kauderwelsch waren, aber das Bieten dauerte seine Zeit, und das ließ sie ahnen, dass sie so viel wie eine Erwachsene eingebracht hatte. Noch auf der Plattform beschloss Quanimo, keinem preiszugeben, dass sie richtiges Englisch sprach.

Obwohl es völlig unnötig war, wurde ihr ein eiserner Ring um den rechten Arm gelegt. Zusammen mit vier männlichen Sklaven band man sie an einen zweirädrigen Karren, dem sie hinterherlaufen mussten. Am Hafen angelangt, wurden sie auf eine große Prahm getrieben, die etwa drei Meter sechzig breit und neun Meter lang war und auf der sich eine Anzahl von leeren Fässern, so genannten Schweinsköpfen, stapelte. Die Reiskörner am Boden ließen vermuten, dass eine Reisernte zum Verkauf auf den Markt von Savannah gebracht worden war. Ein viereckiges Segel lag zusammengerollt im Bug, und Quanimo zählte acht Sklaven, die unter den knappen Befehlen eines anderen schwarzen Mannes Vorräte in das Flachboot luden.

Sobald die Ladung verstaut war, stieß das Boot vom Pier ab. Mühselig wurde es in die Mitte des Flusses gerudert, wo die zurückgehende Flut das Schiff zusätzlich antrieb. Da sich der Westwind ziemlich launisch zeigte, konnten die Ruderer kaum eine Pause machen. Die vier neu erworbenen Sklaven lösten müde gewordene Mitglieder der Mannschaft ab, nur Quanimo brauchte nichts zu tun. Sie saß achtern an ein Fass gelehnt und hörte aufmerksam zu, wie sich ihr neuer Besitzer, Mordecai Singleton, mit dem schwarzen «Antreiber» unterhielt, den er mit Big William ansprach. Ihr Bestimmungsort war die Hopewell-Plantage auf der Nordseite des Ogeechee River. Sie rührte sich nicht vom Fleck, zog sich nur einmal hinter den Stapel von Schweinsköpfen zurück, um zu urinieren, und beobachtete die Männer, die sich immer wieder Wasser aus einer Tonne in der Nähe des Masts schöpften. Sie selbst trank nichts, da sie keine Arbeit verrichtete.

Als das Boot schließlich am späten Nachmittag anlegte, wartete am Ufer schon Elizabeth, Singletons Frau, in Begleitung von mehreren Sklaven und einem weißen Aufseher namens Andrew Perkins, der dem Besitzer mit großem Respekt begegnete und ein höflicher und freundlicher Mann zu sein schien. Mr. Mordecai zeigte Perkins die fünf neuen Sklaven, betraute ihn mit dem Ausladen und ging mit seiner Frau zum Haus. Kaum war der Besitzer außer Sichtweite, änderte sich Perkins' Verhalten schlagartig. Er beschimpfte die Sklaven und trieb sie unerbittlich an. Dann ließ er die Neuankömmlinge vortreten.

Langsam ging er um sie herum, begutachtete sie von allen Seiten und stieß ihnen den Griff seiner Reitgerte in die Rippen. Schließlich fragte er: «Wie heißt ihr, zum Teufel?» Die vier Männer nannten ihre Namen, aber als Quanimo an der Reihe war, brüllte er: «Was ist denn das für ein dämlicher Name?»

«Weiß nich', Sir, heiß halt so», murmelte sie.

Nach kurzem Überlegen erwiderte Perkins: «Du brauchst einen kürzeren Namen, wie die anderen auch. Von jetzt an heißt du Quash.»

Später erfuhr Quanimo, dass sie unter diesem Namen in die Bücher der Plantage eingetragen wurde, und fortan war sie sowohl für ihre weißen Besitzer als auch die anderen Sklaven nur noch Quash.

Schon bald machte Quash Bekanntschaft mit den Gesetzen Georgias und den Vorschriften auf der Plantage selbst, die dazu dienten, die Sklaven unter Kontrolle zu halten: Ohne eine schriftliche Erlaubnis ihres Besitzers konnten sie die Plantage nicht verlassen; mehr als sieben Männer durften nicht ohne die Begleitung eines Weißen reisen; es war ihnen verboten, Waffen zu tragen, Alkohol oder etwas anderes zu kaufen oder zu verkaufen; sie durften sich nicht versammeln oder laute Musikinstrumente wie Trommeln oder Blasinstrumente spielen, die als Signal für einen Aufstand verwendet werden konnten. Einige der Verbote wurden nicht durchgesetzt, beispielsweise im Fall von Zusammenkünften und Musik, aber natürlich hatten die Weißen dazu jederzeit die Möglichkeit. Sie gaben den Sklaven das Gefühl, es sei eine besondere Vergünstigung, wenn sie das Gesetz nicht buchstabengetreu befolgten. Und die besten Musikanten unter den Sklaven mussten ohnehin bei den Festen ihrer Besitzer aufspielen.

Quash wurde einer der kleinsten Hütten zugeteilt, wo bereits zwei Frauen und fünf Kinder hausten. Ihr Anteil an der Hütte bestand aus vier Haken an der Wand und einem Strohsack auf dem Fußboden. Ihre Notdurft verrichteten die Bewohner zwischen den niedrigen Palmen hinter der Hütte. Sarah, eine Frau mittleren Alters, kam aus Sierra Leone, und Ida, einige Jahre älter als Quash, glaubte, sie stamme ursprünglich aus Ghana. Beide lebten schon seit vier Jahren auf der Plantage und hatten bisher ausschließlich auf den Feldern oder in dem großen Garten gearbeitet.

Quash beschloss, ihre Vergangenheit auch vor den anderen Frauen geheim zu halten und sich ihnen so gut wie möglich anzupassen. Einst hatten sie unterschiedliche Sprachen gesprochen, aber nun verständigten sie sich wic alle Sklaven entlang der Küste in Gullah, der Verkehrssprache der Sklaven aus den Regionen Westafrikas. Gullah entwickelte sich ständig weiter und war eine Mischung aus Englisch, ein paar Brocken Französisch und einem Gemisch der üblichsten Redewendungen aus den jeweiligen Heimatländern der Sklaven. Immer mehr englische Wörter fanden darin Aufnahme, wurden aber so in der Aussprache abgewandelt, dass die Weißen sie kaum noch verstehen konnten. Quash hörte interessiert zu, wenn ihre Herrschaft und deren Gäste die afrikanischen Wörter aussprachen, vor allem wenn es sich um Menschen handelte, die täglich mit den Sklaven zu tun hatten. Wörter wie «tote», «goober», «gumbo», «yam» und «cooter» ersetzten die englischen Begriffe für «tragen», «Erdnuss», «Okra». «Süßkartoffel» und «Schildkröte».

Fast alle Arbeiter waren Analphabeten, mit Ausnahme eines älteren Mannes, der einige Passagen aus der Bibel vorlesen (oder vielleicht auch nur aus dem Gedächtnis zitieren) konnte. Und Big William konnte schreiben, er musste die Namen und das jeweilige Arbeitspensum in ein Buch eintragen, das ihm der Plantagenbesitzer gegeben hatte.

Zum ersten Mal in ihrem Leben versuchte Quash etwas über die Kultur ihrer Heimat zu erfahren. Sie wusste, dass ihre Eltern genau wie Big William aus dem Senegal stammten. Als Kind hatte Quash noch ihre Muttersprache beherrscht, aber später hatte die Mutter sie dazu angehalten, bei jeder sich bietenden Gelegenheit Englisch zu sprechen. Quash merkte sofort, dass die Frauen den Aufseher genauso sehr verachteten wie sie ihn fürchteten, aber vor Big William hatten sie Respekt und vertrauten darauf, dass er sie beschützen und ihre Grundbedürfnisse erfüllen würde. Sie gaben Quash den Rat, sich in Gegenwart von Weißen so unauffällig wie möglich zu benehmen.

Die anderen Sklaven sprachen viel über Big William, da er in beinahe jedem Bereich ihres Lebens das Sagen hatte. Aufgrund der ähnlichen Anbaumethoden in Afrika, Virginia und ganz Georgia konnten die Reisbauern die Größe der Fläche abschätzen, die ein körperlich gesunder Arbeiter an einem Tag bearbeiten konnte. Solch einen Arbeiter bezeichnete man als volle Kraft, was auf ungefähr acht von zehn erwachsenen Sklaven zutraf. Natürlich gab es auch in diesem System einen gewissen Spielraum, aber Quash wurde mitgeteilt, dass eine volle Kraft eine genau festgelegte Fläche bearbeiten musste, ganz gleich, ob es sich dabei um das Pflanzen von Reis, das Unkrautjäten oder das Ernten handelte. Kindern oder älteren und schwachen Sklaven wurden kleinere Flächen zugewiesen. Je nach Kraft und Geschicklichkeit brauchten sie nur drei Viertel, die Hälfte oder ein Viertel des Arbeitspensums zu verrichten. Sklaven, die sich gut führten, hatten frei, sobald sie ihr tägliches oder wöchentliches Pensum zur Zufriedenheit des Antreibers absolviert hatten. Manchmal arbeiteten die Sklaven auch in größeren Gruppen zusammen, beispielsweise wenn neues Ackerland zu roden war, Kanäle und Bewässerungsgräben ausgehoben werden mussten, Reis gedroschen oder Mais angepflanzt wurde.

Am Morgen nach ihrer Ankunft ging Quash mit den anderen Frauen auf die Reisfelder. Es war gerade Pflanzzeit, die, wie sie ihr erzählten, von März bis Mai dauerte. Big William wartete schon auf sie. Mit einem Blick auf ihre Handflächen beschied er, sie seien so zart wie ein Babypopo und aufgrund ihrer schwächlichen Verfassung und ihrer Unerfahrenheit könne sie nur als halbe Kraft eingesetzt werden. Die Arbeit war mörderisch. Barfuß watete sie durch knöcheltiefes Wasser und steckte die Reisschösslinge, die sie in einem flachen Beutel auf dem Rücken trug, in den aufgeweichten Boden.

Die meisten Reisfelder lagen in einer weiten Biegung des Ogeechee und blieben von Salzwasser verschont. Bei Flut stand das Süßwasser höher als die Reisfelder, sodass die beiden Hauptbewässerungskanäle sich zweimal am Tag füllten. Schwere Holztore regulierten den Zu- und Ablauf des Flusswassers, kleinere Tore oder Erdhaufen verschlossen das Netz von kleineren Kanälen, die zu verschiedenen anderen Stellen führten. Das Flusswasser ließ nicht nur die Halme emporschießen, sondern ertränkte auch Gras und Unkraut. Zu bestimmten Zeiten ließ man die Felder austrocknen, um eventuell überlebende Unkräuter herauszuziehen oder auszuhacken. Jeder Arbeiter war für ein bestimmtes Stück Reisfeld verantwortlich, sodass alle genau wussten, wessen Fehler es war, wenn nichts wuchs oder das Unkraut überhand nahm. Auch Quash betrachtete bald die Fläche unter ihrer Obhut als «ihr» Feld.

Big William hatte noch zwei Gehilfen, die jeweils für die Hälfte der Feldarbeiter zuständig waren. Die anderen männlichen Sklaven wurden für schwere körperliche Arbeiten herangezogen, mussten Land roden, Bewässerungsgräben ausheben, getrocknete Reisfelder umpflügen, Holz sägen, sich um das Vieh kümmern und Mais, Kartoffeln und andere Feldfrüchte auf den höher gelegenen Feldern der Plantage anpflanzen. Außerdem dienten sie als Zimmerleute, Schmiede oder Gerber.

In der ersten Zeit arbeitete Quash zwischen Sarah und Ida auf einer Fläche, die halb so groß war wie die der anderen, und dennoch halfen sie ihr beim Bepflanzen, damit sie sich nebeneinander über das Feld bewegen konnten. Sie musste sich häufig aufrichten, um ihren schmerzenden Rücken zu entlasten, und fürchtete, der Antreiber oder, noch schlimmer, der Aufseher würde sie dabei erwischen, dass sie nicht zügig genug arbeitete. Sarah, die gerne plauderte, beantwortete bereitwillig Quashs viele Fragen, die sich um die anderen Sklavinnen drehten. Quash erfuhr, dass sich zwei ältere Frauen um die zweiunddreißig Kinder kümmerten, dass drei Frauen dafür verantwortlich waren, das warme Abendessen für die Sklaven zu kochen und für genügend Brot, Kartoffeln, Reis und manchmal sogar Fleisch für die Morgen- und Mittagsmahlzeiten zu sorgen, dass zwei Frauen dem Gärtner helfen mussten, drei im großen Haus arbeiteten und vier schon zu alt waren, um ihre Hütten zu verlassen und eine sinnvolle Arbeit zu verrichten.

Quash war überrascht, dass sich der Arzt aus Savannah nicht nur um die Familie des Plantagenbesitzers kümmerte, sondern auch um die Sklaven, aber später wurde ihr klar, dass die Sklaven Mordecai Singletons wertvollsten Besitz darstellten. Sie waren die Quelle seines Einkommens und ein Maßstab für Reichtum und gesellschaftliches Prestige. Tatsächlich waren die Sklaven etwa zwanzigmal so viel wert wie die Plantage, auf der sie lebten und arbeiteten.

In den nächsten beiden Monaten wurde ein Feld nach dem anderen bepflanzt. Innerhalb von zwei Wochen hatte Quash gelernt, mit den anderen Frauen mitzuhalten, und musste den steifen Rücken nicht mehr so häufig strecken wie noch am Anfang. Sie war richtig stolz, als Big William eines frühen Morgens zu ihrer Gruppe trat, ihr zusah und sagte: «Jetzt bist du eine volle Kraft.» Von nun an war das ihr zugeteilte Stück Feld genauso groß wie das der anderen Frauen.

Quash Dolly war schlank, mittelgroß und so schwarz wie ihre Großeltern in Afrika. Sie wirkte immer ruhig und bescheiden und war sich nicht bewusst, dass sie sich in ihrer Haltung und ihrem Auftreten von den anderen abhob. Auch wenn sie mit nackten Füßen und gerafftem Rock durch das Wasser und den Schlamm watete, bewahrte sie eine gewisse Würde. Obwohl sie gerade erst siebzehn geworden war, leistete sie gute Arbeit und wurde von den anderen Sklavinnen respektiert.

Eines Tages ritten Master Mordecai und seine Frau Elizabeth an ihrem Feld vorbei und hielten an, um mit Big William zu sprechen. Sie schienen die Frauen eingehend zu betrachten, die sich jedoch noch tiefer über ihre Arbeit beugten und nicht aufzublicken wagten. Als sie an diesem Nachmittag zu ihren Unterkünften gingen, winkte Big William Quash zu sich. Blitzschnell überlegte sie, ob vielleicht irgend etwas an ihrem Stückchen Feld zu bemängeln war.

«Quash», sagte er, «die Missus braucht jemanden für das große Haus, das wär doch was für dich.»

Sie dachte über eine Antwort nach, merkte aber rasch, dass gar keine nötig war. Er hatte seine Entscheidung bereits getroffen. Bisher war sie noch nie in die Nähe des großen Hauses gekommen, hatte aber ab und zu ein paar Worte mit Maggie gewechselt, einer Mulattin, die für die Familie des Herrn kochte und putzte. Maggie war allseits geachtet, da sie seit über zwanzig Jahren auf der Hopewell-Plantage lebte und schon Mordecais Eltern gedient hatte, bevor sein Vater Archibald gestorben und die Mutter nach Savannah gezogen war.

An diesem Abend kurz nach Sonnenuntergang ließ Maggie Quash rufen und verriet ihr, dass sie sie empfohlen hatte. Maggie erklärte ihr, dass üblicherweise drei Frauen im Haus arbeiteten. Eine kochte, eine putzte und eine kümmerte sich um die persönlichen Wünsche der Familie. Seit kurzem gab das junge Paar größere Gesellschaften, und Missus Elizabeth benötigte jemanden, der den anderen Frauen in der Küche und beim Servieren half.

Maggie fragte, ob Quash außer den Kleidern für die Feldarbeit noch andere Anziehsachen habe.

«Ja, Ma'm, ich hab ein paar, aber die sin' vielleicht schon zu klein.»

«Hol sie her.»

Als Quash ihr kleines Kleiderbündel aufschnürte, blickte Maggie überrascht auf.

«Hast du die gestohlen?»

«Nein, Ma'm, die sin' von meinem letzten Herrn.»

«Pack sie wieder ein. Ich geb dir andere für die Küche.»

Maggie überlegte eine Weile, beschloss aber, nicht weiter in Quash zu dringen.

Quashs Arbeit, meistens in der Küche, war weniger anstrengend als die auf dem Feld, aber sie vermisste die Arbeit draußen im Freien, wo sie den Wechsel der Jahreszeiten spürte, die ungezwungene Kameradschaft der Arbeiter, die rhythmischen Gesänge, die die Zeit schneller vergehen ließen, und die Tage, an denen die Feldarbeit so zeitig beendet war, dass sie noch fischen gehen konnte. Nun musste sie sieben Tage in der Woche in dem großen Haus verbringen, musste morgens mindestens eine Stunde, bevor die Familie nach ihr verlangen würde, ihren Dienst antreten und dort bleiben, bis auch das letzte Geschirr vom Abendessen abgespült war.

Da sie so gut Englisch verstand, gewann sie innerhalb kürzester Zeit Einblick in die Vorgänge auf der Plantage. Singleton und seine Familie unterhielten sich nämlich in Gegenwart der Sklaven freimütig über alles, was sie bewegte. Quash wunderte sich zunächst darüber, merkte aber bald, dass sie schwarze Frauen, mit Ausnahme von Maggie vielleicht, für zu dumm hielten, um Wörter mit mehr als einer Silbe zu verstehen oder komplizierte Zusammenhänge zu begreifen. Und selbst wenn, war es ihnen völlig egal, ob ein einfacher Sklave etwas aus ihrem Privatleben erfuhr.

Es lag noch nicht lange zurück, dass Mordecai Singleton die 7000 Tagwerk umfassende Plantage am Fluss übernommen hatte. Die Größe der Plantage war dem politischen Einfluss seines verstorbenen Vaters zu verdanken sowie einem alten Landzuteilungssystem, das auf eine möglichst flächendeckende Besiedlung und Urbarmachung der Küstenregion Georgias abgezielt hatte.

Mordecai hatte viele Freunde im nahen Savannah, die gerne

seine häufigen Einladungen zum Abendessen annahmen und auch über Nacht blieben. Sie machten Ausritte in die Wälder und gingen in den Herbst- und Wintermonaten auf die Jagd nach Rotwild, Truthähnen, Gänsen, Enten und Wachteln. Das ganze Jahr über konnte man fischen und bei einem großen Bankett musste Big William Meeräschen fangen, scheffelweise Austern sammeln und einen Teil der Mahlzeiten unter freiem Himmel auf einem großen Kohlenfeuer rösten.

Am interessantesten fand Quash die kleineren Gesellschaften in der so genannten Halle. Der Tisch dort ließ sich auf doppelte Länge ausziehen, sodass bis zu sechzehn Gäste daran Platz fanden. Quash, die bei diesen Abendessen häufig bediente, war überrascht, wie breit das Spektrum von Singletons Gästen war. Sie spitzte die Ohren, wenn ihr junger Herr von vergangenen Zeiten auf der Plantage erzählte, von der Ergebenheit seines Vaters gegenüber dem König und seiner tiefen Sorge über den wachsenden Einfluss der Whigs in den Küstengebieten. Fasziniert verfolgte sie, wie sich der junge Singleton im nächsten Satz über die Verdammung der «Söhne der Freiheit» in Savannah und die früher im Hause üblichen überschwänglichen Trinksprüche auf den König lustig machte. Heutzutage war es Quash gewöhnt, jungen Männern aus Savannah das Essen zu servieren, die andere Trinksprüche zum Besten gaben – auf die heldenhaften Männer, die im Hafen von Boston britischen Tee ins Wasser geworfen hatten, auf General George Washington und auf die Unabhängigkeit der Kolonien.

Aus Pflichtgefühl gegenüber den anderen Sklaven, aber auch aus Eigeninteresse bemühte sich Quash, die Anweisungen des Besitzers an den Aufseher zu belauschen, die Plantagenangelegenheiten betrafen. Singleton schien an Anbaumethoden oder der Bewirtschaftung einzelner Felder wenig interessiert zu sein; all dies überließ er Big William. Aber das Gesetz der Kolonie verlangte, dass eine Gruppe von mehreren Sklaven immer von einem Weißen beaufsichtigt werden musste, und diese Rolle fiel Perkins zu. Bei allen Entscheidungen in Bezug auf die Sklaven hatte er das letzte Wort, sei es ihre Unterbringung, die Essenszuteilungen, Belohnungen und Strafen oder die ärztliche Versorgung. Quash war aufgefallen, dass Singleton über alle Ausgaben und Einkünfte der Farm sorgfältig Buch führte und gerne demonstrierte, dass er sich mit dem Farmbetrieb auskannte; von Perkins forderte er regelmäßig Rechenschaft. Der junge Herr schien genau zu wissen, welchen Ertrag er von jedem seiner Felder erwarten konnte und welcher tatsächlich erwirtschaftet worden war. Häufig erwähnte er, dass ein Sklave im Durchschnitt zehn Fässer Reis erzeugen sollte. Allerdings hatte Quash mit eigenen Ohren gehört, wie Big William ihm diese Zahl genannt hatte.

Oft sprach Singleton mit seiner Frau darüber, wie sehr er es bedauere, dass letzten Winter William Overton, der verlässliche Aufseher, der seinem Vater fünfzehn Jahre treu gedient hatte, die Plantage verlassen hatte, um mit seinem Ersparten selbst eine kleine Farm an der Grenze zu Florida zu kaufen. Der neue Aufseher, Andrew Perkins, war schon zweimal bei einer Lüge ertappt worden und stand unter Verdacht, einige kleinere Diebstähle begangen zu haben, darunter sogar eine alte Pistole, die nach einem Jagdausflug aus Singletons Satteltasche verschwunden war. Quash war beinahe sicher, dass Perkins' Tage gezählt waren und er nach dem Einbringen der Reisernte im November würde gehen müssen.

Perkins war gerissen und hinterlistig und hatte zwei völlig unterschiedliche Seiten. In Gegenwart des Besitzers war er ruhig, höflich und ehrerbietig und behandelte die Sklaven streng, aber korrekt. Allerdings war er trotz seiner Bemühungen, einen guten Eindruck zu machen, ein äußerst unangenehmer Mensch. Er war groß und dünn und über seinem ungepflegten Schnurrbart krümmte sich eine lange Hakennase. Am hässlichsten anzusehen jedoch war sein Mund, der offensichtlich aufgrund eines lange zurückliegenden, kräftigen Hiebes ins Gesicht völlig deformiert war. Die Oberlippe war nach links verschoben und stark vergrößert, wodurch der untere Teil des Gesichts seltsam geschrumpft wirkte. Perkins war sich dieser Entstellung schmerzlich bewusst und suchte sie zu verbergen, indem er immer eine Hand vors Gesicht hielt, scheinbar, um sich die Nase zu reiben oder über seinen Schnurrbart zu streichen. Auf diese Weise versteckte er auch seine krummen, durch jahrzehntelanges Tabakkauen und mangelnde Hygiene schwarz gewordenen Zähne.

Wenn sein Arbeitgeber nicht in der Nähe war, beschimpfte und misshandelte Perkins die ihm Anbefohlenen ohne Unterlass. Offensichtlich glaubte er, dass eingeschüchterte Menschen besser arbeiteten. Die Sklaven auf der Plantage reagierten verstört und zornig auf die Veränderungen, die mit Perkins gekommen waren. Vor allem Big William bekam Perkins' Launen zu spüren. Selbst ein Sklave, hatte er sich das ihm entgegengebrachte Vertrauen durch harte Arbeit, Klugheit und die Fähigkeit erkämpft, in der abgeschlossenen Welt der Plantage mit allen harmonisch zusammenzuarbeiten. Perkins war erst wenige Wochen auf der Farm, als er Mr. Singleton darum bat, einen anderen Sklaven als Antreiber einzusetzen. Singleton lehnte strikt ab. «Solange mir diese Plantage gehört, wird William hier Antreiber bleiben. Sehen Sie zu, dass Sie mit ihm auskommen», war die eindeutige Antwort.

Mit der Zeit gewöhnte sich Quash an die Arbeit im großen Haus, ja, sie machte ihr sogar Spaß. Auf der Hopewell-Plantage wurden die Sklaven zum Großteil mit Erzeugnissen aus eigenem Anbau versorgt und für diesen Zweck war immer ein ausreichend großes Stück Ackerland vorgesehen. Die Hopewell-Plantage besaß sogar eine Anlage zur Rohrzuckerverarbeitung, wo große Mengen Melasse destilliert wurden. Auch Süßkartoffeln wurden angebaut und sorgfältig gelagert, sodass sie fast das ganze Jahr über zur Verfügung standen. Die wöchentliche Ration eines Sklaven belief sich, wie jeder auf der Plantage wusste, auf einen Viertelscheffel Mais, ein Quart Melasse und mindestens zwei Pfund Schweinefleisch, das manchmal durch die doppelte Portion Rindfleisch ersetzt wurde. Dazu kamen weiße Rüben, Süßkartoffeln, Okra und Erbsen aus dem großen Gemüsegarten; während der Erntezeit gab es Extraportionen Reis. Der Hauptbestandteil der Ernährung war jedoch das Schweinefleisch, das Fett lieferte und das Gemüse schmackhafter machte. Quash hatte gehört, wie Singleton vor kurzem Perkins angewiesen hatte, die Schweinefleischration auf drei Pfund die Woche heraufzusetzen, aber bisher war nichts geschehen.

Als Quash eines Morgens das Frühstücksgeschirr abspülte, machte sie eine Bemerkung über Perkins' eigenmächtige Kürzung ihrer Essensrationen. In diesem Augenblick betrat Perkins die Küche. Die Frauen hatten sich in Gullah unterhalten, aber da er an der Küste aufgewachsen war, war es ihm ebenso vertraut wie Quash das Englisch ihres jungen Herrn. Daher war es für sie keine

Überraschung, als sie am späten Nachmittag zu Perkins Hütte beordert wurde.

Zu ihrer Erleichterung war auch Big William anwesend. Perkins zischte: «Du Miststück, du beschuldigst mich, Essen zu stehlen, und das auch noch im großen Haus, wo jeder dich hören kann.»

«Nein, Sir, hab ich nich'», murmelte Quash.

«Du lügst! Ich habe schon mitgekriegt, wie du vor den anderen Niggern großtust. So was kann ich nicht durchgehen lassen. Ich werde dir eine Lektion erteilen, die du nicht so schnell vergessen wirst.»

Er wandte sich an William und sagte: «Zehn Peitschenhiebe auf den Rücken! Dann merkt sie sich's vielleicht!»

Quash war bisher nur ein einziges Mal geschlagen worden. Damals war sie noch ein Kind gewesen und ihr Vater hatte sie bestraft, weil sie Papier und Schreibutensilien aus Mr. Swansons Bücherei entwendet hatte. Er hatte ihr eine Strafpredigt gehalten und ihr erklärt, dass er sie nicht gern schlage, es aber notwendig für ihre Entwicklung sei. Big William hatte niemals eine Peitsche bei sich, anders als seine Gehilfen, die ihre Peitschen als Zeichen ihrer Autorität über der Schulter trugen. Es war ihnen gestattet, ab und an einen leichten Schlag auszuteilen, um einen störrischen oder unaufmerksamen Arbeiter anzutreiben, aber Auspeitschungen mussten vom Aufseher angeordnet werden. Quash wusste, dass Perkins mehrmals im Monat einen Sklaven mit zehn oder mehr Hieben auspeitschen ließ und die Bestrafung immer persönlich überwachte. Es gab auch andere Strafen für Sklaven, beispielsweise den Entzug von Privilegien, das Anlegen von Ketten, verschärfte Kerkerhaft oder, bei schweren Verbrechen gegen Weiße, sogar Tod durch den Strang. In letzterem Fall wurde der Eigentümer aus der Schatzkammer der Kolonie entschädigt.

Quash hatte noch nie gesehen, dass Big William jemanden ausgepeitscht hätte, aber nun befahl er ihr, sich umzudrehen, das Kattunhemd herunterzustreifen und sich gegen die schmutzige Wand zu stemmen. Bei jedem Hieb mit der ledernen Peitschenschnur zuckte sie zusammen, aber kein Laut kam über ihre Lippen. Nur einmal stöhnte sie laut auf vor Schmerzen, als sich die Spitze der Schnur um ihre Seite wickelte und die Brustwarze der rechten Brust traf. Obwohl Perkins so nahe neben ihnen stand, dass sie ihn keuchen hören konnte, hatte sie das Gefühl, dass Big William nicht mit voller Kraft zuschlug. Als es vorüber war, zog sie ihr Hemd wieder an und drehte sich langsam um.

Perkins sagte drohend: «Wenn du auch nur ein Wort über das hier verlierst, wird's dir schlecht ergehen!»

Quash vermutete, dass sie hiermit entlassen war. Schweigend und ohne den Blick zu heben, nickte sie und verließ das Haus. Kurz darauf vernahm sie streitende Stimmen. Erst eine Woche später empfand sie so etwas wie Genugtuung, denn Perkins gab Anweisung, allen Sklaven drei Pfund Schweinefleisch zuzuteilen.

Auf den Plantagen war es allgemein üblich, dass jüngere Frauen, vor allem jene, die im Herrschaftshaus arbeiteten, mit dem Eigentümer oder seinen erwachsenen Söhnen das Bett teilten. Im Gegenzug wurden ihnen einige Vergünstigungen gewährt wie Extrarationen bei den Mahlzeiten, bessere Unterkunft oder vielleicht sogar ein oder zwei billige Schmuckstücke. Singleton selbst hatte nie von diesem Vorrecht Gebrauch gemacht, weder vor noch nach dem Tod seines Vaters. Sogar Quash, die für Männer jeder Hautfarbe attraktiv war, hatte nie das Gefühl, dass er mehr von ihr wollte.

Nachdem Quash in Perkins' Haus ausgepeitscht worden war, wurde sie von Big William getröstet und teilte mehrmals das Lager mit ihm, üblicherweise in einem Verschlag hinter der Schmiede. Er gefiel ihr, aber ihr wurde rasch klar, dass er keine dauernde Beziehung mit ihr eingehen würde. Zwar war seine Ehe immer noch kinderlos, doch seine Frau und er waren erst ein Jahr verheiratet und kamen allem Anschein nach sehr gut miteinander aus. Es wäre nicht unbedingt ein Stigma gewesen, wenn Quash ein Kind von ihm bekommen hätte, aber sie war erleichtert, dass sie nicht schwanger wurde.

Eines Nachmittags, die Singletons weilten gerade auf einem Besuch in Savannah, blätterte Quash in einem Buch in der Bibliothek. Als sie aufblickte, bemerkte sie, dass Perkins im Türrahmen stand und sie beobachtete. Sie tat so, als staube sie das Bücherregal ab, stellte die Bücher wieder ordentlich hin und wollte den Raum verlassen, doch Perkins versperrte ihr den Weg. Sie konnte nur warten, dass er sie vorbeilassen würde. «Willst du mir etwa weismachen, dass du lesen kannst?», fragte er mit höhnischem Grinsen.

Sie erwiderte in Gullah, dass sie nur das Haus saubermache.

Er musterte sie eine Weile und sagte dann barsch: «Komm zu meinem Haus, wenn du hier fertig bist.»

Sie senkte den Blick und gab keine Antwort und er drehte sich um und ging. Quash überlegte, wie sie aus dieser misslichen Lage herauskommen sollte. Es war undenkbar, einen direkten Befehl des Aufsehers zu missachten, und selbst wenn ihre Herrin oder Big William in der Nähe gewesen wären, hätte sie nicht gewusst, ob sie die beiden um Rat fragen sollte. Sie arbeitete länger als sonst und folgte dann widerstrebend dem Pfad zu Perkins' Haus. Er saß auf seiner Veranda und winkte sie zu sich. Als sie auf die Veranda trat, war er bereits ins Haus gegangen und hatte die Tür offen gelassen. Sie hörte ihn sagen: «Komm rein», und trat über die Schwelle. Er schloss die Tür und stand ihr nun gegenüber. Sie bemerkte, dass er eine kurze Peitsche in der rechten Hand hielt.

Endlich fragte sie: «Was woll'n Sie von mir?»

«Ich will nur das, was Big William im Verschlag hinter der Schmiede von dir bekommt», erwiderte er mit gepresster Stimme.

Sie schüttelte den Kopf und wollte fliehen, aber Perkins hielt sie mit eisernem Griff am Oberarm fest und zwang sie, sich hinzuknien. Dann schlug er ihr den Griff der Reitpeitsche mit voller Wucht ins Gesicht, sodass sie zur Seite fiel. Bevor sie sich wieder aufrichten konnte, packte er sie, zerrte sie aufs Bett und drang mit brutalen Stößen in sie ein. Je mehr er sie beschimpfte und erniedrigte, desto erregter wurde er. Unerträglicher noch als die Schläge, ihr verdrehter Arm und die Vergewaltigung war seltsamerweise sein stinkender Atem in ihrem Gesicht. Als er aus dem niedrigen Bett kroch und nach seiner Peitsche griff, konnte sie sich noch auf den Bauch drehen und die Hände schützend um den Hinterkopf legen. Endlich ließ er von ihr ab. Er sackte auf einem Stuhl in einer Ecke zusammen und machte keinen Versuch, Quash aufzuhalten, die sich mühsam aufrappelte, ihr Hemd notdürftig zurechtzog und das Haus verließ.

In ihrer Hütte halfen ihr die anderen Frauen, die Wunden zu waschen und zu verbinden. Rasch errieten sie, was geschehen war. Sie riefen eine der Hebammen, die Quash befahl, bis mindestens einen Tag nach Ende der Blutung im Bett zu bleiben. Als Mrs. Singleton heimkehrte, teilte ihr die Hebamme mit, Quash kränkele und solle sich besser von den Kindern fernhalten, und Maggie sorgte dafür, dass Quash eine leichte Arbeit im Hof und im Garten bekam, bis ihre Wunden verheilten und sie wieder ansehnlich genug war, um im großen Haus zu arbeiten. Immer noch war sie schwach, und wenn sie ein paar Stunden gearbeitet hatte, begann sie wieder zu bluten. Von nun an hatte sie panische Angst vor dem Aufseher, der oft auf seiner kleinen Veranda saß und ihr anzügliche Blicke zuzuwerfen schien, wenn sie auf ihrem Weg zum oder vom großen Haus an ihm vorüberging. Eines Nachmittags wartete Big William auf sie und drückte sein Bedauern darüber aus, dass sie krank gewesen sei. Sie war erstaunt und auch enttäuscht, dass er anscheinend gar nicht wusste, was ihr widerfahren war, aber dann erinnerte sie sich, dass im Augenblick der Reis gedroschen wurde und er vollauf mit der Aufsicht der Feldarbeiter beschäftigt war.

Als sie näher trat, sagte er lächelnd: «Ich bin froh, dass es dir besser geht und du wieder im großen Haus bist.»

«Ja, mir geht's besser», bestätigte sie.

«Kommst du zu mir, wenn's dunkel is'?»

«Im Moment kann ich nich'.»

«Macht mir nix aus, wenn du deine Tage hast.»

Da beschloss Quash, Big William zu erzählen, was geschehen war. Seine Reaktion erschreckte sie.

«Ich mach ihn tot», murmelte er.

Quash glaubte nicht, dass Big William Perkins wirklich etwas antun würde, aber sie war sich nicht ganz sicher. Sie war beunruhigt, denn ganz Savannah würde sich gegen einen Sklaven stellen, der einen weißen Aufseher tätlich angegriffen hatte, ungeachtet der besonderen Umstände, die zu dem Angriff geführt hatten, und des Rufs der Beteiligten. Sie versuchte, es ihm auszureden, und schließlich sagte er: «Er wird sich's noch merken.»

Nach einigen Tagen versicherte ihr Big William, dass Perkins sie in Zukunft nie mehr behelligen werde. Zwischen ihm und Perkins war eine starke Anspannung spürbar.

Als Quash wieder an ihre Arbeit im großen Haus zurückkehren konnte, nahm ihr Interesse an dem, was in der Welt außerhalb der Plantage vorging, zu. Es kamen immer mehr junge Männer aus Savannah, die kein Blatt vor den Mund nahmen, vor allem nicht, wenn sie am Ende der Mahlzeiten schon einige Toasts ausgebracht hatten. Während Quash servierte oder draußen vor der Tür der Halle wartete, achtete niemand auf sie, und so konnte sie jedes

Wort mit anhören. Sie reimte sich zusammen, dass die Amerikaner einen Angriff der Briten auf Savannah erwarteten, sich aber vollkommen sicher fühlten und darauf vertrauten, dass sie einen Überfall von der Seeseite aus ohne weiteres würden abwehren können. Sie waren überzeugt, das Marschland und die tiefen, sumpfigen Flussbuchten seien ein ebenso guter natürlicher Schutz wie jene Sumpfgebiete und Flüsse, die ihre eigenen Angriffe auf St. Augustine vereitelt hatten. Quash sah die Marschlandschaft bei Savannah in allen Einzelheiten vor sich, während die Männer über die Stellungen der Geschütze und der Truppen sprachen, die die britischen Streitkräfte westlich von Skidaway Island aufhalten sollten, und begann zu überlegen, ob ihr diese Informationen nicht vielleicht zu dem verhelfen könnten, was sie sich im Leben am sehnlichsten wünschte.

Als alle gegangen waren und Big William kam, erzählte sie ihm, dass sich die britische Flotte Savannah nähere, und erinnerte ihn daran, dass sie in den Sümpfen gelebt hatte.

Er hörte zu und meinte: «Die Briten sin' besser.»

Südlich von Savannah gab es nur wenige Plantagen, die Thomas Brown und seine Florida-Ranger nicht kannten. Einige seiner Männer waren ehemalige Sklaven, die mit ihren Herren nach St. Augustine gekommen und ganz offiziell freigelassen worden waren. Browns untergebene Offiziere hielten immer nach geeigneten Männern Ausschau, und diejenigen, die auf einer Plantage gelebt hatten, waren als Spione besonders wertvoll. Er pflegte einen ungezwungenen Umgang mit den Sklaven, die ihn mit Berichten über die größeren Plantagen entlang der Küste versorgten, auf denen teilweise mehrere hundert Sklaven lebten. Indem er diese und weitere Quellen anzapfte, wusste Brown immer genau, welche Torys der Krone treu ergeben waren, und gab seinen Männern strikte Order, diese zu schonen. Die anderen wurden eingeschüchtert und schikaniert, sodass sie ihre Unterstützung der Whigs aufgaben oder sie wenigstens nicht mehr offen zu zeigen wagten und jeden Kontakt zu den Gegnern der britischen Herrschaft abbrachen.

Hopewell, das nicht weit von Savannah entfernt lag, war noch nie Ziel der Ranger-Überfälle gewesen. Der alte Mr. Singleton war ein enger Freund von Gouverneur Wright und eine hilfreiche Informationsquelle für die Ranger gewesen, sogar noch, als die Whigs in Savannah die Kontrolle übernommen hatten. Aber die Lage hatte sich geändert. Einer der schwarzen Ranger hatte Brown hinterbracht, dass der junge Singleton mit den «Söhnen der Freiheit» verkehre. Bei seinem nächsten Aufenthalt an der Küste beschloss Brown, Hopewell einen Besuch abzustatten, und kampierte mit seinen Rangern einige Meilen flussaufwärts der Plantage am Flussufer.

Es war die Woche vor Weihnachten. Brown saß vor seinem Zelt an einem kleinen Feuer und verzehrte ein Stück gebratenes Wildbret, das Abendessen für seine Gruppe. Als die Dämmerung hereinbrach, kam einer seiner Männer und wartete respektvoll in ein paar Schritten Abstand, bis der Kommandeur ihn zu bemerken geruhte. Es war ein älterer Schwarzer, der den Namen Liverpool angenommen hatte, nach dem Heimathafen des Sklavenschiffes, das ihn nach Amerika gebracht hatte. Da er mehrere Jahre auf den hiesigen Reisfeldern gearbeitet hatte, bevor er mit seinem Herrn nach St. Augustine gezogen war, hatte er unter den Sklaven, die auf den Plantagen in der Nähe des Lagerplatzes arbeiteten, viele Freunde. Endlich sah Brown auf und fragte: «Was gibt's, Liverpool?»

«Der Oberantreiber von Hopewell will Sie sprechen.»

«Was will er?»

«Weiß nich', Sir, aber er is' ein guter Mann. Heißt Big William.»

«Dann hol ihn her.»

«Er is' schon da.»

Auf einen Wink Liverpools trat Big William in den Lichtkreis des Feuers. Er kam direkt auf Brown zu und erklärte ohne Umschweife, er habe möglicherweise nützliche Informationen für ihn.

Brown beschloss, ihm zunächst ein paar Fragen zu stellen, um herauszufinden, ob er klug und zuverlässig war.

«Weißt du, wie viele Sklaven auf eurer Plantage leben?»

«Ja, Sir, einhundertachtundzwanzig, alle arbeitsfähig.»

«Wie viel Reis produziert ihr?»

«Dieses Jahr mehr als fünfzig Scheffel pro Tagwerk, auf dreihundert Tagwerk.»

Nur um den Sklaven weiter zu prüfen, tat Brown so, als habe er keine Ahnung: «Und wie viele Pfund hat ein Scheffel?»

«Fünfundvierzig, Sir.»

Big William war völlig unbefangen, antwortete ohne zu zögern und war ganz offensichtlich mit dem Betrieb einer Plantage vertraut.

«Bekommen die Singletons viel Besuch?», fragte Brown weiter.

«Ja, Sir, meist im Winter, wenn die Jagd gut is'.»

«Wer kommt da?»

«Na ja, der Gouverneur und andere Männer aus Savannah.»

«Kommen sie alle zusammen, zur selben Zeit?»

«Nein, Sir, sie komm'n meist getrennt.»

Eine lange Pause entstand. Schließlich stellte Brown die entscheidende Frage: «Was bringt dich hierher?»

«Im Haus arbeitet 'ne Frau, die hat gehört, die Briten komm'n nach Savannah.»

«Das mag richtig sein, aber was hat das mit mir zu tun?»

«Sie arbeit'n für die Briten und sie kann helf'n.»

Brown war skeptisch, aber er wollte dem Mann noch ein paar Minuten geben.

«Wie zum Teufel könnte uns eine Sklavin helfen?»

«Sie is' im Sumpf aufgewachs'n und weiß 'nen Weg vom Meer zur Stadt.»

Jetzt horchte Brown auf. Er wusste sehr wohl, dass sich die siegessicheren amerikanischen Truppen auf eine Invasion Savannahs vorbereitet und Artillerie entlang einer tiefen Bucht zwei Meilen östlich der Stadt aufgestellt hatten. Jeder Angreifer von der Seeseite musste diese Route nehmen. Auch wenn er nicht sicher war, wann Campbells Truppen eintreffen würden, so war allgemein bekannt, dass sie vor sechs Wochen New York verlassen hatten und dass Colonel Prevost von Florida aus nach Norden hätte ziehen sollen, aber in der Nähe des St. Illa River aufgehalten worden war.

Brown sagte: «Bring sie her.»

Ohne Umschweife entgegnete Big William: «Sie tut's nich umsonst.»

«Was will sie denn, in Gottes Namen?»

«Die Freiheit.»

Kapitel 34
Die Briten erobern Savannah

Die Sklaverei war für die Florida-Ranger immer ein heikles Thema gewesen. Brown war sich im Klaren darüber, dass die Sklaven auf nahezu allen Plantagen Georgias und Floridas mehr als die Hälfte des Gesamtwertes ausmachten. Zwar hatte die britische Regierung den Sklavenhandel von Liverpool und Afrika aus schon vor langer Zeit per Gesetz verboten, doch durften die Kolonisten jene Sklaven, die sie bereits besaßen, behalten und auch nach Belieben kaufen und verkaufen. Wenn bekannt wurde, dass er mithalf, eine Sklavin zu befreien – und sei es auch von einem Whig –, würden das die meisten der führenden Torys als Bedrohung ihrer eigenen wirtschaftlichen Existenz betrachten.

Thomas Brown entschied schließlich: «Wenn sie uns hilft, soll sie frei sein, und wenn ich sie selbst kaufen muss. Sag Liverpool, dass er sie herbringen soll, und pass auf, dass niemand sonst davon erfährt.»

Quash traf Brown am nächsten Morgen vor Sonnenaufgang, und er fragte sie ohne lange Vorrede, welche Informationen sie zu bieten habe.

Die junge Frau legte jegliche Schüchternheit ab und antwortete ihm zu seiner Verblüffung in perfektem Englisch: «Meine Eltern gehörten dem Sekretär des Gouverneurs, Quintus Swanson, der östlich von Savannah nahe der Straße nach Tybee Island lebte. Dort bin ich aufgewachsen, ich wurde von Mr. Swanson erzogen und habe meine Jugend im Sumpfland verbracht. Seit ich an Mr. Singleton auf Hopewell verkauft wurde, wo ich zusammen mit drei anderen Frauen im großen Haus arbeite, habe ich nie wieder richtiges Englisch gesprochen. Letzten Sonntag, als ich das Essen servierte, habe ich gehört, wie sich einige junge Männer aus Savannah über genau die Gegend unterhielten, wo ich herkomme. Die Weißen achten nicht auf uns Sklaven, wenn sie miteinander sprechen, und ich habe gut zugehört. Die Rebellen wissen, dass die Briten kommen, und General Howe überwacht die Hauptstraße, die sie für den einzigen Zugangsweg halten. Aber ich kenne noch einen anderen Weg.»

Brown musterte sie eingehend, während sie sprach. Trotz der blauen Flecken in ihrem Gesicht war sie eine Schönheit, und mit ihrer aufrechten, stolzen Haltung wirkte sie selbstsicherer als alle Schwarzen, denen er je begegnet war. Ihre außergewöhnliche Erscheinung und ihr Auftreten verstärkten die ihm eigene Wachsamkeit, und er fragte sie: «Warum erzählst du mir das alles?»

«Weil mich Mr. Swanson gut behandelt hat und weil ich dem Aufseher von Hopewell, Mr. Perkins, entkommen muss. Als ich Big William erzählt habe, was ich gehört hatte, wollte er, dass ich mit Ihnen rede.»

Brown ließ Sergeant Alonzo Baker eine Karte der Küstenregion bringen. Darauf sahen sie, dass es eine fast uneinnehmbare Brücke gab, wo die Hauptstraße einen tiefen Wasserlauf kreuzte, nur eine halbe Meile vor der Stadt. Dieser strategisch wichtige Punkt lag etwa zehn Meilen vom offenen Meer entfernt, aber nur zweieinhalb Meilen vom nächstmöglichen Landungspunkt der Briten, und es gab keinen anderen Weg nach Savannah. Als man ihr die Karte zeigte, sagte Quash, dass ihr früheres Zuhause nicht weit von dieser Brücke liege und dass es neben der Hauptstraße noch einen versteckten Pfad gebe, den die Weißen nicht kannten. Auf diesem Pfad konnte man nach Savannah gelangen, ohne die Brücke zu benutzen, wenn man die Bäche bei niedrigem Wasserstand überquerte.

In jener Nacht ließ Brown ein großes, schnelles Kanu besorgen, in dem er mit vier Männern und Quash Dolly den Ogeechee flussabwärts und dann auf dem Schifffahrtsweg nach Tybee Island hinauffuhr. Dort hoffte er auf die britischen Streitkräfte zu stoßen und seine Information an Colonel Campbell weitergeben zu können. Als sie an der Hopewell-Plantage vorbeifuhren, befahl Brown, Quash solle sich auf den Boden des Kanus legen und nicht herausschauen. Den Rest der Fahrt band sie sich ein Tuch um den Kopf, damit man ihr Gesicht nicht sah, und setzte sich mit dem Rücken zum Ufer, wo sich Späher aufhalten könnten. Alle wussten, dass es nur wenige Stunden dauern würde, bis wegen ihrer Flucht Alarm geschlagen wurde, und das System zur Ergreifung eines entflohenen Sklaven war ausgeklügelt und konnte rasch in Gang gesetzt werden.

Quash hatte wegen ihrer Handlungsweise keinerlei Gewissensbisse. Ungeachtet dessen, wie gut oder schlecht sie von ihrem Herrn behandelt wurden, dachten fast alle Sklaven, dass sich ihr Schicksal verbessern werde, wenn die Briten im herrschenden Krieg die Oberhand gewinnen sollten. Quash zog von ihren eigenen Erfahrungen mit Quintus Swanson einerseits und Andrew Perkins andererseits Schlüsse auf die allgemeine Situation. Sie wusste, dass die ehemaligen Sklaven, die jetzt in St. Augustine und oben an der Atlantikküste lebten, von den Briten gut behandelt worden waren. Manche hatten sogar Uniformen und Waffen bekommen, damit sie sich an den Kampfhandlungen beteiligen konnten. Viel wichtiger jedoch war die unerwartete Aussicht darauf, freigelassen zu werden, wie Thomas Brown es ihr versprochen hatte.

Brown schickte einige Männer nach Savannah, um die Gegend und die Aufstellung der amerikanischen Truppen zu erkunden, während er in dem kleinen Lager am Strand wartete, das sie unter einer überhängenden Klippe aufgeschlagen hatten. Es war kalt, und ein heftiger Wind blies leichten Regen in den geschützten Unterstand. Die Kundschafter waren darin geübt, sich als Farmer, Fischer, Händler oder gar Milizionäre oder Kontinentalsoldaten verkleidet hinter die feindlichen Linien zu schmuggeln. Als ehemaliger Sklave war Liverpool einer von Browns erfolgreichsten Spionen. Er war gewitzt und redegewandt und besaß Ausweispapiere, wie sie an vertrauenswürdige Diener ausgegeben wurden, wenn sie Botengänge für ihre Herren zu erledigen hatten. Zwei Tage vor Weihnachten, als sie die britische Flotte schließlich sichteten, hatte Brown einen ausführlichen Bericht für ihren Kommandeur, Colonel Archibald Campbell, vorbereitet.

Der Erfolg ihres Schlachtplans übertraf alle Erwartungen. Die britischen Streitkräfte landeten am 29. Dezember, und Brown hatte gründlich ausgekundschaftet, wo die Stellungen der Soldaten der Whigs unter General Robert Howe, Gouverneur John Houstoun und Colonel George Walton waren. Die Briten begannen einen Scheinangriff auf die amerikanische Hauptstreitmacht, während der Hauptteil der Armee die Ebbe bei Nacht abwartete und

Quash Dolly leise auf dem schmalen und wenig benutzten Pfad durch Fächerpalmen und über Bäche hinweg folgte. Und dann zogen die britischen Truppen seelenruhig und völlig ungehindert in die Stadt ein.

Bei Tagesanbruch wurden die Bürger Savannahs und die Soldaten, die die Stadt verteidigen sollten, von Panik ergriffen. Viele Offiziere und einfache Soldaten verließen ihre Posten und versuchten zu entkommen. Weder General Howe noch seine Untergebenen wussten, was tatsächlich passiert war, doch es verbreitete sich rasch die Kunde, dass eine Sklavin die Briten durch den Sumpf geführt hatte. Die Briten nahmen vierhundertdreiundzwanzig Amerikaner gefangen, töteten fast hundert, und mehr als dreißig ertranken bei dem Versuch, bei steigender Flut die Wasserläufe zu überqueren. Dagegen fielen nur sieben britische Soldaten. Die Stadt wurde vollkommen ausgeplündert, und 45 Kanonen, 637 Gewehre und Musketen und ein großer Vorrat an Pulver und Blei fielen den Briten in die Hände.

Trotz größter Anstrengungen gelang es Colonel Campbell nicht, seine eigenen Truppen im Zaum zu halten, als sie durch die wehrlose Stadt stürmten. Sie plünderten die Geschäfte, vergewaltigten Frauen und schlitzten einigen der gefangenen Soldaten den Bauch auf, nachdem diese bereits die Waffen niedergelegt hatten. General Howe zog sich mit den wenigen verbliebenen Soldaten nach Norden zurück, überquerte den Savannah River nach South Carolina und gab den Befehl aus, dass sich die überlebenden Kontinentalsoldaten dort wieder sammeln sollten.

Brown war von den Gräueltaten der siegreichen Rotröcke zutiefst enttäuscht. Nicht weil ihn die Qualen der Amerikaner besonders bekümmerten, sondern weil er erkannte, dass es dadurch umso schwieriger würde, die Überlebenden auf die Seite der Briten zu ziehen. Damit sie in keine Auseinandersetzung verwickelt wurde, wich er Quash Dolly nicht von der Seite. Außerdem machte er bekannt, welch wichtigen Beitrag sie geleistet hatte, weshalb man sie bald als Heldin feierte. Colonel Campbell verschwendete keinen Gedanken an irgendwelche Ausgleichszahlungen, die ihrem Herrn Mordecai Singleton vielleicht zugestanden hätten, und setzte sie in das erste britische Schiff, das von Savannah nach Nassau segelte. Dazu schenkte er ihr eine Belohnung von fünfzig Pfund und eine offizielle Bestätigung, dass sie frei war.

Thomas Brown war für den britischen Kommandeur Campbell von unschätzbarem Wert, da er ihm eine Aufstellung über die Kaufleute und Plantagenbesitzer lieferte, in der genauestens verzeichnet war, was sie besaßen und ob sie königstreu eingestellt waren. Nicht ohne eine gewisse persönliche Voreingenommenheit gab er seinen Vorgesetzten Ratschläge, ob die Treueschwüre von führenden Kolonisten ehrlich gemeint waren oder nicht. Außerdem sah Brown die Listen der Gefangenen aus Georgia durch und sprach Empfehlungen aus, wer bedingt freigelassen werden und wer ins Gefängnis wandern sollte, wobei dessen Besitz konfisziert wurde. Zudem verriet er einige, die schon einmal den Treueid gebrochen hatten; diese wurden wegen Hochverrats exekutiert. Während all der Zeit, in der er diesen angenehmen Pflichten als oberster Richter in Savannah nachkam, dachte er bereits über britische Truppenverlegungen hundertfünfzig Meilen weiter flussaufwärts in Richtung Augusta nach.

Da General Howe Elijah Clarke für die Verteidigung Savannahs rekrutiert hatte, eine erwartungsgemäß einfache Aufgabe, hatte dieser mit sechzig seiner Milizionäre nördlich der Stadt in der Nähe des Flusses sein Lager aufgeschlagen. Er war ebenso überrascht wie alle anderen, als er von der Stadtmitte her Geschützdonner hörte; rasch weckte er seine Männer und stürmte mit ihnen in die Stadt, um in den Kampf einzugreifen. Die Überlegenheit der Briten war offensichtlich, dennoch beteiligten sich die Milizionäre immerhin so lange an der fruchtlosen Verteidigung der Stadt, dass Elijah Clarke mit ansehen musste, wie drei seiner Männer getötet und neun verwundet wurden. Die übrigen konnten sich der Gefangennahme entziehen und schlossen sich den anderen Amerikanern bei ihrem zunächst ungeordneten Rückzug an.

Die Briten beschlossen, General Howe und seine Soldaten nicht zu verfolgen, daher konnten diese an einer Stelle namens Sister's Ferry unbehelligt nach South Carolina übersetzen. Captain Clarke und seine Männer wurden gebeten, Wache zu halten, während die große Fähre immer wieder hin und her fuhr, randvoll beladen mit Soldaten, Pferden und den Resten an Waffen und Munition. Clarke überlegte, danach einfach mit seinen Männern nach Hause zu reiten, doch dann beschloss er, die offizielle Erlaubnis des Generals einzuholen und dabei in Erfahrung zu bringen, welche Pläne er für die weitere Verteidigung Georgias hatte. Zu seiner Überraschung wurde das Zelt des Generals nur von einem Lieutenant und zwei Sergeants bewacht. Nachdem ihn der Lieutenant angemeldet hatte, trat Elijah an das Zelt heran und polterte dabei so laut wie möglich mit seinen Stiefeln, damit Howe ihn kommen hörte.

«General, erbitte Erlaubnis einzutreten», sagte er.

«Erlaubnis erteilt», kam es dumpf zurück.

Der General war allein, er saß auf einem Feldstuhl, die Ellbogen auf die Knie gestützt. Sein Gesicht war aschfahl, die Augen gerötet, als habe er geweint. Wortlos blickte er auf, und Elijah hatte das Gefühl, dass Howe ihn nicht erkannte.

Er sagte: «General, ich bin Elijah Clarke, und ich erbitte weitere Befehle für mich und meine Männer.»

General Howe blickte ihn trübe an und erwiderte: «Verschwinden Sie aus Georgia, so schnell Sie können.»

«Sir, unsere Familien wohnen alle flussaufwärts, wir können sie und die anderen nicht im Stich lassen. Schließlich haben wir gesehen, was die Briten den Menschen in Savannah angetan haben.»

«Was wollen Sie, Captain?»

«Nach Hause gehen und weiter kämpfen, Sir.»

«Sie können gehen, wohin Sie wollen, aber gegen die Briten kommen wir nicht mehr an. Ich habe Kuriere hinunter nach Sunbury geschickt mit der Order, dass sich alle Soldaten bei mir in Carolina sammeln sollen.»

«Nun, General, ich denke, wir haben vielleicht genug Männer flussaufwärts, um den Rotröcken bei Augusta so richtig die Hölle heiß zu machen.»

«Auch alle meine Soldaten in Augusta habe ich aufgefordert, sich nach Carolina zurückzuziehen.»

Clarkes Gesicht färbte sich unwillkürlich rot vor Zorn und Abscheu darüber, dass die gesamte Kolonie aufgegeben wurde, doch wenig später war er froh, dass der General zu Boden blickte und er seine Gefühle nicht offenbart hatte.

Er trat einen Schritt zurück. «Danke, Sir, wir ziehen ab nach Hause.»

Aaron Hart, der in der Nähe gewartet hatte, kam an seine Seite.

«Stimmt was nicht, Captain?»

«Dieser verdammte General hat Savannah verloren, und jetzt gibt er Georgia auf.»

Er fasste das Gespräch zusammen und sagte schließlich: «Howe und seine Kontinentalsoldaten waren über drei Monate in Savannah und haben in der ganzen Zeit weniger über den Sumpf gelernt als Campbell in zwei Stunden von einer Sklavenfrau.»

«Was sollen wir jetzt tun, Captain?»

«Wir gehen nach Hause. Nie wieder ziehe ich für einen Politiker oder Offizier ins Feld, der keinen Mumm hat. Ich denke, mit Dooly und Twiggs bekomme ich ungefähr zweihundert kampfwillige Männer zusammen, und ich bin sicher, dass es auf unserem Grund und Boden kein Rotrock und keiner von Burnfoots Rangern mit uns aufnehmen kann.»

Was von der Regierung Georgias noch übrig war, traf sich in Augusta, um sich mit dem vollständigen und dauerhaften Verlust des Staates an die Briten auseinander zu setzen. Ein Exekutivrat verurteilte General Howe und zeigte sich zuversichtlich, dass sich der kürzlich ernannte General Benjamin Lincoln als fähiger Kommandeur der Südarmee der Vereinigten Staaten erweisen würde. Ferner wurde ein Ort im Wilkes County als Sitz der Hauptstadt gewählt und andere grundlegende Entscheidungen getroffen. Als sie die Streitkräfte neu aufstellten, machten sie Clarke zum Colonel, Twiggs und Dooly zu Lieutenant Colonels, und die Milizen im Burke County und Wilkes County wurde ihrem Befehl unterstellt.

Die Briten trafen im Staat auf wenig Widerstand. Colonel Campbells Truppen warteten einen Monat und drangen dann den Savannah River hinauf bis nach Augusta vor, ohne einen einzigen Soldaten zu verlieren. Britische Dragoner wurden beauftragt, einen dreißig Meilen breiten Streifen entlang dem Fluss zu durchkämmen, um möglichst viele Vorräte zu konfiszieren und um die Treue zur Krone zu erzwingen. Auf Campbells ausdrücklichen Befehl hin wurde die Siedlung der Quäker verschont, womit die Briten ihre freundliche Gesinnung beweisen wollten. Er vertraute darauf, dass die Indianer und unentschlossene Siedler im Hinterland von Georgia und South Carolina die britische Flagge anerkennen würden, wenn man sie gut behandelte, und dass sich jeglicher Widerstand gegen die königlichen Streitkräfte in Luft auflösen werde.

Mehr als 1300 neue Monarchisten kamen aus den Farmen und Wäldern im Norden Georgias und schworen dem König die Treue. Sie wurden in zwanzig Milizeinheiten eingeteilt und sollten das britische Georgia vor Überfällen aus South Carolina schützen. Aus praktischen Gründen gab es nun nur mehr zwölf Staaten. Britische Regierungsbeamte lobten Colonel Campbell als den ersten Militärkommandeur, der «einen Streifen und einen Stern aus der Rebellenflagge des Kongresses gerissen» habe. Die Eroberung Charles Towns und die Kontrolle South Carolinas durch die Briten schien nur noch eine Frage der Zeit, und von dort aus, so dachten die britischen Kommandeure, würde es ein Kinderspiel sein, auch noch North Carolina und Virginia militärisch zu unterwerfen.

Sie glaubten, der Krieg sei so gut wie vorbei.

Kapitel 35
Das Hornissennest

1779

Ethan Pratt hatte miterlebt, wie die Quäker, die Familie Morris und viele seiner anderen Nachbarn den Treueeid auf die Krone schworen, da sie glaubten, der Krieg sei vorbei und die Unabhängigkeitserklärung wertlos. Neben einigen anderen Familien, die direkt an der Siedlungsgrenze lebten, versuchten die Pratts immer noch, eine eindeutige Parteinahme für die Whigs oder die Torys zu vermeiden.

Da die Führer der Georgia-Milizen wussten, dass Campbell mit mehr als fünfhundert Soldaten flussaufwärts gezogen war, mussten sie deren Überlegenheit anerkennen und machten keinen Versuch, Augusta zu verteidigen. Doch Elijah Clarke scharte von seinem Haus im Wilkes County aus so viele Männer um sich, wie er konnte, wobei ihm Aaron Harts sorgfältig geführte Listen halfen. Er hatte ungefähr 180 Männer beisammen und nickte Dooly zu, der als Erster das Wort ergriff:

«Männer, die Kontinentalsoldaten sind alle nach South Carolina abgezogen, und wie wir erfahren haben, hat General Howe sein Kommando abgegeben, damit er sich vor einem Kriegsgericht verteidigen kann. General Lincoln hat jetzt den Befehl über diejenigen, die nicht getötet oder gefangen genommen worden sind, und hat sein Hauptquartier in Purysburg eingerichtet.

«Wo zum Teufel ist Purysburg?», rief einer dazwischen.

Dooly erwiderte: «Das liegt auf der anderen Flussseite in South Carolina, ungefähr dreißig Meilen nördlich von Savannah. Er hat die Milizen in North und South Carolina und in Virginia dazu aufgerufen, sich ihm anzuschließen und den Briten den Weg nach Norden in Richtung Charles Town zu versperren.»

«Warum machen wir nicht mit?»

Nun mischte sich Elijah Clarke zum ersten Mal ein: «Unsinn! Wir geben Georgia noch nicht auf, und du kannst Gift darauf nehmen, dass ich meine Männer nicht noch mal einem General unterstelle, der keinen Schimmer hat, wie man in den Wäldern kämpft.»

Die Männer murmelten zustimmend, und Dooly fuhr fort:

«Zweierlei ist jetzt zu tun: Erstens müssen wir allen unseren Nachbarn sagen, dass wir weiterkämpfen und uns den Briten nicht ergeben. Und zweitens müssen wir uns in kleine Grüppchen aufteilen, jeden Pfad überwachen, der ins Hinterland vom Wilkes County und Burke County führt, und so viele Rotröcke umbringen, wie wir können.»

Elijah fügte hinzu: «Es geht darum, dass wir hier, wo wir uns auskennen, das Land abriegeln. Jeder von uns muss sich die Karten ansehen und sich überlegen, wie man allein oder zu zweit die Wege überwachen und vor jedem Schweinehund schützen kann, der versucht, ohne unsere Erlaubnis hier hereinzukommen.»

«Wie in einem Sperrgebiet?» fragte Aaron Hart.

«Ich weiß nicht mal, was das ist. Was ich meine, ist ein Hornissennest, und jeder, der hier eindringen will, wird sein blaues Wunder erleben – oder eben nicht mehr erleben.»

Die Männer waren begeistert von dem Vorschlag und machten sich daran, Karten zu studieren, die sie für militärische Übungen angefertigt und benutzt hatten. Binnen weniger Stunden hatten sie ein Gebiet abgesteckt, das auch einige Forts mit guten Verbindungswegen umfasste und das von den natürlichen Bedingungen her – unpassierbare Creeks, Sümpfe und Hügel – bestens geschützt war. Man musste nur ein paar Bäume fällen und konnte auf diese Art ganz einfach einige alte Pfade absperren, die sie nicht benötigen würden. Elijah fasste ihre Pläne noch einmal zusammen und fügte hinzu: «Das wird unser Territorium, aber zwei Dinge sind dabei wichtig: Wir müssen den Rotröcken, Thomas Brown und den anderen Wilden klar machen, dass sie tot sind, bei Gott, sobald sie hier eindringen. Und zwar ohne jede Ausnahme. Außerdem wollen wir uns nicht nur verschanzen, sondern auch angreifen, solange wir noch in der Lage dazu sind. Zufällig liegen meine und Doolys Farm am Rand dieses Gebiets, und mein Fort wird ein guter Treffpunkt sein. Wir können blitzschnell losschlagen, sind im Nu auf unseren Farmen, in Augusta oder über dem Fluss in Carolina und manchmal vielleicht noch schneller wieder zurück!»

Es war unvermeidlich, dass das geschützte Gebiet «Hornissennest» genannt wurde.

Die Führer der Georgia-Milizen begannen, im Hinterland Anhänger zu werben. Zunächst ging es darum, so viele Siedler wie möglich davon zu überzeugen, dass die Revolution nicht verloren war, und sich ihre Unterstützung entweder durch Versprechungen oder Einschüchterung zu sichern. Die Milizkommandeure ließen im Norden Georgias öffentlich bekannt machen, dass alle Grundbesitzer ihr Land verlieren würden, wenn sie nicht der Kontinentalregierung die Treue schworen, und einige Siedler widerriefen ihren gerade eben abgelegten Eid auf die Krone. Doch das genügte Elijah Clarke und seinen streitbarsten Anhängern noch nicht, sie wollten all denjenigen, die sich weiterhin den Briten unterwarfen, eine Lektion erteilen, die sie nicht vergessen würden.

Einer der abtrünnigen Whigs war Zachariah Timmerman, ein allseits bekannter Grundbesitzer, den John Dooly persönlich aufgefordert hatte, seinen Eid auf die Krone zu widerrufen. Dieser ging sofort nach Augusta und ergab sich Colonel Campbell. Die Briten ließen darauf hin verbreiten, Timmerman habe klug gehandelt, und sie unterstellten ihn dem Schutz eines Corporals namens MacAllister, einem Günstling des Colonels. Keine Woche später suchte ein amerikanischer Stoßtrupp das Lager heim, griff MacAllister an, tötete ihn, köpfte ihn und schlitzte ihm den Bauch auf. Dann zerrten sie Timmerman vor die Stadt und hängten ihn auf. Sie hefteten ihm einen Zettel an die Brust, auf dem stand: «Gerechtigkeit». Das war für unentschlossene Whigs eine eindringliche Warnung, doch MacAllisters Name wurde für die wütenden britischen Soldaten zum Kampfschrei.

General Prevost, der nun Savannah besetzte und als kommissarischer Gouverneur eingesetzt war, schien nicht viel an Augusta zu liegen. Da er jedoch wusste, wie stark sich Brown für dieses Gebiet interessierte, verbot er den Florida-Rangern jegliche Bewegungen nordwärts den Savannah River hinauf, und Brown musste notgedrungen zustimmen. Das bedeutete, dass sich nur wenige Creek oder Cherokee den Briten in dieser Region anschließen konnten, entgegen den früheren Vereinbarungen mit Emistisiguo und John Stuart. Alle britischen Bemühungen zielten nun auf Charles Town ab. Ohne jede zuverlässige Hilfe jedoch würden Colonel Campbell und seine fünfhundert Männer Augusta nur schwer gegen einen geballten Angriff aus dem Westen verteidigen können.

Colonel Clarke war erpicht darauf, Augusta wieder einzunehmen, stellte aber schnell fest, dass die Zahl der Milizionäre dafür nicht ausreichte. Daher schickte er Aaron Hart mit einer Bitte um Unterstützung zu General Lincoln. Erwartungsgemäß antwortete dieser, dass es das vorrangige Ziel sei, Charles Town zu halten, und er für den Verteidigungsfall selbst alle verfügbaren Soldaten benötige. Da er jedoch Augustas strategische Bedeutung für die Briten erkannte – als Ausgangspunkt für ein Vordringen zur Küste von South Carolina auf dem Landweg – versprach er, 1200 Soldaten von Charles Town nach Augusta zu verlegen, unter dem Kommando eines Generals namens John Ashe aus North Carolina. Der General war unerfahren, aber in seiner Heimatstadt politisch einflussreich, und er brannte darauf, seine militärische Schlagkraft unter Beweis zu stellen.

Diese Pläne mussten jedoch aufgeschoben werden, als der britische Lieutenant Colonel John Boyd mit 700 Mann von Carolina in den Norden Georgias vordrang, Colonel Campbell von seiner Anwesenheit unterrichtete und begann, Familien von Whig-Anhängern in dieser Gegend in Angst und Schrecken zu versetzen. Im schriftlichen Bericht an General Lincoln hieß es: «Sie sind wie plündernde Banditen, eignen sich jede Art von Eigentum zum persönlichen Gebrauch an, misshandeln die Bewohner und schlachten bewusst jeden ab, der sich ihren gierigen Forderungen widersetzt.»

Lincoln ließ die Order an Elijah Clarke ergehen, so viele Männer wie möglich zu versammeln, und entsandte zusätzlich Colonel Andrew Pickens aus South Carolina, der sie bei der Verteidigung gegen Boyds räuberische Soldaten unterstützen sollte.

Als Campbell an Boyd und seine siebenhundert Männer, von denen viele aus den Reihen der ortsansässigen Torys rekrutiert waren, den Befehl ausgab, die wenigen verbliebenen Angehörigen der Georgia-Miliz aufzureiben, schlugen die britischen Streitkräfte bei einer Farm am Kettle Creek ihr Lager auf, um sich auszuruhen, ein paar Stück Vieh zu schlachten und ihre Pferde grasen zu lassen. Es war eine einträgliche Farm, zu beiden Seiten von Rohrdickicht und Sumpf begrenzt. Colonel Clarke stieß mit Dooly und Pickens sowie 350 Männern auf Boyds Lagerfeuer vom vorherigen Tag und näherte sich seinem Lager bis auf eine Meile. Dooly und Elijah Clarke stellten sich mit je hundert Kämpfern auf der rechten beziehungsweise linken Flanke auf und Pickens mit 150 Männern in der Mitte. Bei Tagesanbruch schlugen die Amerikaner von allen drei Seiten gleichzeitig los. Boyd wurde tödlich getroffen, und die überlebenden britischen Soldaten flüchteten über den Creek. Clarke überquerte den ungeschützten Creek unter Feuerhagel, sein Pferd wurde getroffen und fiel auf ihn. Er rettete sich knapp vor dem Ertrinken und schloss sich den anderen an, die das Schlachtfeld von den restlichen Feinden säuberten und anschließend feierten.

Nach dem Debakel in Savannah gelang in Kettle Creek einer der überraschendsten Siege des Krieges, und die Nachricht davon verbreitete sich in den Kolonien wie ein Lauffeuer. Die psychologische Wirkung war enorm, der Sieg kam zu einer Zeit, als man allgemein davon ausging, dass die Briten unbesiegbar waren und die Revolution im Süden dem Untergang geweiht war. Viele Whigs widerriefen ihren Eid auf die Krone und kehrten in ihre Häuser zurück, und ein beflügelter General Lincoln schickte General Ashe nach Augusta und bereitete sich sogar darauf vor, Savannah wieder einzunehmen.

Die meisten von Boyds Männern kehrten nach North Carolina zurück, aber zweihundert trafen in Augusta ein, wo Campbells reguläre Truppen sie ihre Verachtung spüren ließen. Einhundert Briten waren getötet und 75 gefangen genommen worden, fünf davon ehemalige Whigs, die Colonel Pickens namentlich kannte. Sie wurden als Verräter gehängt. Die Amerikaner hatten neun Tote und 23 Verwundete und Gefangene zu beklagen, darunter ein klein gewachsener Mann namens Stephen Heard, ein Großgrundbesitzer und bekannter Politiker der Whigs in Savannah. Als Colonel Campbell von den Hinrichtungen am Kettle Creek hörte, beschloss er, Heard als öffentliche Demonstration britischen Gerechtigkeitssinns zu exekutieren. Heard besaß eine voluminöse Haussklavin namens Mammy Kate, die davon erfuhr, dass er sich in Atlanta befand und zum Tod durch den Strang verurteilt worden war. Sie legte etwas Kleidung und einige Kuchen und Pasteten als Geschenke für die britischen Soldaten in einen großen Korb, ging zum Lager und bat um die Erlaubnis, ihren Herrn besuchen zu dürfen, damit er sich in seinen letzten Lebensstunden ordentlich kleiden konnte. Da die öffentliche Exekution ein imposantes Ereignis werden sollte, ließen sich die Briten darauf ein. Mammy Kate betrat die Zelle, steckte Heard in den Korb, legte den Kleiderstapel unter eine Decke auf seinem Bett, damit es aussah, als liege dort ein schlafender Mann, und trug den Korb auf dem Kopf aus Augusta hinaus. Wieder zu Hause, ließ ihr Herr sie frei und schenkte ihr ein Haus und ein Stück Land auf seiner kleinen Plantage.

Nach einigen Tagen überquerte General Ashe mit seiner großen Armee aus North Carolina den Fluss und traf in Augusta ein, und Colonel Campbell gab die Stadt auf und zog flussabwärts nach Hudson's Ferry, um sich den Soldaten der britischen Hauptarmee anzuschließen. Er war überrascht zu hören, dass sie sich in einer gefährlichen Lage befanden. Die Briten hatten Savannah noch immer fest in der Hand, aber General Prevost hatte die meisten seiner Männer zurück nach St. Augustine geschickt, und ihre Streitkräfte flussaufwärts waren nun fast völlig von General Lincolns Soldaten jenseits des Flusses in South Carolina und von Ashes Armee im Norden eingeschlossen.

Die Milizionäre trafen General Ashe, kurz nachdem dieser mit seinen Soldaten den Savannah River in Richtung Augusta überquert hatte, und hießen ihn in Georgia willkommen. Der General jedoch ließ von Anfang an keinen Zweifel daran, dass er sich jede Einmischung von Seiten Elijah Clarkes und John Twiggs' darüber, wie er seine Truppen verteilen und einsetzen solle, verbat. Beim Studieren der eher ungenauen Karten entschied Ashes Stab, dass eine offene Wiese auf einer Anhöhe nördlich des Briar Creek den idealen Platz für ein Lager darstellte. Feindliche Truppen würden den Creek überqueren müssen, um sie von Süden zu erreichen, der Savannah River bot Schutz von Osten her, und im Norden und Westen erstreckte sich eine relativ flache Landschaft, wo sie leicht Vorräte beschaffen und Manöver durchführen konnten.

Als Colonel Clarke seine Unterstützung anbot, erwiderte General Ashe dessen Abgesandten unmissverständlich: «Sagen Sie Clarke, dass ich mich flussaufwärts von den Briten niederlasse, um sie daran zu hindern, wieder in Richtung Augusta vorzudringen. Ich habe die Karten studiert und kenne das Gelände, das wir besetzen werden, daher kann ich mich auf jede Situation gut einstellen.

Die Milizionäre können sich mir anschließen, wenn sie es wünschen. Ich werde sie informieren, wenn ich entscheide, nach Süden zu ziehen, um Campbells Armee anzugreifen.»

Es war offensichtlich, dass Ashe und sein Stab völlig von ihren Fähigkeiten überzeugt waren und es auf eine offene Konfrontation mit den verhassten Briten anlegten. Sein Ehrgeiz war es, die Taten der Milizionäre am Kettle Creek zu wiederholen oder gar zu übertreffen.

In der Zwischenzeit erfuhr Colonel Campbell, dass Thomas Brown in der Gegend war, und schickte, ohne General Prevost zu konsultieren, nach dem Kommandeur der Ranger. Sie erörterten die Aufstellung der Streitkräfte, und Campbell erbat Browns Rat. Es hatte seit mehreren Stunden geregnet, und Brown erwiderte: «Colonel, meine Männer und ich kennen diese Gegend gut. In der Nähe von Ashes Lager gibt es eine Furt, die sicher gut bewacht ist, aber sie kann nur bei niedrigem Wasserstand benutzt werden. Wenn es so weiterregnet, werden die tiefer gelegenen Abschnitte des Briar Creek überflutet. Geben Sie mir die Gelegenheit, mir ein Bild von der Lage zu machen, und ich bin morgen Vormittag wieder hier.»

Sobald ihre Besprechung zu Ende war, schickte Brown nach Newota.

Die schweren Regenfälle ließen nicht nach, und als der Briar Creek anstieg, war General Ashe umso mehr davon überzeugt, dass die Briten angesichts der ungünstigen Wetterbedingungen keine Truppenbewegungen unternehmen und schon gar nicht den anschwellenden Creek überqueren würden.

Kapitel 36
«Keine Gefangenen!»

März 1779

Ethan Pratt erwachte in seinem schmalen Bett, das in der am weitesten vom Kamin entfernten Zimmerecke stand, aus einem unruhigen Schlaf. Im schwachen Lichtschein der Glut konnte er seinen Sohn Henry erkennen, auf einem Strohsack am Boden, der beinahe unter das väterliche Bett gerutscht war, und, an der gegenüberliegenden Wand, seine Frau. Er erinnerte sich kaum noch daran, wann er zum letzten Mal die wenigen Schritte hinübergegangen war, um sich zu ihr zu legen. Der heftige Regen hatte nachgelassen, doch noch immer tröpfelte es leicht auf das Dach. Vorsichtig stand er auf, um niemanden zu wecken. Epsey war am vergangenen Abend erst nach Sonnenuntergang heimgekommen. Sie hatte fast eine ganze Woche bei einer Frau verbracht, die auf halber Strecke nach Wrightsborough wohnte. Diese hatte erst nach tagelangen Wehen ihr Baby zur Welt gebracht. Epsey hatte nur wenig Schlaf gefunden, während sie die Frau pflegte und den Haushalt einer Familie mit sechs Kindern versorgte. Zum ersten Mal waren Ethan und Henry so lange Zeit allein gewesen, und die Freude darüber wurde nur dadurch getrübt, dass Ethan kaum etwas arbeiten konnte. An den letzten beiden Tagen, an denen sie wegen des starken Regens praktisch ans Haus gefesselt waren, hatten Vater und Sohn Epseys Heimkehr herbeigesehnt.

Als Ethan auf dem gestampften Erdboden zum Kamin hinüberging, musste er wieder einmal daran denken, dass er es nie richtig geschafft hatte, ihr Zuhause fertig zu bauen. Er schichtete drei kleine Holzscheite auf die Glut und fachte das Feuer wieder an, um die Kälte des frühen Märzmorgens zu lindern, setzte sich an den Tisch und sah zu, wie die ersten Flammen emporzüngelten. Jetzt war er richtig wach, noch immer im langen Hemd, und dachte darüber nach, was er im Laufe des Tages zu erledigen hatte. Seine Äcker hatte er bereits umgepflügt und wollte sie nun mit einer schweren Egge bearbeiten und mit einem Baumstamm die Oberfläche einebnen, bevor er Pflanzreihen abteilte. Ein paar Tage, bis die Felder trocken waren, konnte er noch in der Holzwerkstatt verbringen, worauf er sich immer freute, als wären es Festtage.

Der Tisch, an dem er saß, war ungefähr eineinhalb Meter lang, eine wunderschöne Arbeit aus Zuckerahorn. Die Tischplatte war nur oben und an den Kanten glatt gehobelt, doch jedes Brett war so genau an das nächste angepasst, dass keine Ritzen zu sehen waren. Sechs Stühle standen um den Tisch, und ihre Anzahl entsprang mehr dem Wunsch nach Symmetrie als den Bedürfnissen seiner Familie. Ethan freute sich immer, wenn einer ihrer seltenen Besucher die kunstvolle Verarbeitung seiner Möbel lobte. Die Stühle waren ganz aus Weißeiche gefertigt, auch die Sitzflächen, die er aus Eichenbast geflochten hatte. Mittlerweile, nach jahrelangem Gebrauch, waren sie hart und blank. Ethan hatte sämtliche Teile mit einem Hobel und einem Schabmesser geglättet und miteinander verkeilt.

Auf dem Tisch stand eine mit Fett gefüllte Schüssel mit flachem Deckel, aus der ein Docht hervorragte. Wenn Ethan oder Epsey neben dem Kaminfeuer eine zusätzliche Lichtquelle brauchten, benutzten sie diese primitive Lampe oder eine Bienenwachs- oder Talgkerze. Normalerweise gingen sie bei Einbruch der Dunkelheit zu Bett, aber auch tagsüber gab es sonst keine Lichtquelle, es sei denn die Tür oder die Fensterläden wurden geöffnet, und sogar dann drang durch das gefettete Papier, das als billiger Glasersatz innen an die Fensteröffnung geheftet war, nur spärliches Sonnenlicht in den Raum. In einer Ecke standen nun ein Spinnrad und ein Webstuhl, und an der Wand neben der Tür waren etwa in Kopfhöhe einige Haken für Kleidungsstücke in einen Balken geschlagen: ein langer schwarzer Mantel, eine Wildlederjacke, eine Waschbärenmütze, ein breitkrempiger, flacher Hut und ein handgewebtes zweites Hemd, das ihm bis zum Knie reichte.

Der riesige Steinkamin, rechter Hand von der Tür aus gesehen, nahm mehr als die Hälfte der Wand ein. Dort wurde das gesamte Essen gekocht, hauptsächlich auf zwei schwenkbaren Haken, die sich mühelos nach innen über das offene Feuer oder in den Raum über eine Herdplatte drehen ließen. Auf jeder Seite der Herdplatte waren vier Stifte angebracht, die Ethan zwischen den Steinen in den Mörtel geschlagen hatte. Daran konnte man Utensilien aus Eisen aufhängen, wie etwa einen Blasebalg, ein Plätteisen, einen

Bratrost, eine Zange, eine Bratpfanne, einen Eisentiegel, einen Topf, eine Kaffeekanne, eine Schale sowie zwei Kerzenformen aus Zinn. Ein sauber geschrubbtes Brett zum Brot Backen lehnte an der Wand, und zu beiden Seiten des Kamins erstreckte sich ein langes Holzbord. Eines enthielt ein Dutzend Bücher, in vier ordentlichen Stapeln zu je drei Stück angeordnet, wobei zuoberst eine große Familienbibel lag. Epsey fand, es sei Gotteslästerung, die Heilige Schrift unter einem anderen Buch zu platzieren. Auf dem anderen Bord waren einige schwere weiße Tassen, Schüsseln und Teller untergebracht.

Ein hölzernes Butterfass stand auf dem Boden neben dem Kamin. Das zylinderförmige Gefäß, das gut sieben Liter Milch fasste, war auf einem Gestell gelagert, sodass man es mit einer Handkurbel umdrehen konnte. Ethan hatte auch seinen Hobelbock und einige Holzwerkzeuge in das Blockhaus gebracht, wo es sich in den kalten Wintertagen besser arbeiten ließ. Seine Schusterbank war das ganze Jahr über hier und wurde gelegentlich auch als Sitzplatz benutzt, wenn er gerade keine Schuhe anfertigte oder reparierte.

Das Heim der Pratts hatte sich, seit sie es erbaut und eingerichtet hatten, kaum verändert. Zuerst hatten seine Frau und er noch gedacht, es sei lediglich eine vorübergehende Lösung, bis sie ein größeres Zuhause hätten, eines mit einem Dielenboden, mit Glasfenstern, einer großen Veranda und einem separaten Schlafzimmer. Ihr jetziges Blockhaus sollte dann als Vorratslager oder Viehstall genutzt werden.

Kurz nach Sonnenaufgang holte Ethan Brot und Fleisch vom Kamin und trug es zum Tisch, dazu ein Glas Milch. Er hatte noch nicht zu essen angefangen, als er das Geräusch von Pferdehufen draußen auf dem Hof hörte. Da der Weg an seinem Blockhaus endete, wusste Ethan immer, wenn er Besuch bekam. Er blies die dünne Flamme auf dem Tisch aus, holte so leise wie möglich, um Epsey und Henry nicht aufzuwecken, seinen langen Mantel und schlüpfte hinein. Außer dem flackernden Kaminfeuer war das Haus völlig dunkel, und das war ihm jetzt auch lieber so.

Er nahm seine stets geladene Büchse, die an dem Hirschgeweih an der Wand hing und schob das kleine Brett zur Seite, das eine

Ritze in der Tür freigab. Zu seiner Erleichterung war ihm der Besucher bestens bekannt, es war ein Sergeant namens Randolph, der als Adjutant für Colonel Elijah Clarke tätig war. Ethan war überrascht, ihn zu sehen, da er dem Milizführer seit ihrer Auseinandersetzung bei dem Angriff auf Big Elks Lager nur selten begegnet war. Zwar hatte sich Ethan nach Überfällen der Indianer mehrmals als Freiwilliger für Suchtrupps gemeldet, jedoch immer unter der Führung von Twiggs oder Dooly. Obwohl er nun geneigt war, die Revolution zu unterstützen, hatte er sich noch nicht als Milizionär verpflichtet und stattdessen weiter sein relativ abgeschiedenes Stück Land bearbeitet. Er stellte seine Büchse an die Wand, öffnete die Tür und trat auf die kleine Veranda, die gerade groß genug für die zwei Stühle war, die seine Frau und er an sehr heißen Nachmittagen gelegentlich nach draußen stellten.

«Willkommen, Randolph. Sind Sie auf der Suche nach einer warmen Mahlzeit oder nur nach einem trockenen Plätzchen?», begrüßte ihn Ethan.

Randolph wurde von den anderen gern geneckt, denn er war nicht besonders klug, konnte bei einer scherzhaften Bemerkung nicht kontern, weil er sie nicht verstand, nahm einem aber auch nichts krumm. Stets bemühte er sich, die wahre, die genaue Bedeutung hinter allem zu erfassen, was seine Kameraden sagten. Er ging völlig darin auf, Elijah Clarkes ergebener Diener zu sein, und war sehr stolz auf diese besondere Beziehung.

«Nein, ich habe schon gegessen und der Regen macht mir nichts. Der Colonel möchte, dass ich so bald wie möglich zurückkehre.»

«Was führt Sie dann zu dieser unchristlichen Stunde hierher?»

«Vergangene Nacht hat eine Besprechung stattgefunden, und man möchte, dass Sie eine Nachricht an General Ashe überbringen. Er hat auf dieser Seite des Savannah River mit ungefähr zweitausend Mann sein Lager aufgeschlagen. Wir haben Meldung aus Burton's Ferry, dass die Briten möglicherweise nach Norden ziehen, und es wurden bereits vereinzelt Soldaten auf den Pfaden gesehen.»

Ethan sah es Randolph an, dass er wieder fort wollte.

«Warum möchten Clarke und die anderen, dass ich die Nachricht überbringe?», fragte er. «Warum können Sie das nicht erledigen?»

«Nun, sie brauchen jeden verfügbaren Mann, um Augusta und den Fluss zu sichern, da Ashe nach Süden gezogen ist. Und Ashe selbst hat keinen seiner Männer als Kurier zurückgelassen. Hauptsächlich aber deshalb, weil Sie zu den wenigen gehören, die den Briar Creek und das Sumpfgelände bis zum Fluss kennen und wissen, wie schnell sich die Bedingungen ändern können, wenn der Wasserstand steigt. Unserer Einschätzung nach können die Briten den Briar momentan nicht überqueren, trotzdem sollte der General erfahren, dass wir bereits Rotröcke auf dieser Seite gesehen haben und dass sie möglicherweise einen Überfall auf ihn planen.»

Nachdem er noch einige Fragen gestellt hatte, sagte Ethan schließlich: «Melden Sie dem Colonel, dass ich bald aufbreche. Und ich werde Kindred bitten, mich zu begleiten.»

Der Sergeant stutzte einen Augenblick und platzte dann heraus: «Wenn ich bedenke, was er in Wrightsborough gesagt hat, weiß ich nicht so genau, auf welcher Seite er eigentlich steht.»

Ethan war manchmal ein wenig aufbrausend, und so erwiderte er verärgert: «Kindred würde uns nie verraten. Sicher, er hat das Papier unterschrieben, in dem die Boston Tea Party verurteilt wurde, und sich besorgt gezeigt über den Treuebruch gegenüber der Krone, aber das ist alles lange her. Jetzt weiß er so gut wie wir, was die britischen Truppen und ihre indianischen Verbündeten mit unseren Familien und unseren Häusern gemacht haben. Ich nehme Kindred mit.»

Ethan ging ins Haus, holte eine Hand voll Maisküchlein und ein wenig gebratenes Schweinefleisch und gab sie dem Sergeant, der daraufhin sein Pferd wendete und auf den nahen Wald zusprengte. Er kehrte jedoch noch einmal auf ein letztes Wort zurück.

«Der Colonel möchte, dass die Meldung ausschließlich an den General persönlich übermittelt wird und an niemand anderen. Die Losung lautet ‹Hochstimmung›.» Dann schlug er wiederum den Pfad ein und war bald außer Sicht.

Mittlerweile war Epsey aufgestanden und Ethan erklärte ihr, dass er eine Botschaft an den Kontinentalgeneral überbringen müsse, der am Ufer des Briar Creek kampiere. Während sich Ethan anzog, ein wenig Proviant einpackte, Gewehr und Munition überprüfte, dachte er an Kindred und dass er die abschätzigen Bemerkungen des Sergeant verstehen konnte. Auch ihn hatte es beunruhigt, dass sein Nachbar so viel Zeit bei den Indianern verbrachte. Bei verschiedenen Gelegenheiten hatte sich Kindred missbilligend über die Siedler geäußert, die sich Indianerland aneigneten, und über die Händler in Wrightsborough, die die Indianer betrogen, wie er es nannte. Einmal war er zu Kindreds Blockhaus geritten und hatte auf dem schmalen Pfad drei berittene britische Soldaten getroffen. Als er Kindred danach fragte, hatte dieser ihm nur eine etwas verworrene Geschichte erzählt, dass sich die Soldaten verirrt hatten und nach einem schnellen Weg zur Hauptroute südwärts nach Savannah suchten.

Binnen einer Stunde hatte Ethan sein Pferd gesattelt und die Meile zur Farm der Morris zurückgelegt. Er erwartete, dass ihn sein junger Freund gern bei dieser wichtigen Unternehmung begleiten würde. Doch als er Kindred die Aufgabe erklärte, erhielt er eine etwas überraschende Antwort: «Ich habe viel zu tun und außerdem denke ich, geht es auch ohne mich.»

«Kindred, wenn du nicht möchtest, musst du natürlich nicht mitkommen, aber ich brauche einen zweiten Mann, falls wir den Milizführern in Augusta einen Bericht oder eine Meldung überbringen müssen», gab Ethan zurück.

Nach einer Unterredung mit Mavis willigte Kindred schließlich ein, wenn auch immer noch ohne Begeisterung, und wenig später waren die beiden Männer bereits in südöstlicher Richtung unterwegs durch die Wälder. Es war unwahrscheinlich, dass dieser Weg von anderen Weißen benutzt wurde, doch sie bevorzugten diese Route zum Fluss und weiter nach Savannah. Der schmale Pfad verlief ungefähr parallel zum Briar Creek, und sie kannten stets die richtige Abzweigung, um dem Fluss selbst oder nördlich gelegenen Farmen in der Gegend auszuweichen. Diese Pfade, die sich die Creek-Indianer über Generationen hinweg gebahnt hatten, hätten von gelernten Landvermessern nicht besser angelegt werden können. Meist verliefen sie auf erhöhtem Gelände, um Dickicht herum, und führten nach unten, um mehrere kleine Zuflüsse an flachen Stellen zu durchwaten. Die Männer schlugen das schnellstmögliche Tempo an und ließen die Pferde traben oder im schnellen Schritt gehen. Ashes Außenposten würden sie frühestens im Laufe des Nachmittags erreichen.

Beim Aufbruch hatte Ethan Kindred auf dem schmalen Pfad den Vortritt gegeben, er dachte, der jüngere Mann werde es schätzen, dass ihm der ältere die Führung überließ. Ethan war der geborene Anführer, breitschultrig und stark, blond, rotwangig, ruhig und selbstbeherrscht, solange ihn nichts aufregte. Er fühlte sich wohl, wenn er mit anderen Pioniergeschichten austauschte, und erntete oft Gelächter, wenn er von seinen eigenen Schwächen und Missgeschicken erzählte. Doch die anderen Männer wussten genau, dass sie nicht zu weit gehen und ihn nicht zur Zielscheibe ihres Spotts machen durften. Und sie wussten, dass auch sein junger Freund unter seinem Schutz stand, weshalb sie ihre boshaften Bemerkungen über Verweichlichung und Indianerfreunde nicht in seiner Gegenwart machten. Alle sahen sofort, dass Kindred Ethan bewunderte.

Kindred war ein ausgezeichneter Reiter, er führte sein Pferd mühelos über das wechselnde Gelände, indem er nur sanft am Zügel zog oder ein Kommando murmelte. Wie Ethan auffiel, bewegte er sich ähnlich geschmeidig wie Newota, der sich ihnen gelegentlich bei der Truthahn- oder Hirschjagd angeschlossen hatte. Ethan war auch beeindruckt davon, wie viel Kindred über den Wald wusste; er kannte nicht nur die Namen der häufigsten Bäume, sondern auch von jenen, die die meisten Siedler nur als Gebüsch oder Unkraut bezeichneten. Dabei prahlte er zwar nicht mit seinem Wissen, aber wenn eine Frage über Pflanzen oder Tiere aufkam, waren er und Mavis immer bereit, ihre Kenntnisse an die Pratts und andere Nachbarsfamilien weiterzugeben.

Obwohl sie sich sehr nahe standen, war die Beziehung der beiden Männer seit einiger Zeit ein wenig getrübt. Als er hierher gezogen war, hatte Kindred engen Umgang mit einigen der Quäker gepflegt, die in ihrer eigenen Siedlung Wrightsborough lebten. Sein Vorname gab einen Hinweis auf den Einfluss dieser frühen Siedler, deren Glaube verbot, ein menschliches Leben auszulöschen, eine feste Überzeugung, die er teilte. Weder Ethan noch Kindred beschäftigten sich viel mit Religion, doch beide hatten von ihren Vorfahren, die aus England und Schottland in die Neue Welt gekommen waren, religiöse Grundsätze übernommen. Nur widerwillig hatte Ethan zu den Waffen gegriffen, und auch erst nachdem er mit eigenen Augen gesehen hatte, welche Gräueltaten die zu den Briten übergelaufenen Krieger der Creek an seinen Nachbarn begangen hatten.

Ethan und Epsey hatten schon öfter über Kindreds Freundschaft mit Newota gesprochen. Beide waren jünger als die Pratts, was sich auch in ihrer Einstellung äußerte, und sie interessierten sich für die Natur und waren fasziniert von der Kultur des anderen. Die wenigen Male, die Ethan Newota besucht hatte, hatte auch er die Lebensgewohnheiten der Creek-Familien kennen gelernt und war beeindruckt davon, wie gut sich die jungen Indianer in den Wäldern auskannten. Newota war wohlerzogen und höflich und lobte Ethans Geschicklichkeit bei der Farm- und Holzarbeit in den höchsten Tönen; auch er wollte lernen, die Werkzeuge des weißen Mannes zu beherrschen.

Eines jedoch machte Ethan Sorgen, und er und Kindred hatten sich bereits früher darüber unterhalten, wenn auch eher allgemein. Nun gingen ihre Meinungen darüber seit kurzer Zeit auseinander. Während Ethan für sich entschieden hatte, dass die völlige Unabhängigkeit das Beste für die Kolonien sei, war Kindred nicht davon überzeugt, dass das Endziel der Kontinentaltruppen eine eigenständige, unabhängige Nation sein sollte. Er glaubte fest daran, dass eine Versöhnung möglich war, sobald die Kolonisten erst einmal von Rechts wegen dauerhaft von den Strafsteuern befreit würden, die ihnen London auferlegte, und wenn die Amerikaner angemessen in den Kolonialparlamenten repräsentiert würden.

Sie ritten nun Seite an Seite unter gewaltigen Bäumen, und Ethan beschloss, sich in der Sache, die ihn beunruhigte, Klarheit zu verschaffen.

«Kindred, Sergeant Randolph schien deine Loyalität anzuzweifeln, als ich ihm sagte, dass du mitkommst. Er hatte ein Gespräch von dir in Wrightsborough mit angehört und manches davon nicht verstanden.»

Eine ganze Weile sagte niemand ein Wort, während die Pferde den Pfad entlang trappelten. Es war die erste Märzwoche und nur die Nadelbäume und ein paar Schwarzeichen waren grün, die Buchen trugen noch immer die hellbraunen trockenen Herbstblätter. Einige Bäume hatten einen Durchmesser von mehr als einem Meter und vereinzelt gab es sogar Baumriesen, die eineinhalbmal so dick waren. Das Klappern der Pferdehufe wurde fast völlig durch den durchweichten, von Laub und Nadeln bedeckten Waldboden geschluckt. Ethan hatte das Tempo ein bisschen angezogen, und erst nach einigen Augenblicken fiel ihm auf, dass er allein ritt. Als er sich umdrehte, sah er Kindred, der etwa zwanzig Meter hinter ihm angehalten hatte, ruhig auf seinem Pferd sitzen und zu Boden blicken.

«He, was ist los?», rief er ihm zu.

Anstatt einer Antwort schüttelte Kindred nur leicht den Kopf. Ethan ritt zurück und fragte: «Geht es dir nicht gut?»

«Mir fehlt nichts, aber ich muss dir etwas sagen.»

«Was denn? Wir müssen so schnell wie möglich weiter.»

Mit verzweifelter Miene blickte Kindred auf. «Ich wusste schon, dass die Briten kommen, aber ich hatte nicht vor, Ashe zu warnen.»

«Woher hast du das gewusst, Kindred?»

«Newota hat sein Dorf vor zwei Tagen verlassen, um Prevost und seine Truppen zu Ashes Lager zu führen.»

Ethan war entsetzt und wütend.

«Das hast du gewusst und niemandem davon erzählt, nicht einmal mir?»

«Es ist nicht meine Aufgabe, diesen Leute zu helfen. Immerhin haben die Briten versucht, mit den Indianern zusammenzuarbeiten und sie und ihr Land zu schützen. Newota hat mich gebeten, mit ihm zu kommen, aber ich habe abgelehnt. Und ich habe versprochen, kein Wort über seine Pläne zu verraten.»

«Verdammt, Kindred! Was willst du jetzt tun?»

«Ich weiß es nicht. Du hast mich praktisch gezwungen, mit dir zu kommen. Ich denke, ich reite nach Hause.»

Ein unangenehmes Schweigen trat ein. Schließlich sagte Ethan: «Nein, du musst mich begleiten. Sonst versuchst du vielleicht, Newota und die Briten zu finden, und bringst uns in noch größere Schwierigkeiten. Wir machen das zwischen uns aus, wenn wir wieder zu Hause sind. Im Augenblick ist es wichtig, ein Blutvergießen zu verhindern. Du bleibst schön bei mir, und wenn wir ankommen, überlässt du mir das Reden.»

Nach einer Weile entgegnete Kindred: «Ethan, ich würde nicht versuchen, Newota zu finden, aber wir beide müssen auch nicht noch einmal über diese Sache sprechen. Du weißt, wie ich denke. Ich kann verstehen, dass sich manche der nördlichen Kolonien vom König verraten und verkauft fühlen. Ihre königlichen Gouverneure waren korrupt und haben ihre Macht missbraucht, aber du weißt, dass uns Gouverneur Wright immer gut behandelt hat. Als ihn die Whigs aus Savannah vertrieben, wurden unsere Lebensbedingungen noch schwieriger als zuvor. Nun wird ringsum gekämpft und es gibt Zwietracht zwischen den Nachbarn. Alles was die Siedler von den Indianern wollen, ist immer mehr Land, und sie betrügen sie auf jede mögliche Weise, um es zu bekommen. Aber ich möchte nur in Frieden leben und möchte, dass unsere jungen Leute aufwachsen dürfen, ohne dass sie die Indianer und Engländer um uns herum töten müssen.»

Obwohl Ethan wusste, dass sich Kindred seinen indianischen Freunden gegenüber immer loyal verhielt und ein friedliches Naturell besaß, war er überrascht, solch eine lange Rede von ihm zu hören, in der es nicht um Pflanzen oder Tiere ging.

Er setzte zu einer Antwort an, aber Kindred war noch nicht fertig. «Ich bin dir dankbar dafür, dass du meine Befürchtungen verstehst und trotzdem meine Treue nicht anzweifelst. Ehrlich gesagt glaube ich nicht, dass unsere Mission überhaupt nötig ist. Du und ich kennen diese Gegend beinahe so gut wie Newota. Es ist völlig unmöglich, dass Colonel Prevost seine Truppen den Savannah River hinaufbringt und mit ihnen den Briar Creek überquert, solange er so stark überflutet ist. Bei Ashes Lager steht der Pegel über einen Meter höher als sonst. Ich denke, er hat sich einen guten Platz ausgesucht.»

Ethan hatte dem, was Kindred gesagt hatte, nichts entgegenzusetzen und entschied, ihre Streitgespräche über die langfristigen Ziele der Kolonisten nicht wieder aufzuwärmen. Sie hatten einfach grundlegend unterschiedliche Auffassungen in Bezug darauf, ob man unter der Führung von Gouverneuren, die die Behörden im fernen London eingesetzt hatten, leben konnte. Überdies schien es jetzt unmöglich, die kampflustigeren Kommandeure beider Seiten noch zurückzuhalten, die im Grenzgebiet die schlimmsten Gräueltaten gegen unschuldige und wehrlose Menschen mit angesehen oder sogar selbst begangen hatten. Er würde nie vergessen, was Elijah Clarke den Squaws und Babys im Lager von Big Elk angetan hatte, und er hatte eigenhändig die verstümmelten Leiber von Siedlerfrauen und -kindern begraben, die er gut gekannt hatte.

«Nun, was Ashes Einschätzung betrifft, magst du Recht haben, aber Colonel Clarke ist offensichtlich besorgt. Außerdem wissen wir beide sehr gut, dass unsere Milizkämpfer vom Oberlauf des Flusses her nicht zu Ashe durchkommen können, da dieser Pfad überflutet ist. Und unsere übliche Route, auf der wir uns befinden, ist so ziemlich der einzige Weg, wie man die Truppen aus North Carolina erreichen kann. Somit ist Ashe zwar von unserer Miliz relativ abgeschnitten, aber dafür ist er von drei Seiten von Wasser umgeben, du könntest also Recht haben, was seine Sicherheit angeht.»

Sie ritten schweigend weiter, und nach ein paar Stunden hörten sie laute Stimmen und den üblichen Lärm eines großen Lagers. Ethan legte sich die Losungsworte zurecht, mit denen sie sicher an den Wachtposten vorbeikommen würden. Doch zu ihrer Überraschung sahen sie schon bald Zelte vor sich und niemand stellte sich ihnen in den Weg.

Wo der General untergebracht war, sah man sofort. Eines der Zelte war auffallend groß und hatte eine Art Vordach vor dem Eingang als Sonnen- und Regenschutz. Außerdem hielt sich eine Gruppe Soldaten direkt davor auf. Sie blickten auf, als die zwei Reiter herankamen, deren Kleidung – Hemden und Hosen aus grobem Tuch und Schlapphüte – sie nicht als Militärangehörige auswies.

Ethan ergriff als Erster das Wort: «Wir bringen eine Nachricht von Colonel Elijah Clarke für General Ashe.»

Ein Unteroffizier mit zwei Streifen auf dem Ärmel trat näher, streckte ihm die Hand entgegen und sagte: «Geben Sie sie mir, dann überbringe ich sie dem General.»

«Es ist eine mündliche Nachricht, und außerdem lautet unser Befehl, sie persönlich an Ihren Kommandeur zu übermitteln», entgegnete Ethan. Kurz spürte er einen Stich, als hätte ihn jemand beleidigt. Jedermann wusste, dass sein eigener Anführer kaum lesen und schreiben konnte und nur mit Mühe seine Unterschrift zustande brachte. Clarkes Untergebene vergaßen diese Tatsache schnell, aber sie waren an Anspielungen und Beleidigungen von Angehörigen der anderen Milizen gewöhnt, da zwischen den einzelnen Miliztruppen eine unvermeidliche Konkurrenz herrschte. Ethan war sich der Herablassung der sechs Soldaten, die jetzt die beiden Pferde umringten, schmerzlich bewusst, doch er beschloss, geduldig sitzen zu bleiben, bis jemand das Schweigen brach. Wie ihm auffiel, waren die Soldaten im Lager unbewaffnet; ihre Gewehre waren ordentlich in einer Reihe vor den Zelten aufgestellt, und fünf kleine Kanonen hatte man nach dem Ausspannen der Zugpferde einfach an Ort und Stelle stehen gelassen.

Schließlich sagte der Corporal: «Warten Sie hier», und ging weg, wenn auch nicht zum Zelt seines Vorgesetzten, sondern zum dritten Zelt in der Reihe. Nach einigen Minuten trat ein Lieutenant heraus und kam auf Ethan und Kindred zu.

«Nennen Sie mir Ihre Nachricht und ich überbringe sie dem General, sobald er bereit ist, sie zu empfangen.»

Für Ethan kam es nicht in Frage, Colonel Clarkes Anweisungen zuwider zu handeln, und er gab vollkommen ruhig zurück, dass er auf den General warten wolle, wenn auch die Nachricht dringend sei. Zu guter Letzt nickte der Lieutenant kurz und betrat das Zelt des Kommandeurs. Nach kurzer Zeit kehrte er zurück und wies Ethan an: «Warten Sie dort drüben unter dem Baum.» Die beiden Männer taten wie befohlen, ritten hinüber und setzten sich auf ein paar große Baumwurzeln. Nach mehr als einer Stunde, als die Sonne schon unterging, kam General Ashe endlich heraus. Er war mit einem langärmeligen wollenen Unterhemd und einer blauen Uniformhose mit ledernen Hosenträgern bekleidet. Da er keine Kopfbedeckung trug, sah Ethan, dass sein Haar hinten bis zum Nacken reichte und oben schon reichlich schütter wurde, weshalb er es zur Seite gekämmt hatte, was die kahlen Stellen aber nur notdürftig verdeckte. Es war offensichtlich, dass sein Gesicht und sein Schädel nur selten der Sonne ausgesetzt waren, er hatte auch nicht den sonnenverbrannten Nacken eines Mannes, der seine Tage im Freien verbrachte. Ashe machte keinen Hehl daraus, dass er es nicht schätzte, wenn Farmer in sein Militärlager eindrangen.

«Was will Clarke?», fragte er gebieterisch.

«Sir, er weiß aus verlässlicher Quelle, dass sich britische Soldaten auf Ihr Lager zu bewegen und möglicherweise versuchen werden, den Briar Creek zu überqueren.»

«Das ist absolut lächerlich», entgegnete der General. «Selbst wenn sie das planten, könnten sie weder den Savannah River noch den Briar Creek überqueren, solange das Land so stark überflutet ist.»

Ethan erklärte dem General, die britischen Soldaten seien bereits am Tag zuvor oberhalb von Burton's Ferry gesichtet worden, mehr als dreißig Meilen von ihrem Hauptlager entfernt, und sie würden nach Nordwesten vorrücken. Doch Ashe unterbrach seine Ausführungen mit einer Handbewegung und einer Bemerkung, die er wohl eher an seine Untergebenen richtete:

«Jetzt verstehe ich, was Ihrem Kommandeur Sorgen macht. Meine eigenen Männer haben Feindbewegungen nur ein Stück weiter südlich von hier jenseits des Sumpfes wahrgenommen, aber die Briten können unmöglich herüberkommen und uns angreifen. Vielleicht waren es nur ein paar Kundschafter, und ich bin sicher, sie haben Prevost gemeldet, dass wir zu stark sind und unser Lagerplatz nur schwer anzugreifen ist. Zur Sicherheit haben wir fähige Posten aufgestellt, die die Augen in dieser Richtung offen halten. Sie können hier übernachten und morgen Colonel Clarke ausrichten, dass wir derzeit sicher und vollkommen in der Lage sind, unsere Pflichten zu erfüllen, und dass wir auf den Rest unserer Armee unter der Führung von General Lincoln warten.»

«General, wir befolgen Ihre Befehle, aber ich möchte noch hinzufügen, dass die normale Route von hier bis hinauf nach Augusta mindestens eineinhalb Meter unter Wasser steht. Der einzige Weg, wie man dieses Lager angreifen kann, ist von der Nordseite des Briar Creek aus, das heißt mehr oder weniger von der Strecke aus, auf der wir gekommen sind.»

«Das bestätigt nur, was ich Ihnen gerade gesagt habe. Unser Lager ist uneinnehmbar.» Zum Zeichen, dass damit das Gespräch für ihn beendet war, wandte sich der General von Ethan und Kindred ab. Nachdem er wieder in seinem Zelt verschwunden war, fütterten und tränkten sie ihre Pferde und legten sich schlafen, eingewickelt in ihre Decken, die sie immer zusammengerollt hinter ihren Sätteln mit sich führten.

Bei Sonnenaufgang wachten sie auf. Sie waren völlig durchnässt vom Regen und entschieden, noch mit den Soldaten aus Carolina zu frühstücken, bevor sie sich wieder auf den Rückweg machten. Als sie ihre Pferde aufzäumten und satteln wollten, hörten sie aus dem Wald flussaufwärts Trommelschlagen. Verwundert sahen sie sich um, ebenso wie die Soldaten, und der General und andere Offiziere traten vor ihre Zelte.

«Was zur Hölle ist das?», rief ein Colonel. Niemand antwortete ihm, alle blickten in Richtung des Pfades. Kurz darauf sahen sie roten Stoff zwischen den Bäumen hindurchschimmern, dann noch einmal und noch einmal.

«Die Briten!», schrie einer.

Alle stürzten wie wild zu den Gewehren und Kanonen, aber als sie erkannten, dass es für eine Verteidigung zu spät war, schwärmten sie auf den Wald und den Sumpf zu, fort von den heranstürmenden Soldaten. Neben ihren gesattelten Pferden warteten Ethan und Kindred ab, ob sie irgendwie helfen konnten, doch ihnen wurde schnell klar, dass die Lage hoffnungslos war. Der General und die anderen Offiziere machten keinen Versuch, ihre Männer für eine gemeinsame Verteidigung gegen die Rotröcke zu sammeln, sondern schlossen sich der völlig ungeordneten wilden Flucht an. Die Kommandeure hatten allerdings den großen Vorteil, dass sie das spärliche Kartenmaterial kannten, das sie bei der Auswahl des Lagerplatzes studiert hatten.

Ein Kugelhagel pfiff über Ethan und Kindred hinweg, als sie auf ihre Pferde sprangen und in den dichten Wald sprengten. Die Decken und Büchsen mussten sie zurücklassen. Ethan rief Kindred zu, nicht auf den Briar Creek zuzuhalten, wohin die meisten der Soldaten flüchteten. Bald waren sie allein, einige hundert Meter vom Lager entfernt, aber immer noch nah genug, um die unablässigen Gewehrsalven und das Kampfgebrüll der aufgestachelten Briten zu hören. Und die Schreie der Männer, die von Säbeln durchbohrt, von Musketenkugeln getroffen oder von der Strömung des Flusses fortgerissen wurden, in dem viele Amerikaner Zuflucht suchten. Nach kurzer Zeit erreichten die beiden Freunde ein augenscheinlich stilles und tiefes Wasser, weit entfernt vom Hauptstrom des Creek. Nun kamen sie mit den Pferden nicht mehr weiter, deshalb ließen sie sie frei. Beide waren gute Schwimmer, und Ethan begann hinauszuwaten, um zu einer Anhöhe in der Ferne zu schwimmen. Er hörte die Briten näher kommen, bemerkte aber, dass Kindred ihm nicht folgte. Er drehte sich um, um seinen Freund anzutreiben.

«Ethan, es tut mir Leid, aber ein Schuss hat mich ins rechte Bein getroffen und ich habe solche Schmerzen, dass ich nicht schwimmen kann», sagte er. «Ich verstecke mich hier im Gebüsch und du kommst zurück und holst mich, wenn sie fort sind. Falls ich entdeckt werde, ergebe ich mich einfach und lasse es darauf ankommen, dass sie mich gefangen nehmen. Ich kenne Colonel Prevost und auch Newota wird ein gutes Wort für mich einlegen.»

Ethan untersuchte die nur schwach blutende Wunde. Die Kugel war in den Oberschenkel eingedrungen und nicht wieder ausgetreten. Er vermutete, dass der Knochen gebrochen war, und bezweifelte, ob sich Kindred überhaupt noch fortbewegen konnte.

«Komm», sagte er. «Ich helfe dir durchs Wasser. Bis zu dem großen Baum da drüben auf dem Hügel ist es nicht weit.»

«Nein, ich bleibe hier. Wenn wir uns trennen, können wir uns beide besser verstecken. Mir wird schon nichts passieren.»

Ethan musste sich entscheiden und kam zu dem Ergebnis, dass er keine andere Wahl hatte, als allein weiter zu flüchten. Zum einen wusste er, wie starrköpfig Kindred war, wenn er einmal einen Entschluss gefasst hatte, und zum anderen war es sehr wahrscheinlich, dass sie sich bald im Kreis der anderen Gefangenen befinden würden, wenn sie sich nicht schnellstens aus dem Staub machten. Er half Kindred, sich unter den tiefhängenden Ästen einer jungen Magnolie zu verstecken, die der verwundete Freund sogar noch in einem solchen Augenblick als «grandiflora» bezeichnete. Nachdem er Kindred mit welkem Laub zugedeckt hatte, bis dieser gut verborgen war, glitt Ethan ins Wasser und schwamm mit kräftigen Stößen zu der kleinen Insel, wo er an Land kroch, gerade als er die ersten Rotröcke erspähte. Er legte sich flach auf den Boden und deckte sich mit ein paar abgebrochenen Ästen zu. Mit wachsender Besorgnis und brennenden Schuldgefühlen sah er zu, wie sich die Briten Kindreds Versteck näherten. Er betete, dass sie ihn nicht entdeckten.

Dann hörte er zu seiner Verblüffung Kindreds Stimme, der sich aus der Blätterdecke hervorgewühlt und mit erhobenen Händen sagte: «Ich ergebe mich. Ich bin unbewaffnet. Bitte bringen Sie mich zu Colonel Prevost.» Der Anführer der triumphierenden Soldaten packte Kindred, stieß ihn auf die Erde und band ihm die Hände auf dem Rücken zusammen. Dort blieb er liegen, ohne sich zu bewegen oder noch etwas zu sagen.

«Du bist einer der Letzten», sagte er, «und die restlichen werden wir auch bald haben, sofern sie noch nicht ertrunken sind.»

Einer der anderen Männer, der das Kommando zu führen schien, drängte sich vor. Wütend sagte er: «Corporal, haben Sie den Befehl des Colonels und auch meine klaren Anweisungen vergessen? Wir sollen keinen dieser verfluchten Rebellen gefangen nehmen. Jedem, der MacAllister vergisst und einen lebenden Gefangenen bringt, wird eine Monatsration Rum gekürzt.»

Dann trat er Kindred in die Seite und stieß sein Bajonett tief in den Rücken des Wehrlosen, trat ihm zwischen die Schulterblätter, zog die Waffe heraus und stieß noch einmal kräftiger zu, dorthin, wo er das Herz vermutete.

Ethan wurde übel. Ihm war, als hätte die Waffe seine eigenen Eingeweide durchbohrt. Er ließ den Kopf sinken und blieb wie gelähmt liegen. Dann hörte er das Kommando: «Sucht alles hier ab. Schaut in jedes mögliche Versteck. Wenn ihr an Land oder im Wasser Rebellen seht, erschießt sie.» Immer noch teilweise zugedeckt, robbte Ethan auf die andere Seite des riesigen Baums, außer Sicht der Briten. Dort fand er etwa in Bodenhöhe eine Höhle, ungefähr neunzig Zentimeter hoch und halb so breit, in die er sich gerade hineinzwängen konnte.

Ethan Pratt konnte den Anblick nicht vergessen, wie sich das britische Bajonett in den Rücken seines wehrlos am Boden liegenden Freundes gebohrt hatte. Nun kauerte er in der Aushöhlung einer Schwarzeiche, die langen, muskulösen Gliedmaßen zusammengekrümmt, und zitterte am ganzen Leib. Er hatte Todesangst und haderte mit sich, weil er den hilflosen Kindred verwundet unter den Magnolienblättern zurückgelassen hatte. Er wusste doch, wie vertrauensselig und einfältig Kindred war, und hätte ahnen müssen, dass ihn seine unklaren Loyalitäten dazu verleiten könnten, sich zu zeigen und zu ergeben.

Obwohl er Kummer empfand und sich schuldig fühlte, weil er das Geschehene nicht verhindert hatte, war er sich seiner eigenen gefährlichen Lage bewusst. Schon in den nächsten Minuten konnte ihn das gleiche Schicksal wie Kindred ereilen. Er hatte kein Gewehr und keine Pistole, nur das Messer, das er immer in seinem Gürtel trug – eine nutzlose Waffe, falls er gezwungen war, seine unbequeme Zuflucht zu verlassen, um gegen gut bewaffnete Dragoner zu kämpfen, die von Hass und gnadenlosem Befehlsgehorsam getrieben, wenn nicht sogar besessen waren.

Er wusste, dass er auf dem Weg zum Wasser deutliche Fußabdrücke hinterlassen hatte. Selbst ein Rechtsanwalt aus Savannah hätte sie verfolgen können, geschweige denn diese Männer, die Monate in den Sümpfen und Wäldern von Georgia verbracht hatten und deren Überleben davon abhing, dass sie wachsam waren und Spuren und Geräusche richtig deuteten. Wenn sie zu dem Punkt kamen, wo seine Fußspuren auf das träge dahinfließende Sumpfwasser trafen, würden sie bald wissen, dass er nur auf die Insel oder weiter flussabwärts geschwommen sein konnte. Auch er selbst würde, wenn er einem verwundeten Tier nachsetzte, sofort die kleine Insel, auf der er sich jetzt befand, als Fluchtziel ausmachen.

Wasser rann von seinem langen Haar den Rücken der ledernen Jacke hinab. Seinen Hut hatte er verloren, doch er war dankbar, dass die mit Lederriemen befestigten Mokassins auch auf der Flucht durchs Wasser nicht von den Füßen gerutscht waren. Das Hemd aus grobem Tuch wärmte ihn nicht, sondern klebte an ihm wie eine eisige Decke. Seine rechte Hand ruhte auf einem kleinen Beutel, der an einer Schnur um den Hals hing. Er enthielt seinen Feuerstein und -stahl und ein wenig mittlerweile wertlos gewordenes Schwarzpulver und Kugeln für die Büchse, die er zurück gelassen hatte.

Immer noch tobten die letzten Böen dieses späten Wintersturms um ihn herum, mit leichten Regenschauern, die die Oberfläche des Sumpfwassers aufwirbelten. Sogar dieser riesige Baum schien unter den Windstößen zu ächzen, die seine Krone peitschten. In der Höhle war es relativ trocken, da sich der Baum an einen Hügel schmiegte, und seine Wurzeln waren tief in dem uralten Erdhügel verankert und vor der Nässe geschützt, in der diese Baumart nicht lange überlebt hätte. Dreihundert Jahre lang waren jeden Herbst Blätter und Äste heruntergefallen, hatten sich in Humus verwandelt und dem Boden der Insel eine neue Erdschicht hinzugefügt, wodurch sie immer höher wurde. Solche unbewussten Gedankengänge waren für Ethan, der an just demselben Fluss- und Sumpfgelände, das die Südgrenze seines Grundstücks bildete, lebte, arbeitete und jagte, so selbstverständlich wie das Atmen.

Seine Höhle war kleiner als ein Zweimannzelt, wie es gut ausgerüstete Soldaten zusammengelegt auf dem Rücken trugen. Aus irgendeinem Grund empfand er unterschwellige Furcht, die sich allmählich mit den akuten Sorgen und Ängsten mischte. Das Wasser um ihn stand mindestens eineinhalb Meter höher als der normale Pegel des Briar Creek, der sonst nur das wenige Wasser führte, das sich aus unterirdischen Schichten durch unzählige Quellen in kleine Rinnsale ergoss, die schließlich in den Savannah und später ins Meer mündeten. Obwohl die hier lebenden Landtiere kurze Entfernungen schwimmen konnten, mussten sie sich vor den periodisch wiederkehrenden Fluten in Sicherheit bringen, indem sie sich einen relativ sicheren Schlupfwinkel suchten. Opossums, Waschbären, Rotluchse und Eichhörnchen fanden in den Baumkronen Zuflucht, das Wild lagerte gewöhnlich auf Anhöhen und Kaninchen und Füchse legten ihren Bau stets an Stellen an, die nicht überschwemmt wurden. Während das Wasser stieg, hatten sie genügend Zeit, dorthin zurückzukehren. Ethan war mit seinen Überlegungen am Ende angelangt. Allmählich gewöhnten sich seine Augen an das schwache Licht in der Höhle, er konnte den groben Bast an der Innenseite der Rinde erkennen, die dunklen Fasern, die immer noch Feuchtigkeit und Nährstoffe vom Boden zu den Ästen leiteten und sich im Dunkel über ihm verloren. Seine Augen wanderten über die Wände, die von einer scheinbar undurchdringlichen Schicht aus Spinnweben überzogen waren. Dann nahm er eine leichte Bewegung auf dem Boden seiner Höhle wahr. Er schreckte zusammen, sein Rücken verkrampfte sich und er zuckte unwillkürlich zurück in die Nähe der schmalen Öffnung, durch die er hereingekommen war. Ethan war ein tapferer Mann, ihm waren die Wildnis und ihre Geschöpfe vertraut, doch nun fühlte er sich unweigerlich in einen der wenigen wiederkehrenden Albträume zurückversetzt, die ihn seit seiner Kindheit quälten. Gut einen Meter vor ihm befand sich eine riesige Wassermokassin, die ihm als die gefährlichste Giftschlange in dieser Gegend bekannt war – und um die er wann immer möglich einen großen Bogen gemacht hatte.

Als eines der wenigen Tiere flüchtete diese Schlange normalerweise nicht vor einem sich nähernden Menschen, sondern griff ihn manchmal sogar an. Ethan kannte sie gut, aus eigener Beobachtung und weil sie ein Lieblingsthema in den Geschichten der Siedler war. Größtenteils trafen die Schilderungen zu, aber gelegentlich waren sie auch übertrieben, was die Größe des Exemplars und die Dramatik der Begegnung betraf. Man erkannte sie leicht. Die Wassermokassin, die Kindred gerne mit übertriebenem, unheilschwangeren Ton als *Agkistrodon piscivorus* bezeichnete, war die einzige Wasserschlange, die den Hals beim Schwimmen einige Zentimeter über die Wasseroberfläche reckte. Sie hatte einen breiten Kopf, und ihre Pupillen waren nicht rund wie bei anderen Wasserschlangen, sondern – ähnlich den Katzenaugen – senkrechte Schlitze, die ihn nun direkt anstarrten. Er wusste, dass sie zwischen den Augen und den Nasenlöchern eine kleine hitzeempfindliche Wölbung besaß, mit der sie ihre Beute ausmachte. Im Moment wirkte das Reptil relativ schläfrig, es war nach der monatelangen Winterruhe träge und außerdem noch nicht so aufgeschreckt, dass es seine Angriffshaltung eingenommen hätte, das weit aufgerissene Maul, das den Blick auf den weißen Rachen mit den Giftdrüsen freigab, deren Sekret tödlicher war als das von Kupferkopf- und Klapperschlangen. In der Höhle gab es nichts, womit Ethan sich hätte verteidigen können, so blieb ihm nichts anderes übrig, als still und bewegungslos zu verharren, was glücklicherweise ebenfalls die beste Verteidigungstaktik gegen seine anderen Feinde mit den Bajonetten war, die sich keine fünfzig Meter entfernt von ihm befanden.

Ethan bemühte sich, sein rasend pochendes Herz zu beruhigen, denn zuerst dachte er, das Hämmern in seinen Ohren würde in der ganzen Höhle widerhallen, laut genug, um die Schlange aufzuscheuchen. Doch sogleich erkannte er, wie dumm dieser Gedanke war, und er stellte zu seiner Erleichterung fest, dass Sekunde um Sekunde verstrich und die Schlange reglos in einer Mulde mit verfaultem Holz liegen blieb, die ihr bevorzugter Ruheplatz zu sein schien. Nun begann sich Ethan auszurechnen, wie hoch seine Chancen waren, den Briten zu entkommen, indem er sich in ihre Lage zu versetzen versuchte. Wie er wenige Minuten zuvor selbst festgestellt hatte, war es äußerst unangenehm, durch das träge fließende Wasser zu waten oder zu schwimmen, das zwischen seiner Insel und dem Hügel, wo der Leichnam seines Freundes lag und seine Mörder immer noch lauerten und sich berieten, teilweise mehr als brusttief war.

Weder die Rotröcke noch die Soldaten der Revolutionstruppen besaßen Boote, da die Kolonisten ganz bestimmt nicht mit Kampfhandlungen inmitten eines riesigen Sees gerechnet hatten und die Briten vor ihrem Überraschungsangriff einen Gewaltmarsch von über vierzig Meilen hatten zurücklegen müssen. Nur die Milizionäre, die hier lebten und ihr Land bearbeiteten, schienen sich wie die wilden Tiere an den Fluss anpassen zu können, der nach heftigen Regenfällen innerhalb weniger Stunden zu einem gewaltigen Strom von über hundert Quadratmeilen Ausdehnung anwachsen konnte. Erst dieses Wissen hatte Ethan und Kindred von ihren Farmen auf dieses unerwartete Schlachtfeld gebracht.

«Schauen Sie, Sergeant, hier sind noch andere Spuren, sie führen zum Ufer.» Der Sergeant befahl zweien seiner Männer, das Gelände links und rechts abzusuchen und so weit ins Wasser zu waten, dass sie bis hinter den großen Baum sehen konnten. Als sie meldeten, es befinde sich niemand auf der kleinen Insel, meinte der Sergeant: «Nun, entweder ist er ertrunken oder er versteckt sich, und um einen Feigling, der seinen Kameraden im Stich lässt, um sein eigenes Leben zu retten, müssen wir uns nicht kümmern. Es ist nicht nötig, hinüberzuschwimmen und alles abzusuchen. Wir sind schon nass genug. Verteilen wir uns ein wenig, vielleicht spüren wir noch mehr von diesem Abschaum zwischen hier und dem Lager auf.»

Der Spähtrupp kehrte zu den anderen Soldaten zurück, und bald war nichts mehr zu hören als das Gurgeln des trägen Wassers.

Fast vier Stunden blieb Ethan auf seinem Hügel und wartete, bis die letzten britischen Soldaten flussabwärts in Richtung Savannah River gezogen waren, wo sie in ihrem Lager ein triumphaler Empfang erwartete. Dann watete er zurück zu der Stelle, wo Kindred lag. Der Wasserspiegel war um fast fünfzehn Zentimeter gesunken. Zunächst musste er Kindreds geschundenen Körper an eine Stelle weit oberhalb der Überschwemmungsgebiete schleppen und begraben. Er hob die Grube mit Hilfe eines abgebrochenen Bajonetts aus, entfernte mühsam mit den Händen die verästelten Wurzeln und die durchweichte Erde. Über eine Stunde arbeitete er so und murmelte eine Art Gebet dabei, in dem Wut, Trauer und vor allem Schuldgefühle ihren Ausdruck fanden. Er konnte die Worte des britischen Sergeant nicht vergessen, als sie seine Verfolgung aufgegeben hatten. Danach durchstöberte er das verwüstete und verlassene Lager, wo er General Ashe zu warnen versucht hatte, und bemühte sich dabei, über die Dutzende gefallener Kontinentalsoldaten hinwegzusehen, die noch immer dort lagen, wo sie gestorben waren. Einen Augenblick spürte er den Impuls, sie irgendwie zudecken zu müssen, sah aber sofort die Vergeblichkeit dieser Bemühungen ein. Allerdings prüfte er nach, ob sich noch ein Lebender darunter befand. Dass die Briten so gründlich gewesen waren, ihren gefallenen oder gefangenen Feinden den Kopf abzuschlagen oder den Bauch aufzuschlitzen, erfüllte ihn mit einem eigenartigen und irgendwie schuldbewussten Gefühl der Erleichterung.

Unter einem zusammengefallenen Zelt, das man mit dem Bajonett oder Schwert aufgeschlitzt hatte, fand er ein paar harte, trockene Kekse, doch obwohl er hungrig war, brachte er es nicht fertig, sie hier inmitten der Toten zu essen. Deshalb wickelte er sie in ein kleines Proviantpaket aus Zeltstoff und begann seinen weiten Heimmarsch, der über zwanzig Meilen lang sein würde. Ein gutes Stück vom Schlachtfeld entfernt setzte er sich an ein kleines Flüsschen und aß genau die Hälfte seines Vorrats.

Ethan fühlte sich wie ein Feigling und Verbrecher, als er seinen Weg fortsetzte, genau auf dem gleichen Pfad, den Kindred und er einen Tag zuvor eingeschlagen hatten. Er war ungewohnt schwach und verwirrt. Alles sah nun verändert aus, und sogar die ins Auge stechenden Geländemerkmale, die sich jeder Farmer oder Jäger automatisch und unauslöschlich eingeprägt hätte, waren ihm fremd. Nicht einmal einen Flussübergang, einen großen Baum, der quer über den Weg gefallen war und den man umgehen musste, eine schlammige Strecke, wo man nur schwer Tritt fasste, eine auffallende Felsformation erkannte er wieder. Zunächst dachte er, es liege an der veränderten Perspektive des Fußgängers im Vergleich zum Reiter, dann wieder, er habe die verkehrte Richtung eingeschlagen. Doch sogar als er sich umdrehte und versuchte, sich die Bilder vom Hinweg ins Gedächtnis zu rufen, konnte er sich kaum erinnern. Es bedurfte eines hohen Maßes an geistiger Disziplin, sich selbst davon zu überzeugen, dass er nicht den falschen Weg genommen hatte. Nach einem Blick auf seinen Taschenkompass sah er ein, dass es keinen anderen Pfad parallel zum nördlichen Ufer des Briar Creek gab. Er hatte das Gefühl, ein anderer Mensch wohne in seinem Körper.

Während er weiterstapfte, wurde er klarer im Kopf und stellte fest, dass sich der Weg tatsächlich verändert hatte, seit Kindred und er ihn benutzt hatten. In der Zwischenzeit waren Hunderte britischer Soldaten darüber getrampelt. Nach etwa zehn Meilen sah er, wo Newota sie anscheinend zum Pfad geführt hatte, nachdem sie den Briar Creek überquert hatten, und von da an zum Lager der Kontinentalsoldaten. Von dieser Stelle an war der Weg so unberührt, wie er ihn kannte, und er hatte das Gefühl, sein Gleichgewicht und sein Urteilsvermögen wieder zurückzuerlangen.

Dennoch erfüllten ihn widerstreitende Gefühle, die er zum Teil schon länger mit sich herumschleppte. Er verabscheute die brutale

Ermordung Kindreds aus tiefstem Herzen und musste widerwillig erkennen, dass er in dem sich zuspitzenden Konflikt nicht länger eine passive Rolle einnehmen konnte. Ein Haupthindernis für diese Entscheidung war immer gewesen, dass er dann unter Elijah Clarke dienen müsste, einem Mann, mit dem er einfach nicht auskam und der ihn möglicherweise gar nicht als freiwilligen Milizionär akzeptieren würde. Er war überrascht gewesen, dass Clarke ihn gebeten hatte, die Warnung an Ashe zu überbringen, doch das lag sicher nur daran, dass er am besten mit den unteren Abschnitten des Briar Creek vertraut war, und wahrscheinlich auch am Einfluss von Aaron Hart und John Twiggs. Außerdem hatte niemand wissen können, dass die Nachricht so wichtig sein würde.

Mit langen, gleichmäßigen Schritten marschierte Ethan stetig dahin, er hielt nur einmal in der Nacht an, um ein paar Stunden unter einem Felsen zu schlafen, der ein kleines Stück vom Pfad entfernt überstand. Als er das Grundstück der Morris erreichte, bog er zu ihrem Blockhaus ein, doch dann besann er sich anders und kehrte auf den Pfad zu seinem eigenen Haus zurück. Er würde wiederkommen, wenn er besser darauf vorbereitet war, Mavis die schlechte Nachricht zu überbringen. Epsey hatte ihn schon von weitem kommen sehen und erwartete ihn vor der Tür, was ihn nicht überraschte. Sie musterte ihn eingehend, wartete aber, bis er das Wort ergriff. Er ließ sich schwer auf einen der Stühle am Tisch fallen, und sie setzte sich ihm gegenüber. Ethan schilderte ihr die Geschehnisse der vergangenen zwei Tage, seit er das Blockhaus verlassen hatte. Als sie von Kindreds Tod erfuhr, begann Epsey leise zu weinen und wollte wissen, ob Mavis schon Bescheid wusste. Sie bot an, ihn zu ihr zu begleiten.

Nachdem Ethan gebadet und die Kleider gewechselt hatte, gingen sie zur Farm der Morris hinüber und Ethan erzählte Mavis, was passiert war. Sie war wie gelähmt und begann zu schluchzen. Er hatte das starke Bedürfnis, sie in den Arm zu nehmen und zu trösten, war aber erleichtert, als Epsey diese Aufgabe übernahm. Nach ein paar Minuten stellte Mavis Ethan einige Fragen darüber, wie ihr Mann gestorben war. Er gab so gut wie möglich Auskunft, erwähnte allerdings nicht ihr Gespräch auf dem Hinweg und sagte, er hätte Kindreds Einwände überhören und ihn durchs Wasser in Sicherheit bringen sollen. Zum Schluss versicherte er ihr, dass Kindred ordentlich begraben sei.

Mavis schwieg einige Augenblicke und sagte dann: «Vielleicht ist euch aufgefallen, wie nahe sich Kindred und die Indianer zum Schluss standen.»

Sie hielt inne, warf beiden einen raschen Blick zu und fuhr dann fort: «Ich habe gehört, wie Kindred und Newota über das Lager der Kontinentalsoldaten sprachen, und Kindred hat Newota ermutigt, die Briten zu einer Furt über den Briar Creek zu führen; er wollte sich nicht selbst daran beteiligen. Der Verlauf des Krieges machte ihn zunehmend unzufriedener, aber er war nicht stark genug, sich für eine Seite zu entscheiden. Er war zerrissen, wünschte sich ein Ende der Gewalt, wollte die Indianer jenseits des Flusses beschützen und hatte eine starke persönliche Bindung zu Newota, aber auch für dich, Ethan, empfand er tiefe Bewunderung und großen Respekt.»

Epsey bat Mavis, ihre Sachen zu packen und für eine Weile zu ihnen zu ziehen, aber Mavis wollte davon nichts wissen. «Ich habe mich hier allein immer wohl gefühlt, und jetzt möchte ich lieber eine Weile für mich sein, bis ich weiß, wie es weitergeht. Ich gebe euch Bescheid, falls ich etwas brauche.»

Ethan und Epsey machten sich auf den Heimweg, und als sie ihre ersten Felder erreichten, sagte Ethan, er wolle noch nach dem Vieh sehen. Gemächlich schritt er fast die gesamte Grenze seines Landes ab, vorbei an einigen seiner Lieblingsplätze, und ließ die Geschehnisse der letzten Zeit Revue passieren. Dabei versuchte er, einige der Selbsttäuschungen seines Lebens abzustreifen, empfand dies allerdings als äußerst schwierig.

Ethan war immer ein Mann der Logik gewesen, stolz auf seine methodische Herangehensweise an schwierige, verwickelte Probleme. Während ihrer gemeinsamen Jahre hatte Epsey die Erfahrung gemacht, dass Ethan sich zwar ihre Meinung anhörte, sie aber erst an seinen Gedanken teilhaben ließ, wenn er schon eine endgültige Entscheidung getroffen hatte. Sie konnte nicht ahnen, wie sorgfältig er seine Unsicherheit vor anderen verbarg und wie wichtig es ihm war, als selbstbewusst und gelassen in Krisenzeiten zu gelten. Er steckte sich von Natur aus keine zu hohen Ziele, damit er bei einem möglichen Scheitern nicht als schwach oder unfähig galt. Schwierige Aufgaben ging er Schritt für Schritt an und nur nach einer sorgfältigen Abwägung aller Umstände. Ethan war unwohl, wenn er sich in seiner Freiheit eingeschränkt fühlte, und er hatte eine angeborene Abneigung dagegen, sich zu stark an eine Person oder Gruppe zu binden. Obwohl ihn ihr religiöser Glaube nicht sehr interessierte, hatte er sich zu den Quäkern aus Wrightsborough hingezogen gefühlt, weil sie sich im wachsenden Konflikt zwischen Whigs und Torys neutral zeigten. Nun wurde ihm klar, dass er seine Nähe zu den Quäkern dafür benutzt hatte, sich nicht für eine Seite entscheiden zu müssen und sich weiter um sein Land und seine Angelegenheiten kümmern zu können.

Als er seine Gedanken schweifen ließ, kamen ihm immer wieder die Worte des britischen Sergeant in den Sinn: «Ein Feigling wie er, der seinen Kameraden im Stich lässt, um sein eigenes Leben zu retten.» Ethan versuchte sich ins Gedächtnis zu rufen, warum er Kindred im Stich gelassen hatte, und verwarf die Entschuldigung, sein Freund habe schließlich darauf bestanden, dass er ihn allein ließ. Ohne Zweifel war er mit einer gewissen Erleichterung allein losgeschwommen, in der falschen Überzeugung, Kindred werde unter den Blättern verborgen bleiben und sie würden beide entkommen. Doch er hätte den Verletzten mit hinüber zur Insel schleppen können, das unbewegliche gebrochene Bein wäre auf dem Wasser getrieben. Er konnte sich leicht vorstellen, wie sie sich beide im hohlen Baum versteckt hätten, bis der Trupp das Ufer durchsucht hatte und abgezogen war. Auf ihrem Heimweg wären sie nicht auf britische Soldaten gestoßen.

Schließlich war Ethan in der Lage, seine derzeitige Situation zu überdenken und Pläne für die Zukunft zu schmieden. Als er weit nach Sonnenuntergang in sein Blockhaus zurückkehrte, hatte er entschieden, die unerfreuliche Aussicht auf eine Reise nach Augusta auf sich zu nehmen, wo sich momentan das Hauptquartier der Georgia-Miliz befand. Er war bereit, sich für den Dienst unter Elijah Clarke zu verpflichten. Das Bild des britischen Bajonetts in Kindreds Rücken war stärker als die Erinnerung an die Skalpierungen und das Gemetzel im Lager von Big Elk.

Kapitel 37

Ethan Pratt zieht in den Krieg

Voller Staunen vernahm Epsey, dass Ethan vorhatte, sich zu Elijah Clarkes Miliz zu melden. Ihr Mann wusste, dass sie Gewalt ablehnte und der Mord an einem Mitmenschen für sie eine Todsünde darstellte. Ihr entging nicht, dass auch Ethan sich schwer damit tat, ihre gemeinsamen Grundsätze zu verraten, aber wie so oft beschloss sie, nichts dazu zu sagen.

Am nächsten Morgen ritt Ethan auf ihrem einzigen Pferd nach Wrightsborough, wo er erfuhr, dass sich Clarke noch in Augusta aufhielt. Er brachte die dreißig Meilen nicht ohne Bangen hinter sich, da er nicht wusste, was ihm bevorstand, wenn er seine Dienste einem starrsinnigen Mann anbot, dem er bei der letzten Begegnung die Stirn geboten hatte. Clarke hatte sich inzwischen als Militärführer einen guten Ruf erworben, und von den Männern, die unter ihm dienten, wurde viel verlangt. Ethan war zwar willens, sich mit einem niedrigen Rang in der Miliz abzufinden, aber nur in begrenztem Maße bereit, sich auch persönlich unterzuordnen. In Augusta wies man ihm den Weg zu McKay's Trading Post, dem auffälligsten Gebäude. Hier tagte die provisorische Regierung Georgias, während Clarke und andere Milizführer zwei Räume des großen weißen Hauses als Hauptquartier nutzten, wenn sie nicht draußen in den Wäldern des Wilkes County waren.

Als Ethan ankam, traf er mehrere Männer auf der Veranda an und nickte denen zu, die er bereits kannte.

«Wo finde ich Elijah Clarke?», fragte er.

«Vermutlich suchst du Colonel Clarke. Wenn dem so ist, findest du ihn im Hinterzimmer.»

Ethan trat ein. Elijah saß an einem Tisch und unterhielt sich mit John Twiggs und William Few, die beide ebenfalls zur Miliz gehörten. Clarke schien überrascht, als er Ethan sah. Er stand nicht auf, sondern lehnte sich auf seinem Stuhl zurück und sagte: «Ich glaube, Sie waren am Briar Creek dabei.»

Ethan hatte den Eindruck, dass Clarke ihm wegen der dortigen Ereignisse Vorwürfe machen wollte, und antwortete nicht. «Ich habe von dieser verdammten Schlacht gehört, aber ich habe mit keinem gesprochen, der dabei war. Ashe und die meisten seiner Offiziere sind nach Matthew's Bluff entkommen und haben noch in derselben Nacht in einem Boot den Savannah überquert. Jetzt sucht er Ausreden ohne Ende, aber Tatsache ist, dass ungefähr die Hälfte der Männer in seinem Lager ertrunken oder sonst ums Leben gekommen sind.»

Ethan, der mit Erstaunen hörte, dass Ashe noch lebte, lieferte eine ausführliche Schilderung der Ereignisse. Er berichtete davon, dass der General die Warnung in den Wind geschlagen hatte, von seiner Unfähigkeit, eine Verteidigung auf die Beine zu stellen, vom planlosen Rückzug der Kontinentaltruppen und ihren schrecklichen Verlusten. Er erwähnte auch, dass Kindred zu jenen gehörte, die sich ergeben hatten und anschließend ermordet wurden. Er selbst habe sich schwimmend durch den Sumpf gerettet.

Schweigend lauschte Clarke der Erzählung von der schwersten Niederlage, die die Kolonisten in der Region erlebt hatten. «Mehr konnten wir nicht tun als Ashe zu sagen, was wir wussten», meinte er schließlich. «Ich hatte gleich den Verdacht, dass er gelogen hat. Der Bastard hat alles, was wir bei Kettle Creek erreicht haben, zunichte gemacht. Jetzt haben wir keine Chance mehr, bis nach Savannah vorzustoßen. Es wird nicht mehr lange dauern, bis wir Prevost hier in Augusta haben.»

Zu seinen Freunden gewandt, fuhr er fort: «Wir stehen nun schon seit drei Jahren im Krieg, und Washington hat noch nicht eine Schlacht gewonnen. Die Briten haben New York und Philadelphia eingenommen, und jetzt auch Carolina und Georgia, abgesehen von dem Flecken Erde, auf dem wir sitzen.»

«Außerdem Kanada und Newport», ergänzte Twiggs.

Es herrschte unbehagliches Schweigen, dann sah Ethan Clarke fest an und sagte: «Ich möchte mit Ihnen sprechen.»

Clarke erwiderte nichts, aber Twiggs und Few gingen hinaus und zogen die Tür hinter sich zu.

«Ich habe beschlossen, zur Miliz zu gehen, wenn Sie mich brauchen können», erklärte Ethan.

Die beiden schauten sich in die Augen, keiner war willens, den Blick abzuwenden. Schließlich brach Clarke das Schweigen. «Mr.

Pratt, ich zweifle nicht an Ihren Fähigkeiten als Jäger, als Waldläufer, als Reiter, aber ein paar andere Dinge machen mir Sorge. Sie haben nie gezeigt, dass Sie bereit sind, gegen die Briten zu kämpfen, und ich habe selbst gesehen, dass Sie Blutvergießen ebenso scheuen wie Befehle zu empfangen.»

Ethan lief rot an vor Zorn, kämpfte aber seine Gefühle nieder. Schließlich sagte er: «Es ist ein Unterschied, ob man gegen feindliche Soldaten kämpft oder Frauen und Kinder tötet, aber lassen wir die Vergangenheit beiseite. Ich möchte helfen, die Briten aus Georgia zu vertreiben und unsere Familien vor Feinden zu schützen. Was Befehle betrifft, will ich wie jeder andere Milizionär behandelt werden, da haben Sie mein Wort drauf.»

Der Colonel schlug nun den Ton eines Offiziers an, der mit einem frisch gebackenen Rekruten spricht. «Pratt, ich muss Ihnen sagen, dass wir auf beiden Seiten des Flusses nicht mehr als zweihundert Männer haben, die kämpfen wollen und kämpfen können. Wir stehen flussaufwärts und nach Norden in Carolina starken britischen Truppen gegenüber, und noch schlimmere Probleme macht uns der Hurensohn Brown mit seinen Rangern. Den Großteil unserer Zeit haben wir damit zu tun, unsere Familien zu schützen oder uns in den Wäldern zu verstecken, und wir alle sind noch Anfänger.»

«Ich bin bereit, so wie die anderen zu lernen.»

Der Colonel ließ sich mit seiner Antwort Zeit. Schließlich sagte er: «Sie können sich bei Captain William Few melden, ich denke, er wird Sie gerne nehmen.»

Die beiden verständigten sich durch ein Nicken, verzichteten aber darauf, einander die Hand zu schütteln.

Anders als der Colonel war Few ein gebildeter Mann mit guten Umgangsformen, der seine Männer durch sein Vorbild anspornte. Few lieh Ethan ein britisches Infanteriehandbuch, das viele Randbemerkungen und Unterstreichungen enthielt, die vor allem das Exerzieren in geschlossener Ordnung erläuterten. Dann erklärte er Ethan, er könne jetzt nach Hause zurückkehren, seine Sachen holen, von seiner Familie Abschied nehmen und planen, wie viel Zeit er für die Miliz opfern wolle.

«Einige unserer Männer haben so wie Sie noch ein Zuhause, wo sie sich so oft wie möglich aufhalten. Die meisten leben in dem Landstrich oberhalb von Augusta, den wir verteidigen konnten.

Sie sind der Einzige aus der Quäker-Siedlung. Wichtig ist, dass wir durch unsere Außenposten den Indianern und den unentschlossenen Siedlern die Stärke der Whigs demonstrieren, Nachrichten aus einem möglichst großen Gebiet sammeln und vielleicht sogar Nahrungsmittel erzeugen, die wir mit denen teilen, die ganz in den Militärdienst getreten sind. Wenn wir keinen Einsatz haben, kommen die Milizionäre zwei bis drei Tage die Woche zu Übungen zusammen, damit wir Neuigkeiten austauschen können. Das nächste Mal treffen wir uns Samstag früh.»

«Ich hatte mich darauf eingestellt zu bleiben und werde erst in einer Woche wieder nach Hause reiten. Solange ich das Handbuch studiere und lerne, was sonst noch zu tun ist, möchte ich meine ganze Zeit bei der Kompanie verbringen. Ich habe ein gutes Gewehr und Munition und will mir demnächst ein besseres Pferd besorgen. Mein Land ist für die Aussaat vorbereitet, und meine Frau kann sich um das Vieh kümmern, bis ich die Tiere verkaufe. Ich werde an den vereinbarten Tagen da sein und mich zwischendurch um die Farm kümmern. Sie können mich rufen, wenn ich gebraucht werde.»

Ethans Antwort gefiel Few. «Da uns nicht mehr viele Leute geblieben sind, gibt es mehr als genug zu tun. Vielleicht können Sie mir ein paar Tage Gesellschaft leisten und sich einfach ansehen, wie die unterschiedlichen Einheiten zusammenarbeiten. Der Colonel kann Ihnen, wenn nötig, helfen, ein gutes Pferd zu finden, und auch einen Zuschuss bezahlen.»

«Vielen Dank, aber ich möchte selbst für mich sorgen.»

Das von der Regierung gewährte Geld war längst ausgegeben, und die neu Angeworbenen mussten sich meist selbst Decken, Kleider, Pferd, Sattel, Waffen und Munition beschaffen. Ethan stellte bald fest, dass die Männer stets auf der Suche nach frischen Lebensmitteln zur Ergänzung der kleinen Rationen Tabak, Zucker, Salz, Trockenmais und Fleisch waren. Sie reisten rasch mit leichtem Gepäck und führten keine Zelte, sondern nur primitives Kochgerät mit. Die Befehlshaber verteilten das meist rare Schießpulver, während sich die Männer die Kugeln aus Blei, Zinn, Kerzenständern, Blechtellern, Werkzeugen und anderen Weichmetallresten selbst gossen. Die gegnerischen Milizen waren an der Kleidung oft kaum zu unterscheiden, die meisten verließen Heim und Familie nur für kurze Zeit und erhielten praktisch keinen Sold für den Militärdienst. Bisher waren viele Freiwillige, die sich für längere Zeit verpflichten wollten, in die regulären Kontinentaltruppen Georgias unter Lincoln und McIntosh aufgenommen worden. Die Kompanien von Elijah Clarke und den anderen Milizführern unterstanden zwar den Generälen, aber die Milizionäre fühlten sich nicht verpflichtet, Befehle auszuführen, die sie ablehnten. Und wenn die Familie den Vater brauchte, musste der Militärdienst zurückstehen – selbst wenn ein Kampfeinsatz bevorstand.

Ethan lernte mit wahrem Feuereifer alles, was er über die Gepflogenheiten und Taktiken der Georgia-Miliz in Erfahrung bringen konnte, und stellte überrascht fest, wie locker die Gruppe organisiert war. Captain Few betraute Ethan gern mit Sonderaufträgen und freute sich über die Begeisterung und die raschen Fortschritte des Farmers, der die übrigen Mitglieder der Kompanie mit seinen Körperkräften in den Schatten stellte. Ethan lernte, mit den anderen Männern im Marschland und in den Wäldern eng zusammenzuarbeiten, und beteiligte sich an einem Netzwerk, das ermöglichte, die Miliz im Notfall schnell zusammenzutrommeln.

Captain Few ging es vor allem darum, die Kampftechnik der Kompanie zu verbessern, die verbliebenen Familien und ihr Hab und Gut im geschützten Gebiet zu sichern, mit tödlicher Entschlossenheit gegen jeden Eindringling vorzugehen und Überfälle gegen die Briten zu unternehmen, die flussabwärts lagen. Mit diesen Aufgaben standen die wenigen im Norden Georgias verbliebenen Milizgruppen alleine da, weil sich die regulären Kontinentaltruppen jenseits des Flusses in South Carolina konzentrierten. Wenn Ethan mit der Miliz unterwegs war und die Taktiken mit ausarbeitete, kam ihm zugute, dass er den Wald in- und auswendig kannte. Obwohl er sich ganz dem Kampf verschrieb, nutzte er ebenso wie Clarke und Few die ruhigeren Zeiten für Besuche bei der Familie. Er meldete sich jedoch freiwillig für einen Überfall auf die Briten rund um Savannah, der zwar wenig Aussicht auf Erfolg hatte, aber von symbolischer Bedeutung war.

In den folgenden Wochen bekam Ethan Mavis nicht zu Gesicht, und er brachte auch nur ein paar Tage bei seiner Frau zu. Nicht einmal mit Epsey hatte er noch einmal über seine Erlebnisse gesprochen, und seine Gefühle während und nach der Schlacht konnte er niemandem schildern. Er wusste, dass er Mavis hätte besuchen und ihr seine Hilfe anbieten müssen, aber er drückte sich davor. Dafür schob er vernünftige Gründe vor, zum Beispiel, dass er Elijah Clarke umgehend von der verheerenden Schlacht berichten musste, und anschließend nahmen ihn Militäroperationen in Anspruch. Allerdings hatte er ja auch Zeit für seine eigene Farm, wo er sich um die Äcker und das Vieh kümmerte. Schließlich hatte Epsey versprochen, nach Mavis zu sehen und ihr bei den nötigen Schritten zu helfen, sobald sie sich entschlossen hatte, ob sie zu Hause bleiben oder zu Freunden nach Wrightsborough ziehen wollte. Er scheute aber auch die Begegnung, weil er nicht wissen wollte, ob sie die amerikanischen Milizen ebenso entschieden ablehnte wie ihr Mann. Dennoch machte er sich Gedanken um ihre Zukunftspläne. Würde sie nun als Witwe im Nordosten Georgias bleiben oder nach Savannah ziehen, um bei den Königstreuen Zuflucht zu nehmen – oder wollte sie etwa zu den Bartrams nach Philadelphia zurückkehren?

Seine Gedanken kreisten ständig um sie, und dabei ging es ihm nicht nur um ihre politische Haltung und ihre Zukunftspläne. Immer wieder führte er sich jede einzelne Begegnung mit ihr während der letzten Jahre vor Augen. Schon als er sie – leichtfüßig auf dem Weg zu seinem Blockhaus – zum ersten Mal sah, hatte sein Herz einen Sprung gemacht. Sofort war er in den Bann gezogen von dieser faszinierenden Mischung aus Jugend und Naivität, scharfem Verstand und Begeisterung für das Pionierleben, Sorglosigkeit in Bezug auf ihr Äußeres und zugleich blendender Schönheit, von der sie selbst nichts zu ahnen schien. Schon bald stellte sich eine kindlich unbefangene Vertrautheit ein, denn sie sprach ohne Scheu über ihre Gefühle und zeigte größtes Vergnügen, wenn sie ihm offen ins Gesicht sah, bis er sich abwenden musste. Immer noch stieg ein prickelndes Gefühl in ihm auf, wenn er an den warmen Frühlingsnachmittag dachte, als er mit ihr und Kindred am Bachufer gesessen hatte.

Da er Epsey stets glücklich und zufrieden mit dem kleinen Henry vorfand, kam Ethan schließlich nur noch selten nach Hause. Sie sorgte nicht nur für die Weidetiere, sondern hatte sogar einen Ausflug nach Wrightsborough gemacht, um Mais und die letzten beiden Stühle Ethans gegen das Nötigste einzutauschen.

Beide erkannten, dass sie Glück mit dem Standort ihrer Farm gehabt hatten. Sie lag nicht nur abseits der gängigen Reiserouten, sondern gehörte überdies zur Quäkergemeinde, der blutige Übergriffe von beiden Seiten erspart blieben. Selbst nachdem der Staat nun innerlich so zerrissen war, hatte in Wrightsborough noch keine Familie Schaden genommen, und Ethan überraschte es kaum, dass seine Frau so gut zurechtkam.

Bei einem Besuch Ende Juni besprachen Ethan und Epsey noch einmal ihre Lage. Danach wagte Ethan, nach Mavis zu fragen, und erfuhr, dass sie beschlossen hatte, nach Wrightsborough zu ziehen, wo ihr eine Quäkerfamilie für ihre Dienste als Hausmädchen Kost und Logis angeboten hatte.

Ethan hüstelte nur verlegen, um seine Enttäuschung zu überspielen, und wandte sich ab. Er blieb nicht über Nacht, weil seine Dienste benötigt wurden, und trat die lange Reise zu seiner Milizeinheit an.

Kapitel 38

Die Briten erobern Georgia

Juni 1779

Elijah Clarke hatte die Stärke und den Ehrgeiz der Briten nach Ashes Niederlage bei Briar Creek überschätzt. London gab sich vorerst ebenso wie der Kontinentalkongress damit zufrieden, die militärische Situation in dem Staat zu stabilisieren, und das hieß, die verbliebenen Politiker und Milizen Georgias durften sich in der Gegend von Augusta aufhalten, während Savannah und die übrigen Gebiete den Briten unterstanden. Lieutenant Colonel Prevost errichtete sein Hauptquartier in Ebenezer, während sein vorsichtiger Vater die Amtsgeschäfte des Gouverneurs in dem eroberten Staat für James Wright übernahm, der in einigen Monaten aus London zurückerwartet wurde.

Die Milizen von Georgia erhielten unterdessen eine intensive militärische Ausbildung, waren häufig mit Patrouillen beschäftigt und lernten viel über ihre britischen Feinde. Sie erfuhren, dass der harte Kern der Rotröcke aus einer gut geschulten professionellen Infanterie und Kavallerie bestand, von denen jedoch nur wenige Soldaten im Landesinneren von Georgia und North und South Carolina eingesetzt wurden. Die amerikanischen Milizbefehlshaber wurden hingegen meist von den Leuten gewählt, die ihnen unterstanden, und die Einheiten waren durch gegenseitige Hochachtung, Vertrauen und das gemeinsame Ziel zusammengeschmiedet. Überrascht hörten die Freiheitskämpfer, dass die britischen Offiziere sogar Befehlsgewalt über die lokalen Milizeinheiten hatten – bestehend aus königstreuen Amerikanern, die sich für längere oder kürzere Zeit verpflichtet hatten.

Ethan sah, dass die ländlichen Gebiete des Südens tief gespalten waren: Häufig standen sich Brüder oder Väter und Söhne in unterschiedlichen Milizen als Feinde gegenüber. Nicht alle verfochten ihre Sache mit derselben Leidenschaft. Viele wünschten sich nichts anderes, als in Ruhe ihren Geschäften nachzugehen, und neigten dazu, sich auf die Seite des – militärisch oder wirtschaftlich – Stärkeren zu schlagen. Wie Ethan selbst interessierten sich einige seiner neuen Gefährten kaum für Politik und suchten Rache für die an ihren Freunden und Angehörigen begangenen Gräuel. Je länger der Krieg im Süden währte, umso geringer waren die Aussichten, neutral bleiben zu können, und alle Milizkämpfer kannten Familien, die ihre Heimstätten aufgaben und in andere Gebiete umzogen, wo sie unter politisch Gleichgesinnten leben konnten.

Die Männer in Ethans Kompanie konnten die Politiker nicht ernst nehmen, die sich in Augusta die Zeit vertrieben und durch ihre Beliebtheit oder auch durch Bestechung Posten in der provisorischen Regierung zu ergattern suchten. In ein politisches Amt gewählt zu werden war in Ethans Augen ein nichtswürdiges Ziel. Und auch für die Quäker-Kaufleute in Wrightsborough hatte er nicht viel übrig, die finanziell in jeder Hinsicht von dem Konflikt profitierten, wohlwissend, dass ihr Leben und ihr Eigentum nicht in Gefahr waren. Doch trotz seines begrenzten Wissens erkannte Ethan, dass ein jeder bewaffneter Konflikt von den wenigen entschieden wurde, die Kampfgeist besaßen und wenn nötig auch das eigene Leben aufs Spiel setzten. Dass er zu diesen wenigen gehörte, stand für ihn bereits fest.

Die Milizangehörigen wussten kaum etwas über die größeren Zusammenhänge des Krieges, hatten aber mitbekommen, dass es in den nördlichen Kolonien zu einem Patt gekommen war, die Briten die meisten Seehäfen beherrschten und ein wichtiger Kampf um Charles Town bevorstand. Aaron Hart versicherte ihnen, dass die Berufssoldaten aus England und Hessen, die mit den modernsten Waffen umzugehen verstanden, in Schlachten gegen die Kontinentaltruppen meist die Oberhand behielten. George Washington hatte offenbar beschlossen, seine Armee zu schonen und den offenen Kampf zu vermeiden – eine Haltung, die auch angesichts einer militärischen Übermacht für die Miliz ratsam schien. Zwar waren sie sich einig, dass die Erhaltung des eigenen Lebens für ihre kleine Gruppe im Vordergrund stand, aber die besonders kampfeslustigen Milizleute sehnten sich danach, ihren persönlichen Feinden eine Lektion zu erteilen, ihre Heimat zu verteidigen und ihren Mut unter Beweis zu stellen. Ihre Rolle bestand darin, schnell zuzuschlagen, die feindlichen Truppen auf dem Marsch aus dem Hinterhalt anzugreifen, zu kämpfen, bis die Schlacht entschieden war, aber dann unterzutauchen und die Briten aufzureiben und erneut zu einem Überraschungsschlag auszuholen, wenn die Umstände günstig waren. Einige von Clarkes Mitstreitern konnten es durchaus mit den besten Kämpfern der damaligen Zeit aufnehmen – sie waren zäh, wagemutig, beweglich, hatten den Umgang mit der Waffe von der Pieke auf gelernt und waren ihren Kameraden durch Verwandtschaft oder langjährige Freundschaft verbunden. Und dank ihrer guten Pferde konnte niemand vorhersagen, wo sie als Nächstes auftauchten.

Auch kleinere von den Rebellen errungene Siege hinterließen bei der Bevölkerung einen nachhaltigen Eindruck – wie etwa Washingtons Erfolge bei den Scharmützeln von Trenton und Princeton zwei Jahre zuvor. Ein großer Vorteil der Rebellen war, dass die Bevölkerung hinter ihnen stand und sie mit Informationen über den Feind versorgte. Durch den Sieg bei Kettle Creek hatten sie sich wenigstens vorübergehend die Unterstützung der Unentschlossenen gesichert – ein Erfolg, der jedoch durch die Niederlage am Briar Creek wieder zunichte gemacht wurde.

Thomas Brown, der stets das durch Lord Dunmore in Virginia gesetzte Beispiel vor Augen hatte, regte immer wieder an, die Freilassung aller Afrikaner zu veranlassen, die für die Rotröcke zu kämpfen bereit waren. Im Juni 1779 bot General Sir Henry Clinton «jedem Neger, der von der Standarte der Rebellen desertiert», die Freiheit, was bei allen Plantagenbesitzern, auch den Anhängern der Torys, große Bestürzung auslöste. Viele der Sklaven folgten dem Aufruf und zogen von den Küstenplantagen nach Savannah, um sich zur Armee zu melden. Obwohl sie oft heroisch kämpften, brachten sie schlechte Voraussetzungen für den Waffendienst mit und wurden meist seperat in überfüllten Lagern untergebracht, wo sie, ohne die medizinische Betreuung, die sie auf den Plantagen erhielten, häufig den «Krankheiten des weißen Mannes» erlagen. Thomas Jefferson schätzte, dass neunzig Prozent der Sklaven aus Virginia, die ihren Herren den Rücken kehrten, an Pocken, Syphilis oder Typhus starben. Gouverneur Dunmore in Virginia und

General Sir William Howe in Boston hatten bereits 1775 erkannt, dass Europäer relativ immun gegen Pocken waren; daher schickten sie die Infizierten aus den britischen Posten fort, damit sie die Seuche unter die Amerikaner trugen, die während der Kindheit meist keinen Immunschutz erworben hatten. Aber auch amerikanische Plantagenbesitzer ließen erkrankte Sklaven frei, die dann, ausgerüstet mit infizierter Kleidung und Decken, in den Festungen des Feindes Zuflucht suchten.

Ende Juni 1779 hatte William Few Ethan Pratt und seinen Kameraden in Wrightsborough eine schlimme Nachricht mitzuteilen: John Stuart, der Beauftragte für Indianerfragen, war Anfang des Jahres gestorben, und Gouverneur Wright hatte im Einvernehmen mit London beschlossen, Thomas Brown zum Beauftragten für die Creek, Cherokee, Catawba und einige kleinere Stämme an der Atlantikküste zu ernennen. Die Briten wussten so gut wie die Führer der Revolution, dass Brown unter den Indianerstämmen höchstes Ansehen genoss und sich seit langem dafür einsetzte, sie in den Dienst den Königs zu stellen.

Die Milizkämpfer hatten eine Botschaft abgefangen, die als echt angesehen wurde und in der es hieß, Browns erste Amtshandlung werde darin bestehen, einen Angriff der Creek auf Whig-Siedlungen zu organisieren, wobei Kopfgeld und Beuteanteile auf Skalps ausgesetzt wurden. Elijah Clarke rief sofort dazu auf, eine ebenso große Zahl von Tory-Heimstätten zu zerstören, aber schließlich erwies sich der Brief als Fälschung und der Kreuzzug gegen die Siedler fand nie statt.

Aaron Hart fasste die Lage völlig zutreffend so zusammen: «Die meisten dieser Leute versuchen, sich aus dem Kampf herauszuhalten, sie spekulieren darüber, wer wohl gewinnen mag und ihnen nach dem Sieg ihr Eigentum lässt. Die britische Führung verfolgt die offizielle Linie, die unentschlossenen Siedler gut zu behandeln, und Brown ist an seine Befehle gebunden. Am besten ist es, wenn wir die anwerben, die wir bekommen, und die übrigen in Ruhe lassen.»

In Wrightsborough wusste jeder, dass bisher weder Indianer noch Ranger irgendwelche Siedler in der Quäker-Gemeinde angegriffen hatten. Die frommen Quäker glaubten, das hätten sie allein ihren inbrünstigen Gebeten zu verdanken, aber ihre Führer wussten, dass sie durch eine Anordnung Gouverneur Wrights geschützt wurden, der bald aus London zurückerwartet wurde. Mavis hatte seit dem Tod ihres Mannes als Dienstmädchen in der Stadt gearbeitet und war überrascht, als sie eines Morgens Epsey und den siebenjährigen Henry auf der Straße traf. Erstaunt stellte sie fest, wie sehr der Junge seinem Vater ähnelte, und konnte kaum die Augen von dem hochgewachsenen Kind wenden, das die langen blonden Haare wie Ethan zu einem Pferdeschwanz gebunden trug.

Wie um sich zu entschuldigen, erklärte Epsey: «Seit Monaten hat Ethan nichts anderes im Sinn als seine militärischen Pflichten, für die Feldarbeit und für unsere Rinder, Schweine und Schafe hat er kaum noch Zeit. Ich habe alle Tiere verkauft, die ich zusammentreiben konnte, außer unserer Milchkuh, und möchte in die Stadt ziehen, bis der Krieg vorbei ist.»

«Ich helfe dir gern, bis du eine Unterkunft gefunden hast», erwiderte Mavis, ohne sich ihre Verwunderung anmerken zu lassen.

«Ich habe bereits Bruder Joseph Maddock aufgesucht, und er hat mir versprochen, mich bei einer Quäkerfamilie unterzubringen, bis mein Mann wieder nach Hause kommt.»

«Hast du deine Sachen schon hergebracht?», fragte Mavis.

«Mein Spinnrad und meinen Webstuhl habe ich in Maddocks Scheune untergestellt, nun gehen wir wieder nach Hause und holen die wichtigsten Dinge. Für den Transport habe ich einen Wagen bestellt.»

Als Mavis nach Ethan fragte, erwiderte Epsey nur, er sei irgendwo in North oder South Carolina und kämpfe zusammen mit anderen Männern aus Georgia unter Führung von Captain William Few. Dass sie schon seit Wochen nichts mehr von ihm gehört hatte, erwähnte sie nicht.

Obwohl die beiden sieben Jahre lang Nachbarinnen gewesen waren, empfanden sie bei dieser Begegnung ein merkwürdiges Unbehagen und sie sahen sich danach kaum noch.

Zu Hause auf der Farm bereitete Epsey ihren Umzug nach Wrightsborough vor. Sie teilte ihr Hab und Gut in drei Kategorien ein: Verzichtbares, das zurückbleiben konnte; wertvollere Gegenstände, die sie nach Wrightsborough mitnehmen und verkaufen wollte; und persönliche Sachen, die sie und Henry in ihrer Unterkunft behalten konnten. Joseph Maddock hatte versprochen, ihr einen Wagen für den Umzug zu schicken, aber das war nicht billig. Mit Ausnahme des Reitpferds und der besten Milchkuh, die gerade gekalbt hatte, waren alle Tiere verkauft. Epsey hatte beschlossen, die Kuh mit dem Kalb in Wrightsborough auf dem Markt anzubieten und das Pferd im öffentlichen Stall der Stadt unterzustellen, damit sie und Henry damit gelegentlich zur Farm reiten konnten und Ethan ein Reittier hatte, wenn er nach dem Krieg heimkehrte.

Henry fand den Umzug in die Stadt spannend und half bei der Aufteilung der Sachen gerne mit. Am Morgen des festgesetzten Tages beschloss Epsey, die Kuh aus dem Pferch im Wald zu holen. Sie sollte an das Fuhrwerk gebunden werden, das später ihre Sachen holen würde.

«Henry, ich hole die Kuh aus dem Wald. Möchtest du mitkommen oder hier bleiben und das Werkzeug deines Vaters zusammensuchen? Ich bin in einer Stunde wieder da.»

«Ich bleibe hier, Mama. Ich glaube, ich weiß, was Daddy gebrauchen kann, wenn er wieder heimkommt.»

Mit einem Lächeln machte sich Epsey auf den langen Weg über die Felder zu einem eingezäunten grasbewachsenen Hügel mit einigen Schatten spendenden Bäumen. Auf einer Fläche von drei Tagwerk hatte Ethan hier den Wald gerodet, um eine Weide zu schaffen, und sie hatte ihn oft mit dem kleinen Henry hierher begleitet. Sie dachte daran zurück, wie gut sie sich damals verstanden und wie viele Gemeinsamkeiten sie gehabt hatten. Jetzt war er ein anderer Mensch geworden, er dachte nur noch ans Töten. Wie so oft betete sie zu Gott, ihren Mann daran zu erinnern, dass ihr Erlöser der Fürst des Friedens war. Epsey sah keine Rechtfertigung für die schreckliche Gewalt, die ihr Leben aus den Angeln gehoben hatte.

Die sonst so zahme Kuh wollte sich nicht ohne weiteres ein Seil umlegen lassen, denn sie ahnte, dass sie im Stall von ihrem Kalb getrennt würde, um für die Familie Milch zu liefern. Epsey versuchte, die Kuh in die Enge zu treiben, aber es gelang ihr einfach nicht, ihr das Seil über die abgesägten Hörner zu streifen. Während sie der nun wieder entkommenen Kuh nachlief, hörte sie Stimmen, die vom Haus herüberdrangen. War etwa das Fuhrwerk zu früh gekommen? Beunruhigt vernahm sie, dass mehrere Männer aufgeregt schrien.

Epsey ließ die Kuh stehen und lief durch den Wald und über die offenen Felder. Da hörte sie Hufgetrappel und sah eine Rauchsäule aufsteigen. In panischer Angst rannte sie mit gerafftem Rock den Rest des Weges zurück zu ihrem Haus. Bald sah sie, dass die Gebäude in Flammen standen, aber sonst rührte sich nichts. Sie konnte gerade noch eine kleine Reitergruppe ausmachen – anscheinend zwei Weiße und mehrere Indianer –, die auf dem Weg zum Blockhaus der Morris davongaloppierten. Dann fand sie ihren Sohn neben einem Holzstapel. Er war tot, schrecklich verstümmelt und skalpiert.

Lange Zeit hockte sie auf dem Boden und drückte Henry an sich, ohne zu merken, dass sein Blut ihre Kleider besudelte. Allmählich verwandelte sich ihr überwältigender Kummer in Wut auf den Krieg und auf alle, die für diese Gräuel verantwortlich waren. Entsetzt erkannte sie, dass sie selbst Ethan zu denen rechnete, die solche widerwärtigen Verbrechen begingen.

Fast alles, was Wert besaß, hatten die Plünderer mitgenommen, und sie hatten auch die persönlichen Dinge durchwühlt, die im Hof auf das Fuhrwerk warteten. Sie fand eine Decke, in die sie ihren Sohn sorgsam einwickelte. Dann hob sie mit einem alten Spaten ein Grab aus, das tief genug war, um keine Aasfresser anzulocken. Unter Gebeten setzte sie den Jungen bei und stellte eine kleine Gedenktafel auf. Danach überlegte sie, was aus ihr werden sollte. Auf jeden Fall musste sie sich so schnell wie möglich in Wrightsborough in Sicherheit bringen und die anderen vor den Marodeuren warnen. Zwischen den schwelenden Überresten ihrer Behausung suchte sie nach Fußspuren. Offenbar waren mindestens drei Weiße hier gewesen und sehr viel mehr Indianer, deren Mokassinabdrücke sie jedoch nicht unterscheiden konnte.

Da nun auch das Pferd fort war, musste sie ihre Sachen wohl oder übel auf dem Rücken tragen. Da fiel ihr die Kuh wieder ein. Sie holte das Tier aus dem Pferch und führte es zum Haus, wo sie ihm die Dinge, die sie am dringendsten brauchte, auf den Rücken lud und sich auf den Weg in die sechs Meilen entfernte Stadt machte.

Ein Woche später traf der Ranger-Captain James Grierson im britischen Hauptquartier in Augusta ein und erstattete Colonel Thomas Brown Bericht über die Patrouille, die unter seinem Kommando stand. Noch bevor er den Mund aufmachen konnte, fuhr Brown ihn ärgerlich an.

«Mir liegt ein Bericht vor, dass Sie Heimstätten in Wrightsborough überfallen und zerstört haben, und damit haben Sie den Anweisungen aus London und meinen persönlichen Befehlen an Sie zuwidergehandelt.»

Die ungewohnt harschen Worte erstaunten Grierson. «Obwohl ich in dieser Hinsicht anderer Meinung bin, habe ich mich immer bemüht, meine Männer aus dem Quäkergebiet herauszuhalten.»

«Wollen Sie etwa diese Meldung leugnen, die ich von Joseph Maddock persönlich erhalten habe?»

«Sir, es gab nur eine Ausnahme östlich des Ogeechee River, und sie betraf keinen Quäker, sondern einen gewissen Pratt, der zur Zeit bei der Miliz unter Elijah Clarke in Carolina gegen unsere Truppen kämpft. Ich hatte nur vor, die Gebäude niederzubrennen, doch leider haben ein paar Cherokee die Beherrschung verloren und einen Jungen getötet, der sich dort aufhielt. Sonst haben wir auf dem Anwesen niemanden angetroffen.»

«Das ist der Name, den Maddock mir genannt hat, aber ich wusste nichts von dem Mann. Ich muss dem Gouverneur davon berichten und kann nur hoffen, dass Ihre Darstellung der Wahrheit entspricht.»

Als Grierson gegangen war, kam Brown jedoch zu dem Schluss, dass der Vorfall im Einklang mit seiner Linie stand, die Mitglieder der amerikanischen Miliz zu zermürben. Ihm ging es darum, die Verräter und ihre Familien mit größter Härte zu bestrafen, aber stets zwischen den überzeugten Verfechtern der Revolution und jenen zu unterscheiden, die durch Zwang oder Irreführung angeworben worden waren. In seinen Aufzeichnungen fand er nach wenigen Minuten, was er über Ethan Pratt wissen wollte, und glaubte damit, die Bedenken der Quäker beschwichtigen zu können; ein

Bericht nach Savannah erschien ihm überflüssig. Ja, er beschloss sogar, bekannt zu machen, dass die Ranger für den Zwischenfall verantwortlich waren, um die noch unentschiedenen Siedler einzuschüchtern.

Epsey legte nicht gern die Hände in den Schoß, und bald mietete sie unweit ihres neuen Heims einen Raum, wo sie ihr Spinnrad und ihren Webstuhl aufstellte, Stoff webte und Damenkleider und Herrenhemden herstellte. Ihre Erzeugnisse konnte sie mühelos absetzen, aber noch besser verkauften sich die feinen Lederwaren, die sie anfertigte, als sie sich darauf besann, was sie in Henrys Schusterwerkstatt in Hillsborough gelernt hatte. Auch im religiösen Leben der Quäker fand Epsey ihren Platz und beteiligte sich an den Aufgaben der Frauen in der Gemeinde. Sie trauerte um Henry, sorgte sich um ihren Mann und betete ebenso inbrünstig um sein Überleben wie darum, dass er sich nicht des Mordes an anderen schuldig machte. Sie hatte ihm geschrieben, dass ihr Sohn tot war, und auch nicht verschwiegen, dass Ranger für die Tat verantwortlich waren.

Sechs Wochen später kam Ethan nach Wrightsborough und begrüßte seine Frau mit einer kurzen Umarmung.

«Früher konnte ich nicht kommen», erklärte Ethan. «Wir waren in North Carolina, als ich die Nachricht bekommen habe.»

«Nachdem es passiert war, konnte man ja nichts mehr tun.»

«Wie ist es dir ergangen?»

«So gut ich hoffen konnte. Mit Spinnen und Weben habe ich alle Hände voll zu tun, und die Quäker sind sehr freundlich zu mir.»

«Dafür schulde ich ihnen Dank», sagte Ethan. Nach einer Weile fügte er hinzu: «Warst du noch einmal bei unserem Haus?»

«Nein, das hatte nicht viel Sinn, und allein wollte ich nicht gehen.»

«Ich würde es gern sehen und wünsche mir, dass du mitkommst.»

Gemeinsam ritten sie zur Heimstätte hinaus, und Epsey zeigte Ethan das noch intakte Grab. Sie bedeckten es sorgfältig mit Steinen und errichteten eine solidere Gedenktafel, auf die Ethan Henrys Namen und Alter eingravierte. Obwohl ihr Mann sanft mit ihr umging und sich um ihr Wohlergehen sorgte, erkannte Epsey den Ethan von früher kaum wieder. Sogar äußerlich hatte er sich verändert, aus dem gelassenen Farmer war ein wachsamer, unnachgiebiger Milizkämpfer geworden. Er war hart geworden, und als er Browns Rangern Rache schwor, lag ihm jeder Gedanke an Vergebung fern, ja, er gebrauchte sogar Worte, die Epsey tief bestürzten. Offensichtlich konnte er es gar nicht erwarten, ins Kampfgebiet zu seiner Kompanie zurückzukehren, und brach noch vor Sonnenuntergang etwas überstürzt aus Wrightsborough auf.

Nach diesem kurzen Besuch hörte Epsey kaum noch direkt von Ethan, wusste aber dank der Meldungen über die Taten von Captain William Few, die gelegentlich die Quäkersiedlung erreichten, wo er sich aufhielt. Aus einem dieser Berichte erfuhr Epsey, dass Ethan zum Lieutenant befördert worden war und nun Captain Few als Adjutant diente.

Kapitel 39
Angriff auf Savannah

Im Juli 1779 schrieb Brown an Gouverneur Tonyn:

Euer Exzellenz,
nach unserem Scheinangriff auf Charles Town wurden fast alle Rebellentruppen nach South Carolina abgezogen, aber die so genannte Regierung der Georgia-Rebellen residiert nach wie vor in Augusta. Sie sind uneins und bekriegen sich geradezu, weil General Washington Brigadier General Lachlan McIntosh zurück nach Georgia versetzt hat, um unter General Lincoln zu dienen. Der Kontinentalkongress lässt die Politiker außen vor und verhandelt nur mit Lincoln, der zu Hause in Purysburg, S.C. bleibt. Angeblich wiegt er an die vier Zentner, ist also beinahe zu fett, um sich zu Fuß oder auf einem armen Pferd fortzubewegen.
Die Rebellen versuchen, einigen Nutzen aus ihrem neuen Abkommen mit den Europäern zu ziehen. Ein polnischer Graf hat sich in Charles Town gemeldet und ist nun im westlichen Carolina unterwegs, und Count d'Estaing ist mit französischen Marodeuren an der Südküste gelandet, aber das alles wird ein Ende finden, sobald sich unsere Flotte wieder nach Süden bewegt.
Ich habe gehört, dass Gouverneur Rutledge an den französischen Vizeadmiral d'Estaing und seine Flotte appelliert hat, Savannah anzugreifen, da die Stadt nur von tausend britischen Soldaten verteidigt wird, die sich angesichts einer Übermacht vermutlich ergeben würden. Aber d'Estaing hat den Befehl erhalten, seine Anstrengungen auf die Westindischen Inseln zu konzentrieren, überdies erzwingen der nahende Winter und die Bedürfnisse seiner Flotte und Besatzung die baldige Rückkehr nach Frankreich, um die Schiffe instand zu setzen und die Vorräte aufzufüllen. Ich glaube, von den Franzosen haben wir wenig zu fürchten.
Mit vorzüglicher Hochachtung
vorgelegt durch den Beauftragten des Gouverneurs

Am frühen Morgen des 4. September schlief Lieutenant Colonel Brown auf seinem schmalen Bett im Offiziersquartier, das in einem einstöckigen Haus im Zentrum von Savannah untergebracht war. Am Abend zuvor hatte er bis kurz vor Mitternacht eine Besprechung mit Sergeant Baker, dem Creek-Häuptling Sunoma und zwei weiteren seiner Ranger-Anführer gehabt. Zur Zeit widmeten sich seine Ranger der langweiligen und sinnlosen Aufgabe, die Küste vor der Stadt zu überwachen. Zwei Stunden vor Tagesanbruch weckte ihn das beinahe unhörbare Knarren eines Fußbodenbretts. Er schlug die Augen auf und sah Sergeant Baker an sein Lager treten. «Was ist los?», fragte Brown.

«Die französische Flotte ist gestern Abend kurz nach Einbruch der Dunkelheit vor der Insel Tybee eingetroffen und hat ein paar Mann an Land geschickt. Unser kleines Kontingent hat seinen Posten aufgegeben und ist in die Stadt zurückgekehrt. Wir haben nur acht Kriegsschiffe gesichtet, darunter eine Fregatte, aber bekanntlich befehligt d'Estaing eine große Marinestreitmacht und mehrere Truppentransporter mit Infanterie.»

«Anscheinend hat d'Estaing es sich anders überlegt. Er ist stolz und ruhmsüchtig. General Lincoln wird nun gewiss aus Charles Town vorrücken, und wenn sie gemeinsam die Stadt belagern, können wir sie wohl nicht lange verteidigen. Wir müssen unsere Wachposten bis zum Ossabaw-Sund verdoppeln, um herauszufinden, ob die Franzosen mit ihrer Hauptstreitmacht landen. Erstatten Sie mir persönlich Bericht.»

Wenige Minuten später hatte Brown bereits General Prevost über die Landung der Franzosen in Kenntnis gesetzt und freute sich über die ruhige, respektvolle Reaktion des Mannes, der ihn und seine Florida-Ranger stets herablassend behandelt hatte. Wahrscheinlich war das Gouverneur Wrights mäßigendem Einfluss zu verdanken.

«Es besteht immer noch die Möglichkeit, dass es sich um eine Falschmeldung handelt», meinte Prevost, «und dass d'Estaing vorhat, nach Norden zu ziehen, um George Washington in Virginia oder New Jersey beizustehen. Wir müssen jedoch darauf gefasst sein, dass wir es zunächst mit einer regelrechten Belagerung und dann mit einem gemeinsamen Angriff der Franzosen und der Kontinentalen zu tun haben. Was meinen Sie, welchen Schritt werden die Franzosen an der Küste als Nächstes tun?»

Dass Prevost ihm eine so wichtige Frage stellte, verblüffte und erfreute Brown.

«Sir, ich bin der gleichen Meinung wie Sie, aber Genaueres werden wir erst in ein paar Stunden erfahren. Die Angreifer müssen sich rund um die Stadt aufstellen, um uns von Nachschub und Verstärkung abzuschneiden, und dann auf Lincoln und seine Kontinentalstreitkräfte warten, bevor sie endgültige Forderungen stellen. Damit bleiben uns einige Tage, aber Tatsache ist, dass wir eine Großoffensive nicht abwehren können.»

Prevost, der kluge Taktiker, hatte eine wichtige Entscheidung zu treffen.

«Wenn es so weit ist, dann müssen wir entweder kämpfen oder uns ergeben. Wie Sie wissen, haben wir zur Zeit nicht einmal tausend Mann, und die Stadt ist, sobald der Feind die Sümpfe ringsum hinter sich gelassen hat, schwer zu verteidigen. Gemeinsam haben d'Estaing und Lincoln viermal so viele Leute und können immer noch Charles Town verteidigen. Unterdessen müssen wir aus dem, was wir haben, das Beste machen. Wir können unsere Artillerie zusammenziehen, aber wir haben kaum Verschanzungen oder Baumverhaue, um unsere Stellungen zu schützen.»

All das hatte Prevost leise, wie im Selbstgespräch gesagt, aber dann legte er den ungewohnt vertraulichen Ton ab und befahl abrupt: «Wir treffen uns um acht Uhr morgens, dann erwarte ich einen aktuellen Bericht über die französische Flotte.»

Noch bevor er seine ersten Soldaten an Land schickte, hatte Graf d'Estaing General Lincoln auf schnellstem Wege mitgeteilt, er werde in knapp zwei Wochen Savannah belagern, und angefragt, ob sich die amerikanischen Truppen in Purysburg und Charles Town nicht etwa dieser Operation anschließen wollten. Thomas Brown hatte einen zuverlässigen Spion namens James Curry in Lincolns Hauptquartier, der ihn umgehend über diesen Plan in Kenntnis setzte.

Daher war Brown auf die morgendliche Besprechung mit Gouverneur Wright und den hochrangigen Offizieren gut vorbereitet. In ihrer Gegenwart fühlte er sich immer etwas unwohl, weil sie ihn nicht als Ihresgleichen ansahen. General Prevost und viele andere britische Militärführer hatten klargestellt, dass er für sie ein schwarzes Schaf war, das seinen Ruf Rothäuten und Milizen zu verdanken hatte, die sich nicht wie anständige Engländer benahmen und ohnehin nur auf Beutezüge aus waren. Daher war er froh, als man ihm zuerst das Wort erteilte.

Brown ließ den Blick durch den Raum wandern und erklärte mit gespielter Ruhe: «Wir haben inzwischen mindestens drei Dutzend französische Schiffe gesichtet, darunter zwei mit fünfzig Kanonen, sowie elf Fregatten. Mehrere Truppentransporter sind so nah wie möglich an die Küste herangerückt, einige weitere Boote nähern sich von Carolina. Es besteht kein Zweifel, dass sie Savannah ansteuern. Außerdem liegen uns Berichte vor, dass General Lincoln und die Kontinentalarmee demnächst Richtung Savannah aufbrechen.»

Gouverneur Wright nahm das wortlos zur Kenntnis und nickte General Prevost zu, der mit Blick auf seine Aufzeichnungen mit beruhigendem Selbstvertrauen seine Anweisungen erteilte.

«Ich möchte, dass die Artillerieabteilungen an der Küste die Reihen schließen. Vernageln Sie die Geschütze in befestigten Stellungen und transportieren Sie die übrigen Kanonen und die Munition in die Stadt. Verlegen Sie unsere vier kleinen Kanonenboote flussaufwärts, dort soll die Mannschaft mit den Geschützen von Bord gehen und die Boote werden anschließend direkt unterhalb der Stadt versenkt. Außerdem benötigen wir einen Baum und andere Barrieren, die flussaufwärts verhindern, dass sie uns Feuerflöße schicken. Ich möchte, dass sämtliche Bojen und andere Markierungen entfernt werden, damit die Franzosen nicht erkennen, wo sich die Fahrrinne befindet. Ich habe eine Karte vorbereitet, die zeigt, wo Ihre Truppen stehen sollen, und zwar sämtlich innerhalb der Stadt mit Blick zum Fluss Richtung Carolina.»

Die Offiziere beugten sich über den Tisch, und jeder nahm seine Befehle entgegen. Überrascht hörten sie, dass der General bereits die genaue Anzahl Soldaten für jede Stellung festlegte, so als würden sie von gar nicht vorhandenen Verteidigungsanlagen geschützt. Dann wandte sich Prevost an Chefingenieur Moncrief.

«Major, jede Kerntruppe soll Faschinen und Pfähle schneiden und sich selbst einen Baumverhau errichten. Sie übernehmen die Verantwortung dafür, dass genügend Schützengräben für die Männer und Schanzen für die Kanonen gegraben werden.»

Moncrief wurde blass und stammelte: «Aber, Sir, mir sind nur dreißig Mann zugeteilt.»

Prevost richtete den Blick auf Brown. «Colonel, wie viele Sklaven können Sie in den nächsten zwei Tagen auftreiben?»

Brown überlegte kurz. «Sir, mit einer Ermächtigung von Ihnen und dem Gouverneur kann ich alle Sklaven der umliegenden Reisplantagen zwangsverpflichten. Das dürften nicht weniger als vierhundert sein.»

«Dann holen Sie die Leute her, und sie sollen Schaufeln und Hacken mitbringen.»

Immer noch an Brown gewandt, fuhr der General fort: «Colonel Maitland hat achthundert Mann in Beaufort. Schicken Sie ein paar Ihrer besten Leute hin, um ihn über unsere Situation hier aufzuklären. Er soll wissen, dass Lincoln voraussichtlich nach Süden vorrückt, und so rasch wie möglich zu uns stoßen. Wenn er uns erreicht, bevor ihm der Weg abgeschnitten wird, wäre unsere Streitmacht nahezu verdoppelt.»

«Sir, ich werde dafür sorgen, dass ihn noch heute Abend ein Bote erreicht. Mein Kurier kann ihm eine Route entlang der Küste zeigen, auf der eine Begegnung mit der Kontinentalarmee unwahrscheinlich ist.»

Als sich die Versammlung auflöste, hob der General die Hand und sagte noch: «Sie alle wissen, wie ernst unsere Lage ist. Selbst unter besten Voraussetzungen, wenn die Kanonen in Position, die Gräben ausgehoben und Maitlands Truppen zu uns vorgestoßen sind, ist uns der Feind zahlenmäßig deutlich überlegen. D'Estaing ist ein fähiger, ehrgeiziger Mann, der in Westindien bedeutende Erfolge errungen hat. Durch die Eroberung von Savannah könnte er Weltruhm erlangen, und für dieses Ziel wird er große Opfer in Kauf nehmen.»

Der General wartete ab, ob die anderen dazu etwas zu sagen hatten, dann fügte er hinzu: «Ich möchte, dass meine Befehle genauestens und in aller Stille befolgt werden. Es wird nicht das erste Mal sein, dass sich Briten und Hessen einer zahlenmäßig überlegenen französisch-amerikanischen Streitmacht gegenübersehen. Ich baue ganz auf den Kampfgeist und den kühlen Kopf, den Sie und die Truppen besitzen, die zu befehligen wir die Ehre haben.»

Brown fand es beeindruckend, wie gründlich der General alles durchdacht hatte, und Prevosts abschließende Worte begeisterten ihn. Auch rechnete er es dem General hoch an, dass er ihn vor den anderen Offizieren anständig behandelt und ihm wichtige Aufgaben übertragen hatte. Was Prevost über d'Estaings Ehrgeiz gesagt hatte, ging ihm nicht aus dem Sinn, und er hoffte, dass der französische General kein echtes Bündnis mit den amerikanischen Streitkräften eingehen würde, die von Charles Town herunterkamen. Es hätte ihn nicht überrascht, wenn die Franzosen die Übergabe der Stadt gefordert hätten, sobald ihre Truppen vor der Küste lagen.

Wenige Tage nach ihrer Ankunft hatte die französische Flotte ihre schwere Artillerie so in Stellung gebracht, dass eine Beschießung der Stadt aus einiger Entfernung möglich war, während den britischen Verteidigern im Marschland ein Zickzackmuster von Schützengräben entgegenwucherte. Als die amerikanischen Truppen den Fluss erreichten und die Stadt somit umzingelt war, erkannten die Briten die Aussichtslosigkeit ihrer Lage.

Bei einer Besprechung der Militärführer konnte der stets gut informierte Brown berichten, dass zwischen den Amerikanern und den Franzosen eine heftige Debatte entbrannt war. Wie es seinem Charakter entsprach, favorisierte Lincoln eine klassische Belagerung, bei der sich die Schlinge allmählich enger zog, bis die Briten kapitulieren mussten, während d'Estaing darauf bestand, unter Zuhilfenahme sämtlicher Truppen die Stadt im Sturm zu nehmen, damit er bald nach Frankreich zurückkehren konnte. Die Entscheidung lag letztlich bei d'Estaing. Lebhafte Unterstützung für seine Pläne erhielt er überdies von General Casimir Pulaski, dem extravaganten polnischen Grafen.

Die Briten hingegen spielten auf Zeit. Wright und Prevost verlegten sich auf eine Hinhaltetaktik und setzten unterdessen ihre Pläne in die Tat um. Browns Bote erreichte Maitland in Beaufort, und dieser setzte seine Leute entlang der Küste Richtung Savannah in Marsch. 420 Sklaven aus den umliegenden Plantagen hoben unter Moncriefs Aufsicht die nötigen Schützengräben aus. Knapp hundert Kanonen, von Sechspfündern bis hin zu Achtzehnpfündern, wurden aus den Schiffen und den näher an der Flussmündung gelegenen Geschützstellungen abgezogen und auf das Steilufer oberhalb des Flusses verlagert. Hastig errichtete Befestigungsanlagen schützten die einzelnen Artillerieabteilungen. Trotz dieser Vorbereitungen war abzusehen, dass die Amerikaner und Franzosen bei einer klassischen Dauerbelagerung die Oberhand behalten würden. Lincoln setzte bei Zubly's Ferry über den Savannah River, und Lachlan McIntosh stieß, für einen gemeinsamen amerikanischen Angriff gerüstet, von Augusta kommend zu ihm. Colonel Elijah Clarke mit hundert kampfeifrigen Milizkämpfern, darunter William Fews Kompanie, meldete sich freiwillig zum Dienst unter McIntosh.

D'Estaing, der mit einer umgehenden Kapitulation rechnete, schlug einen arroganten Ton an und ließ dabei Gouverneur Wright und die Amerikaner gleichermaßen außer Acht: «Sir! Graf d'Estaing fordert Seine Exzellenz General Prevost auf, sich der Streitmacht des Königs von Frankreich zu ergeben. Er setzt ihn in Kenntnis, dass er persönlich für alle Ereignisse und Unglücksfälle die Verantwortung trägt, die aus einer Verteidigung erwachsen, die wegen der Überlegenheit der angreifenden Streitmacht zu See und zu Lande offenkundig vergeblich und fruchtlos ist.»

Überdies rief er dem General die ruhmreichen Taten der Franzosen in Grenada in Erinnerung und warnte ihn vor einem ähnlichen Schicksal, insbesondere wenn er sich anschicke, die Stadt oder die Schiffe im Hafen zu zerstören.

Die britischen Führer beschlossen, die Verhandlungen so lange wie möglich hinauszuzögern, und schickten erst nach einigen Stunden eine ausweichende Antwort:

«Sir, erst jetzt habe ich die Ehre, den Brief Eurer Exzellenz zu erhalten, der mich auffordert, diese Stadt den Streitkräften seiner Majestät, des Königs von Frankreich zu übergeben, dessen Beantwortung ich aufgeschoben habe, bis ich ihn dem zivilen Gouverneur des Königs vorgelegt hatte. Ich hoffe, Euer Exzellenz werden von mir und den britischen Truppen nicht erwarten, dass wir uns nach einer allgemeinen Aufforderung ohne nähere Bedingungen ergeben. Wenn Sie, Sir, etwas vorzuschlagen haben, das ohne Ehrverlust von mir akzeptiert werden kann, so nennen Sie mir Ihre Vorschläge sowohl für den zivilen als auch den militärischen Bereich, und ich werde Ihnen meine Antwort zukommen lassen. Unterdessen versichere ich bei meiner Ehre, dass weder in dieser Stadt noch auf dem Fluss irgendetwas mit meiner Einwilligung und meinem Wissen zerstört werden soll.»

D'Estaing antwortete noch am selben Tag: «Sir, Sie wissen, dass es den Belagerten zukommt, die ihnen wünschenswerten Bedingungen vorzuschlagen; und es ist über jeden Zweifel erhaben, dass ich mit höchster Zufriedenheit jenen zustimmen werde, die ich mit meinen Pflichten in Einklang bringen kann. Mir wurde mitgeteilt, dass Sie sich immer noch verschanzen. Dies ist zwar für mich nur von geringem Belang, aber der Form halber muss ich verlangen, dass Sie während unserer Verhandlungen diese Arbeiten einstellen.»

Als Postskriptum fügte er noch hinzu: «Ich teile Eurer Exzellenz mit, dass ich mich nicht imstande sah, es der Armee der Vereinigten Staaten zu verweigern, sich mit der des Königs zu vereinen.»

Diese letzten Worte gaben den Briten ein Rätsel auf, denn es lag auf der Hand, dass d'Estaing bei einem Angriff auf die Amerikaner angewiesen war. Prevost versuchte, mit seiner Antwort Zeit zu gewinnen, da Maitland sich gerade anschickte, im dichten Nebel und von den Franzosen unentdeckt den Fluss zu überqueren.

«Sir, angesichts der Wichtigkeit der nun anstehenden Sache haben wir verschiedene Belange zu besprechen und daher ist eine angemessene Bedenkzeit unumgänglich. Deshalb schlage ich vor, für die nächsten vierundzwanzig Stunden alle Feindseligkeiten einzustellen; außerdem ersuche ich Seine Exzellenz Seine Kolonnen in eine größere Entfernung und außer Sicht unserer Befestigungen zurückzuziehen, oder ich werde mich genötigt sehen, den Befehl zur Eröffnung des Feuers zu erteilen.»

Der siegessichere D'Estaing stimmte dem Aufschub zu. Nachdem sich nun Maitlands achthundert Soldaten zum Gefecht bereit hielten und der Großteil der Verteidigungsanlagen stand, teilte Prevost d'Estaing mit, er werde die Stadt verteidigen müssen, und der abendliche Kanonenschuss eine Stunde vor Sonnenuntergang sei das Signal für die Wiederaufnahme der Feindseligkeiten.

Die Franzosen und Amerikaner rückten nun mit ihren Mörsern und leichten Geschützen vor und trieben während der nächsten zwei Wochen ihre Belagerungsgräben weiter voran. In der ersten Oktoberwoche nahmen sie die Stadt mit Sperrfeuer unter Beschuss, und Prevost ersuchte Lincoln und d'Estaing, den Frauen und Kindern zu erlauben, die Stadt zu verlassen, doch die Franzosen zeigten sich ungnädig: «Mit Bedauern kommen wir unserer harten Pflicht nach, und wir beklagen das Schicksal jener, die zu Opfern Ihres Verhaltens und der Täuschungen Ihres Geistes werden.»

D'Estaings Offiziere versuchten ihn zu bewegen, das Abenteuer aufzugeben, da ein Ingenieur weitere zehn Tage veranschlagte, bis die Belagerungsgräben die britischen Linien erreichten. Der französische General hielt sich bereits zu lange im westlichen Atlantik auf – bald wurden die Herbststürme erwartet, und es war ein Angriff durch die britische Flotte zu befürchten, die vor New York lag.

Thomas Brown bezog mit fünfzig Mann Stellung an der äußersten rechten Flanke der Verteidiger. Erfreut stellte er fest, dass seine Leute in der schriftlichen Direktive als «Ranger des Königs» bezeichnet wurden. Von seinem wichtigsten Informanten James Curry, einem ehemaligen Schreiber aus Charles Town, der nun als Sergeant Major im Stab General Lincolns mit den Plänen der obersten Befehlsebene vertraut war, hatte Brown schon seit einiger Zeit nichts mehr gehört. Nun, gegen Mitternacht des 7. Oktober meldete sich Curry persönlich bei Brown. Er hatte seine Truppe verlassen und war in die schwer verschanzte Stadt vorgedrungen. Im Gepäck hatte er den vollständigen, von d'Estaing und Lincoln vereinbarten Angriffsplan. Die Attacke sollte in genau 48 Stunden bei Tagesanbruch unter Einsatz von dreitausend Soldaten beginnen. Nach einem Täuschungsmanöver durch die Amerikaner würde d'Estaing persönlich den Hauptangriff anführen.

Doch an dem besagten Morgen kam es zu Verzögerungen, sodass der Großangriff erst einige Zeit nach Sonnenaufgang erfolgte, als sich der Nebel bereits verzogen hatte und die amerikanischen und französischen Angreifer gut zu sehen waren. Die Briten hatten ihre Kanonen so ausgerichtet, dass sie die Truppen mit Kartätschen und anderen Geschossen zurückschlagen konnten, und dieses Sperrfeuer wurde durch die Musketen der geschickten hessischen Soldaten unterstützt. D'Estaing erlitt eine schwere Verletzung, und Graf Pulaski verließ seine Leute, um sich an die Spitze der wankenden Franzosen zu setzen. Aber kaum war er auf seinem Pferd an der Front angelangt, streckte ihn ein Schuss nieder. Wie geplant stürmten die Amerikaner gegen die Verteidigungslinie an, konnten aber nichts ausrichten.

Nach anderthalb Stunden baten die Verbündeten um einen Waffenstillstand, um die Toten und Verwundeten vom Schlachtfeld zu holen. Er wurde gewährt, und während dieser Schonfrist erfolgte der Befehl zum allgemeinen Rückzug. Die Briten hatten den Sieg davongetragen. Die Generäle Lincoln und McIntosh kehrten zu ihren vorherigen Posten zurück, und der zweifach verwundete d'Estaing führte seine Flotte zurück nach Frankreich, nicht ohne zuvor in einen Hurrikan zu geraten, während der heldenhafte Graf Pulaski auf See an Wundbrand starb, nachdem eine Kartätsche aus seiner Leiste entfernt worden war.

Thomas Brown trug in größter Eile alle Fakten zusammen, die er in Erfahrung bringen konnte, und berichtete dann seinen Vorgesetzten, dass diese Schlacht im Revolutionskrieg bisher die meisten Menschenleben gekostet hatte. Unter 1200 Toten und Schwerverletzten waren 469 Amerikaner und 640 Franzosen, während die Briten nur hundert Verluste zu beklagen hatten. Auch erfuhr er, dass General Lincoln, mit Zustimmung General Washingtons, nun seine ganzen Anstrengungen auf die Verteidigung Charles Towns richten würde.

Der Ranger-Befehlshaber hatte aber einen besonderen Anlass zur Freude. Denn die Briten hatten nicht nur einen großen Sieg errungen, sondern er war zum ersten Mal mit Respekt behandelt und sein Beitrag zur Verteidigung Savannahs entsprechend gewürdigt worden. Die von seinen weißen und indianischen Kundschaftern gelieferten Nachrichten erwiesen sich als verlässlich, und die Enthüllung des Schlachtplans durch Browns Spion James Curry hatte bei der Entscheidungsschlacht den Ausschlag gegeben. Nun war damit zu rechnen, dass die britischen Streitkräfte ungehindert flussaufwärts nach Augusta vordringen konnten, und er musste kaum noch betonen, dass er sich nichts sehnlicher wünschte, als das Kommando über den Nordosten Georgias zu übernehmen.

Unterdessen herrschte bei den Amerikanern Mutlosigkeit, und man suchte nach den Schuldigen für die unerwartete Niederlage. Da Augusta jetzt nur noch von einer Hand voll Kontinentaltruppen verteidigt wurde und General Lincoln seine Hauptstreitmacht nach Charles Town verlegte, konnte in Georgia von einem ernsthaften Widerstand der Rebellen nicht mehr die Rede sein. Nicht einmal 150 amerikanische Milizkämpfer verblieben in dem kleinen, von Rebellen kontrollierten Gebiet im Norden Georgias, den Rest mussten sie den Torys überlassen. In dem Gebiet gab es sechs kleine Forts, die die Miliz je nach Bedarf nutzte. Wenn die Rebellen eines dieser Forts bezogen, achteten sie besonders auf die Stellung der Außenposten und versuchten sich mit einer begrenzten

Zahl von Verteidigern bestmöglich gegen feindliche Einfälle zu wappnen. Aber die umherstreifenden Scouts und indianischen Krieger, die Browns Kommando unterstanden, suchten andere, weitgehend unverteidigte Gebiete heim, wo Kriegsbeute winkte und unentschlossene Siedler für die Sache der Torys zu gewinnen waren.

In der Abgeschiedenheit des Hornissennests konnten sich die politischen Führer Georgias wenigstens zu kurzen Sitzungen versammeln und die Fahne der Revolution hochhalten, aber in erster Linie ging es ihnen darum, am Leben zu bleiben und ihr Hab und Gut vor Browns Rangern und ihren königstreuen Nachbarn zu schützen, die zur Gegenseite übergelaufen waren, nachdem die in die Revolution gesetzten Hoffnungen dahinschwanden. Überdies waren die Politiker in zwei Lager gespalten, wobei sich die Anhänger von General McIntosh und die ehemaligen Unterstützer Button Gwinnetts gegenüberstanden, was, wie Aaron Hart bemerkte, die Züge einer politischen Komödie trug.

George Walton und andere Gwinnett-Getreue fälschten einen Brief an den Kontinentalkongress, der angeblich vom Parlament Georgias stammte und in dem gefordert wurde, McIntosh aus dem Staat abzuziehen und ihm ein anderes Gebiet zuzuteilen. Der Betrug wurde aufgedeckt und Walton durch das Parlament offiziell gerügt – aber am folgenden Tag von derselben Versammlung zum Obersten Richter ernannt. Dr. George Wells, der Sekundant Gwinnetts beim Duell mit McIntosh, wurde vom Parlament bevollmächtigt «als zuständig für die Durchführung aller öffentlichen Geschäfte, so als würde sich der Gouverneur im Staat befinden». Diese politischen Auseinandersetzungen hatten ein weiteres unheilvolles Duell zur Folge, diesmal zwischen McIntoshs Freund Captain James Jackson und dem mit den Amtsgeschäften des Gouverneurs betrauten George Wells. Nach dem Duell, das Wells das Leben kostete, wurde Stephen Heard zum Gouverneur ernannt – er war der in Augusta zum Tode Verurteilte, den Mammy Kate, die kräftige Haussklavin, in einem Wäschekorb auf ihrem Kopf aus dem Gefängnis getragen hatte.

Thomas Brown fasste die Ereignisse des Jahres 1779 so zusammen:

Euer Exzellenz,
dass Ihr von mir im vergangenen Jahr nur wenige Berichte erhalten habt, verweist auf die relative Ruhe in den nördlichen Kolonien. Sir Henry gelangte zu der Einschätzung, dass es kaum strategische Vorteile bringe, Philadelphia zu halten, und unsere Truppen räumten klugerweise die Stadt. Offenbar haben die Rebellen im Falle von Charles Town diese Lektion noch nicht gelernt, denn sie scheinen entschlossen, die Stadt zu halten, obwohl ihr Hafen von zweifelhaftem Wert ist, den Gezeiten ausgesetzt, flach … und … mit wenigen Kanonen [ausgerüstet].
Washington hockt in seinem Lager und will anscheinend abwarten, bis das französische Heer und die Marine eine Herausforderung für unsere Streitkräfte bieten. Zwar ist d'Estaings Flotte vor der Küste gekreuzt, aber sein einziges echtes Gefecht war das Debakel von Savannah, was an sein vorheriges Scheitern bei Newport erinnerte. Die Rebellen-Kommandeure schonen lediglich ihre begrenzten militärischen Kräfte und blicken angstvoll in den Süden – wie ich glaube, zu Recht.
Mit vorzüglicher Hochachtung
vorgelegt durch den Beauftragten des Gouverneurs

Kapitel 40

Von New York nach Savannah

Im Hornissennest kam es nur selten vor, dass die Milizführer Elijah Clarke, John Twiggs, John Dooly, Benjamin und William Few sowie James Jackson sich alle an einem Ort versammelten. Normalerweise waren sie über das Gebiet verstreut, in dem sie sich nach wie vor relativ ungefährdet bewegen konnten. Elijah hatte seine Mitstreiter zusammengerufen, um gemeinsam eine Anfrage General Lincolns zu besprechen, und stellte überrascht fest, dass tatsächlich alle Eingeladenen erschienen waren. Nun hockten sie auf Steinen und Baumstümpfen unter einer riesigen Roteiche, und alle Blicke richteten sich auf Colonel Andrew Williamson, einen angesehen Milizführer aus South Carolina, der die Botschaft des Generals überbracht hatte. Wie immer hatte Aaron Hart hinter Colonel Clarke seinen Posten bezogen.

«Gentlemen», begann Williamson, «General Washington schickt Ihnen seine besten Empfehlungen, spricht seinen Dank für Ihre Hilfe vor Savannah und seine Hochachtung dafür aus, dass Sie diesen Teil Georgias halten konnten.»

Elijah fiel ihm jedoch ins Wort: «Colonel, keiner von uns hat sich vor Savannah gut geschlagen, da haben wir 23 gute Männer verloren. Und vielleicht erinnern Sie sich, dass der General noch vor ein paar Monaten wollte, dass wir den Staat ganz aufgeben, und uns die Hölle heiß gemacht hat, weil wir hier geblieben sind.»

«Was er damals gewollt hat und immer noch will, ist, dass wir alle im Kampf um die Freiheit zusammenarbeiten und unsere Kräfte nicht spalten und damit schwächen.»

«Was möchte der General jetzt von uns?», fragte Elijah.

«Wir wissen aus zuverlässiger Quelle, dass General Clinton bereits mit einer Flotte mit mindestens dreitausend Infanteristen und Kavalleristen an Bord von New York aufgebrochen ist und vorhat, Charles Town anzugreifen. Wenn ihm das gelingt, können die Briten alle Rotröcke, die sie brauchen, in den Süden verlagern, das

Gebiet einnehmen, das wir halten, und dann nordwärts nach North und South Carolina und Virginia vorstoßen. Wir müssen Charles Town halten, und dafür brauchen wir jeden Mann, den wir bekommen können.»

James Jackson hob die Hand, und Clarke erteilte ihm das Wort. «General McIntosh hat das bereits mit uns besprochen, und wir unterstützen in diesem Fall seinen Standpunkt. Es ist doch Unsinn, wenn all unsere Kontinentaltruppen in Charles Town wie in der Falle sitzen, statt hier und in den Carolinas zu kämpfen, wo wir den Briten auf eigenem Boden gegenüberstehen.»

Williamson kannte bereits die beiden Positionen in dieser Debatte, die tagelang in General Lincolns Hauptquartier gewogt hatte, und war nicht bereit, sie weiterzuführen. «General Washington hat den Befehl ausgegeben, Charles Town zu halten, und General Lincoln ist derselben Meinung», erklärte er knapp.

Elijah stand auf, ging ein paar Schritte auf und ab und entgegnete mit Nachdruck: «Mich kümmert es einen Dreck, ob jeder einzelne Offizier in der Armee das meint. Wir werden unsere Miliz nicht aus den Bergen und Sümpfen verlegen und Heim und Familie im Stich lassen, um mit ein paar tausend Kontinentalen die Straßen von Charles Town zu bevölkern. Mir scheint, das ist nur eine neue Taktik Lincolns, um uns zur Aufgabe von Georgia zu bewegen.»

Als Aaron Hart sicher sein konnte, dass Elijah nichts mehr hinzuzufügen hatte, ergriff er das Wort: «Washington hätte doch eigentlich etwas von den Briten lernen können, als sie Philadelphia geräumt haben, obwohl sie den Ozean beherrschen. Charles Town ist noch nutzloser. Ich habe dort manchmal eine, wenn nicht zwei Wochen auf eine Fracht gewartet, die nicht über die Sandbänke und die Untiefen befördert werden konnte. Wir sollten lieber Augusta, Ninety Six und ähnliche Orte halten, wo wir den Briten auf festem Boden begegnen. Dann müssten sie sich verdammt ins Zeug legen, um uns zu nehmen, was wir schon haben.»

«Wir werden Augusta halten», erwiderte Williamson, «weil General Lincoln die Stadt als Sammelpunkt betrachtet, den die Briten für einen Angriff auf Charles Town nutzen könnten. Er hat mir den Befehl erteilt, dort das Kommando zu übernehmen, und ich werde zur Verteidigung der Stadt Soldaten mitbringen.»

«Was ist mit den Pocken?», warf Jackson ein.

«Welche Pocken?»

«Es heißt, dass in Charles Town Pocken und andere Krankheiten ausgebrochen sind und die Leute bereits die Stadt verlassen.»

«Es hat ein paar Fälle gegeben, aber es besteht kein Grund zur Besorgnis», erwiderte Williamson.

«Da haben wir etwas anderes gehört», entgegnete Elijah.

Williamson hatte sein Bestes getan, aber offensichtlich konnte er wenig ausrichten.

«Colonel Clarke, bitte lassen Sie und die anderen Befehlshaber sich General Lincolns Bitte durch den Kopf gehen. Er möchte, dass Sie Ihre Leute aufrufen, Charles Town zu verteidigen. Wir wissen nicht, wie wir sonst verhindern sollen, dass die Briten beide Staaten einnehmen. Wenn noch einige tausend zusätzliche Soldaten hier einrücken, verschiebt sich das Gleichgewicht zu ihren Gunsten, und sie werden nach Westen in dieses Gebiet und dann nordwärts nach Virginia vorstoßen.»

«Wir denken darüber nach», versprach Elijah, «und wir werden sehen, ob unsere Männer Weihnachten in Charles Town verbringen wollen. Es steht ihnen frei zu gehen. Auf jeden Fall werden wir Ihnen helfen, falls Augusta angegriffen wird. Sie und die Soldaten, die Sie mitbringen, sind in Georgia willkommen.»

Die Männer lachten höflich, und Williamson verabschiedete sich bald.

Lieutenant Colonel Banastre Tarleton befand sich auf dem Achterdeck von General Sir Henry Clintons beeindruckendem Flaggschiff, dem, wie er fand, der Seegang nicht so zusetzte wie den kleineren Schiffen der Armada.

Dennoch plagte ihn seit zwei Tagen die Übelkeit, und nun hockte er auf einem aufgerollten Tau am Fuße eines Masts, einen halbvollen Eimer mit Erbrochenem zwischen den Knien. Er war an Deck gekommen, weil er hoffte, der kalte Wind und die Gischt würden sein Leiden lindern, aber da er nun die schäumenden Wogen vor sich sah und ahnte, wann sich das Deck das nächste Mal heben würde, begehrte sein Magen noch heftiger auf. Wenigstens gab es in der Ecke, in die er sich verzogen hatte, kaum Zeugen für seinen peinlichen Zustand.

Nach einer stürmischen Reise erreichte die Flotte von New York kommend erst jetzt, mit drei Wochen Verspätung, einen Anlegeplatz bei Savannah. Der Kapitän hatte den mitreisenden Soldaten verraten, dass das Barometer stieg, und so warteten alle ungeduldig auf ruhigeres Wetter. Dabei dachten sie weniger an die bevorstehenden Kämpfe als an die momentane Seekrankheit. Die Soldaten hatten sich schon auf einen Schiffbruch gefasst gemacht, und sie beobachteten erstaunt, wie selbstsicher die Marineoffiziere und Mannschaften ihrer Arbeit nachgingen, als befänden sie sich auf glatter See. Wenn für kurze Zeit klare Sicht herrschte, wurden Signale ausgetauscht, damit kein Schiff vom Rest der Flotte getrennt wurde, und da alle denselben Kurs hielten, konnten sie eine kompakte Formation halten. Tarletons größter Kummer war, dass der Großteil seiner Kavalleriepferde die Fahrt nicht überlebt hatte; sie hatten sich während des Unwetters in den Laderäumen der Frachtschiffe die Beine oder den Hals gebrochen, und die draußen angebundenen waren von Deck gespült worden.

Der junge Offizier atmete tief ein und aus und richtete seine Gedanken auf angenehmere Dinge, vor allem auf die Erlebnisse der letzten Jahre. Er war im Jahr 1754 als Sohn eines reichen Kaufmanns in Liverpool zur Welt gekommen und hatte als Student ein unbeschwertes Leben geführt, ohne recht zu wissen, was er wollte. Als er von der Rebellion in Amerika hörte, entschied er sich für eine Militärlaufbahn, und sein Vater kaufte ihm das Offizierspatent eines Cornet, des untersten Offiziersrangs in der Kavallerie. Anfang 1776 hatte er sich zum Dienst in den Kolonien unter Lord Cornwallis gemeldet und tat sich bald durch kühne Heldentaten und brennenden Ehrgeiz hervor.

Am Ende seines ersten Jahres in Amerika hatte Tarleton Wesentliches zur Ergreifung von Major General Charles Lee beigetragen, einem bekannten Überläufer aus den Reihen der Briten, der in der Revolutionsarmee zum Stellvertreter George Washingtons aufgestiegen war. Durch diesen Erfolg angestachelt, versuchte Tarleton später, General Lighthorse Harry Lee in einer Schenke bei Valley Forge festzunehmen, aber dieser berühmte amerikanische Befehlshaber konnte gerade noch das Weite suchen. Keinem entging, dass Tarleton ein Liebling von Lord Cornwallis war, der den nicht einmal Vierundzwanzigjährigen als Anerkennung für seine Leistungen unter Auslassung einer Rangstufe zum Captain und schon acht Monate später zum Lieutenant Colonel beförderte. Tarleton konnte seinen Erfolg kaum fassen, fand aber, dass er sich seine Lorbeeren redlich verdient hatte.

Nach einer Stunde auf Deck kam ein Offiziersbursche auf ihn zu, und am Mast Halt suchend, erhob sich Tarleton. Der Bursche teilte ihm mit, dass sich die hochrangigen Offiziere im Quartier des Generals träfen. Als er sich halbwegs sicher auf den Beinen fühlte, trat er zur Leeseite des Decks und kippte unbeobachtet den Inhalt des Eimers ins Meer. In der Kajüte des Generals hatten sich bereits Clinton, Lord Cornwallis und andere um einen kleinen Tisch versammelt und studierten auf einer Karte die Zufahrten nach Savannah.

Cornwallis hatte das Wort ergriffen: «Wir werden den Großteil unserer Soldaten auf der Insel Tybee an Land setzen, die anderen werden an geeigneten Stränden in der Nachbarschaft von Bord gehen. Kleinere Schiffe können flussaufwärts nach Savannah fahren, wo uns der Gouverneur und General Prevost empfangen werden. Wegen der Verzögerung unserer Reise wissen die Rebellen bestimmt längst, wohin wir wollen, aber sie können wenig unternehmen. Wie ich meine, ist Charles Town gegen einen gleichzeitigen Angriff zur See und zu Lande schlecht gewappnet. Zwar ist die Stadt gut befestigt, aber wir können uns bei der Belagerung Zeit lassen, und dann wird die Operation zweifellos gelingen. Ich vermute, dass auch Lincoln das einsieht und die Stadt räumt, um seine Armee zu schonen, sodass sie auf dem Weg nach Westen und Norden unserer Streitmacht ungeschützt gegenübersteht.

Das fragliche Gebiet sollten wir auf schnellstem Wege einkreisen, damit uns möglichst wenige Rebellen entkommen. Ich möchte, dass Lord Cornwallis den Angriff vom Süden und Westen her leitet und Tarletons Dragoner den Cooper River überqueren, um Nachschub, Verstärkung und den Fluchtweg nach Norden abzuschneiden. Mit diesen Plänen, die wir ja gemeinsam ersonnen haben, sind Sie bereits vertraut. Noch Fragen?»

Tarleton wartete ab, ob ein höherrangiger Offizier das Wort ergriff, und nach längerem Schweigen sagte er: «Eure Lordschaft, es wurde gemeldet, dass ein Großteil meiner Pferde beim Sturm umgekommen sind. Ich brauche unbedingt geeignete Reittiere, damit wir Ihre Anweisungen durchführen können.»

«Dieses Problem ist mir bewusst, aber wir können diese Operation nicht aufschieben. Sie dürfen alle verfügbaren Pferde der Briten und der Milizen in Savannah konfiszieren und auf dem Weg nach South Carolina weitere Tiere besorgen. Aber wir benötigen ja nicht nur Pferde. Wir können uns jetzt schon auf die Proteste von Gouverneur Wright und General Prevost gefasst machen, wenn sie hören, was wir an Leuten und Proviant aus ihrer Stadt abziehen, um Charles Town zu erobern.»

«Aber, Sir –»

«Colonel, dies wird nicht das erste Mal sein, dass die Kavallerie auf Pflugpferden in den Krieg zieht. Das wird für Ihre Männer der richtige Auftakt zum neuen Jahr.»

Tarleton stimmte zaghaft in das allgemeine Gelächter ein und beschloss, die Sache auf sich beruhen zu lassen.

KAPITEL 41

Brown kehrt nach Augusta zurück

März 1780

Brown war stolz auf die Leistungen seiner Ranger, zumal er nun als Beauftragter für Indianerfragen den Kriegseinsatz der Stämme ausweiten konnte. In den vergangenen Monaten hatte er achthundert Creek zur Verteidigung von Pensacola gegen die Spanier entsandt und gleichzeitig über seine Verbindungen zu den Briten in Fort Detroit an den Großen Seen die Aktivitäten der nördlichen und südlichen Stämme koordiniert. Einem seiner Männer war es gelungen, eine Nachricht des Gouverneurs von Virginia, Patrick Henry, an die Spanier am Golf von Mexiko abzufangen und damit der britischen Flotte einen beachtlichen Sieg zu ermöglichen. Unterdessen war Brown in Florida und Georgia auch bei den von James und Daniel McGirth und James Grierson kommandierten Tory-Milizen zum unumstrittenen Führer aufgestiegen. Sie alle begriffen, wie wichtig Clintons Vorstoß nach Charles Town war, aber Browns persönliches Ziel war nach wie vor die Eroberung Augustas. Lincolns Entscheidung, diesen Posten mit weiteren Soldaten unter Colonel Williamson zu verstärken, bewies, dass auch die Rebellen diese Stadt für wichtig hielten.

Zu seinem größten Erstaunen erhielt Brown im März eine versiegelte Nachricht von Williamson aus Augusta, der um ein Gespräch unter vier Augen bat. In aller Eile vereinbarten sie ein geheimes Treffen eine Meile nördlich der Schenke in New Goettingen, etwa hundert Meter abseits vom Hauptweg auf dem Steilufer oberhalb des Savannah River. Dort verlieh Williamson seiner Überzeugung Ausdruck, die Briten würden bald ganz Georgia sowie North und South Carolina beherrschen, und erklärte, Georgia solle ebenso wie Florida ein Teil von Großbritannien werden, falls die Nordstaaten unabhängig würden.

Brown lauschte ihm verwundert, nickte aber und meinte, ein solcher Sieg im Süden werde auf jeden Fall alle Kolonien wieder unter britische Oberhoheit bringen, aber er teile Williamsons

Hoffnung, dass selbst unter widrigen Umständen wenigstens der tiefe Süden mit England vereinigt bleibe.

Williamson erklärte schließlich, er habe von jeher eine natürliche Ergebenheit zur Krone empfunden, und bot an, Augusta an die Briten zu übergeben, falls die Bedingungen stimmten.

Ohne sich sein Erstaunen anmerken zu lassen, fragte Brown, welche Bedingungen er denn stelle.

«Ich möchte dem König dienen», erwiderte Williamson zögernd, «aber nicht in untergeordneter Stellung.»

«Sir, welchen Rang bekleiden Sie in der Miliz?»

«Ich bin Colonel.»

Brown schaute dem Mann in die Augen. «Mal sehen, was sich machen lässt.»

Nach wenigen Tagen hatte Brown die Zustimmung von General Prevost eingeholt und bot Williamson den gewünschten Rang bei der britischen Infanterie an, wohlwissend, dass er in Wirklichkeit nur Lieutenant Colonel gewesen war. Der Verräter akzeptierte das Angebot, und Brown nahm die Stadt mit vierhundert Mann kampflos ein. Der jetzt Dreißigjährige hatte sein wichtigstes Ziel erreicht. Fünf Jahre war es nun her, dass man ihn in dieser Stadt geteert und gefedert hatte. Williamson meldete, John Dooly sei ebenfalls bereit, sich mit seinen Milizen zu ergeben, und nicht nur Brown, sondern auch der sonst so pessimistische Gouverneur Wright waren jetzt überzeugt, dass der Widerstand gebrochen sei. Cornwallis glaubte sogar, in Georgia so fest im Sattel zu sitzen, dass er einige der wenigen in Savannah verbliebenen Soldaten nach St. Augustine schickte.

Die Georgia-Miliz war nun in den wilden Nordwesten abgedrängt und viele der Rebellen hatten sich zur Verteidigung von Charles Town gemeldet, sodass Thomas Brown jetzt freie Hand hatte, die lang ersehnte Rache an all jenen zu üben, die für seine Folterung und Demütigung in Augusta verantwortlich gewesen waren. Mit seiner Anweisung, die Bewohner Georgias human zu behandeln, beabsichtigte Gouverneur Wright, die Loyalität zur Krone zu stärken, aber Brown erklärte, durch Einschüchterung der unnachgiebigen Rebellen dasselbe Ziel erreichen zu wollen.

Als Kommandant der Nordregion bestand Browns erste Amtshandlung darin, das gesamte Whig-Eigentum zu konfiszieren und jeden, der die Revolution unterstützt hatte, bei Androhung von Haft des Staates zu verweisen. Familien, die für die Unabhängigkeit eingetreten waren, und vor allem jene, die Clarkes Miliz unterstützt hatten, wurden Opfer von Überfällen. Unbehelligt blieb lediglich die friedliebende Quäkergemeinde Wrightsborough, die nach Gouverneur Wright benannt war. James Grierson ließ sich in seinem gnadenlosen Hass gegen alle Anhänger der Revolution selbst von Brown kaum bändigen, setzte sich häufig über alle Anordnungen hinweg, beteiligte sich an den Gräueltaten der Indianer gegen Frauen und Kinder aus Rebellenfamilien und verschonte die Siedler von Wrightsborough nur widerstrebend.

Die Ranger verhafteten erwachsene Männer, unterzogen sie einem harten Verhör und warfen 42 mutmaßliche Revolutionäre in Augusta ins Gefängnis. Gleichzeitig suchten Räuberbanden den Süden und Westen des Staates heim und behaupteten, sie wollten sich nur wieder holen, was der Krieg ihnen genommen habe. Einige von ihnen waren tatsächlich aus ihren Siedlungen vertrieben worden, aber die meisten waren besitzlose Vagabunden, die sich gescheut hatten, den Milizen der einen oder anderen Seite beizutreten. Ungeachtet der Bitten Gouverneur Wrights und der Überreste der Whig-Regierung herrschte in Georgia ein Zustand der Gesetzlosigkeit, und schwere Übergriffe gehörten zum Alltag. Nur die tapfersten Siedler blieben auf ihren Anwesen, und die Frauen und Kinder der Whig-Familien suchten Zuflucht in den verstreuten Forts des Hornissennests oder im westlichen Carolina.

Kapitel 42
Die Eroberung von Charles Town

Mai 1780

Da George Washingtons Streitkräfte untätig blieben und New York sicher schien, hatten die Briten nun freie Hand, Charles Town zu nehmen. Sie hatten über sechstausend Soldaten aufgeboten, während General Lincolns dringende Appelle ungehört blieben. Nicht einmal aus Virginia rückte nennenswerte Verstärkung an, um die letzte verbliebene Festung der Patrioten im Süden zu verteidigen. Die Kunde von der Pockenepidemie in Charles Town hatte sich verbreitet, und nur wenige Milizangehörige fanden sich bereit, sich dem Kommando eines Generals aus dem Norden zu unterstellen. Sogar bei den regulären Kontinentaltruppen gab es Deserteure, die die Seuche mit nach Hause brachten, und die verbliebene, gar nicht unbeträchtliche Streitmacht war demoralisiert. Lincoln schrieb an Washington: «Wir haben hier nur eine Hand voll Milizionäre im Dienst. Es überrascht mich, dass sie so unvernünftig sind, die Stadt meiden zu wollen. Von den Pocken ist nichts zu befürchten.»

General Clinton war mit den Erfolgen seiner Leute hochzufrieden und glaubte fest daran, dass die fundierte Gesamtstrategie der Briten zum Sieg führen und die Eroberung von Charles Town ein Ende des Krieges innerhalb weniger Monate nach sich ziehen werde. Die Präsenz der Briten in New York sollte die Herrschaft über den Norden sichern, während ein Vorstoß durch Major General Lord Cornwallis mit der gesamten britischen Streitmacht durch North und South Carolina bis nach Virginia die entscheidende Konfrontation mit der Kontinentalarmee erzwingen würde. Gleichzeitig konnte sich Clinton darauf verlassen, dass Lieutenant Colonel Banastre Tarleton den versprengten Rebellenmilizen, die im Süden ihr Unwesen trieben, eine Lektion erteilen würde. Aber zunächst einmal galt es, Charles Town zu nehmen.

Ausgerüstet mit einer schriftlichen Vollmacht General Clintons durchkämmten Tarleton und seine Männer Savannah und Umgebung, um sämtliche Pferde zu beschlagnahmen, die sie finden konnten. Natürlich verbreitete sich diese Nachricht rasch, und die Besitzer versteckten ihre Tiere umgehend an abgelegenen Orten außerhalb der Stadt, sodass Tarletons Dragoner den Weg nach Norden schlecht beritten oder zu Fuß antreten mussten. Allerdings konnten sie bei zwei Scharmützeln unterwegs wenigstens einige Zugpferde in ihren Besitz bringen. So ausgestattet, nahmen sie die Herkulesarbeit in Angriff, die Lord Cornwallis Tarleton übertragen hatte, nämlich den Amerikanern alle verbliebenen Zugangswege zum Festland nördlich des Cooper River zu versperren – ihre einzige Möglichkeit, Nachschub und Verstärkung nach Charles Town zu holen und die belagerte Stadt zu evakuieren.

Noch bevor General Clinton aus New York aufbrach, machte sich George Washington Gedanken um die bevorstehende Belagerung. Er und seine Berater studierten ihre besten Karten des Hafens und beschlossen, alles zu unternehmen, um die britischen Schiffe von der Stadt fernzuhalten. Der Kontinentalkongress konnte General Lincoln vier Fregatten mit 112 Kanonen an Bord zur Verteidigung der Stadt zur Verfügung stellen. Dieses Geschwader traf Ende Dezember ein; die Franzosen steuerten zwei Schiffe mit 42 Kanonen und South Carolina vier Schiffe mit insgesamt 106 Kanonen bei. Sie wurden von Commodore Abraham Whipple aus Rhode Island befehligt. Aber die ersten Kampfhandlungen bestanden aus Wortgefechten zwischen dem Commodore und seinem eigenen Vorgesetzten, dem General, sodass kein sinnvoller Plan zum Einsatz der nicht unbeträchtlichen Feuerkraft der Flotte zu Stande kam.

Ein britisches Geschwader, bestehend aus drei Linienschiffen und vier Fregatten, lud unterdessen seine sämtlichen Kanonen auf Schleppkähne, überquerte dann ohne die schwere Fracht die Untiefen vor Charles Town, gelangte in die tieferen Fahrrinnen vor der Stadt und nahm die Geschütze wieder an Bord. Statt sich dem, wie er meinte, unbesiegbaren Feind zu stellen, beschloss Commodore Whipple, zwei der amerikanischen Fregatten in den inneren Hafen zu verlegen, die Kanonen zu Artillerieabteilungen an der Küste zu befördern und die Schiffe dann zu versenken, wodurch die Hafeneinfahrt blockiert würde und die Briten an den Kanonen von Fort Moultrie vorbei müssten, wenn sie zur Stadt wollten. Genau das taten diese am 8. April, hatten aber durch den Beschuss nur

27 Tote und Verwundete zu beklagen, und auch ihre sieben Schiffen kamen mit leichten Schäden davon. In derselben Nacht überquerten 750 amerikanische Soldaten nach einem Marsch von fünfhundert Meilen aus Virginia den Cooper River und stießen zu Lincolns Streitkräften. Die Einheimischen feierten begeistert ihre Ankunft – nun waren alle verfügbaren Truppen des Südens angerückt, um ihre Stadt zu verteidigen.

Als die britischen Soldaten aus Savannah eintrafen, befahl General Clinton seinen Bodentruppen, die Stadt zu umzingeln und den Hauptangriff von Westen her gegen die starken Befestigungsanlagen zu führen. Die Amerikaner hatten nach wie vor über den Cooper River Zugang zum Festland. Am 1. April begann die langwierige Belagerung der Stadt, bei der auf altbewährte Techniken zurückgegriffen wurde. Hätte d'Estaing vor Savannah auf seinen überstürzten Frontalangriff verzichtet, so hätten er und Lincoln mit eben jenen bewährten Mitteln zum Ziel kommen können. Die Belagerung war leicht durchzuführen, kostete aber Zeit und Menschenleben. Zunächst wurde in einem Abstand von achthundert Metern, also außerhalb der Geschützreichweite, parallel zur Hauptbefestigung ein tiefer, breiter Schützengraben ausgehoben. Mit dem Aushub entstand gleichzeitig eine Brustwehr, welche die Männer und Waffen im Graben schützte. Danach zog man in einem Zickzackmuster einen oder mehrere schmale Gräben gegen die Festung, die stets im schrägen Winkel zu den Geschützen der Verteidiger standen. Die Spitzen dieser Laufgräben, der so genannten Sappen, zogen stets das Feuer auf sich, sodass die «Sappeure» immer in großer Gefahr schwebten.

Nach vierzehntägiger Arbeit an den Zickzackgräben begann der Bau eines zweiten Parallelgrabens in etwa vierhundert Metern Abstand zur Festung; er war ebenso breit und tief wie der erste und wurde durch einen Wall ausgehobener Erde geschützt. Da sich die Sappeure nun in Reichweite der feindlichen Geschütze befanden, wurde ihre Arbeit noch schwieriger, und sie setzten alles daran, die Spitzen ihrer Gräben tief und schmal zu halten und mit einem Gerüst aus Stämmen oder Balken zu schützen, das den Hagel aus Geschossen und Schrapnellen abfing. So weit als möglich grub man nachts. Überdies besetzten die Briten den jeweils nächsten Parallelgraben mit Infanteristen und Artilleristen, um die Sappeure gegen Ausfälle der Amerikaner zu schützen.

Die Befestigungsanlagen von Charles Town waren von einem breiten, zweieinhalb Meter tiefen Wassergraben umgeben. Das Hauptziel der Sappeure war die Zerstörung der Dämme, die das Wasser im Graben hielten, sodass die Angreifer diesen als letzten Parallelgraben nutzen konnten. Obwohl die Briten mit Musketen, Kartätschen und Mörsern schwer attackiert wurden, erreichten sie dieses Ziel am 6. Mai – fast einen Monat, nachdem Clinton die Übergabe der Stadt gefordert hatte. Drei Tage später nahmen sie die Befestigungsanlagen schwer unter Beschuss, und gelöcherte, mit brennendem Material gefüllte Geschosse setzten mehrere Häuser in Brand. Die Amerikaner gaben eine offizielle Protestnote heraus, und der Adjutant eines britischen Admirals schickte den Kanonieren eine nichtautorisierte Nachricht: «Der Admiral und ich senden unsere besten Empfehlungen und ersuchen Sie, die Stadt so bald als möglich niederzubrennen und den Frauen 24-Pfund-Kugeln in den Bauch zu schießen, damit wir sehen, wie sie damit niederkommen.» Diese empörende Botschaft wurde auf beiden Seiten vielfach zitiert, General Clinton entschuldigte sich dafür, ordnete eine Feuerpause an und erklärte seinen Untergebenen: «Es ist absurd, unklug und unmenschlich, eine Stadt niederzubrennen, die man besetzen will.»

General Lincoln war erleichtert, dass die Pocken nicht weiter um sich gegriffen hatten, stand nun aber vor einem noch ernsteren Dilemma: Sollte er bleiben und die Stadt verteidigen oder die einzige noch im Süden verbliebene Armee retten? Lachlan McIntosh trat dafür ein, die Truppen sofort über den Cooper River in Sicherheit zu bringen, aber der stellvertretende Gouverneur und andere Politiker widersetzten sich energisch, brachten die Gemüter der Bürger in Wallung und drohten, sämtliche Schiffe zu zerstören und dem Feind die Tore der Stadt zu öffnen. Lincoln beschloss, die Entscheidung aufzuschieben, aber nach wenigen Tagen hatte sich die Frage erledigt, da nun die britische Kavallerie in die Schlacht eintrat.

Zwei Wochen nach Beginn der Belagerung hatte Lieutenant Colonel Banastre Tarleton den Cooper River erreicht. Man teilte ihm mit, dass die amerikanischen Soldaten, die die Sicherung der Nachschubwege in die Stadt übernommen hatten, dreißig Meilen nördlich der Stadt in Monck's Corner stationiert waren. Unterstützt von Major Patrick Ferguson und seiner Tory-Truppe, den so genannten American Volunteers, entschloss sich Tarleton zu einem Angriff. Die Briten, die sich rasch und lautlos durch die Nacht bewegten, spürten die von General Isaac Huger befehligten Amerikaner auf, die gerade ihren Abmarsch vorbereiteten. Diese setzten dem Überraschungsangriff kaum Widerstand entgegen und flohen kopflos ins umliegende Sumpfland. Vierzehn Amerikaner wurden getötet, 19 schwer verwundet und 64 gefangen genommen; außerdem erbeuteten die Angreifer fünfzig Wagenladungen Waffen, Munition und Proviant, die für Charles Town bestimmt gewesen waren. Tarletons wertvollster Lohn aber waren gute Pferde, die die schändlichen Reittiere ersetzten, auf denen seine Leute in die Schlacht gezogen waren.

Im Siegestaumel entging ihm jedoch, dass seine Männer Verwundete erschlugen und Plantagen bekannter Whigs in der Umgebung überfielen. Die Dragoner plünderten die Häuser und vergewaltigten sogar mehrere Frauen, darunter Lady Colleton, die Herrin des größten und schönsten Anwesens weit und breit. Darüber geriet Major Ferguson so außer sich, dass er befahl, die Schuldigen hinzurichten, aber Tarleton schritt ein, und die Marodeure wurden statt dessen verhaftet und später in Charles Town öffentlich ausgepeitscht. Damit war ein offener Konflikt zwischen den beiden jungen, ehrgeizigen Offizieren ausgebrochen. Tarleton, der sich darauf verstand, sich mit seinen Heldentaten in Szene zu setzen, hatte sich bei Briten und Amerikanern bald einen Namen gemacht mit seinem Wagemut, der Furchtlosigkeit, mit der er seine Leute in der Schlacht führte, und seinen überraschend schnellen und ausdauernden Truppenbewegungen – aber auch wegen der Brutalität, mit der seine Dragoner ihre Feinde behandelten. Er und Ferguson erhielten Verstärkung, besetzten bald beide Ufer des Cooper River und schnitten Charles Town damit den letzten Verbindungsweg zur Außenwelt ab.

General Clinton hatte fest damit gerechnet, dass Washington eine große Armee aus Virginia entsenden würde, um die belagerte Stadt zu entsetzen. Er befahl Cornwallis, die Zugangswege nach Charles Town auszukundschaften, der wiederum Banastre Tarleton mit dieser Aufgabe betraute. Tatsächlich hatte sich eine Kontinentalstreitmacht unter Colonel Anthony White mit 350 weiteren Soldaten unter dem Befehl von Colonel Abraham Buford und den Überlebenden von Monck's Corner unter Colonel Jamieson und

Colonel William Washington, dem Cousin des Oberbefehlshabers, zusammengeschlossen. Sie konnten bei Lenud's Ferry einen Offizier und 17 Mann, die Tarleton unterstanden, gefangen nehmen und schickten sich an, einen Zugang für die Entsetzung von Charles Town zu öffnen.

Tarleton, der nur 150 Soldaten unter seinem Kommando hatte, zögerte keinen Augenblick, als er erfuhr, wo sich seine gefangenen Leute befanden. Wieder gelang seinen wendigen Dragonern ein Überraschungsangriff. Später schilderte er den Kampf so:

«Die Amerikaner waren vollkommen unvorbereitet, der Widerstand und das Blutbad hatten bald ein Ende. Fünf Offiziere und 36 Mann wurden getötet oder verwundet. Sämtliche Pferde, Waffen und Ausrüstung der Amerikaner wurden erbeutet. Die Colonels White, Washington und Jamieson konnten mit einigen Offizieren und Männern schwimmend die Flucht ergreifen, während viele, die ihrem Beispiel folgen wollten, im Fluss ertranken. Die britischen Dragoner verloren zwei Mann und vier Pferde im Kampf, doch als wir am selben Abend wieder in Lord Cornwallis' Lager anlangten, gingen mehr als zwanzig Pferde an Erschöpfung zugrunde.»

Am folgenden Tag, dem 8. Mai, forderte Clinton die bedingungslose Übergabe der Stadt, aber Lincoln bestand darauf, dass man ihm einen ehrenvollen Abzug gewährte. Statt dessen nahmen die Briten Charles Town mit fast zweihundert Kanonen, die teilweise Brandgeschosse abfeuerten, erneut schwer unter Beschuss. Am 12. Mai bat Lincoln um eine Feuerpause und ergab sich. Er und sein Führungsstab konnten als Kriegsgefangene mit guter Behandlung rechnen und durften hoffen, gegen britische Gefangene vergleichbaren Ranges ausgetauscht zu werden. Die mehr als 3 300 einfachen Soldaten jedoch wurden auf britischen Schiffen gefangen gesetzt, wo ihnen der Tod durch Erfrieren oder Infektionskrankheiten drohte. Etwa tausend Zivilisten, darunter die Milizangehörigen aus Virginia, North und South Carolina, wurden entlassen, mussten sich aber durch Ehrenwort verpflichten, nicht mehr gegen die Krone zu den Waffen zu greifen. Charles Town war die schlimmste Niederlage der Amerikaner und der größte Sieg der Briten in diesem Krieg.

General Sir Henry Clinton kehrte nach New York zurück, nachdem er die Befehlsgewalt in die Hände von Lord Cornwallis gelegt hatte, der Charles Town um jeden Preis halten und die Stadt keinesfalls durch Vorstöße nach Norden gefährden sollte. Außerdem verkündete er einseitig, dass die Zivilisten zwar frei gelassen, ihre Namen jedoch festgehalten werden sollten; überdies mussten sie unter Eid Treue gegenüber der Krone geloben und aktive Unterstützung für die Briten zusichern. Viele Amerikaner legten hier einen Meineid ab und schlossen sich später wieder den Revolutionären an – wohlwissend, dass ihnen die Hinrichtung als Verräter drohte, falls sie noch einmal in Gefangenschaft gerieten.

Kapitel 43
Cornwallis triumphiert

Nach dem Fall von Charles Town und der Kapitulation der Rebellenarmee glaubte Lord Cornwallis, dass sich alle Zweifler im Süden dem Unvermeidlichen fügen und die Sache der Briten unterstützen würden. Er wies seine Offiziere an, jeder Familie die Amnestie anzubieten, aber Härte gegen alle zu zeigen, die sich nicht wenigstens durch einen Eid zur Neutralität verpflichteten. Dies war sicherlich ein weiser Ratschluss, wurde aber von den Truppen unterlaufen, die sich das Lebensnotwendige gewaltsam auf den Farmen ihres Gebiets holten und häufig nichts anderes im Sinn hatten als ihre Kriegsbeute oder Rache gegen ehemalige Nachbarn. Banastre Tarleton schritt selten ein, wenn seine Männer Gräuel gegen Kriegsgefangene, Verwundete oder deren Angehörige verübten, und in Georgia sah es nicht viel besser aus. Gouverneur Wright versuchte zwar auf Anweisung Londons, die Siedler wieder für die Krone zu gewinnen, aber Thomas Brown und seine Ranger, die nun in Augusta das Sagen hatten, machten sich insgeheim lustig über Wrights Gnadenerlass für die Bewohner Georgias. Brown ging davon aus, mit seinen Männern unter dem Kommando von General Prevost zu stehen, der nach St. Augustine zurückgekehrt war und sich für den Norden Georgias kaum interessierte.

Obwohl die Kapitulationsvereinbarungen wenig Sicherheit boten, kamen viele Bürger nach Augusta, um dem König die Treue zu schwören, darunter auch Henry Laurens, der Präsident des ersten Kontinentalkongresses, und zwei vollständige Regimenter aus South Carolina. Brown ließ sie den Eid leisten, versprach ihnen den Galgen, falls sie meineidig würden, und schickte Listen mit den Namen der Männer und die Waffen jener, die nicht in britische Dienste treten wollten, nach Charles Town.

Der amerikanische Kongress konnte Georgia und South Carolina nun praktisch abschreiben. Was von der Regierung South Carolinas noch übrig war, traf sich in einem Versteck in der Wildnis und ernannte Thomas Sumter, einen Kaufmann mit begrenzter militärischer Erfahrung, zum «Oberbefehlshaber» einer kaum noch vorhandenen Truppe. Sumter begann umgehend, Männer anzuwerben, die für Pferd, Waffen, Kleidung und Verpflegung selbst zu sorgen hatten. Und er erwies sich als stolzer, ehrgeiziger Militärführer, dessen Miliz den Briten bald in Erinnerung rufen sollte, dass South Carolina noch nicht alle Hoffnung aufgegeben hatte.

❦

Captain William Few, Lieutenant Ethan Pratt und zwanzig ihrer Kampfgefährten biwakierten in einem kleinen, abgelegenen Fort im Hornissennest, um über den Fall von Charles Town zu sprechen. Im Auftrag von Elijah Clarke hatten sie alle Männer zusammengetrommelt, die sie erreichen konnten. Doch es hatte sich herausgestellt, dass eine ganze Reihe ihrer Mitstreiter sich entweder den Briten angeschlossen oder dem Kampf für die Revolution abgeschworen hatten, weil weiterer Widerstand zwecklos schien. Als Few und seine Leute sich auf dem Lagerplatz des Freeman's Fort siebzig Meilen flussaufwärts von Augusta versammelten, zeigte sich, dass andere Kompanien ähnliche Erfahrungen gemacht hatten. Es waren insgesamt nur 140 Milizionäre anwesend, die mutlos Colonel Clarkes Zukunftsplänen lauschten.

Clarke ließ den Blick über die kleine Gruppe schweifen und meinte: «Scheint so, als wären eine Menge Leute krank oder noch im Bett bei ihren Frauen.»

Da und dort wurde pflichtschuldig gelacht. «Warum der Dummkopf von einem General sich in Charles Town eingräbt und dann alle seine Männer ausliefert, geht über meinen Verstand, und wir würden mit ihm in der Patsche sitzen, wenn wir seinem Befehl gefolgt wären. Kann sein, dass der fette Idiot den Süden verloren hat, jedenfalls müssen wir jetzt entscheiden, wie wir weitermachen. Ich schlage vor, dass wir den Fluss überqueren und uns mit den Leuten aus Carolina zusammentun, die noch bereit sind, den Westen ihres Staates zu verteidigen.»

Niemand antwortete, man hörte nur nervöses Gemurmel. Clark sah seine Kompanieführer nacheinander an und schließlich entgegnete James Jackson: «Colonel, wie Sie sehen, sind wir nicht mehr viele Männer, und die meisten haben ihre Frauen und Kinder in das geschützte Gebiet gebracht. Hier sind alle versammelt, die nicht aufgeben wollen, aber was wird aus den Familien, wenn alle Männer in den Norden gehen?»

Offensichtlich verärgert erwiderte Clarke: «Scheiße, wir können genügend Männer hier lassen, um den Zugang zu unseren Forts zu bewachen, und mit den übrigen gegen die verdammten Rotröcke kämpfen.»

Wieder ließ er den Blick über die Versammlung schweifen. «Wer von euch geht mit mir nach Carolina?»

Ethan hob sofort die Hand, dann sah er sich um und stellte fest, dass nur die Kompanieführer und dreißig weitere Kampfgefährten mit ihm stimmten. Kaum einer von ihnen hatte Angehörige, um die er sich sorgen musste.

Aaron Hart versuchte, das Beste aus der peinlichen Antwort zu machen. «Es ist klar, dass wir alle den Kampf weiterführen wollen, aber es stellt sich die Frage, ob wir das hier oder in Carolina tun. Außerdem ist noch offen, was wir wegen unserer Familien unternehmen und ob wir uns aufteilen sollen oder zusammenbleiben. Ich traue dem Colonel zu, eine vernünftige Entscheidung zu treffen, und folge ihm, wohin er geht.»

Nach einer Weile fügte Clarke hinzu: «Was die Hilfe für Carolina betrifft, habe ich meine Meinung nicht geändert, aber das heißt nicht, dass wir uns nicht gleichzeitig selbst schützen können. Ich schicke ein paar Männer hinauf ins Watauga Valley, um zu sehen, was sie vorhaben und wie wir sie unterstützen können. Aber die meisten von uns werden hier in Deckung bleiben, bis wir wissen, was ansteht; sie werden unsere Familien herholen und Stärke zeigen, wenn Brown einen Angriff versucht. Ich bin wirklich sauer auf die Männer, die nicht aufgekreuzt sind, als ich sie gerufen habe, und wir werden bekannt machen, dass wir hier in Georgia jeden, der sich uns nicht anschließt, als Verräter an der Revolution am nächsten Baum aufknüpfen.»

In aller Eile befestigten die Briten Charles Town, Savannah, Augusta und Port Royal, sodass Florida, Georgia und South Carolina praktisch wieder Teil des britischen Hoheitsgebietes wurden. Cornwallis, der Clinton in Charles Town abgelöst hatte, befahl Major Patrick Ferguson und Banastre Tarleton, jeden Widerstand der Rebellen erbarmungslos niederzuschlagen. Die Milizführer von Georgia und Carolina beschlossen jedoch, sich der britischen Hauptstreitmacht nicht entgegenzustellen, sondern im Westen zu bleiben.

Cornwallis erlaubte Tarleton, den amerikanischen Colonel Abraham Buford und seine Streitkräfte zu verfolgen, wies ihn aber an, die Mission abzubrechen, wenn sie keinen Erfolg versprach. Wie so oft ordnete Tarleton einen Gewaltmarsch an. Er hatte 270 Soldaten und einen Dreipfünder und nahm es hin, dass täglich Pferde vor Erschöpfung starben. Als er am 29. Mai bis auf zwanzig Meilen an seine Gegner herangerückt war, forderte er Buford auf, sich zu ergeben, behauptete aber fälschlicherweise, eine überlegene Streitmacht habe die Amerikaner eingekreist. Buford lehnte ab und stellte seine 450 Mann nur wenige Meilen von der Grenze nach North Carolina entfernt bei Waxhaws zur Schlacht auf.

Obwohl sich die Kolonne der Briten über Meilen hinzog und die Kanonenpferde und viele andere nicht mehr weiterkonnten, zögerte Tarleton keinen Augenblick, als die Amerikaner in Sicht waren, und rief sofort zum Angriff. Tarletons Pferd wurde getötet, er selbst verlor verwundet das Bewusstsein. Daraufhin schlachteten seine Infanteristen, die ihn tot glaubten, die verwundeten Amerikaner mit ihren Bajonetten ab. Dreihundertsechsundzwanzig Kontinentalsoldaten wurden getötet oder verwundet, Colonel Buford ergriff die Flucht. Nur fünf Briten fielen, verwundet wurden zwölf. Tarleton, der sich bald erholte, wurde nun als größter Held der Briten gefeiert, während er bei den Amerikanern als Schurke galt. Künftig war «Tarletons Pardon» der Schlachtruf der Amerikaner, wann immer sie britische Kriegsgefangene oder Verwundete niedermetzelten.

Dieser Bruch des Kriegsrechts ist umso bedeutsamer, wenn man bedenkt, dass abgesehen von den britischen Offizieren die meisten Rotröcke königstreue Amerikaner im Dienst der Krone waren, als sich die Briten im Süden durchsetzten. Sie waren ihrer Heimat und ihrer Familie genauso eng verbunden wie die Revolutionäre – für sie Verräter, die nichts als Verachtung verdienten. So tief saß die gegenseitige Abneigung, dass sich in den Monaten blutiger Gefechte, Raubüberfälle und Gräueltaten im Süden ein ungezügelter Hass zwischen den Torys und den Revolutionären aufbaute und in der Hitze der Schlacht – insbesondere gegenüber verwundeten Gegnern – alle Hemmungen fielen.

Thomas Brown hatte zwar die Milizen von James und Daniel McGirth und James Grierson unter seinem Kommando, aber seine tatkräftigsten Kämpfer waren die Creek und Cherokee, die das Grenzgebiet durchstreiften und den verbliebenen Siedlern zusetzten. Allerdings war Brown dem Kommando über eine so bunte Truppe nicht gewachsen und er unternahm wenig, um der Gewalt, die er entfesselt hatte, Einhalt zu gebieten.

Das Parlament in London verabschiedete ein Ausschlussgesetz, das die britischen Truppen verpflichtete, Whigs zu schützen, die sich ergeben und einen Eid auf die Krone geleistet hatten, doch Cornwallis beugte sich dieser Entscheidung nur widerstrebend. Bald erfuhr der General, dass Thomas Brown von den geschlagenen Whigs nicht nur passive Neutralität, sondern aktiven Einsatz forderte, aber er beschloss, nicht einzugreifen. Viele der in Georgia verbliebenen Whigs sahen durch Browns Verhalten die Kapitulationsbedingungen verletzt, und Clarke versuchte, sie durch gute Argumente oder Einschüchterung für seine Milizen zu gewinnen. Zum harten Kern der Milizkämpfer, die sich gar nicht erst ergeben hatten und nun noch straffer organisiert waren und mit äußerster Wachsamkeit die Pläne der Torys beobachteten, gehörte auch Ethan Pratt.

Diese eigenartige Streitmacht operierte ganz auf eigene Faust und unterhielt kaum Beziehungen zu George Washingtons Kontinentalarmee. In der Regel erfuhren die amerikanischen Kommandeure von den Milizgefechten erst dann, wenn sie vorbei waren, und mit wenigen Ausnahmen stellte der Kongress weder Waffen noch Pferde noch Uniformen oder andere Unterstützung für sie bereit. Die Milizleute deckten ihren Bedarf in dem Gebiet, in dem sie sich gerade aufhielten. Meist bewegten sie sich in kleinen Gruppen, schlugen gemeinsam zu und tauchten dann wieder in den unzugänglichen Forts des Hornissennests unter. Ihr wertvollster Besitz waren ihre großartigen Pferde, von denen sie sich niemals trennten.

Cornwallis, für den der Krieg in Georgia vorbei war, befahl Brown, sein militärisches Engagement einzustellen und sich auf seine Tätigkeit als Beauftragter für Indianerfragen zu konzentrieren. In seinem Antwortschreiben übertrieb Brown die Bedrohung, die von der Georgia-Miliz ausging und rühmte seine Heldentaten in der Schlacht und als Nachrichtenbeschaffer. Auch behauptete er, er habe in seiner kurzen Amtszeit mehr indianische Kämpfer angeworben als John Stuart im Lauf mehrerer Jahre, und unterstrich, dass seine guten Beziehungen mit den Stämmen vor allem auf seinem Rang als Militärbefehlshaber beruhten. Cornwallis erwiderte, er habe es nicht nötig, seine Anordnungen zu rechtfertigen, gestand Brown aber schließlich zu, weiterhin als Militärführer gegen die amerikanische Miliz vorgehen zu dürfen.

Brown, der seine Position gefährdet sah, erforschte das Kräfteverhältnis zwischen Whigs und Torys in den Südstaaten genauestens und teilte das Ergebnis dieser Bemühungen seinen Vorgesetzten in Savannah und St. Augustine mit. In Virginia gab es dank der Nähe der Streitkräfte des Nordens weit mehr Whigs als Torys, während in North Carolina beide Gruppen etwa gleich stark waren. Da die britische Armee in South Carolina an Boden gewann, bekannten sich dort mehr Siedler zu den Torys, und wie gewohnt hielt in Georgia eine überwältigende Mehrheit der Krone die Treue. In London gingen die Politiker, die bereits Friedensgespräche planten, davon aus, dass die beiden Südstaaten gemeinsam mit Florida zum britischen Gebiet gehörten, während der Kontinentalkongress nicht mehr damit rechnete, dass in Georgia und South Carolina noch für die Unabhängigkeit gekämpft würde.

Im Juli 1780 beschlossen Clarke und Dooly, die gerade von Kämpfen gegen Browns Leute im Landesinneren zurückkehrten, erneut ein Treffen im Hornissennest einzuberufen, bei dem das weitere Vorgehen gegen die Truppen von Lord Cornwallis besprochen werden sollte. Während die Männer zusammengetrommelt wurden, nutzten die Anführer die Zeit für einen Besuch bei Frau und Kindern.

Thomas Brown hatte einen zuverlässigen Creek-Milizionär damit beauftragt, das Blockhaus zu beobachten, in dem Doolys Familie lebte, und erhielt umgehend Nachricht von der Ankunft des Colonel. In der zweiten Nacht, die Dooly zu Hause verbrachte, drangen fünf Torys in sein Haus ein, überraschten Dooly im Schlaf und erschlugen ihn mit dem Beil. Zwar durften sie seinen Angehörigen nichts antun, aber sie plünderten das Haus. Da sie außer einem Krug Whiskey und etwas Maismehl keine Vorräte fanden, beschlossen sie, ihren Überfall in einem Nachbarhaus zu feiern, wo sie auf bessere Verpflegung hofften.

Dafür suchten sie sich ausgerechnet das Haus von Nancy Hart aus, von der sie verlangten, ihnen etwas zu essen vorzusetzen. Nancy und ihr Mann Benjamin waren gemeinsam mit den Clarkes von Carolina nach Georgia gezogen, und nachdem ihr Mann bei einem Überfall der Miliz im Indianergebiet ums Leben gekommen war, hatte sich die Mutter von zwei Töchtern erfolgreich alleine durchgeschlagen. Gemeinsam mit Hannah Clarke hatte sie Selbstschutzmaßnahmen für die Frauen im Grenzgebiet organisiert, die häufig ganz auf sich gestellt waren. Sie hatten ein Nachrichtensystem entwickelt, um sich bei Gefahr gegenseitig warnen zu können, und abgemacht, in welchem Haus sie sich dann versammeln wollten, bis ihre Männer nach Hause kamen. Nancy konnte auch mit dem Gewehr umgehen und bestand darauf, dass alle Frauen, die zu Hause die Stellung hielten, sich mit Waffen vertraut machten. Sie saß gern mit den Männern zusammen, wenn derbe Anekdoten erzählt wurden, und scheute sich nicht, selbst Witze über ihre flammend roten Haare und ihren Silberblick zu reißen. Die Revolution war für sie eine Herzensangelegenheit, und sie nutzte jede Gelegenheit, um in Männerkleidern mit der Miliz gegen den Feind zu ziehen.

Als nun die Torys in das schlichte Häuschen eindrangen, stellten sie ihre Gewehre sorglos in die Ecke und schenkten sich von dem mitgebrachten Whiskey ein. Erst behauptete Nancy, sie habe nichts zu essen im Haus, dann gab sie zu: «Einen alten Puter hab ich noch, aber der ist so zäh, an dem könnten sich selbst Torys die Zähne ausbeißen.» Einer der Männer erschoss den Truthahn und befahl der Frau, ihn zu rupfen und zu braten. Nancy zeigte sich entgegenkommend und bat ihre Tochter mit heimlichem Augenzwinkern, Wasser von der Quelle zu holen. Die nichtsahnenden

Torys prahlten noch damit, dass sie Nancys Nachbarn ermordet hatten, wurden aber misstrauisch, als das Mädchen nicht mit dem Wasser wiederkam, und verlangten, Nancy solle ihre Tochter rufen.

Sie hielt die ungebetenen Gäste so lange wie möglich hin, griff sich bei nächster Gelegenheit ein Gewehr aus der Ecke und empfahl den Männern, sich nicht zu rühren. Einer von ihnen lachte und wollte sich auf sie stürzen. Nancy streckte ihn mit einem Schuss zwischen die Augen nieder und nahm sich das nächste Gewehr. Da sie so stark schielte, wussten ihre Gefangenen nicht, auf wen sie zielte. Bald kam ihre Tochter zurück und rief, die Nachbarn seien unterwegs. Als ein zweiter Tory zur Tür hinausstürmte, um das Weite zu suchen, traf ihn Nancys Kugel in den Rücken, dann zwang sie die übrigen, sich auf den Boden zu legen, um weiteren Ärger zu vermeiden. Als die Whigs schließlich eingetroffen waren, wurden die noch lebenden Drei ohne viel Federlesens gehängt.

Kapitel 44
Aufbruch nach Carolina

Nach einer schlichten Trauerfeier für John Dooly hinter dessen Blockhaus versammelte Clarke die verbliebenen zweihundert Freiheitskämpfer, die seinem Aufruf gefolgt waren. Allerdings waren nur wenige von ihnen bereit, mit ihm in den Westen Carolinas zu ziehen.

Thomas Brown sah in Elijah Clarke, den er voller Hass verfolgte, eine ernst zu nehmende Bedrohung für die Herrschaft der Briten im tiefen Süden. Schließlich war es Clarke, der die freigelassenen Whigs verleitete, ihren Eid zu brechen und erneut gegen die Krone zu kämpfen. Bei der Georgia-Miliz hatte Brown nie einen zuverlässigen Spion unterbringen können, aber seine indianischen Scouts berichteten ihm, wo sich die Milizen gerade aufhielten. Sobald die Milizionäre den Savannah River überquert hatten, teilte Brown Lord Cornwallis mit, Clarke sei mit einem «bunten Haufen» in die westlichen Berge Carolinas unterwegs, und drängte darauf, ihn und seine Männer zu vernichten.

Cornwallis, der nun in Georgia und weiten Teilen beider Carolinas fest im Sattel saß und einen Angriff auf Washingtons Armee in Virginia vorbereitete, hatte bereits Major Patrick Ferguson beauftragt, seine Westflanke zu schützen. Er leitete Browns Bitte an Ferguson mit der Anweisung weiter, Clarkes kleinem Trupp den Weg abzuschneiden und sich dann auf die Bewohner des Watauga Valley zu konzentrieren, die als Over-Mountain-Rebellen bekannt waren.

Während sich Elijah Clarke abmühte, ein paar Dutzend Mann für die Verteidigung der Revolution zu gewinnen, konnte sich Major Ferguson kaum retten vor amerikanischen Freiwilligen, die sich auf die Seite des Siegers schlagen wollten, und suchte sich aus diesem Kreis zweitausend gute Leute aus, die unter ihm dienen sollten. Ferguson war ein mutiger, arroganter junger Mann, der sich bereits als Erfinder eines verbesserten Hinterladers einen Namen gemacht hatte, den man mehrmals in der Minute laden und abfeuern konnte. Der zweimal Verwundete war ein Liebling Clintons, konnte aber nicht das Vertrauen Cornwallis gewinnen, der sich lieber auf Banastre Tarleton verließ. Cornwallis übertrug Ferguson im Mai 1780 die undankbare Aufgabe der Aufsicht über die Miliz und wies ihn an, sich auf die Grenzgebiete in North und South Carolina zu konzentrieren, einer Region von geringer strategischer Bedeutung. Von da an hatte Ferguson alle Hände voll damit zu tun, die schwer zu lenkenden Tory-Milizen auszubilden, die erwarteten, dass ihnen ihre Kommandeure Sinn und Zweck eines jeden Befehls erklärten. Sie wussten, dass die Rebellen ihre Offiziere selbst wählten, während die Tory-Befehlshaber stets der Armeehierarchie entstammten. Ferguson, der auf strenge Disziplin hielt, verzweifelte schier an dem Widerstand seiner Truppen gegen britische Militärgepflogenheiten, aber in einer Anwandlung von Zuversicht schilderte er seine Männer ganz zutreffend als «großartige Waldläufer, zielsichere Schützen, die äußerst sorgsam mit ihrer Munition umgehen, Hunger und Not klaglos ertragen und auf Decken, Kleidung, Rum und anderen Luxus keinen großen Wert legen». Immerhin hatte er ein offenes Ohr für seine Leute, aber im Grunde verstand er sie nie und konnte sie nicht zu einem festen Kampfverband zusammenschmieden.

Die Over-Mountain-Rebellen waren freiheitsliebende Pioniere, die keinerlei Neigung zeigten, sich irgendjemandem unterzuordnen. Zu Hause in Wäldern und Bergen, richteten sie ihre Gewehre lieber auf Bären, Hirsche und Rebhühner als auf ihre Mitmenschen. Zunächst hatten sie sich aus dem Zwist zwischen Whigs und Torys herausgehalten, aber da Cornwallis nun auch das westliche Carolina zu besetzen begann, galt es zu überlegen, wie die Over-Mountain-Leute mit dem «Flachland-Konflikt» umgehen sollten. Auf keinen Fall wollten sie dulden, dass die Rotröcke ihr Gebiet in Besitz nahmen, und so waren sie erfreut, dass Elijah Clarke, der ursprünglich aus Carolina stammte und die Watauga-Leute gut kannte, Colonel Isaac Shelby mitteilte, er und seine Milizen seien an einem Bündnis interessiert.

Öffentlich und privat bekundete Major Ferguson häufig seine Verachtung für die Rebellen im Westen. Als er nun die Verantwortung für diese Region übernahm, beging er den Fehler, den Männern des Watauga Valley eine arrogante Warnung zukommen zu lassen: «Wenn sie nicht von ihrem Widerstand gegen die britischen Truppen ablassen, werde ich meine Armee über die Berge führen, ihre Anführer aufhängen und ihr Land mit Feuer und Schwert in Schutt und Asche legen.» Die Over-Mountain-Rebellen verstanden die Botschaft und damit war ihre Entscheidung gefallen. Sie wollten sich bei Ninety Six mit den Georgia-Milizen zusammentun, die Rotröcke aufreiben und ihren Landsleuten beweisen, dass der Krieg noch nicht verloren war.

Lord Cornwallis erhielt regelmäßig Berichte von seinen Kundschaftern in North und South Carolina und wusste, dass Major General Horatio Gates mit einer kleinen Kontinentalarmee nach South Carolina unterwegs war. Der amerikanische Befehlshaber hatte sich bei seinen Untergebenen nicht gerade beliebt gemacht, als er öffentlich erklärte, er habe «eine Armee ohne Schlagkraft, eine Militärkasse ohne Geld und eine Abteilung ohne Gemeinsinn in einem zur Mutlosigkeit verleitenden Klima» geerbt. Allerdings hatte sich Gates als Held von Saratoga die Achtung der Briten erworben und sein Vorstoß bereitete ihnen Sorge.

Unterdessen war Ferguson den Milizen von Elijah Clarke und Isaac Shelby auf den Fersen und zweifelte nicht im geringsten daran, dass seine Rotröcke mit diesem Pöbel leichtes Spiel haben würden. Anfang August kam es bei Cedar Springs zu einem Scharmützel, bei dem zwei Dutzend britische Soldaten fielen. Shelby und Clarke verfolgten nach wie vor die Taktik, dem Feind größtmöglichen Schaden zuzufügen, den eigenen mobilen Kleintrupp möglichst unversehrt zurückzuziehen und dann in den nächsten Kampf zu führen.

Durch den Erfolg bei Cedar Springs ermutigt, legten Clarke und Shelby es schon bald auf ein erneutes Aufeinandertreffen an, um wieder einmal zu beweisen, wie verletzlich die britischen Streitkräfte waren. Nach wenigen Tagen brachte ein Kundschafter die Nachricht, dass eine Streitkraft von zweihundert Torys bei Musgrove's Mill lag, um eine Furt über den Enoree River zu schützen, und die Milizführer beschlossen, mit einer handverlesenen Truppe von zweihundert Reitern anzugreifen. Unglücklicherweise wurden ihre Scouts entdeckt und die Briten waren gewarnt. Zur selben Zeit traf ein einheimischer Partisan mit der Meldung ein, dass eine Verstärkung von dreihundert Kavalleristen unter Colonel Alexander Innes zu den feindlichen Truppen gestoßen war. Clarke und Shelby wussten, dass ihre Leute einer solchen Übermacht – darunter zweihundert gut ausgebildete Berufssoldaten – nicht gewachsen waren. Mit ihren erschöpften Pferden gab es aber auch kein Zurück.

Von Verzweiflung getrieben, entschieden sie sich für eine klassische Kriegslist: Sie errichteten auf leicht abschüssigem Gelände in einem Halbkreis mit einem Durchmesser von zweihundert Metern aus Stämmen und Gestrüpp eine Verteidigungsstellung, postierten Shelbys Leute rechts und Clarkes Milizen links, wobei sich achtzig Mann als Reserve hinter der vordersten Linie bereit hielten. Captain Shadrach Inman, ein alter Georgia-Veteran, überquerte mit zwei Dutzend Mann den Fluss, erweckte den Anschein, als sei er zufällig auf das britische Camp gestoßen, und trat dann Schritt für Schritt den Rückzug an, um den Feind in die Falle zu locken. Die Briten johlten, als die Rebellen vor ihren Musketen und Bajonetten die Flucht ergriffen, und ahnten nicht, was sie erwartete, bis die Milizkämpfer und die Over-Mountain-Leute aus einem Abstand von siebzig Metern das Feuer eröffneten. Trotz schwerer Verluste hielten die Briten stand und griffen mit Bajonetten an, während die Milizen durchs Nachladen aufgehalten wurden.

Shelbys Verteidigungslinie drohte einzubrechen, doch Clarke eilte ihm mit vierzig Mann aus der Reiterreserve zu Hilfe, und sie griffen laut lärmend mit ihrem indianischen Kriegsruf an. Zwar wurde Clarkes Pferd getötet und er selbst durch Säbelhiebe in Schultern und Hals schwer verletzt, aber er ging nicht in die Knie.

Von den fünfhundert Torys fielen dreiundsechzig, neunzig wurden verwundet und siebzig gefangen genommen. Von den Rebellen ließen nur vier ihr Leben, sieben wurden verletzt. Besonders schwer traf die Milizkämpfer der Verlust von Shadrach Inman, den sieben Kugeln durchbohrt hatten. Shelby sagte später, er sei selbst verblüfft gewesen, als Clarke mit seinen Leuten die verbliebenen Briten im Sturm vom Schlachtfeld fegte.

Als die Rebellen noch ihren Sieg feierten und einen Angriff auf Ninety Six planten, traf die Warnung ein, sie sollten das Feld räumen und sich in Sicherheit bringen. Denn die Briten hatten bei Camden, North Carolina, einen der größten Siege dieses Krieges errungen. Lord Cornwallis hatte mit zweitausend Mann die Truppen von Major General Horatio Gates, unterstützt von unerfahrenen Milizleuten aus Virginia und North Carolina, angegriffen. Von den dreitausend Amerikanern, die in die Schlacht gezogen waren, ergriffen die meisten, ohne einen einzigen Schuss abzufeuern, die Flucht. zweihundertfünfzig wurden getötet, achtzig verwundet und tausend gefangen genommen. Gates und siebenhundert Überlebende ließen sogar die Frauen und Verwundeten in ihrem Camp im Stich und flohen in nur drei Tagen nach Hillsborough in North Carolina über eine Strecke von 180 Meilen – der längste und schnellste militärische Rückzug der Kriegsgeschichte.

Banastre Tarleton, der mit seinen Dragonern soeben auf dem Schlachtfeld von Camden aufgeräumt hatte, erfuhr, dass sich General Sumter mit achthundert Mann in der Nähe befand. Es handelte sich größtenteils um erfahrene Kontinentalsoldaten, die einige Rotröcke samt deren Proviantkarren in ihre Gewalt gebracht hatten. Sofort machte sich Tarleton mit hundert leichten Infanteristen und seinen berittenen Dragonern an die Verfolgung. Die Briten bewegten sich in etwa zehn Meilen Abstand hinter den gegnerischen Truppen auf einem Weg am anderen Ufer des Catawba River, dem auch die Amerikaner folgten. Als Tarleton den Fluss schließlich auf konfiszierten Booten überquerte, stand das Fußvolk am Rande der völligen Erschöpfung. Doch wie immer war der Kavallerist nicht bereit, die Marschgeschwindigkeit zu drosseln. Er wählte die sechzig besten Infanteristen aus, die hinter seinen Dragonern aufsitzen durften, und setzte die Jagd fort. Sumter, der bei Fishing Creek campierte und sich vollkommen sicher wähnte, erlaubte seinen Männern, schwimmen zu gehen und sogar die Plantagen der Umgebung zu besuchen; währenddessen legte er sich in seinem Zelt aufs Ohr.

Tarleton griff ohne Zögern an, obwohl er sich mit seinen 160 Mann einer fünffachen Übermacht kampferprobter amerikanischer Soldaten gegenübersah. Wieder metzelten die Briten ihre Gegner gnadenlos nieder. Nur vierzig Amerikaner konnten fliehen, die übrigen wurden getötet oder gefangen genommen. General Sumter entkam halbnackt auf einem ungesattelten Pferd. Vor dem Hintergrund der entsetzlichen Niederlagen von Camden und Fishing Creek im August 1780 ordnete General Washington an, alle verbliebenen amerikanischen Streitkräfte sollten sich vor den vorrückenden Briten in Sicherheit bringen.

Nach diesen Ereignissen wollte Major Ferguson mit Tarleton gleichziehen und schwor seinen Männern bei Gott, er werde die Georgia-Milizen und die Over-Mountain-Rebellen aufspüren und vernichten. Die Milizbefehlshaber, ihrerseits entschlossen, das Überleben ihrer Männer zu sichern, ordneten den Rückzug in kleinen Gruppen ins Watauga Valley und über den Savannah River nach Georgia an. Zu Hause im Hornissennest ging es Elijah Clarke vor allem darum, bewaffnete Auseinandersetzungen zwischen seinen wenigen Kämpfern und den Florida-Rangern zu vermeiden, die Verstecke zu schützen und seine Verwundungen auszukurieren.

Brown erfuhr schon bald, dass sich Clarke wieder in Georgia befand, und entschloss sich zum Angriff auf die Milizhochburg. Eine Woche lang hielten sich seine besten Indianerscouts im Gebiet des Hornissennests auf und verfolgten vollkommen lautlos und unbemerkt die Menschen, die sich durch die Wildnis bewegten; so konnten sie viele der zahlreichen Routen der Rebellen auskundschaften und entdeckten auch ihre Beobachtungsstände. Für den eigentlichen Einsatz wurden drei gut ausgebildete Ranger-Gruppen von je 25 Mann ausgewählt, die sich mit den vorbereiteten Landkarten vertraut machten. Unterdessen hatte aber Aaron Harts indianische Frau über einige der beteiligten Indianerscouts von Browns Plänen erfahren.

In Anbetracht der Bedrohung stellte Elijah Clarke zusätzliche Wachen an den wichtigsten Zugängen zu dem Gebiet auf, während die Beobachtungsposten mit geschickten Schützen besetzt wurden, die etwaigen Eindringlingen auflauern sollten. Nach sechs ereignislosen Tagen glaubten die Wachen schon, Aaron Hart sei falsch informiert worden. Doch am siebten Tag, einem Sonntag, stießen alle drei Ranger-Gruppen gleichzeitig in das geschützte Gebiet vor, wo sie eine schwere Niederlage erlitten. Achtzehn Ranger wurden getötet, zwölf schwer verletzt und gefangen genommen, die anderen kamen gerade noch einmal mit dem Leben davon. Der Form halber wurde den Gefangenen der Prozess gemacht, anschließend befahl Elijah Clarke, sie zu hängen.

Thomas Brown verzichtete auf weitere Invasionsversuche im Hornissennest und gab seine persönlichen Rachegelüste nicht einmal gegenüber seinen engsten Weggefährten preis, aber Alonzo Baker (der nun offiziell den Rang eines Warrant Officer bekleidete) beobachtete schon seit langem, wie eifrig sein Chef über die «Söhne der Freiheit» und deren Familien Meldungen sammelte, die er in verschlüsselter Form niederschrieb und stets in einer Innentasche seines breiten Gürtels bei sich trug. Brown hatte jede Kampfhandlung, an der sie beteiligt waren, analysiert, hatte die Gründe für Erfolg und Scheitern ihrer Militärführer überdacht und gelernt seine Erkenntnisse an seine Vorgesetzten weiterzugeben, ohne deren Groll zu wecken.

Browns Erfolg beruhte vor allem auf dem Kundschafternetz, das seine Ranger aufgebaut hatten. Seine Leute interessierten sich allerdings ebenso sehr für die Vorgänge bei den Rotröcken wie bei den Anführern der Kontinentalstreitkräfte. So war James Curry, der General Lincoln verraten hatte und dessen Mitteilungen die erfolgreiche Verteidigung Savannahs ermöglicht hatten, nicht der einzige Spion in Charles Town gewesen. Brown hatte auch treue Freunde, die ihn über die Besprechungen der obersten Befehlshaber im britischen Hauptquartier auf dem Laufenden hielten. Und so konnte er bald nicht mehr übersehen, dass er ein Problem mit Lord Cornwallis hatte, der zwar darauf verzichtet hatte, dem Ranger-Befehlshaber die militärischen Befugnisse zu entziehen, aber bekanntermaßen viel von den Gepflogenheiten der britischen Armee und wenig von irregulären Streitkräften hielt.

Nachdem der militärische Sieg errungen war, wollte Cornwallis dem Krieg im Süden ein Ende setzen, indem er die Zweifler davon überzeugte, dass sich Königstreue für sie auszahle. In diesem Punkt war er sich mit Brown einig, nur über die praktische Umsetzung dieser Politik gab es starke Differenzen. Cornwallis hatte seine politischen Vorgaben aus London bereits sehr frei gedeutet, als er tätige Unterstützung der Krone und nicht bloße Neutralität forderte, aber dass die Ranger nun sogar Siedler misshandelten, weckte die Aufmerksamkeit der Regierung in England. Brown meinte, gut ergehen dürfe es nur den Torys, die gegen die Revolution zu den Waffen griffen, alle anderen sollten durch Angst vor brutalen Strafen eingeschüchtert werden. Es hatte bekanntermaßen eklatante Übergriffe gegeben und niemand glaubte Browns

Beteuerungen, dass er seine eigenen Leute nicht in die Schranken weisen könne. Ohne den Ranger-Anführer zu konsultieren, gab Cornwallis den Befehl heraus, Indianer dürften sich auf keinen Fall an Kampfhandlungen beteiligen, bei denen weiße Siedler zu Schaden kommen könnten.

Neben dieser Information überbrachte Warrant Officer Baker seinem Kommandeur noch den Bericht eines Spions, demzufolge Cornwallis erneut darüber nachdachte, ob er Brown auf seinem Posten in Augusta belassen sollte. Der Ranger-Anführer begab sich daraufhin sofort in Begleitung Bakers nach Charles Town, wo er um eine Unterredung mit dem General bat. Zwei volle Tage vergingen, ehe ihn ein Adjutant in seinem Gasthof aufsuchte und ins Hauptquartier brachte. Dort stellte er Baker als seinen «Adjutanten» vor, erfuhr aber, dass er sich der «Vernehmung» allein stellen müsse. Wieder ließ man ihn warten, sodass er Zeit hatte, über dieses Wort nachzudenken. Endlich wurde er in einen großen, prächtig ausgestatteten Raum vorgelassen, den, wie Brown wusste, auch General Benjamin Lincoln benutzt hatte. Außer Lord Cornwallis, der Brown nur zunickte, ohne sich zu erheben, waren noch zwei hochrangige Offiziere und mehrere Adjutanten zugegen. Brown salutierte und versuchte unter den Blicken der Anwesenden, die ihn neugierig musterten, eine würdevolle Haltung zu bewahren.

Endlich brach Cornwallis das peinliche Schweigen: «Was kann ich für Sie tun, Sir?»

Niemandem entging, dass er auf die Anrede «Colonel» verzichtete.

«Euer Exzellenz, ich möchte Ihnen meine Aufwartung machen, über die Lage in Georgia Bericht erstatten und in aller Kürze die Arbeit der Ranger des Königs darstellen.»

«Wie Sie wissen, erhalte ich regelmäßig Berichte von Gouverneur Wright, der mit der Lage in seiner Kolonie ja wohl vertraut sein dürfte. Überdies muss ich sagen, dass mir mehrere Berichte über, wie ich meine, gesetzwidrige Handlungen Ihrer Männer vorliegen, die in Georgia ebenso wie in South Carolina hilflose Familien überfallen. Diese brutalen Übergriffe stellen eine Verletzung meiner offiziellen Anweisungen und der allgemeinen Gesetze Gottes und der Menschen dar. Tatsächlich würde es mich interessieren, was Sie zu den Vorgängen unter Ihrem Kommando zu sagen haben.»

Brown wusste zwar, dass Cornwallis ihm nicht gewogen war, aber diese unverblümten persönlichen Anschuldigungen in Gegenwart Dritter trafen ihn schwer. Und für einen Augenblick stieg wieder das Gefühl der Unzulänglichkeit in ihm auf, das ihn gequält hatte, als er damals aus Charles Town fortgeschickt und nach St. Augustine empfohlen worden war.

Zunächst unsicher, dann jedoch mit wachsendem Selbstvertrauen und Elan schilderte Brown die Organisationsstruktur und die Leistungen der Florida-Ranger. Dabei fasste er sich kurz, spielte seinen eigenen Einfluss herunter, verwies häufig auf General Prevost und sprach über das weitgespannte Netz der Kundschafter, das sich südlich bis nach Florida, in den Westen bis zum Mississippi und in den Norden bis zu den Großen Seen erstreckte. Wie nebenbei erwähnte er, dass er die ausführlichen Angriffspläne der Franzosen und der Kontinentaltruppen hatte beschaffen können, durch die der Angriff auf Savannah vereitelt worden war.

Unverkennbar zeigten seine Worte Wirkung, und als er innehielt, herrschte Schweigen. «Meine Männer sind samt und sonders Freiwillige, die ihre Familie zurückgelassen haben und ohne Sold dienen. Viele von ihnen haben erlebt, wie ihr Zuhause niedergebrannt, ihrer Frau Gewalt angetan und ihr Eigentum von verbrecherischen Rebellen gestohlen wurde, Sir, und ich muss zugeben, dass ihre Rachegelüste häufig schwer zu zügeln sind. Doch ich stehe vor einem weiteren ernsten Problem: Jedwedes kleine Geplänkel in den Siedlungen des Grenzgebiets wird von treulosen Whigs maßlos aufgebauscht, weil sie stets darauf aus sind, die Männer des Königs in Verruf zu bringen und die Kontinentalbefehlshaber dazu bewegen wollen, dem Süden mehr Aufmerksamkeit zu schenken.»

Dieser Bericht war im Großen und Ganzen zutreffend, aber Brown scheute sich nicht, ihn durch eine bewusste Lüge zu ergänzen, die er für nötig hielt, weil er sein eigenes Vorgehen im Hinterland für eine notwendige Korrektur der Vorgaben eines schlecht beratenen Parlaments erachtete.

«Die Ranger haben strikte Anweisung, sich Ihren Befehlen zu fügen und Siedlerfamilien zu schonen, die der Rebellion abschwören und dem König Treue beweisen. Wir halten es für äußerst wichtig, die Zweifler davon zu überzeugen, dass durch britische Herrschaft wieder Recht und Ordnung einkehren und dass unser

Sieg unausweichlich ist. Nur Männer, die sich dem widersetzen, werden in irgendeiner Form bestraft. Ich habe eine vollständige Liste aller Familien im Norden Georgias zusammengestellt und eine ganze Reihe von Namen aus Carolina, ergänzt durch meine persönliche Einschätzung ihrer Loyalität, die ich Eurer Lordschaft gern zur Prüfung überlasse. Überdies erlauben wir nicht, Sir, dass Creek oder Cherokee an Kampfhandlungen teilnehmen. Ihre Dienste beschränken sich darauf, Botschaften zu überbringen, Nachrichten zu sammeln und zu verhindern, dass Indianer den Rebellen Unterstützung gewähren.»

Selbst Lord Cornwallis zeigte sich beeindruckt – vor allem da Brown so leidenschaftlich für die Krone eintrat und sich anscheinend klaglos mit den hitzig erörterten Entscheidungen des Generals zur humanen Behandlung der Whig-Familien abfand. Alle Anwesenden wussten, dass der General Brown für einen unberechenbaren Hitzkopf hielt, der den Siedlern arg zusetzte und Indianer, Strafgefangene und andere Taugenichtse zum Dienst bei den Rangern anwarb.

Nach kurzem Schweigen ergriff Brown noch einmal das Wort.

«Euer Exzellenz, es ist allgemein bekannt, dass die überlegenen britischen Streitkräfte in North und South Carolina bedeutende Erfolge errungen haben, aber nach wie vor gibt es Widerstandsnester im Norden Georgias und im Watauga Valley. Ich weiß, dass Colonel Tarleton und Major Ferguson damit beauftragt sind, sie auszuräumen, aber ich glaube, dass meine Ranger, vor allem die Indianerscouts, wertvolle Nachrichten über den Verbleib der feigen Rebellenanführer liefern könnten. Fast alle Siedlerfamilien leben friedlich auf ihren Farmen und sind durch Eid oder natürliche Loyalität an die Krone gebunden, aber Elijah Clarke und andere Banditen sind in den Wäldern und Sümpfen untergetaucht. Viele dieser Männer sind eidbrüchig, und meine Leute sind ihnen auf der Spur. Eure Lordschaft, ich bitte darum, von einer Entscheidung Abstand zu nehmen, die zur Auflösung eines – wie ich in aller Bescheidenheit bemerken möchte – hervorragenden militärischen Kundschafterdienstes führen würde.»

Cornwallis ließ sich überzeugen. Er erhob sich, umrundete den großen Tisch, an dem er gesessen hatte, nickte dem Ranger-Befehlshaber freundlich zu und sagte: «Colonel, ich möchte Ihnen für diesen hilfreichen Bericht danken. Ich bin zuversichtlich, dass die wenigen verbliebenen Rebellen sich bald unseren Streitkräften anschließen werden, wenn wir nach Norden ziehen, um dieser abscheulichen Revolution gegen die Krone ein Ende zu setzen.»

Auf dem Weg nach draußen schenkte Brown dem wartenden Baker ein Lächeln, und kurz darauf traten die beiden den Rückweg nach Augusta an. In einigem Abstand folgten ihnen zwei Weiße und zwei Indianerscouts. Baker schwieg respektvoll, bis der Colonel das Wort ergriff, um ihm die Begegnung in leuchtenden Farben zu schildern.

«Lord Cornwallis hat mich mit Hochachtung behandelt und keiner seiner Offiziere hat es bei der Unterredung gewagt, etwas zu sagen. Er hat mich in dem Raum empfangen, in dem er die Befehle für seine Streitkräfte ausgibt. Auf meinen Bericht war er sehr gespannt, und er hat sich sehr freundlich über den Beitrag unserer Ranger zum Sieg von Savannah geäußert. Mit großer Freude hat er auch unsere Entschlossenheit gewürdigt, die noch verbliebenen Rebellen in der Umgebung von Augusta auszumerzen.»

Baker vermutete, dass der Colonel den gescheiterten Versuch, in die Hochburg der Georgia-Miliz einzudringen, nicht erwähnt hatte. «Wie hat er sich zu seinen Befehlen geäußert, die jede Misshandlung der Whigs untersagen und die Teilnahme unserer indianischen Ranger an allen Kampfhandlungen verbieten?», fragte er.

«In diesen Punkten sind wir uns nicht ganz einig, aber zweifellos versteht er meine Haltung.»

Baker sah, dass es keinen Sinn hatte, das Thema weiterzuverfolgen, und sie besprachen, wie sie mit den rebellischen Milizen westlich des Savannah River weiter verfahren sollten.

«Wir wissen aus bitterer Erfahrung, wie schwierig es ist, einen Feigling wie Elijah Clarke zu fangen, der nicht Manns genug ist, sich im Kampf zu stellen. Er und seine Schurken wagen es nur, aus dem Hinterhalt anzugreifen und den Gegner in den Rücken zu schießen.»

Der Sergeant, der dieses Lamento zur Genüge kannte, nickte zustimmend. Doch diesmal hatte Brown einen neuen Einfall.

«Die größte Loyalität dieser Banditen gilt nicht der Revolution und sicherlich nicht irgendwelchen Vorgesetzten. Ihnen geht es vor allem darum, den eigenen Besitz zu schützen und andere zu bestehlen. Wir können sie nicht daran hindern, wehrlose Torys auszurauben, aber wir können dafür sorgen, dass alles, was sie haben, fort ist, wenn sie das nächste Mal ihre Farmen aufsuchen.»

Ein paar Minuten herrschte Schweigen, dann fragte Baker: «Und was ist mit dem Befehl des Generals, der Angriffe auf Zivilisten verbietet?»

«Zum Teufel, das sind keine Zivilisten, jeder sieht, dass ihre Familien ebenso Verrat begehen wie die Männer, die gegen uns kämpfen. Als ich Lord Cornwallis gegenüberstand, hatte ich nicht den Eindruck, dass er ausgerechnet solche Leute schützen möchte. Bestimmt sind ihm diese Anweisungen von Besserwissern in London aufgezwungen worden, die keine Ahnung haben, was hier vorgeht.»

Trotz seiner schlagfertigen Antwort machte sich Brown jedoch Gedanken, wie er seine Pläne den britischen Behörden schmackhaft machen könnte.

«Wir werden eine Loyalitätserklärung von der Familie jedes einzelnen Milizionärs verlangen. Wenn Clarkes Leute kämpfen oder untergetaucht sind, können wir sehr gut die Frauen oder die erwachsenen Söhne für die ganze Familie sprechen lassen. Und falls sich jemand von ihnen weigert, werden wir ihren Besitz konfiszieren, so wie es Leuten droht, die ihre Schulden nicht bezahlen oder Verrat an der Krone begehen. Als zuständiger Befehlshaber für den Norden Georgias und Beauftragter für Indianerfragen werde ich diese Anweisung selbst ausgeben, und zwar in Formulierungen gekleidet, die Seiner Lordschaft gefallen werden. Dann haben wir freie Hand, in jedem Fall nach Gutdünken zu verfahren.»

Mit einem nachdenklichen Lächeln fügte er hinzu: «Einige Heimstätten der Milizionäre liegen außerhalb ihres so genannten Schutzgebietes. Wir werden ein paar Familien auswählen, denen unsere Indianerscouts eine Lektion erteilen dürfen, die auch den anderen in Erinnerung bleiben wird. Wir haben die Namen all derer, die gegen uns zu den Waffen gegriffen haben, wir brauchen also nur zu entscheiden, an wem wir das Exempel statuieren wollen.»

Nachdem sie schweigend einige Meilen zurückgelegt hatten, meinte Brown mit einem Seitenblick auf den Sergeant: «Wenn der Krieg vorbei ist, führt man als Plantagenbesitzer in Georgia bestimmt kein schlechtes Leben. Ich glaube, ich werde mal sehen, was sich aus Brownsborough so machen lässt.»

Zurück in Augusta schickte Brown sich an, seine Pläne in die Tat umzusetzen, aber er hatte einen allzu guten Eindruck auf Cornwallis gemacht. Der General verließ sich darauf, dass die Ranger mit den Rebellen in der Wildnis leicht würden fertig werden können, und glaubte überdies, dass die Revolutionäre im Süden bald die Waffen strecken würden. Deshalb ordnete er an, die regulären Streitkräfte aus Augusta zu seinen Truppen nach North und South Carolina zu verlegen. Der Ranger-Befehlshaber protestierte energisch, konnte aber nichts ausrichten.

Kapitel 45
Angriff auf Augusta

September 1780

Trotz der düsteren Lage in den Südstaaten von Virginia – über North und South Carolina und Georgia bis hinunter nach Florida – wollten Clarke und seine Mitstreiter die Hoffnung nicht aufgeben. Immer wieder führten sie sich vor Augen, wie glänzend sie sich zusammen mit den Over-Mountain-Rebellen geschlagen hatten, bis sie sich für geradezu unbesiegbar hielten – zumindest solange sie nach ihren eigenen Regeln kämpfen konnten. So fasste Clarke, der wegen seiner Verletzungen noch immer kampfunfähig war, den kühnen Entschluss, Brown in Augusta anzugreifen. Von zwei Männern in der Stadt, die der Revolution die Treue hielten, hatte er erfahren, dass die regulären britischen Truppen abgezogen waren und lediglich 150 Ranger und einige Creek die Stadt verteidigten. Da Brown um seine Verwundbarkeit wusste, hatte er Scouts entsandt, die mit dem Versprechen reicher Geschenke ein Kontingent Indianer anwerben sollten.

Clarke seinerseits hielt den richtigen Zeitpunkt für gekommen und sammelte alle verfügbaren Kräfte für den Angriff auf die Festung. Eine lange Belagerung wie die der Briten vor Charles Town kam für ihn nicht in Frage; dafür reichten die Munitionsvorräte der Milizen nicht, und die Briten hätten Verstärkung aus Ninety Six und anderen britischen Forts herbeirufen können. Er wusste aber ebenso gut wie Brown, dass er sich auf die Loyalität der Männer verlassen konnte, die immer wieder für die Unabhängigkeit ihr Leben aufs Spiel gesetzt hatten. Auch war er darüber im Bilde, wer von seinen Leuten den Briten den Treueeid hatte schwören müssen und wer noch nie in britische Gefangenschaft geraten war. Daher wählte er die Familien sorgfältig aus, an die die Mitteilung erging, dass jedem Whig, der sich nicht in Soap Creek im Wilkes County einfand, der Tod drohe. Aus Geheimhaltungsgründen wurde der Zweck des Treffens erst verraten, als sich Mitte September knapp zweihundert Männer am vereinbarten Ort versammelten.

Thomas Brown blieb es nicht lange verborgen, dass Clarke eine größere Streitmacht zusammentrommelte, und er hörte deshalb erleichtert, dass tausend Creek und Cherokee zu ihm nach Augusta unterwegs waren. Begleitet wurden die Krieger von David Taitt, dem langjährigen stellvertretenden Beauftragten für Indianerfragen, der unter John Stuart in Pensacola tätig gewesen war. Im Grunde waren die Creek mehr darauf aus, Siedlungen zu überfallen, als gegen die Milizen zu kämpfen, aber sie liebten und vertrauten Taitt und hielten seine Anwesenheit für ein gutes Omen. Doch als die Unterstützer noch drei Tagesmärsche von Augusta entfernt waren, erkrankte Traitt schwer und wirkte geistig umnachtet. Also beschlossen die Indianer, nach Coweta Town im Südwesten Georgias zurückzukehren, wo sie blieben, bis Taitt starb und beerdigt wurde. Anschließend kehrten die meisten von ihnen nach Hause zurück und nur 250 Krieger beschlossen, sich bei Brown zu melden.

Clarke, der sich trotz Blutverlust und Erschöpfung noch im Sattel halten konnte, hielt unterdessen eine flammende Rede vor den versammelten Georgia-Milizen und einigen Unterstützern aus South Carolina.

«Männer, wir haben den Hurensohn jetzt da, wo wir ihn brauchen. Wenn er Augusta verteidigen will, hat er alle Hände voll zu tun, und jetzt sind keine britischen Soldaten mehr da, um ihm zu helfen. Sie haben keine Ahnung, wie stark wir sind, glauben aber anscheinend, wir seien samt und sonders in den Untergrund abgetauchte Feiglinge. Doch wir werden die Welt nicht nur von Brown und Grierson befreien, sondern auch unseren eigenen Arsch retten, denn uns alle erwartet der Tod, wenn uns die Torys oder ihre Wilden im Schlaf überfallen, so wie sie es mit John Dooly gemacht haben. Und es gibt noch einen Grund, warum wir Augusta nehmen sollten, nämlich das große Lagerhaus mit Waffen, Kleidern, Messern, Haushaltswaren und Rum, mit dem Brown seine Wilden dafür bezahlt, dass sie unsere Frauen und Kinder überfallen. Wir brauchen uns das Zeug nur zu holen, und ich meine, es ist an der Zeit, dass wir zugreifen. Zwei Dinge möchte ich euch noch sagen. Erstens werde ich selbst nicht am Kampf teilnehmen können, aber ich kann reiten und komme mit euch. Zweitens haben wir nicht vor, die Stadt zu halten, nachdem wir sie genommen haben. Ich möchte lediglich Brown und Grierson für ihre

Verbrechen aufknüpfen, Cornwallis zeigen, dass der Kampf noch nicht vorbei ist, und mit euch teilen, was wir im Lagerhaus finden. Colonel Cruger hat jetzt in Ninety Six das Kommando, er wird in ein paar Tagen da sein. Wir werden aus Augusta wieder abziehen und sehen, wie er es anstellt, die beiden Städte gleichzeitig zu verteidigen.»

Colonel Clarke glaubte jedes Wort seiner eigenen Rede und geriet angesichts des erhofften Siegs über seinen verhassten Feind geradezu in Euphorie. Dann trat der Trupp den Ritt von vierzig Meilen über die vertrauten Wege nach Augusta an. Als sie unentdeckt zwei Stunden vor Tagesanbruch anlangten, teilte Elijah seine Leute in drei Gruppen auf und setzte zum Überraschungsangriff auf die 250 Ranger an. Browns Leute, die nie zuvor eine Festung verteidigt und nicht mit einer Attacke durch die versprengten Rebellen gerechnet hatten, reagierten vollkommen planlos. Zunächst stieß die Georgia-Miliz auf einige Creek, die zwei Meilen außerhalb der Stadt kampierten. Die Indianer feuerten ein paar Salven ab, dann zogen sie sich hastig zu McKay's Trading Post zurück, einer Handelsniederlassung, wo ein Großteil der Tory-Truppen biwakierte.

Als Brown die Gewehrschüsse hörte, ließ er die siebzig amerikanischen Gefangenen und das Lagerhaus mit den Geschenken für die Indianer unter strenge Bewachung stellen, dann eilte er mit Major Grierson zu der Handelsniederlassung. Sobald er sah, dass er es mit einer starken Streitmacht der Georgia-Miliz zu tun hatte, schickte er einen Kurier zu Colonel Cruger ins 45 Meilen entfernten Ninety Six. Allerdings formulierte er seinen Hilferuf nicht besonders dringlich, weil er fest mit der Unterstützung der Creek rechnete, die zu ihm unterwegs waren, und weil er nicht zugeben wollte, dass er in der Klemme steckte. Bald waren die Verteidiger von Feinden umzingelt. Die Ranger waren gute, mutige Schützen, die den Angriff einen Tag lang abwehren konnten. Das Gebäude der Handelsniederlassung war zu klein für Browns Leute, deshalb ordnete er an, es rundum durch flache Erdwälle zu schützen, die er über Nacht mit Gestrüpp und zugespitzten Pfählen verstärken ließ. Hinter dieser Barrikade wurden fünfzig mit Musketen bewaffnete Creek postiert.

Doch am Vormittag waren die Milizen bis ins Stadtzentrum vorgedrungen, überwältigten die Wachen, befreiten die gefangenen Whigs und erbeuteten die dort gelagerten Geschenke und Waffen, darunter auch zwei kleine Artilleriegeschütze, die sich jedoch als wertlos erwiesen, weil keiner der Rebellen damit umgehen konnte. Während der Nacht umgaben dann die Angreifer ihrerseits die Handelsniederlassung mit Schützengräben. Die dort eingeschlossenen Verteidiger hatten weder Wasser noch sonstige Vorräte und standen unter Dauerbeschuss. Schließlich mussten die Indianer ihren Schützengraben räumen und die Überlebenden zogen sich in das bereits überfüllte Gebäude zurück. So erlitten beide Seiten bereits am ersten Tag schwere Verluste, auch Brown wurde von einer Gewehrkugel getroffen, die ihm beide Oberschenkel durchschlug. Während der Nacht wurde das Feuer eingestellt, beide Seiten überdachten die Lage und planten ihre Strategie. Die Ranger lösten alle entbehrlichen Bretter aus dem Gebäude und verbarrikadierten damit die Fenster, sie nahmen sogar Matratzen und Decken zu Hilfe, sodass schließlich nur schmale Schießscharten frei blieben. Dann wurden die besten Scharfschützen der Ranger im ersten Stock postiert und angewiesen, sorgsam mit ihrer Munition umzugehen und nur dann zu feuern, wenn sie sicher sein konnten, den Angreifer ins Jenseits zu befördern.

Am folgenden Morgen brachten die Rebellen ihre Verwundeten in Sicherheit, ließen aber genügend Kämpfer zurück, um die Belagerung aufrecht zu erhalten. Den ganzen Tag lang wurde nur sporadisch gefeuert, weil beide Befehlshaber ihre Verluste in Grenzen halten wollten. Ein geschickter britischer Arzt verband Browns Wunden, der seine Stiefel anbehielt, obwohl die Schmerzen in seinen geschwollenen Beinen schier unerträglich wurden. Trotzdem hielt sich der gepeinigte Brown in einer Ecke irgendwie aufrecht und weigerte sich, eine Kapitulation auch nur in Betracht zu ziehen; statt dessen traf er Vorkehrungen für eine längere Belagerung. So ordnete er an, Urin in Tongefäßen zu sammeln, überwachte persönlich die Verteilung der abgekühlten Flüssigkeit, nahm sogar selbst die erste Tasse und erklärte sie für genießbar. Einige der Männer wollten nur ihre eigenen Ausscheidungen trinken, aber Brown ließ sich nicht erweichen, und schließlich bedienten sich alle aus den Sammeltöpfen.

Angesichts der Leichen, die nachts aus dem Gebäude geschafft wurden, und der schrecklichen Schreie der Verwundeten forderte Clarke die Gegner gegen Ende des zweiten Tages auf, sich zu ergeben. Brown lehnte ab, nannte Clarke einen verdammten Verräter und drohte ihm und seinen Milizionären Vergeltung an, weil sie ihren Eid, nicht mehr zu den Waffen zu greifen, gebrochen hatten.

Doch auch Clarke hatte mit Problemen zu kämpfen. Mittlerweile waren einige seiner Leute in das Lagerhaus eingebrochen, hatten mit der Aufteilung der wertvollen Indianergeschenke begonnen und dem dort vorgefundenen Rum zugesprochen, während Clarke alle Mühe hatte, die übrigen auf ihrem Posten zu halten. Colonel Cruger, der nicht ahnte, wie ernst Browns Lage war, eilte sich nicht sonderlich, ihm zu Hilfe zu kommen. Inzwischen aber hatte er einen Teil seiner Truppen zur Verteidigung von Ninety Six zurückgelassen und war mit fünfhundert Mann nach Augusta aufgebrochen, darunter hundert berittene Dragoner. Er näherte sich der Stadt von der Ostseite des Flusses her.

Clarke hatte bereits zwanzig Tote und Verwundete zu beklagen. Ebenso viele hatten sich klammheimlich mit ihrer Kriegsbeute aus dem Staub gemacht. Geblieben waren ihm also nur noch 140 Mann, während Brown mit seinen gut hundert Florida-Rangern und noch einmal so vielen Indianern auf Verstärkung durch Colonel Cruger hoffen durfte. Als Clarke die Unterstützer sichtete, musste er die Belagerung aufheben. Er ließ die gefangenen Torys frei und trat den Rückzug an; ein Kontingent von Crugers Leuten hatte jedoch den Fluss bereits weiter stromaufwärts überquert, um die Stadt von Westen her einzukreisen, und griff nun gleichzeitig mit den Indianern und den Rangern die Georgia-Miliz an. «Ich schicke berittene Patrouillen aus, um die verräterischen Rebellen aufzugreifen, die raue Behandlung verdienen», verkündete Cruger, «und einige werden für ihre guten Taten wahrscheinlich ‹am nächsten Ast aufgeknüpft›. Wenn wir jeden Eidbrüchigen, der gegen uns gekämpft hat, hängen, ist diese Rebellion bald niedergeschlagen.» Dreiundzwanzig Männer der Georgia-Miliz wurden gefasst, darunter Chesley Bostick.

Nun sah Brown, der wegen seiner Verletzung sein Lager in der Handelsniederlassung nicht verlassen konnte, die Gelegenheit gekommen, sich an seinen Peinigern zu rächen, die ihn vor fünf Jahren in dieser Stadt einer grausamen Folter unterworfen hatten. Er prüfte die Liste der Gefangenen und wählte dreizehn Namen aus, die sich in sein Gedächtnis eingebrannt hatten. Mit der Behauptung, er verfahre so wie von Cruger und Gouverneur Wright angeordnet, erklärte er, alle diese Männer seien auf ihr Ehrenwort aus der Kriegsgefangenschaft entlassen worden und hätten durch diesen Kampf ihren Eid gebrochen, womit ihr Todesurteil praktisch schon gefällt sei. Warrant Officer Baker überprüfte die Liste noch einmal und entdeckte, dass mehrere der Männer noch nie in Gefangenschaft geraten und folglich auch nicht eidbrüchig waren. Das verwunderte ihn allerdings weniger als die Tatsache, dass Bosticks Name fehlte. Als Baker ging, um die Verurteilten abzuholen, ließ Brown Häuptling Sunoma kommen und gab ihm einen zusammengefalteten Zettel, auf dem nur ein einziger Name stand.

Der Ranger-Befehlshaber ließ sich auf sein Lager sinken und beobachtete mit ausdrucksloser Miene, wie die Milizionäre am Geländer im Treppenhaus aufgeknüpft wurden. Als Gouverneur Wright später davon erfuhr, meinte er, die Hinrichtungen würden «bestimmt gute Wirkung zeigen». Es erwies sich, dass die Opfer noch Glück gehabt hatten. Denn die Indianer, die siebzig Krieger verloren hatten, forderten Rache an weiteren Gefangenen. Woraufhin ihnen Sunoma einen der Milizionäre übergab. Bostick wurde langsam zu Tode gefoltert und anschließend skalpiert.

Eine Woche, nachdem Cruger dem Ranger-Befehlshaber zu Hilfe geeilt war, einigten sich die beiden schließlich auf den Wortlaut ihres gemeinsamen Berichts an Lord Cornwallis, in dem sie ihre Heldentaten hervorhoben und ein erschreckendes Bild ihrer Gegner unter Elijah Clarke zeichneten. Nachdem sie den Bericht unterschrieben hatten, gönnten sie sich auf der Veranda der vormals belagerten Handelsniederlassung eine gute Flasche Rum.

Cruger, der nun Zeit gehabt hatte, den Ranger-Befehlshaber ein wenig kennen zu lernen, fand ihn überaus interessant. Ständig versorgten weiße und indianische Kundschafter den Mann, der sich wegen der Schusswunden in den Beinen nur auf Krücken fortbewegen konnte, mit Nachrichten. Auch hörte Cruger oft mit, wie Brown mit seinen Leuten sprach, bei denen er offensichtlich größte Achtung genoss. So erkundigte sich Brown regelmäßig nach früheren Verletzungen und nach den Angehörigen seiner Männer im Süden Georgias oder in Florida und lobte sie für ihre gründlichen Berichte. Bewundernswert fand Cruger auch, wie gut

Brown mit der Gegend um Augusta vertraut war. Offenbar kannte er jeden Siedler beim Namen, wusste, wie es um dessen Familie bestellt war, ob er der Krone treu geblieben war und ob ihn je britische Truppen gefangen genommen und er den Treueeid geleistet hatte, um wieder freizukommen, sodass er dem Tod geweiht war, wenn er je wieder die Whig-Milizen unterstützte. Während Brown an seinem Rum nippte, meinte er: «Colonel, ich weiß die gute Zusammenarbeit unserer Männer sehr zu schätzen. Auch bin ich Ihnen zu besonderem Dank verpflichtet, weil Sie mir erlaubt haben, unser gemeinsames Vorgehen gegen die Rebellen zu planen.»

Erstaunt über die guten Mannieren seines Mitstreiters erwiderte Cruger: «Es war uns ein Vergnügen, mit Ihnen gemeinsam zu kämpfen, und selbstverständlich sollen Sie in einem Gebiet, das Sie so gut kennen, auch das Sagen haben. Wie schätzen Sie die Haltung der verbliebenen Familien ein?»

Wieder einmal freute sich Brown, demonstrieren zu können, wie gut er dank seiner Kundschafter im Bilde war. Er hätte Cruger einen fast ebenso ausführlichen Bericht über die Region um Ninety Six liefern können, entschloss sich aber, sich auf das diesseitige Ufer des Savannah River zu beschränken. Bevor er zur Antwort ansetzte, zog er aber ein gefaltetes Papier zu Rate, das er aus der Tasche holte.

«Auf der zu Georgia gehörigen Seite des Flusses gibt es insgesamt 564 Männer, die wir seit einigen Jahren beobachten. 255 von ihnen dienen bei mir oder anderen königstreuen Streitkräften, 42 sitzen in Charles Town in Haft und 21 als Geiseln in Savannah, 49 sind Rebellen ohne Familie, die zu feige sind, um für eine Sache zu kämpfen, 57 andere haben wir aus den Augen verloren – sie sind möglicherweise tot oder haben das Land verlassen. Die übrigen 140 haben sich Clarke angeschlossen und müssen getötet oder gefangen genommen werden. Die meisten von ihnen haben Familie, aber unseren britischen Truppen wurde es – von Lord Cornwallis und von mir – untersagt, den Angehörigen auch nur ein Haar zu krümmen.»

Mit einem Seitenblick auf Cruger, der leise lächelte, fügte er hinzu: «Natürlich haben wir nicht immer in der Hand, was die Creek und Cherokee mit Leuten anstellen, die versucht haben, ihnen ihr Land wegzunehmen.»

«Wie viele von Clarkes Leuten sind gegen einen Treueeid freigelassen worden?», wollte Cruger wissen.

Nach kurzem Zögern antwortete Brown: «Nur eine Handvoll ist je in britische Gefangenschaft geraten, deshalb haben die meisten keinen Eid geleistet. Dennoch habe ich erklärt, dass sie wie verurteilte Verräter an der Krone zu behandeln sind, und einem jeden von ihnen droht der Galgen, wenn ich ihn erwische – das wissen sie. Also wird sich kaum einer ergeben.»

Lord Cornwallis war außer sich über den Angriff auf Augusta, den angeblich einige der nach der Belagerung von Charles Town Freigelassenen angezettelt hatten. Zwar hatten die Rebellen schwere Verluste hinnehmen müssen und waren geschlagen worden, aber sie hatten dem General deutlich gemacht, dass für sie der Krieg im tiefen Süden längst nicht vorbei war. Nun legte er alle Milde gegenüber den Bewohnern Georgias und Carolinas ab. Er erteilte seinen Befehlshabern draußen praktisch die Erlaubnis, genauso vorzugehen, wie Brown es offenbar nach wie vor tat, und die Männer zum Dienst bei den Tory-Truppen zu zwingen. Auch gab er die Order aus, dass «jeder Milizionär, der Waffen trägt oder gegen Treueeid freigelassen wurde und sich später dem Feind anschließt, umgehend gehängt werden soll». Überdies sei passive Neutralität seitens der Freigelassen nicht mehr genug, sie müssten mit den Torys zusammenarbeiten.

Kapitel 46

Der Marsch ins Watauga Valley

September 1780

Nachdem seine Männer eine verheerende Niederlage hatten einstecken müssen und der Feind vielleicht zum ersten Mal so stark und zuversichtlich war, dass er sie bis in ihre Verstecke verfolgte, war Elijah Clarke am Tiefpunkt seines Lebens angelangt. Auch körperlich war er geschwächt, denn einige seiner immer noch nicht verheilten Hieb- und Stichwunden hatten sich erneut infiziert.

Nach ihrem überstürzten Rückzug aus Augusta hatten sich Clarke und der engere Kreis seiner Milizionäre an einem Ort namens Dennis Mill versammelt, wo auch ihre Frauen und Kinder zu ihnen gestoßen waren. Obwohl die Nachricht von der verlorenen Schlacht sie sehr betrübte, scharten sich die Familien um Elijah wie um einen Erlöser. Er wusste nicht, was er mit ihnen anfangen sollte, denn ihm war klar, dass die wenigen noch verbliebenen Farmen der Revolutionäre demnächst entweder von feindlichen Indianern oder den Truppen der Torys angegriffen würden. Im Norden waren die Cherokee, im Süden Clarke und seine Ranger, die von Augusta aus operierten, und im Westen, jenseits des Oconee River, die Creek. Mit seinen wichtigsten Offizieren besprach Clarke, wie sie angesichts der äußerst brutalen Kriegsführung im Nordosten Georgias und der nach Rache dürstenden Ranger in dieser aussichtslosen Situation verfahren sollten, in der sie weder von den regulären Truppen der Rebellen noch von anderen Milizen irgendwelche Hilfe erwarten konnten. Alle stimmten dafür, dass sämtliche Familien die Farmen verlassen und sich in Sicherheit bringen sollten. Gleich nach der Besprechung schickte Clarke ein paar zuverlässige Männer los, um sämtliche Frauen und Kinder, die noch nicht nach Dennis Mill gekommen waren, unverzüglich herzubringen. Dabei sollten sie Zelte, Decken und soviel Lebensmittel mitnehmen, wie ihre Tiere nur tragen konnten.

Ethan erbot sich, nach Wrightsborough zu reiten und nicht nur seine eigene Frau, sondern alle Familien zu holen, die mit ihm kommen wollten. In Wrightsborough machte er zunächst einen Höflichkeitsbesuch bei Joseph Maddock, der ihn vor seinem Haus im Schatten eines riesigen Magnolienbaums empfing. «Erzähl mir, wie es dir ergangen ist, Bruder Pratt. Wie ich höre, hast du an den Kämpfen oben im Norden teilgenommen.»

«Mir persönlich erging es gut», antwortete Ethan. «Aber ich habe viele andere leiden gesehen. Wie mir scheint, ist Wrightsborough bisher von den Kampfhandlungen weitgehend verschont geblieben»

«Ja, wir haben großes Glück gehabt. Trotzdem sind einige Familien schon nach Savannah gegangen, wo sie hoffen, per Schiff nach Pennsylvania zu gelangen. Nur halb so viele Brüder und Schwestern wie früher kommen jetzt zu unseren wöchentlichen Treffen. Aber die Briten scheinen endlich begriffen zu haben, dass unser Glaube uns eine Teilnahme an gewalttätigen Handlungen verbietet, und der Gouverneur hat Anweisung gegeben, uns zu verschonen. Deine Farm ist bisher die einzige, die angegriffen wurde, und ich möchte dir bei dieser Gelegenheit noch einmal mein tiefes Beileid zum Tod deines Sohnes aussprechen. Darf ich fragen, was dich zurück nach Wrightsborough führt?»

«Ich komme, um mit meiner Frau und zwei Frauen meiner Kameraden zu sprechen, Mrs. Hume und Mrs. Houstown.»

«Und nicht mit Mrs. Morris?»

«Nein, ich suche nur die Frauen auf, deren Männer ihnen eine Botschaft geschickt haben.»

Maddock sagte Ethan, wo die Frauen wohnten, und bot sich an, ihn zu begleiten, aber Ethan wollte seine Besuche lieber alleine machen. Zuerst ritt er zu Epsey, die ihn mit einer knappen Umarmung begrüßte.

«Wie schön, dich zu sehen, Ethan», sagte Epsey und lächelte ihn an. «Erzähl mir, wie es dir geht und wieso du hier bist.»

«Mir geht es gut, Epsey. Wir waren fast die ganze Zeit über im westlichen Carolina, aber jetzt sind die meisten von uns wieder im Wilkes County. Ich bin gekommen, um dich etwas zu fragen. Colonel Clarke und die anderen Offiziere haben nämlich beschlossen, dass wir alle unsere Familien ins Watauga Valley in den westlichen Bergen bringen sollen, wo ihr bis zum Ende des Krieges Unterschlupf findet. Wir alle versammeln uns hier in der Nähe und ziehen dann gemeinsam dorthin.»

Ethan hielt inne, um Epseys Reaktion auf seine Worte abzuwarten, aber offenbar wollte sie zuerst seine Meinung zu dem Vorschlag hören.

Also fuhr Ethan fort: «Richard Hume und Bryan Houstown haben mich gebeten, ihren Frauen dieselbe Botschaft zu übermitteln. Ihre Männer empfehlen ihnen, zusammen mit den Kindern zu unserer Gruppe zu stoßen, und wenn sie dem zustimmen, nehme ich sie mit zurück.»

Epsey, die sehr wohl bemerkt hatte, dass er nichts von ihr gesagt hatte, wartete immer noch ab.

Nach einer kurzen Pause fuhr er fort: «Ich fänd es schön, wenn auch du mitkommen würdest, aber falls du lieber hier bei den Quäkern bleibst, werde ich deine Entscheidung respektieren.»

Seit dem Tod ihres Sohnes war Ethan sich nicht mehr sicher, was Epsey für ihn empfand. Ihre Abneigung gegen Krieg und Gewalt war schon immer sehr offensichtlich gewesen und Ethan wusste, dass sich diese Haltung hier in Wrightsborough noch weiter verstärkt hatte. Schon oft hatte er sich gefragt, ob er wohl die Schuld an der Tragödie seiner Familie trug, und erwartete eigentlich, dass Epsey ihm jetzt einen guten Grund nannte, weshalb sie bis zur Beendigung der Kampfhandlungen hier bleiben wollte. Er hätte ihr diese Entscheidung wahrlich nicht verübeln können.

Selbstbeherrscht und erstaunlich ruhig antwortete Epsey: «Die Quäker sind gute, friedliebende Menschen, aber trotzdem gehe ich lieber mit den anderen Frauen und Kindern. Vielleicht kann ich einigen von ihnen auf der Reise helfen, die bestimmt sehr beschwerlich wird.»

Ethan ergriff ihre Hand und sagte: «Epsey, ich bin dir sehr dankbar für diese Entscheidung.»

Zusammen mit Epsey ging Ethan zu den anderen Frauen, die beide die Empfehlung ihrer Männer wie einen Befehl auffassten. Ethan übernachtete in der Herberge, und am nächsten Morgen in aller Frühe machte sich die kleine Gruppe, zu der auch vier Kinder gehörten, auf den Weg nach Dennis Mill. Niemand erwähnte Mavis, bis sie Wrightsborough hinter sich gelassen hatten, dann sagte Epsey: «Mavis fühlt sich übrigens sehr wohl hier und nimmt häufig an den Treffen der Freunde teil.»

Innerhalb von drei Tagen kamen fast vierhundert Frauen und Kinder der Milizionäre im Hornissennest zusammen. Die Führer der Miliz erklärten ihnen, dass ihre einzige Chance zu überleben darin bestand, gut zweihundert Meilen weit durch von den Torys kontrolliertes Gebiet ins Watauga Valley zu marschieren, eine Gegend im Westen von North Carolina, die sich laut Clarkes Aussagen im Krieg bisher neutral verhalten hatte und deshalb von den Briten und Torys in Ruhe gelassen wurde. Bevor er nach Georgia gegangen war, hatte Clarke sogar kurzzeitig überlegt, sich mit seiner Familie dort niederzulassen. Jetzt war er sich sicher, dass Colonel Isaac Shelby und seine Over-Mountain-Rebellen die Flüchtlinge aus Georgia mit offenen Armen willkommen heißen würden.

Da auch Epsey unter den Familienangehörigen war, kommandierte Captain Few Ethan zur Bewachung der Marschkolonne ab. Ethan war bei dem Gedanken, zum ersten Mal dem Colonel direkt unterstellt zu sein, nicht sonderlich wohl zumute, und er nahm sich vor, Clarke so weit wie möglich aus dem Weg zu gehen, was angesichts der lang gezogenen Kolonne aus Frauen, Kindern und Milizionären, die den Savannah River überqueren und durchs westliche South Carolina ziehen würde, bestimmt nicht allzu schwer sein würde. Da es nicht genügend Pferde gab, wurden die meisten von ihnen zum Tragen von Lasten verwendet und nur wenige für den Transport von kranken oder schwachen Frauen und Kindern. Auch die Milizionäre, die den traurigen Zug begleiteten, waren beritten, denn nur so konnten sie mögliche Angriffe abwehren und verhindern, dass sich die Kolonne allzu sehr in die Länge zog. Weil sie nur Schritt gehen mussten, wurden die erschöpften Pferde dabei nicht überstrapaziert. Nachts konnten die Tiere grasen und waren so bald besser ernährt als die Menschen, deren Essensvorräte rasch zu schwinden begannen.

Schon nach wenigen Tagen hatten Browns überall lauernde Scouts ihm gemeldet, dass die Familien der Milizionäre ihre Farmen in Georgia verlassen und bereits den Fluss überquert hatten. Am liebsten hätte Brown sie sofort gefangen nehmen oder töten lassen, aber sein Auftrag lautete nun mal, für den Schutz von Augusta zu sorgen und gleichzeitig die Territorien im Westen und Süden zu kontrollieren. Außerdem waren seine Männer gerade damit beschäftigt, die verlassenen Farmen zu plündern, und zeigten nur wenig Lust, sich mit Clarke und seinen erfahrenen Kämpfern anzulegen. Also schickte Brown eine Botschaft an Lord Cornwallis und ersuchte ihn, seine Truppen im Westen von South Carolina auf Elijah Clarke anzusetzen, um «ihn und seine gefährliche Miliz» aufzuspüren und zu vernichten. Der General betraute umgehend Major Patrick Ferguson mit dieser Aufgabe.

Nun machten neben indianischen Scouts auch britische Truppen Jagd auf die Milizionäre, die sich auf Schleichwegen durch den Wald nach Norden bewegten und auf diese Weise ihren Verfolgern immer wieder ein Schnippchen schlugen. Je höher sie in die Berge hinaufkamen, desto kälter wurde es, und einmal gerieten sie sogar in einen für die Jahreszeit völlig untypischen Schneesturm. Obwohl sie die höchsten Berge noch vor sich hatten, wurden die Nahrungsmittel bereits knapp. Clarke befahl, den restlichen Mais für die Kinder zu reservieren, und verlangte von den Erwachsenen, sich von im Wald gesammelten Wurzeln, Bucheckern und Nüssen zu ernähren. Als sie oben in den Bergen durch knöchelhohen Schnee stapften, trafen sie auf einen kleinen Trupp Männer unter dem Befehl von Captain Edward Hampton, der ihnen einen Teil seiner Verpflegung überließ und Clarke berichtete, dass in South Carolina gerade eine Truppe aufgestellt werde, um Major Ferguson anzugreifen.

Obwohl Clarkes Wunden immer weiter schwärten, überlegte er kurz, ob er nicht mit Hampton weiterreiten sollte, entschied sich dann aber doch dagegen, weil niemand den Weg ins Watauga Valley so gut kannte wie er. Da von Seiten der Briten nur noch geringe Gefahr drohte, beschloss er, Hampton Captain William Candler und dreißig berittene Milizionäre als Verstärkung für die Over-Mountain-Rebellen mitzugeben. Lieutenant Ethan Pratt meldete sich sofort freiwillig zu diesem Unternehmen. Er hatte sich bei der kurzen Belagerung Augustas recht gut geschlagen und wollte unbedingt am ersten Kampf gegen reguläre britische Truppen seit der Schlacht um Savannah teilnehmen. Außerdem konnte er sich auf diese Weise dem direkten Kommando unter Elijah Clarke entziehen. Captain Hampton, der mehrere Stunden mit den Milizionären verbracht hatte, drängte zum Aufbruch, sodass Ethan einen der zurückbleibenden Kameraden bitten musste, Epsey seinen Entschluss mitzuteilen.

Nach einem Marsch von elf Tagen und zweihundert Meilen brachte Clarke die Frauen und Kinder über den Pass von Sam's

Gap hinunter in das friedliche und fruchtbare Watauga Valley. Am liebsten wäre er gleich am Ufer des Nolichucky River entlang weiter gezogen, aber Epsey und einige andere Frauen bestanden darauf, erst einmal eine Pause zu machen und Gott in einem Gebet für seinen Schutz und seine Güte zu danken. Als sie bei den Familien ankamen, die sich bereit erklärt hatten, sie aufzunehmen, begannen sie sofort mit dem Aufschlagen von Zelten und dem Bau einfacher Hütten für diejenigen, die nicht in den Häusern ihrer Gastgeber unterkamen. Während die Frauen und Kinder so lange hier bleiben sollten, bis in ihrer Heimat wieder Frieden eingekehrt war, wollten die Männer ihnen noch beim Einrichten ihrer Unterkünfte helfen, dann aber nach zwei Wochen weiterziehen, um die Over-Mountain-Rebellen im Westen South Carolinas zu unterstützen.

Nachdem die Colonels Brown und Grierson auch noch den letzten Widerstand der Milizen gebrochen hatten, konnten sie im Norden Georgias schalten und walten, wie es ihnen beliebte. Einzig und allein die Quäker in der Gegend von Wrightsborough, die nach wie vor unter dem Schutz des Gouverneurs standen, waren nicht ihrem brutalen Zugriff ausgeliefert. Als Beauftragter für Indianerfragen und unangefochtener militärischer Oberbefehlshaber der Region ordnete Brown an, den Landbesitz von mehr als hundert Männern, die seiner Meinung nach am Angriff auf Augusta beteiligt gewesen waren, zu verwüsten und die noch nicht eingebrachte Ernte auf ihren Feldern zu verbrennen. Dann wurden die Farmen samt Grund und Boden, Gebäuden und Viehbestand konfisziert und unter Browns Rangern aufgeteilt. Mit diesem Vorgehen legte Brown einen Befehl von General Cornwallis, der sich allerdings nur auf wenige Besitzungen in der unmittelbaren Nähe von Charles Town bezogen hatte, zu seinen Gunsten aus. Auf den Farmen nahmen die Ranger drei Milizionäre gefangen, die sie auf der Stelle hinrichteten und den Indianern überließen, die die Leichen skalpieren und auf grässliche Weise schänden durften.

Jetzt, da er die Unterstützung sämtlicher britischen Beamten im Südosten hatte, erhielt Brown ein weiteres großes Lagerhaus voller Geschenke für die Indianer, die nun in großer Zahl nach Augusta strömten. Weitere Waren verteilte er unter seinen Rangern, die damit ihre neuen Häuser einrichteten. Brown hatte nun den alleinigen Oberbefehl über eine ständig wachsende Zahl von Rangern und Indianern und verfügte darüber hinaus über einen ausgezeichneten Nachrichtendienst, dessen Effizienz im gleichen Maße zunahm, wie sich sein Wirkungsbereich ausdehnte.

Kapitel 47
Die Over-Mountain-Rebellen

Nachdem sie am Fuß einer Bergkette im Westen South Carolinas ein frühes Abendessen zu sich genommen hatten, scharten sich Lieutenant Ethan Pratt und die anderen Milizionäre aus Georgia um Captain Hampton. Sie wollten alles über die militärische Situation in North und South Carolina erfahren und Hampton erzählte ihnen nicht ohne Stolz, wie reibungslos die Aufstellung der amerikanischen Truppen voranschritt.

Es war Ethan, der die offensichtlich auf der Hand liegende Frage stellte: «Wer ist eigentlich der Oberbefehlshaber der Over-Mountain-Rebellen?»

Nach einer kurzen Pause antwortete ihm Hampton: «Unsere Truppe besteht aus drei verschiedenen Gruppen, die alle ihrem eigenen, von den Männern gewählten Offizier unterstehen.»

«Und wer sind diese Offiziere?»

«Colonel Shelby, Colonel Sevier und Colonel McDowell. Insgesamt befehligen sie etwa siebenhundert Mann – das sind so gut wie alle unsere waffenfähigen Männer bis auf die, die unsere Familien gegen die verdammten Cherokee verteidigen.»

«Und wie treffen diese drei Offiziere eine gemeinsame Entscheidung?», wollte Ethan wissen.

«Sie haben alle dasselbe Ziel und außerdem sind sie gute Freunde», antwortete Captain Hampton ein wenig pikiert. «So haben sie zum Beispiel gemeinsam entschieden, dass wir morgen in aller Früh losreiten und uns mit einer Gruppe von Männern aus North Carolina und Virginia treffen werden. Mit denen zusammen sind wir stark genug, um Ferguson ordentlich den Hintern zu versohlen.»

Zwei Tage später trafen sie an einem Ort namens Quaker Meadows auf vierhundert Milizionäre aus Virginia unter Colonel William Campbell sowie dreihundertfünfzig Mann aus North Carolina unter Colonel Benjamin Cleveland. Die fünf Colonels einigten sich darauf, einen Boten an General Horatio Gates von den regulären Kontinentaltruppen zu senden und ihn um die Entsendung eines Generals als ihren Oberbefehlshaber zu bitten. Weiter beschlossen sie, sich täglich zu treffen, eine gemeinsame Strategie auszuarbeiten und Ferguson auf jeden Fall Ende September 1780 anzugreifen, ganz gleich, ob Gates nun ihrer Bitte nachkam oder nicht.

Ferguson für seinen Teil hatte so lange nach Elijah Clarke gesucht, bis man ihm zutrug, dass er mit den Frauen und Kindern der Milizionäre seinen Bestimmungsort erreicht hatte. Nun bekam Ferguson Meldungen von einer starken Streitmacht, die sich anschickte, ihn aus dem Westen North Carolinas zu vertreiben. Er sandte Lord Cornwallis eine Botschaft mit der Bitte um Hilfe und beschloss, seine Truppen näher an dessen Lager in Charlotte zu verlegen. Um mehr Torys zum Eintritt in seine Armee zu bewegen, richtete er folgenden Appell an die Männer von Carolina:

> *Wenn ihr nicht wollt, dass sich eine Flut von Barbaren über euch ergießt, die durch ihre erschütternden Grausamkeiten und Verfehlungen selbst den besten Beweis für ihre Feigheit und mangelnde Disziplin liefern; wenn ihr nicht gefesselt, ausgeraubt und ermordet werden wollt; wenn ihr nicht zusehen wollt, wie eure Frauen und Töchter vier Tage lang vom Abschaum der Menschheit geschändet werden; kurz gesagt, wenn ihr leben wollt oder es verdient habt zu leben und Männer genannt zu werden, ergreift augenblicklich eure Waffen und kommt zu unserem Lager.*
> *Die Black-Water-Rebellen sind über die Berge gekommen … und ihr solltet wissen, was eure Pflicht ist. Wenn ihr euch aber von einer Bande Bastarde bis in alle Ewigkeiten erniedrigen lassen wollt, dann sagt es gleich und seht zu, wie eure Frauen euch den Rücken kehren und Schutz bei echten Männern suchen.*
>
> *Pat Ferguson,*
> *Major, 71. Regiment*

Als Exemplare dieser widerwärtigen Hetzschrift auch unter den amerikanischen Kämpfern die Runde machten, reagierten viele von ihnen mit einer Mischung aus Belustigung und Zorn. Zunächst konnten Ethan und die anderen Kämpfer aus Georgia nicht verstehen, warum sich die Menschen in Carolina gegenseitig als Barbaren und Bastarde bezeichneten, und fragten ihre Kameraden aus South Carolina im Scherz, wie viele unschuldige Frauen sie denn schon geschändet hätten. Während die Männer ihre Späße trieben, begannen die Colonels damit, einen Trupp aus besonders guten Reitern für den ersten Angriff auf Ferguson zusammenzustellen.

Im Süden gab es zu dieser Zeit zwei Rebellenkommandeure, die sich gegenseitig den Rang streitig machten. Die Anführer der Milizen von South Carolina hatten nämlich Thomas Sumter als ihren Oberbefehlshaber gewählt und ihm den Rang eines Brigadier Generals verliehen, aber ein paar Wochen später hatte John Rutledge, der Gouverneur von North Carolina, aus politischen Gründen denselben Posten an James Williams vergeben, der allerdings bei der Truppe einen schlechten Ruf genoss. Die Milizionäre misstrauten ihm, weil er nicht nur in die eigene Tasche gewirtschaftet, sondern auch unberechtigterweise den Status eines Helden für sich beansprucht hatte. Als Williams sein Kommando antrat, begaben sich zahlreiche Offiziere nach Hillsborough zum Gouverneur und teilten ihm mit, dass ihre Männer sich weigerten, unter dem von ihm eingesetzten Oberbefehlshaber zu dienen. Auf diese Weise unter Druck gesetzt, erklärte nun auch Rutledge Sumter zum Oberkommandierenden mit Befehlsgewalt über sämtliche Milizen in South Carolina.

Gerade als sich die Rebellenmilizen aus Georgia und North Carolina gemeinsam auf die Suche nach Ferguson machen wollten, erschien General Williams in ihrem Lager und bestand als ranghöherer Offizier darauf, dass lediglich die Milizen aus Virginia und North Carolina an der Aktion gegen die Briten teilnehmen dürften. Alle anderen sollten unter seinem Kommando Ninety Six angreifen, wo er, wie jedermann wusste, größere finanzielle Investitionen getätigt hatte. Nach einer heftigen Auseinandersetzung, in deren Verlauf die Colonels ihm vorwarfen, er scheue den Kampf und sei nur auf seinen eigenen Vorteil aus, erklärte die große Mehrzahl der unter ihm dienenden Männer, dass sie zusammen mit den anderen gegen Ferguson ins Feld ziehen wollten. So kam es, dass sich Williams, der nur sechzig Mann für sein Vorhaben hatte gewinnen können, nun doch der Hauptstreitmacht anschloss. Obwohl die Colonels Williams von ihrem Kriegsrat im etwa hundert Meilen nördlich von Augusta gelegenen Ort Cowpens am Pacolet River ausgeschlossen hatten, erlaubten sie ihm am

Ende doch, sich ihrer Truppe als gleichberechtigter Befehlshaber anzuschließen. Dabei unterstellten sie dem angeschlagenen Williams, trotz wütender Proteste von Seiten der Männer, sowohl Captain Candlers Truppe als auch die dreißig Milizionäre aus Georgia. Aus Gründen der Kommandostruktur beförderte Williams Candler und Pratt auf der Stelle zum Major beziehungsweise zum Captain, was diese sich aber auf Pratts Anregung hin noch einmal per Abstimmung von ihren Männern bestätigen ließen. Die Streitmacht der Rebellen war insgesamt 910 Mann stark, von denen fünfzig allerdings nicht beritten waren. Weil sie immer noch keinen Oberbefehlshaber hatten, wählten die Colonels Shelby zum Befehlshaber sowohl über die 440 Over-Mountain-Rebellen als auch über die 470 Milizionäre aus Virginia, North- und South Carolina und Georgia.

Im Oktober schickte Thomas Brown einen Bericht über die Aktivitäten in den nördlichen Kolonien an Gouverneur Tonyn:

Euer Exzellenz,
wieder einmal kann ich Euch lediglich vermelden, dass in den nördlichen Kolonien nur wenig geschehen ist. Eine Enttäuschung, die jedoch rasch wieder überwunden werden konnte, war die Eroberung von Newport durch ein 5000 Mann starkes französisches Heer unter General Jean Baptiste de Vimeur. Meinen Erkenntnissen zufolge hatte General Clinton sich vorab entschieden, Newport nicht zu verteidigen und sich ganz auf New York zu konzentrieren. Dadurch wurden auch weitere Truppen frei, die unter den Befehl von Lord Cornwallis gestellt werden konnten. So konnte Seine Lordschaft zu seiner großen Freude der Streitmacht von General Horatio Gates, der zuvor bei Saratoga den einzigen Sieg der Rebellen im Norden errungen hatte, im August bei Camden eine verheerende Niederlage beibringen. Man hat mir berichtet, dass General Benedict Arnold sich entschlossen hat, die hoffnungslose Sache der Revolutionäre aufzugeben und sich wieder seiner lebenslangen Verpflichtung gegenüber Großbritannien zu erinnern. Sollte das wahr sein, so wäre einer der erfolgreichsten militärischen Führer in den Dienst des Königs getreten.

Ich bin mir sicher, dass Euer Exzellenz meinen Stolz auf unsere glorreichen Erfolge in Georgia, North und South Carolina und jetzt auch in Virginia teilen. Sollten wir weiterhin die Seeherrschaft behalten, können die Rebellen und ihre französischen Verbündeten einer totalen Niederlage nicht entrinnen.

Mit vorzüglicher Hochachtung
vorgelegt durch den Beauftragten des Gouverneurs

Kapitel 48
Ethan am King's Mountain

Oktober 1780

Die Rebellen wussten, dass Ferguson einer der besten Schützen in der britischen Armee war und jüngst die Erfindung eines erstaunlichen «Hinterladers» öffentlich gemacht hatte, der nicht nur besonders robust und unempfindlich gegen Feuchtigkeit war, sondern auch enorm schnell nachgeladen werden konnte, und das selbst von einem auf dem Bauch liegenden Schützen. Sie hofften, dass sie es am King's Mountain nicht mit solchen Gewehren zu tun bekommen würden. Was tatsächlich auf sie wartete, war ein entschlossener Anführer, der zwar ziemlich kleinwüchsig, dafür aber enorm selbstbewusst und so von sich eingenommen war, dass er sich im Kampf oft mehr als nötig exponierte. Der charismatische Schotte galt inzwischen als der wichtigste Kommandeur der königstreuen Milizen in den südlichen Kolonien und hatte somit keine Probleme, unter den Torys genügend Freiwillige für seine Truppe zu rekrutieren. Eigentlich hatte er vorgehabt, die nach ihrer Niederlage versprengten Einheiten von Elijah Clarke und anderer von ihm verachteter Verräter zu stellen und zu vernichten, aber als man ihm ungenaue und aufgebauschte Berichte über eine herannahende, durch Milizen aus Georgia, Virginia und den beiden Carolinas verstärkte Streitmacht von 3000 Over-Mountain-Rebellen zutrug, gab er seine Angriffspläne auf und beschloss, sich nach Charlotte zurückzuziehen. Dort stand General Cornwallis mit seinen Truppen, den Ferguson umgehend um Hilfe bat.

Am Fuß des King's Mountain ließ Ferguson seine Soldaten anhalten und ritt zusammen mit seinem Adjutanten Captain Abraham DePeyster auf den kleinen Berg hinauf, dessen Gipfel ein schmales Felsplateau bildete, das in etwa der Form eines menschlichen Fußes glich und von Ost nach West etwa eine viertel Meile maß. Von dort ging es auf allen Seiten steil bewaldete Abhänge hinunter.

Ohne dass Ferguson ihn um seine Meinung gebeten hatte, sagte

DePeyster: «Nach meiner Karte müssten wir schon ein kleines Stück weit in North Carolina sein. Bis nach Charlotte sind es noch ungefähr fünfunddreißig Meilen. Mit einem langen Tagesritt könnten wir es bis dorthin schaffen.»

«Aber wir reiten nicht nach Charlotte», erwiderte Ferguson leicht gereizt. «Wir bleiben hier oben auf dem Berg und sehen zu, ob der Rebellenabschaum dumm genug ist, die Hänge heraufzuklettern und uns anzugreifen. Meine Kundschafter haben mir eben erst berichtet, dass es doch nicht so viele sein sollen, wie wir gedacht haben, und in puncto Ausbildung und Kampfkraft sind wir ihnen ohnehin haushoch überlegen. Dieses Gesindel ist bekannt dafür, dass es sich angesichts entschlossener Gegenwehr sofort zurückzieht, und vor unseren Bajonetten scheint es sich besonders zu fürchten. Wir haben genügend Vorräte, um vier bis fünf Tage hier oben auszuharren, und außerdem habe ich einen Boten zu Lord Cornwallis geschickt und ihn gebeten, uns zusätzliche Truppen zu senden, die bald hier eintreffen müssten. Sobald sie da sind, nehmen wir die Rebellen in die Zange und reiben sie auf. Sind sie erst einmal vernichtet, haben wir damit den letzten Rest Widerstand hier unten im Süden gebrochen. Aber bis dahin haben wir noch etwas Zeit. Sorgen Sie dafür, dass sich unsere Männer so gut wie möglich erholen und auf den entscheidenden Kampf vorbereiten.»

Obwohl DePeyster gegen diese Entscheidung einige Einwände hätte vorbringen können, behielt er sie für sich. Er kannte Ferguson und wusste, dass dieser die Möglichkeit eines Sieges über die Rebellen allemal einem geordneten Rückzug unter die Fittiche von Lord Cornwallis vorziehen würde. Schließlich wusste jeder in der Armee von der erbitterten Konkurrenz zwischen Ferguson und Lieutenant Colonel Banastre Tarleton, der einige wichtige Scharmützel gewonnen und sich damit den Ruf eines erfolgreichen Truppenführers errungen hatte. Weitaus berüchtigter war er freilich wegen seiner Brutalität, mit der er gegen die Revolutionäre vorging. Anstatt weiter mit Ferguson zu argumentieren, sorgte DePeyster dafür, dass die Soldaten rasch auf den Gipfel des Berges kamen, wo sie bei hervorragendem Ausblick übers Land ihr Lager aufschlugen. Als erstes Zelt wurde das von Major Ferguson aufgestellt, wohin er sich wenig später mit Virginia Sal, einer seiner zahlreichen Geliebten, zurückzog. Auch wenn die Männer darüber wie üblich anzügliche Witze rissen, bewunderten viele von ihnen insgeheim den Kommandeur wegen seiner offen zur Schau getragenen Virilität.

DePeyster hatte vorgeschlagen, am Rand des Lagers Brustwehren zur Verteidigung zu errichten, doch Ferguson hatte erwidert, dass dies angesichts der Steilhänge, auf denen man jeden Feind vernichten konnte, bevor er den Gipfel erreichte, nicht nötig sei. Trotzdem gab Ferguson dann Befehl, dass die Soldaten Holz und große Steine sammeln und am nächsten Tag mit der Arbeit an Brustwehren beginnen sollten. Auch wenn er nicht an einen Kampf auf dem Gipfel des Berges glaubte, wollte er die Männer sinnvoll beschäftigen, während sie auf die Verstärkung durch Cornwallis' Soldaten warteten. Ferguson war felsenfest davon überzeugt, dass ihre beherrschende Stellung unangreifbar war und sie jeden sich nähernden Feind schon von weitem ausmachen würden. Es war offensichtlich, dass er für seine Gegner nur Verachtung übrig hatte.

Am selben Tag, dem 7. Oktober, waren sich die Colonels der Rebellen uneins, welchen Weg sie einschlagen sollten, und ihre erschöpften Männer, die langsam unruhig wurden, drohten vereinzelt sogar schon damit, nach Hause zu gehen und lieber ihre Familien zu beschützen. Da griffen die Colonels bei Cowpens einen reichen Tory auf und zwangen ihn unter Todesdrohungen dazu, ihnen sein Vieh sowie die Ernte auf seinen Feldern als Verpflegung für ihre Truppen zu überlassen, was die Männer erst einmal wieder besänftigte. Glück hatten sie auch, als sie auf dem Marsch in Richtung Charlotte Deserteure aus Fergusons Truppe aufgriffen, die aussagten, dass Ferguson sich mit Cornwallis' Hauptstreitmacht vereinigen wollte.

Shelby stellte die beiden Gefangenen vor die Wahl, entweder sofort erschossen zu werden oder ihm zu sagen, wo Ferguson sich aufhielt. Eilig antwortete einer von ihnen: «Er ist nur ein paar Meilen entfernt von hier. Als wir uns fortmachten, war er gerade dabei, auf dem Gipfel des King's Mountain ein Lager aufzuschlagen.»

Die Gefangenen, die nicht völlig von Fergusons Fähigkeiten als Kommandeur überzeugt zu sein schienen, verrieten zudem, dass sich der Major in der Schlacht gerne an exponierter Stelle zeige und leicht daran zu erkennen sei, dass er über seiner Uniform häufig ein buntes Jagdhemd trage. Außerdem befehlige er seine Männer, indem er in eine an einer Kette um seinen Hals hängende silberne Trillerpfeife blase. Schließlich wiederholten die beiden, was Ferguson seinen etwa 1100 Soldaten gesagt hatte: «Auf dem King's Mountain bin ich der König des Berges und nicht einmal Gott der Allmächtige kann mich von hier vertreiben.»

Außerdem berichteten die Gefangenen nicht ohne Bewunderung, dass Ferguson mehr als eine schöne Frau mit im Lager habe, dass er darüber hinaus tatsächlich ein Schotte und zwar der einzige britische Staatsbürger in der Truppe war, die sich die «American Volunteers» nannte und ansonsten ausschließlich aus der Krone treu ergebenen Kolonisten bestand. Die Volunteers brannten förmlich darauf, ihren rebellischen Nachbarn ihren Verrat heimzahlen zu können. Die kommende Schlacht würde also eine zwischen Brüdern sein.

Da der King's Mountain ein beliebtes Jagdrevier und zugleich ein häufig angesteuertes Ziel bei Familienausflügen war, kannten sich einige der Rebellen dort recht gut aus und konnten ihren Kameraden eine gute Beschreibung des Geländes oben auf dem Gipfel geben. Der Berg war nur sechs Meilen von ihrem gegenwärtigen Standort entfernt, daher schlugen die Colonels aus Virginia vor, zunächst einmal zu rasten und die Pferde zu füttern, aber die Führer der Over-Mountain-Rebellen bestanden darauf, sofort mit äußerster Schnelligkeit weiter vorzurücken. Da sie befürchteten, Ferguson könne sich mit Cornwallis vereinigen, bevor sie ihn eingeholt hatten, trieben sie die neunhundert Reiter zur Eile an. Sie kamen gut voran, weil jeder Mann das, was er benötigte, auf seinem eigenen Pferd mit sich führte, und sie so weder auf Tross noch Tragtiere Rücksicht nehmen mussten. Als es am Mittag zu regnen aufhörte, verbesserte sich auch die Sicht, und die Colonels sahen aus drei Meilen Entfernung erstaunt, dass der King's Mountain ein gerade mal zwanzig Meter hoher Hügel war. Steile, dicht bewaldete Hänge führten hinauf zu seinem flachen, kahlen Gipfel, und die Einheimischen unter den Männern konnten beschreiben, wie er an der von hier aus nicht sichtbaren Rückseite beschaffen war.

Da keine Notwendigkeit für einen ausgeklügelten Schlachtplan bestand, teilten die Colonels den Berg in mehrere Abschnitte auf, die sie jeweils mit ihren Männern angreifen wollten. Die Trupps sollten in einiger Entfernung von ihrem Einsatzgebiet Aufstellung nehmen, dann so leise wie möglich in Richtung Berg vorrücken und dabei etwaige Vorposten der Torys umgehen. Sobald sie sich in Schussweite des Feindes befanden, sollten sie abwarten, bis Colonel Campbell mit seinen Männern begann, den Berg zu stürmen. Das sollte das Signal zum allgemeinen Angriff sein, bei dem die Milizionäre nach indianischer Manier hinter Bäumen und Felsen versteckt auf den Feind schießen sollten. Wie bereits in den Kämpfen zuvor sollten sie sich hauptsächlich darauf konzentrieren, so früh wie möglich Ferguson und die anderen Offiziere der Torys auszuschalten.

Nachdem die Colonels an diesem Samstagnachmittag den Feiglingen unter ihren Männern eine letzte Chance zum Heimgehen gegeben hatten, befahlen sie, die vom Regen nass gewordenen Waffen gründlich zu reinigen. Danach sollte jeder Rebell ein Stück Kartuschenpapier an seinem Hut befestigen, damit man ihn besser von den Torys unterscheiden konnte, deren Erkennungszeichen bekanntermaßen grüne Kiefernzweige waren. General Williams und die Milizionäre aus Georgia hatten die Nordseite des Berges zugeteilt bekommen, und Ethan befahl seinen Männern, beim Aufstieg so nahe wie möglich beisammen und dabei immer gut in Deckung zu bleiben. Schießen sollten sie erst, wenn sie Gewehrfeuer von der südlichen Seite des Berges hörten.

Auf dem Weg zu der ihm zugewiesenen Position musste Ethan immer wieder in quälend klaren Bildern an die ungerechte Hinrichtung seines Bruders Henry durch Gouverneur Tryon, den fürchterlichen Tod von Kindred und vor allem an die Ermordung seines kleinen Sohnes durch Thomas Brown und seine Ranger denken. Aber so sehr er all diese Grausamkeiten rächen wollte, war ihm andererseits auch klar, dass er nicht sämtliche Repräsentanten der britischen Krone dafür verantwortlich machen konnte. Trotz der Schicksalsschläge, die er selbst hatte einstecken müssen, konnte er nicht die Gräueltaten seiner eigenen Leute vergessen, wie das wahllose Aufhängen von britischen Gefangenen oder das Gemetzel an den unschuldigen Frauen und Kindern in Big Elks Lager. Torys wie Whigs hatten in diesem Krieg Grausamkeiten begangen und erst tags zuvor hatten seine Männer am Lagerfeuer lautstark verkündet, dass sie im bevorstehenden Kampf keinen einzigen Tory am Leben lassen wollten.

Als loyale britische Untertanen hatten er und seine Frau in Georgia ein sicheres und angenehmes Leben geführt, so dass Ethan, der sich Zeit seines Lebens frei und unabhängig gefühlt hatte, nie von einem besonderen Drang nach «Unabhängigkeit» oder «Freiheit» beseelt gewesen war. Was ihn schließlich doch dazu gebracht hatte, auf der Seite der Revolutionäre in den Krieg zu ziehen, waren weder seine eigenen Erfahrungen noch Überzeugungsversuche anderer gewesen, sondern schlicht und einfach die Erkenntnis, dass er in diesem Konflikt einfach nicht mehr neutral und unbeteiligt bleiben konnte. Ethan zweifelte keine Minute daran, dass er die richtige Entscheidung getroffen hatte. Damit hatte er sein Leben schon vor längerer Zeit einem unvorhersehbaren Schicksal geweiht und jeder neue Tag, an dem er nicht sterben musste, war wie ein Geschenk für ihn.

Aber es gingen ihm auch noch andere Gedanken durch den Kopf. Obwohl er schon an etlichen Scharmützeln teilgenommen hatte, war er sich immer noch nicht sicher, wie er sich bei dem bevorstehenden Angriff tatsächlich verhalten würde. Im Gefecht bei Cowpens und bei der Belagerung von Augusta hatte er lediglich neben seinen Kameraden auf einen ziemlich weit entfernten Feind gefeuert, von dem er nicht einmal das Gesicht gesehen hatte. Diesmal aber würde es einen Kampf Mann gegen Mann geben, bei dem das Risiko, getötet zu werden, ziemlich hoch war. Ethan wollte unbedingt wieder wettmachen, dass er Kindred damals so feige im Stich gelassen hatte, und er wollte zeigen, dass auch er angesichts großer Gefahr mutig und entschlossen zu handeln in der Lage war. Dies war seine hauptsächliche Motivation, während er langsam den steilen Hang hinaufstapfte, und darüber hinaus schloss er jedes aufkeimende Schuldgefühl dadurch aus, dass er sich seine Gegner als abscheuliche Untermenschen vorstellte, die keine Gnade verdient hatten und die man ohne das geringste schlechte Gewissen abknallen durfte. Jetzt konnte er ohnehin nicht mehr zurück, jetzt musste er diese Schlacht durchstehen, von der sie alle annahmen, dass sie grausam und blutig werden und hohe Verluste auf beiden Seiten fordern werde.

Brigadier General Williams, der offenbar etwas für seinen angeschlagenen Ruf tun wollte, stieg seiner kleinen Abteilung voran den steilen Hang hinauf. Ethan, der zu seinem rechten und linken Nebenmann drei bis vier Schritte Abstand hielt und wo es ging Deckung hinter einem Baum suchte, folgte ihm auf dem Fuß. Als sie die Köpfe der britischen Soldaten sehen konnten, versteckten sie sich und warteten. Nur ein paar Minuten später hörten sie, wie auf der Südseite des Berges die ersten Schüsse fielen, und Ethan stellte verwundert fest, mit welcher Ruhe er zusammen mit den anderen aus seiner Deckung hervorkam und anfing, auf den Gegner zu feuern, der noch immer weit entfernt war. Zunächst wurde ihr Feuer bis auf ein paar schlecht gezielte Schüsse der völlig überraschten Soldaten kaum erwidert. Zum Nachladen ging Ethan hinter einem Baum in Deckung, und als er wieder hervortrat, erkannte er, dass ihnen auf dieser Seite des Berges nur wenig Gefahr von den Briten drohte, die alle Hände voll damit zu tun hatten, den Angriff von der Südseite zurückzuschlagen.

Obwohl eigentlich kein Grund dafür bestand, sprang General Williams zwischen seinen Leuten hin und her und brüllte ihnen sinnlose Befehle zu. Er war keine zwanzig Schritt von Ethan entfernt, als eine Kugel ihm den halben Kopf wegriss und er zu Boden sank. Die Männer in seiner Nähe sahen, dass er nicht mehr zu retten war, und machten keine Anstalten, ihm zu helfen. Als nunmehr ranghöchster Offizier in diesem Abschnitt rief Ethan: «Vorwärts, Männer!», und rannte die paar Meter bis zum nächsten schützenden Baum.

Major Ferguson, der sich in seinem Zelt mit Miss Sal vergnügte, wurde von dieser Rundumattacke völlig überrascht. Er hatte die Rebellen erst einen Tag später erwartet und geglaubt, sie würden auch dann noch mindestens einen vollen Tag brauchen, um sich zu sammeln und Angriffspläne zu schmieden. Jetzt musste er erkennen, dass die Holz- und Steinhaufen, die seine Männer zusammengetragen hatten, um daraus am nächsten Tag Brustwehren zu errichten, nur geringen Schutz vor den von allen Seiten abgefeuerten Kugeln boten, und verfluchte, dass er seinen Untergebenen gesagt hatte, ihr Mut und der kalte Stahl von Schwertern und Bajonetten seien der einzige Schutz, den sie gegen die verachteten Rebellenmilizen brauchen würden. Jetzt kauerten seine Männer ratlos hinter den Steinhaufen und er eilte aus dem Zelt, um sie zu sammeln und zum Gegenangriff zu blasen. Er rief ihnen zu, sie sollten das Feuer erwidern, und befahl einen Bajonettangriff auf die Milizen an der Südseite, der die Rebellen aus Virginia den halben Hang hinuntertrieb. Zweimal noch arbeiteten sich die feindlichen Milizen wieder nach oben, und zweimal gelang es Fergusons American Volunteers, sie zurückzuschlagen. Da sie dabei aber von allen Seiten unter Beschuss genommen wurden, lichteten sich die Reihen der Verteidiger zusehends.

Eine Gruppe Rotröcke erlitt dabei so starke Verluste, dass einer von ihnen die weiße Flagge schwenkte, aber Ferguson galoppierte sofort hinüber und riss dem Mann den Stofffetzen aus der Hand.

Schließlich brachen die Rebellen auch am nördlichen Rand des Gipfelplateaus aus dem dichten Wald und gingen gegen die Rotröcke vor. Ethan, der ganz vorne mit dabei war, sah, dass Ferguson mit ein paar Offizieren und einer Gruppe Soldaten in der Mitte des Plateaus Stellung bezogen hatte. Die Männer verschanzten sich hinter ein paar Karren und hohen Holz- und Steinhaufen, während Ferguson, der keine Furcht zu kennen schien, zwischen ihnen hin und her ritt und sie mit schrillen Pfiffen aus seiner Trillerpfeife und lauten Rufen anfeuerte. Als er die Rebellen aus dem Wald kommen sah, galoppierte er ihnen mit hoch erhobenem Säbel entgegen. Etwa ein Dutzend Rotröcke folgte seinem Beispiel. Ethan kniete nieder, hob sein Gewehr und zielte aus etwa sechzig Meter Entfernung sorgfältig auf die Brust des heranpreschenden britischen Kommandeurs.

Der Schuss tötete Ferguson sofort und warf ihn aus dem Sattel. Weil sich sein rechter Fuß im Steigbügel verhakt hatte, wurde sein Körper von dem davonlaufenden Pferd noch mehrere Meter über den rauen Felsboden geschleift, bevor er zu Boden fiel. Ethan sah, wie der Leichnam von einer ganzen Salve einschlagender Gewehrkugeln hin und her geworfen wurde.

DePeyster, dem jetzt das Kommando zugefallen war, erkannte sofort, dass er sich in einer ausweglosen Situation befand, und schwenkte die weiße Flagge, was aber viele der angreifenden Rebellen nicht aufhielt. Entweder kannten sie die Bedeutung dieses Signals nicht oder sie machten absichtlich weiter, weil sie sich an den Briten für den Tod von Freunden und Familienangehörigen rächen wollten. Viele der Rebellen hassten die Torys, deren Kommandeur sie immer wieder als «Barbaren», «Feiglinge» und «Bastarde» beschimpft hatte, zu sehr, um sich ihnen gegenüber ritterlich zu zeigen. Schließlich warf DePeyster seinen Säbel vor Colonel Campbell auf den Boden und schrie: «Das könnt ihr doch nicht machen!» Campbell, der jetzt offenbar den Oberbefehl über die Rebellen hatte, sagte DePeyster, er solle von seinem Pferd steigen und seinen Männern befehlen, sich auf den Boden zu setzen.

Außerdem solle jeder, der sich ergeben wollte, seinen Hut abnehmen.

Inzwischen hatte eine Gruppe von Over-Mountain-Rebellen den toten Ferguson der Pistole, des Schwerts, der silbernen Pfeife, des Huts und sämtlicher Kleidung beraubt. An der Leichenfledderei hatten sich sogar ein paar Offiziere beteiligt, offenbar weil der Schotte sie mit seinen Schmähreden zutiefst beleidigt hatte. Als die Rebellen erfuhren, dass Ferguson zwei Geliebte mit im Lager gehabt hatte, machten sie sich sofort auf die Suche nach den Frauen. Eine von ihnen fanden sie im Zelt des Colonels, wo eine verirrte Kugel sie getötet hatte. Nach einigen lautstark ausgetragenen Streitereien und vielen anzüglichen Witzen schlug man die Tote Gesicht an Gesicht mit Fergusons Leiche in eine rohe Rinderhaut ein und verscharrte sie in einem flachen Grab. Die zweite Geliebte fingen die Rebellen lebend und ließen sie zusammen mit neun anderen Frauen von Offizieren und Mannschaften kurz darauf wieder frei. Die meisten von ihnen waren im Damensattel auf den besten Pferden geritten und hatten elegante Kleider getragen, die man in den Häusern von Großgrundbesitzern erbeutet hatte.

Insgesamt hatten die Amerikaner 323 Torys getötet – manche von ihnen erst, nachdem sie sich bereits ergeben hatten –, 163 verwundet und 698 gefangen genommen, während sie selbst nur 28 Tote und 62 Verwundete zu beklagen hatten. Es machte Ethan und seinen Mitstreitern nichts aus, dass bis auf Ferguson alle getöteten Feinde Kolonisten waren wie sie. Amerikaner, die auf der Seite der Briten kämpften, galten bei ihnen als die verabscheuungswürdigsten Verräter überhaupt. Während sie ihre eigenen Toten aus den Wäldern bargen, überließen sie die Leichen der American Volunteers den Wildschweinen, Wölfen und Geiern zum Fraß. Als am nächsten Morgen – es war ein Sonntag – die Familien der aus dieser Gegend stammenden Torys aufs Schlachtfeld kamen, waren sie entsetzt von dem grauenvollen Anblick, der sich ihnen bot. Sie verjagten die Tiere und suchten unter den Leichen nach ihren Männern oder Söhnen.

Unter Zurücklassung einiger Männer, die sich um die Beerdigung der eigenen Toten kümmern sollten, marschierten die Milizen zusammen mit ihren Gefangenen den Broad River hinauf in Richtung Gilbert Town, was auch der Weg zu den Siedlungen der Over-Mountain-Rebellen im Watauga Valley war. Ein speziell ausgesuchtes Kommando exekutierte dabei die Gefangenen, die zu schwach oder zu schwer verwundet waren, um weiter mitmarschieren zu können. Als sie an einem Feld mit Süßkartoffeln vorbei kamen, gruben die Rebellen sie aus und aßen sie roh. Es war seit drei Tagen ihre erste Nahrung. Weil die Kartoffeln nicht für die Gefangenen reichten, bekamen diese erst am nächsten Abend rohe Maiskolben und ein paar ebenfalls rohe Kürbisse hingeworfen.

Auf den massiven Druck radikaler Rebellengruppen hin stimmte Colonel Campbell einem Kriegsgericht zu, das sechs Tage nach der Schlacht abgehalten wurde und 36 Gefangene wegen Mordes und anderer Kapitalverbrechen zum Tode verurteilte. Erst nachdem zehn von ihnen im strömenden Regen gehenkt worden waren, bereiteten Sevier und andere Offiziere der Over-Mountain-Rebellen den Hinrichtungen ein Ende. Einer der auf diese Weise Geretteten erzählte ihnen aus Dankbarkeit, dass sich Fergusons Streitmacht eigentlich mit der von Colonel Tarleton hätte vereinigen sollen. Daraufhin setzten die Rebellen ihren Marsch nach Nordwesten fort und überquerten dabei den Catawba River, der nach den ergiebigen Regenfällen der vergangenen Tage starkes Hochwasser führte. Erschöpft beschlossen die Milizionäre aus Georgia und South Carolina, die keine große Lust auf weitere Kämpfe hatten und sich zudem große Sorgen um ihre Familien machten, wieder ins Watauga Valley zurückzukehren, während einige wenige Over-Mountain-Rebellen die Gefangenen nach Virginia bringen wollten. Weder Ethan Pratt noch irgendein anderer der jüngeren Offiziere hatte sich über die schlechte Behandlung der Gefangenen beschwert.

Der blutige Sieg am King's Mountain war ein wichtiger Wendepunkt im amerikanischen Revolutionskrieg. Als General Cornwallis vom Ausgang der Schlacht erfuhr, wurde ihm klar, dass er seine Flanke im Westen Carolinas nicht weiter schützen konnte und deshalb seine Pläne für einen raschen Vorstoß nach Virginia aufgeben musste. So zog er seine Truppen weiter in den Süden auf Winnsboro zurück und schlug schließlich sein Lager in der Nähe von Ninety Six auf. In einem Bericht nach London schrieb er, dass Ferguson «nicht von Soldaten, sondern von Wilden» besiegt worden sei.

Ethan Pratt und andere Mitglieder der Milizen aus Georgia begleiteten die Colonels Sevier und Campbell ins Watauga Valley, wo Elijah Clarke bereits auf sie wartete. Die Männer erschraken, als sie sahen, wie schwach und blass der Colonel war. Obwohl seine Schulter noch immer in einem Verband steckte, behauptete Clarke, es gehe ihm gut und er erhole sich prächtig, aber Aaron Hart, der hinter ihm stand, schüttelte bei diesen Worten besorgt den Kopf. Nach dem Ende der Besprechung mit Clarke ging Ethan zu Epsey, die zusammen mit zwei anderen Frauen und drei Kindern in einem der Zelte hauste.

Epsey war zwar erleichtert darüber, dass Ethan gesund und unverletzt zurück war, interessierte sich jedoch nur wenig für das, was er ihr über die Schlacht erzählte.

«Und was willst du jetzt machen, Ethan?», fragte sie.

«Das, was man mir befiehlt. Ich schätze, dass wir jetzt erst einmal in South Carolina bleiben werden. Soviel ich weiß, ist Georgia vollständig unter britischer Kontrolle.»

«Das bedeutet dann wohl, dass auch die Familien hier im Watauga Valley bleiben», entgegnete sie sachlich.

Ethan verabschiedete sich mit einem knappen Nicken und wollte zurück zu seiner Einheit, aber als er ein paar Schritte gegangen war, rief Epsey ihm hinterher, und er drehte sich um.

«Ethan, ich mache mir immer große Sorgen um dich und bete jeden Tag zu Gott, dass er dich beschützt und uns bald wieder heimkehren lässt.»

Ethan ging zurück zu ihr, nahm ihre Hände in die seinen und sagte: «Epsey, du fehlst mir sehr. Ich hoffe genau wie du, dass dieser Krieg bald ein Ende hat.»

Kapitel 49
General Nathanael Greene

Die Milizionäre aus Georgia zogen scheinbar ziellos im Westen South Carolinas umher und blieben nie länger als ein, zwei Nächte an einem Lagerplatz. Dabei waren sie immer interessiert an neuen Nachrichten über Militäraktionen in den südlichen Kolonien und ihre Offiziere teilten ihnen mit, was sie erfuhren. General Horatio Gates, der sich wegen seiner raschen Flucht bei der Niederlage von Camden bei vielen lächerlich gemacht hatte, war bis nach Charlotte gezogen, wo er jetzt, Anfang Dezember, darauf wartete, von seinem Kommando abgelöst zu werden. Colonel Sevier war nach einem Besuch im Hauptquartier der Rebellen ins westliche South Carolina zurückgekehrt und verbreitete eine Mischung aus Fakten und Mutmaßungen über die allgemeine strategische Situation.

Dabei erzählte er allen, die es hören wollten, dass General Washington zwei große Probleme habe: die Fahnenflucht im Norden und die Niederlagen im Süden. Er musste unbedingt die massiven und meistens ungeahndeten Desertionen in den Griff bekommen, die bei seinen enttäuschten und relativ untätigen Truppen mittlerweile an der Tagesordnung waren. Nachdem einige Milizverbände in New Jersey regelrecht gemeutert hatten, beschloss er, an ihnen ein Exempel zu statuieren, indem er ihre Rädelsführer darum losen ließ, wer wen erschießen musste.

Soweit man es im Süden beurteilen konnte, schienen die Gegner im Norden noch immer in ihrer Pattsituation zu verharren, wobei weder der britische noch der amerikanische Oberbefehlshaber seine Strategie ändern zu wollen schien. Es sah so aus, als ob sich jetzt fast sämtliche Aktionen im Süden abspielten, wo deshalb auch die besten Kommandeure gebraucht wurden. Washington stand vor einem Dilemma: General Howe hatte Savannah übergeben, General Lincoln hatte in Charles Town kapituliert und General Gates hatte gerade bei Camden South Carolina verloren.

Es erfüllte die Milizionäre mit großem Stolz, dass ihr Sieg am King's Mountain ihr erster militärischer Erfolg seit vielen Monaten war. Jetzt waren die regulären Truppen der Rebellen gefordert, etwas Ähnliches zu erreichen. Colonel Sevier sagte, dass der Oberbefehlshaber von seinem nächsten General im Süden nicht einmal einen großen Sieg erwarte, sondern nur, dass er Cornwallis davon abhielt, nach Norden zu marschieren und sich dort mit Clintons Streitmacht zu vereinen, die sich immer noch in New York verschanzt hatte.

Ein paar Wochen später erfuhren die Milizionäre, dass selbst Washingtons engste Berater verblüfft gewesen waren, als er Brigadier General Nathanael Greene zum neuen Befehlshaber im Süden ernannt hatte. Greene war ein Quäker, der vor dem Krieg als Schmied und Kaufmann in Rhode Island tätig gewesen war. Bereits 1775 war Greene durch einen Beschluss der gesetzgebenden Versammlung des Staates vom einfachen Private zum Brigadier General befördert worden und rasch zu einem Favoriten George Washingtons avanciert. Die beiden Generäle und ihre Frauen verband seitdem eine enge Freundschaft. Während der Rückzüge aus New York, New Jersey und Philadelphia lernte Greene, wie man Truppen in Gewaltmärschen verschob und eine Armee auch nach einer verlorenen Schlacht zusammenhielt. Danach hatte er zwei Jahre lang das Amt des Generalquartiermeisters bekleidet und den chaotischen Nachschub der Rebellenarmee geordnet. Als er Washington schließlich um ein Kampfkommando bat, schlug ihn dieser als Befehlshaber der Südarmee vor, aber der Kongress setzte sich darüber hinweg und gab General Gates den Posten. Daraufhin reichte Greene seinen Abschied ein, den Washington jedoch nicht annahm. Stattdessen erteilte er dem achtunddreißigjährigen General Befehl, sich nach Charlotte zu begeben und Gates abzulösen, was der Kongress schließlich billigte. Der Oberbefehlshaber sagte zu Greene: «Da unten muss eine Armee auf Vordermann gebracht werden, die momentan nichts weiter als eine formlose Masse ist.»

Als General Greene das Kommando übernahm, lud er die Führer der Milizen zu einem Gespräch ein. Diese waren von ihm als Mensch sehr beeindruckt und erkannten sofort, vor welch gewaltiger Aufgabe er stand. Nach Gates' vernichtender Niederlage bei Camden waren viele der Überlebenden desertiert und nach Hause zurückgekehrt. Lediglich neunzig seiner Kavalleristen, sechzig seiner Artilleristen und 1480 seiner Infanteristen waren noch kampffähig, und unter diesen befanden sich weniger als tausend reguläre Soldaten. Der Rest bestand aus unzuverlässigen Milizionären, die nur dann kämpften, wenn es ihnen beliebte, und sich ihren Sold dadurch aufbesserten, dass sie plündernd durchs Land zogen. Greene sagte, dass der Sieg der Milizen am King's Mountain die einzige positive Nachricht für die demoralisierte reguläre Armee gewesen sei, und gab seiner Hoffnung Ausdruck, diesem Erfolg bald einen eigenen folgen zu lassen.

Die versammelten Kommandeure schätzten daraufhin die militärische Lage in den südlichen Kolonien ein. Die Briten hielten das stark befestigte Charles Town und hatten sich in einem Streifen Hinterland von Savannah bis St. Augustine festgesetzt, um ihre Herrschaft über die Atlantikküste zu sichern. Ihre Stärke in den südlichen Kolonien belief sich auf mindestens 8000 Mann, darunter 2500 kampferfahrene Veteranen, die unter Lord Cornwallis in Winnsboro stationiert waren und eine Truppe mit hervorragender Schlagkraft darstellten. Sie kontrollierten das Gebiet des Santee River mit seinen Nebenflüssen und hatten Forts in Orangeburg, Ninety Six und Augusta, die als sicher galten, aber auch eine große Anzahl britischer Soldaten banden.

Der Krieg im Rest des Südens glich eher einem Versteckspiel, bei dem Gelände von meist geringem strategischen Wert mal von der einen, mal von der anderen Seite besetzt wurde. Hier war es wichtig, dass sich die kleinen Truppenkontingente möglichst unauffällig bewegten und durch geschickte Aufklärung rechtzeitig erfuhren, wo der Feind stand. Als sich Cornwallis' Armee von Charles Town weiter nach Norden schob, wurden ihre Nachschublinien immer länger und verwundbarer, sodass die Verpflegung für die Soldaten immer knapper wurde. Alle wussten, dass die meisten Farmen mehrfach von Rotröcken und Kontinentaltruppen geplündert worden waren und die Farmer deshalb ihre Nahrungsmittel so gut es ging versteckten und es im übrigen als sinnlos ansahen, die Felder neu zu bestellen. Die Kommandeure der Miliz informierten Greene darüber, dass die Grausamkeit im Krieg zugenommen habe und dass der größte Hass zwischen früheren Nachbarn oder Familienangehörigen loderte, die auf verschiedenen Seiten kämpften. So kam es nicht selten vor, dass sich in der

Schlacht Söhne und Väter, Brüder und Brüder gegenüberstanden. Die frühere Gepflogenheit, Gefangene gegen das Versprechen, fortan neutral zu bleiben, wieder freizulassen, hatte man weitgehend fallengelassen, denn nun hing das eigene Überleben davon ab, dass man möglichst viele Gegner tötete.

Da General Greene mit seinen Truppen eine ähnliche Taktik anwenden musste wie die Milizen, war er sehr daran interessiert, von deren Anführern so viele Informationen wie möglich zu erhalten. Auch seine Truppen mussten mobil sein, konnten selten zwei Tage hintereinander am selben Ort ihr Lager aufschlagen und würden wohl meistens nachts marschieren müssen. Greene erkannte rasch, dass er bei dieser Art von Kampf auf die örtlichen Milizen angewiesen war, die – zumeist auf eigene Faust handelnd – viel dazu beitrugen, dass der Feind in North und South Carolina sowie Georgia nicht zur Ruhe kamen. Weil so viele Deserteure ständig die Seiten wechselten, sagte Greene einmal: «Wir bekämpfen den Feind mit britischen Soldaten, und er bekämpft uns mit Amerikanern.» Er beschloss, zunächst am Oberlauf der Flüsse zu bleiben, wo das Wasser seicht genug war, um es bei Furten zu überqueren, und schickte den erfahrenen General Daniel Morgan mit einem Großteil seiner Truppen über den Broad River nach Südwesten in Richtung Ninety Six und Augusta. Morgan hatte Befehl, den Kampfgeist der Whigs zu stärken, die Briten zu schwächen und seine eigenen Verluste so gering wie möglich zu halten – eine Maxime, die Greenes gesamter Strategie auch sonst zu Grunde lag. General Francis Sumter schmollte, weil Greene ihn übergangen hatte, und Morgan beschloss, ohne ihn aufzubrechen. Der Winter 1780 auf 1781 sollte eine harte Zeit für die Revolutionäre werden.

Ethan Pratt wusste nur vage von diesen Entwicklungen, obwohl er sich stets bemühte, alles über den Fortgang der Revolution zu erfahren und zu verstehen, welche kleine Rolle er selbst in dem großen Geschehen spielte. Es erstaunte ihn ein wenig, wie sehr ihm der Dienst in der Miliz gefiel, er kümmerte sich gerne um seine Stute und seine Waffen und lernte, beides so gut wie möglich einzusetzen. Auch wenn er außer diesen Tätigkeiten häufig nichts zu tun hatte, war er der festen Überzeugung, seinem Land damit so gut wie möglich zu dienen. Dabei war er froh, dass er sich weder um eine Farm noch um eine Familie kümmern und kein Geld für ihren Lebensunterhalt verdienen musste. In der Miliz herrschte eine gute Kameradschaft und Ethan hatte das Gefühl, dass seine Vorgesetzten ihn genauso respektierten wie die Männer, die unter ihm dienten. Manchmal gab es Momente der Gefahr, der sie sich meistens durch eine rasche und möglichst unauffällige Ortsveränderung entzogen, aber die meiste Zeit verbrachte er mit relativ angenehmem Müßiggang.

Weil Clarke noch immer an seinen Verwundungen laborierte – er konnte seinen rechten Arm nicht heben – und die Miliz aus Georgia seit der Schlacht am King's Mountain keinen richtigen Anführer mehr hatte, meldete sich Ethan, der unbedingt weiter gegen die Briten kämpfen wollte, freiwillig zum Dienst unter Major James Jackson. Dieser war zwar erst 23 Jahre alt, galt aber bereits als ein Offizier mit großem Ehrgeiz, der auch unter starkem Druck einen kühlen Kopf behielt. Bei der ersten militärischen Aktion in Savannah, dem Kampf um die Reiskähne, hatte er sich als tapferer Soldat und glühender Patriot erwiesen, der sich später auch in den südlichen Sümpfen Georgias einen Namen machte.

Zusammen mit anderen Truppenführern aus Georgia erhielt Jackson im Januar 1781 ein Schreiben von General David Morgan, der sein Lager bei Cowpens aufgeschlagen hatte:

An die Flüchtlinge aus Georgia:
Meine Herren: Ich habe von Ihren Leiden, Ihrem Eifer für die Sache der Freiheit und Ihrer Tapferkeit und Entschlossenheit im Kampf erfahren und daraus den für mich sehr angenehmen Plan entwickelt, Sie als große und wertvolle Verstärkung meiner Streitmacht willkommen zu heißen. Sicher können Sie meine Enttäuschung verstehen, Sie jetzt in viele kleine Einheiten auseinander gerissen vorzufinden, ohne Oberbefehl und damit nicht in der Lage, weiter für unser aller Wohl zu streiten. Die Erinnerung an das, was Sie in der Vergangenheit erreicht haben, sowie der Ausblick auf in der Zukunft zu erringende Lorbeeren sollte Sie einen Augenblick lang innehalten lassen. Sie haben sich einen guten Ruf erworben, warum sollten Sie diesen nun für eine billige Befriedigung aufs Spiel setzen?
Sie müssen wissen, dass Sie in Ihrer gegenwärtigen Lage weder für

Ihre eigene Sicherheit sorgen noch mich in meinem Bestreben, den Feind zu sekkieren, unterstützen können. Lassen Sie mich Sie deshalb – um Ihres Ruhmes und Ihrer Liebe zum Vaterland willen – ersuchen, sich in mein Lager zu begeben und sich unter meinen Befehl zu stellen. Ich verlange von Ihnen nicht, dass Sie sich größeren Unannehmlichkeiten oder Gefahren aussetzen als ich selbst. Sollte es sich als notwendig erweisen, selbständig operierende Abteilungen zu bilden, versichere ich Ihnen, dass ich Sie dafür einsetzen werde, falls Sie das wünschen; bedenken Sie aber dabei, dass ich in einem solchen Falle stets wissen muss, wo und in welcher Situation Sie sich befinden, um alle Truppen so einsetzen zu können, dass sie dem Wohl des Ganzen dienen.
Meine Herren, ich verbleibe mit allen nur erdenklichen guten Wünschen Ihr untertäniger Diener Daniel Morgan.

Indem sie die Worte «selbständig operierende Abteilungen» in Morgans Brief noch einmal besonders heraushoben und sich das Recht auf eigenständige Operationen vorbehielten, folgten Major Jackson sowie einige weitere Milizoffiziere aus Georgia dem Ruf des Generals. Jacksons Männer wurden zusammen mit weiteren Milizionären, die über gute Pferde verfügten, Colonel William Washington unterstellt, einem Cousin des Oberbefehlshabers, der in den Gefechten gegen die Truppen von Banastre Tarleton schon zweimal verwundet worden war, aber bisher noch keinen Sieg errungen hatte. Jetzt wollte er unbedingt unter Beweis stellen, dass auch er ein fähiger Heerführer war.

Schon kurz darauf meldete die Verstärkung aus Georgia ihrem neuen Befehlshaber, dass Thomas Brown in ihrem Heimatstaat 250 hinterwäldlerische Milizionäre ausgehoben habe, von denen nun etwa hundert das Land rings um Ninety Six unsicher machten. Allen Berichten nach handelte es sich um eine bunt zusammengewürfelte Bande, die nur wenige Pferde besaß und die sämtliche Familien, deren Farmen sie überfiel, mit äußerster Brutalität behandelte. Colonel Washington beschloss, die marodierenden Torys aufzuspüren und anzugreifen, und bald führten ortskundige Milizionäre seine 280 Reiter zu ihrem Lager, das sie in der Nähe von Hammonds Gemischtwarenladen aufgeschlagen hatten. Washington ließ Major Jackson und seine Milizionäre den ersten Angriff auf den vollkommen verdutzten Gegner reiten. Jackson ließ seinen

Männern freie Hand, woraufhin diese ihre unglücklichen Opfer regelrecht abschlachteten. Auch Ethan beteiligte sich mit Feuereifer und ohne Gewissensbisse an dem Gemetzel, denn diese Gegner waren für ihn gesetzlose Verbrecher, die keinerlei Achtung verdienten. Die meisten Torys wurden getötet, verwundet oder gefangen genommen, nur wenige entkamen den Angreifern, die ihrerseits keinerlei Verluste erlitten.

Nach dieser Aktion überredete Elijah Clarke die Anführer der Milizen dazu, Morgan einen Feldzug nach Süden vorzuschlagen, aber General Greene wollte von einer Operation gegen Georgia nichts wissen. Er wollte Morgans Truppe in seiner Nähe haben für den Fall, dass die beiden relativ kleinen Rebellenarmeen sich zur Abwehr starker britischer Kräfte rasch vereinigen mussten. Lord Cornwallis plante bereits, nach North Carolina zu marschieren und Greene anzugreifen, konnte es sich aber wegen Morgans Anwesenheit in South Carolina nicht leisten, durch einen solchen Vorstoß seine südliche Flanke verwundbar zu machen. Also schickte er Tarleton nach Ninety Six, um den Stützpunkt zu sichern und Morgans Streitmacht anzugreifen, während er selbst sich in Richtung Charlotte in Marsch setzte. Tarleton war so versessen auf einen Sieg, dass er seine Truppen sogar mit dem Befehl «keine Frauen im Lager» vor den Kopf stieß. Ein elf Tage anhaltender Dauerregen behinderte den Vormarsch seiner Einheiten und brachte die Kommunikation zwischen ihren Kommandeuren fast zum Erliegen, aber in seiner draufgängerischen Art ließ Tarleton Männer und Pferde durch die vom Hochwasser angeschwollenen Flüsse schwimmen, wobei er häufig ihr Leben aufs Spiel setzte. Als Morgan von ihrem Vorrücken Kenntnis erhielt, befürchtete er, zwischen Tarleton und Cornwallis in die Zange genommen zu werden. Zunächst plante er, gleich am nächsten Tag sein Lager bei Cowpens zu verlassen und am Broad River flussaufwärts zu marschieren in der Hoffnung, ihn an einer geeigneten Stelle überqueren zu können, aber dann entschied er sich doch dafür, auf die Rückkehr von Major Jackson und seinen erfahrenen Milizen zu warten und sich gemeinsam mit ihnen Tarleton zur Schlacht zu stellen.

Morgan, der selbst einmal in einer Miliz gedient hatte, kannte deren Stärken und Schwächen genau. Die meisten Milizionäre waren hervorragende Schützen, die ihre Waffen in Sekundenschnelle nachladen konnten, erwiesen sich aber in einer konventionellen Schlachtreihe, die von den Rotröcken mit Bajonetten angegriffen wurde, als nahezu unbrauchbar. Trotz dieses Wissens verblüffte er James Jackson und die anderen Offiziere damit, dass er zunächst zwar sechshundert Mann reguläre Truppen in einer klassischen Schlachtordnung aufstellte, dann aber dreihundert Milizionäre aus Georgia und Carolina noch hundert Meter vor ihnen im Gelände platzierte. Einhundertzwanzig der besten Scharfschützen aus den Milizen postierte er sogar so nahe vor dem Feind, dass diese als erste in Kontakt mit Tarletons Dragonern kommen mussten. Dann gab er allen Milizionären den Befehl: «Feuert zweimal auf die Offiziere und Unteroffiziere und zieht euch dann hinter die Schlachtreihe unserer regulären Truppen zurück, wo ihr euch als Reserve bereithaltet.» Mit diesem Befehl machte Morgan den Milizionären von vornherein klar, dass er sie keinem frontalen Bajonettangriff aussetzen würde.

Am eiskalten Morgen des 17. Januar stand Captain Pratt in der zweiten Reihe hinter den Scharfschützen, die sich etwa 75 Meter vor ihnen verborgen hielten. Zusammen mit Major Jackson, der die Hälfte aller Milizionäre aus Georgia und Carolina befehligte, sah er zu, wie General Morgan seine Schlachtreihen abritt. Bei der Miliz, die in etwa einer Stunde als erste im Kampf stehen würde, machte er den Anfang und rief den Männern zu: «Jetzt zeigt mir, wer von euch die Tapfersten sind, die Jungs aus Carolina oder die aus Georgia.» Dann ritt er weiter zu den regulären Truppen und ermahnte auch sie, ihrem Ruf als tapfere Soldaten gerecht zu werden.

Als Tarleton angriff, geriet die Attacke seiner Kavallerie im starken Feuer der vorgeschobenen Milizen sofort ins Stocken, sodass er sie zurückziehen und statt dessen die Infanterie vorschicken musste. Die Rotröcke feuerten ihre Musketen ab, ohne beim Gegner großen Schaden anzurichten, aber ihr Hauptanliegen war ohnehin der Angriff mit Bajonett. Noch bevor dieser aber richtig in Schwung kommen konnte, gaben die Scharfschützen im Vorfeld ihre zweite Salve ab und fügten den Briten schwere Verluste zu. Diese jedoch dachten beim Anblick der sich zurückziehenden Milizionäre, sie hätten die Amerikaner in die Flucht geschlagen und drängten nach, wobei sie geradewegs ins Feuer der zweiten Reihe liefen, zu der auch Ethan gehörte. Nachdem er seinen ersten

Schuss abgegeben hatte, lud er rasch nach, schoss noch einmal auf die verwirrten Rotröcke und zog sich dann zusammen mit seinen Männern ebenfalls zurück. Tarleton musste nun die zweite Welle seiner Truppen vorschicken, was es Colonel Washington wiederum ermöglichte, die Briten an ihrer ungeschützten Flanke zu beschießen. Derart in Verlegenheit gebracht, lösten die Rotröcke ihre Schlachtordnung auf und stürmten gegen die regulären amerikanischen Soldaten an, die diszipliniert und besonnen ihre Stellung behaupteten. Während die geschlagenen Briten in die Wälder flohen, weigerte sich Tarletons Kavalleriereserve, einen weiteren Angriff auf die Amerikaner zu reiten. So blieben ihm nur noch seine schottischen Highlander, die sich tapfer gegen die nun von den Milizen aus Georgia verstärkten Reihen der Kontinentaltruppen warfen, bis ihr verzweifelter Angriff zusammenbrach.

Die Amerikaner errangen einen großen Sieg, bei dem 110 britische Soldaten getötet wurden und 702 in Gefangenschaft gerieten. Auch sechzig Negersklaven fielen den Amerikanern, bei denen es nur zwölf Tote und sechzig Verwundete gegeben hatte, in die Hände. Die Schlacht von Cowpens kostete Cornwallis ein Viertel seiner Truppen und war damit eine der wichtigsten Ursachen für die lang anhaltende Pattsituation, die danach zwischen den beiden Hauptarmeen herrschte. Greene zog seine Streitmacht über den Dan River nach Virginia zurück, North und South Carolina überließ er Cornwallis und seiner stark dezimierten Armee.

Im Februar 1781 beschrieb Thomas Brown die allgemeine Kriegslage wie folgt:

Euer Exzellenz,
ich möchte hiermit berichten, dass General Nathanael Greene sich unter Aufbietung jeder nur denkbaren List den Bemühungen von Lord Cornwallis zur Vernichtung der Rebellenarmee entzogen und keine Kontinentaltruppen in den Staaten südlich von Virginia zurückgelassen hat. Nach einer Reihe verlustreicher Schlachten gegen die fliehenden Rebellen schätze ich die Lage so ein, dass Greene nun etwa 2500 Männer unter seinem Befehl vereint, darunter sechshundert schlecht ausgerüstete Milizsoldaten. Lord

Cornwallis verfügt etwa über gleich viel Soldaten, von denen aber 2000 erfahren und Teil der regulären Truppen sind.
Der Rebellengeneral Daniel Morgan konnte zwar einige Erfolge gegen unsere Truppen erringen, hat sich nun aber in sein Haus in Virginia zurückgezogen. Einer seiner Adjutanten, den wir gefangen genommen haben, berichtet, dass der alte Mann dort sein Ischiasleiden und seine Hämorrhoiden auskurieren will. Das Land ist in weiten Teilen verwüstet und die Versorgung beider Seiten ist so schlecht, dass die Soldaten nun gezwungen sind, sogar ihre Zugochsen zu schlachten. Besonders die irregulären Milizen leiden große Not, und da viele von ihnen barfuß sind, findet man auf den gefrorenen Wegen oft Blutspuren. Um am Leben zu bleiben, ernähren sie sich von Tierhäuten, Knochen und Eingeweiden.
Die Armee Seiner Majestät hat ihr Lager nun in Hillsborough in North Carolina aufgeschlagen, des weiteren halten unsere Streitkräfte sichere Stellungen in Charles Town, Augusta, Ninety Six sowie an jedem anderen Stützpunkt, den zu besetzen wir für notwendig erachten, weil mehrere Rebellenmilizen unter Francis Marion, Thomas Sumter und Andrew Pickens die ländlichen Gebiete unsicher machen. Die Führer der Milizen aus Georgia und Carolina, bei denen es sich zumeist um Abschaum handelt, wollten Greene dazu überreden, in den Süden zurückzukehren, aber ich glaube, dass die Armee der Rebellen diese Region für immer aufgegeben hat.

Mit vorzüglicher Hochachtung
vorgelegt durch den Beauftragten des Gouverneurs

Kapitel 50

Die Milizen aus Georgia kehren in ihre Heimat zurück

Nach ein paar Wochen in Virginia wurden die Führer der Milizen aus Georgia und Carolina aufsässig und verlangten von General Andrew Pickens, ihrem ranghöchsten Offizier, er solle General Greene dazu auffordern, ihre Staaten nicht einfach den Briten zu überlassen. Sein überzeugendstes Argument war, dass die britischen Soldaten inzwischen sämtliche Lebensmittel aufgebraucht hätten, die das Land ringsum hergab, und halb verhungert seien. Da die Truppe Anfang März durch zusätzliche 2000 Mann, hauptsächlich Freiwillige aus Virginia, verstärkt worden war, entschloss sich Greene, wieder in North Carolina einzumarschieren und gegen Cornwallis' Armee in Hillsborough vorzurücken. Cornwallis erkannte, dass auch er nicht weiter untätig bleiben durfte, und bereitete einen Angriff auf die ehemalige Truppe von Morgan vor, die nun von Colonel Otho Holland Williams befehligt wurde und etwa ein Drittel von Greenes Streitmacht darstellte.

Über diesen Kommandowechsel hatte es heftigen Streit zwischen der regulären Kontinentalarmee und den Milizen aus dem Süden gegeben, die Morgan bewundert hatten und Williams als arrogant und ihren Bedürfnissen gegenüber nur wenig aufgeschlossen empfanden. Außerdem fehlte ihm jegliches Verständnis für ihren Stolz auf ihren Status als Freiwillige. Im Hinblick auf die ihm übertragenen Aufgaben entschied Williams, dass er mehr Infanterie als Kavallerie benötigte, und befahl den Milizen aus South Carolina und Georgia, ihre Pferde nach Hause zu schicken. Als die Milizionäre daraufhin drohten, den Dienst zu quittieren, sah sich der Colonel gezwungen, den Befehl wieder zurückzunehmen. Zwei Tage später musste Williams, um ein Zusammentreffen mit einer überlegenen britischen Streitmacht zu vermeiden, in aller Eile den Reedy Fork Creek überqueren, und er befahl den Milizen, die ohnehin nicht gut auf ihn zu sprechen waren, seine Truppen nach hinten abzusichern und damit den Angriff des Feindes auf sich zu ziehen.

Nach dieser Aktion begab sich General Andrew Pickens ins Hauptquartier, um General Greene mitzuteilen, dass er und seine Männer jetzt nach Hause zurückkehren würden. Sie hatten ihm zwei Monate unter schwierigen Bedingungen untadelig gedient, was länger war, als sie ursprünglich geplant hatten. Da die Kontinentaltruppen inzwischen auf fast 4500 Mann angewachsen waren, billigte General Greene ihre Entscheidung und schlug Pickens vor, sich mit seinen Milizen auf Ninety Six zu konzentrieren.

Cornwallis hatte nur noch knapp 2000 Mann in seiner Armee, die alle seit sechs Wochen mit stark gekürzten Rationen auskommen mussten. Trotzdem war er bereit zum Kampf und Greene beschloss, die Schlacht in der Nähe des Gerichtshauses von Guilford zu suchen, auf einem Gelände, das ihm wohl bekannt war. Er erinnerte sich an die Taktik, die Morgan bei Cowpens so erfolgreich angewendet hatte, und platzierte die Miliz aus North Carolina vor der Front, gab aber seinen erfahrenen Truppen im zweiten und dritten Glied Befehl, auf jeden zu schießen, der versuchte, sich aus dem Staub zu machen. In der Schlacht feuerten die meisten Milizionäre zumindest eine Salve aus ihren Musketen ab, aber als die Briten mit Bajonetten gegen sie vorgingen, warfen gut tausend von ihnen Waffen und Marschgepäck fort und nahmen Reißaus. Cornwallis rückte durch dichten Wald vor, und als der erbitterte Nahkampf Mann gegen Mann auf dem Höhepunkt angelangt war und niemand wusste, wer den Sieg davontragen würde, ließ er von seiner Artillerie Schrapnells mitten in das Getümmel schießen.

Die Briten gewannen schließlich die Schlacht, weil Greene seine Armee – die einzige, die die Rebellen im Süden hatten – vor dem Untergang bewahren wollte und sich zurückzog. Allerdings hatten auch die Briten so schwere Verluste zu beklagen, dass ein Kommentator in London schrieb: «Cornwallis hat so viel erobert, dass seine Armee jetzt ohne Schuhe und Verpflegung dasteht und er selbst fast keine Truppen mehr hat.» Langsam zogen sich die Briten zuerst nach Wilmington und dann nach Charles Town zurück, wo sie auf dem Seeweg Nahrungsmittel und anderen Nachschub erhielten. Dann marschierten sie ein weiteres Mal nach Virginia, während Nathanael Greene seine Truppen zur selben Zeit hinunter in den Süden führte, ohne dabei auf nennenswerten Widerstand zu stoßen. Die beiden Armeen marschierten praktisch aneinander vorbei, wobei die Kontinentaltruppen die Briten im Westen passierten.

Elijah Clarke lag auf einer Pritsche in einer kleinen Hütte in North Carolina. Trotz der kühlen Temperaturen stand ihm der Schweiß auf der Stirn. Seine Frau Hannah saß neben ihm auf einem Stuhl und schaute ihn besorgt an, dann stand sie auf, trat an seine Pritsche und rückte ihm das Kissen unter dem Kopf zurecht.

«Verdammt nochmal, Frau, lass mich in Ruhe!», rief Clarke.

«Du warst sehr krank, Elijah, und hast hohes Fieber gehabt. Aber jetzt sind wir alle froh, dass es dir wieder besser geht und du schon wieder schimpfen kannst.»

Clarke lächelte matt und sagte: «Vermutlich bin ich kein allzu guter Patient, aber ich kann es nun mal nicht ertragen, im Bett zu liegen, wenn so viel getan werden muss. Wie lange bin ich denn schon hier?»

«Seit gut zwei Wochen. Dein Fieber ist jetzt zwar zurückgegangen, aber deine Schulter ist noch lange nicht heil. Im Gegenteil, sie ist in einem schlimmeren Zustand als zuvor.»

«Das ist mir egal. In ein, zwei Tagen stehe ich auf, ganz gleich, was du sagst.»

Hannah erkannte, dass jede weitere Diskussion mit ihrem Mann pure Zeitverschwendung war, und gab ihm etwas Wasser zu trinken, bevor sie die Hütte verließ. Draußen wartete bereits Aaron Hart auf ihren Bericht. «Aaron, er muss sich unbedingt ausruhen.»

«Kann er denn schon wieder reiten?»

«Nein, aber wenn es sein muss, könnte man ihn auf einem Travois hinter einem Pferd herziehen.»

«General Andrew Pickens hat dem Colonel sein Haus in South Carolina angeboten, wo es Bedienstete gibt, die sich um ihn kümmern könnten. Außerdem liegt es, zumindest was die momentane Lage betrifft, weitab von jedem Kampfgebiet. Wenn es uns gelingt, Elijah dazu zu überreden, würde ich ihn hinbringen.»

Hannah dachte eine Weile nach. «Dazu müssten wir ihm weismachen, dass General Pickens unbedingt jemanden braucht, der auf sein Haus aufpasst. Und selbst wenn er uns das nicht abnimmt, kann er es als Entschuldigung vor sich selbst anführen.»

Eine Woche später hatten Clarke und Hart die Reise hinter sich gebracht und Elijah, der im Haus des Generals eine hervorragende Pflege erfuhr, hatte viel Zeit, um sich zu erholen. Endlich klang die Entzündung in seinem Körper ab, und seine Wunden begannen zu heilen.

Als Thomas Brown erfuhr, wo Clarke sich aufhielt, rief er Major James Dunlap zu sich, teilte ihm 75 erfahrene Dragoner zu und befahl ihm, so schnell wie möglich zur Pickens-Plantage zu reiten, um Clarke gefangen zu nehmen und nach Augusta zu bringen, wo er öffentlich hingerichtet werden sollte.

Da es nun wärmer wurde, beschloss Elijah, der sich jetzt sehr viel besser fühlte, noch vor Ostern zu seinen Männern auf der in Carolina gelegenen Seite des Savannah River zurückzukehren. Man hatte ihm zwar zugetragen, dass Dunlap die Plantagen von noch immer gegen die Briten kämpfenden Whigs plünderte, aber er wusste nicht, welchen Auftrag der Major tatsächlich hatte. Nachdem er ein paar Tage bei seinen Männern verbracht hatte, beschloss Clarke, zu General Pickens' Hauptquartier zu reiten, wo er ihm für seine Gastfreundschaft danken und ihm gleichzeitig anbieten wollte, mit seiner Miliz Dunlap und seine Dragoner zur Strecke zu bringen.

Als Clarke bei Pickens eintraf, war dieser außer sich vor Zorn und Verzweiflung. Noch bevor Clarke auch nur ein Wort sagen konnte, rief der General aus: «Dieser Hurensohn hat mein Haus und meinen gesamten Besitz niedergebrannt!»

Sein Verwalter hatte ihm am Vormittag berichtet, dass Dunlap auf die Plantage gekommen sei und Clarkes Auslieferung verlangt habe. Als man ihm sagte, dass der Colonel bereits abgereist sei, wurde er so wütend, dass er seinen Dragonern erlaubte, die Gebäude erst zu plündern und danach in Schutt und Asche zu legen. Obwohl Pickens Clarke versicherte, dass er ihn nicht für diese Untat verantwortlich mache, wussten beide Männer nur zu genau, dass der wahre Grund für die Zerstörung der Plantage die Animosität zwischen Thomas Brown und Elijah Clarke war.

Weil Clarke annahm, dass Dunlap nach Augusta zurückreiten und Brown Bericht erstatten würde, schickte er sofort Kundschafter aus, die sämtliche Straßen und Pfade beobachten sollten. Bald teilten sie ihm mit, dass Dunlap und seine Männer ihr Lager bei Beatties Mühle aufgeschlagen hatten. Kurz vor Tagesanbruch umzingelte Clarkes Miliz die Mühle und fing an, sie zu beschießen. Gegen Mittag wurde eine weiße Flagge aus einem Fenster gehängt und Dunlap rief, dass 34 Männer tot seien und er zusammen mit den anderen kapitulieren wolle. Nachdem sie ins Freie gekommen waren und ihre Waffen weggeworfen hatten, ließ Clarke sie in einer Reihe vor der Mühle antreten und auf der Stelle erschießen. Clarke hatte sich wegen seiner Wunden zwar nicht an dem Kampf beteiligt, dafür aber die Operation und das Massaker an den Gefangenen für alle sichtbar vom Sattel seines Pferdes aus befehligt. Als sich die Nachricht davon herumsprach, wussten alle Torys, dass jeder, der sich Clarke ergab, mit dem Tod rechnen musste.

Kapitel 51

Ein Sieg bei Augusta

Juni 1781

Während die Kontinentalarmee und die Briten weiter nach Norden in Richtung Virginia zogen, beschlossen die Milizführer aus Georgia, dass sie nun lieber in ihrer Heimat kämpfen wollten. Bald fanden sich die zuvor zerstreuten Gruppen von Milizionären in der relativ sicheren Gegend des Hornissennestes ein und errichteten dort ein großes Lager. Jetzt, da sie ihre Familien sicher im Watauga Valley untergebracht wussten, war die Verteidigung ihres eigenen Gebietes sehr viel einfacher. Und weil Cornwallis alle verfügbaren Männer für den Angriff auf Greene abgezogen hatte, war Elijah Clarke davon überzeugt, dass ihm mit etwas Unterstützung die Eroberung Augustas gelingen musste. Um General Greene für diesen Plan zu gewinnen, schickte er James Jackson und Ethan Pratt ins Hauptquartier der Kolonialarmee, das fünfzig Meilen von Charles Town entfernt im Inland lag.

Die beiden Offiziere wurden sofort zu General Greene geführt, der General Pickens zu der Unterredung hinzugezogen hatte. Weil auch Pickens sich für Clarkes Vorschlag stark machte, stimmte Greene nach einigem Zögern zu. Ausschlaggebend war wohl die Überlegung, dass er die Briten in arge Bedrängnis bringen konnte, wenn er sie gleichzeitig in Charles Town und Augusta angriff. Greene ließ zwar seine eigenen Truppen dort, wo sie waren, aber er schickte er Pickens und Lieutenant Colonel «Light Horse Harry» Lee nach Georgia, wo Lee den Angriff auf Augusta befehligen sollte.

Nur mit Mühe konnte Ethan Pratt die Erregung verbergen, die ihn beim Gedanken an einen Angriff auf Augusta packte, das von den Florida-Rangern unter dem Befehl von Colonel Thomas Brown und Major James Grierson verteidigt wurde. Da nicht nur er mit den beiden Offizieren noch eine Rechnung offen hatte, bildete sich alsbald eine Gruppe, die insgeheim plante, Brown und Grierson im Falle ihrer Gefangennahme zu töten.

Pickens und Lee begaben sich zum Hornissennest und einigten sich mit den Führern der Miliz auf eine Strategie für den Angriff auf Augusta. Um eine mögliche Verstärkung von Savannah aus zu unterbinden, eroberten sie zunächst das zwölf Meilen südlich von Augusta gelegene Fort Galphin, wo ihnen auch ein großes Lager mit dringend benötigten Versorgungsgütern in die Hände fiel. Als alle Straßen und Pfade nach Augusta blockiert waren, schickte Lee einen Boten zu Thomas Brown, der ihn vom Aufmarsch einer großen Rebellenstreitmacht in Kenntnis setzen und zur Übergabe der Stadt auffordern sollte. Colonel Brown weigerte sich, die Botschaft entgegenzunehmen, und schickte sie unbeantwortet zurück.

Browns Befehlsstand befand sich im Fort Cornwallis, das mitten in Augusta gelegen und inzwischen stark befestigt war. Es wurde von 250 Florida-Rangern, 250 Creek, fünfzig Cherokee und etwa zweihundert Sklaven verteidigt. Brown hatte von den Vorbereitungen zum Angriff erfahren und Boten mit der Bitte um Unterstützung nach Ninety Six und Savannah geschickt, die aber beide von den Milizen abgefangen worden waren.

Am 22. Mai führten die Amerikaner ihren ersten Angriff auf einen unbedeutenden Außenposten, der etwa eine halbe Meile von der Stadt entfernt flussaufwärts lag und nach seinem Kommandanten Fort Grierson genannt wurde. Nach hitziger Schlacht wurde die Befestigung geknackt und Grierson und seine Männer mussten durch eine enge Schlucht nach Fort Cornwallis fliehen. Nur mit Mühe konnte Lee verhindern, dass Clarkes Milizionäre die dabei zurückgelassenen 45 Verwundeten auf der Stelle massakrierten. Als Nächstes wandten sich die Amerikaner Fort Cornwallis zu, wofür sie allerdings nur zwei alte Kanonen zur Verfügung hatten – einen Fünf- und einen Sechspfünder, die ihnen in Fort Grierson in die Hände gefallen waren. Die Briten hingegen besaßen acht hervorragende Kanonen. Major James Jackson und seine Männer griffen vom Süden an, Pickens und Clarke vom Nordwesten.

Da ihre kleinen Kanonen vom Erdboden aus nicht viel Schaden anrichten konnten, ließ Lee aus Holz, Steinen und Erde eine Plattform erbauen, von der aus er das Fort von oben unter Beschuss nehmen konnte. Während die Plattform im Schutz einiger Häuser immer höher wurde, hoben andere Milizionäre klassische Belagerungsgräben aus.

Als Lee von Brown abermals die Übergabe des Forts verlangte, antwortete dieser postwendend und entschuldigte sich sogar in äußerst höflichem Ton dafür, dass er auf das erste Angebot, von dem er geglaubt hatte, es komme von Clarke, nicht geantwortet habe. Eine Kapitulation lehnte er allerdings nach wie vor ab. Lee informierte Greene über diesen Austausch von Botschaften und schrieb, dass er Brown, den er als «umsichtigen, resoluten, tatkräftigen Offizier mit scharfem Verstand» bezeichnete, in Bezug auf Clarke gut verstehen könne. Dabei erinnerte er Greene an die Erschießung von Major Dunlap und seinen Dragonern, die er eine von Clarke begangene «schändliche Mordtat» nannte.

Nach einer Woche Belagerung begann Brown mit nächtlichen Ausfällen gegen die Amerikaner, die aber alle zurückgeschlagen wurden. Am 2. Juni schließlich wurde der Sechspfünder auf die von der Miliz erbaute Plattform gehievt und mit dem Beschuss des Forts begonnen.

Brown schickte einen schottischen «Deserteur» zu den Amerikanern, der ihr Vertrauen gewinnen und die Plattform zerstören sollte, aber Lee schöpfte Verdacht und ließ den Mann festnehmen. Als Nächstes brannten von Brown gesandte Kommandotrupps zwischen dem Fort und der Plattform alle Häuser bis auf eines nieder, unter dem ein vom Fort aus gegrabener unterirdischer Gang endete. In der Hoffnung, dass die Rebellen das Haus besetzen würden, ließ Brown große Mengen Sprengstoff darunter deponieren, aber der misstrauisch gewordene Lee schickte nur wenige Männer hinein. Als Brown das Haus, von dem er glaubte, dass es voller Amerikaner sei, mitten in der Nacht in die Luft sprengte, tötete er lediglich sechs Männer. Am folgenden Tag bot Lee Brown ein weiteres Mal die Gelegenheit zur Kapitulation, doch statt der Aufforderung nachzukommen, ließ dieser seine amerikanischen Gefangenen auf den Wällen des Forts antreten und zeigte Lee damit, dass bei einem Sturmangriff auch sie getötet würden. Unter ihnen befand sich auch der alte John Alexander, dessen Söhne James und Samuel als Captains bei der belagernden Miliz dienten und zusammen mit Ethan Pratt und anderen die Pläne zur Ermordung von Brown und Grierson geschmiedet hatten.

Brown wusste genau, dass er gar keine andere Wahl hatte, als möglichst günstige Übergabebedingungen auszuhandeln, und schickte am späten Nachmittag eine ebenso begabte wie schöne junge Frau namens Sophronia Cowan hinaus zu den Rebellen. Sie hatte den Auftrag, mit niemandem außer Colonel Lee persönlich zu sprechen, und zum Erstaunen der Ranger und ungeachtet der wütenden Proteste von Seiten der Milizführer nahm Lee Browns Bedingungen kurz nach Morgengrauen des folgenden Tages an und beendete die vierzehntägige Belagerung mit den Worten: «Die besonnenen und ritterlichen Verteidiger der Festung haben sich das Anrecht auf Beibehaltung sämtlicher militärischer Ehren erworben.»

Die Vereinbarung, die rasch als «Sophronias Meisterstück» bekannt wurde, sah vor, dass die einfachen Soldaten in Gefangenschaft gehen sollten, während die britischen Offiziere sowie die unter ihnen dienenden Indianer auf Ehrenwort entlassen und nach Savannah geschickt wurden. Die Verwundeten und Kranken würden von britischen und amerikanischen Ärzten versorgt werden, die Verteidiger durften das Fort mit Trommelwirbel und geschulterten Waffen verlassen und der schottische «Deserteur», der die Kanonenplattform hätte zerstören sollen, sollte wie ein normaler Gefangener behandelt und nicht als Spion erschossen werden. Was die Colonels Brown und Grierson betraf, so wurde für sie eine Sondervereinbarung getroffen: Beide sollten sie mit Respekt behandelt, durch eine spezielle Wache geschützt und auf keinen Fall an Elijah Clarke übergeben werden.

Während Grierson zusammen mit dem Rest der Verteidiger aus dem Fort marschierte, wurde Brown in Lees Hauptquartier gebracht. In einem Raum, der direkt an das Zimmer grenzte, in dem sich Miss Cowan von den Strapazen der vergangenen Nacht erholte, unterhielten sich die beiden Befehlshaber zunächst über den Verlauf der Belagerung und besprachen dann die Erfüllung der Kapitulationsbedingungen im Einzelnen. Von den Amerikanern waren 23 bei der Belagerung ums Leben gekommen und 28 verwundet worden, während die Briten doppelt so viele Verluste hatten und bis auf die Offiziere alle in Gefangenschaft gehen mussten. Als Nächstes besprachen Lee und Brown ausgiebig den allgemeinen Verlauf des Krieges mit seinen vergangenen und gegenwärtigen Problemen. Brown erwies sich als erstaunlich gut informiert über viele Dinge, unter anderem auch über vermeintlich geheime Nachrichten, die Lee mit General Nathanael Greene ausgetauscht hatte. Als Lee sich darüber erstaunt zeigte, erzählte der Kommandeur der Ranger nicht ohne Stolz von seinem weit gespannten

Spionagenetzwerk, das auch jetzt noch von New Orleans bis zu den Großen Seen und von Kanada bis nach Florida reichte.

Gegen Ende des Gesprächs stürzte auf einmal ein Captain ins Zimmer und berichtete, dass Major Grierson von einer offenbar von den Alexander-Brüdern angeführten Gruppe Milizionären gefangengenommen, gefoltert und gezwungen worden sei, ein umfangreiches Geständnis abzulegen. Danach sei er aufgehängt worden und die Brüder seien zusammen mit ihrem Vater untergetaucht. Lee war über diese eklatante Verletzung der Kapitulationsbedingungen außer sich und ordnete an, dass Brown unter strenger Bewachung direkt neben seinen persönlichen Räumen untergebracht werden solle. Am nächsten Morgen wurde er von einer Eskorte unter einem Lee treu ergebenen Colonel flussabwärts nach Savannah gebracht. In seinem schriftlichen Befehl hielt Lee fest, dass, wenn Brown zu Schaden komme, «die Lorbeeren, die sich die amerikanischen Streitkräfte verdient haben, durch den Mord an einem tapferen Soldaten besudelt wären, der sich seinen Feinden im Vertrauen auf ihre Versprechungen ergeben hat.» Als General Greene von Griersons Tod erfuhr, schrieb er an Lee, dass dies «eine Beleidigung der Streitkräfte der Vereinigten Staaten und eine grobe Verletzung der Menschenrechte» sei, und setzte eine Belohnung von hundert Guineen für die Ergreifung der Mörder aus.

Da fast alle Milizionäre Grierson und Brown als üble Verbrecher verachteten, wurde diese Belohnung nie abgeholt. Ein paar Tage später wurde Griersons Geständnis an James Jackson weitergeleitet, aber Lee und Pickens weigerten sich, es anzuerkennen, und befahlen Jackson, den Inhalt niemandem mitzuteilen. Ebenfalls kein Ruhmesblatt für die amerikanische Armee war die Tatsache, dass Lee die für die Indianer gedachten Geschenke sowie die im Fort gefangen genommenen Sklaven einem Captain namens John Burnet anvertraute, von dem später bekannt wurde, dass er diese über die Berge und quer durch Kentucky an den Ohio geführt, den Fluss und den Mississippi hinunter bis nach Natchez verschifft und dort verkauft hatte, bevor er spurlos verschwand.

Ein paar Tage nach dem Sieg über Brown wurden Lee und Pickens zu General Greene in die Nähe von Charles Town abkommandiert und James Jackson blieb als Befehlshaber über die Truppen in Augusta zurück. Die Männer waren nicht sonderlich erstaunt darüber, dass Sophronia Cowan Lee zu seinem neuen Posten begleitete. Nun hielten die Briten nur noch Ebenezer, Charles Town, Savannah und die Küstenregion bis nach Florida. Innerhalb von drei Monaten hatten Jacksons Milizen Ebenezer umzingelt und eingenommen, was mit nur wenig Blutvergießen auf beiden Seiten gelang. Die Alexander-Brüder schlossen sich bald wieder Jacksons Truppe an und wurden von Ethan Pratt und den anderen wie Helden gefeiert.

Kaum war Brown in Savannah angekommen, begab er sich nach Charles Town und handelte dort einen Austausch gegen einen amerikanischen Offizier gleichen Ranges aus. Auf diese Weise war er von seinem Lee gegebenen Ehrenwort entbunden und durfte weiterkämpfen. Außerdem gelang es ihm, auch Warrant Officer Alonzo Baker, der stets sein engster Vertrauter und Berater gewesen war, durch einen ähnlichen Austausch frei zu bekommen. In Charles Town erhielt er dann eine ganze Reihe schlechter Nachrichten: Dass die Rebellen Crugers Befehle, ihn zu entsetzen, abgefangen hatten; dass während der Belagerung von Augusta mehrere hundert Creek-Krieger ahnungslos nur vierzig Meilen von der Stadt entfernt gewartet hatten; und dass die Briten inzwischen beschlossen hatten, Ninety Six kampflos den Rebellen zu übergeben.

Browns Stimmung besserte sich erst, als er nach Savannah zurückkehrte und Gouverneur Wright ihm sagte, dass der Kaiser von Österreich und die russische Zarin sich angeboten hatten, zwischen den kämpfenden Parteien zu vermitteln. Falls bei Friedensschluss Savannah und Charles Town noch immer in britischen Händen wären, würde es dann ein *uti possidetis* genanntes Rechtsprinzip ermöglichen, dass Georgia und South Carolina zusammen mit Florida englische Kolonien bleiben könnten. Gouverneur Wright hatte zunächst gefordert, dass die Armee Augusta zurückerobere, jetzt aber beschränkte man sich als Beweis für die Herrschaft über beide Staaten darauf, Savannah und Charles Town zu halten. Optimistisch wie immer erklärte Wright, dass fast alle der 7800 Einwohner Georgias entweder offen oder insgeheim der britischen Krone die Treue hielten. Obwohl Brown wusste, dass das nicht stimmte, sagte er nichts. Er erhielt 10 740 Pfund als Unterstützung für seine Ranger sowie den Befehl, die Rebellen weiter zu bekämpfen.

Auch George Washington hatte von dem österreichisch-russischen Vermittlungsangebot erfahren und General Greene angewiesen, mit allen Mitteln dafür zu sorgen, dass sich in den beiden Staaten amerikanische Regierungen etablierten, die dann bei möglichen Friedensverhandlungen in Paris als Beweis dafür dienen konnten, dass die Briten mit ihrer Anwesenheit in den Küstenstädten noch längst nicht das ganze Land kontrollierten. Weil Major Jackson auf Greene einen guten Eindruck gemacht hatte, beförderte er ihn zum Colonel und ernannte ihn zum Kommandeur einer offiziellen Legion des Staates Georgia, zu der nicht nur alle Truppenangehörigen aus Georgia gehören sollten, die unter Greene in North und South Carolina gedient hatten, sondern auch die Milizen und Überläufer aus der britischen Armee.

Nach dem Modell der Verfassung von 1777 wurden in den von den Amerikanern kontrollierten Regionen des Staates rasch Wahlen zu einer gesetzgebenden Versammlung abgehalten, die alsbald in Augusta zusammentrat. Dies verstärkte eine längerfristige Verschiebung des politischen Einflusses – weg von den gebildeten Eliten an der Küste und hin zu den Farmern aus den im Inland gelegenen Grenzgebieten. Die Versammlung erklärte Augusta zur Hauptstadt Georgias und wählte Dr. Nathan Brownson, einen ehemaligen Abgeordneten des Kontinentalkongresses, zum Gouverneur des Staates. Elijah Clarke, der ebenfalls in die Versammlung gewählt worden war, wurde mit der Aufgabe betraut, die Verteilung konfiszierter Güter zu regeln. Da aber die Creek und Cherokee noch immer auf dem Kriegspfad waren und von Brown und seinen Rangern massive Unterstützung bekamen, beschloss Clarke, zunächst auf eigene Faust die Grenzregionen zu sichern und erst danach in Colonel Jacksons Miliz oder in das Kontinentalheer unter General Wayne einzutreten.

Da Gouverneur Brownson wusste, dass die größte Gefahr von den Creek ausging, schickte er Häuptling Emistisiguo und den «Geliebten Männern der Nation der Creek» eine Botschaft, in der er ihnen mitteilte, wie schwer die britischen Niederlagen waren; und er ersuchte sie, sich nicht von «Browns verlogenem Gerede» dazu bewegen zu lassen, gegen die Amerikaner zu kämpfen. «Unsere Brüder in Virginia haben vernommen, dass eure Tomahawks unser Blut getrunken haben. Sie haben uns Kunde geschickt, dass sie ihre Schwerter geschärft und ihre Gewehre geputzt haben und nur auf unser Wort warten, um eure Frauen zu Witwen zu machen und eure Dörfer in Asche zu legen. Wir aber haben ihnen Kunde geschickt, wie sehr wir daran glauben, dass die Creek immer noch unsere Freunde und Brüder sein wollen und dass das Blut nur von verrückten jungen Männern vergossen wurde, die von Browns verlogenen Männern verdorben wurden.» Brownson bot den Creek einen Friedensvertrag an, aber die Bande zwischen Thomas Brown und den Indianern waren zu stark, um aufgrund von seltsamen Botschaften gelockert zu werden, die noch dazu von denjenigen Weißen kamen, die den Indianern bisher nur feindlich gesonnen gewesen waren.

Kapitel 52

Ethan und Mavis

August 1781

In Ebenezer meldete sich Ethan Pratt bei Major Jackson und bat ihn um die Erlaubnis, nach Wrightsborough reiten zu dürfen.

«Selbstverständlich dürfen Sie nach Hause reiten, Captain Pratt, aber darf ich fragen, weshalb?»

«Joseph Maddock, der Führer der Quäker, hat den Familien im Watauga Valley mitgeteilt, dass Gouverneur Wright unsere alte Siedlung in Georgia vor Übergriffen der Rotröcke und der Ranger beschützt hat und deshalb nur ganz wenige Farmen dort verwüstet wurden. Maddock will jetzt von mir und den drei anderen Farmern, die in der Miliz dienen, wissen, ob wir weiter Ansprüche auf unser Land erheben. Ich habe mit den Männern gesprochen und wurde von ihnen gebeten, nach Wrightsborough zu reiten und ihre Ansprüche dort geltend zu machen. Außerdem hat mir meine Frau Briefe von den Witwen zweier anderer Farmer geschickt, die ebenfalls an Maddock weitergeleitet werden müssen.»

«Ich denke, das mit dem Geltendmachen der Ansprüche können Sie sich sparen. Der Gouverneur hat Brown erlaubt, sämtliche Farmen von Milizangehörigen zu konfiszieren und das Land unter seinen Rangern aufzuteilen. Erst der Ausgang des Krieges wird wohl klären, wem es am Ende wirklich gehört.»

«Das mag auf die meisten Teile Georgias zutreffen, aber nicht auf Wrightsborough. Hier hat der Gouverneur das Land unter seinen persönlichen Schutz gestellt, falls die rechtmäßigen Besitzer ihre Ansprüche geltend machen. Soviel ich weiß, ist meine Farm die einzige, die zerstört wurde.»

«Versuchen Sie ruhig ihr Glück, aber wenn es den Briten gelingt, Savannah zu halten, und Georgia ihnen zugesprochen wird, möchte ich stark bezweifeln, ob irgend jemand von uns dort auch nur ein einziges Tagwerk Land zurückerhält.»

«Damit haben Sie vermutlich Recht, Sir, aber da die anderen mich nun einmal darum gebeten haben, muss ich wenigstens den

Versuch unternehmen. In ein paar Tagen bin ich wieder zurück, auf jeden Fall rechtzeitig genug, um unseren Angriff auf Savannah zu planen.»

Als er jetzt an diesem warmen Augustnachmittag auf Wrightsborough zuritt, fragte sich Ethan, ob er die richtige Entscheidung getroffen hatte. Plötzlich kam es ihm so vor, als ob die Tatsache, dass er Ansprüche auf seine Farm erheben wollte, ihn von den anderen Milizionären entferne, die fast alle ihr Hab und Gut verloren hatten. Darüber hinaus wirkte seine Aktion auf die anderen vielleicht so, als ob er nicht daran glaube, dass sie am Ende den Sieg davontragen würden. Andererseits aber wollte er sein Land weder den Quäkern noch Brown und seinen Florida-Rangern überlassen. Und obwohl er versuchte, nicht an Mavis zu denken, fragte er sich dennoch, ob sie noch immer bei den Quäkern lebte oder ob sie in der langen Zeit, in der die Briten jetzt das alleinige Sagen in Georgia hatten, nicht längst nach Savannah übergesiedelt war. Auf jeden Fall würde er sich bei Maddock nicht lange aufhalten, denn er wollte möglichst rasch wieder zurück auf seinen Posten bei der Miliz.

Ethan hatte Wrightsborough seit Ausbruch des Krieges nur selten besucht und war erstaunt, wie wenig es sich verändert hatte. Die Stadt erschien ihm wie eine Oase des Friedens in einem Land, das immer wieder unter den Plünderungen der beiden Armeen oder den Raubzügen weißer und indianischer Banditen gelitten hatte. Ethan hatte vor, sich ein Zimmer in der einzigen Gastwirtschaft des Ortes zu nehmen, am nächsten Morgen dann zu Maddock zu reiten und sich anschließend so schnell wie möglich wieder auf den Rückweg zu machen. Eigentlich hatte er sich auf ein Abendessen und ein Glas Ale gefreut, aber als er die Herberge betrat und sagte, wer er sei, übergab ihm der Wirt einen Umschlag. «Den bewahre ich schon seit Tagen für Euch auf.»

Als Ethan seinen Namen auf dem Umschlag las, erkannte er sofort Mavis saubere, leicht nach links geneigte Handschrift, die er schon auf Hunderten von Naturkundedokumenten gesehen hatte. Augenblicklich vergaß er Bier und Abendessen und verließ die Herberge, um allein zu sein. Vor dem Haus öffnete er den Umschlag, der nur ein einziges Blatt enthielt. Obwohl es bereits nach Sonnenuntergang war, reichte das Licht noch gut zum Lesen. Ethans Hände zitterten, als er Mavis' einfache Sätze las:

Ethan, Bruder Maddock hat mir gesagt, dass du vielleicht hierher kommst. Ich weiß, dass deine Farm zerstört wurde, aber Newota meint, dass die Indianer auf Kindreds Haus eine Markierung angebracht hätten, die es vor Zerstörung geschützt hat. Ich würde gerne dorthin gehen und ein paar Sachen holen, unter anderem auch das Spinnrad, das du für mich gemacht hast. Ich wohne bei den Flemings, aber die haben keinen Wagen. Ich möchte dir nicht zur Last fallen, aber ich hoffe, dass du mich hinaus zur Farm bringen kannst. In Dankbarkeit. Mavis

Um die Erregung, die in ihm aufwallte, unter Kontrolle zu bringen, dachte Ethan rasch an Epsey, die immer noch mit den Frauen und Kindern der anderen aktiven Milizionäre im Watauga Valley lebte. Bestimmt hätte sie nichts dagegen, dass er ihrer früheren Nachbarin behilflich war. Ethan ging zurück in die Herberge und sagte dem Wirt, er solle das Pferd versorgen, Joseph Maddock von seiner Ankunft in Kenntnis setzen und für den nächsten Tag im Mietstall einen zweirädrigen Karren reservieren, mit dem er hinaus zu der alten Farm von Kindred Morris fahren wolle.

Am nächsten Morgen ging Ethan so früh, wie er es für schicklich hielt, zu Maddocks Haus und klopfte an die Tür. Maddock ließ ihn ein und führte ihn in ein Zimmer an der Vorderseite des Hauses, in dem er offensichtlich seine Geschäfte erledigte. Auf der Platte eines großen Sekretärs, in dessen Fächern penible Ordnung herrschte, lagen fein säuberlich gestapelte Papiere, und auch in den Regalen an der Wand schien alles seinen festen Platz zu haben. Ethan hatte den Eindruck, als sei sein Gastgeber als Vertrauter des Gouverneurs und Geschäftsmann im Krieg bisher nicht schlecht gefahren. Das Zimmer war besser eingerichtet als alle, die Ethan bisher in den Häusern von Quäkern gesehen hatte, und als Maddock ihm einen Stuhl anbot, kam ihm der ehemalige Müller sehr von sich selbst eingenommen und sogar ein wenig herablassend vor.

«Ich freue mich, dass es dir gut geht, Bruder Pratt», sagte er. «Ich nehme an, du bist hier, weil ihr die zahlreichen Botschaften erhalten habt, die ich den Männern mit Besitz hier in der Siedlung geschickt habe.»

Ethan war erleichtert, dass sich das Gespräch von vornherein ums Geschäftliche drehte, und antwortete: «Ich freue mich, dass sich eine Gelegenheit ergibt, dich wiederzusehen. Ja, ich komme wegen der Botschaften. Drei meiner Kameraden haben mir kurze Schreiben mitgegeben, ebenso die Witwe Abrams, die eines Tages mit ihren Kindern wieder auf ihre Farm zurückkehren möchte. Eine weitere Witwe, die jetzt im Westen Carolinas lebt, erhebt keine Ansprüche mehr auf ihren Besitz und hat dir das ebenfalls in einem Brief mitgeteilt.» Maddock nickte und besah sich die Schreiben, die Ethan ihm übergegeben hatte. Dann antwortete er: «Diese Papiere sind ausreichend. Wir haben beschlossen, die Ansprüche von Witwen, die auf ihre Farmen zurückkehren wollen, anzuerkennen. Bitte sprich den beiden mein Beileid aus. Zwar entscheidet der Gouverneur darüber, wer die Besitzrechte an verlassenen Farmen erhält, aber er hört dabei auf meine Empfehlungen. Allerdings möchte ich bezweifeln, ob es einen finanziellen Ausgleich für diejenigen gibt, die sich entschlossen haben, nicht mehr zurückzukehren.»

Ethan dankte dem Quäker und wollte gehen.

«Willst du denn deine alte Farm ebenfalls besuchen?», fragte Maddock.

«Ja, das will ich, obwohl ich weiß, dass man die Gebäude niedergebrannt hat.»

Maddock nickte und verabschiedete Ethan ohne jeden weiteren Kommentar.

Ethan begab sich zum Mietstall und wählte wegen der schmalen Pfade einen Karren mit möglichst nahe beieinander stehenden Rädern, einem niedrigen Kutschbock und relativ viel Ladefläche. Dann stieg er auf und fuhr zu den Flemings.

Als er noch fünfzig Meter von der Vordertür entfernt war, wurde diese aufgerissen, und Mavis stürmte aus dem Haus. Sie rannte auf ihn zu, nahm ihn bei den Händen und sah ihm in die Augen. «Ethan, dass du da bist, ist das Schönste, was ich seit Jahren erlebt habe!», rief sie freudig aus. «Ich habe darum gebetet, dass du kommen würdest. Hast du den Wagen wegen mir dabei? Können wir wirklich hinaus zur Farm fahren? Ich freue mich so sehr darauf! Ethan, du bist ja ganz rot im Gesicht!»

Ethan, dessen Herz auf einmal wie wild klopfte, stammelte: «Ich habe deine Nachricht bekommen und wollte sowieso hinaus zu meiner eigenen Farm, also macht es keine Umstände, dich mitzunehmen.» Scheu blickte er sich um, ob jemand Mavis' Freudenausbruch bemerkt hatte. «Soll ich mit den Flemings reden?»

«Die sind im Versammlungshaus, aber ich bin hier geblieben, weil ich gehofft habe, dass du kommen wirst. Ich hole mir nur noch rasch Haube und Schal, dann können wir los.»

Ein paar Minuten später waren sie unterwegs. Mavis war immer noch schrecklich aufgeregt und bestürmte Ethan mit einer nicht enden wollenden Flut von Fragen über alles, was ihm seit ihrem letzten Treffen widerfahren war. Zunächst wunderte sich Ethan darüber, dass sie so viel über den Verlauf des Krieges wusste, aber dann fiel ihm ein, dass Maddock ja bestens informiert war und sein Wissen bei den Versammlungen der Quäker gerne weitergab. Während der Wagen auf dem schlechten Weg rüttelte und schüttelte, fiel ihm auf, dass er die meiste Zeit redete. Seit Jahren war er nicht mehr so entspannt und so glücklich gewesen. Nur einmal erwähnte er Epsey, als er Mavis erzählte, dass die Frauen bei den Over-Mountain-Rebellen gut aufgehoben seien, auch wenn der Krieg drei von ihnen zu Witwen gemacht hatte. Mavis antwortete ihm darauf, dass Newota sie öfter besuche und dass sie regelmäßig Nachrichten von ihm erhalte. Er war jetzt fast die ganze Zeit bei Häuptling Emistisiguo, der wiederum mit einem Indianer namens Sunoma in regelmäßigem Kontakt stand, welcher zu Browns Rangern gehörte.

Wieder wurde Ethan rot im Gesicht, aber diesmal vor Wut, weil er daran denken musste, was die Ranger mit seinem kleinen Henry gemacht hatten.

Als sie sich der Morris-Farm näherten, sahen die beiden, dass zwar auf den Feldern viel Unkraut wuchs, das Haus aber unversehrt geblieben war. Ethan entdeckte an der Tür ein kleines Gebilde aus Federn und Fell und vermutete, dass es sich dabei um das Indianerzeichen handelte, das eine Zerstörung der Farm verhindert hatte. Mit einemmal drehte sich ihre Unterhaltung ausschließlich um Kindred, aber es schwangen weder Trauer noch Vorwürfe in ihren Worten mit. Während sie das noch völlig intakte Spinnrad, das von Ethan geschmiedete Kaminbesteck, ein paar Notizbücher sowie etliche andere Dinge, die Mavis beim Verlassen der Farm hatte zurücklassen müssen, auf den Wagen luden, schien sich Mavis nur an die schönen und interessanten Dinge zu erinnern, die sie zu dritt erlebt hatten. Als sie schließlich die Tür abschlossen und zu dem beladenen Wagen gingen, blieb Mavis stehen und nahm Ethan bei der Hand. Dann blickte sie ihm in die

Augen und sagte mit ernster Stimme: «Du weißt, dass er wie ein Bruder für mich war.»

Eigentlich hatte Ethan noch bei seiner eigenen Farm vorbeischauen wollen, aber jetzt entschied er sich dafür, das auf einen späteren Zeitpunkt zu verschieben, wenn er alleine in der Gegend war. Während der Wagen schwankend den Pfad entlang holperte, blickte er immer wieder hinüber zu Mavis und sog begierig jedes Detail auf: den Spitzensaum an ihrer einfachen Haube, den groben Stoff ihres Kleides, ihre abgenutzten Schuhe, ihre langen Wimpern und die Konturen ihres Gesichts. Mavis spürte seine Blicke und rückte näher an ihn heran, sodass Ethan von einem plötzlichen Gefühl der Zärtlichkeit geradezu überwältigt wurde. Weil er enge Hosen trug, konnten beide erkennen, wie erregt er auf einmal war. Mavis, die noch nie schüchtern gewesen war, sah ihn an und bemühte sich nicht einmal, ihr Verlangen zu verbergen. Es schien, als ob die Anziehung, die sie beide jahrelang aufeinander ausgeübt hatten, nun übermächtig wurde. Keiner von ihnen hatte jemals mit jemand anderem als dem eigenen Ehegatten geschlafen und sie hatten ihren Gefühlen füreinander auch niemals in anderer Form Ausdruck gegeben. Doch jetzt legte Mavis Ethan ihre linke Hand aufs Knie und die Berührung durchzuckte ihn wie ein Blitz. Er zog fester an den Zügeln, als er es eigentlich vorgehabt hatte, und brachte das Pferd abrupt zum Stehen. Ohne ein Wort zu sagen stieg er ab, ging um den Wagen herum und streckte Mavis die Arme entgegen. Er spürte kaum ihr Gewicht, als er sie ein paar Schritte weit in den Wald hinein trug, wo er ein schönes Plätzchen unter einer großen Kiefer entdeckt hatte. Behutsam legte er Mavis auf das Bett aus trockenen Nadeln, das weicher war als die mit Maisspelz gefüllten Matratzen in ihren Hütten und viel breiter dazu.

Später, als sie Hand in Hand zurück zum Wagen gingen, graste das Pferd, das Ethan völlig vergessen hatte, friedlich neben dem Pfad. Mavis blickte zu Ethan auf und sagte: «Diese Stelle hier im Wald werde ich nie vergessen.»

«Ich auch nicht», sagte er lächelnd. Dann machte er kehrt, nahm sie hoch und trug sie noch einmal zurück zu der Kiefer.

Kapitel 53

Cornwallis marschiert nach Norden

September 1781

Wie von Gouverneur Tonyn gewünscht, fasste Thomas Brown im September 1781 die allgemeine Lage zusammen:

Euer Exzellenz,
es ehrt mich über alle Maßen, dass Euer Exzellenz mich gebeten haben, die Nachrichten aus den Kolonien in einem Bericht zusammenzufassen. Ich erlaube mir, mich bezüglich der südlichen Staaten, über die Euer Exzellenz ohnehin besser Bescheid wissen als ich, zu enthalten und gleich zu berichten, dass es unter unseren Befehlshabern einige Debatten darüber gegeben hat, wie die zwar sehr erfolgreiche, aber doch ein wenig ausgebrannte Armee von Lord Cornwallis zukünftig eingesetzt werden soll. General Clinton glaubt, dass wir alle unsere Kräfte für die entscheidende Auseinandersetzung mit den Armeen der Rebellen und der Franzosen bündeln sollten, die voraussichtlich von französischen Offizieren geführt werden wird. Wir haben eine große Armee mit 5500 Mann unter General Benedict Arnold (der uns seit kurzem die Ehre gibt, in unseren Diensten zu stehen) in der Gegend der Chesapeake Bay stationiert. Würden sich die Truppen aus New York und Virginia mit dieser Armee vereinigen, wäre uns der Sieg gewiss. Da Charles Town und Savannah gesichert sind, würde es auch Lord Cornwallis vorziehen, sich gemeinsam mit Arnold den Rebellen in Virginia entgegenzustellen. Nach ein paar Scharmützeln mit dem jungen General Lafayette steht er nun bei Williamsburg, aber nach meinen neuesten Informationen trägt er sich mit dem Gedanken, seine Truppen auf die Halbinsel Yorktown zu verlegen, wo er sich gegen Angriffe von der Landseite gut verteidigen und gleichzeitig von der Marine auf dem Wasserweg unterstützt und versorgt werden kann. Von den westindischen Inseln hört man Gerüchte, dass Count de Grasse seine große Flotte demnächst nach Norden segeln lässt, aber alle bisherigen Erfahrungen mit den

Franzosen haben gezeigt, dass sie der Karibik nach wie vor oberste Priorität einräumen. Auf jeden Fall haben wir eine überlegene Flotte in New York, die wir, falls nötig, zum Einsatz bringen können.

Es wird interessant zu beobachten sein, ob Washington nach fast drei Jahren der Untätigkeit es nun endlich wagen wird, seine im Norden stehenden Truppen in die Schlacht zu schicken, selbst wenn die meisten Offiziere und Soldaten Franzosen sind. Die Amerikaner werden sich vermutlich nach wie vor auf New York konzentrieren und die Franzosen auf die Chesapeake Bay, und beide fragen sich, was de Grasse wohl tun wird, wenn er mit seiner mächtigen Armada in See sticht. An Land sieht es jedenfalls so aus, als ob die Franzosen im Gegensatz zu den Amerikanern am liebsten nach Süden marschieren und kämpfen würden.

Mit vorzüglicher Hochachtung
vorgelegt durch den Beauftragten des Gouverneurs

Als der Kampf um die Herrschaft über Georgia in das entscheidende Stadium trat, strömten immer mehr verängstigte und wehrlose Menschen in die von den Truppen kontrollierten Gebiete. Wer mit den Whigs sympathisierte, fühlte sich in der Gegend von Augusta sicherer, die Torys hingegen suchten ihr Heil eher in Savannah. Einige flüchteten sich zu den Quäkern rings um Wrightsborough, deren Siedlung nach wie vor unbehelligt blieb, obwohl ihre Neutralität den überzeugten Parteigängern beider Seiten sauer aufstieß.

Während er selbst versuchte, mit seiner Armee Charles Town zu umzingeln, gab General Greene James Jackson den Auftrag, in Georgia weitere Truppen auszuheben. Dann sollte er flussabwärts nach Ebenezer marschieren und einen Angriff auf Savannah vorbereiten. Jackson hatte nach wie vor nur ein paar gute Einheiten und ganz wenig Vorräte, während der britische General Alured Clarke, der die Stadt verteidigte, über siebenhundert Milizsoldaten, zweihundert Hessen und einhundert reguläre britische Soldaten verfügte, denen zudem einhundert zum Teil bewaffnete Sklaven zur Seite standen. Auch Brown und seine fünfhundert Ranger gehörten zu den Verteidigern der Stadt. Ihre Aufgabe war es, die Vororte von Savannah zu verteidigen, die Lebensmittelversorgung sicherzustellen und die Rebellen nicht zur Ruhe kommen zu lassen. Da auch Jackson seine Truppen außerhalb von Savannah zusammenzog, rechnete man damit, dass der Hauptkampf zwischen ihm und Brown ausgetragen würde. Ethan, dem es in Augusta versagt geblieben war, den Ranger-Kommandeur zu töten, hoffte darauf, dass ihm sein Vorhaben vielleicht bei dieser Gelegenheit gelingen würde.

Im November 1781 erhielt Lieutenant Colonel Jackson eine Botschaft von General Nathanael Greene und berief sofort eine Besprechung mit seinen wichtigsten Offizieren ein, unter denen sich auch Captain Ethan Pratt befand. Während er immer wieder auf das Schreiben in seiner Hand verwies, erklärte Jackson, dass die französische Flotte unter Admiral de Grasse im September in die Chesapeake Bay eingelaufen sei, den Angriff eines britischen Geschwaders aus New York abgewehrt und 3 500 Soldaten für Lafayette an Land gesetzt habe. Gemeinsam mit den Amerikanern hätten dann die Franzosen Yorktown eingeschlossen und nach einer vierzehntägigen Beschießung am 19. Oktober 1781 zur Kapitulation gezwungen. Ohne Unterstützung von See aus habe Cornwallis mit seinen 7000 Soldaten gegen die 16 000 Mann zählende Rebellenarmee keine Chance gehabt. Als die Offiziere aus Georgia das hörten, brachen sie in Jubel aus. Jackson aber gab zu bedenken, dass die Briten immer noch New York hielten und dass der Krieg in South Carolina und Georgia, wo die Briten nach wie vor die Hafenstädte beherrschten, ebenfalls noch nicht zu Ende sei.

General Greene war der Meinung, dass die Schlachten, die er und andere im Süden geschlagen hatten, entscheidend zur Niederlage von Cornwallis und seiner Armee beigetragen hatten. Einem Freund schrieb er: «Wir haben in North und South Carolina und Georgia auf den Busch geklopft, und General Washington hat den Vogel gefangen.» Der Oberbefehlshaber sah das offenbar ähnlich, denn er schickte seinem Quäkergeneral eine Botschaft nach South Carolina, in der es hieß: «General Washington möchte General Greene mit jenen Lorbeeren gekrönt sehen, die er aufgrund seiner unvergleichlichen Anstrengungen in reichem Maße verdient hat, und das nicht nur, weil er ihn persönlich schätzt, sondern weil es die Prinzipien von Großmut und Gerechtigkeit verlangen.»

Thomas Brown fühlte sich bemüßigt, die Niederlage von Yorktown in seinem Bericht an Gouverneur Tonyn zu erklären:

Euer Exzellenz,
die Rebellen versuchen, die Ereignisse von Yorktown als einen entscheidenden Sieg ihrer Streitkräfte darzustellen. Dies ist jedoch, wie jedem aufmerksamen Beobachter sofort klar wird, eine falsche Behauptung, denn es war nur eine kleine Niederlage für eine unserer Armeen, die ihr nicht einmal die Rebellen zugefügt haben. Nachdem General Cornwallis mit seiner Streitmacht die Truppen des Gegners nach mehreren Siegen in den beiden Carolinas vollkommen aufgerieben hatte, schlug er sein Winterlager auf einer Halbinsel bei Yorktown auf, die auf der Seeseite von der britischen Flotte beschützt werden konnte. Obwohl Washington lieber New York angegriffen hätte, bestand Rochambeau darauf, gegen Cornwallis vorzugehen. Zum Leidwesen Seiner Lordschaft beschloss Admiral Comte de Grasse, sein Engagement in der Karibik zu beenden und im Einvernehmen mit Rochambeau seine gesamte Flotte von mindestens zwei Dutzend Kriegsschiffen in die Chesapeake Bay zu verlegen.
Anfang September gab es eine Seeschlacht, und als Admiral Thomas Graves seine Flotte zur Reparatur der dabei entstandenen Schäden nach New York brachte, ließ er Lord Cornwallis ohne den benötigten Schutz zurück. Als dann eine zahlenmäßig weit überlegene, schwer bewaffnete und hauptsächlich aus Franzosen bestehende Landstreitmacht die relativ kleine britische Armee belagerte, musste Cornwallis aufgeben. General Clinton aber hat New York noch immer fest in der Hand und es ist ziemlich wahrscheinlich, dass die französischen Schiffe bald wieder lossegeln und unsere Seestreitkräfte abermals die Küstenregionen von Halifax bis Pensacola beherrschen werden.
Ich habe Eure Instruktionen beherzigt und eine große Streitmacht indianischer Ranger nach Pensacola geschickt, damit sie dort die von unserer Seeblockade ausgehungerten Spanier angreifen.
Mit vorzüglicher Hochachtung
vorgelegt durch den Beauftragten des Gouverneurs

Seinem Warrant Officer Alonzo Baker gab Brown allerdings eine gänzlich andere Einschätzung der Lage: «Der Verlust von Cornwallis' Armee war eher ein politischer als ein militärischer Schlag. Auch wenn König George verkündet hat, dass die Niederlage keinen Einfluss auf seine Kriegsführung haben wird, müssen Premierminister North und die anderen jetzt die immensen Kosten eines Konflikts mit Frankreich und Spanien in Betracht ziehen. George Washington gebührt Anerkennung für das Überleben der Kontinentalarmee und seine Verbindung mit den Franzosen hat beiden Parteien zu großem Vorteil gereicht. London hat in Paris bereits Verhandlungen mit allen seinen Gegnern aufgenommen, bei denen unsere Herrschaft in Kanada, Florida, Gibraltar und dem Westen Amerikas gleichermaßen auf dem Spiel steht. Wir kämpfen darum, die Hafenstädte in unserem Besitz zu behalten, und werden wohl New York zum Tausch gegen Charles Town und Savannah anbieten müssen. Beide Städte sind der Schlüssel zur Annektierung von South Carolina und Georgia.»

Für die Amerikaner und Briten, die im Süden gegeneinander kämpften, hatte der Sieg bei Yorktown nicht viel geändert.

Kapitel 54
Mavis geht nach Norden

September 1781

Mavis stand am Fenster und sah, wie sich Newota dem Haus der Flemings näherte. Er ritt ohne Sattel und führte ein zweites Indianerpony am Zügel hinter sich her. Es war eine kalte, klare Nacht mit zunehmendem Viertelmond und Mavis hatte sich warme Kleider angezogen und von kurz nach Mitternacht bis jetzt, eine gute Stunde vor Tagesanbruch, gewartet. Nun nahm sie das kleine Bündel mit ihren Habseligkeiten und schlich hinaus zu dem jungen Indianer. Ohne ein Wort zu sagen griff Newota ihr Bündel und half ihr auf das gescheckte Pony. Er trug zwar einen in gedämpften Farben gehaltenen Umhang aus Wollstoff, aber als Mavis seine nackten Beine darunter hervorlugen sah, musste sie unwillkürlich an Kindreds vergebliche Versuche denken, ebenso winterhart zu werden wie sein indianischer Freund.

Seit sie wusste, dass sie schwanger war, befand sie sich in einer Zwickmühle. Zuerst hatte sie sich sehr darüber gefreut, Ethans Kind unter dem Herzen zu tragen, aber dann war ihre Angst vor den Reaktionen der Quäker auf ihre offensichtlich außereheliche Schwangerschaft immer stärker geworden. Die mildeste Strafe für eine solche Verfehlung war eine öffentliche Zurechtweisung, gefolgt von vielen Stunden am Pranger auf dem Hauptplatz. Allerdings hatte Mavis auch schon gehört, dass man Frauen ausgepeitscht oder so lange unter Wasser gedrückt hatte, bis sie bewusstlos geworden waren. Solche Misshandlungen führten oft zu einer Fehlgeburt, die dann als gerechte Strafe Gottes galt. Da sie keine Freunde hatte, die ihr geholfen hätten, war Mavis schließlich Newota eingefallen. Vielleicht konnte er sie so lange in seinem Dorf verstecken, bis sie das Kind geboren hatte.

Langsam ritten sie durch die verlassenen Straßen gen Westen und erst als sie das letzte Haus weit hinter sich gelassen hatten, rief Mavis leise Newotas Namen. Er hielt sein Pferd an und drehte sich zu ihr um.

«Ich bin dir sehr dankbar, dass du gekommen bist und mich geholt hast.»

«Es freut mich, wenn ich dir zu Diensten sein kann, aber du musst mir sagen, wohin ich dich bringen soll.»

In ihrer unverblümten Art antwortete sie: «Newota, ich bekomme in fünf Monaten ein Baby, obwohl ich keinen Mann habe. Deshalb kann ich nicht bei den Quäkern bleiben und muss mich an einem Ort verstecken, wo ich bis zur Geburt meines Kindes in Sicherheit bin.»

«Ich würde dich gerne zu meinem Stamm bringen, aber unser Dorf wurde von den Weißen zerstört und wir sind ständig auf der Flucht. Meine Mutter wurde getötet und ich selbst kann mich auch nicht um dich kümmern, denn ich muss bei Häuptling Emistisiguo bleiben, der ebenfalls viel unterwegs ist. Vielleicht könnte ich dich nach Savannah bringen, aber die Stadt wird von den Rebellen belagert. Eine andere Möglichkeit wäre St. Augustine. Du musst entscheiden und ich werde dich begleiten, wohin du willst.»

Mavis hatte drei oder vier Wochen über das Problem nachgedacht und Newotas Dorf wäre ihr von allen möglichen Zufluchtsorten der liebste gewesen. St. Augustine war sehr weit weg und zudem von den Briten besetzt. Außerdem kannte sie dort keinen Menschen, was aber in ihrem Zustand vielleicht eher von Vorteil war. Dann fragte sie Newota ganz spontan: «Kennst du das Watauga Valley?»

«Ja. Ich habe schon öfter Botschaften zu Häuptlingen in der Nähe gebracht.»

Mavis stieg ab und ging ein paar Schritte den Pfad entlang. Sie fühlte sich als Amerikanerin und wusste, dass sie bei den Rebellen im Watauga Valley gut aufgehoben sein würde, selbst wenn sich manche Frauen dort vielleicht zusammenreimen konnten, dass ihr Kind ein Bastard war. Damit konnte sie leben, Hauptsache, es wurde ihr kein körperlicher Schaden zugefügt. Wenn der Krieg vorüber war, würde sie schon ein Plätzchen zum Leben finden und sich vielleicht von ihrem Talent zum Malen und Schreiben sowie ihren besonderen Kenntnissen auf dem Gebiet der Biologie ernähren. Und wenn das nicht klappte, konnte sie sich immer noch als Dienstmädchen verdingen. Auf jeden Fall würde sie dafür sorgen, dass ihr Kind ein schönes Leben hatte.

Sie ging zurück zu Newota und sagte: «Dann bring mich bitte ins Watauga Valley.»

Er nickte und nahm den nächsten Pfad in Richtung Norden.

Nachdem er mit den Truppen aus Pennsylvania an der Schlacht um Yorktown teilgenommen hatte, wurde General «Mad Anthony» Wayne im Januar 1782 zum Oberkommandierenden der Kontinentalarmee in Georgia ernannt, dem neben den regulären Truppen auch die Hälfte aller Milizen unterstand. Das war nicht viel, zumal die Dienstzeit sämtlicher Milizionäre aus South Carolina in zwei Wochen endete und Elijah Clarke die meisten seiner Männer auf einen ausgedehnten Feldzug gegen die Indianer mitgenommen hatte, bei dem er schon fast alle Dörfer der Cherokee östlich der Appalachen zerstört hatte. Wayne konzentrierte sich deshalb darauf, Deserteure wieder einzufangen, Sklaven zu bewaffnen und aus übergelaufenen Torys neue Truppen aufzustellen. Besondere Anstrengungen verwendete er darauf, die deutschen Söldner der Briten zu einem Seitenwechsel zu bewegen, und einige von ihnen hatten sein Angebot, ihnen zwei Guineen zu zahlen, wenn sie fortan für die Rebellen kämpften, auch angenommen. Trotzdem hatte Wayne nur 130 Soldaten unter seinem Kommando und konnte mit dieser kleinen Streitmacht lediglich für Savannah bestimmte Versorgungslieferungen abfangen.

Er schrieb: «Der Dienst in Georgia ist schwieriger als die Prüfungen, die der Herr den Kindern Israels auferlegt hat. Diese mussten lediglich Ziegel ohne Stroh herstellen, aber von uns verlangt man, dass wir ohne Geld Verpflegung und Futter herbeischaffen, alle anderen für den Krieg benötigten Apparate und Dinge wie Boote und Brücken aus ein paar rohen Baumstämmen zusammenzimmern und, was die schwierigste Aufgabe von allen ist, auch noch Torys in Whigs verwandeln. Aber all das haben wir geschafft und das Land bis auf die Stadt Savannah den Händen des Feindes entwunden. Wie wir diese ohne Verstärkung einnehmen können, ist eine Angelegenheit, die genau überlegt sein will.»

Die Creek, die ihr Heil nach wie vor in der Allianz mit den Briten suchten, schickten immer wieder Trupps von Kriegern nach Savannah. Einen davon nahmen amerikanische Soldaten unter

Major John Habersham gefangen, indem sie sich als Ranger ausgaben. Habersham zwang die Indianer mit anzusehen, wie ihr Anführer an einen Baum gebunden und langsam in Stücke geschnitten wurde. Danach ließ er sie laufen, damit sie überall herumerzählten, dass der Zugang nach Savannah versperrt sei. Die Creek ließen sich davon aber nicht abschrecken und ein paar Wochen später griff Häuptling Emistisiguo mit dreihundert Kriegern, die einen Marsch von fünfhundert Meilen hinter sich hatten, General Wayne und seine Truppen an. Die Schlacht endete unentschieden, aber der Häuptling und siebzehn Krieger wurden getötet, zwölf weitere gerieten in Gefangenschaft. Einige der Creek kehrten daraufhin in ihre Dörfer zurück, aber die meisten, darunter auch Newota, ritten weiter nach Savannah.

General Wayne übergab die gefangenen Creek den mit ihm verbündeten Cherokee-Scouts und erhielt am nächsten Morgen den Bericht, dass sie zehn der Gefangenen langsam umgebracht und zwei verschont hätten. Diese hatten ihnen verraten, dass Häuptling Emistisiguo ein Treffen mit Thomas Brown und einer Abordnung seiner Ranger an einer Furt durch den Ogeechee River vereinbart hatte, das in zwei Tagen stattfinden sollte, eine Stunde nach Sonnenaufgang. Sofort ließ Wayne Colonel Jackson zu sich kommen, teilte ihm mit, was er erfahren hatte, und befahl ihm, Brown eine Falle zu stellen.

«Soviel wir wissen, soll er nur ein Dutzend Männer bei sich haben, aber ich möchte trotzdem, dass Sie mindestens dreimal so viele Soldaten mitnehmen. Er soll sich dem Fluss von Westen her nähern und wird bestimmt misstrauisch, wenn er merkt, dass die Creek nicht da sind. Sie müssen ihm eine Falle stellen und von Anfang an klarmachen, dass er und seine Ranger gegen Ihre Übermacht nicht die geringste Chance haben.»

«Ich werde Captain Pratt mitnehmen, General. Er hat ganz in der Nähe eine Farm gehabt und kennt sich in der Gegend hervorragend aus.»

«Noch etwas, Colonel Jackson. Ich würde es begrüßen, wenn Sie Brown gefangen nehmen würden, aber sollten er und seine Ranger eine Gefahr für Ihre Männer darstellen, müssen Sie tun, was Sie für richtig halten.»

Als Jackson seine Truppe von ihrem Auftrag in Kenntnis setzte, verspürte Ethan eine starke Erregung. Da er die Furt kannte, an der das Treffen stattfinden sollte, zeichnete er sogleich eine Karte von dem Pfad, den die Ranger bei ihrem Anmarsch nehmen mussten, und gab sie Jackson. Dann erinnerte er sich daran, wie er Patrick Ferguson erschossen hatte, und hoffte inständig, dass ihm das Glück beschieden sein möge, auch den verhassten Mann zu töten, der seinen kleinen Sohn auf dem Gewissen hatte.

Es gefiel ihm nicht, als Jackson sagte: «General Wayne möchte, dass wir die Ranger, wenn möglich, lebend gefangen nehmen. Sie können uns wertvolle Hinweise über die Verteidigung Savannahs geben, und außerdem will Wayne Brown bei späteren Verhandlungen mit den Briten als Faustpfand einsetzen. Wir werden sie also umzingeln und ihnen zeigen, dass sie gegen unsere Übermacht nichts ausrichten können.»

«Aber Sir», protestierte Ethan, «die Ranger haben niemals jemanden geschont, nicht einmal unschuldige Frauen und Kinder. Bitte gestatten Sie den Männern, sich Genugtuung zu verschaffen.»

«Ich weiß, dass Sie und Ihre Männer Brown genau so hassen wie Grierson. Wenn er sich nicht ergibt, werden wir ihn und seine Männer töten.»

Ethan und die anderen nickten zustimmend und Jackson fuhr fort: «Als erfahrene Waldläufer wittern die Ranger jede Gefahr. Wenn wir uns in den Hinterhalt legen, müssen wir unter allen Umständen verhindern, dass auf dem Pfad verräterische Spuren zurückbleiben.»

Als die Ranger sich zur vereinbarten Zeit dem Fluss näherten, sah Ethan, dass Brown nur acht Männer bei sich hatte, darunter fünf Indianer.

«Halt!», rief Jackson. «Ihr seid umzingelt, und dreißig Gewehre sind auf euch gerichtet.»

Wie zuvor vereinbart, gaben sich daraufhin alle Milizionäre zu erkennen, ohne allerdings ihre Deckung hinter Felsen oder Baumstämmen vollends zu verlassen. Brown sah sich rasch um und als er erkannte, dass die Hälfte der Gewehrläufe auf ihn zielte, gab er einen leisen Befehl und hob die Hände.

Innerhalb weniger Minuten waren die Ranger entwaffnet und standen mit auf dem Rücken gefesselten Händen zwischen den Milizionären, die sie misstrauisch beäugten und immer noch mit ihren Gewehren bedrohten. Nur mit Mühe konnte Jackson sie ruhig halten. Brown, der offenbar kein Pardon erwartete, sah sie kühl und gefasst an.

«Warum tragen Sie eine Waffe?», herrschte Jackson ihn an. «Wir alle wissen doch, dass Sie in Augusta Colonel Lee Ihr Ehrenwort gegeben haben, nicht mehr gegen uns zu kämpfen.»

«Und an dieses Versprechen habe ich mich gehalten. Ich habe mich in Charles Town gegen Brigadier General Felix Thompson austauschen lassen, der bei der Schlacht am Gerichtshaus von Guilford gefangen genommen wurde. Ich kann Ihnen die Urkunde zeigen, sie ist in meiner Satteltasche.»

Nachdem sich Jackson mit Ethan und den anderen Offizieren beraten hatte, fragte er Brown: «Was für eine Erklärung haben Sie für Ihre Verbrechen gegen wehrlose Frauen und Kinder während Ihrer Überfälle auf die Farmen der Siedler?»

Brown antwortete: «Colonel, Sie wissen ebenso gut wie ich, dass in diesem Krieg auf beiden Seiten verabscheuungswürdige Akte der Grausamkeit begangen wurden. Ich habe so gut es ging den Befehlen meiner Vorgesetzten gehorcht, die zumeist vom König und dem Parlament erlassen wurden.»

Ethan, der sich nicht mehr zurückhalten konnte, trat vor, schaute Brown direkt in die Augen und fragte: «Stand in diesen Befehlen auch, dass Sie eine Farm in der Gemeinde Wrightsborough niederbrennen und einen kleinen Jungen bestialisch ermorden sollen?»

Obwohl Ethan weder mit Colonel Jackson noch mit seinen Kameraden über seinen persönlichen Verlust gesprochen hatte, war allen klar, dass das keine allgemeine Frage gewesen war. Gespannt schweigend warteten sie darauf, dass Brown ihm eine Antwort gab.

«Ich habe in der Quäkersiedlung niemanden umgebracht und auch nicht den Befehl für eine solche Tat gegeben», antwortete Brown bestimmt.

Ethan holte aus, als wolle er Brown ins Gesicht schlagen, aber im letzten Augenblick ließ er die Faust sinken und schrie: «Sie verdammter Lügner! Sie haben den Tod verdient.»

Für einen Augenblick verlor Brown die Beherrschung. Sein Gesicht lief rot an und er zerrte ohne Erfolg an seinen Fesseln. Schließlich beruhigte er sich und sagte: «Ich habe die Wahrheit gesagt. Tun Sie mit uns, was Sie wollen.»

Mit einigem Widerwillen sagte Jackson zu Ethan: «Ich glaube

mich erinnern zu können, dass Major Grierson in seinem Geständnis einen Angriff auf eine Quäkerfarm erwähnt hat.» Er wandte sich an Brown und fragte: «Wissen Sie, ob Grierson so etwas getan hat?»

«Colonel Lee hat mir erzählt, dass Major Grierson unter Folter ein schriftliches Geständnis unterschrieben hat und danach als hilfloser Gefangener ermordet wurde. Ich habe das Geständnis nicht gelesen, aber ich kann Ihnen versichern, dass Major Grierson und ich unseren Männern befohlen haben, die Quäker in Ruhe zu lassen. Das hat uns Gouverneur Wright persönlich aufgetragen. Ich für meinen Teil kann nur sagen, dass ich mich immer an dieses Gebot gehalten und meinen Untergebenen befohlen habe, dasselbe zu tun.»

Während Brown das sagte, sah Ethan ihm unverwandt in die Augen, bis er davon überzeugt war, dass der Mann die Wahrheit sagte. Dann wandte er sich achselzuckend ab. Einerseits fühlte er sich um seine Rache betrogen, andererseits aber fiel ihm auch ein Stein vom Herzen, denn nun fühlte er sich nicht mehr verpflichtet, den Rangerführer töten zu müssen.

Unter strengen Sicherheitsvorkehrungen wurde Brown ins Hauptquartier gebracht und sofort General Wayne vorgeführt. Er hatte seit dem Wortwechsel am Fluss nichts mehr gesagt und gab sich zerknirscht. Insgeheim aber plante er bereits, wie er seine Haut retten und gleichzeitig die verzweifelte Lage der Briten in Savannah verbessern konnte. Brown wusste, dass London den Krieg gegen die Amerikaner nicht mehr länger finanzieren wollte und deshalb Sir Guy Carleton, dem neuen britischen Oberbefehlshaber, den geheimen Befehl zur Aufgabe von Savannah und Charles Town gegeben hatte. Seine Hoffnung war, dass die Rebellen noch nicht von dieser Entscheidung erfahren hatten.

In beredten Worten schilderte Brown die Befestigungsanlagen von Savannah, wobei er schamlos übertrieb und behauptete, die Rebellen könnten die Stadt nur durch eine lange Belagerung zur Aufgabe zwingen. Schließlich brachte er Wayne dazu, ihn mit dem Auftrag, die Verteidiger zur Übergabe zu überreden, in der Nähe der Stadt freizulassen. Als er wieder bei Gouverneur James Wright und Colonel Alured Clarke war, berichtete er ihnen, was vorgefallen war und wie er den Rebellen weisgemacht hatte, dass die Stadt nur durch eine langwierige und kostspielige Belagerung einzunehmen sei. Gemeinsam überlegten sich die drei die vorteilhaftesten Übergabebedingungen, welche Brown dann wieder Wayne und einigen politischen Führern der Whigs mitteilte, die sich inzwischen im Hauptquartier der Rebellen eingefunden hatten. In dem Glauben, einen großen Vorteil herausgehandelt zu haben, stimmten sie den für die Torys außerordentlich großzügigen Übergabebedingungen zu. Dabei ging es ihnen nicht nur darum, die Stadt ohne Blutvergießen einnehmen zu können; sie wollten auch die in Savannah ansässigen Kaufleute und Financiers, die einen Großteil des Geldes in Georgia besaßen, durch ihre offen an den Tag gelegte Großmut dazu bringen, freiwillig in der Stadt zu bleiben und fortan der neuen Nation zu dienen.

Wenn einer dennoch gehen wollte, bekam er von den neuen Herren sechs Monate Zeit, um ordnungsgemäß seine Geschäfte abzuwickeln. Trotz dieser Regelung verließen zur Enttäuschung der Whigs 3100 Einwohner Savannahs die Stadt und siedelten nach Jamaica oder St. Augustine über. Hinzu kamen noch einmal 3500 Schwarze, unter ihnen auch die Sklaven von Gouverneur Wright und anderen Großgrundbesitzern. Im Juli 1782 nahmen Colonel James Jackson und seine Miliz die Kapitulation der Stadt entgegen, und die meisten britischen Soldaten wurden nach Charles Town und New York verbracht.

Kapitel 55
Ganz Georgia gehört den Rebellen

Dezember 1782

General Greene befahl Wayne, Colonel Jackson mit lediglich zweihundert Mann zur Sicherung Georgias zurückzulassen und mit all seinen regulären Truppen nach Charles Town zu marschieren. Im Dezember 1782, 14 Monate nach Cornwallis' Niederlage bei Yorktown, zog die Rebellenarmee in die Stadt ein.

Thomas Brown, der die Befehle aus London nur widerwillig befolgt hatte, war nach wie vor unzufrieden wegen der kampflosen Aufgabe Georgias. Um die Amerikaner davon abzuhalten, in den Süden des Staates an der Grenze nach Florida einzumarschieren, und weil er die guten Beziehungen zwischen den Indianerhäuptlingen und den Briten so lange wie möglich aufrecht erhalten wollte, wies er bei jeder sich bietenden Gelegenheit mit drohendem Unterton darauf hin, dass er noch eine starke Streitmacht seiner Ranger südlich des Altamaha River stationiert habe. Wegen dieser Drohungen zögerte Jackson noch, seine Truppen zu entlassen, aber nach ein paar Monaten wurden sämtliche Ranger und indianischen Krieger nach St. Augustine zurückbeordert, und Gouverneur Tonyn versicherte dem Governeur von Georgia in einer offiziellen Note, dass es keine weiteren britischen Angriffe auf das Territorium seines Staates mehr geben werde.

Als Thomas Brown nach St. Augustine zurückkehrte, ehrte ihn Gouverneur Tonyn mit einem feierlichen Empfang und erinnerte ihn daran, dass er immer noch der Beauftragte für Indianerfragen war und als solcher viele Aufgaben hatte. Er zog eine Liste aus der Tasche und erklärte, dass es in der Gegend 2 400 Weiße und 3 600 Schwarze gebe. Außerdem seien mehrere tausend Indianer hergezogen, die ihr Vertrauen in die Ranger und die regulären britischen Truppen gesetzt hätten. Jahrelang hatte Brown ihre Dörfer besucht, ehrlich mit ihren Führern verhandelt und sie davon überzeugt, dass er der ständigen Landnahme amerikanischer Siedler Einhalt gebieten könne. Jetzt kamen Delegationen der Creek,

Cherokee, Choctaw, Mohawk, Seneca, Delaware, Shawnee, Manjoe, Tuscarora, Tatanou und anderer Stämme zu ihm und machten ihm ihre Aufwartung. Brown und die anderen britischen Beamten behandelten sie mit allem schuldigen Respekt, dankten ihnen für ihre Treue und versprachen ihnen den immerwährenden Schutz des englischen Königs, der St. Augustine als Hauptstadt seines riesigen amerikanischen Reiches erhalten wolle. Nachdem man ihnen Geschenke überreicht hatte, wurden die Indianer schließlich mit dem guten Rat, sich zur Verteidigung ihrer Jagdgründe zusammenzuschließen, nach Hause geschickt.

Als Georgias neu gewählter Gouverneur John Martin und Colonel James Jackson Savannah sicher in ihrer Hand wussten, trafen sie sich in Tondees Taverne, wo sie sich über ihre beste Karte vom Süden Georgias beugten.

«Die Briten haben uns zwar zugesichert, dass sie die Grenze zwischen Georgia und Florida respektieren werden», sagte der Gouverneur, «aber wir wissen beide, dass man Thomas Brown nicht über den Weg trauen kann. Niemand kann sagen, zu welchen Taten er und seine abtrünnigen Indianer fähig sind. Sie könnten ihre Raubzüge gut und gerne bis nach Savannah ausdehnen.»

«Jetzt, da alle britischen Truppen das Land verlassen haben, werden meine Leute mit solchen versprengten Marodeuren schon fertig» versicherte Jackson. «Ich denke, ich nehme mir fünfzig verlässliche Männer und reite mit ihnen zum St. Illa River hinunter. Auf diese Weise sorge ich dafür, dass im Süden alles friedlich bleibt, und setze gleichzeitig ein klares Zeichen, wer jetzt diesen Staat regiert.»

Zwei Stunden später ließ Colonel Jackson seine Truppe vor dem Lager antreten und verkündete, dass diejenigen, die ihren Dienst beenden wollten, nach Hause gehen dürften. Dann fragte er, wer ihn freiwillig auf eine dreiwöchige Expedition in den Süden begleiten wolle. Ethan war einer der ersten, die sich meldeten, denn er wusste, dass Epsey noch im Watauga Valley war, und Mavis noch einmal in Wrightsborough zu besuchen traute er sich nicht.

Auch wenn die Expedition entlang der Grenze nach Florida weitgehend ereignislos verlief, hielten es Jackson und Ethan für ein schlechtes Zeichen, dass sie entlang dem Weg auf keine freundlich gesinnten Indianer trafen. Die Stämme sahen die Amerikaner offenbar immer noch als ihre Feinde an. Nachdem er sich mit seinen Untergebenen besprochen hatte, entschloss sich Colonel Jackson, nach Savannah zurückzureiten.

Kapitel 56
Ethan kehrt nach Augusta zurück

In Savannah wartete bereits die Nachricht auf sie, dass die Frauen und Kinder aus dem Watauga Valley auf ihre Farmen im Norden Georgias zurückgekehrt seien, und Colonel Jackson erlaubte den Männern, nach Augusta zu reiten und sich dort mit ihren Familien zu treffen.

Ethan Pratt nahm seinen Abschied von der Truppe mit gemischten Gefühlen. Einerseits war er froh, dass der Krieg vorbei war und die Amerikaner gesiegt hatten, andererseits wusste er, dass das Leben auf seiner Farm nicht mehr so sein würde wie früher. Irgendwie konnte er sich noch nicht so richtig vorstellen, den anspruchsvollen und aufregenden Dienst bei der Miliz gegen das eher ereignislose Leben eines armen Farmers einzutauschen, der sein Häuschen neu aufbauen, seine Felder neu anlegen und mit der Viehzucht wieder ganz von vorn anfangen musste. Auch seine Anschauungen hatten sich verändert und er wusste nicht recht, ob er mit den pazifistischen Überzeugungen seiner Frau und seiner Quäker-Nachbarn würde leben können, aber er vermutete, dass die Erinnerung an die blutigen Schlachten, an denen er teilgenommen hatte, nach und nach verblassen würde, wenn er erst einmal wieder sein altes, friedliches Leben führte.

Zusammen mit einem Dutzend ebenfalls entlassener Männer ritt Ethan den Pfad auf der Westseite des Flusses entlang. Er war jetzt 37 Jahre alt, fühlte sich aber bedeutend älter und stellte sich seine Zukunft ziemlich freudlos vor. Zwar besaß er genügend Land, um zwei Menschen zu ernähren, aber er hatte kein Geld, um neues Werkzeug und Vieh für die zerstörte Farm zu kaufen. Obwohl es in Georgia wieder Sklaven gab, hatte Ethan weder den Wunsch noch die Mittel, sich welche zuzulegen. Und finanzielle Unterstützung – sei es in Form eines Kredits von Joseph Maddock, sei es in Form einer Aufbaufinanzierung seitens der neuen Regierung, die diese bereits Tausenden Bürgern versprochen hatte –

wollte er nur ungern in Anspruch nehmen. Auch James Jackson, der im neuen Staatsapparat mit Sicherheit eine wichtige Rolle spielen würde, hatte Ethan bereits seine Hilfe angeboten, aber der war noch unentschlossen, ob er sie annehmen sollte. Auf einmal drängte sich Mavis in seine Gedanken und er beschloss, einen weiten Bogen um Wrightsborough zu machen, denn er wusste nur zu gut, dass er in ihrer Gegenwart seine Gefühle nicht beherrschen konnte. Und er betete – freilich ohne allzu große Inbrunst –, dass sich sein Verlangen nach ihr mit der Zeit legen möge.

Augusta bot ein Bild der Verwüstung. Da alle Häuser bis auf sechs im Lauf der Kampfhandlungen zerstört worden waren, lebten die Frauen und Kinder der Milizionäre unter der Obhut von Elijah Clarkes Frau Hannah in Zelten oder anderen behelfsmäßigen Unterkünften. Einige von ihnen waren schon von ihren Männern abgeholt worden, aber über fünfzig Frauen warteten noch mit ihren Kindern in der Stadt. Als Ethan sich bei Hannah nach Epsey erkundigte, gab sie ihm einen Brief und sagte, dass seine Frau nicht mit nach Augusta gekommen sei. Ethan öffnete den Brief und las.

Lieber Ethan: Schweren Herzens und nach langen Gebeten habe ich mich entschlossen, nicht mit den anderen zurück nach Georgia zu gehen. Mein Vater ist gestorben und meine Mutter ist erkrankt und braucht meine Hilfe. Vermutlich weißt du bereits, dass Mavis Morris vor ein paar Monaten einen Jungen zur Welt gebracht hat. Ich verurteile dich nicht, aber ich denke, dass wir nicht mehr zusammenleben sollten. Ich wünsche dir alles Gute. Epsey

Ethan durchfuhr ein kalter Schauder und als er den Brief noch einmal las, zitterten seine Hände. Überwältigt von Reue und Schuldgefühlen ging er wie benommen den Pfad am Fluss entlang und fragte sich, während er ins Wasser starrte, was er jetzt tun sollte. Widersprüchliche Bilder tauchten vor seinem geistigen Auge auf – Bilder von seiner Frau in Philadelphia, von Mavis, die sich irgendwo um ein Baby kümmerte, das sein Sohn war, und von einer Farm, die er nun ganz allein würde bestellen müssen. Er hatte niemanden, den er in seiner Zerrissenheit um Rat fragen konnte, und beschloss deshalb, sich mehr Zeit zu geben, um eine Entscheidung zu fällen. Außerdem erkannte er, dass er nach wie vor für die Sicherheit des erst kürzlich befreiten Landes verantwortlich war.

Obwohl es schon später Nachmittag war, stieg er wieder auf sein Pferd und ritt zurück in Richtung Savannah.

Als Ethan den Briar Creek kurz vor seiner Einmündung in den Savannah River erreicht hatte, ritt er auf einem ausgetrampelten Pfad stromaufwärts zu einer seichten Stelle, wo man den Fluss mit dem Pferd überqueren konnte. Während er sich dem Schauplatz von General Ashes verlorener Schlacht näherte, bestürmten ihn lebhafte Erinnerungen an den letzten Tag, den er mit Kindred verbracht hatte. Damals war der Wasserspiegel des Savannah River gut zwei Meter höher gewesen und der heute trockene Pfad hatte sich in einen Sturzbach aus schlammigem Wasser verwandelt. An der Weggabelung fiel ihm ein, dass er von hier aus zu seiner Farm reiten konnte, ohne dabei an Wrightsborough oder auch nur irgendeiner menschlichen Behausung vorbeizukommen. Er hatte es nicht eilig, Savannah zu erreichen, und so beschloss er, den Abstecher zu machen. Auch wenn es sein Haus nicht mehr gab, so wollte er sich wenigstens ansehen, in welchem Zustand seine Felder und Zäune den Krieg überdauert hatten.

Ethan, dessen Pferd von allein den Weg zur Farm fand, dachte an Mavis, von der er bis heute Nachmittag geglaubt hatte, dass sie bei den Flemings in Wrightsborough sei. Dass Mavis ihren Zustand vor ihm verheimlicht hatte, wunderte ihn nicht. Und er verstand auch, warum sie nicht mehr bei den Quäkern hatte bleiben können, aber nicht, warum sie ausgerechnet ins Watauga Valley gegangen war.

Jetzt ritt er auf dem Hauptpfad, der zu den Farmen der Pratts und Morris führte, und dachte nicht ohne schlechtes Gewissen daran, dass Epsey vielleicht schon damals etwas von seinem Interesse an Mavis sowie von ihrer stillen Verehrung ihm gegenüber geahnt hatte. Nie hatte er sich in diesen unbeschwerten und glücklichen Tagen gefragt, ob sein harmloser, aber herzlicher Umgang mit der Nachbarin seiner Frau vielleicht wehtun könnte. Ethan suhlte sich so tief in seinen Schuldgefühlen, dass er ohne es zu merken an der großen Kiefer vorbei ritt, die eine so wichtige Rolle in seinem Leben gespielt hatte.

Er ließ die Morris-Farm links liegen und ritt direkt zu den Überresten seines eigenen Häuschens. Nachdem er Henrys Grab besucht hatte und eine Weile auf dem Hof herumgegangen war, setzte er sich auf einen großen Stein innerhalb der Grundmauern und dachte an seine Jugend in Philadelphia zurück und wie er Epsey bei den Aufräumarbeiten in den Ruinen einer abgebrannten Farm kennen gelernt hatte. Wenn er die Augen schloss, konnte er sich vorstellen, wie das Häuschen ausgesehen hatte, in dem er und Epsey in zwei durch Henrys Pritsche getrennten Betten geschlafen hatten.

Er nahm der Stute den Sattel ab und rieb sie, so gut er konnte, trocken. Dann trug er seine Habseligkeiten zu der Stelle, wo früher Schmiede und Werkstatt gestanden hatten. Amboss, Esse und sämtliche Werkzeuge waren verschwunden, aber der zerbrochene Schleifstein lag noch da. Erschöpft rollte er seine Decke aus und legte sich daneben auf den Boden.

Ethan schlief schlecht und erwachte noch vor dem Morgengrauen. Er stand auf und machte einen Rundgang über sein Land. Obwohl auf den Feldern Unkraut wucherte und die Zäune reparaturbedürftig waren, freute er sich darüber, dass die Wälder und der Sumpf noch genau so waren, wie er sie in Erinnerung hatte. Während langsam der neue Tag heraufdämmerte, klärten sich Ethans Gedanken. Er hatte nun keinerlei Zweifel mehr, dass er hierher gehörte, auf dieses Stück Land. Aber jetzt, da er seinen Horizont erheblich erweitert hatte, wusste er auch, dass er mithelfen wollte, die Zukunft der aus einem blutigen Krieg neu geborenen Nation aktiv mitzugestalten.

Die Entscheidungen, die er bezüglich seines eigenen Lebens zu treffen hatte, waren nicht so einfach. Ethan setzte sich auf einen umgestürzten Baum am Ufer des Briar Creek und sah vor seinem geistigen Auge Mavis in all ihrer Jugend, Schönheit und Fülle. In prickelnden Visionen erinnerte er sich an ihre ersten unschuldigen Tändeleien, die fast unausweichlich zu ihrer leidenschaftlichen Vereinigung unter der großen Kiefer geführt hatten. Auf einmal verspürte Ethan ein großes Verlangen danach, seinen Sohn zu sehen und Mavis bei der Sorge für ihn zur Seite zu stehen. Er stand auf und ging zurück zur Farm.

Auf dem Weg über die Weide am Waldrand überschwemmten ihn Erinnerungen an Epsey und sein Leben mit ihr. Er entsann sich nur der guten Dinge, ihrer Geduld, ihrer Ehrlichkeit und ihrer Fähigkeit, auch schwere Zeiten klaglos durchzustehen. Er dachte an die viele Arbeit, die sie fast zehn Jahre lang in Haus und Hof gesteckt und daran, wie nahe die Geburt ihres einzigen Kindes sie beide einander gebracht hatte. Im Nachhinein musste er zugeben, dass Epsey in schweren und kummervollen Zeiten in vielerlei Hinsicht stärker gewesen war als er. Und nie hatte es irgendeinen Zweifel an ihrer Treue zu ihm gegeben.

Ethan hielt inne, senkte den Kopf und betete zu Gott um Weisheit und Urteilsvermögen. Nach einer Weile kehrte er mit frischer Kraft zu den Ruinen des Häuschens zurück, packte seine Sachen und sattelte das Pferd. Im Wegreiten warf er noch einmal einen zufriedenen Blick auf seinen Besitz, bevor er ihn auf dem ihm so wohl bekannten Pfad hinter sich ließ. Er würde nach Norden reiten und die Frau suchen, die sein Leben hier mit ihm teilen würde.

Epilog

Der Vertrag von Paris wurde im September 1783 unterzeichnet und im Mai des darauf folgenden Jahres ratifiziert. Obwohl damit zwischen Großbritannien und Amerika Frieden geschlossen war, zogen amerikanische Truppen erst Ende November in New York ein. Fast zehn Jahre waren seit den ersten Scharmützeln der Revolution in Lexington und Concord vergangen und drei seit Cornwallis' Niederlage bei Yorktown. Insgesamt emigrierten 100 000 Königstreue – von denen sich die meisten als unschuldige Opfer ansahen – nach Kanada, England, Florida oder in die Karibik.

Da die Bürger der früheren Kolonien mit den Problemen der Europäer untereinander nicht sonderlich gut vertraut waren, erstaunte es sie sehr, dass England schon 1784 Florida an Spanien abtrat. Im Juni hießen Colonel Brown und Gouverneur Tonyn den spanischen Gouverneur Vincente Manuel de Zespedes in St. Augustine willkommen. Während zwischen den beiden Gouverneuren von Anfang an eine starke Spannung bestand, behandelte der Spanier Brown stets mit ausgesuchter Höflichkeit, und bald wurde der Rangerführer ein enger Freund und Vertrauter der Familie de Zespedes. Kurz bevor Brown Ende des Jahres 1785 als letzter britischer Soldat den Kontinent verließ, tat er etwas, was dem Wohl Georgias in hohem Maße abträglich war. In langen Gesprächen und durch persönliche Intervention überzeugte er die spanischen Beamten davon, die Creek und Cherokee in Georgia in ihrem Widerstand gegen die weitere Expansion der unabhängig gewordenen Amerikaner nach Westen uneingeschränkt zu unterstützen. Der Häuptling, der sich darin am meisten hervortat, war ein Halbblut namens Alexander McGillivray vom Stamm der Upper Creek, der die weißen Bewohner Georgias zutiefst verachtete und bereits mit den Briten Bündnisse gegen sie geschmiedet hatte.

Thomas Brown half den Spaniern beim Aushandeln von Handels- und Beistandsverträgen mit den Indianern und verhinderte damit, dass sich die Amerikaner diesen ökonomischen Vorteil sicherten. Außerdem riet er den Spaniern, den freien Warenverkehr auf dem Mississippi zu unterbinden – nicht zuletzt weil Elijah Clarke als Geschäftspartner von Georgias neuem Gouverneur Samuel Elbert auf diesem Fluss Handel trieb. Als sich die Regierung Georgias in London offiziell über diese Aktivitäten Browns beschwerte, bestärkte ihn das nur darin, Häuptling McGillivray und seine anderen indianischen Freunde noch enger mit den Spaniern zusammenzuschmieden und ihnen jegliche Zusammenarbeit mit der neuen Nation, die sich Amerika nannte, auszureden.

Die Spanier hatten den Briten achtzehn Monate Zeit gegeben, um Florida zu räumen, aber als diese Frist im Juli 1785 verstrich, begaben sich Tonyn und Brown lediglich von St. Augustine nach St. Marys. Endgültig verließen sie Amerika erst im November – zehn Jahre nachdem die «Söhne der Freiheit» Brown in Augusta geteert und gefedert hatten. Die britische Regierung hatte ihm zehn Landtitel in Florida geschenkt, die zusammen etwa 100 000 Tagwerk ausmachten und die er niemals gesehen geschweige denn betreten hatte. Als Ausgleich für dieses Land erhielt er eine große Plantage auf der achtzig Meilen westlich von Barbados gelegenen Insel St. Vincent sowie eine Pension von fünfhundert Pfund im Jahr bis ans Ende seines Lebens. Bestimmt war Brown höchst erfreut, als 1812 ein weiterer Krieg zwischen Amerika und Großbritannien ausbrach.

Georgia, das seit der Unterzeichnung der Unabhängigkeitserklärung im Jahr 1776 ständig unter dem Krieg gelitten und dreimal die Regierung gewechselt hatte, war am Ende der Kampfhandlungen in weiten Teilen verwüstet. So meldete der Gouverneur nach Kriegsende dem Kontinentalkongress, dass Augusta vollkommen zerstört sei und das zuvor so blühende Savannah nur noch achthundert Einwohner zähle.

Obwohl es kaum Geld und nur wenige Güter gab, wurden die Männer, die sich während der Revolution ausgezeichnet hatten, großzügig mit Land bedacht, das die Torys aufgegeben hatten. Auch war Colonel Clarke der Auffassung, dass der Sieg der Amerikaner ihnen das Recht gab, die zwischen den Briten und den Indianern geschlossenen Verträge für nichtig zu erklären und das Siedlungsgebiet des Staates auf Kosten der Stämme immer weiter auszudehnen. Weil ihn aber die nationalen Gesetze des Kontinentalkongresses dabei neuerlich in die Schranken wiesen, musste er neue Verträge mit den Cherokee und Creek aushandeln. Dabei versuchte er die Häuptlinge mit der Behauptung zu ködern, die siegreichen Amerikaner hätten große Schiffe gebaut und würden mit ihnen bald alle Handelsgüter herbeischaffen, die die Indianer sich nur wünschen konnten. Obwohl vor allem die Creek ihm nach wie vor misstrauten, brachte er die beiden Häuptlinge Tallassee King und Fat King mit großzügigen Geschenken und falschen Versprechungen dazu, ihm weite Landstriche abzutreten. Auch als alle anderen Häuptlinge die Verträge später widerriefen, hielt der Staat Georgia an ihnen fest.

In seiner Eigenschaft als Mitglied der staatlichen Landkommission eignete sich Elijah Clarke, der weiterhin aktiver Führer der Miliz blieb, zusammen mit seinem Sohn John immer mehr Land an, sodass er schließlich für 19 100 Tagwerk in den Countys Wilkes und Washington Steuern zahlte. Die Kommission fertigte auch eine genaue Aufstellung der Ländereien an, die an heimkehrende Veteranen vergeben wurden. Ein jeder von ihnen erhielt mindestens 187½ Tagwerk. 2923 hatten in Georgia und 694 außerhalb des Staates gekämpft, während 555 zu den Minutemen gehört hatten. Land bekamen auch zweihundert amerikanische Soldaten aus anderen Staaten, die sich um Georgia verdient gemacht hatten, sowie neun Angehörige der Marine. Die Mehrzahl der Revolutionssoldaten aber zog einfach weiter nach Westen, wo Colonel James Jackson mehrere Forts zum Schutz gegen Indianerüberfälle errichten ließ, einige davon sogar auf noch nicht abgetretenem Land. Im Jahr 1838 wurden die letzten 12 000 Indianer in Georgia von Bundestruppen eingekesselt und vertrieben. Die Überlebenden dieses «Pfad der Tränen» genannten Marsches siedelten sich schließlich in Oklahoma an.

Als Ethan Pratt nach Wrightsborough zurückkehrte, machte ihm Colonel Jackson den Vorschlag, ihn nach Savannah zu begleiten, wo er ihn mit verschiedenen militärischen und zivilen Aufgaben betrauen wollte. Obwohl offensichtlich war, dass er in dieser Stellung einer glänzenden Zukunft entgegensah, entschied sich Ethan dagegen. Er wollte lieber auf seine Farm zurückzukehren, seinen Besitz so weit wie möglich vergrößern, eine neue Familie gründen und sich möglicherweise in der lokalen Politik im Norden Georgias engagieren. Jackson und er blieben enge Freunde, was beiden zu großem Vorteil gereichte. Während Jackson US-Kongressabgeordneter, Senator und schließlich Gouverneur von Georgia wurde, kaufte Ethan viel Land hinzu und wurde Abgeordneter im Repräsentantenhaus des Staates.

Als er kurz nach seiner Rückkehr auf die Farm beschloss, sein niedergebranntes Häuschen durch ein großzügiges Steinhaus zu ersetzen, sorgte das in Wrightsborough wochenlang für Gesprächsstoff. Das nach Vorbild der Farmen in Pennsylvania konstruierte, aus Natursteinen von den umliegenden Hügeln erbaute Haus bot seiner großen Familie sowie mehreren nachfolgenden Generationen eine Bleibe und irgendwann war das Haus der Pratts schließlich das älteste Gebäude im ganzen Staat.

Innerhalb weniger Jahre war für fast alle Großgrundbesitzer in Georgia ein wirtschaftliches Überleben ohne Sklavenarbeit nicht mehr denkbar. So kam es, dass die Sklaverei fortgeschrieben und schließlich zu einer nationalen Institution wurde, die Thomas Jefferson, der selbst Sklaven besaß, als «notwendiges Übel» bezeichnete, wenn man die Überlegenheit der Weißen und den amerikanischen Lebensstil bewahren wollte. In den fünfzig Jahren nach dem Unabhängigkeitskrieg wurden noch viele juristische und militärische Schlachten wegen unterschiedlicher Besitzansprüche auf Grund und Boden geschlagen. Und die Wunden, die die Sklaverei und ihre Folgen dem Land zugefügt hatten, sollten die Nation noch weitere eineinhalb Jahrhunderte beschäftigen.